U0451252

河北省教育厅重大攻关项目
"河北现当代小说史论（ZD201527）"结项成果

河北现当代小说史

主　编◎郭宝亮　胡景敏
副主编◎马云　李建周

中国社会科学出版社

图书在版编目（CIP）数据

河北现当代小说史/郭宝亮等主编.—北京：中国社会科学出版社，2020.11

ISBN 978-7-5203-7585-6

Ⅰ.①河… Ⅱ.①郭… Ⅲ.①小说史—河北—现代 ②小说史—河北—当代 Ⅳ.①I207.409

中国版本图书馆 CIP 数据核字（2020）第 243430 号

出版人	赵剑英
责任编辑	郭晓鸿
特约编辑	张金涛
责任校对	周　昊
责任印制	戴　宽

出　版	中国社会科学出版社
社　址	北京鼓楼西大街甲 158 号
邮　编	100720
网　址	http://www.csspw.cn
发行部	010-84083685
门市部	010-84029450
经　销	新华书店及其他书店

印　刷	北京明恒达印务有限公司
装　订	廊坊市广阳区广增装订厂
版　次	2020 年 11 月第 1 版
印　次	2020 年 11 月第 1 次印刷

开　本	710×1000　1/16
印　张	30.25
插　页	2
字　数	464 千字
定　价	168.00 元

凡购买中国社会科学出版社图书，如有质量问题请与本社营销中心联系调换
电话：010-84083683

版权所有　侵权必究

目 录
CONTENTS

绪 论 ·· 1
 一 清末河北（直隶省）的行政区划 ·· 1
 二 民国时期河北的历史沿革 ··· 3
 三 当代河北的行政区划及沿革 ··· 6
 四 本书的研究对象及基本内容 ··· 6

上编　河北现代小说

第一章　河北现代小说概述 ·· 13

第二章　"五四"时期的河北小说 ··· 22
 第一节　冯至 ·· 22
 第二节　顾随 ·· 26

第三章　20世纪30年代的河北小说 ··· 30
 第一节　老向 ·· 30
 第二节　田涛 ·· 42
 第三节　宋之的　张秀亚 ·· 62
  一　宋之的 ·· 63
  二　张秀亚 ·· 70

第四章　20世纪40年代的河北小说（上） …………………… 78
第一节　王林 …………………………………………………… 78
第二节　管桦 …………………………………………………… 85
第三节　俞林 …………………………………………………… 90
第四节　赵树理在河北的小说创作 …………………………… 93
第五节　康濯 …………………………………………………… 107
第六节　孙犁抗战时期的小说 ………………………………… 124

第五章　20世纪40年代的河北小说（下） …………………… 135
第一节　袁静　孔厥 …………………………………………… 135
第二节　邵子南 ………………………………………………… 153
第三节　丁玲《太阳照在桑干河上》 ………………………… 158

中编　河北当代小说（一）

第一章　"十七年"河北小说概述 ……………………………… 175

第二章　孙犁及其影响下的荷花淀派 ………………………… 183
第一节　中华人民共和国成立后的孙犁小说 ………………… 183
第二节　孙犁影响下的荷花淀派 ……………………………… 196

第三章　梁斌 ……………………………………………………… 202

第四章　徐光耀 …………………………………………………… 215

第五章　革命历史题材小说 ……………………………………… 230
第一节　雪克　刘流　冯志 …………………………………… 230
　一　雪克 ……………………………………………………… 230
　二　刘流 ……………………………………………………… 232
　三　冯志 ……………………………………………………… 235

第二节 李英儒　刘真	240
一　李英儒	240
二　刘真	244

第六章　农村题材小说 …… 251
第一节　李满天　谷峪 …… 251
　　一　李满天 …… 251
　　二　谷峪 …… 256
第二节　张峻　潮清 …… 259
　　一　张峻 …… 259
　　二　潮清 …… 264
第三节　申跃中　单学鹏　赵新 …… 269
　　一　申跃中 …… 269
　　二　单学鹏 …… 272
　　三　赵新 …… 276

下编　河北当代小说（二）

第一章　新时期河北小说概述 …… 283

第二章　铁凝 …… 294
第一节　生活经历与创作概况 …… 294
第二节　中短篇小说创作 …… 297
第三节　从《玫瑰门》到《大浴女》 …… 303
第四节　《笨花》的民族精神 …… 311
第五节　21世纪以来的短篇小说 …… 316

第三章　承上启下的新时期河北小说 …… 324
第一节　贾大山 …… 324
第二节　陈冲 …… 328

第三节　汤吉夫 ………………………………………… 331

第四章　河北"三驾马车" …………………………… 336
第一节　关仁山 ………………………………………… 336
第二节　谈歌 …………………………………………… 341
第三节　何申 …………………………………………… 347
第四节　"三驾马车"的意义 …………………………… 352

第五章　多元发展的新时期河北小说 ………………… 356
第一节　何玉茹 ………………………………………… 356
第二节　阿宁 …………………………………………… 360
第三节　贾兴安 ………………………………………… 365
第四节　老城　李延青 ………………………………… 368
　一　老城 …………………………………………… 368
　二　李延青 ………………………………………… 371
第五节　宋聚丰　丁庆中 ……………………………… 375
　一　宋聚丰 ………………………………………… 375
　二　丁庆中 ………………………………………… 378
第六节　于卓　康志刚　水土 ………………………… 381
　一　于卓 …………………………………………… 381
　二　康志刚 ………………………………………… 384
　三　水土 …………………………………………… 387

第六章　"河北四侠" …………………………………… 390
第一节　胡学文 ………………………………………… 392
第二节　刘建东 ………………………………………… 400
第三节　李浩 …………………………………………… 409
第四节　张楚 …………………………………………… 416

第七章　新生代河北女性作家 ··· 422

第一节　曹明霞　刘燕燕 ··· 422
　　一　曹明霞 ··· 422
　　二　刘燕燕 ··· 427

第二节　王秀云　讴阳北方 ··· 430
　　一　王秀云 ··· 430
　　二　讴阳北方 ··· 432

第三节　唐慧琴　梅驿 ··· 434
　　一　唐慧琴 ··· 434
　　二　梅驿 ··· 436

第八章　21世纪河北小说的新生力量 ··· 439

第一节　刘荣书　杨守知 ··· 439
　　一　刘荣书 ··· 439
　　二　杨守知 ··· 445

第二节　清寒　常聪慧　王霜 ··· 450
　　一　清寒 ··· 450
　　二　常聪慧 ··· 452
　　三　王霜 ··· 454

第三节　夜子　左小词　徐广慧 ··· 458
　　一　夜子 ··· 458
　　二　左小词 ··· 460
　　三　徐广慧 ··· 462

第四节　张敦　孟昭旺 ··· 464
　　一　张敦 ··· 464
　　二　孟昭旺 ··· 469

后　记 ··· 475

绪　　论

在正式论述河北现当代小说史之前，我们有必要对近现代以来河北的行政区划及其沿革做一些简要的说明，因为只有这样，我们才能尽量客观、准确地确定自己的研究范围和研究对象，才能使我们对河北现当代小说史的撰述真正贴近现代河北曾有的历史，而不致使原本有其内在联系和发展脉络的河北现当代小说史被现代河北多次发生的行政区划变更切割得支离破碎。当然，这里所说的"现（当）代河北"并非一个严格的历史学概念，它更多地属于一个文化概念，其起始的时间与中国现代文学孕育和发生的时间基本一致，即20世纪初。因此，一部河北现当代小说史，实际上涵盖了中华民国和中华人民共和国两个历史时期，从思潮上看甚至可以上溯到清末。为了论述的便利，依照学界惯例，我们以1949年为界，将河北小说史切分为现代和当代两个时段分别探讨。

一　清末河北（直隶省）的行政区划

"河北"这一省名是1928年6月间根据南京国民政府的训令改称的[①]。此前，无论是清朝末期还是北洋军阀统治的民国时期，今河北省所属区域均称"直隶"。清朝末年，直隶省下辖顺天、保定、永平、河间、天津、正定、顺德、广平、大名、宣化、承德、朝阳共12个府，冀州、赵州、深州、定州、易州、遵化、赤峰共7个直隶州，围场厅、张家口、独石口、多伦诺尔共4个直隶厅。以上各府、直隶州、直隶厅又分别下辖若干州（散州）或县。其中，朝阳府及其所辖县现在分别属于辽宁省和内蒙古自治区，赤峰直隶州及

[①] 参见朱文通、王小梅《河北通史·民国（上卷）》，河北人民出版社2000年版，第113页。

其所辖县与多伦诺尔直隶厅现在属于内蒙古自治区。其余11府、6直隶州、2直隶厅中，保定、永平、正定、顺德、广平、承德6府和冀州、赵州、深州、定州、易州、遵化6直隶州所辖各州县以及张家口、独石口两直隶厅，均在今河北省境内。①稍有出入的，是河间府与宣化府。这两个府所辖州县中，除河间府下辖之宁津县今属山东省，宣化府下辖之延庆州今属北京市外，其余各州县亦均在今河北省境内②。出入较大的是大名府、顺天府和天津府。大名府因与豫、鲁两省交界，早在雍正年间已有数县划归河南省。至清末，大名府仍辖1州6县。其中，开州和南乐、清丰、长垣3县属今河南省，东明县属今山东省，仅元城、大名2县（元城县后来又并入大名县）仍属今河北省。按清制，顺天府因系京师所在地，故地位高于普通府，首官不称知府而称府尹，在行政隶属关系上既直属朝廷，又兼属直隶省，重大事务由直隶总督和顺天府尹共同管理。至清末，顺天府共辖5州19县，其中3州（通州、蓟州、昌平州）11县（房山、大兴、宛平、良乡、顺义、怀柔、密云、平谷、武清、宝坻、宁河）分属今北京市或天津市，其余2州（涿州、霸州）8县（三河、香河、文安、大城、保定③、固安、永清、东安）仍属今河北省；天津在明代为天津卫，清雍正三年（1725年）改置为天津州，属河间府管辖，旋又升格为直隶州。同治九年（1870年）天津直隶州始改置为天津府，下辖1州6县，其中，天津、静海两县属今天津市，庆云县属今山东省，其余1州（沧州）3县（南皮、盐山、青县）仍属今河北省。清朝初期，不仅直隶省所辖地区比今天的京、津、冀三地之和还要大许多，而且省内首官的设置和省会的驻地亦无定制。直到康熙六年（1667年），清廷始改保定巡抚为直隶巡

---

① 保定府辖2州14县：祁州、安州、清苑、满城、安肃、定兴、新城、唐县、博野、望都、容城、完县、蠡县、雄县、束鹿、高阳；永平府辖1州6县：滦州、卢龙、迁安、抚宁、昌黎、乐亭、临榆；正定府辖1州13县：晋州、正定、获鹿、井陉、阜平、栾城、行唐、灵寿、平山、元氏、赞皇、无极、藁城、新乐；顺德府辖9县：邢台、沙河、南和、平乡、广宗、巨鹿、唐山（后改名尧山）、内邱、任县；广平府辖1州9县：磁州、永年、曲周、肥乡、鸡泽、广平、邯郸、成安、威县、清河；承德府辖1州1厅3县：平泉州、围场厅、滦平、丰宁、隆化；冀州直隶州辖5县：南宫、新河、枣强、武邑、衡水；赵州直隶州辖5县：柏乡、隆平、高邑、临城、宁晋；深州直隶州辖3县：安平、饶阳、武强；定州直隶州辖2县：曲阳、深泽；易州直隶州辖2县：涞水、广昌；遵化直隶州辖2县：玉田、丰润；张家口与独石口两直隶厅主要处理民族事务，并不领州县。

② 宣化府尚余2州7县：蔚州、保安州、宣化、赤城、万全、龙门、怀来、怀安、西宁；河间府尚余1州9县：景州、河间、献县、肃宁、任邱、交河、阜城、吴桥、东光、故城。

③ 此保定县非保定府所在地。保定府治所在清苑县，而保定县治所在今文安县西北新镇镇。

抚，越二年即康熙八年（1669年），直隶巡抚驻地始由真定（正定）迁往保定，保定才正式成为直隶省省会。雍正二年（1724年），清廷又改直隶巡抚为直隶总督，驻地仍在保定。至同治九年（1870年）直隶总督同时兼任北洋通商大臣，保定仍为省会，但直隶总督在一般情况下已移驻天津，只是到冬季封河后才还驻保定，天津已设立直隶总督行馆。这种情况持续到光绪二十八年（1902年）以后，直隶总督就终年常驻天津办公，天津实际上取代保定成为直隶省的省会。①从以上介绍中不难看出，在清末，直到1912年中华民国建立之前，今河北省与北京市、天津市基本上同属一个省。天津在当时不仅一直受直隶省管辖，而且自同治朝以后更逐渐成为直隶省事实上的省会。即便是北京，在当时也兼属直隶省，并不是完全意义上的受朝廷"直辖"。②

二 民国时期河北的历史沿革

中华民国建立之初，地方行政区划一开始仍沿袭清制，河北省仍称直隶，仍辖清末之12府、7直隶州、4直隶厅。但1913年（民国2年）1月北洋政府即颁布命令，决定废除府一级建制，同时所有直隶州、直隶厅及散州、散厅均统一名称为县。2月，直隶省正式裁撤府一级建制，并将各直隶州、直隶厅及散州、散厅改置为县③。但顺天府因系首都北京所在地，特予以保留并直接隶属中央，这是北京与直隶省完全脱离隶属关系之始。直隶省在正式裁撤府一级建制后，又在省、县之间设立了四个观察使，俗称"道"。具体情况是：以原天津、河间、永平、承德、朝阳5府及遵化、赤峰2直隶州所属各县置渤海道（后易名为津海道），以原保定、正定2府及易州、定州、深州3

---

① 本节所述清末直隶省行政区划资料，据袁森波、吴云廷《河北通史·清朝（上卷）》，河北人民出版社2000年版，第38—49页著录。其中所录之县名及其属地后来屡有调整，与今之县名及其属地不尽一致。

② 直到中华民国成立之前，顺天府对直隶省一直保持着"兼属"关系。例如，宣统元年（1909年）二月清廷在"预备立宪"活动中曾下令各省成立咨议局。同年七月直隶省设立"直隶咨议局筹办处"。至八月咨议局正式成立时因为所选议员分布地含顺天府在内，其名称遂正式定名为"顺直咨议局"。参见方尔庄《河北通史·清朝下卷》，河北人民出版社2000年版，第274—278页。

③ 府一级建制裁撤后，以承德府直辖地改置承德县，朝阳府直辖地改置朝阳县（今属辽宁省）。各直隶州、直隶厅均改置为县：冀州直隶州改置冀县，赵州直隶州改置赵县，易州直隶州改置易县，深州直隶州改置深县，定州直隶州改置定县，遵化直隶州改置遵化县，赤峰直隶州改为赤峰县（今属内蒙古），张家口直隶厅改置张北县，独石口直隶厅改置独石县，多伦诺尔直隶厅改置多伦县（今属内蒙古）。

直隶州所属各县置范阳道（后易名为保定道），以原大名、广平、顺德3府及冀州、赵州2直隶州所属各县置冀南道（后易名为大名道），以原宣化府及张家口、独石口、多伦诺尔3直隶厅所属各县置口北道。其后，直隶的行政区划又发生了如下四项较为重大的变更。

一是京兆特别区域的设立和北平特别市的建立。中华民国建立后，顺天府仍袭清制，其辖区除首都北京外，另辖5州19县。1913年2月直隶省裁撤府一级建制时，顺天府虽然暂时得以保留，并且直接隶属中央政府，但它所属的5州却改置为县，故此时之顺天府实际下辖24县。1914年5月，顺天府所属文安、大城、保定、宁河4县划归直隶省渤海道，顺天府实际下辖20县。1914年10月，北洋政府决定废顺天府，改置京兆特别区域，京兆区仍辖20县。其中大兴、宛平、房山、良乡、昌平、平谷、密云、怀柔、顺义、通县等10县属今北京市；蓟县、宝坻、武清属今天津市；其余7县（涿县、三河、香河、安次[①]、永清、固安、霸县）仍属今河北省。及至1928年6月，北伐战争基本结束时，南京国民政府发布训令决定将直隶省改名河北省，同时决定撤销京兆区，将其所属20县全部并入河北省，将北京易名为北平，特置为受国民政府直辖的特别市。1930年6月国民政府曾决定将北平市改为河北省辖市，但至当年11月又恢复其为特别市[②]。这样，在整个民国时期，一方面是1928年以后原京兆区所辖各县都划归河北省，另一方面则是曾经作为北洋政府统治时期的民国首都的北京市和后来的北平市，除去1930年的短短几个月外都一直由中央政府直辖，与环绕着它的直隶／河北省不再存在兼属关系。

二是察哈尔特别区域的设立和察哈尔省的建立。1914年6月，北洋政府决定设立察哈尔特别区域，直隶省仅以口北道所辖之张北、独石、多伦3县归之。口北道原来辖13县，其余10县仍属直隶省。1928年9月，国民政府决定特别区改省。11月察哈尔省政府成立，直隶省口北道所辖延庆、宣化、万全、怀安、阳原、蔚县、怀来、涿鹿、龙关、赤城等10县全部划归察哈尔省。

---

① 中华民国初年，直隶省有10个县改名：广昌县改为涞源县，龙门县改为龙关县，东安县改为安次县，祁县改为安国县，安县改为安新县，安肃县改为徐水县，保安县改为涿鹿县，保定县改为新镇县，独石县改为沽源县，西宁县改为阳原县。另外，元城县撤销，并入大名县。

② 陈潮：《中国行政区划沿革手册》，中国地图出版社2000年版，第208页。

三是热河特别区域的设立和热河省的建立。1914年6月，热河特别区域成立，直隶省以渤海道所辖承德、滦平、平泉、隆化、丰宁、围场、建昌、朝阳、阜新、建平、绥东、赤峰、开鲁、林西14县归之。这14县中，承德、滦平、平泉、隆化、丰宁、围场6县属原承德府所辖，建昌、朝阳、阜新、建平、绥东5县属原朝阳府所辖，赤峰、开鲁、林西3县属原赤峰直隶州所辖。1928年热河特别区域改置为热河省时，河北省与热河省之间未发生新的行政区划变更。

四是天津市与直隶／河北省之间的分分合合。由于天津自同治九年（1870年）直隶总督兼任北洋大臣起就已具有直隶省省会的某种地位和功能，自1902年起事实上已取代保定成为直隶省新的省会，因此，将民国后直隶省的省会就正式设在了天津。1928年6月国民政府决定直隶省更名为河北省时，同时决定将天津与北平一起改为受国民政府直辖的特别市，而河北省省会则改设在保定。但是，由于当时驻防直隶的阎锡山一心要控制天津，因此同年7月4日新的河北省政府不是在保定而是在天津原直隶省署举行了成立典礼。几乎与此同时（7月11日），在北平召开的政治分会会议上，白崇禧提出了北平改革的7项方案，其中第2项又明确主张河北省政府移设北平，其理由是只有借助河北省政府的力量才有利于北平的发展。白崇禧这一提议获得通过后又上报国民党中央，至8月29日国民党中央决定河北省政府由天津迁往北平办公。于是，自1928年10月河北省政府正式迁往北平府右街口前国务院旧址办公开始，至1930年10月中原大战后接管平津的张学良令河北省政府由北平迁回天津原址办公止，新成立的河北省政府实际上设在了作为特别市的北平。1930年10月以后河北省政府又在天津办公，这种情况持续到1935年6月，由于日本侵略者对天津不断骚扰和逼迫，经国民政府行政院批准，河北省政府才最终移驻保定。[①]

显而易见，自进入民国以后，或者说自中国进入现代国家的发展阶段之后，在清末还依稀存在的京、津、冀三地基本上为一个省的局面已不复存在。从1913年全国撤销府一级建制时顺天府暂时得以保留，到京兆特别区域的成

---

① 本节所述民国时期直隶／河北省行政区划资料，据朱文通、王小梅著《河北通史·民国（上卷）》，河北人民出版社2000年版，第23—27页、第111—122页著录。

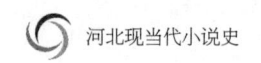

立，再到北平特别市的建立，说明北京与直隶／河北之间已不可能再保持所谓的兼属关系了。而天津尽管自1902年之后已成为直隶省事实上的省会，但到了1935年也还是告别河北而成为受国民政府直辖的"特别市"了。

三　当代河北的行政区划及沿革

1949年中华人民共和国成立以后，河北省的行政区划又陆陆续续发生过一些较为重大的变更。一是察哈尔省、热河省先后撤销，部分县重新划归河北省。察哈尔省1952年撤销，当年先后划入察哈尔特别区域和察哈尔省的口北道13县中，除多伦县今属内蒙古外，张北、沽源（独石）、延庆（今属北京）、宣化、万全、怀安、阳原、蔚县、怀来、涿鹿、龙关、赤城等12县全部回归河北省。同时划归河北的，还有20世纪二三十年代由察哈尔特别区域和察哈尔省设立的康保、尚义、崇礼等县。热河省1955年撤销，当年划入热河特别区域的渤海道14县中，原属承德府下辖的承德、滦平、平泉、隆化、丰宁、围场等6县全部回归河北，原属朝阳府与赤峰直隶州下辖的建昌、朝阳、阜新、建平、绥东、赤峰、开鲁、林西等8县分别划给今辽宁省和内蒙古自治区。二是天津与河北的分分合合。中华人民共和国成立后天津一开始仍为中央直辖市，到1958年被变更为河北省辖市，河北省省会也相应地由保定迁至天津。但到了1967年天津再度升格为直辖市，河北省省会也只得再度迁出，先是在保定，后来在石家庄。三是部分县重新划归北京和天津。1928年北平、天津两市被确立为特别市时，原京兆特别区域所属20县已全部划归河北，天津特别市在当时亦未下辖县。所以现在北京、天津两市所辖各县（或区），基本上是中华人民共和国成立后由河北省划拨过去的。中华人民共和国成立以来河北省行政区划的几度变更，概而言之，由于察哈尔、热河两省的撤销和今张家口、承德两地区的回归，河北省的版图就其外缘来看，较之民国时期无疑更接近清末时期的直隶省版图。但北京、天津两座大城市的直辖，特别是天津与河北之间的分分合合，也无疑给当代河北政治、经济、文化、文学事业的发展提出了新的问题和挑战。

四　本书的研究对象及基本内容

行政区划的调整和变更是任何社会发展过程中都难以避免的一种现象，

因此我们需要做的只是依据这种历史事实合情合理地确定自己的研究范围和研究对象。毫无疑问，当代河北学者所撰述的河北现代文学史自然应该以当代河北的行政版图作为依据来确定自己的研究范围和研究对象。循此原则，那些历史上曾经属于河北但现在却已划归别省或已单独成为省一级行政建制的地区，例如北京市、天津市、辽宁省、内蒙古自治区乃至河南、山东两省那些曾经隶属于河北（直隶）的市、县，均可以不再列入河北现代文学史研究的范围。但是，上述各地由于其自身的地理位置及各自所拥有的综合实力之间存在着太大的差别，因此，它们在现代河北文化／文学事业的发展中曾经具有的地位和影响力也不可相提并论。简言之，今属辽宁、内蒙古、河南、山东的那些市、县，包括后来又回归河北，但当年曾经随着察哈尔、热河特别区域及省的建立而脱离河北的张家口、承德地区各县，相比较而言，都属于当时河北（直隶）省的边远地区或欠发达地区，因此，它们的去留诚然也会对现代河北文化／文学事业的发展带来一定的、一时的影响，但这种影响绝不会是伤筋动骨的、致命的。对现代河北文化和文学事业带来重大影响的，是北京和天津两大都市的"直辖"。但这两大都市的"直辖"及其对河北的影响，情况并不完全一样。

应该说，北京文学与河北文学是有关联的。这不仅因为清末的顺天府曾经兼属直隶，也不仅因为民初京兆区所属二十余县后来都曾划归河北，更重要的原因是两地同属燕赵文化圈，一些带有地域性的文化／文学品种如京剧、河北梆子、评剧、乡土文学等更容易相互亲近和交流。而北京作为首都所具有的影响力无疑也更容易辐射到河北，再加之20世纪30年代以后，某些文学组织如"北方左联""中国诗歌会北平分会"等，其所涵盖的范围实际上并不是依省划界，而是将京、津、冀视为一体的。因此，无视京、冀文化与文学事业的特殊联系是不妥的。但是必须看到，北京（北平）市自进入民国以后就一直受中央政府直辖，即使是在清末，顺天府也只是"兼属"直隶省而已，换言之，北京（顺天府、京兆特别区、北平）与河北（直隶）的文化／文学事业毕竟又有着各自相对独立的历史承传（管理体系、机构建制、报刊等）。因此，我们可以研究京、冀文学之间的联系和影响，却不可以也没有必要把某个时期、某个阶段的北京文学纳入河北文学的研究范围。

但天津的情况却应该另当别论。因为不仅自清末至20世纪30年代，天津就一直是河北（直隶）省的实际省会，而且中华人民共和国成立后天津又一度成为河北省的省会。众所周知，我国社会发展过程中曾经长期存在着一个相当普遍的现象，即各地区之间社会发展的不平衡性。全国的情况如此，各省的情况亦复如此。一般来说，各省的省会都是该省的政治、经济、文化、文学事业的中心。就此而言，自清末至20世纪30年代，自50年代至60年代，作为河北（直隶）省省会所在地的天津，其文学事业、文学实力、文学成就理所当然地是当时河北省文学的形象代表。同时还要看到，由于天津曾长期是河北省的省会，因此，津、冀之间文化／文学事业相互关联的程度自然更为紧密。例如，评剧是在河北省唐山一带诞生的，但它的成熟、发展乃至扩大影响，却与天津关系极大。再如，梁斌、孙犁无论如何都是公认的河北文学的重镇，但他们后来却由于行政区划的变更而"变"成了天津作家。因此，本书对现代河北小说史的书写，就所涉及的地域而言，将本着尊重历史事实的精神，把直辖以前天津小说纳入现代河北小说史的书写范围。因为当时的天津小说实际上就是当时河北小说的主体和重心之所在，如果不谈当时的天津小说，不仅将无法反映出当时河北小说的真实面貌，而且不可避免地要把一部活的、具有自身生命形态和历史变迁踪迹的河北现当代小说史，切割成几个孤立的、缺乏内在联系和发展脉络的历史"片段"。

由上所述，我们可以确定本书的研究对象。首先是籍贯意义上的河北作家，即那些生长在河北，又长期工作在河北的作家。其次是虽然不是河北籍的作家，但长期或者一段时间在河北工作，有的甚至还担任过河北文艺界领导职务，比如康濯、刘真、袁静、孔厥、邵子南、汤吉夫等。特别需要提出的是，赵树理虽然是山西籍作家，但他的生活与创作却与河北有着千丝万缕的联系。从1943年10月到1948年9月，赵树理生活战斗在河北的涉县、武安、临城、平山等地，他的许多重要作品取材于这些地方的人和事，因此，本书特设一节谈赵树理在河北的创作。丁玲的《太阳照在桑干河上》显然与作者在河北怀来县、涿鹿县的几个村庄的生活密切相关，因此，本书也不能不设专节来讨论。再次是后来定居京津的作家，可分为两种情况，一种如孙犁、梁斌，虽然他们后来都到了天津工作生活，但他们的籍贯在河北，部分重要作品在河北完成，而且取材和生活基础也在河北故乡。另外一种如王蒙、浩然、蒋子龙等作家，他们的籍贯或祖籍虽然都是河北，但他们的主要创作却是在京津时期完成的，故而不能算河北作家。当然，由于河北行政区划的频繁变更，这个研究对象范围只是相对而言的，进入研究视野的作家，我们关注的是他的小说创作与河北的关联；而没有纳入研究视野的作家，我们看到的是其小说创作与整个河北文化特征的疏离。因此，在研究对象取舍的问题上，虽然颇费思量，但仍有进一步讨论的空间。

本书在内容上，共分上、中、下三编。上编是"河北现代小说"，主要讨论了"五四"时期到中华人民共和国成立之前的河北小说创作；中编"河北当代小说（一）"论述的是"十七年"时期的河北小说创作，主要包括中华人民共和国成立后到"文化大革命"爆发前的河北小说创作；下编"河北当代小说（二）"探讨的是新时期以来的河北小说创作，主要包括"文革"之后历史进入改革开放时期的河北小说创作。为了完整反映河北现当代小说史的发展线索和河北当代小说全貌，本书对21世纪以来的河北小说创作和21世纪崭露头角的作家，也用一定篇幅加以评述，以作为新时期河北小说史的自然延伸。

上编　河北现代小说

第一章　河北现代小说概述

"五四"时期是河北现代小说的初创期。这个时期虽然没有出现影响全国的小说大家,但也显示了小说创作实绩,可以说,河北小说的起点还是很高的。

冯至(1905—1993),以诗名世,但他早期也写了一些小说,"五四"时期他的诗与小说创作并驾齐驱。从1923年到1927年冯至去德国留学之前,他都在不间断地创作小说。1923年12月,冯至在《浅草》第1卷第3期发表了短篇小说《蝉与晚祷》(Abendlaeuten),后被鲁迅选入《中国新文学大系·小说二集》。这篇小说是他情感的真实记录。1925年,他在《沉钟》周刊第2期发表了历史题材小说《仲尼之将丧》,被鲁迅收入《中国新文学大系·小说二集》。冯至在中国现代小说史上可以说是"现代小说的探索者",在河北现代小说史上,更是一个拓荒者,有其独特的价值和意义。

顾随(1897—1960)是一位学者和诗人,但他最早发表的文学作品是小说,而且也已达到较高的水平。1923年12月发表的短篇小说《失踪》,被鲁迅收入《中国新文学大系·小说二集》。

裴文中(1904—1982),字明华,河北滦县人。1917年入北京大学学习,1921年毕业,从事地质研究工作。在"五四"时期,正如鲁迅所说,裴文中"并不是向来留意创作的人",但他却以预言式的话语给河北文学定了一个音。1924年11月,他在《晨报》副刊发表短篇小说《戎马声中》,客观地再现了生活在战乱中的人们,对亲人的挂念,对战争的怨愤和焦虑。可以说,河北的文学创作,是在戎马声中开始的,弥漫着刺鼻的战火硝烟。这一创作题材几乎贯穿河北文学创作的始终,从20世纪20年代开始,到三四十年代,五六十年代,甚至到新时期，河北文学用大量篇幅书写着战争。裴文中的短篇小说《戎马声中》被鲁迅选入《中国新文学大系·小说二集》。这位"并不是向来留意创作的人"在新文学创作中留下了他的脚印。

柳风（1905—?），原名甄永安，字升平。河北大名县人。出版诗集《从深处出》、中篇小说《烟盒》《三条腿》《爱妻的逃亡》等。1937年赴延安。1950年任陕西省委宣传部秘书。1957年调陕西省剧目工作室任主任，从事戏曲创作和研究。小说《三条腿》的主人公浩然，与其学生发生爱情，后来女生怀孕生产的时候，他却借故逃离。女生因经济不能独立，向他讨要生活费，他只给她一块钱作为产妇之酬劳。小说的目的是警示青年女性不要依赖男性。《爱妻的逃亡》写一对青年男女的爱情，男子因爱其妻，所以不愿离开；女的因爱其夫，所以故意逃亡。此书出版后被视为不良小说受到查禁。《烟盒》是一部反映北京现实社会问题的小说。作者把谢小青这个人物作为视角和小说的基本线索，对当时的社会做多角度的观察和批判。谢小青是一个男人化的女性，她打扮成男性，甚至出入妓院，心理有些变态。但是小说的主要目的不是写这一个人。她只是一个观察社会的视点，她打扮成男性，并且整天在外游荡，从庆云班到西河沿到前门，再到西长安街六部口，到西单、东安市场、中央公园、天安门、南池子……几乎把北京扫描一遍，她所接触的人包括妓女、警察、人力车夫、印刷厂的工人等。通过她的眼，揭露社会的黑暗和丑恶。

何心冷（1897—1933），江苏苏州人。1920年在上海参加国闻通讯社工作，开始在该刊发表小说和文艺作品。1926年调到天津，参加新记公司《大公报》筹备工作。他创编了《大公报》第一个综合性文艺副刊《艺林》，次年增加了综合性副刊《铜锣》。1927年，他出版了小说集《抵押品》，收短篇小说58篇。何心冷《抵押品》中最好的小说是《联合家庭》。小说写雪涛、惠钧、梦萱、启承四个好朋友，有一天心血来潮，计划组织一个联合家庭。没想到这个提议得到了共同的响应。于是四个小家庭合成一个联合家庭，合租一套公寓，共请两个女仆，吃饭轮流做，过着共产式的生活。第一个月相安无事，大家都觉得新鲜，一起过日子还能节省些钱。然而不久，矛盾就出来了。不是这家小孩子闯了祸，就是那家主妇丢了东西，或者互相之间搬弄是非。虽然是生活琐事，但天长日久，彼此都感到不快。于是有人首先提出分居。又勉强维持了两个月，这个联合家庭便告解散。小说从日常生活中发现了人性问题，写出了人性的深度，颇耐人寻味。小说的语言朴实简洁，人物生动形象。这篇小说放在"五四"时期的小说中，也是值得重视的。何心冷的小说没有时髦的理念，没有说教，只有真实的生活。

1923年1月，焦菊隐主编的文学季刊《虹纹》刊载了短篇小说10篇。这些小说是散文化或者是诗化的。故事情节很淡，只是作者的一点感受。但是与旧小说已经完全脱离开了，表现出现代小说的某些特征。

陈纪滢（1906—1996），笔名纪滢、影影、丑大哥，河北安国人。肄业于北京国民大学。1926年随父到哈尔滨。1929年与孔罗荪一起组织成立了哈尔滨最大的新文学社团"蓓蕾社"，他是《蓓蕾社周刊》的主要撰稿人之一。1932年，任天津《大公报》驻哈尔滨特约通讯员。同年8月与孔罗荪等一起撤至上海。1949年1月逃往我国台湾。在哈尔滨期间发表了一些中短篇小说和散文，中篇小说《搜灵集》用漫画化的笔法，揭露上流社会所谓名人、太太、小姐的丑恶嘴脸。作者对于文艺界的内幕也给予了无情的揭露。但小说的议论太多，损害了艺术。

20世纪30年代，左翼文学、京派文学与海派文学等文学流派和思潮纷起，河北小说作者也加入了现代文学的时代大潮，出现了一些有较大影响的小说家。

老向（1898—1968），原名王焕斗，字向辰，笔名老向，河北省束鹿县（今辛集市）人。从1932年开始，老向创作了大量小说、随笔，发表于《论语》《人间世》《宇宙风》等刊物，充分显示了他幽默、风趣的才能，获得广泛好评，与老舍、何容并称"三大幽默作家"。老向的小说具有类似轻喜剧的风格，故事中并没有大奸大恶之人，都是一些有这样那样缺点但本性善良的小人物。老向1933年写于定县、1934年由上海时代图书公司出版的长篇小说《庶务日记》，是一篇透视官场腐败、描画官僚丑态，激浊扬清、力透纸背的"新官场现形记"。《庶务日记》以日记体的形式，透过庶务科一个小科员的视角，描写了国民党某部大小官员淡漠国事、醉心声色，钩心斗角、蝇营狗苟的丑陋生活，表现了国民党政府有令不行、有禁不止，组织涣散、危如累卵的政治险象，表达了一个有良知的作家对腐败官场的痛恨，对国家前途的隐忧。小说成功刻画了某部次长、吴秘书、朱处长、高科长、赵科员、伍科员等人物形象。在小说的叙述中，老向始终保持诙谐、幽默的笔调，但诙谐、幽默里包含着一种对无耻者的愤懑与对民族命运的忧患意识。这是一部有良知的作家写出的充满艺术力量的优秀作品。

田涛（1915—2002），原名田德裕，河北省望都县人。20世纪30年代初在北京求学期间开始发表小说，得到凌叔华、沈从文好评，被认作京派作家群中的一员。1988年，杨义在《中国现代小说史》中将田涛的京派作家身份写入文学史，"田涛是三十年代的京派作家，……田涛早期短篇，秉承京派的审美趣味，以'乡下人'的眼光观察世界，在家长里短、生老病死一类乡村俗相中，吟味着老中国乡村儿女的生活方式、伦理情感和原始人鬼观念"。从田涛长达六十余年的文学创作来看，作者确实有着与沈从文等京派作家相近的文学追求，表现出对乡村习俗、乡村底层生活的执着关注，对善良、美好、仁义的信守与张扬。

韩麟符（1900—1934），原名韩致祥，笔名蜂子、小工、黄莺等，河北赤峰县哈拉木头村人。韩麟符1928年前后开始文学创作，在天津报纸的副刊上发表大量诗歌、杂文，也创作了不少小说，大都具有浓厚的社会批判色彩，其中1930年1月开始在《大公报》副刊连载的长篇小说《断户》最出色。小说描写了民国年间，中国北方农村在军阀混战和自然灾害双重摧残下，田园荒芜，广大农民妻离子散、家破人亡的惨剧，暴露了人世间的罪恶。断户也称绝户，是中国农村最恶毒的咒语。可是，小说中的主人公却被天灾、兵祸逼得走投无路，用黄泥把自己一家封堵在草房里，只求全家人死在一起。农民这种自绝门户的极端行为，反映了他们不堪苦难现实的折磨，绝望至极无法自拔的孤苦心境。这部小说故事惨烈、笔锋锐利，具有强烈的现实批判性。小说还没写完，就被天津当局勒令停载。4年后韩麟符惨遭暗杀，《断户》也就成了一部永远的断篇。韩麟符是一位左翼作家，他以小说的形式表达了对底层民众的关注，表现出强烈的社会批判色彩。

张秀亚（1919—2001），笔名陈蓝、亚蓝、心井等，河北省沧县（今属黄骅市）人。曾在辅仁大学任教。1948年去中国台湾，晚年移居美国，在海内外享有盛誉。张秀亚的第一部短篇小说集《大龙河畔》是一部现实主义作品，收入的15篇小说充满强烈的生活气息。张秀亚的小说不以故事取胜，而是以细腻的描写、深远的意境打动人。在小说创作中，她无意于编织完整的情节结构及起承转合，往往只"撷取人生的一个横断面，操笔描绘其景象"，来传达她对人生的感触。因此有人称她的小说是诗化小说。

许君远（1903—1988），字汝骥，河北安国人。毕业于北京大学英文系。先后供职于《晨报》《益世报》《庸报》等。曾任北京中国学院英文系讲师，上海《大公报》国际新闻主编。许君远于1926年开始文学创作，曾在《东方杂志》《晨报副刊》《现代评论》等刊物发表小说，虽数量不多，但情感细腻，语言精妙，笔调哀婉而不失节制，几乎篇篇都很优秀，因此颇得徐志摩、陈西滢的好评。1934年，许君远将其中的《桃树的故事》《P府去》《溜冰》《撕掉的一页》《童时的伙伴》《征途》《消逝的春光》《人生小讥讽》《故居》等，结集为《消逝的春光》由晨报社出版。许君远有着很浓的北京学院派背景，与徐志摩、陈西滢等京派作家过从甚密，因此有人将他列入京派作家之中。他的小说不热心于表现时代矛盾，而比较注重人物内心世界的开掘，张扬自我，宣讲人性，追求和谐的生命境界，也确实有着京派一脉的文风。

毕奂午（1909—2000），又名毕焕午、毕桓武，河北井陉县贾庄人。1931年毕业于北平师范学校，曾执教于南开中学、清华大学。在北平师范学校读书期间，毕奂午开始在《晨报》《大公报》《民国日报》《世界日报》等报刊发表作品。毕奂午小说创作量不大，但已达到了较高水准。小说《人市》，在不到两千字的篇幅里，写出了乡土文明向工业文明转型的无法逆转的趋势。在矿工灰暗、阴冷的生活画面背后，可以清晰地读出作者深切的同情与无奈，感受到作者目睹乡土文明渐行渐远时的忧愁与怅惘。短篇小说《村中》发表于《文学季刊》1936年8月1日第1卷第3期，后被选入《中国新文学大系·小说卷三（1927—1937）》。小说写一对相爱的青年男女被地主迫害，女孩被活活打死，男的被当作偷人的贼被警察带走。小说不仅揭露了农村的封建观念，而且揭露和控诉了地主阶级压迫的残忍。

宋之的（1914—1956），原名宋汝昭，河北丰润人，著名剧作家，但同时也写小说。他的小说处女作《黎曙》，连载于1930年5月28—30日《新晨报副刊》，是一部描写绥远农民种植鸦片的中篇小说。短篇小说《孩子回来了》（1936年9月刊于《人民文学》创刊号），讲述了一个落空了的拯救期待的故事，表现了被迫扮演拯救者角色的人的尴尬心绪。小说成功刻画了"我"这一"拯救者"形象。中篇小说《一场热闹》，1941年8月6日至11月12日刊发于《青年知识》第1—15号。小说讲述了一场发生于四川嘉陵江畔浅水镇某村的征兵闹剧。在这部小说中，宋之的深刻地揭露了20世纪40年代前后农村精英阶层目光短浅、操守尽失的没落精神本相。这部小说艺术上也十分成熟，作者比较注重刻画人物，其中主要人物如曹大老爷、王保长、僧克明、崔士杰、成玉章等，都具有鲜明的性格特征。

抗战时期，随着晋察冀边区新政权的建立，许多文艺工作者会聚并活跃在河北，形成了一个河北抗战小说作家群。其中的主要作家有孙犁、王林、管桦、康濯、杨朔、周而复、邵子南、马加、俞林、孔厥、袁静、丁克辛、萧也牧、路一等，他们以各具特色的作品推进了河北抗战小说创作的繁荣发展。

孙犁（1913—2001），原名孙树勋，河北省安平人。1937年冬参加家乡的抗日战争。1939年，孙犁调到阜平晋察冀通讯社工作，1941年回冀中编辑《冀中一日》。1944年去延安鲁迅艺术学院学习，并发表了短篇小说《荷花淀》等作品，后结集《白洋淀纪事》。其抗日小说独树一帜，成为"荷花淀"派创始人，在河北乃至中国现代文学史上产生了深远的影响。

王林（1909—1984），原名王韬，河北衡水人。在抗日战争期间，是活跃在冀中抗日民主根据地的以小说创作为主的作家。王林1934年开始发表作品，产生较大影响的创作主要集中在20世纪40—50年代。作品有长篇小说《腹地》《站起来的人民》，中短篇小说《十八匹战马》《女村长》《五月之夜》等。他的小说在现当代小说创作中产生过一定的影响，在河北百年小说发展历史上占有较为重要的地位。

管桦（1922—2002），原名鲍化普，河北省丰润县人。管桦是20世纪40年代后期走上文坛的作家，以小说创作为主。中华人民共和国成立后在北京从事创作及文艺领导工作，曾任北京市作家协会主席、北京市文联主席。主要作品有长篇小说《将军河》，中篇小说《小英雄雨来》和《辛俊地》等。《小英雄雨来》由于被选入小学课本而家喻户晓。

康濯（1920—1991），原名毛季常，湖南省湘阴县（今汨罗市）人。历任河北省文联副主席、湖南省文联主席、中国作协书记处书记。在抗日战争及解放战争期间以及中华人民共和国成立之后，康濯都与河北有着不解之缘，在二十余年间亲身经历了河北乡村历次大规模的群众斗争。1938年刚满十八岁的康濯怀揣报国之志来到革命圣地延安，由于战时需要不久便积极响应党的号召深入刚刚创建的晋察冀解放区开展具体革命工作，在位于冀西的平山、阜平、灵寿等多地的乡村有过长期的生活经历，为他从事文学创作奠定了坚实的生活基础。康濯的第一个长篇作品《黑石坡煤窑演义》就是在平山县的北义羊村创作完成的，这是我国第一部煤矿题材的长篇小说。《我的两家房东》是康濯响应毛泽东"在延安文艺座谈会上的讲话精神"创作完成的短篇力作，1946年5月23日问世，被周扬选入《解放区短篇创作选》。故事取材自20世纪40年代的晋察冀边区农村，故事发生的背景是晋察冀边区实行民主选举，团结了广大农民群众，激发起他们的抗日热情，积极拥护和支持八路军的抗日斗争。这篇小说因为成功地展现了华北解放区乡村的新人新事，在当时文坛引起轰动。

俞林（1938—1986），原名赵凤章，河北省河间县人。1938年入燕京大学西语系学习。1941年到晋察冀边区，先后担任中共中央北方局宣传干事、阜平县城南区委宣传部长，同时开始文学创作。解放战争时期在冀中搞土地改革运动，后南下中原。中华人民共和国成立后担任中南作家协会副主席、江西省文联主席等职，出版了长篇小说《人民在战斗》《在青山那边》等。俞林1947年创作的短篇小说《老赵下乡》被收入《中国新文学大系·短篇小说卷三（1937—1949）》。《老赵下乡》是俞林的代表作，小说较好地塑造了县农会干部老赵的形象，叙事节奏把握得很好，具有可读性。

袁静（1914—1999），原名袁行庄，江苏省武进县人，出生于北京。1937年全面抗战爆发后，先后辗转于江苏、安徽、湖北等地从事抗日宣传活动，1940年来到延安。

孔厥（1914—1966），原名郑志万，江苏省苏州人。1938年到延安，入鲁迅艺术学院学习，是"鲁艺"第一期学员。1947年，袁静、孔厥撤离延安，跟随中央机关来到晋察冀边区，来到了河北，随后到冀中开展工作。

1949年，袁静、孔厥合著的《新儿女英雄传》问世。这是一部植根于河北大地，在河北创作、反映河北的长篇小说。两位作者袁静、孔厥原籍都不是河北，从延安来到河北参加实际的斗争，感动于冀中的对敌斗争的伟大，惊叹于冀中英雄们创造的无数奇迹，激发了作者的创作热情，完成了这一部史诗性作品。

河北抗战小说可分为前后两个时期，前期自1938年至1943年年中；后期从边区开展文艺整风到中华人民共和国成立前。前期的小说，从内容到形式都发生了深刻的变化。小说的题材以抗日救亡为主，形式也以纪实为主。早期的抗战小说以宣传群众抗日为目的，形式多样，篇幅较短。1940年之后，随着八路军"百团大战"等军事斗争的节节胜利，根据地各项民主建设成果的取得，边区得到进一步巩固和发展。伴随着众多文艺报刊的创办，边区的文学创作也获得了长足发展。小说在早期那种故事单纯、篇章短小的创作基础上，逐渐走向成熟。首先是出现了一批较有成绩的小说作家，如孙犁、康濯、路一、梁斌、王林、萧也牧、秦兆阳、杨朔、周而复、李英儒、俞林等。同时，小说创作数量迅速增加，当时边区的文艺报刊如冀西的《五十年代》《晋察冀文艺》《晋察冀日报·晋察冀艺术》《晋察冀日报·鼓》；冀中的《冀中文化》《文艺学习》；冀南的《新文艺》《苍鹰》等，经常刊登各种小说作品，使小说创作出现了空前的繁荣。

后期的小说创作始于1943年边区文艺整风之后，在这一时期，广大作家通过学习毛泽东《在延安文艺座谈会上的讲话》，纷纷下乡深入农村基层生活，改变了同农民群众的思想感情，积累了丰富的创作素材，为下一步创作打下了坚实的基础；同时，作家经过一段时间的创作实践，逐渐积累了丰富的创作经验，思想和艺术水平都有了较大提高；而且一些作家在边区搜集创作素材之后，由于工作变动去了延安或大后方，获得了比较优越的创作条件，留在边区的作家也争取到抗战结束后那段较安定的创作环境，一些作家则从外地来到边区，站在新的高度进行创作，所有这些促使边区小说创作的整体质量上了一个新台阶，从而很快迎来了边区抗战小说创作的大丰收。作为这一小说创作收获期的标志，首先是中长篇作品的出现。中长篇小说容量大，反映社会生活广阔、描写人物众多、深刻表现时代特点，是文学和文体成熟的表现。这个时期重要的作品有《滹沱河流域》《红石山》《村长和他的兵》《白求恩大夫》《燕宿崖》《老赵下乡》《杨赶会的一家》《腹地》《新儿女英雄传》等。与此同时，出现了一批优秀的短篇小说，包括《荷花淀》《芦花荡》《李勇大摆地雷阵》《十八匹战马》

《我的两家房东》《雨来没有死》等。

河北地域经济文化的差异，使河北抗战小说呈现了不同的地域特点。冀西山区是晋察冀边区的腹地，这里地处晋冀两省的交界，经济落后，物资贫乏，敌人兵力较少达到，因此成为抗日根据地的中心。在冀西的小说作者有康濯、俞林、丁克辛、邵子南、萧也牧、秦兆阳、葛文等。他们的小说直接描写战争的篇章不多，主要是表现山区农民的生产救灾、减租减息、巩固根据地的斗争，反映农村基层干部密切联系群众，塑造勤劳朴实的农民形象，赞扬抗战以来边区出现的新思想和新风尚。小说的语言朴素平易，富有地方特色，表现出浓郁的乡土气息。冀中是河北省的富庶地区，经济和教育发达，人民的文化水准普遍较高，抗战中自然成为日寇的重点防护区。冀中残酷的斗争形势一方面迫使人民利用"青纱帐"、芦花荡和地道同敌人展开英勇斗争，从而为文学创作提供了丰富的素材；另一方面又使外地作家很难在此立足，所以冀中的小说创作者均为本地土生土长的作家，如孙犁、王林、路一、梁斌、李英儒、李克明、崔璇、张庆田等。他们的创作直接面对家乡人民如火如荼的抗日斗争，对其中的英雄人物和普通人民倾注了深挚的情感，因此，他们的作品大多近距离地反映冀中平原和水乡人民的抗日斗争，描写真切而生动，感情深挚而浓烈，具有较强的艺术感染力。

河北小说创作始于忧患，成熟于抗日救亡运动，加上燕赵慷慨悲歌的文化传统，给现代小说打上了一层苦难而悲壮的色彩。河北小说家紧跟时代步伐，在救亡图存的时代大潮中记录着人民的忧患意识与不屈不挠的斗争精神，谱写了许多高亢的战歌、英雄的传奇。有些作品在今天看来也许艺术上不是那么精致，但它们是时代真实的表现和记录。河北现代小说创作为中华人民共和国成立后小说创作的辉煌奠定了坚实的基础。

第二章 "五四"时期的河北小说

第一节 冯至

冯至（1905—1993），原名冯承植，字君培，河北涿州人。冯至以诗名世，但他早期也写了一些小说，"五四"时期他的诗与小说创作并驾齐驱。《冯至评传》的作者蒋勤国对冯至小说用了不少笔墨，他认为冯至是"现代小说的探索者"。他在小说创作方面的创新"是对中国小说艺术的现代化的一个不可忽视的贡献"。冯至在河北现代小说史上更是一个拓荒者。

自我生活的记录与历史的想象

从 1923 年到 1927 年冯至去德国留学之前，他都在不间断地创作小说。这期间正值他在北京大学德语系学习。对于一个尚未走出校门的学生，冯至小说创作的题材不算丰富，主要是自传性质的生活和读后感式的想象。1923 年 12 月，冯至在《浅草》第 1 卷第 3 期发表了短篇小说《蝉与晚祷（Abendlaeuten）》，后被鲁迅选入《中国新文学大系·小说二集》。这篇小说就是他情感的真实记录。

在新文学的大潮中，他也有少量跟随时代潮流、反映社会底层平民生活的小说。《质铺门前》写于 1923 年 6 月 2 日，发表于同年 10 月《民国日报·文艺旬刊》第 10 期上。这是冯至较早发表的一篇小说，小说写一个大学生典当衣物时的复杂心理，叙述的技巧是稚嫩的。1923 年 12 月载于《浅草》季刊第 1 卷第 3 期的《狰狞》，用梦的形式，揭露了社会对妇女的蹂躏。1926 年载于《沉钟》

的《火》，表现了对民众的尊敬。主人公是一个清道夫，衣衫破烂，穷困潦倒，但他却唱着圣歌。在作者听来他的歌声和呻吟都是神圣的。作者甚至想象从清道夫的小泥屋中发出火光，照着他模糊的面容，那是地狱深层的火。这篇小说可见当时流行的大众文艺观念的影响，也表现了作者思想的困惑和彷徨。冯至在给废名的一封信中说，他感到生活太平静了，需要一些刺激。他希望遇上"强盗"，甚至"大病一场"，来改变一成不变的生活。因此他对妓女和清道夫的表现还只是限于想象。

冯至对历史题材比较偏好。1925年，他在《沉钟》周刊第2期发表了《仲尼之将丧》，被鲁迅收入《中国新文学大系·小说二集》。1929年，他又发表了历史题材的小说《伯牛有疾》。《仲尼之将丧》，深入孔子内心写孔子将丧时的情感表现，社会和他的学生的反应。孔子一生都在不倦地追求，但他的理想并没有实现，他的孤独失望，他对死亡的预感，尤其是事业未竟的遗憾，令人痛惜。《伯牛有疾》通过孔子探望伯牛的疾病的行为，表现孔子慈善仁爱的人格。在"五四"反孔的思潮下，冯至却写出了这样的小说，表现对孔子人格精神和执着追求的肯定以及不被世人理解的悲哀。这从一个侧面说明冯至小说具有一种求真精神，没有盲目迎合社会思潮。不过，在肯定孔子精神和行为的同时，也隐喻着孔子思想的末路情绪。《仲尼之将丧》写孔子要死了；《伯牛有疾》写孔子探病中的伯牛。前者表现孔子即将没落，孔子对后世的深深忧虑；后者写孔子虽是圣人却不能包医百病。伯牛是一个有德行的人，但是德行却帮不了他，伯牛向孔子倾诉说，他为了不让爱人受累，已将她送走，独自忍受着病痛。这是多么崇高的行为！但是伯牛却感到痛苦不堪。孔子看着伯牛垂死的面貌，只能发出痛惜而又无可奈何的叹息。这里也隐含着对孔子的讽刺。在历史题材的小说中，冯至融入了个人的情感和对历史的想象。

同样是历史题材，写于1942年的中篇小说《伍子胥》是冯至小说创作的一个高峰。文学史对这部小说给予了较高的评价。在这部中篇小说中，冯至把古代的一个复仇故事转变为哲学的思考。

青春的迷茫与感伤的情绪

冯至小说创作时间在1923—1927年，这个阶段正当"五四"落潮时期，文坛弥漫着一股感伤情绪，冯至小说也不例外。他的小说大多具有自传性质，小说的内容多写人物内心的孤独、苦闷，或者男女之间的爱恋。人物的经历都是他所经历过的，流露出个人的感伤情绪。语句多用跳跃式，表现出一个诗人的特质。《蝉与晚祷（Abendlaeuten）》这篇小说整体融汇在米勒《晚祷》的画境中，是一幅少年读画图。作者把气氛置于画家米勒《晚祷》的意境中，写自己内心的孤独，孤独中有对亲人的想念和愉快的回忆，渐渐地进入《晚祷》的诗画一样的境界。冯至以诗化的笔触描绘了一个少年寂寞的情绪，以及他在米勒绘画《晚祷》中寻找精神安慰的过程。在夏日的蝉声中，十八岁的他正在阅读米勒的绘画《晚祷》。"他含着清泪，往蝉声中听云，J. F. Millet 的 Langlus 中的两个青年男女，引导着他，渐听到 Chenmin 同 Naimin 的笑声了！"少年在米勒《晚祷》的宗教情境中回忆起自己死去的生母，以及给他带来安慰的两个表兄。然后他就被米勒的绘画《晚祷》所吸引，所感动，"他懒懒地对着寂默的，轻轻蒙住一层暗淡清纱的《晚祷》，他一句也说不出来，心境异常平淡：先望着画中的晚霞，后集中于那两个虔诚的青年，渐移于远远礼拜堂的钟声，同那高耸的塔尖了！……他不知是睡是醒，忘掉了一切，四周充溢着'涅槃'（Nirwana）的气味……"少年沉浸在《晚祷》的宗教气氛里，忘记了寂寞、感伤和一切，甚至画作本身。直到有人叫他玩牌去，"他回复觉得《晚祷》在他对面"时，他才听到两个表兄的跑步声和烂漫的笑声。在小说中，少年的思绪不断回到两年前生母亡故时的痛苦以及表兄们安慰他时的感激之情中。《晚祷》的宗教精神给他的情感升华到纯净无言的宁静时刻："那一刹那呀！他心里漾起极微妙的笑纹，头不由自主地仰起时，月已东升，……一只蝉，——呵！一只蝉由榆树飞到柏树上……在这最神秘，最纯净的音乐中，他深深地一呼吸——呵！圣母 Maria 的芬芳呵！"

"他同 Chemin、Naimin 都默默地，清明无罪的眼，仰望着清朗无云的天空，在作那最真诚，最幽美，没有形式的——晚祷（Langelus）。"冯至在小说中把蝉声作为中心意象，具有宗教的喻义：禅与蝉。中国的禅宗强调"悟"，少年阅读《晚祷》的过程就是人生感悟的过程。《晚祷》给予人生的启迪可谓大矣！这部小说诗化地描绘出青年作者冯至读米勒画作《晚祷》的具体感受和阅读体验。

冯至小说表现青春的迷茫，写得十分凄迷。1926年12月11日发表在《沉钟》半月刊的《望》，以一个预科女学生芳云的视角，表现了文科学生式凯迷茫的精神状态。他在日记中写道："像我这样的人在现在或是将来，到底还有什么用处。"他感到环境的寂寞，如在沙漠中。经过反复的思想挣扎，他终于离开北京，流浪过许多城市，最后选择投身军中。他在军营里给芳云写信，请她帮助清理一下他的书籍，还列了一个书单，让她寄几本书来。芳云在为他清理和寻找书籍的时候发现了式凯夹在书页中的字条，那一行行充满幻灭与死亡气息的话语震惊了她。此时，芳云也陷入了一种更大的迷茫之中。

1926年11月26日发表在《沉钟》半月刊的《Cassiopeia》写美术系大学生禾言君思想幻灭的过程。小说明确写出了时代背景，"今年的春天，因为时局的多变，许多人间接或是直接地，陷入黑暗与绝望当中"。禾言君的幻灭不仅与时局有关，还有失恋。他曾感觉到画家的生活是架空的，捉不住人生的边际。当他认识了社会学系的R教授，他在H公园的湖上的茶座上遇到了R教授，以及健康朴质的W姑娘以后，他感觉到了人生是"有意味的生活"。他跟着R教授在北京的路上奔跑，调查、统计、研究、讨论，最后完成了《贫民窟之研究》一书，第一版2000本很快售完，书局希望再版。可此时他却打不起精神，因为时局的变化，社会学教授R先生不到学年终了就离开了北京，他所倾慕的W姑娘也不知去向，他想把这本书献给她却失去了对象。他感觉一切都失去了意义，一切都是欺骗。

心理描写与诗意表现

冯至是一位诗人，一位抒情诗人。他的小说都有一种诗意，是一种诗化小说。他很擅长心理描写，而心理描写都是诗意的。《望》中的女学生芳云接到久盼的心上人的来信，产生了一种心理幻觉："看到这封信已经不是字与字的连缀，而是朵朵的花朵怒放在这几幅信纸上，渐渐扩大了，化成一幅梦一般的锦绣，铺在面前。"这是喜悦与期盼的情绪，所谓"心花怒放"。在《Cassiopeia》中，禾言君看到健康朴质的W姑娘以后，心理发生了微妙的变化："他望着岸上的树的枯枝，都穿插成无数的'初'字。他觉得在一切的'初'里边，有无数的新鲜的事体在等着发生，新鲜的悲哀与新鲜的惆怅。"他感觉W姑娘"望得那冰渐渐地融化了，比日光的力还大！宇宙都在春的胎动中，在这小小的亭子中蠓虫儿飞翔着，仿佛成了春神的宫殿"。这是初恋的心理和情绪，表现得真切而热情，一种从未有过的奇怪感受。因此，禾言君在失去 W 姑娘之后才会如此绝望。小说的情节是跳跃的，通过回忆的片段组成，情感写得很含蓄，其中的 W 姑娘就像一个幽灵："夜夜到 R 家去；只要叩一叩门环，便音乐一般地显出来 W 姑娘的面貌，但等到同 R 教授很精密地筹划一切时，她又消失在两人的谈话中了。"W 姑娘就像一个音符在小说中跳跃着。

《伍子胥》用诗人的浪漫描画了人类崇高的心灵。在那动乱的年月，人们蒙受着痛苦、离乱。但是人的精神并没有被蒙蔽，人们选择着自己的生活和价值：子胥选择了生，伍尚选择了死。子胥在逃亡的路上，所经历的人和事件，有些让他感动，有些让他厌恶。一种向善向美的精神在跳荡着。小说的情节是淡化的，不像普通历史小说具有曲折复杂的情节。作者更多地将人物置于一种精神和思考的境地，在不断的变化中思考人生的真谛。在逃亡过程中，子胥复仇的愿望被逐渐淡化，好像蚕蜕皮一般地不断地重生。特别是江上渔夫的疏淡对他影响最深。当他想把自己心爱的剑赠予渔夫的时候，他吓得倒退了两步，他说："我，江上的人，要这有什么用呢？"在子胥的世界里，崇尚宝剑和好的剑法，同时剑也是权力的工具和保障，但在渔夫的眼里却失去了价值。这对伍子胥是一个极大的震撼。他感谢渔夫，他说："你渡我过了江，同时也渡过了我的仇恨。"小说穿插了很多歌诗，楚狂的歌，郑人的哀歌，儿童的诗谣，巫师的歌，渔夫的歌，等等，这些歌诗烘托出诗意的气氛，充盈着子胥的诗意感受，抚慰着他渴望报仇的心灵。最后他流落在吴市，成为一个吹箫人，他的音乐倾诉了自己坎坷的经历，心灵的变化，艰难的行进，温柔与赠予，广阔的山川、湖泽，箫音润泽着吴市的民众。作者在这里用诗一般的语言描绘子胥美妙的箫音，它成为人间的天籁，也是人类期望的和平景象。小说表现了作者对人类战争的厌恶，对和平的期待。

第二节 顾随

顾随（1897—1960），本名顾宝随，字羡季，号苦水，河北清河县人。顾随是一位学者和诗人，他最早发表的文学作品是小说，而且也已达到较高的水平，但综观他的一生，还是以旧体诗词曲为主。他所作的小说和散文刊出的数量不多。发表的小说有五篇：《反目》《失踪》《废墟》《佟二》《乡村传奇——晚清时代牛店子的故事》；还有三篇小说只开了个头：《爱——疯人的慰藉》《夫妻的笑——街上夜行所见》《枯死的水仙》。

顾随幼年时就喜欢读小说。他说："我在十岁前，已经养成了读小说的嗜好；而这一嗜好直到现在，也还并未减退。这一嗜好，到了我十五岁以后，竟发展到渴望自己成为一个小说家。"① "五四"时期，顾随与冯至同为浅草社成员，他们的创作也比较接近，如鲁迅所说："向外，在摄取异域的营养；向内，在挖掘自己的灵魂。"② 在一个历史大变动时期，小知识分子精神的脆弱，思想的迷茫，情感的落寞，是一个时代的病症。顾随及时捕捉到这一时代现象，他的小说善于描写人物的变态心理，疯魔的症候。1923年12月发表的短篇小说《失踪》，主人公是T城女学的教员，谁知道他的内心隐藏着杀妻的罪恶以及对异性的变态心理。他的妻子在他半年不在家的时候，因为寂寞与表弟发生了暧昧关系，后来妻子生了孩子，他对此极为仇视。于是在妻子的药里下了毒，将其毒死。然而他的心里并不平静，他仇视所有的女性，机械地生活着。后来在课堂上因怀疑纯洁的学生看穿了他而晕倒。从此他失踪了。为此喧闹了一阵子的T城，不久就将这个人忘却了。这篇小说被鲁迅收入《中国新文学大系·小说二集》。

1923年4月发表的短篇小说《反目》写一个天真的新娘，在新婚之夜偷看自己的丈夫而受到嘲笑。在世俗的压力下，丈夫也同新娘反目，从此不进新娘的房，不见新娘的面，反目终身。小说批判了封建礼教的愚昧。1926年发表在《沉钟》第10期的《废墟》写农民房五去看杀人以后，精神受了极大刺激，发了疯，变成了杀人魔。他拿着一把铡刀，见人就劈，把村人劈杀了一多半，没死的也逃到村外，这个村子从此变成了废墟。小说批判了社会的残暴。1933年所作的中篇小说《佟二》用现实主义的方法讲述了一个北方农

---

① 顾随：《私塾·小说·中学——童年与少年的回忆（未完稿）》，《顾随全集》第1卷，河北教育出版社2000年版，第584页。
② 鲁迅：《新文学大系·小说二集·导言》，《鲁迅全集》第6卷，人民文学出版社1995年版，第242页。

民的悲惨遭遇。佟二是一个老实本分的农民,虽然日子贫寒,但还算过得下去。但是随着社会动荡加剧,天灾人祸一起到来。先是天旱、蝗灾,使他颗粒无收;同时各种摊派、税款应接不暇。佟二一家与村民们挣扎在死亡线上。不仅如此,兵匪混战还要叫他掘自家的地做战壕。佟二活不下去了,他决定带领全家下关东。谁知黑暗社会的魔掌无处不在,就在佟二下关东的路上,他遇到了兵匪的打劫,佟二的妻子和两个孩子被打死。佟二掩埋了亲人,自己又被抓了壮丁。他冒着生命危险抢了一匹马逃回家中,身受重伤,过了两天也死去了。在那个动乱的社会,一个好端端的家庭被搞得家破人亡。小说真实地再现了民国初年兵荒马乱的社会情景,表现了老百姓挣扎在水深火热之中的悲惨命运。小说的深刻之处还在于,在佟二死后,村民的麻木和冷漠,他们关心的不是佟二一家的命运,而是佟二妻子失踪的花边新闻。他们围着与佟二一起逃难的人询问,就是看看有无刺激性的事件。小说的情节发展是自然而曲折的,叙事张弛有度,对人物心理的把握十分到位。比他初期的小说显得更成熟。1947年,顾随又写了一部中篇小说《乡村传奇——晚清时代牛店子的故事》。冯至对这部作品颇为称奇,他说:"他于1947年忽然以惊人之笔写出了长达三万余言的《乡村传奇——晚清时代牛店子的故事》,语言泼辣,情节离奇,辛亥革命前北方一个农村里的众生相,好像跟鲁迅笔下未庄里的人物遥相呼应。"[①] 因为好久不见顾随写小说,这部小说让冯至感到吃惊。但实际上,顾随一直没有放弃小说家的梦想。他在关注社会和生活,没有相当的用心,也写不出这样具有生活气息的作品。小说用幽默的笔调讲述了北方乡村的生活故事,表现出浓郁的地域色彩。乡土人情,文化习俗,通过生活细节细腻地展示在读者面前。从生活环境、住房、日常生活、过节、民间艺术、饮食文化到乡民的心理特征等,完整地表现了北方农村的历史风貌。小说的主人公大麻子是一个阿Q式的人物,但比阿Q更具反抗性。他生活无着,是一个混吃混喝的人。后来遭到村里有钱有势的四先生暗算,被送到衙门打了二百大板。大麻子回来后到四先生家里表演了一通武功,向四先生示威,没伤着四先生毫发,倒弄得他自己伤痕绽裂,血又流过了大腿。但他感到胜利的欢喜。从这里我们似乎看到了阿Q的形象。显然,顾随受到过鲁迅

[①] 冯至:《怀念羡季》,《冯至全集》第5卷,河北教育出版社1999年版,第57页。

小说的影响。大麻子的儿子如意儿在社火表演中与师傅二牛鼻竞技时失足摔死。大麻子便在二牛鼻耍把戏的时候如猛兽般将他撞翻，并且咬掉二牛鼻一只耳朵。最后俩人都受了伤。大麻子怕二牛鼻同他打官司，他琢磨着"伤重的便有理"的俗见，无知地在伤口上抹了水银，并且将剩余的水银喝下，最后中毒而死。小说本是一个悲剧，结果倒像一场闹剧，削弱了小说的思想和艺术的力量。

顾随的小说带有某种魔幻意味。《反目》中的女孩子因为从小被禁锢闺中，对男女之事十分敏感。17岁时定了亲，突然感觉深藏在心中的感情剧烈涌现出来。"全身的血液仿佛万马奔腾：那颗心突突地乱跳，好像要离开腔子。""到了吉期，这一天伊的灵魂早已离开了本壳。"在《废墟》中，杀人的场景十分可怕，被砍掉的脑袋血淋淋的，喷出的鲜血好像一道光，"那圆东西一落地，它的嘴把地下的土'咯吱'咬了一口。两只眼睛也向房五眨了一眨"。从此以后，房五便产生了幻听，总觉得有"咯吱咯吱"的声音跟着他。到后来他产生了更严重的幻觉，不断听到有人叫他的名字："房五！尸！""房五！尸！"他跑到村东，那声音在村西叫起来；他跑到村西，那声音又在村东叫起来，跑得他疲惫不堪。他疯了，耳朵里有千万只狗叫，无数只狗叫，全村的狗、全世界的狗在叫。房五举起了铡刀，他成了杀人恶魔。在他的小说未刊稿《爱——疯人的慰藉》中，主人公是个疯子。他的疯源于性格的正直，他看不惯社会的冷漠，看不惯社会人的假面。他不断换工作，又不断辞掉工作，最后饮食也不进了，只得回到家中。他皈依了宗教，他在睡意蒙眬中看到了爱神和天使。顾随小说在时代大潮中起起伏伏，由于创作的数量不多，还没能形成自己独特的风格。

第三章 20世纪30年代的河北小说

第一节 老向

老向（1898—1968），原名王焕斗，字向辰，笔名老向，河北省束鹿县（今辛集市）人。1923年考入北京大学中文系，其间开始文学创作。1931年赴定县参加晏阳初领导的平民教育工作，创作出一批优秀的小说、散文作品。抗战时期到武汉，任"文协"出版部副主任，同时任《抗到底》月刊主编，致力于抗战通俗文学创作。1946年，和老谈一起赴我国台湾推行国语运动，1948年返回大陆。中华人民共和国成立后在重庆市文化局参加戏曲改革，任通俗文艺编辑。1958年被错划为"右派"，"文革"中惨遭批斗，1968年9月2日离世。1978年老向的沉冤得以昭雪。

老向自20世纪20年代后期开始活跃于中国文坛，曾经是"论语派"健将，也曾被誉为京味文学的代表作家之一；抗战时期与老舍一起提倡通俗文艺、民间文艺的创作，以深沉的民族情感和爱国情怀宣传抗战，是抗战文艺的主将。在中国现代文学史上老向与老舍、老谈合称"三老"。也有人将他与老舍并称"二老"，茅盾曾题过一副名人人名联，"老舍老向凤子 胡风胡考龙生"，一时传为佳话。刘以鬯在评老向的《村儿辍学记》时说："《论语》时期，写幽默文章最受注意的，是'三堂'——语堂、知堂、鼎堂（郭沫若）。论幽默，'三堂'似不及'两老'——老舍与老向。"[①] 老向以他诙谐、幽默

---

① 转引自古远清《作为文学评论家和研究家的刘以鬯》，《中国文化研究》1994年第3期。

的文字接通了河北文学传统中知性创作的文脉，让读者领略到河北文学充满光彩的另一面。

初临京华向雅而作

老向，1898年出生在河北辛集市小辛庄宋村一个普通农民家庭。父亲王吉星，粗识文字，种几亩薄田养家糊口，并无余款供他读书。幸赖伯父出资，老向6岁时入新学堂学习。他聪慧好学，很快在班里崭露头角，深受老师垂爱。小学毕业后老向无钱升学，学校一位姓丁的老师爱才，资助路费供他投考保定师范学校；失败后转而去北京投考，以第一名成绩考入北京师范学校。当时，正值新文化运动如火如荼之时，各种新思想、新思潮都深刻地影响着这位从冀中平原上走出来的少年。

1919年五四运动爆发，老向和众多热血学生一起走上街头。因为参与"火烧赵家楼"遭军阀通缉，他被迫逃离北京，返回老家躲避风头。事态平息后重返校园继续读书，同年加入国民党。毕业后到一小学任校长，因为课余做化学实验引起火灾而被免职。1923年老向考入北京大学中文系。北大兼容并包，思想自由，对他产生不小影响。1926年春，老向中断学业，与老谈（何容）一起南下参加国民革命军北伐，任第十一军第十师政治部指导员。1927年4月19日，北伐誓师大会在武汉冒着大雨举行，随后挥师北上。老向除做书写标语、号房筹粮外，还要采写文稿。1928年随军赴南京任司法行政部课员，1929年重返北京大学读书。1930年大学毕业，先后在青岛大学、吉林大学任教，后返回北京定居，以教书著述为业。

老向的文学创作始于北大读书期间。那个时期，京派文学盛极一时。受其影响，老向创作之初追求一种雅致的知识分子书写。这其实也是他作为一个"乡下人"必然要经历的过程，从乡下走入繁华的北京，他曾"以洗刷黄土泥为人生第一件大事"。[1] 尽管老向20世纪30年代成名后悔其少作，称自己这个时期的创作为"趋雅的失败"[2]，但是客观地说，老向这批主要发表于《现代评论》的小说是水准相当不俗的尝试之作。它们多取材于青年知识分子

---

[1] 老向：《黄土泥·自序》，上海人间书屋1936年版。
[2] 同上。

的日常生活，少了几分"五四"时期小说的锐利与冷峻，同时也多了几分宽容与体恤，虽然难免初涉写作时的青涩，但是其优长也是不容遮掩的。这批作品语言清新、感情细腻，且能够较好地传达人物心底的某种幽微，显示了一个优秀作家的艺术异秉。

老向这个时期写的大都是短篇小说，处女作为《绣花绢》，发表于1925年9月16日《现代评论》第2卷第50期。它的故事情节很简单：王希天在学校上课的时候，一连接了三次太太催他回家的电话，他"坐不安，立不稳"，最后"实在等的不耐烦，向学生们撒了一个头疼的谎"，提前二十分钟下课，往家跑。回到家才发现，是太太因为一只蓝地白花的丝手绢误会他在外面找了"野女人"。太太先是号啕大哭，继而怒不可遏，痛斥王希天没良心，好像他确实做了什么见不得光的勾当。最后太太找来做见证的田先生在一旁忍不住"笑得伏在桌子上"，一语道破了事情的真相："是我送他的，不过是我让他转送王太太的。"小说在田先生的笑声中结束。这样一场风波，确实没有太多的深意在里面。但是，从中还是可以看出王希天对自己太太的体贴与关心，他接到用人刘妈的电话，丈二和尚摸不着头脑，种种不祥的念头掠过，"心里着实有些发毛"，所有的担心其实包含着他对太太的深厚感情。最终误会得以澄清，可以猜想，他们的感情定会加深一层。当人们读多了冷峻的"五四"小说，看到这样的清新文字或许会有一种别样的感受。而且，老向确实有艺术的天赋，他用细腻的描写、充分的渲染把王希天的担心、王太太的醋意、李小姐的唯恐天下不乱都刻画得活灵活现，栩栩如在眼前，令读者难以忘怀。

小说《茶话会》[①]，讲了一个小学生阿才第一次参加学校茶话会的故事。阿才只有七岁，"入学也有一年多，可是茶话会的盛典，在他还未曾经过。前四天他就自己想，总也想不出过这个会里是要做些什么"。当他看到教室桌子上摆了许多他从没吃过的好吃的茶点，"他越看越觉得好看，口里越垂涎，心里却越着急，因为他想：这是给先生们吃的"。当他得知自己也有机会吃的时候，"小阿才突然过量的欣喜了，如同豁然消失了一场大病"。他盘算起先吃哪个后吃哪个，"瓜子虽香，剥着费力；最好能抓两把放在衣袋里，回家去再

[①] 老向：《茶话会》，《现代评论》1926年第4卷第103期。

慢慢的吃;……可以不加思索的是,糕子比饼干好吃;所不容易解决的,梨和柿,不知道先取哪一个"。校长和先生们到了,孩子们也都到了,大家一起入座后,小阿才希望马上开吃,可是校长又没完没了地发表训话,"孩子们都疲乏了,小阿才要打一个哈欠,急忙用手掩住了口"。好不容易校长坐下了,先生们又"罗罗嗦嗦的谈话"。"心不二用的小阿才早已急了,他想先生们既怕我们吃,又何必买呢?"最让阿才感到悲哀的是,当一位先生提议孩子们可以吃了的时候,"小阿才在两个小时以前看准的"目标在他伸手之前,均被人抢先一步拿走了。更让他无法承受的是,自己"立起身来,探手去拿较远的一个大黄梨"的时候,不但没拿到,反而把麻面女先生的茶杯挂翻了,"浓浓的茶水,完全泼在她的新花丝葛的夹袍上"。女先生起身走了,"校长如同鹰捉小鸡似的,提着耳朵,摆在门口外的石阶上,低声狠狠地说,'罚站,劣等孩子!'"空等半天,阿才最终什么也没吃到,还要被罚站,"他心里突突的跳,如同待决的囚犯,眼泪如散珠似的,洒在胸前的红花上"。小说写出了一个七岁孩子的天真,也写出了学校教育的刻板。作者还于不经意间点出校长有一个夫人、两个姨太太,他多次收受学生家长的贿赂,为相关学生谋取不正当利益,由此映射出当时教育界堕落、腐败的丑恶一面。

小说《孤女》[①],写了一个刚刚失去双亲的女大学生。小说采用插叙的方式从桐君新婚不久的一天写起,他藏在外屋门后本打算给回家的爱妻瑶姑一个惊喜,却在门缝儿里瞧见她"掀帘走到外室里,把书袋懒懒的丢在床上,向着镜台呆呆的立着"。桐君问时,瑶姑从箱里掏出一本日记,"翻开腊月二十五的一段话,轻轻的对他说:'吾爱,你看,我想起这么一幕来,但是只许你看,不许念出来……'"由此插入一段往事,写她在母亲去世后从北京的大学放假回家时所遭遇的哥嫂的慢待。瑶姑的父亲早已故去,现在母亲又没了。她黄昏时候回到家门口,大门紧闭,半天也没有一个人出来迎接,"心想这是我的家吗?要不是车夫眼睛盯着我,我真禁不住放声痛哭了"。原先住的房也被嫂子占了,安置她住在厨房的里间,说是"可以少生一个火炉"。母亲在的时候,都是用人帮着收拾屋子,现在嫂子直言让她自己收拾。"这句话提醒我了,我这才知道这次回家与往日的不同了。有母亲的时候,什么用我拾掇!

---

① 老向:《孤女》,《现代评论》1926年第5卷第107期。

什么时候饿了,母亲什么时候给弄吃的,一样吃不好,再做一样。几时困了,几时委在母亲怀里,非得她帮着自己脱衣服,自己不去钻被窝。"孤零零一个人刚要睡下,哥哥又拿来一本账簿让她看,"并且对于我这二百块钱的学费,指示了两三次"。母亲在的时候"没有记过账,想来比现在多",而且家里条件比较宽裕,并不差这点钱,瑶姑"忽然心里好似刀扎的一般,立刻觉悟了,觉悟我现在是一个没有母亲的孩子!"夜里哥嫂在对面屋里高一声低一声说话,似乎就是要说给瑶姑听,"哥哥说:'办是要办的。不过以咱这样的门户,叫着人家娶姑娘,面子怕不好看',嫂嫂又说,'孙家就是不娶,咱也不再供她念书了。一年好几百块,还不是白花!'"哥嫂的对话让瑶姑心惊不已,这个家是不好再待下去了,"我再想到孙家,对于这样孤零的女子,未必有什么怜悯"。小说依然写的是家庭内部的日常故事,却通过生动的细节写出了人间的炎凉,写出了刚刚失去母亲的少女内心的忧伤。小说的结尾,桐君眼泪泉涌似的落在瑶姑的日记本上,他"歪过头向着瑶姑说:'我爱,孙家有人可怜你吗?'瑶姑急忙从沙发上爬起来,到床边去,用绢子擦他的眼睛,笑着说,'这是过去的事,不要提了。'"看来桐君便是这孙家的"有人"了,这也算是不幸中的万幸了。这篇小说中并没有新与旧的对立,表面上甚至不见什么波澜,但是旧式大家庭温情外表下的冷漠还是给读者的心头重重一击。

告别都市执意为平民书写

老向自1916年考入北京师范学校就离开乡村,过起了城市生活。但是,1932年他却告别城市,应邀参加晏阳初主持的定县平民教育运动,1936年转到湖南省继续从事平民教育工作。老向由城市重返乡村,是经过慎重考虑的,其中包含着他对城市浮躁、冷漠一面的厌弃,更有他对乡村生活的天然感情以及对乡村改造的满腔热忱。

老向开始文学创作之初,追慕陈西滢、徐志摩等京派作家,写出一些"趋雅"之作,如《绣花绢》《茶话会》《孤女》等,多取材于知识分子的日常生活,表现了他们洁身自好、自我爱怜的内心思绪。但作者很快就不满意自己的这种创作趋向,认为境界过于狭窄,是"误入歧途之作",[1] 并进而明

---

[1] 老向:《黄土泥·自序》,上海人间书屋1936年版。

确表示要"弃雅趋俗",走出书斋,回到乡间。1932年老向到定县参加平民教育工作,便是这种自觉的选择。到这个时候,老向已经可以非常坦然地自称"乡下人,仿佛连灵魂都包着一层黄土泥"。[①] 他从大都市回到乡村,越发觉得都市在物质华彩装点下的虚伪、堕落和自私;乡村在物质落后思想蒙昧状态下的纯厚、古朴与宁静。他十分看重农民在现代化建设中的重要地位,认为"中国真正的富源不是煤,也不是铁,而是三万万不知不觉的农民",[②] 同时,他也并不讳言农民的落后性,明确提出要开启民智,使他们懂得"苦力之苦与苦力之力","使他们起来改造、建设……民族才有真正复兴之日"。[③] 他自觉实践文学的大众化,体现了中国知识分子可贵的民族忧患意识和现代意识。老向看重乡村文化价值的精神取向,与沈从文等京派作家有某种类似,但老向力倡大众化,执着践行通俗文学创作,创作理路与京派并非同辙,从中体现出的人生态度则显然积极得多。

20世纪30年代老向的小说创作进入喷发期。在定县,他一边从事平民教育工作,一边从事小说写作,写下了许多脍炙人口的作品,为当时轰动全国的定县大众化文学实验留下了宝贵的印痕。在小说中,老向描写了农村愚昧、落后的现实,揭示了知识下乡的必要性。写于1934年中秋后5日的短篇小说《掉在井里》,讲述了三岁村童廉儿不慎掉入井中,呛水过多,停止了呼吸。廉儿被捞上来后,围观的妇女只知道用迷信的法子替他叫魂,廉儿的妈则跑到菩萨庙里跪请菩萨发发慈悲救活自己的儿子。若是在过去,廉儿就只能这样死去了。可是,定县开展平民教育运动后,村里有了保健员,他及时赶到,迅速做人工呼吸,救回了廉儿的性命。故事最后,妇女们纷纷惊讶、赞叹学生们"有这么大的调算",廉儿的母亲开始考虑"以后常跟那些受过教育的姑娘们学,开通开通"。这样的小说还有《难产记愚》《半疯》等,前者讲述了村里无知的旧式收生婆坑害产妇,而掌握现代医学知识的医生挽救母子生命的故事;后者讲述了村民在"表证农家"甄老干的带动下由抵制农业技术推广到争相学习农作物改良知识的可喜变化。老向创作的这些小说有点问题小

[①] 老向:《黄土泥·自序》,上海人间书屋1936年版。
[②] 老向:《现代教育八弊》,《论语》1935年4月第62期。
[③] 同上。

说的味道，但作者并没有因此而降低自己的艺术追求。他的语言十分生动，也塑造了一些个性鲜明的人物形象，比如愚昧、落后而又善良本分的二大妈，思想进步但性格急躁的甄老干，左摇右摆、莫衷一是的老王，等等。老向的小说具有类似轻喜剧的风格，故事中并没有大奸大恶之人，都是一些有这样那样缺点但本性善良的小人物，他们常犯糊涂，但在科学知识的引导下最终都会走到正确的轨道上来。小说难免浅显，但于浅显中也可见一种时代风貌，别有一番滋味。

老向也十分清楚周围腐坏不堪的现实，并写出另外一些直面苦难的现实之作。比如《其实》《逮走》等，描写了官兵以剿匪为名洗劫乡民，巡警以查验执照为由肆意欺凌车夫，官警恶于匪盗的恶劣现实，于诙谐的叙述中表达了作者内心的愤懑。1933年创作、1934年由上海时代图书公司出版的长篇小说《庶务日记》，则是他的代表作，可谓透视官场腐败、描画官僚丑态，激浊扬清、力透纸背的"新官场现形记"。《庶务日记》以日记体的形式，透过庶务科一个小科员的视角，描写了国民党某部大小官员淡漠国事、醉心声色，钩心斗角、蝇营狗苟的丑陋生活，表现了国民党政府有令不行、有禁不止，组织涣散、危如累卵的政治险象，表达了一个有良知的作家对腐败官场的痛恨，对国家前途的隐忧。小说成功刻画了某部次长、吴秘书、朱处长、高科长、赵科员、伍科员等人物形象。某部次长虽然没有直接出场，但在其他人的侧面讲述中给人留下了深刻印象。他虽然身负代理部务的重任，却整天醉心于与姘头的欲望生活，毫不系心于国事危急。他不但自己花天酒地，而且还把庶务科当作自己私家的账房，纵容家人甚至用人肆意挥霍公款。某部次长实在是一个放纵私欲、丧尽操守的贪官典型。小说中塑造最成功的当数赵科员。他混迹官场多年，油滑琐碎，虚荣做作，好卖弄小聪明，常传播小道消息，是个"包打听"型的小人物。他一不小心卷入人事纠纷，轻易地就被人搞得名誉扫地。赵科员最终在恼恨羞愧中一命呜呼。赵科员有着势利、贪财等缺点，但并没有丧失最后一点良知。他的死让人感受到国民党官场的险恶。吴秘书、朱处长等人物形象也都比较鲜明。在这部官场小说中，通过生动的叙述、鲜明的人物形象，写出了20世纪30年代国民党官场的腐败、堕落，揭示了政治生活的可怕痼疾，预示了民族动荡不宁的昏暗前景。在小说的叙写中，老向始终保持诙谐、幽默的笔调，但诙谐、幽默里又确实升腾着一种对无耻者的愤懑与对民族命运的忧患。这确实是一部有良知的作家写出的充满艺术力量的优秀作品。

为抗战而写作

深沉的民族情怀是老向内在的精神旨归。1934年，老向任河北定县景慧学校校长。当时日本帝国主义强占东三省、热河，冀东"自治"，华北"特殊化"，到处飘扬着日本"膏药旗"，中国旗帜已不见踪迹，中华民族危在旦夕。为唤起民众去愚、脱穷、起弱、除私、救中国的思想，景慧学校坚持每天清晨举行肃穆的国旗升旗礼。日本侵略者对此十分仇视，他们开着坦克前去恐吓。老向临危不惧，他谆谆告诫学生升旗的艰难和维护升旗的意义。最后一次升旗，他和全体师生肃立操场，每个人都热泪盈眶。形势越来越恶化，1936年，定县平民教育工作被迫中止，老向只好南下江苏，继续致力于平民教育事业。

抗日战争爆发后，老向从南京来到武汉。1938年1月，在爱国将领冯玉祥支持下，创办半月刊《抗到底》。该杂志为半月刊，十六开本，一共发行了二十六期，其间共发表与抗战密切相关的诗歌、散文、小说、杂文、戏剧、通俗文艺、木刻等二百余篇作品。老向在发刊词中写道："《抗到底》这个名称，充分代表着本刊的特性，我们要根绝妥协，永不屈服，抗战到底。""无论如何，我们必定要打下去，一直到倭寇完全失败，我们的旧恨新仇完全洗清，我们的国家完全独立平等，我们的大功才算告成，我们的责任才算完尽。"《抗到底》刊发的作品极具战斗力，大量直接表现抗日将士前线生活的图片、信札、诗句，读起来让人热血沸腾。另外一些表现后方民众抗战生活的作品，如老舍创作的抗战通俗故事《李小姐计杀倭寇》，则显示了全国民众同仇敌忾、共同抗战的坚强决心。《抗到底》是一个面向基层民众和前线将士的普及性文学读物，因此风格上追求通俗易懂。事实也证明老向的办刊努力非常成功，所刊发的作品文字浅显易懂、明白如话，初识文字的人看得懂，不识文字的人听得懂，深受大后方老百姓的喜爱，对深入发动群众、鼓舞将士斗志、夺取抗日战争最后胜利做出了重要贡献。

老向在主编抗战刊物的同时，也积极从事抗战文学创作。曾经在《抗战文艺》《文艺半月刊》《弹花》《民众故事》等刊物发表大量通俗小说、故事、歌谣、民间说唱等通俗作品。他的说唱文学作品《割爱除奸》《忍辱报仇》《奇巧会》等，"用民间文艺的题材写民众"①，通俗易懂、生动活泼，深受民众和士兵的喜爱，成了大后方民间艺人到处传唱的文学蓝本。特别值得一提的是他在1938年创作发表于《抗到底》第5期的《抗日三字经》。"人之初，性忠坚；爱国家，出自然；国不保，家不安；卫国家，务当先。……倭寇祸，起明朝；沿海岸，乱杀烧；戚继光，发兵剿；丑倭寇，鼠窜逃……"通篇使用老百姓喜闻乐见的三字韵文形式，语句浅白而有节奏。首先回溯中华悠久历史，激发读者爱国主义热情；然后勾勒国际国内形势，讴歌为国捐躯的抗战英烈；最后宣讲社会各阶层应尽的责任与义务，号召全体中国人为夺取抗战的最后胜利共同努力奋斗。老向曾经说："为什么我想起写《抗日三字经》呢？因为利用这个老牌的旧瓶，装上抗日的新酒，是写通俗文的方法之一。这样民众也许容易接受。"② 此文在《抗到底》发表后，随即由成都商务印书馆、西安大东书局等十几家争相出版发行，总份数达50万以上，老向自己印发的小册子在一个月内也销售了5万册，③ 可见传播范围之广，影响之大。

老向的另一篇通俗文学作品《抗日千字文》也曾得到广泛传播。《抗日千字文》要用1000个不同的汉字连缀成文，而且要押韵上口，还要围绕抗战展开，操作起来十分不易。1938年5月，老向在汉口大董家巷1弄2号开始着手创作，不管吃饭还是睡觉，整天沉浸其中。只要想起一个好词句，半夜也要起来记下。先后易稿不下百次，于右任、老舍等都曾帮助他推敲过文字。其中甘苦只有作者自己知道，老向曾经大发感慨，"一生心血都用尽，千字文章作不通"④，可见他在创作中确实绞尽了脑汁。文章写成后原计划在《抗到底》刊发，后因武汉沦陷，直到1939年转移至重庆才得以刊行出版。后来，《抗日千字文》被指认为教育部非常时期民众丛书之一，印发给民众、士兵，

---

① 老向：《抗到底·发刊词》，《抗到底》1938年第1期。
② 张珊：《论老向〈抗日三字经〉的史料档案价值》，《兰台世界》2015年第10期。
③ 董文璞：《通俗文学大家老向》，《文史精华》2014年第10期。
④ 同上。

得到基层读者的广泛喜爱。

抗战时期,老向除了通俗文学作品,还创作了一些艺术性很强的小说。其中最重要的为中篇《秃油锤》。《秃油锤》创作于1941年10月,连载于《抗战文艺》第7卷第4—5期。作者用生动的笔墨成功塑造了秃油锤这个抗战英雄形象。秃油锤本是河北农村的一个船夫,真名张真立,但是因为脑袋上光秃秃的不长一根头发,被人送了一个绰号"秃油锤"。他使得一手好船,在滹沱河上东奔西走,生活本也过得去。可是,日本侵略者占领了他的家乡,烧杀抢掠,民不聊生,他和逃难的乡亲们一道爬上火车车顶,跑到河南郑州。在郑州火车站,他搭了个草棚,支了个炉子卖烧饼,想这样凑合着苟活下去。可是,日本的飞机三天两头来轰炸,有一天把他搭的草棚和家什全炸没了。"他不再跺脚,也不再诅咒,他那红得可怕的两只眼向四下轮视了一番,突然举起拳头,通通的按着自己的秃头揍了几下,说:'姓张的,不找你这野种去报仇,下半辈子便不做人!'"后来他找到部队当了兵。经过严格训练,他手里担着枪弹,开到战场上,与日本侵略者作战。秃油锤感到生活重新有了希望,觉得整个世界都与从前不一样了,甚至认为自己的秃也不需要再护短,"他照照镜子,一颗光光的头,不方不圆,见棱见角,真像一个铁锤,怪有劲的。这'秃'也秃的特别,秃的有趣,无须乎再护短"。经过枪林弹雨的锤炼,秃油锤变得胆大心细,智勇双全。来自湖南的战友小胡虽然瞧不起秃油锤,觉得他是个粗人,但是他也不得不承认,"一个兵该知道的,老张都知道,打靶在全连里他永远是第一,连长都夸他是神枪手。在徐州一带作战,老张不仅胆子大,敢拼,他还会用计呢"。开初小胡凭着自己上过高中,有文化,经常打趣秃油锤,最后终于被他的勇敢、侠义折服,成了莫逆之交。打仗前,"'喂,小胡,咱们是老弟兄了,平时玩笑没要紧,打仗的时候,咱们可说一不二,规规矩矩。'秃油锤叮嘱小胡。'情好吧,没有错儿。'小胡居然学会了这句河北土语了"。在一次战斗中,秃油锤和小胡双双负伤,被送到后方医院休养。他们无时不惦记着前线,"谁来欺中国,我就跟谁干。日本人欺中国,我要跟他干。万事不如保国先,保国先。跟他干,不怕他胡搅,不怕他蛮缠。一直跟他干,干,干,一定要把他干垮,一定要把他揍烂。旧耻新仇要清算,要清算"。他们唱着抗日歌曲,希望早日养好伤,重回前线。小说以真实可信的笔触，写出了秃油锤从一个苟且偷生、不觉悟的船夫最终成为坚守民族大义、不怕流血牺牲，为民族解放奋勇杀敌的战斗英雄的心路历程，塑造了一个普通却不平凡的英雄形象。

整篇小说流动着一股可贵的乐观主义气息，"秃油锤带着的这一班人，差不多每人代表一个省份，有老行伍，有新补充来的，有挂过彩的，也有还不曾打过一次仗的。老实说，彼此的程度不一致，生活习惯有差异，言语也不是毫无隔膜；然而，这些都无伤于他们感情的融洽与步调的齐一。若是敌人那漫天的炮火，肆意的轰炸还有一点效果的话，那就是，把中国一切人为的封界摧毁了，使大家成了一个"。日本帝国主义发动的侵华战争让无数的中国人妻离子散，家破人亡，其罪恶当然不可饶恕。但是，也正如小说中所说的那样，它也确实让中华民族觉醒起来，拆掉隔离，团结一心，为民族解放顽强战斗。有了这种觉醒，有了全民族团结一心，抗日战争的胜利当然是必然的结局。

1940年5月由宇宙风社推出老向的长篇小说《全家村》。全书计186页，列为"宇宙风社月书第五册"，主编是周黎庵，曾以"寻心"为名在《谈风》杂志上连载。林语堂非常喜欢这部作品，曾将它译成英文。林语堂是老向的师长辈，两人结缘于北大时期。那时林语堂是北京大学英文系教授，老向经常去听他的课。老向天性里有幽默、风趣的因子，而林语堂则是他后天发展的重要导师。老向有很多作品由林语堂编发在《论语》等刊物上，引起广泛关注，并由此被时人尊为"论语八仙"之一。对老向这位后学，林语堂也是从来不吝褒扬。1936年，林语堂编译的《老残游记续集及其他翻译》一书由上海商务印书馆出版，该书在"当代中国幽默"部分收入的唯一一篇是老向的《村儿辍学记》。1946年，高克毅编选、林语堂作序的《中国人的机智与幽默》再次将老向的这篇小说收入其中。1950年，林语堂编译的《寡妇、尼姑与歌妓：英译（改编）中国小说三则》由纽约约翰·黛公司出版，其中唯一一部现代小说是老向的《全家村》，翻译时改名"全寡妇"。1952年，《全寡妇》由威廉·海涅曼公司再版，在墨尔本、伦敦、多伦多三地同时出版发行。林语堂曾经称赞《全家村》是"现代中国文学中的最佳创作之一"，甚至"比鲁迅的《阿Q正传》更好"，因为小说"写实地展现了整个村庄的生活和人物，但选择的是幽默家的视角"，"展现了作者对人物的深情"。①

《全家村》以讥诮、醒脾的语言充满温情地讲述了一个有关河北乡村的故事。小说从航空英雄全大杵骑着水牛衣锦返乡写起，叙述了全家村各色人物的各色故事，最终以一场大火结束。

小说中塑造了多个饱满的人物形象。最具光彩的当数盖西门全寡妇。她本是"城里的姑娘，她父亲是衙门的文捕快。捕快是管拿贼的，文捕快是管拿百姓的。所以她从小就把人这个动物琢磨透了。越怕什么，越有什么叫门；大家认为走不通的，只要你有苦胆走，硬创出一条路来也并不艰难"。"据说除了做新娘子那一天，盖西门这位老寡妇从没有安安静静在自己家里炕上待过。赌局、茶馆，都是她的行宫。"她说话直得比刀都顺溜："你靠你老婆偷人吃饭，你老婆就是菩萨，我靠我的几个丫头吃饭，她们也都是活菩萨。"在全家村人人都怕族长，只有她把族长收拾得服服帖帖。在全寡妇伶牙俐齿的说笑中，族长"全方舟那老头子，进也不好，退也不能，话又丁不上，怎么着也不得劲儿"，从此见着全寡妇都是绕着走，一丁点不敢招惹。在全家村全寡妇甚至成了一方领袖，"全家村的人们，所以对全寡妇都有兴趣，并不完全因为她们家没有男人，比较的温柔。天旱了，到她们家去求雨；人病了，到她们家去取药；做个噩梦，也得到她们家去禳解。这一村的文化中——不在那座破庙改造的学堂里，而是在她们家"。对于老实人，她有时也有一副热心肠，她的小女儿颠颠妮儿在大街上把一个小伙子欺负得脸色煞白说不出话来。大家都看热闹，她却"紧走了几步，推开全方舟，扯开小颠子，指挥那长工快快走"。她说自己的孩子："你不瞧把人家孩子给吓成什么样子了？快给我滚回家去！"全寡妇可以说是老向为现代中国文学贡献的一个独特的艺术形象。

小说中火车头哈喽全也是一个不可多得的人物形象。他跟着外国人修过铁路，"在这全家富一带，他是第一个同外国鬼子握过手的，嘴里能够说成串的外国语"。外国人见了他总说，"哈喽，全"，工友们给他起了个绰号"哈喽全"。有一次，他飞跑着去村外，"他可没想到自己只顾开车并没有领路签，

---

① 吕黎：《中国现代小说早期英译个案研究（1926—1952）》，上海外国语大学博士学位论文，2011年。

也没有人搬闸！对面私盐贩子全飞看见天气不好，偏巧正拼命的向村里跑，两列火车迎着头开，还有不撞在一起的？哈喽全比全飞智短了寸把，头额正碰在对方的鼻梁上。他们只记得仿佛打了个霹雳，轰隆一声，便一齐出了轨，躺下去。雨过天晴，人们再发现了他们，才知道全飞的鼻子到底软了些，让火车头碰得尖儿向了里。哈喽全又得了火车头这个绰号，立刻传扬到各集市各镇店里去"。他喜欢帮助人，对村里的孩子态度非常好，"因为他能喜欢孩子，所以妇女们没有谁不喜欢他。其实不只是妇女，一个无条件地肯为他人而牺牲自己的人，整个社会都需要他"。

另外，航空英雄全大杵、族长全方舟、私盐贩子全飞，以及全寡妇的四女儿四仙姑、五女儿颠颠妮等都个性鲜明，令人过目难忘。即使全族长家那个没名没姓的长工也给读者留下深刻印象，"全方舟家那位长工本来不是什么吃好粮食的货，每天夜里都有黑天儿的朋友来勾他。不过全家富的人们，看他傻头傻脑，做事勤快，又不大好说话，还都当他是个老实头，颠颠妮儿那孩子没有看出他是个蔫匪还去招惹他倒也罢了，连哈喽全和全寡妇这些惯走江湖的人物，都不会看出他有爬软梯挖窟窿的本领，不能说不是他装假到家"。

第二节　田涛

田涛（1915—2002），原名田德裕，1915年3月出生于河北省望都县北合村的一个贫农家庭。20世纪30年代初在北京求学期间开始发表小说，颇得凌叔华、沈从文好评，被认作京派作家群中年轻的一员。1940年，京派评论家司徒珂在北京《中国文艺》第2卷第6期发表文章《评〈荒〉》，高度评价田涛20世纪30年代中期在北京公寓里创作的小说。其中十分肯定地说道："当萧乾先生主编大公报《文艺》的时候，曾有一位新进作家以忠诚的态度、努力的精神来和我们相见，那就是田涛先生。他的作品已经将接近了成熟的边际。……作者渲染在作品中的情感是通过了人性的仁爱和同情，这种感情是和平的而非斗争的。"这是目前看到的最早将田涛与京派文学联系在一起的评论文章。1988年，杨义在《中国现代小说史》中首次将田涛的京派作家身份写入文学史："田涛是三十年代的京派作家，……田涛早期短篇，秉承京派的审美趣味，以'乡下人'的眼光观察世界，在家长里短、生老病死一类乡村俗相中，吟味着老中国乡村儿女的生活方式、伦理情感和原始人鬼观念。"①从田涛长达六十余年的文学创作来看，作者确实有着与沈从文等京派作家相近的文学追求，表现出对乡村习俗、乡村底层生活的执着关注，对善良、美好、仁义的信守与张扬。司徒珂、杨义等论者将田涛划入京派作家之列大致是不错的。

当然，田涛的创作也表现出相当的丰富性。他的某些作品比如《利息》《分出后》等，以近乎刺目的细节写出乡村世界黑暗的一角，表达出作者内心深处对人性的怀疑和对作恶者的愤怒。《利息》写的是有钱有势的周老爷，以取消赵伯伯的租种权相要挟，明目张胆地调戏、奸污赵家三个女儿。而赵伯伯一家因为害怕周老爷收回他们赖以为生的租地而忍气吞声。这篇小说是作者刚刚开始文学创作的试笔之作，显得比较稚嫩。不过，它确实表现了作者精神世界比较隐秘的愤怒情感。《分出后》则将怀疑的目光投射到血缘关系上。端吉与父亲分家后，父子成了田主与租户的关系。端吉带着病弱的妻子和年幼的儿子辛苦劳动了半年，收获的三袋麦子有两袋被田主"老头子"笑眯眯地拉走了，等待他们一家三口的只有漫长的饥饿。最应该显示人性光芒的父子情竟变得如此淡漠，这样的叙事包含了作者对人性的深度质疑。这篇小说受到司徒珂的指责："故事虽然很动人，然而对于'老头子'那样人物的意识使我们很难了解。所以我们不能不说这些'暧昧'是作者的污点，也就是他未成熟的部分。"其实，田涛生逢天灾、兵祸频仍的乱世，看到的污秽世相太多，他对人性美好的叙述原本包含着很大程度的想象与期盼成分，而对人性的怀疑常与这种想象和期盼相搏斗，《利息》《分出后》可以说是作者一不小心泄露出的另一方面真实心境。司徒珂的不理解，是某种文学偏见作用的结果。而这些作品的存在，使得后来一些论者否定田涛作为京派作家的身份，认为"说他是京派作家，也就显得牵强和简单化"。不过，说田涛的创作有相当的丰富性是事实，但是，由此否定他的京派作家身份则未免言重了。

---

① 杨义：《中国现代小说史》第3卷，人民文学出版社1988年版，第112页。

因为，总体而言，田涛数十年的创作基本上都是在努力建构人性的殿阁。

冀中家乡一望无际的黄土地给田涛留下永难磨灭的记忆，也激发了他最初的文学想象，"在我的家乡大平原，地下水从太行山流下来，家家都有一眼甜水井。汲起的甜水，清澈可鉴。人们从井下汲水灌溉，黑黄色的土地吮足了甜水，便让它孕育的种子吐出翠绿的嫩芽来。一行行茵绿的幼苗，不过几天，拔地而起，向我展示它们的苗壮，给我投来盎然生机。……蓝天上飘着朵朵白云，禾丛中百虫齐鸣，引吭高歌。绿禾丛中充当我探险的神秘境地，许多的幻思从这翠绿苍莽的世界产生"①。而丰富多彩的民间故事更打开了他文学想象力的翅膀。"老公爷爷留有一丛白须，他常常坐进枣树林的窝棚里给我讲故事，……令人惊奇的故事，使我产生了对大自然神秘莫测的遐想。"②田涛的少年时代又是一个兵荒马乱的年景。尽管作者说荒年并没有让年幼的他感到多么悲苦，但不可否认，发生在身边的一幕幕悲凉场景确实给他幼小的心灵过早地埋下忧郁的种子，"那是一个涝灾荒年！黄茫茫的大平原，翠禾倒淹在涝雨黄汤水里，我的神秘的探险境地被毁灭了。我的父亲看见泡在黄汤水里的庄稼谷禾，哭了。我也看见邻居们望着被水淹没倒下去的谷禾伤心地哽咽起来。我有生初次望见成年人们哭泣，哭得那样伤心。我还没有看见过男子汉大丈夫和白发苍然的老爷们哭过，除了妇女们上坟哭祖代。从此，我产生了忧郁感"③。

20世纪30年代初，田涛高小毕业后考入北京师范学校。由于家境贫寒，田涛对自己的"乡下人"身份有着更加切肤的体认，"一个从偏僻乡村来到大城市的乡土孩子，语言行止，都会受到城市人的讥嘲，何况衣服被褥又都是乡土老粗布。那年月，日货、西洋货充斥市场，穿洋布的男女学生，花枝招展。乡村人家的粗布褴衫，低人一等。从精神上，自感是个乡下人"④。"乡下人"身份的体认，一方面使他在城市生活里产生强烈的异己感、自卑感，另一方面也刺激他努力学习，借以缩小自己与城市间的距离。"在穿戴上不能和城市人攀比，全副精力贯注进学习上。课余时间进图书馆看文学杂志、文

---

① 田涛：《人之初，生活的摇篮》，《新文学史料》1991年第3期。
② 同上。
③ 同上。
④ 田涛：《记北京公寓生活》，《新文学史料》1990年第1期。

学书报、世界文学名著。这期间,我读了大量的中外文学作品,开阔了脑筋,活跃了思路。文学潜移默化能左右一个人的思想感情,确定一个人的世界观和前程。都市生活环境,能把人的生活节奏改变,我很快改变成为城市的知识分子了。"①

在努力融入城市生活的过程中,田涛开始了自己的文学创作。此时,正当京派文学兴起之时,沈从文等固执的"乡下人"叙述方式吸引了田涛的注意,他们对乡土文化资源的看重与挖掘激活了田涛深埋心底的乡土记忆。1935年,田涛接连在《国闻周报》《文学季刊》等刊物发表了《旗手》《骡车上》等中短篇小说,表达了作者对乡土文化的沉迷,对乡土精神的眷顾。他的小说语言优美,形式多变,特别是《旗手》等篇更显功力,颇得编者与读者的赞誉。创作上旗开得胜,增强了田涛游走城市间的自信,也极大地鼓舞了他的文学热情,当年他就搬进北京沙滩西老胡同一家公寓,开始了以文谋生的职业写作生涯。对于田涛创作更有意义的一件事是,由于文学趣味的相投,沈从文比较喜欢这位向他投稿的年轻作家。他曾约见田涛到编辑室谈对稿件的意见,并多次在自己主编的《大公报·文艺副刊》编发田涛的小说。而且,他还将田涛引荐给另一位重要的京派作家凌叔华。凌叔华也十分赏识田涛的文学才华,便以邀请参加北海公园茶话会的形式,将他推向北京文坛。田涛由此成为20世纪30年代中期一位崭露头角的文坛新秀。在抗战前短短的两三年里,田涛创作了十多篇优秀作品,除前面提到的篇目外,还包括《竹笛》《马棚里的一夜》《荒》《离》等中短篇小说。其中《荒》曾经备受王统照等作家好评,并由沈从文、靳以举荐入选良友出版公司出版的《二十人所选短篇佳作集》。

抗日战争爆发后,田涛参加了抗战工作,先后到过冀、豫、鄂、皖等地。在郑州大刚报社编副刊《战地文学》及《阵地》,在豫西编文学月刊《大地文丛》。1938年,他在武汉参加了中华全国文艺界抗敌协会,长期到前线从事采访、宣传工作。多年的战争前线生活,使田涛无数次目睹了日本侵略者的凶残屠戮,这激起他强烈的民族愤慨。田涛将内心的愤慨灌注到自己的文学创作中,写成报告文学《黄河北岸》《战地剪集》《大别山荒僻的一角》等。

---

① 田涛:《记北京公寓生活》,《新文学史料》1990年第1期。

但是，细读田涛的这些作品就会发现，民族义愤并没有使作者失去应有的理性。在作品中，他强烈谴责了日本军国主义屠戮中国人民的罪恶，充分张扬了中国军队抗击侵略者的正义性，但始终与血腥场面保持一定的距离。这种距离体现了田涛对生命的关爱，对人性尊严的维护。田涛的这种人道情怀，使得他的作品相对低调一些，却更值得读者细心回味。1942年田涛来到大后方重庆。相对稳定的生活环境使作者能够从容地进行小说创作。先后编辑出版短篇小说集《灾魂》《西归》《牛的故事》等。此外，他还创作了长篇小说《潮》，中篇小说《子午线》《地层》（又名《焰》）。他的这些小说多数仍以战争为背景，但作者与战争拉开更大距离，表现出对战争环境下人的命运的更大关注。

抗战结束后，田涛继续留在重庆，创作了短篇小说《腊梅花开》，中篇小说《边外》等。完成于抗战后期的长篇小说《沃土》，由巴金编入《现代长篇小说丛书》，于1947年4月出版。这年冬天，田涛乘船赴上海。这个时期，田涛的短篇小说集《灾魂》由巴金编入上海文化生活出版社《文学丛刊》第9集，于1948年4月出版。此外，他还出版了短篇小说集《希望》、中篇小说《流亡图》等。这个时期最值得一提的是长篇小说《沃土》的出版。《沃土》写得不露声色，却充分展示了华北平原的神奇、美丽与华北农民的勤劳、善良，这一切又与华北平原多灾多难、华北农民贫苦无告构成巨大反差，表达了作者对全云庆等人身上闪烁的传统人性光芒的留恋，以及对他们苦难命运的反思。

中华人民共和国成立后，田涛曾任中南文联编辑部副部长、《长江文艺》副主编。1953年，加入中国作家协会，先后任作协武汉分会、湖北省文联专业作家。1964年，田涛调河北省文联任专业作家。曾任河北省文联副主席，中国作家协会河北分会副主席、名誉主席、顾问等职。2002年4月因病去世，享年87岁。

20世纪50年代前期，田涛曾经为保持自己一贯的艺术风格而积极努力，连续写了《在外祖父家里》等二十篇散文式小说。这些小说使作者重新回到童年，回到大自然，充满情趣，充满人性化叙述，在读者中反响强烈，颇受好评。但是，长期的文学政治化管理机制，严重压抑、损害了田涛的文学创造力。20 世纪 80 年代后，文学创作自由得到恢复，田涛很受鼓舞，也曾创作了《他就是这样一个人》等优秀小说。但是，由于最好的创作年华已经错失，田涛并未能够突破他曾经取得的文学成就。

《荒》等小说的创作

1937 年年初，田涛从自己进入文坛两年来创作的小说中选出十几篇，编成短篇小说集《荒》，寄给素不相识的巴金。巴金看后感觉不错，就推荐给一家大书店，却未获结果。[①] 不久抗日战争全面爆发，巴金离开北京南下，但一直没有忘怀此事。到 1939 年秋，他辗转到香港后，又从过去杂志上搜集出田涛发表过的《荒》《骡车上》等 9 篇小说，仍用原名编成一集，作为《文学丛刊》第 6 集之一出版。短篇小说集《荒》的出版，肯定了田涛北京时期小说创作的成绩，扩大了作者在文坛的影响，也给他很大的鼓舞，"巴金先生……又在百忙中替我将散落在报刊上的作品重新搜集成书出版，我非常感激，给予我在抗日战场进行创作以极大的鼓励"。[②]

以小说集《荒》为代表，田涛在北京公寓时期的小说创作取得很大成绩。他的这些小说，首先可以说是作者精心绘出的 20 世纪 30 年代北方原野的自然、风俗画册，从中可以看到历经无数战乱、灾荒的北方原野美丽、辽阔而又破败、荒凉的自然景观，以及北方乡民朴厚、善良而又愚执、麻木的精神风貌。北方原野是辽阔而美丽的。在短篇小说《谷》中，田涛透过老农迈伯的眼光尽情地写出北方原野的美丽来，"（迈伯）走出了村庄，东方天空仿佛给他赌气似的板起了红紫的面孔，那几块云彩分散开，中间是一片明亮的天空接吻着大地边沿，慢慢露出一个发光不甚强烈的红球。时候实在不早了，赶早儿上田割收庄稼的农夫们早赶到田里开始工作了，草路是冷清清的，庄稼都挂着晶莹闪耀的露珠，空间迷蒙着稀薄的潮雾，像烟。整片田野都变成枯黄干热的颜色，除了那开着一片片白花的荞麦。顺着这条狭窄的黄泥土路走去，两旁都是超过人头的高大庄稼，一片高粱在空中吐出红米穗。路径到了被一个三角斧形的濠坑劈开两岔，迈伯顺了一条弯成弧形的路径走去，再

[①] 参见巴金《荒·后记》，文化生活出版社 1940 年版。
[②] 田涛：《记北京公寓生活》，《新文学史料》1990 年第 1 期。

拐了一个活弯子便看见他的谷田。紧贴了他的谷田一边是密密丛丛一块红豆地，红豆地那边有一家男女弯着腰割谷，像竞赛一样，前去的落后的，只听见发出吃啦啦的响声"。北方的原野也有着破败、荒凉的另一面，凄惨之态甚至威迫着人的神经，让人透不出气来，"天空静而清澄。沟塘的岸坡生着乱蓬蓬的荒草，据附近乡村人们传说，这里曾作过三次战场，死过无数勇敢的战士，骨骸埋葬在沟塘下。这里时常闹鬼，发生劫盗凶杀案。这里是阴魂、鬼灵集聚地。夜里，大家都怕经过这里一片荒草沟塘。仅有火车按了它每日的行车时刻冲来驰去，震着它那轰隆的铁轮，把这里的沉寂惊碎。但它窜驰一刹那间，在这一个短短的时间过去，嚣喧消亡在远处，寂寞又统治着荒野草沟，蓬勃的芦苇池塘"。①这样充满死亡气息的极致描写，在田涛的小说中并不是很多，但无疑，它却构成田涛小说的一种底色，致使他小说里再轻松、喜悦的文字里都会不时绽开一丝裂痕，露出同样荒芜、凄悲的生命况味。比如，"（小柱子）领管姐到田野荒草沟里去捉蛐蛐。在荒草沟旁，她听见一个小谷里有蛐蛐叫，一下子不知怎么的，她不想捉那蛐蛐，却想起姥姥和母亲来，于是震荡着喉咙又呜咽起来"。②两个小伙伴一块去野外捉蛐蛐，这应该是一个非常轻松、幸福的场景了。小管姐为什么会哭泣呢？原来，这轻松、幸福的场景背后却隐含着她卖身为奴的人生不幸。正由于充满这种人生的不幸，田涛小说中精心营构的美丽画面都很容易被划开裂痕，渗出凄苦的况味。

同时，在这些小说中，田涛还执意要写出北方乡民历尽苦难而保持着的朴厚、善良的心地来。小说中的女性更能理解别人的痛苦，更充满爱心。"姥姥是最慈蔼的妇人，她有从经验得来的忍耐性，虽然心里难过，一张给阳光晒得焦黑的瘦脸也泛起和蔼的微笑，先把小女主人哄得不哭了。再把管姐安慰一番。家庭里空气和平了，病人的房里才安静，寂寞。"《谷》中迈婆的慈爱更加广博，甚至惠及自己家养的狗。"她看见那条嗷嗷叫着在院子里旋圈子的黄狗，滚了个团儿，卧下，还嘶声吠着，像个受伤的孩子，她那一张嘴不禁得又噜苏出来：'嗯，罪孽的，又是他打它的腿咧……'"小说中的男性由于生计的煎熬大都性情暴烈，但粗粝外表下其实也有一颗单纯、明净的心，

---

① 田涛：《荒》，《荒》（小说集），人民文学出版社1985年版，第32页。
② 同上书，第29—30页。

"怀着一颗悲怜的心,来接管姐去与妈妈见最后一次面的父亲,因为走长路,满头大汗。他停止了脚步,看见自己头上两条红绳小辫子,一把把她拉进怀里,管姐以为又要吃巴掌,心里卜卜跳,全身发抖,也不敢哭咽。但是爹爹并没有打她,最后把她放下,拉住她的小手说:'小管,想妈妈吗?''想,也想你。'这时候,管姐才敢抬起头看爹爹的脸,他的脸热得发红,眼睛水渌渌的,她从不知道爹爹也会哭,她只想:'为什么爹爹的眼睛也淌汗呢?'"小说通过管姐少不更事的眼睛,生动展露出埋藏在一向沉默、暴躁的父亲内心深处对妻子、女儿的真挚情感。

当然,在面对北方原野上这群朴厚、善良的乡民时,田涛内心其实是充满矛盾的。一方面,他十分敬重、怀恋老一代乡民身上勤劳、善良的美德。在小说中,他深情地刻画出迈伯等勤俭持家、本分做人的乡民形象,表达了他对乡土精神的留恋与怀想。另一方面,他也毫不掩饰地写出了乡土精神退化委顿、难以为继的客观现实。这表现在传承着乡土精神的本色乡民连起码的生存都维持不住。比如,迈伯一家一年到头只能吃糠咽菜,管姐的父亲眼睁睁地看着自己的小女儿被卖发到富家做丫头,善良的端吉实在忍不住残酷的精神折磨而一次次想抛妻舍子逃出家园。更冷酷的现实是,这些秉承传统乡土精神的农民多少有些"守夜人"的味道,他们的后人大都表现出对他们的美好情怀的不屑。比如,迈伯的儿子盒子,"(盒子)在做着一个梦幻,整天死守在田里,比坐监牢还苦,他宁愿出去当兵,打打仗,死了,比这个不死不活的农夫痛快多了"。父辈的理想对于成长起来的下一代已经没有什么吸引力,他们渴望逃离乡土,过另外一种生活。这种近乎抵牾的两条纬线的并存,表明接受过现代文明洗礼的田涛,并不泥守于传统田园文明。他的乡土创作,其实是双指向的。一方面,他以乡土精神中单纯、明净的善良本分来反思正在兴起的都市文明的浮躁与势利;另一方面,他并不将乡土精神抽象化、理想化,他坚持以现代精神来烛照传统乡土文明的愚执、麻木。他的后一种思想维度表现为他对乡民苦难命运的展露与质询。他的小说不厌其烦地描述乡民的苦难生存境状,这种反复的描述背后隐现着作者对乡土精神的怀疑与批判。因此,也可以说,田涛是以一种开放的眼光来探视传统的乡土文明与现代的都市文明,并对二者提出了自己的批判,在批判的基础上营建别一种更具合理性、更具人性的现代方案。

田涛的这种思想矛盾与企求更清晰地表现在他的另两部短篇小说《旗手》和《一人》中。这两部小说分别刊发于《国闻周报》和《新中华》，由于战争环境的影响，巴金未能搜集编入小说集《荒》中，不过它们确实比较重要，也比较优秀，特别是前者，在当时受到编者和读者的广泛好评。小说《旗手》，讲述的是破产的乡民李伍到火车站当旗手谋生的故事，《一人》讲述的则是另一位破产的乡民董子到城市某公寓当伙计谋生的故事。在这两部小说中，作者站在城市与乡村之间，通过进城打工的乡民李伍和董子与市民之间的交往，表达了自己对都市文明与乡土文明的冷静审视与反思。在城乡对比中，乡民李伍与董子表现出勤劳、善良、舍己救人等美好品德，而市民老金、管账先生则表现出懒惰、奸猾、势利等恶劣品性。这样的叙事表达了作者对都市文明中浮躁、市侩一面的批判，对乡土文明中朴厚、善良一面的褒扬。不过，这只是田涛两部小说内涵的一半。另一方面，田涛又不加掩饰地写出了乡民李伍与董子的愚钝、迟滞。李伍面对火车大惊小怪、举止行为又蠢笨如牛，董子说话颠三倒四、遇事常不知所措。在这种近乎矛盾的叙事中，其实正表达了作者既不满于都市文明中的浮躁与势利，也不满于乡土文明中的愚昧与颟顸，而企求另一种既健康文明又充满人性人情的现代生活的美好愿望。

在这一时期，田涛有意识地追随沈从文等京派作家的审美意趣，努力在创作中弘扬人的尊严，展示人性的光芒，以仁爱来弥合人与人之间的裂隙，企求社会的和谐、个体的幸福。最清楚显示作者这种良苦创作用心的是小说《闹》。出身于不同阶层的两个女孩芬芬与凤香，一个是小主人，一个是小仆人。但她们年龄都很小，没有阶层差别的概念。两个女孩一起到野外玩耍，说到鱼肉好吃时，小仆人凤香回忆起小主人一家吃鱼却没让她吃，感到非常生气，两个女孩因此对骂起来。芬芬哭着跑去找她妈告状，凤香才意识到自己闯了祸，感到有些害怕。最后，麦粒老伯带着凤香回到主人家。凤香躲在院子的角落里，麦粒老伯进屋跟主人夫妇讲了一通话。他走后，男主人唤凤香进屋，"并不谴责她一句话。只用很温柔的手掌抚着她汗淋淋的头发"，女主人则从抽屉里拿出一个粽子给她吃。小说写得近乎一篇童话，也可以说它带有一些乌托邦的色彩，不过它确实清楚表达了作者企求消弭纷争、回归人性的美好愿望。

而田涛这个时期的创作中思想内涵比较丰厚、艺术上更见功力的小说，当推《荒》和《骡车上》。《荒》，1936年10月刊发于《文学》杂志，被认为"是一篇题材新颖、文字简洁庄严的好作品"①。这篇小说最初来自作者对童年兵荒马乱社会现实的沉痛记忆，"我的童年是从兵荒马乱、路有饿殍、树木被砍伐、田禾被践踏、土地无人耕种的景况下度过的。在路途上我看到过一个苇塘的岸边，一座古老的庙宇，庙前躺着几具被残害的女尸，惨不忍睹，给我留下了难以磨灭的印象。……离开家乡，进了城市，那片荒凉的苇塘景象、生满荒草的庙宇、秃了头的老树桩，仍然难以忘记。拿起笔来，写出了这篇作品《荒》"。② 它类似于后来人们所说的诗化小说，作者无意于构建完整的故事情节，而是通过两只小雀、古柳、苇塘、被陷害的女尸、七十老娘等生动场景的巧妙粘连，营造出一种荒凉感。这种荒凉感令人惊悚，并引人反思。荒野上一个原本幸福、美满的麻雀小家庭，由于两个小孩子的闯入、破坏而毁于一旦。这个具有象征意味的场景，昭示了人类天性中潜隐着的野蛮、残暴的精神因子，以及这种精神因子巨大的破坏性，表达了作者企求人们省察自身不良欲念的善良用心，表达了作者反对野蛮、渴求文明，反对暴虐、渴求自我完善的美好愿望。

《骡车上》，1935年春刊发于靳以主编的《文学季刊》。正如题目所示，这部小说通篇的故事情节都发生在一驾骡车上。保镖老六与车夫喜三在一个严冬的雪夜冒着刺骨的寒风赶着骡车去很远的地方延请医生。他们一个车篷外，一个车篷里，搭讪着往前赶路。后来喜三实在抵御不住寒风的侵袭，也钻进车篷里来。老六给喜三讲了个故事：一个在外面做了二十年活的老长工，背着一个行李，带着他积攒下来的二百五十块钱，走了很远的路，回到阔别了二十年的故乡。二十年前离家时，他的妻子才二十多岁，头发乌黑，脸蛋像苹果一样鲜嫩光明。如今，他的妻子已变成一个灰发苍然的老妇人，满脸紧皱着密纹，枯瘦的颊上惨白得可怕。当然，长工也由过去的青壮小伙子变

---

① 田涛：《记北京公寓生活》，《新文学史料》1990年第1期。
② 同上。

成头发苍白、胡须满脸的老汉了。两个人都变化太大了,以至于他们见面时谁也不敢认谁。说者无意,听者有心,喜三被这个故事深深打动了。他本来十分讨厌女人,讨厌自己的妻子,十多年不肯回老家,现在却"立刻转变成最渴念着自己的妻子了。他也想起了他妻子那乌黑的头发,说不定现在也变成灰白。他心里阴冷了一阵,开始觉醒到人生青春时代的恐怖,心不禁卜卜跳了几下"。而在风雪中辗转了一夜的骒车也鬼使神差般地岔出原路,把他们拉到一片树林,已经接近喜三的故乡了。喜三跳下骒车,"把大鞭抛在雪地上,一直向了那片黑洞洞的大树林奔去。在雪野上乱踏着"。整部小说颇有几分现代主义气息,漫漫的雪夜,茫茫的原野,无人驾御的骒车,黑洞洞的森林,隐喻着人性的迷失与复苏。喜三终于看破沉迷物欲的荒唐可笑,毅然抛弃现实羁绊,回归自然,去寻回真正的人生乐趣。应该承认这部小说有些地方打磨得不够圆融,但这并不影响它成为一部优秀作品。

描绘抗战硝烟的人

1985年11月,田涛同时出版了两部小说集,一部《田涛小说选》,由人民文学出版社出版;一部《田涛中篇小说选集》,由香港南方书屋出版。这两部小说集同时出版,表明经过半个多世纪的岁月淘洗,田涛的小说创作最终获得了海内外文学界广泛的认同,得到很高的评价。在这两部小说选集中,前者附有一篇《序言》,后者附有一篇《后记》。这两篇序跋为解读田涛的创作理想提供了很有价值的信息。其中,可以清楚地看到田涛抗战时期坚持民族立场、恪守人文情怀的文学诉求。田涛自1935年登上文坛后,本来是明确反对战争的。他的早期代表作《荒》便是一个明证。不过,随着1937年"七七事变"爆发、抗日战争全面展开,田涛很快调整了自己的战争观,投身于抗战工作并积极从事抗战文学创作,表现出坚定的民族立场。田涛在《序言》中写道:"'七七事变',卢沟桥抗日的炮火打响,我离开了古老的北京,投入了抗战烽火。在战火纷飞的战场上,东奔西跑,同敌人战斗,歌颂民族抗日英雄,为促进抗战而讴歌。"不过,在抗战小说创作中,田涛始终坚持人性的维度,避免了以正义的名义来放纵人的兽性;而且,他还始终坚持个性的立场,在构建民族救亡的宏大叙事的同时,不忘关注个人的喜怒哀乐、个体的生命价值。田涛在《后记》中写道："《流亡图》中的几个投奔抗战的青年男女，都和我在战场上有着共同的命运和遭遇，他们积极热情投入抗日救亡，却遭遇不公平的待遇。"曾经有过抗战时期"救亡压倒启蒙"的说法，如果读过田涛的作品，就会发现他的创作是一个有力的反证。循着这样的创作线索，会清楚地发现，田涛在抗战时期怀藏着独特的创作追求，并因此在他抗战时期创作的小说中保留了更多鲜活的细节、丰盈的个体生命律动，从而更深刻地展现了日本侵华战争带给整个中华民族的肉体与精神创伤，更清楚地表达了整个中华民族痛恨侵略，渴望收复国土、重建家园的巨大热情。

《牛的故事》，收入同名短篇小说集。① 这是一篇构思很奇特的抗战小说，它以一头名为阿黄的老牛为主角，通过阿黄的所见所感，充分暴露了日本侵略者的凶残，也写出了亡国者渴望民族解放、生活安宁的美好心愿。阿黄和主人的女儿青姑一起被鬼子从山洞里搜出来，青姑被押到一座庙宇里，阿黄被押到庙宇旁边的破栅栏里。通过阿黄单纯无知的视角，作者描绘了一个血腥的屠牛场面，展示出侵略者兽性发作的狰狞面目，"一个走近了怀孕的母牛，刀子一晃，母牛的皮裂开一道殷红的缝，鲜血肠肺模糊成一团湿淋淋掉下来，地下立刻成一片血泊，母牛的四肢抖着跪下来。另外一个鬼子却向着一个生得肥胖的公牛后腿上用锋快的刀子猛力一削，腿子没被削掉，鲜红的血却冒出来。肥胖有力气的公牛拖着那条鲜血淋漓的腿子乱窜，大声的叫着，其余的同伴们也被惊吓得蹦着。……黄昏，太阳的光线像血一样晒着囚笼的墙壁，怀孕的母牛已经断气了，睡躺在血泊里。被削掉一条后腿的肥胖的公牛还没有死，躺倒在角落里发抖，鲜血还在滴着。囚笼里现在变得十分惊怖，许多的同伴都紧紧地挤在一处角落里颤栗，大家似乎时时刻刻都会遭遇到两个同伴一样的悲惨的命运"。这样一群人性丧尽的侵略者会怎样折磨被缚的青姑等中国女性？作者没有写，但鬼子屠牛的凶残场面无疑给读者一种精神压迫，使读者不禁对那群毫无反抗能力的女性亡国者产生揪心般的牵挂，对侵略者产生强烈愤怒。小说结尾，阿黄获得解放，"第二天，阿黄跟着另外一队打着乡音的军队走了，仍旧是老主人牵着它，他们有青草给它吃，也给它水喝，它自由自在地，一高兴，便又哞哞叫了"。这种明朗的结局设置给读者带

---

① 该集为张煌编"创作文丛之三"，桂林华侨书店1942年版。

来希望与振奋，激发人们为抗战胜利而努力奋斗。

《子午线》1940年创作于老河口，后由楼适夷收入"大地文学丛书"，大路出版公司出版。这部中篇小说表现了中国军队屡败屡战的抗战精神。由于敌我装备悬殊，在中日交战中，某司令率领的中国军队几乎一直处于败退的状态，"一辆最新式的小汽车瞪着两个放白光的眼睛，把那些黑暗中的房子和树木都照出来，兜了一个弧形的半圈子，那两只发出极强度光的眼睛，照射出伞形的光辉，车子像射箭一样飞驰去了，后面只望见它屁股上两个红点子，跟着两辆载卫队的大汽车也开过去了"。但是他们并没有轻易放过消灭侵略者的机会，"去摸鬼子的是一班人，由班长韦必德率领。……有两个弟兄刺死了三个看守机关枪的敌人，获得了一架轻机枪，……有几位弟兄早已爬到他们蓬壕的进口，……弟兄们的手榴弹也在空中飞舞起来，在那狼狈乱窜的鬼子们的影子中爆炸开花。哭叫声中，稠密的枪弹和炮弹在头顶上乱吼起来。后方准备好了的弟兄们也开了火，烟火和尘土在黑暗的夜里滚腾起来，硫黄和弹药的气味扑散着，霎时间，天上的星星都被烟尘遮埋"。正是靠着这种屡败屡战的抗战精神，他们一点点消耗着侵略者的兵力，无形中慢慢扭转着失败的局面。小说更可贵的地方在于，作者敏锐地写出平民百姓逐渐觉醒的过程，表现了他们由盲目逃亡到再也无法忍受充当亡国奴的滋味，积极奋起投身到抗战洪流的精神蜕变。小说开头，东庄伯无论如何"不同意年青人们去当兵，当了兵的人脑袋是挺容易掉的，不用打，归顺了日本那不是就平安无事了？"后来，敌人的凶残杀戮和逃亡生活的困苦无望打消了他甘当亡国奴的幻想。"东庄伯老头子叹出一口气：'阿弥陀佛，阿弥陀佛也不灵验啦！东洋鬼子这样厉害呀……'"于是，他也和年轻人一起加入了游击队。"镇城里跑出许多人来围拢着看。'咦，那不是东庄，那老头子也在游击队里哟。'一个戴蛙舌帽的士兵叫起来：'快叫他儿子来！'"东庄伯由幻想苟活到决心抗日的精神蜕变，具有很大的代表性，它意味着中国民众在残酷的现实教育面前终于丢掉幻想，勇敢地拿起武器保家卫国。这精彩的一笔描绘出中国民众最终汇成了抗击侵略者的汪洋大海，为中国抗战的最后胜利奏响了序曲。整部小说没有一贯到底的人物，也没有完整的故事情节，作者主要是通过群雕手法，通过一个个无名者集群的勾画，展现出抗战中中国军队所遭遇的严重挫折和中国平民百姓所遭遇的深重苦难，展现出中国军队屡败屡战、顽强不屈的英雄气概以及中国民众不甘亡国屈辱奋起抗击侵略者的民族精神。小说中没有宏大话语的抽象宣讲，主要是通过无名小人物集群思想情感的具体描述来展现民族苦难和抗战热情，感情沉郁有力，读之令人感喟、深思。

在描述民族所遭遇的深重苦难、张扬民众抗战热情的同时，田涛还在自己的创作中融注了对生命价值的认真思索、对人性存在的深度追问。他完成于1942年2月14日的长篇小说《潮》，讲述了抗战时期青年学生胡珈航、山鹰的传奇故事。胡珈航到北京寻找父亲，正赶上卢沟桥事变爆发，就同平津流亡学生一起逃离北京。逃亡路上，胡珈航被山鹰幽灵般的眼睛深深吸引，山鹰也很喜欢这个文质彬彬的大学生。两人和流亡学生一起到冀豫游击区从事抗日宣传，他们之间的感情也越来越深厚。但是，战乱中司令部参谋董子奸污了山鹰，给他们之间的爱情造成巨大阴影。后来，胡珈航与山鹰同父异母的身世被揭破，更使两人沉入痛苦的深渊。胡珈航无法承受这种打击，最终发疯而死；山鹰的精神也备受摧残，长时间卧病不起。小说结局比较光明，山鹰克服了个人悲痛，再次走出家门，投身于抗日洪流中。与一般抗战小说不同的是，小说中个人情感主题与抗战主题始终并行发展，并没有出现所谓"救亡压倒启蒙"的倾向。通过胡、山二人的爱情悲剧的叙述，小说传达了爱情易逝、命运难测的人生感慨，显示出作者关注个体生命价值、追求纯洁爱情的青春意志；同时，通过山鹰最终振作精神再次投身抗日宣传的人生选择，小说又传达了国难当头、同仇敌忾的历史情愫，显示出作者心系国家、为民族而战的精神立场。田涛这种在创作中追求民族解放与个性张扬共同发展并达到相当平衡的艺术成绩值得重视，它表明作者具有将"五四"文学成果创造性地融进抗战文学创作的可贵意识，并为之付出了辛勤努力。

短篇小说《希望》感情沉郁而发人深思。这部短篇小说1943年9月写于重庆，后收入同名小说集。作品中，何升云从小县城考入大学，本是何家的希望之所在。父亲何成洵梦想着他有朝一日升官发财、衣锦还乡。可是，何升云大学刚毕业，抗战爆发，他便到战地从事宣传工作。何成洵对儿子的选择十分不满，但更让他光火的是，有一天，何升云破衣烂衫、黑瘦疲惫地出现在他面前，后面还跟着披头散发的媳妇、两个孙子。何成洵自然不好当着初次见面的媳妇呵责儿子，但也实在拿不出好脸色。到晚上一家人都睡下后，何成洵再也忍不住，他对着老伴不住地吵叫咒骂，并说："唉，完了，我这一辈子是不再希望享儿子们的福了。在他小时候，我们天天希望他长大，念书，出去做官，发财回来，谁知道，他长大了，还不如我呢？"咒骂、叹息清晰地传到何升云夫妻休息的房间，妻子红霄浑身颤抖："这样下去，我真是忍受不了呀！升云，你是知道我的，我需要休息，需要安静，升云，我可受不了这种神经上的压迫的。"父亲由于儿子的落拓感到在县城里失去尊严，失去人生的希望；何升云的妻子有孕在身，生理与心理都十分疲倦。被夹在父亲与妻子中间的何升云左右为难，更是痛苦不堪。通过何升云一家的家庭风波，作者十分细致地传达了战争带给人们的精神摧残。他让读者意识到，战争对人的损毁并不仅仅表现在流血、死亡，它对人的损毁其实无处不在。这样的描写应该说更有分量，更具震撼力。同时，这篇小说在对侵略战争进行控诉的同时，还将读者引向对个体生命价值的思索。何升云作为一个知识分子，在战争中，他失去的不仅是安宁，还有他实现自我价值的机会。投身抗战、报效祖国当然是每一个青年的责任，但是，这显然无法代替何升云实现人生价值的梦想。他不认同父亲那种升官发财的传统人生理念，但也不甘心只充当一个抗战宣传员。对人生意义的丰富追求与战争现实的无情摧折之间形成高度紧张，对这种紧张关系的忠实叙述，逼真地传达出田涛那一代亲历战争的知识分子深层的思想与情感脉动，表达了他们痛惜青春流逝、渴求自我实现的美好愿望。

短篇小说集《希望》中的另一部作品《胞敌》，则对战争环境下的人性进行了更加深刻的拷问。钟大金与钟小鸡本是一对同胞兄妹，有一天，哥哥作为汉奸俘虏、妹妹作为惩办者相逢在战地上。手足之情使钟小鸡举不动一把小小的手枪，"'妹妹，你不认识我是你哥哥呀？'钟小鸡被这句话震动得颤抖了，胳膊像一根棍子一样无力地落下去，手枪拍嗒一声掉在地下"。钟大金的思绪也游离了战争，"'走吧，妹妹，我们还是回我们家里去罢，你愿不愿意过咱们从前的生活？'钟大金讲话时，眼球滚着，想起了许多往事，'我真想不到一步迈错了，亲弟兄变成了敌人……'"同胞之情推延了惩办任务的执行，尽管这推延持续的时间并不长，但它却让人清楚地感受到被战争涂抹得面目狰狞的军人心底埋藏着的温情与爱意。小说结尾,一阵混乱的枪声将这对苦难的兄妹从幻梦中惊醒,残酷的战争再次把他们划分成敌对的两方,哥哥钟大金跳起来向敌人的部队跑去,妹妹钟小鸡则决然地举起枪,"只听叭一声,钟大金刚刚迈第三步时,身体便应着枪声扑倒下去,四肢抖着,由他脊背上露出一个血洞,鲜血喷射出来"。结局并没有什么悬念,这是一位弱势民族优秀作家的唯一选择;但结局之前,兄妹之间亲情流露的场景却会长久地定格在读者的大脑中,让人感受到田涛作为一个具有深厚人道主义情怀的作家,对战争残酷性的深远思索以及对人性迷失的深重忧患。弱势民族的人们在争取民族解放过程中,能不能避开战争对民族精神的侵蚀而保持住一份温情与爱意呢?田涛以他的小说创作提出了这个问题,提问中寄寓了作者善良的企望。

留住正在逝去的乡村记忆

1942年夏,在战场上奔波了五年的田涛来到大后方重庆。本想让自己长年疲惫的身心得以休憩调整,但飞涨的物价一下子又把他扔进度日艰难的困窘境地,"物价飞涨,一天一个样子,货币贬值惊人,依靠稿费生活是极困难的"。① 田涛又想起远在数千里之外、处于战争的重灾区华北平原上的家乡,想起生死未卜的父母和家人,心中涌起无限的惆怅与惦念。家国之忧与自身命运之慨使他本不开朗的性格显得更加忧郁、深沉。田涛的这种心境明显地渗透到他的长篇小说《沃土》等的创作中。正如杨义所说:"他似乎在题材和情调上返回京派,但由于战时流亡生涯拓展了作家的社会视野,曾经沧海难为山间泉水,长篇在乡土人生方式的展示中,交织着天灾与战乱、饥饿与死亡,交织着贫苦农民的愁苦与焦虑、隐忍与恐惧,浓浓地蒙上了一层对自身命运无以把握的悲剧气氛。"②

《沃土》的创作始于北京公寓时期,"虽然我准备要写的长篇如《沃土》,已经动笔写了前面的一章,第二章开了头,再也写不下去了,抗日救亡的烈

---

① 田涛:《浓雾笼罩下的大后方》,《新文学史料》1991年第1期。
② 杨义:《中国现代小说史》第3卷,人民文学出版社1988年版,第112页。

火在我身上燃烧"。① 他将《沃土》等手稿装入小提箱，走向了战场。从冀南到武汉奔波了五年多，不管环境多么恶劣，始终不肯丢弃自己的手稿。到重庆之初，田涛捉襟见肘，只能写些中短篇维持生计。1943年秋，他应邀前往冯玉祥官邸做客伴读，生活相对从容。不久，冯玉祥外出，田涛终于有空余时间把他的这个长篇写完。当时的气候似乎也要成全这个优秀的长篇，"四川雾季来临，整天云雾蒙蒙，心情沉重，旧日的苦难生活中的人物飘了出来，我又开始了《沃土》的写作。我进入《沃土》境界里的人物中，如临其境，如见其面"②。随着这些人物，田涛又回到家乡，回到父母家人中间，感受到战乱中难得的安宁与抚慰。

  小说围绕北方农民仝云庆一家卑微但也并非麻木的人生而展开，写得真实而感人。仝家的生活充满苦难的意味。仝云庆夫妇已经步入老年，而独子盛地却年幼不能撑起门户。老夫妇俩只好继续带着女儿姹仙、冬霞、春絮和寄养的侄女成湘，像牛马一样一年四季忙碌不停。丈夫仝云庆自然最辛苦，家中最劳累的活计如车水、耕地等都非他莫属；妻子连个姓名都没有，却为整个家庭的生计从早忙到晚，表现了中国妇女忍辱负重的传统美德。她在生独子盛地时得了严重的腰疼病，常年忍受病痛的折磨。特别是农忙时节，连日的劳累使她病症加剧，会把她折磨得死去活来，"腰疼得像被切断了一般，她整日在土炕上辗转反侧，呻吟哭叫"。家中无钱为她延医买药，只好请邻居三朴太太画符祛病。独子盛地年龄太小，根本不懂得父母的辛苦，一心只想着玩耍。这更加剧了一家人生活的苦难意味。但是，盛地毕竟一天天在长大，又给这个家庭带来一丝淡薄的生趣和一线微茫的希望。也许正是这个微茫的希望在暗中支撑着仝云庆夫妇，使他们顽强地忍受着天灾人祸的接连打击。一家老小千辛万苦熬到麦收，可是，四分之三的收成抵了财主崔大爷的租子。更有甚者，涝灾、蝗灾又先后袭击了这个村庄。虽然仰赖仝云庆夫妇一贯省吃俭用积存的一点旧粮，一家人勉强糊口不至于出外讨饭，但是，盛地的婚事计划已久却只得从缓，大女儿姹仙也被迫卖给财主家做妾。饥荒进一步加剧，盛地未婚妻的娘家却反过来催着全家迎亲。媳妇娶回来却发现只有一只

---

① 田涛：《记北京公寓生活［续］》，《新文学史料》1990年第2期。
② 同上。

眼睛。财主崔大爷又趁火打劫，以收回租地相要挟，逼迫成湘做二房，成湘悲苦无告含冤自尽。其后，奉军和晋军在村子附近混战，二女儿冬霞被乱兵轮奸，跳井而死。三女儿春絮性情刚烈，不肯顺从命运安排，偷偷和邻村汉子私奔。可是不久，汉子被当成逃兵抓走，春絮返回娘家后，又被半卖半嫁到遥远的他乡。一群天真质朴的少女死的死，嫁的嫁，全家失去往日的热闹，陷入一片寂寞、凄凉中。小说结尾，操劳一生的老妇人吐出几口粘着棉花的血痰，凄苦地离开人世。盛地站在房上，一面用鞋子拍着烟囱，一面哭唤母亲的魂儿回来："娘呀，穿鞋来。娘呀，穿鞋来。……"让人感受到如蚂蚁一般的生死，同时，也感受到如风沙一般的情与爱。

小说成功塑造了仝云庆、老妇人等人物形象。仝云庆是一个忠厚、本分的农民形象。他没有任何不良嗜好，也从不与人发生纷争，只是一心扑在自己的田地上，带着自己的老伴和一群姑娘起早贪黑拼命苦干，做梦都想有个好收成，能够让自己的家富裕起来。他的发家梦受到天灾人祸的重重打击，一再破碎，但是他始终不肯认输。他勤俭持家甚至到了"暴虐"的程度，他整天催逼着年迈多病的老伴和年幼的女儿们和自己一道顶风冒雨不停劳作，即使生病也难得休息。仝云庆的暴躁，其实是他强烈的致富理想与严酷的现实打击长期作用的结果。同时，仝云庆冷硬的外表下还藏着一颗善良、柔软的心。当老伴因为仝云庆打盛地时下手过重而悲哭不止时，他"凑过来忏悔似的说：'你别再哭了，我以后再也不打盛地了。'说着，被太阳晒得暗红的眼皮里也滚着泪花"。他何尝不懂得疼惜自己的妻儿老小，只是生活的重累让他时常暴躁难耐。久旱之后忽降甘雨，更让这个暴躁的老汉忽然变得像小孩子一样天真可爱，"一向郁积在他心中的烦闷，也被这场甘雨淋散了。他那被太阳晒得黑紫多皱折的脸上，经常浮着愉悦的笑容，不时也常哼唱着流行在这一带土地上的土戏和曲子"。这样的举动与他平常的作派简直判若两人，其实却正显露出他被压埋心底深处的朴素温情。而当老伴寂寞地告别人世后，"望见老妇人枯瘦的脸只剩下一层皮，仝云庆眼皮里也酸起来，对盛地说：'快拿你娘的鞋上去叫叫魂儿吧。'"简短而平淡的一句话，其实包含了仝云庆对妻子深深的愧疚和留恋。他固然不怎么相信叫魂儿会让老伴复生，但他又多么深切地希望能够把老伴唤回身边。老妇人拥有传统女性的许多美德。她心甘情愿地伺候丈夫照管孩子。她很少想到自己,她并不在乎自己在家庭中的无名状态。即使她生病了,只要还能起来,她一定不肯赖在床上,一定要和丈夫、姑娘们一道去田里劳作。实在病得严重,也只求在床上歇息两天,根本舍不得花钱看病买药。对老伴,她百依百顺;对孩子,她疼在心上。盛地被仝云庆暴打后,她撕心裂肺地哭号。她其实在以自己的方式,要求丈夫做出不再打孩子的承诺。得知二女儿冬霞被乱兵糟蹋后,一向胆小怕事的老妇人忽然勇敢起来,不管别人怎么劝阻,坚持要去寻找自己的女儿:"我这老婆子怕什么,死也要出去看看。"这是母性的真实流露,它一扫老妇人病弱、枯瘦的惯常形象,顿时在读者面前高大庄严起来。还应该重点分析的是仝家众女儿的形象。她们像形态各异的野花,在田野上经过短暂的默默绽放后便相继枯萎甚至凋零了。如果不是她们的亲人,也许没有人注意她们的生死。但是,经过作者的精心描绘,她们永远地留在了作品中。她们性格各异,比如大女儿姹仙孝顺严苛,二女儿冬霞敏捷灵巧,三女儿春絮结实泼野,侄女成湘多愁善感,甥女小箍儿粗壮能干,盛地媳妇朴实坚韧。她们的命运却近乎一律地充满悲凉色彩。姹仙顺从命运安排,嫁给一个长满胡子、不知大她多少岁的男人做妾,了无生趣。冬霞性情随和却遭遇更惨,花季少女还不知什么是生活,就被一群兽性大发的乱兵糟蹋了,她跳井自尽,让人痛心不已。春絮最有叛逆性,一心要自己掌握命运,却仍然无法摆脱厄运临头。她以为不求富贵,只和自己喜欢的男人厮守就满足了。可是这样微薄的愿望很快也破灭了,等待她的是远嫁异乡举目无亲的酸苦人生。成湘含冤自尽,小箍儿在继母的吵骂声中捱日子,命运也都很惨。她们的存在,为单调乏味的乡村生活增添了些许色彩和欢乐,也使得整个长篇避免了呆滞与沉闷。她们悲惨的结局,则使得整个小说显得更加沉重,让人绝望。

小说中极富地方特色的乡风民俗写得非常传神,增添了浓郁的文化色彩。写得最迷人的是妇女们聚在地窨子里纺纱的情景。"地窨子里自然是黑洞洞的,只挂了一盏煤油灯,灯焰也没有个指甲大,里面挤满了纺车,全窨子的妇女们便只借着那盏油灯的光纺纱了。如今这窨子里充满了纺车子的呜呜声,和妇女们的谈笑声。"纺纱犹如妇女们的一场盛宴,她们从各自的家中走出来聚集在一起,一边纺纱,一边嬉笑。纺纱还犹如妇女们的节日,她们在这一段时日里获得了充分的自由,地窖子是她们专有的场所,男人被拒之门外,她们在这里可以交流她们之间最私密的心得。另外,小说还写到其他许多独特的风俗习惯。比如,乡村巫术,"足有一刻钟光景,她才慢慢把眼睛张开,又把那伸出的手指在舌尖上沾一下,往病人腰上划一个圈,这咒词可以除病扫邪,不管内外科都可以医好"。比如小孩子和尿泥过家家,"他们把车辙下的面糊土用手推成堆,然后用胳膊肘子砚一个坑,向着坑里尿泡,等它结了泥壳子,便把泥壳子托起来当饭锅用。大家算一家人,在这泥锅里做饭"。娶亲则是全村人的节日,热闹非凡,"只见满街人山人海,土堆上站满了人,墙头上也爬满了人,抱孩子的老婆子,弯背的老头子,姑娘媳妇,成人幼童,都翘首遥望向街头那辆五匹黑骡拖载的大车上,铜喇叭铜锣鼓闪金光的吹打手们,鼓红两腮,挺直胸脯,仰首倨傲的吹着喇叭,挥着锤头敲锣鼓。那前面的一群人,举着红布缠的灯笼,燃着火药顶实的铁炮,直弄得满街遍巷乌烟瘴气,铁炮鸣时,吓得胆小的女人们用手指堵起了耳朵,闪到一旁去。"每当写到这样的文字,作者的文笔便一下子轻盈起来,文采飞扬。其中正寄托了一个饱受战乱之苦的作家对故土家园浓浓的思念与怀想。而且,从今天的眼光来看,20世纪其实是乡土传统逐渐消失的时期,到如今,乡村还在,而传承了几千年的乡土文明无疑已土崩瓦解,留存的只是些许文化碎片而已。从这个角度上看,田涛的小说《沃土》无疑是中国乡土文明的一首挽歌,从文字上,它为后来者保留了一些珍贵的乡村记忆。

写完《沃土》之后,田涛似乎了结了自己与乡土传统的宿缘,他便调整自己的步伐,追赶时代的风云去了。田涛写于1946年的短篇小说《愤怒》类乎一个精神转换标,显示了他创作的转向。小说中的人都没有名字,一家四口人只简单地称为哥哥、大妹、小妹和母亲。他们的父亲和大姐都被财主逼死了,可是他们仍然得不到安宁。哥哥忍无可忍,决定带着一家人离开这个罪恶的地方,到深山里去过与世无争的生活。他们翻过大山来到一片荒地,与野兽比邻而居。可是,就是这样的生活,他们也没有保持多久。一天,一群持枪者开车闯了进来,而且无端地打死了哥哥。失去了唯一的男人,这个家庭只有死路一条。母亲疯了,"老太太两眼闪着火光,手里的木杖端在胸前,怒目望着坡下的公路,望着这罪恶的东西,最后,她放尽力气,把很大的石块从山坡上滚下公路,把条平坦的公路弄得狼牙锯齿,布满石块。她仍旧不停的把石块滚下去,想把她心胸的愤怒泄尽,把世外袭来的文明罪恶洗清"。这时的田涛还只是把乡民的苦难笼统地称为文明的罪恶,但很明显,他再也不愿压抑自己的愤怒情绪了,他和他的人物一起发起怒来。稍后,田涛又写了中篇小说《灾难》。凤金爷一家本是勤俭人家,生活上理应过得去。可是天灾人祸接踵而至,硬是把他们好端端一家人搞得家破人亡。先有旷日大旱,接着是夺命的虎疫症,使他们流离失所;好不容易熬过天灾,村霸刘师爷又仗势欺人犁了他家的红薯地,凤金爷到县里告状,却不由分说被押入大狱,悲愤交加,气绝身亡。叫天不灵,叫地不应,受尽欺压的底层人终于发出切齿的复仇之声。"须子含着眼泪说:'奶奶,数珠念佛没有用,这些可恶的东西,是欺软怕硬的。你越软,他越要欺你。要报仇除非硬碰硬和他们干一场!'"在这部小说中,苦难的祸首已经比较具体,受欺压者的仇恨也蓄积太满,一场血雨腥风眼看就要到来。

尽管从表面上看,田涛 20 世纪 40 年代中后期由一个爱与善的呼唤者转化为愤怒的呐喊者,有点不可思议,但从深层来看,也是必然的。田涛从登上文坛之初就表现出两种文学冲动,一种是像左翼作家那样,表现乡村生活中的两极分化现实,彰显乡村弱势群体被剥削、被欺压的苦难状况,代替弱势群体传达内心的痛苦与愤懑。比如,他早期的小说《债》,就写得血泪斑斑。另一种是像京派作家那样,以爱与善来烛照乡村生活,表现乡村大众美好、纯朴的人性,借以洗涤人们心中的恶念,纾解人们心中的愤怒。这两种冲动其实一直在作用着田涛的创作,使他书写愤懑时没有倒向暴力的疯狂,书写人性时没有忘记人间烟火。

第三节 宋之的 张秀亚

宋之的、张秀亚是河北两位重要作家。宋之的以话剧闻名于世。确实,一部《雾重庆》就可以确立他在中国现代文学史上的重要地位。这部话剧创作于 1940 年 9 月,描写抗战时期一群内地青年学生流亡到重庆,衣食无着，走投无路；而国民党上层却过着花天酒地、醉生梦死的生活，暴露了国统区的黑暗现实，具有强烈的批判性。同年年末，中国万岁剧团导演应云卫把它搬上舞台，演出盛况空前，好评如潮，先后到成都、桂林和延安公演，所到之处都得到观众的热情赞誉。1941年9月，该剧在香港共演出5天10场，观众"人潮如涌，水泄不通"，创香港话剧演出新纪录。张秀亚则以散文闻名于世。她生于河北沧县，六岁随父到邯郸，九岁时一家人迁居天津。十八岁考入北京辅仁大学读书，后留校任教，从事写作。1948年离开大陆，后定居我国台湾。张秀亚一生出版的文学、艺术、评论、翻译等著作达82册、800余万言，其中数量最多、质量最高，也最为读者喜爱的是散文作品。在我国港台地区及海外拥有大量读者，被尊称为中国台湾妇女写作的燃灯人、永不凋谢的三色堇。

而在20世纪30年代，他们都从事过小说写作，而且成绩斐然。

一 宋之的

宋之的（1914—1956），原名宋汝昭，1914年4月生于河北省丰润县宋家口头村。父亲宋锡功是个农民，祖上给他留下十几亩地；自幼在铁路上做工的二伯父宋锡铭，在家乡购置了十几亩地，也交由他经营，生活本来比较宽裕。后因与人合伙做小生意被骗，亏本严重。打官司时，又因宋锡功不识字屡被讼棍敲诈，并且反遭诬陷，最后败诉，欠下大笔外债。为偿还外债，田地很快被变卖一空。到宋之的11岁时，家境衰落，难以为继，父亲只好将他寄养到绥远二伯父家里。宋之的却因祸得福，考入扶轮小学，开始接受现代教育。毕业后又考入绥远省立第一中学，在这里他第一次接触到大量新文艺作品，在幼小的心灵里埋下了文艺的种子。课余时间宋之的积极参加学校的游艺活动，尤其喜爱戏剧，初步显示了戏剧方面的天赋。

1929年，蒋阎军阀大战前夕，绥远时局动荡，宋之的被二伯父送回老家，随后考入车轴山中学继续读书。车轴山中学进步力量相当活跃，宋之的同班同学中就有共产党员，教员中也有共产党组织存在。受进步教师和同学的影响，宋之的开始阅读马克思主义书籍，为他日后从事进步戏剧活动奠定了思想基础。1930年，因家庭经济拮据，宋之的被迫辍学，只身赴北京谋生。工作之余，他阅读了大量的文艺刊物，包括《海燕》《拓荒者》等进步刊物，萌动了创作欲望。同年5月28日，首次以"宋之的"为笔名在《新晨报》副刊发表小说处女作《黎曙》，由此迈出了文学创作第一步。

同年夏天，宋之的考入北京大学法学院俄文经济系读书，结识于伶、陈沂等，在他们影响下参加了左翼剧团呵莽剧社的反帝公演。演剧活动的实践，使宋之的对戏剧这一艺术形式的社会作用有了进一步的体会，对戏剧艺术的兴趣更浓厚了。1932年，宋之的与于伶等人组织苞莉芭①剧社，并经于伶介绍加入左翼戏剧家联盟北京分盟，主编机关刊物《戏剧新闻》。1933年白色恐怖加剧，宋之的被迫离京赴沪，后参加左翼剧联并领导新地剧社、大地剧社等；而且参加了夏衍领导的左翼影评小组，在《民报》副刊"影谭"上撰写影评。1935年赴太原任西北影业公司和西剧社编剧，创作话剧《罪犯》、电影剧本《无限生涯》。1936年年初，阎锡山公开迫害进步人士，宋之的被迫重返上海。同年9月20日，报告文学《一九三六年春在太原》于《中流》创刊号发表，引起文坛极大反响，被誉为我国早期报告文学佳作。当年冬季加入上海业余剧人协会，创作话剧《武则天》，演出极为轰动。

1937年抗战爆发后，宋之的曾组织并率领上海救亡演出一队在中原城镇的街头、工厂、农村、兵营进行宣传演出；组织并领导上海业余剧人协会赴川公演；作为副团长率文协作家战地访问团赴晋东南抗日前线访问；"皖南事变"后奉周恩来指示赴香港参与组织旅港剧人协会；太平洋战争爆发后返渝参与组织领导中国艺术剧社。抗战时期的报告文学《新生活》《长子风景线》《墙》不仅歌颂了军民奋起抗战的英雄业绩，还生动形象地报告了普通百姓精神的觉醒。《一个相识者的死》则及时披露国民党残酷制造綦江惨案的真相。这时期创作的话剧有《雾重庆》《刑》《祖国在呼唤》《春寒》；与老舍合作《国家至上》，与夏衍、于伶合作《戏剧春秋》等。其中《雾重庆》1940年12月由中国万岁剧团在重庆国泰大戏院上演，盛况空前，从此"雾重庆"成为国民党陪都的代名词。

宋之的创作了一些小说，基本上都是写实风格的。它们紧贴现实生活，多侧面地反映了20世纪30—40年代农村生活贫乱交加的病象，揭露了农村

---

① 俄文"斗争"的音译。

士绅阶层鱼肉乡民的罪恶，揭示了农民困苦无着、哭告无门的悲惨境况，传达了农民期盼改变社会现状、谋求幸福生活的朴素愿望。

处女作《黎曙》是一部中篇小说，1930年5月16日完成，连载于1930年5月28—30日《新晨报》副刊，讲述了一个有关绥远农民种植鸦片的故事。黎曙的父亲老李本来有十几亩薄地，一家人的日子虽然十分拮据，倒也勉强可以糊口。后来，风传省政府下令允许农民种烟。愚昧的农民以为遇上了发财的好机会，纷纷向李七叔租地种烟。老李的薄地不适合种烟，就向李七叔另租了五亩地种鸦片，为此欠下李七叔一百元钱。后来，李七叔又说政府要禁烟，并对种烟者课以每亩二十元的罚金。为此，他又向李七叔借了一百元钱。结果鸦片烟成熟收割后价钱上不去，只卖了一百多元钱，而欠李七叔的钱连本加息已变成了二百五十元。李七叔催老李还债，他只好用自己的五亩薄地顶了账。失了土地的老李非常绝望，为了消除愁闷，他和妻子都染上了大烟瘾。烟瘾是个无底洞，很快老李家里值钱的东西都变成烟土被吸食掉，最后一家人连饭也吃不上了。不但如此，大烟还毁了老李的身体，他浑身没有一丝力气，租来的地只好由年幼的黎曙去耕作。黎曙年少体弱，又饥又累，昏倒在田地里……作品通过黎曙一家的悲惨遭遇，揭露了国民党政府官吏与乡村地主相勾结残酷盘剥农民的罪恶。并通过黎曙一家不惜以种植毒品来谋取钱财的故事写出了农民的愚昧。作品最后，小黎曙以朴素的语言表达了自己思想的初步觉醒，他对小伙伴说："你千万记住不要听信李七叔的话……"这番话使整篇小说于沉闷压抑中透入一丝新鲜空气，表达了作者对农民解放所寄予的美好期望，期望他们中的年青一代能够认清自己贫困的根本原因，用自己的双手争取自己的幸福未来，"我默想这位将来谋自身解放的急先锋开花、结果"……

短篇小说《孩子回来了》，1936年9月刊于《人民文学》创刊号。该作写了一场落空了的拯救期待，表现了被迫扮演拯救者角色的人的尴尬心绪。小说中的"我"从外地回到家乡，受到父亲热烈的唠叨："就说，你们新派，不恋家。可自然哪，一天往家里跑几趟，不是做事的理。可也不能尽顾了事，连爷娘全忘了哇！"父亲的唠叨里包含着对儿子改变现实能力的不着边际的想象，寄寓了他通过儿子来拯救自己日益破败的家庭生活的美好愿望。他毫不掩饰地对儿子说:"家里,亲戚,没一个像样的了!你还当前几年,好,全光了,全倒下咧!咳,如今是只有指着你了!"父亲对"我"担当家庭拯救者的期待残酷地折磨着"我","我在他那想象的折磨下狂疯了!一个恶毒的念头侵袭着我,我想撕毁了他的希望。我要粉碎他所有的幻想。我要当面给他个打击:我想嘲笑他的儿子,我更想证实那个实干家,不过是一堆废铜烂铁"。但"我"最后并没有付诸行动,因为父亲佝偻的背影使我不忍心再伤害他。这样,"我"便无形中默认了扮演拯救者的命运。但是,"我"只不过是一个被迫担当的拯救者的扮演者,其实并没有什么拯救别人的能力。当姐夫想紧紧地把自己和"我"绑在一起,希望得到我的拯救时,"我终于认清了我的路,我的路上是那样的愁惨,没有姐夫,也不允许有姐夫的"。最后,我只好脱掉拯救者的戏服,仓皇地逃跑了,"姐夫急忙着跑出去了。立刻,我就混没在车厢里,车只停三分钟,就开行了。姐夫回来,已经没有了我"。

小说通过这场落空的拯救期待,从侧面反映了农村日益破败的社会现实。20 世纪 30 年代中期,随着日本侵略者更加嚣张的逼凌,以及外国资本更加深入的渗透,中国民族经济基本上已经濒临崩溃边缘。它导致中国城市、乡村生活日渐破败,民不聊生。而"我"家乡生活的凄惨景象正是这一恶劣形势的鲜明写照。可是,闭目塞听的乡村百姓根本不了解自己生活困窘的真正原因。他们仍愚蠢地将自己的家庭败落归咎于某些荒唐的因缘,比如"姐姐"的公公就将自家的败落归咎于姐姐"犯白虎","整天的瞪着眼,拍桌子打板凳,指东骂西的。"他们进而侥幸地想象着通过某个神通广大的人物来躲避灾祸,重振家业。"我"的父亲就是这样的一个人。"我在他的心里,却永远是一个奇异的骄傲。我说的是朴素而实在有些不体面的外表,也丝毫没动摇了他。那强烈的自信,几乎是难以解释的。他不理解我的生活,但却把我引为唯一的安慰。幻想着,完全是幻想着我的种种际遇,在其中找寻着娱乐。"在对乡村破败生活的描述中,一方面可以看出作者对乡村前途命运的忧虑,对乡村百姓苦难生活的同情;另一方面也可以看出作者对乡村百姓愚昧无知、怯弱因循的批判。

小说成功刻画了"我"这一"拯救者"形象。"我"应该是一个普通的知识分子,早年离开乡村。多年来在外地混生活,也只能做到勉强可以糊口,根本没有什么拯救他人的能力。可是偏偏父亲认定"我"是一个拯救者,"一块发锈的铁,偏偏要认成了金子"。"我"被父亲的没有边际的幻想和期待严重地折磨着,感到万般的无奈与羞愧,在家住了一天,就赶紧逃走了。小说成功地写出了"我"作为个体的知识分子,在时代大变局中的无力感。同时,小说还表现了"我"深藏心底的责任感和同情心。"我"并非一个麻木的知识分子,我对父母、对家庭、对故乡本来有着很深的感情,父亲佝偻的身影令"我"十分痛惜,姐姐绝望、痴呆的情状更像闪电一样直击自己的心,而"我"残忍地将姐夫抛在车站后更感到撕裂般心痛。小说中其他的人物,如父亲、姐姐、姐夫等,虽然着墨不多,却传神地写出了他们各自的性格。

《一四一七——为了难忘却的朋友》,1936年12月23日发表于《光明》第2卷第2期。这是一篇描写狱中生活的小说,集中刻画了工人出身的革命者石开山。作者在将该篇收入《赐儿集》时,于《后记》中写道:"在下笔的时候,受了很大的限制,我不得不时常忍痛割舍那已经想好了的素材。不能如实地记录我那朋友的一切,这是我最大的苦痛。他那钢铁一样坚强的意志,在我的笔下,是打了很大的折扣的。假如天气好的话,我也许会更自由的增删它吧!"尽管如作者所说,他因国民党出版控制不能尽情展开石开山的革命叙事,整篇小说读下来确实有点晦涩。但是,由于作者善于捕捉人物独具特征的细节,因此小说中的主人公石开山还是给读者留下了比较清晰的印象。他是一个外表冷酷而内心炽热的工人革命者。他有钢铁一样的意志,痛恨动摇、变节行为。被捕入狱后,他毫不畏惧,与敌人进行了针锋相对的斗争,最后壮烈牺牲。他也有一些缺点,比如,他对知识分子心存偏见,把个别知识分子的动摇、变节行为当作知识分子的整体特性。由于作者没有正面展开石开山的革命叙事,而更多地从侧面讲述石开山的一些个体性活动,使石开山这个人物形象既具有革命者普适的英雄品质,也具有他自己的某种个性特征。这篇小说因此倒避免了革命叙事的模式化,而具有较强的文学独特性。

《一场热闹》是一部中篇小说,1941年8月6日至11月12日刊发于《青年知识》第1—15号。该作讲述了一场发生于四川嘉陵江畔浅水镇某村的征兵闹剧。兵役宣传调查组第三分队长成玉章是个青年学生,奉命到某村进行兵役宣传调查工作。成玉章到来之前,该村如一潭死水。尽管国难当头,日本帝国主义的军队已侵占了大半个中国,可是,村里以曹大老爷、王保长、崔士杰、僧克明等为代表的精英阶层却没有一丝家国之忧,仍一如既往地沉浸在日常玩乐之中。他们抓住一起花案大做文章,勒索当事人冯大有、冯永寿各十块钱,置办一桌酒席。成玉章到来之后,给这个村里的一潭死水投入一粒石子,使之泛起几道波澜。成玉章要挨家核对户口,以便按户抽取壮丁。可是,王保长略施小计,就让成玉章的计划成了泡影。不仅如此,王保长还以他的名义向每个壮丁勒索钱财。成玉章费尽心机,终于凑齐了一保九丁的数,却因此得罪了乡绅曹大老爷,被以勒索巨款的罪名告到他的顶头上司胡科长那里。虽然成玉章最后化险为夷,却并不是因为他本身清白,而是因为王保长送给胡科长五百块钱。成玉章彻底失败了,他灰溜溜地离开了嘉陵江畔的这个村庄,该村又恢复了往日的死寂。曹大老爷、王保长等人继续审理被成玉章中断的花案,而农民们却因为这场糊里糊涂的兵役运动而都增添了新债。

  在这部小说中,宋之的深刻地揭露了20世纪40年代前后农村精英阶层目光短浅、操守尽失的没落精神本相。农村精英曾经是乡村政治中的优秀代表,他们数千年来比较有效地发挥了组织乡村生活、引导乡村风习的历史作用。但是,近代以来,随着西方现代文明的崛起和全球性漫延,中国传统的乡村文化暴露出极大缺陷,乡村精英也在一次次与西方列强较量的失败中丧失了自信,日渐显现出没落的精神本相。小说里的曹大老爷、王保长、僧克明等人完全沉迷于一己的利害算计之中,一点不关心正在发生的中日战争,完全不把乡村的前途、国家的未来命运放在心上。成玉章的到来,将国家民族的危急现实带到他们眼前,可是他们竟然置若罔闻。他们心心相通地都把兵役宣传调查当作自己搜刮民脂民膏的大好机会,每个人都盘算着如何让自己在这次利益攫取行动中捞获最大好处。王保长独吞了从壮丁处勒索来的巨款后,曹大老爷气愤难当,而当自己的儿子被列壮丁名单后,他更咽不下这口气,一纸匿名信将王保长、成玉章告到胡科长那里。王保长只好送给胡科长五百块钱消灾免祸。至于王保长与曹大老爷、僧克明私下如何分利,读者无从得知。不过,从他们又和好如初,共坐一处研究冯大有的花案的现象分析，曹、僧二人大概也都得到了比较满意的结果。崔士杰在这次分肥中似乎没有捞到什么好处，不过他或许得到别的某种默许吧。小说实际上写出了以抗日救亡和以聚敛钱财为目的的明暗两场兵役运动。并且，在由前者向后者的转换中，作者沉痛地揭破了乡村精英稳固的利益结构，以及这种利益结构的腐朽性、危害性。它表明，传统的乡村精英已经失去了进步作用，蜕变成危害乡村、贻误国家前途的没落阶层。

小说中成玉章是一个有着救亡热情和历史责任感的青年学生。他像一个初生的牛犊用自己的身体撞向虽然没落却依然强固的乡村精英阶层，他撞得头破血流，却毫无实际的收获。成玉章的失败，从某种意义上说明，乡村改造工程浩大，不是个人凭着自己的热情就可以有什么成效的，必须有一个新生的力量以集体的智慧、比较完备的方案才有可能最终取得成功。当然，作者在小说中并没有正面描写新生力量及其成功的前景，他只是在作品结尾不无悲凉地宣布了成玉章个人主义的失败，"我们唯一所不再听见的人，是成玉章这位英雄，他大概是永远属于庸庸碌碌那一类的"。作者的这种处理方式增强了小说的艺术冲击力，它促使读者充分注意乡村精英阶层日趋没落的精神本质，引发读者思考改造农村政治结构、重组农村生活、重新激发农民政治热情的方式方法。

这部小说艺术上也十分成熟。作者比较注重刻画人物，其中主要人物如曹大老爷、王保长、僧克明、崔士杰、成玉章等，都具有鲜明的性格特征。曹大老爷是村里的富绅，在乡村政治结构中占据首要位置，在历次利益分配活动中都是最大赢家。他不动声色却明察秋毫。最初他希望自己的儿子掌管兵役宣传工作以捞取最大好处。成玉章出现后，他又希望自己的儿子能与成玉章共同掌管兵役宣传工作。儿子拒绝后，他希望王保长能够与自己分享好处。一切都成为泡影后，曹大老爷便假借正义的名义告发王保长。作为乡村精英阶层的精神领袖，他也最大限度地表现了这一阶层的腐朽性、没落性。依他的身份，本应秉持修身齐家治国平天下的圣人古训，号令乡民共拒外侮，共争抗战胜利。可是他的大脑中竟没有一点邦民之恨、家国之忧。他丝毫没有考虑到兵役宣传对于抗战的重要意义，他只是把它理解成又一次勒索百姓钱财的机会。曹大老爷的堕落标志着乡村精英阶层末日的临近。王保长是国民党乡村政治方案下的一个怪胎。他身上汇集了传统保甲制文化的消极因素，又增生了适应国民党不彻底政治的新伎俩，成为一个欺上瞒下、鱼肉乡里的乡村混混。他假借抽壮丁的名义，大肆勒索钱财。当胡科长下令严查此事时，他悄悄送给胡科长五百块钱，便顺利过关。王保长在整个事件中如鱼得水、游刃有余，充分表现出他忠厚外表下的狡诈。僧克明本是一个出家僧人，年轻的时候在庙里养女人被逐出山门，前几年才以打仗为由头回到庙里。依他的身份，本应超然世外，引领乡民淡泊名利、追求形上。可是他却无法忘怀欲爱享乐，斤斤计较于利害得失。他对僧侣外在身份的宣扬与对内在欲望的孜孜追求，构成尖锐矛盾，表明他是一个虚伪小人。崔士杰是一个知识分子，曾经有些报效国家的志念，但很快失望于混乱不堪的现实，而变成一个碌碌无为的看客。成玉章的到来，激起他对沦丧于日寇铁蹄之下的故乡的思念。他也曾想帮助成玉章冲破障碍、搞好兵役调查，但是他顾虑到由此将给自己带来的不利后果，很快便打消了这个念头。崔士杰首鼠两端，既有着知识分子的清醒，又有着知识分子的胆小怕事，是一个矛盾性的人物。成玉章是热情的化身，他单纯得像一张白纸，一心只想把兵役调查搞好。可是，面对复杂的现实，他显得过于幼稚。他的失败是注定的。他的失败，既彰显出热情的可贵，也宣示出单纯的热情于事无补。

这部小说的语言自然、老道。宋之的的小说语言有一个从欧化向民族化的转变过程。在他的处女作《黎曙》中欧化现象十分明显，比如小说开头写道："黎曙今天由钟声自己送往香山慈幼院了，这在我们真是值得庆贺的一件事。我们全这样说：'黎曙总算有了归宿了。'这声音你可以听出是怎样欢娱的呀！"过长的句式，过多的修饰，过多的书面语，读起来非常拗口。而到了《一场热闹》则完全没有了这种缺点，比如它的开头是这样写的，"一大早，地方上的人物们，除掉王保长，都先后在庙上会齐了。人物们对于王保长，并不敬重，但为了礼貌，却只好等着"。句式十分短小，几乎不用什么修饰词，用的也大都是口头语。民族化语言的运用，使这部小说读起来亲切自然，富有韵味。

二 张秀亚

张秀亚（1919—2001），笔名陈蓝、亚蓝、心井等，河北省沧县（今属黄骅市）人。1925年随家迁居天津，高小毕业后考入河北省立女子师范学校。1928年，张秀亚年仅9岁就在《益世报》副刊《儿童周刊》发表了《月夜》《雨天》《我的家庭》等习作，较早地显示出一个优秀作家的艺术禀赋。1935年，张秀亚在《大公报·文艺》《益世报·文学周刊》《国闻周报》等报发表多篇诗歌、散文、小说作品。1936年，萧乾主编的《大公报·文艺》将张秀亚作为文学新人推出，引起广泛关注。同年12月，她的短篇小说集《大龙河畔》由天津北方文化流通社出版。1937年，张秀亚考入北京辅仁大学西洋文学系读书，毕业后留该校历史所史学组任职，同时任编译员。1942年春，与辅大女院同学辗转至重庆，担任《益世报》副刊《语林》主编，出版小说集《珂萝佐女神》。抗战胜利后回北京，在辅仁大学任教。1948年去中国台湾，在台湾辅仁大学任文学研究所及大学部文学教授。先后出版《三色堇》《牧羊女》《湖上》《海棠树下小窗前》等小说、散文集多部，被译成多国文字在世界各地发行。晚年移居美国。曾获得中国台湾首届中山文艺创作奖、首届文艺奖等，在海内外享有盛誉，堪称一代文学名家。

张秀亚写过许多优美的散文。早年的创作以纯真自然、浪漫迷离为其主导倾向。年轻的张秀亚总是以一支绮丽多姿的彩笔，描绘出一幅幅如真如幻的自然画面，讲述出一个个美丽而又伤感的故事。读她的这些散文，首先会感受到那漂浮在字里行间的一种忧郁的梦幻情调。

张秀亚散文的忧郁情调与她内倾的个性密不可分，也与她的童年经历、阅读的外国书籍等有关。张秀亚童年时，父亲终岁宦游他乡，母亲一人在家操持家务、伺候性情急躁的祖母，长年浸渍在忧郁之中。张秀亚很小就从她母亲那里"承袭了那份沉重的忧郁"。"我的家庭，如一支航行的海船，载了方域不同的人物，在时光之流中泛行。我父亲是河南人，性格里，有着中原人氏的遗风。而草长莺飞的江南，则是母亲的生地，外祖家的尘封的画栋雕梁，古树深池，造成了她的柔弱善感的气质。这特性，部分的遗传给我，但我缺少母亲的典雅，和超人的智慧。"[①] 另外，张秀亚读了不少外国文学作品，特别是法国作家拉马丁、波德莱尔曾经深深触动了她，他们作品中浓重的忧郁情调暗合了张秀亚精神苦闷的节拍，也打开了她抒写内心悲哀情绪的闸门，

---

① 张秀亚：《皈依·作者自传》，保禄印书馆1941年版，第5页。

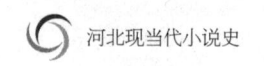

"自书中看到一些情感的悲剧,我也开始借助于想象,在诗中写一些悲哀的故事了"①。

这个时期的代表作是发表于 1937 年 7 月 11 日一家报纸星期文艺栏《散文特刊》的《寻梦草》。它讲述了一个离奇浪漫的故事。一个有着"精巧的外貌,和比丝绸还细致的灵魂"的女人,"披一袭乌黑的纱衣"来到湖边。她没有仆从,更没有伴侣,孤单一人住在湖边的白石屋里。到晚上夜深人静的时候,她走出石屋,走到山腰上的树林里,然后划船在湖面上,四处寻找按照心灵的季节开花,可以给人带来美梦的寻梦草。暑尽寒来,草木凋零,黑衣女人不停地寻找,却始终没有找到寻梦草。最后,她的肢体与心灵都疲倦至极,死在湖边。作品中抒写了作者渴望美好人生的热烈心愿,追求美好人生的执着意志,也表达了作者对于美好梦想难以企及的深度伤感。整篇文章想象浪漫奇特,形象迷离飘忽,语言雅丽曼妙,初步展示了张秀亚的凄清妍婉的艺术风格。

《山林之恋》则是一篇自由之歌。作者以与好友菁菁告白的形式,抒发了面对都市繁闹生活的诱惑立志保持精神自由的美好情怀。"你常常误解了我,唯恐城市的尘埃飞上了我的心。我告诉你,我也许会生活得'失败',但我不会生活得'俗恶'。"进而,她又以在书中读到的鸟儿舍弃优渥的笼中生活,果决飞归山林的故事来告慰自己的好友:"也许曾有一个时期,我还不如这只可爱的红冠雀,我对山林之爱还不如它深切,我曾日日徘徊在'谷粒'与'外面的世界'二者之间。但是,菁菁,你莫失望吧,如今,我不是已飞上了最近一枝,并在其上遥遥凝望那一片苍翠?"文章的可贵,首先在于它的真率,作者毫不隐瞒自己在物质诱惑面前曾有的软弱与犹疑,透显出清澈见底的心灵纯净;其次在于它的超拔,作者并不讳言物质享受,但如果必须以失掉精神自由为代价,就宁可选择自由而舍弃物质享受。在二者取其一的抉择中,作者表现出明确的坚持精神自由的可贵品格。

张秀亚虽然以散文知名,但是她的小说创作同样值得重视。根据《张秀亚全集》收录的情况来看,除了未结集的小说外,她总计创作了两部中篇小说,八部短篇小说集。数量上虽然不像散文那样卷帙浩繁,质量上却同属上

---

① 转引自赵立忠、田宏选编《张秀亚作品选》,陕西人民出版社 1987 年版,第 334 页。

乘。张秀亚曾表示："较之写诗与散文，我是怀了更严肃的心情执笔的。"①

张秀亚很早就得到母亲的文学启蒙。她的母亲出身宦门，有相当的文学修养。在她的影响下，张秀亚五六岁的时候就能够编出生动的故事。在师范读书时，她几乎读遍了图书馆里全部的文学藏书。冰心、庐隐等的作品拨动了她幼小的心弦，而辛克莱、高尔基的作品则让她痴迷于捕捉内心感受的同时，也每每探头打量周围苦难的现实生活。

张秀亚的第一部短篇小说集《在大龙河畔》就充分体现了作者热烈的现实精神。她在《自序》中明确表示，"凭一时感兴创作出来的作品，最多只是以文学为个人感情发泄的工具。惟有那扬起一只手臂，向人海深处，从广阔的人群中，提取作品中的人物，抽绎出大众的共通的情感，才是与时代戚戚攸关的作品。……虽则愁苦的黑云压在我的头上，贫穷的石块撞着我的心，我仍要以支持巨厦的柱石自命！虽则风是暴烈的，雨是狂骤的，但我不肯呈出弱柳般欹斜的姿势"。小说集所收入的 15 篇小说也确实充满着强烈的生活气息，表达了作者对艰难世事的含泪追诉。

《碾》讲述了天津 xx 街上一个"受尽了人间苛待的人"，一个内心"充满了愤慨悲哀的人"，被贫困碾轧得无法生存的故事。"是没有月亮的夜。可怕的黑暗流荡在这漫漫长街上，上面点缀着几点稀疏如街上行人的灯光。这情景，宛如瞪着光亮眼睛的黑毛怪兽的脸。"在这样一个肮脏恐怖的街上生活的主人公二伯本是一个"凭心给人干活的厚实人"和"总觉得别人的肉贴在自己的大腿上不和捻"的耿直人。他却在社会中处处被"挤"被"毁"，最后连饭都没地混了，老伴儿也饿死了。"我不知道用什么方法来安慰他，我机械的用手摇动着他的抖动的臂膀。那高耸的骨尖使我的手有点发疼，我找不出适当的话来说，我知道这时候什么样的话他也是听不进去的。"小说结尾，二伯彻底丧失了生活的希望，他堕落成了酒鬼，成了一个生命的空壳，家里的东西已经都变卖光了，等待他的只有死亡。我从他屋里告别出来，要替他关好门，他却不让关，"'我有什么呢？我什么也没有呵！只除了这间屋子……'我走到胡同中间，他还轻声的念叨着。我担心他不久就要疯狂的，我重重的大叹了口气，脚步变得沉重了"。一个善良的年幼讲述者，讲述她身边所发生

---

① 张秀亚：《感情的花朵·前记》，《张秀亚全集》第 11 卷，国家台湾文学馆 2005 年版。

的悲剧。她内心的无能为力更反衬出现实压迫的无比沉重。

《瞎眼睛》描写了一个瞎了一只眼睛的小姑娘。"一个瘦削如枯干小树的单眼女孩子，抱了一大盆衣服，很费力的一歪一歪的走来了，像狂风中的一根细草。"在家里她遭到重男轻女的父母的歧视和虐待，连她的小弟弟也当面骂她"瞎眼睛"。"'昨天晚上你们听见她那一阵鬼嚎了吗？咧着嘴片子叫唤了半夜，不知为了什么呢？''听说是因为偷嘴吃，她爹拿鞋底子打她了。'"在外面更是遭到邻居们的嘲笑、白眼，没有人同情她、理解她。"'她那天还和我说呢，说她自己到外边没人喜欢，在家里没人疼，要坐在井沿上叫我把她推下去呢！'刚说完，她妈用手推了她一下子，小声的和她说：'那不是来了吗，一拐一拐的。别说她啦！'""大妞子站起来，用手指往脸上划向着她说：'跳井去呀！'听到这话，两个妇人再也忍不住了，拍手打掌的发出乌鸦叫一样的笑声。"她恨透了这个世界，她要反抗，可是没有力量。"她翻了翻仅有的一只眼，向着这三个人做了一个白眼。又'呸'的一下朝着她们吐了一口黏黏的唾沫。吐完了好像知道自己惹不了这些人似的，伸出舌头舐了舐嘴角的唾沫星子，便一摇一摇的跑了。"在对底层人苦难生活的讲述中，张秀亚流露出对弱者真挚的同情和关爱。张秀亚的小说并不以故事取胜，而是以细腻的描写、深远的意境打动人。在小说创作中，她无意于编织完整的情节结构及起承转合，往往只"摄取人生的一个横断面，操笔描绘其景象"，来传达她对人生的感触。故而有人称她的小说是诗化小说。

在辅仁大学读书期间，张秀亚加入天主教并终生虔诚信仰。"终于，由于伟大的启迪。我寻到了梦中未曾觅到的，精神上的家乡，那在辉煌的天上！是后，我的飘萍般无寄的心灵，遂如葵花之向光，我转向了公教。"[1] 张秀亚也以教徒为主人公创作了一些小说，比如中篇《皈依》《幸福的源泉》。《皈依》写于1940年秋天，"在一个凄美的夜里，对了皎明的月色，一窗的树影，我计划出全篇故事的轮廓。后来，为了多病，时写时辍，直到近来，方才稍痊，用了几日的时光，将它全部抄录出来"[2]。小说讲述了华和珍的有些悲剧意味的爱情故事。华与珍本来青梅竹马一起长大，相互间自然产生了浓浓的

---

[1] 张秀亚：《皈依·作者自传》，"国家"台湾文学馆2005年出版。
[2] 张秀亚：《皈依·自序》，"国家"台湾文学馆2005年出版。

爱意。可是后来，华考上大学到外地读书，并受到感召信仰了公教。饱受传统文化熏陶的珍对此无法理解，两人的思想轨迹渐行渐远终至分手。后来，一场大水淹没了他们的家乡，滔天洪水中，华奋不顾身跃入洪流救起珍的父亲。华的义举让珍深受震撼，融化了他们之间的坚冰，他们重归于好，珍亦追随华接受了公教的信仰。

《幸福的源泉》是一部中篇，创作于1941年，由保禄印书馆出版。小说讲述了美仑、士琦与文菁之间的三角爱情故事。士琦是一个虔诚的公教教徒，他倾慕自信孤傲、富有才华的文菁，然而文菁不信仰公教，二人思想上存在差异。"'文菁，你是很聪明的人，为什么关起心灵的门，来拒绝这至高的智慧呢？''我懂，其中一切的比喻，悔悟的巧妙说法。然而我不能信。因为我只信我自己！信我自己的一副心灵，两只手。'文菁又骄傲的昂起她那玲珑的下颏，带几分顽皮意味的笑了起来。"美仑与士琦虽信仰相同，却缺乏共同的审美情趣。美仑嫉妒文菁，陷入痛苦中。"文菁原来的趣话，好像一朵玫瑰花，这天真的花朵，却无意中给人一根伤心的小刺。她的话，引起了美仑一点点伤感。""'士琦。'她用了整个生命力量，全部的爱与恨来喊这一个名字，这一个有魔力，可怕而又可爱的名字！她悲哀激动得打抖了，像在烈火中爆裂的松枝一般……"最后皆大欢喜，美仑在宗教信仰的感召下，意识到自己心胸狭小，不再强求。文菁也转变思想，走进了公教的怀抱，与士琦共结连理。

以上两篇小说表达了张秀亚对宗教生活的观察，对人生意义的思索，对真善美的追问。"曾经有多少次，在绿树荫里，我遥遥的望着白石砌的玉带桥，自心上吐出悠长的叹息。桥下，流动着汩汩的水波。桥上，流动着奔忙的人类。在夕阳中，那匆匆来往的影子，竟像是薄纸剪的！是多微渺堪怜啊！是什么牵引着这渺小的人类？使他们日日的奔忙——跋涉着，辛苦着？……我曾经自问过，也问过一些人。答语是：'为了要寻求幸福。自身以及他人的幸福。'……在走着人生道路的时候，你也自问过：'你往何处去'吗？'往何处可以逢到幸福的泉'吗？"但从艺术上讲，有些概念化倾向。

作为一位女作家，关注女性生活、思考女性命运是她小说的另一个重要母题。1942年在重庆，张秀亚同于犁伯相识相爱并步入婚姻殿堂。他们的婚姻开始还算幸福，但两人关系很快出现紧张。为了挽救婚姻，张秀亚忍痛放弃写作，一心操持家务，但于事无补。两人虽然没有办理离婚手续，但开始了分居生活。1946年，张秀亚离开重庆返回北京辅仁大学任教。1948年，备受折磨、痛苦不堪的张秀亚带着4岁的儿子金山和2岁的女儿德兰又离开北京去了台湾。这段惨痛的经历给她带来沉重打击，大病一场，长时间不得痊愈。"一个生在'人间'，而想漫步'梦中'的人，倔强地不肯俯首向现实请教，现实便如此惩罚她，痛感于梦与现实的脱节，我终于悻悻的病倒！六个月的时光过去了，我仍然留在病榻上。"[1] 生活的苦酒凝结在她的小说中，记录了她对女性命运的思考。

《误会》写了婚姻中移情别恋的现象。小说一开头就写道："我和丈夫结婚三年，按一般的说法，这是最危险的年代。因为一切的诗情幻梦，经过这么长的时光，已渐褪色，美丽的热情星云，也凝成了行星，定型的生活，形成它定型的轨道，再也放不出四射的火花。婚姻的美满或破裂，实以此为起讫。能够忍耐的，便忍耐下去，不然，只有黯然分襟。"恰巧，这个时候，他们夫妻生活中出现了一个穿紫衣裳的女人，而丈夫对那个女人起了好感，"飘飘然，她又轻掠紫裾，照例在丈夫书桌对面坐下来，又开始了她那边疆民族的小调。本来在书桌前正襟危坐，摊了一本书在那儿发闷的丈夫，听了歌声，像是触了电，不由自主的抓起身边那支箫，随着那女人的轻快歌声'呜咽'起来"，他们的感情生活亮起了红灯。为了挽救自己的婚姻，"我"当着丈夫和女人的面讲了一个自己正在创作的名为"误会"的小说。"听我说下去，不许半道退席，不许故意打扰。"最终讲述收到了"我"预期的效果，"故事说完的第二天，紫衣的女人寄来了一张紫色的笺纸：'你《误会》的故事，消弭了我们中间'误会'的可能。谢谢你聪明的教我出险。再见吧，我将因记住你的故事而忘怀那支凄咽的箫……'"小说的结局自然皆大欢喜，但这样的结局又并非必然会出现。这篇小说写出了作者对人类爱情的思考，对爱情长在的希冀，却也包含着难以掩饰的悲观与绝望。

《春晚》则写了人性中的自私与丑陋。小说中简采真有个表弟，"是一个独生子，自幼死去父亲，在老母的过分怜爱中，度过了他的童年，遂变得偏

---

[1] 张秀亚：《寻梦草·前记》，"国家"台湾文学馆2005年版。

狭自私，反复无常。但他在愉快的时候，性情却极其温柔，容易得人的欢心，使人常常为了他一些可爱的细微言行，而忘掉了他更多的短处"。两人一起读完书散步时他突然文："表姊，有一天我要向你求婚的。"简采真当然很高兴，"她那淡象牙色的面颊变得红红的，她以充满了笑意的神情鼓励他继续说下去"，可是她很快发现表弟在给另外一个女孩写情书。当她质问表弟时，表弟先是抵赖说不是自己写的，实在躲不过，又说是担心表姊抛弃他，才给班里的女同学写的信。他当着简采真的面把信稿撕碎，希望她继续爱自己。简采真原谅了他，他后来却跟班里的女同学结了婚。他一次次花言巧语骗取简采真的信任，骗取她的同情与帮助，最终总是为了钱财而背弃对她的承诺。当简采真彻底醒悟时，她才发现，"生活当真不曾为她留下什么，连同那温馨的回忆也没有了"。"掩扉自悲春婉晚，灯前犹自梦依稀"，简采真的单纯、善良更反衬出表弟的自私与卑劣。

总的来看，阅读张秀亚小说可以明显感受到她的不忍与节制，这与她的教徒身份有关，也与她天生的和善与高洁分不开。在这样一个以自我张扬为标榜的时代里，张秀亚的小说被有些人误读成传统守旧，其实正说明了她写作的难能而可贵。

第四章　20世纪40年代的河北小说（上）

第一节　王林

王林（1909—1984），原名王韬，河北衡水人。在抗日战争期间，是冀中各项文艺运动的主要组织者和领导者，也是活跃在冀中抗日民主根据地的以小说创作为主的作家。1949年随部队进入天津，长期担任天津市的文艺领导工作，历任天津市文联、作协副主席等职务。王林作为抗日战争和解放战争的见证者、参与者，用手中的笔记录了那段悲壮而鲜活的历史！他的小说在现当代小说创作中产生过一定的影响，在河北百年小说发展历史上占有较为重要的地位。

王林是20世纪40年代活跃在冀中抗日根据地和解放区的优秀小说作家。

日本侵华战争给中国人民带来生活的灾难，生命的摧残，人民在屈辱中被迫奋起，燕赵大地成为侵略者蚕食的重灾区之一，而在燕赵这块热土上也成就了人民智勇杀敌的传奇，成就了河北小说家的崛起。孙犁之外，王林是踏着战争的硝烟走进读者视野的又一名河北籍优秀作家。他与作家孙犁一样，生于河北长于河北，抗日战争爆发后又生活战斗在冀中这块土地上，他的作品一如既往表现河北冀中人民战争年代可歌可泣的生活和斗争，在河北小说发展史上有重要贡献，也为中国现当代小说创作发展做出了贡献！

王林1934年开始发表作品，这是他的尝试与起步。产生较大影响的创作主要集中在40—50年代。作品有长篇小说《腹地》《站起来的人民》，中短篇小说《十八匹战马》《女村长》《五月之夜》等。50年代分别由群益出版社出版了小说集《十八匹战马》（1950年），作家出版社出版了小说集《五月之夜》（1955年），天津人民出版社出版了王林与孙犁合著的小说集《平原上的故事》（1957年）。略显遗憾的是，因工作需要，王林与孙犁一样，中华人民共和国成立后不久离开了河北，但他的创作和文学影响永远与河北这块热土血脉相连，这是毋庸置疑的。更为可惜的是，王林的作品在50年代被错误地批判，以致在后来的读者中销声匿迹了，今天的读者知道作家王林的尤其少。

其实，40年代的王林在抗日根据地相当活跃。1940年7月26日，边区"文协"成立，王林为常委；1941年边区文联成立，王林等23人为执委。1941年产生了广泛影响的大型通讯报告集《冀中一日》就是由王林、孙犁、李英儒编选定稿的。除了这些组织宣传工作之外，王林的小说创作和孙犁、康濯等人的创作一起推进了晋察冀根据地小说创作的发展，使抗日根据地的小说创作由最初的"讲故事""墙头小说"发展成真正意义上的小说。

鲜明的纪实性

纪实性是王林小说最显著的特点。在抗战初期，在解放区根据地，小说多是报告文学式的。作家们往往根据生活中出现的一个与抗战有关的事件，快速反馈出来，或歌颂或鞭挞。这种急就章式的创作到了抗战相持阶段开始明显改变。但王林始终坚持小说创作的纪实性，不是"一成不变"，也不是"滞后"，而是生活的见证与感动促使他一如既往呈现文学作品的"生活化"，而不是概念化、想象化！当一种看似幼稚的写法成为一种风格的时候，其价值也就凸显出来！他多以现实生活的深切感受去记录冀中人民艰难的抗战岁月和时代精神风貌，这在他的小说《十八匹战马》《腹地》等作品中体现得尤其明显。

《十八匹战马》刊于1946年《北方文化》第1卷第3期，作品的副标题是"追念冀中骑兵团与杨经国同志"，杨经国同志，曾经是"我们西安东城门楼上东北军学生队的同学"，"我"和孙犁同志曾经找到他。冀中骑兵团，是神勇无敌的"战神"，战时英勇杀敌，战争间隙还帮滹沱河沿岸受灾群众恢复生产，这些将士和军马成为"勤劳的农民和耕马"。在残酷的日寇"五月大扫荡"中骑兵团被敌人打散，杨经国和骑兵战士们与敌人周旋时被俘杀害。这篇小说就是为了纪念冀中骑兵团和杨经国写就的，纪实性很鲜明。小说以纪实手法描写了如何处置战功赫赫的骑兵团十八匹战马的故事。真实的生活，细节的描写，在所有反映抗日战争生活的小说中，这篇小说题材是独特的。作品既没有写战马在战场上的厮杀，也没有写将士的英勇善战，而是描写在残酷的敌伪"清剿"的环境下，如何处置这些军马的"两难"选择，其反映生活的角度显然是独特的。

鲜明的纪实性也体现在王林的长篇小说《腹地》中。中国人民的抗战进行到相持阶段，敌人为了尽快实现他们占领中国的企图，加紧了对敌后抗日民主根据地的"围剿扫荡"，冀中是日寇扫荡的重灾区之一，载入史册的冀中"五月大扫荡"是惨绝人寰的，敌人实行"三光"政策，人民军队和广大人民经历着前所未有的艰难困苦，采取了多种形式的反抗斗争，王林本来有机会随着疏散人员转移上山，但他主动请缨留在了艰险的抗敌一线。"为了给这场伟大的神圣的民族自卫战争留下一点当事人的见证，我就守着洞口动起笔来，随时写随时藏在墙窟窿里。"①《腹地》小说的初稿，写于1942年冬到翌年夏天，1943年完成，但因为战争环境的严酷和印刷条件的限制，小说一直没有得到出版的机会。在此期间，王林曾把小说稿给文艺界同人阅览征询意见，种种原因的制约，小说直到1949年中华人民共和国成立前夕才得以出版。以严酷时代生活的亲历者、见证者的身份记录下那个时代的生活和感受，是作者的创作初衷，但随时准备战斗或者转移，环境的恶劣，时间的紧迫，使作家来不及对故事和人物通盘考虑缜密构思。纪实性为主，想象性为辅，正是这部小说有别于其他战争小说的最独特之处！小说中既有对人民反抗斗争的描写，也展现了敌人的凶残，我们民族的苦难，以及在苦难中坚持斗争百折不挠的精神。孙犁认为这部作品是"一幅民族苦难图和民族苦战图"②。以长篇小说形式，以长篇小说的规模与厚度，如此近距离地鲜活生动地展现冀中那个独特年代的酷烈与抗争，在20世纪40年代及以后的中国现当代作家的小说创作中也是少见的。《腹地》的写作在河北小说发展史上具有举足轻重的地位！但遗憾的是这部作品在中华人民共和国成立之后长期被误读、被

---

① 王林：《腹地·后记》，解放军文艺出版社1985年版。
② 孙犁：《〈腹地〉》，《孙犁文集》第4卷，百花文艺出版社1982年版，第458页。

批判。

注重细节描写，场景真切感人

抗日战争进行中，实行"坚壁清野"曾是我们有效抗击敌人的策略之一，让敌人陷于找不到人、抢不到物的困境。《腹地》中多次写到，辛庄的老百姓、民兵队员坚壁清野！但是，坚壁粮食、弹药都没有问题，农民一家一户的牲畜或者赶到山里，或者亲戚家隐藏起来，猪马羊牛这些家养牲畜即使来不及藏起来被敌人发现，顶多成为餐桌上的牺牲品。现在，《十八匹战马》中要不要杀死立下战功的十八匹军马，是艰难选择的问题。不杀，战马的嘶鸣或者奔跑可能会暴露目标，更可能被敌人利用，而且已经出现敌人用"清剿"来的战马追杀我们徒步打游击的队员和民众的不利局面。但杀掉战马又是多么不舍！这里有战士和马之间的难舍的感情，那个五大三粗的战士从潜伏的麦洼地回到村里，看到要杀掉战马，气得要拼命的架势。他们和战马曾经一起拼死沙场啊！这里也有村民对战马的感情，以瘦老头和愣小伙儿为代表的村民，从朴素的情感出发，他们深知：这些军马，战场上枪林弹雨中拼命；部队还利用战争间隙帮受灾的滹沱河畔的百姓开荒耕地，农民对马匹的特有感情使他们舍不得杀掉军马，于是有了种种的理由：这个牙口太嫩，不能杀；那个"骒马"可能怀着马驹子，一杀两命啊！不能杀。……最后大家因为痛恨"洋鬼子"而选择先拿"大洋马"开刀！在对话和细节中展示了人与马、人与人、先进与落后之间围绕着十八匹军马的处置展开的思想和行为争斗。也有年轻的村长和"我"各自理智与情感之间的内心搏斗。村长问我："杀不杀呢？"，我问他："杀不杀呢？"除了屠户，大家都不想杀但又不能不杀！最后还是以大局为重！必须杀掉！这就是战争中"大局为重"的民众觉醒观念最动人之处。当然，作品的重点在于杀之前的思想波澜而非杀的过程，这也是作者王林在小说结构上的精心安排。

情节紧张激烈，具有浓郁的抒情色彩

《五月之夜》是王林短篇小说的优秀之作，也是代表作。小说创作于1943年，载于1946年《长城》创刊号，后收入《解放区短篇小说选》（人

民文学出版社 1978 年版）和《河北新文学大系·小说卷》（河北教育出版社 2013 年版）。

《五月之夜》是截取了长篇小说《腹地》中的一个片段改写而成的。所以两篇小说的主人公都是"辛大刚"。这是一篇描写抗日战争生活的优秀的短篇小说。

小说情节紧张激烈，扣人心弦。

在麦花飘香的五月之夜，没有人有心情欣赏丰收在望的田野，在伸手不见五指的夜晚，野战医院救护所正安排一批伤员转移。本来伤员多，人手不太够，但更大的困难是敌人的全面封锁与"围剿"，准备渡河的这些人被河对岸熊熊的火光和时不时响起的机关枪所威胁，借夜色的掩护这些伤员匍匐隐蔽在麦田里，天亮之后非常容易被发现，这些打鬼子受了伤的战士，毫无战斗力。但渡河转移到对岸的计划因为敌情复杂让所有人束手无策。危急之时，荣军辛大刚主动请缨前去侦察敌情。凭着对家乡地理位置的熟悉，辛大刚大胆心细地前行，稍有闪失就可能暴露目标完成不了任务。不入虎穴焉得虎子，冒着生命危险辛大刚涉水过河，探得对岸的黑影不过是伪军抓来虚张声势的村民，时不时响起的机关枪更是毫无目标地盲射，伪军们是为了给自己壮胆。辛大刚赶紧回到对岸的隐蔽区，但黑乎乎的天看不到他要寻找的伤员。阵阵担心后，他终于发现了伤病员和医务人员。大家互相帮助，相互搀扶渡河到达对岸安全地带。小说篇幅不长，但情节紧凑，氛围紧张激烈，这个紧张激烈不是刀光剑影，血淋淋的拼杀，而是悄悄中的紧张惊险，扣人心弦。

如果只从小说题目看，《五月之夜》容易让人想到萧红的《小城三月》，孙犁的《荷花淀》，作品名字个个充满诗情画意，美丽得让人充满遐思。但萧红在美丽温煦和风拂面的三月演绎了封闭古老的小城一个封建婚姻制度下爱而不得的悲剧，翠姨的死与优美的小城、优美的三月形成强烈的反差！而王林在"美丽的五月之夜"没有莺声燕语，没有花前月下，而是酷烈战争年代里你死我活的较量，一批亟须救治的伤员在漆黑的夜晚匍匐在庄稼地里等待命令转移，而一拨一拨的情节安排与孙犁《荷花淀》的诗情画意明显不同，孙犁长于在从容谈笑间揭示战争的残酷和白洋淀水乡人民尤其是女性的识大体顾大局的精神风貌，而《五月之夜》情节裁剪不同，对麦花飘香，对伸手不见五指的黑夜，对隔岸火光、阵阵枪声的描写，是那么多伤员生死攸关的背景，在这样的月黑之夜，辛大刚只身探得敌情，村民和医护人员背扶伤员迅速渡河安全转移，有序而友爱，犹如战火纷飞年代谱就的一只小夜曲！这个夜晚，没有月亮，没有浪漫，有的是战争年代特有的勇敢、忠诚、友爱之情，有的是浓郁的人性和人情之美。

艺术上力求丰富多变，凸显主题

《五月之夜》以辛大刚主动请缨——冒险侦察敌情——帮助转移伤病员为主要情节，小说有对敌情的渲染，也有主人公辛大刚冒险涉水的勇敢和细心，还有对后方医务人员的描写。从辛大刚的角度看出去，对待医务人员的看法采用了先抑后扬的艺术手法，辛大刚从深武、饶安地区突围出来，行走到家乡附近，突然发现道沟旁的麦田里躺着很多人，仔细观察是受伤程度不同的伤病员。他作为一个在战场受过伤的"荣军"，深知伤病员的痛苦与艰难，看他们无人守护与照顾，想到：难道那些医护人员只顾自己逃命而无情无义地抛下这些伤员？后来才发现误会了他们，章所长所在的后方医院的所有人员都在尽全力看护这些伤员，带着这么多的伤病员和敌人周旋！他对他们充满了崇高的敬意，也为自己错怪了这些医护人员感到惭愧。在伤病员的坚强坚忍、医护人员的超负荷工作精神的感召下，不顾腿脚的不便和随时可能发生的危险，自告奋勇前去探察敌情。从辛大刚这个视角看出去，对医护人员的态度与描写显然是先抑后扬。但《五月之夜》的主旨如果不以医护人员的艰辛关爱为主，而是着重揭示退伍军人辛大刚勇于担当、黑夜探险，那么前边辛大刚以为医护人员偷懒逃避责任只能是"误解"，最后看到医护人员尽心竭力减少伤员痛苦只能算是误会消除。胆大心细的辛大刚也有简单粗疏之处！因此说在营造氛围、塑造人物、表达主题方面运用的主要手法是先抑后扬。而从作品塑造主人公荣军辛大刚这个角度看，此处他对医护人员的"误解"应该说是欲扬先抑更贴近作品的主旨。在长篇小说《腹地》中，对辛大刚在抗击敌人时的勇敢，在爱情追求时的执着，在与贪生怕死的投机分子范世荣斗争时的爱憎分明有了较为充分的描绘，使"荣军"的形象鲜活起来。

鲜明的地方色彩和泥土气息

  冀中这块土地，养育了孙犁，孙犁以他的"荷花淀"系列作品把河北水乡带向了世界！水生、水生嫂们烙印在了千万个读者心中。梁斌通过朱老忠形象展现了中国农民反抗压迫的百年历史风云。而王林，以他的抗战纪实小说为燕赵儿女血与火的抗争留下了坚实的足迹。王林的小说，反映的是抗战时期的冀中人民生活。他们在侵略者铁蹄践踏下的痛苦呻吟，他们亲人的死亡，他们自我的成长成熟，在这些燕赵儿女身上无不打下鲜活的时代烙印和地方烙印。

  王林小说故事背景、人物活动场景都在冀中村庄田野。《十八匹战马》本就是为了纪念冀中骑兵团和杨经国同志而作，写到滹沱河畔的灾荒，写到骑兵团帮助滹沱河畔的受灾群众开荒种地，故事还涉及真实的深泽、饶阳一带。《五月之夜》和《腹地》均以荣军辛大刚为主要人物，参加八路军打鬼子一直活跃在冀中一带，这次辛大刚从深武、饶安地区突围出来，回到滹沱河畔的家乡辛庄。辛庄的规模、格局、人物关系是冀中普通村落人际关系的一个缩影。白玉萼，从长相到参加演剧团大大方方排练的姿态，都跟村姑不同。"带犊"闺女的身份在村里被范世荣等觊觎，在家族中被白家歧视排挤。她爱上辛大刚，除了辛大刚个人的品性，也与抗战的时代有关，与这里的风土人情有关。

  王林在小说中较多使用地方俗语方言，增加了作品的乡土气息和地方色彩。《十八匹战马》中，敌人走后"大火后残存的烟火和烧衣服套子的恶臭，呛得鼻子发酸"中的"套子"就是典型的冀中方言，指的是棉花做成棉袄或者被套使用以后的旧棉花。"我"去找村长，村民说："好几天没有影了，死活还不一定呢。"是村民见我陌生，多了一分警觉，在替村长打掩护糊弄我，我却直言"傍黑子还见着他了"，"傍黑子"指的是傍晚，但冀中一带说成"傍黑子"。至于方言的利与弊，不赘述，总之是地方色彩浓郁。

  当然，由于环境的残酷，时间的仓促，王林很多作品的细节还需要斟酌。比如《腹地》的开端部分，从辛大刚光荣负伤走在回家的路上开始，情节比较散漫拖沓。张昭作为区委书记，从观念到能力都显得很牵强。王林的《腹地》一经出版,反响强烈,短时间内再版。随着20世纪50年代"左"的思想的侵蚀,这部作品被上纲上线,误读了作者的初衷:荣军辛大刚才是作品的主角,而部分人总以为投机分子范世荣是主要人物,这个形象的塑造是给党的领导、党的形象抹黑,作者王林也承受了巨大的压力。《腹地》确实为了展现那个年代革命的残酷性和斗争的复杂性,塑造了村支部书记范世荣的形象,此人物的政治身份和临阵脱逃、贪生怕死的行为被文艺界认为歪曲了党的领导,20世纪50年代,时任《文艺报》副主编的陈企霞在《文艺报》上的批评使这部作品遭到封杀,作品在出版发行传播方面受到影响。相比赵树理代表作《小二黑结婚》中的恶霸金旺、兴旺兄弟的塑造,既没有得到承认也没有起到警示作用,这与某些批评家唯政治论思想下的歪曲误读有关,显然也和作家交代背景、处理人物的手法有关。

第二节 管桦

管桦(1922—2002),原名鲍化普,河北省丰润县女过庄人。管桦是20世纪40年代后期走上文坛的作家,以小说创作为主。中华人民共和国成立后在北京从事创作及文艺领导工作,曾任北京市作家协会主席、北京市文联主席。主要作品有长篇小说《将军河》,中篇小说《小英雄雨来》《辛俊地》等。1948年山东新华书店出版了《荆各庄的故事》,1949年哈尔滨东北书店出版了《妈妈同志》,1955年少年儿童出版社出版了《小英雄雨来》,1979年中国青年出版社出版了《管桦中短篇小说集》,1994年中国青年出版社出版了《管桦文集》(六卷本)。

管桦最有代表性的作品是中篇小说《小英雄雨来》和《辛俊地》。

塑造少年英雄形象

生于河北冀东的管桦,在故乡度过了泥里河里调皮玩耍的童年时光,青年时代参加了抗日战争,做过记者,深入过战斗生活的一线,也参加过敌后抗日根据地的游击生活。1948年因病离开军队、离开故乡,到东北鲁迅艺术学院工作生活，在此期间，写下了《小英雄雨来》的第一章，原名"雨来没有死"，曾被编入小学语文课本，影响广泛，但那还是一个短篇小说的格局。1955年在原来《雨来没有死》的基础上完成了中篇小说《小英雄雨来》，少年儿童出版社、生活·读书·新知三联书店、河北人民出版社曾出版过单行本，成为孩子们喜欢的读物，这样一部儿童文学作品产生如此广泛的影响，与那个特殊的年代有关，与"幸福不忘过去苦，吃水不忘挖井人"的时代教育有关，也和作品塑造的少年英雄雨来的形象有关。可以不夸张地说，小英雄雨来作为一个鲜活的可爱的文学形象影响了六七十年代出生的所有少年儿童。

管桦在其作品中，塑造了众多少年儿童形象，如雨来、铁头、二黑、三钻儿、六套儿、小胖（《小英雄雨来》），小铁头（《上学》），瑞头（《三日拘留》）等，而最生动的形象是雨来。

雨来形象的塑造，是管桦对中国当代文学的贡献，雨来与河北作家徐光耀笔下的小兵张嘎成为受少儿读者喜爱的儿童"双星"形象。当代文学史上，三个战争年代的儿童形象流传最广，影响最大：小兵张嘎、小英雄雨来、红星儿童潘冬子。前者和后者的广泛传播更多是凭借了电影的传播力量，真正阅读文学文本而建立起这两个形象的读者并不太多；而雨来形象更多是凭借了文字的力量，以及小学语文课本的传播力量。潘冬子代表着南方艰难岁月中的"孩子"形象，而雨来和嘎子形象均出自河北作家和河北这块美丽又多灾多难的热土！河北文学也因为这两个家喻户晓的儿童形象显得熠熠生辉！

《小英雄雨来》在雨来身上，体现了鲜明的爱国主义情感，体现了作品强烈的时代性、民族性。本是最顽皮的少年时光，正常情况下，村里的孩子们多是在田里地里土里泥里水里自由嬉戏玩耍，他们成群结伙，上树掏鸟，下河捉鱼，在大人眼里是很淘气的年龄。但本该无忧无虑的年龄却由于日本强盗的入侵，大人们离开家园去打游击，孩子们提早成熟，承担着站岗、放哨、带路送信等任务。环境的影响，大人的教育引导，孩子们渴望和大人们一起尽早把鬼子赶出中国去！在他们身上，体现出强烈的爱憎情感！他们认真读书识字，热爱自己的祖国，热爱自己的家乡和亲人，热爱八路军游击队员，他们恨残暴狡猾的侵略者，恨卖国投敌的汉奸和狐假虎威的伪军特务。成长环境的变化，使他们具有了机智勇敢的品质，愉快地接受站岗放哨送鸡毛信的任务，懂得如何与敌人机智周旋。雨来被敌人抓住，任凭敌人糖块诱惑，刺刀吓唬，软硬兼施，不为所动！死了也不能出卖交通员大叔！鬼子气急败坏地高叫着："拉出去！死了死了的！"当敌人押着雨来行走在堤岸上的时候，机智的雨来瞅个机会一头扎到河里。鬼子走后，乡亲们难过地顺着河沿寻找被鬼子杀害的他们的小英雄雨来，结果远远地雨来露出了小脑瓜。水边长大的孩子，泅水的本领，使雨来有惊无险死里逃生。看起来他们是那样稚气未脱，有时也在家长面前调皮淘气；但在严峻时刻，对敌人的仇恨，对亲人与八路军的爱，使无数读者感动！"我们是中国人""我们爱自己的祖国"已经植根在雨来这些孩子的头脑中，曾经的顽皮淘气化作战争环境下的机智勇敢，通过雨来和小伙伴的行动及性格成长，作者把贯穿其中的强烈的爱国主义情感鲜活地展现出来，也使作品具有了强烈的时代性、民族性。

  作者管桦生于1922年，他们的儿童时代虽然也有军阀混战带来的动荡乱离，但总体上很多乡村还过着交粮纳税、乐天安命、相对平和古朴的生活。"夜晚不敢出门。记得晚上到街里去买灯油，黑暗里总是觉得有鬼怪跟在身后……抗日战争时的少年儿童，站岗放哨、送信、带路。冷不丁地天不怕地不怕了。"① 雨来为了送鸡毛信，飞跑十几里路，汗水直流。这种时代性、民族性也体现在《三日拘留》中，其中的瑞头，是个只有10岁的孩子，是特委黎风林的儿子，在交通点被特务蹲守以后，表面上在街口玩耍的孩子负起了放哨的任务，在父亲未归、母亲和小弟弟被抓走之后，一个人坚强而警惕地执行着"任务"。这些孩子在民族战争的环境下，感受了战争的残酷，变得警惕勇敢，承担起了似乎与年龄不相当的艰巨任务，在敌人面前，机智勇敢地抗争，智慧地抗争。与今天和平年代的孩子们生活优越撒娇任性相比，更显现出时代的印记。《小英雄雨来》还体现了鲜明的民族性，这一点在作品中的体现是与爱国主义紧密相连的。雨来爸爸和区上的同志坚信："孩子们不上学念书不行，起码要上夜校。……要不，将来闹个睁眼瞎。"所以孩子们上学学的课本首先进行的是爱国主义教育："我们是中国

---

① 管桦：《〈小英雄雨来〉的命运·代后记》，《管桦作品选》，中国少年儿童出版社1984年版，第310页。

人。我们爱自己的祖国。"当雨来被日本鬼子扇巴掌,鲜红的鼻血滴在课本上的"我们是中国人""我们爱自己的祖国"两句话上时,任何读者都会强烈地感受到,爱国主义不是一个空洞的词语,爱国主义更不是狭隘的民族主义。一个人连生养自己的家乡父母祖国都不爱,还能谈到爱全人类?尤其是异族入侵、大敌当前民族抗战的特殊时期。爱国主义和民族主义情感贯穿在管桦此阶段和"十七年"的创作中。

管桦的小说创作充满了浓郁的地方色彩。管桦生于河北丰润女过庄村,还乡河这条家乡的河流多次出现在他的作品中。《小英雄雨来》的故事就发生在这里。"晋察冀边区的北部有一道还乡河,河里长着很多芦苇。河边有个小村庄。……这村就叫芦花村。十二岁的儿童雨来就是这村里的。"还乡河,芦苇与芦花村,既是主人公生活的环境,也是雨来和小伙伴们嬉戏玩耍的天地,也造就了无师自通的凫水的本领,所以才有危急时刻,雨来故意滚下堤坡,鬼子伪军气急败坏地向河里乱开枪,但雨来凭着平日练就的泅水本领及时逃脱,有惊无险!短篇小说《上学》与长篇小说《将军河》都取自流经家乡的那条"将军河"。前者写了将军河边龙虎村八岁的孩子小铁头在敌人占领家乡以后渴望上学读书,和柴老师翻山越岭取课本的故事。后者以长篇小说的规模,描写了将军河畔龙虎村古佩雄英勇抗击侵略者及黑恶势力的英雄故事。冀东,家乡,成为管桦取之不尽、用之不竭的丰富的文学矿藏,为冀东的抗战生活留下了浓墨重彩的一笔。

英雄人物性格的多样化

《辛俊地》是管桦另一部优秀之作,曾被收入《中国新文艺大系(1949—1966)·中篇小说集》(中国文联出版公司 1987 年版)和《河北新文学大系·小说卷》(河北教育出版社 2013 年版)。主人公辛俊地是那个年代少见的非高大全式的"英雄",也是一个个人英雄主义占主导地位的另类"英雄"。

《辛俊地》人物性格鲜明,具有独特性。反观 20 世纪 40 年代至 60 年代的文学创作,我们会发现很多作品人物概念化、雷同化:好人与坏人泾渭分明,好人一味好,坏人一味坏。有些落后思想的人物大多在党的领导和影响下，在事实教育面前，思想发生了转变。而主人公辛俊地是一个独特的人物，既不是高大全式的英雄，也不是落后分子，他是一个抗击日本侵略者、敢打敢冲的英雄，但又是一个有缺点的英雄，是一个有着明显个人英雄主义思想的人物。作品开篇就写到辛俊地一个人在庄稼地里伏击伪军，独特的战争环境使我们本该拿锄头镰刀侍弄庄稼的农民练就了神枪手的本领，三个敌伪目标出现，一枪撂倒一个，毫发无伤地消灭敌人有生力量。本来读者也像他一样觉得应该受到首长的表扬，没想到首长很生气，因为他莽撞行动，打死了我们的耳目眼线，使我们损失了一个好不容易争取过来的情报员。辛俊地觉得委屈，不服气，不肯认错，不愿受纪律约束，觉得回到村里照样可以打鬼子！辛俊地就回村组织民兵活动，配合八路军游击队有效打击敌人。为了打击敌人，他舍生忘死，但他的个人英雄主义思想依然存在，关键时候再次使我们伏击敌人准备一网打尽的行动计划遭到破坏。经过缜密侦查，部队决定来一次瓮中捉鳖的围歼战。围歼战打响之前，首长反复叮嘱不到时候不能打。眼见敌人要进入包围圈，将士们个个敛声屏气，等待命令。就在关键时候，戴罪立功想出风头的辛俊地为了抢占头功把指挥员的叮嘱抛之脑后："难道就让他这么大摇大摆地从我面前过去？功劳落到别人手里，让我打那些不值钱的小兵崽子们？还是让我打死他吧。让人们都用羡慕的眼光望着我说，这就是打死鬼子指挥官的辛俊地！"个人英雄主义思想使他不计后果地先行开枪打死了日本军官，致使我们的周密计划落空，不仅没有给敌人形成瓮中捉鳖的毁灭性打击，反而使敌人有了快速反击游击队的突围形势。这种缺乏集体观念、大局观念、只想个人立功的个人英雄主义的后果是极为可怕的。再次受到批评离开部队回到村里的辛俊地，依然怀着对敌人的仇恨，对落后妥协分子的愤怒，努力为抗战工作出力。一边是相好的徐桂香温柔乡的诱惑，一边是地主徐怀冰与特务的勾结活动，为了追踪刚离开徐家的特务，辛俊地被后边追赶过去的地主徐怀冰暗杀。明枪易躲，暗箭难防，辛俊地没有死在和敌人对决的战场，却很遗憾地死在只图个人私利的落后群众的射杀下。在抗日战争爆发以后直至"十七年"的小说创作中，正面英雄形象很多，投敌叛友自私自利的形象也不乏其人，但像辛俊地这样有一腔爱国热情却又有不少缺点的"英雄"还不多见。不能不说,这个人物的出现是作者在现当代文学人物塑造上的一个突破。

第三节　俞林

俞林(1918—1986),原名赵凤章,河北省河间县人。1938年入燕京大学西语系学习。1941年到晋察冀边区,先后担任中共中央北方局宣传干事、阜平县城南区委宣传部长,同时开始文学创作。解放战争时期在冀中搞土地改革运动,后南下中原。中华人民共和国成立后担任中南作家协会副主席、江西省文联主席等职,出版了长篇小说《人民在战斗》《在青山那边》等。

俞林在农村基层工作,起初为报刊撰写通讯、速写、特写、故事等,而后开始小说创作。小说《家和日子旺》通过一个农民家庭人际关系所发生的变化,展现了解放区农村出现的新面貌和新气象。在1943年的灾荒里,老寿星家缺吃少穿,大媳妇、二媳妇又闹着分了家,大家常为使用一头共有的耕牛发生争吵,一家人闹得不可开交。在1944年的春耕生产中,三儿子夫妻俩想方设法团结全家互助生产,结果,懒惰的二媳妇下了地,嘴巴尖刻的大媳妇也乐于助人,一家人变得和和睦睦,亲如一家,各家的生产也全搞上去了。作家将笔触深入农民家庭,写了农村中司空见惯的兄弟分家、妯娌不和、懒媳妇不干活、争家产、吵架等一系列家常事,但作家将这些放在了抗战时期的根据地,便使它们具有了崭新的内容和重要的意义。作品中的民兵队长三锁及妻子妇救会委员贞贞,在促进家庭的变化中发挥了主要作用。他们觉悟高、思想好,年轻聪明,工作生产双带头,是农村中新生力量的代表。他们将大家的心气儿集中到发展生产、巩固抗日根据地上来,并使巧计让当八路军的二哥来做二嫂的工作,终使大家在互助的劳动中相互理解,消除隔阂,重新过成一家子。小说在情节发展中适当地添加了一些顺口溜,通过这些朗朗上口的快板刻画人物、推进故事、渲染气氛,给作品增加了一层轻松活泼的色彩。

俞林1947年创作的短篇小说《老赵下乡》被收入《中国新文学大系（1937—1949）·短篇小说卷三》。《老赵下乡》是俞林的代表作，小说描写1943年阜平秋季反"扫荡"后，县农会干部老赵奉命到胭脂河区刘家台督促救灾和种麦工作中所发生的故事。在敌人"扫荡"的间隙里抢种已过节气的小麦，本是一件十分紧急的事情，刘家台的干部却为清理被敌人抢劫的财物而一再拖延。老赵当机立断地结束了清财工作，连夜召开干部会催促立即开始种植小麦，并在全面调查的基础上发放了拖欠多日、群众普遍有意见的救灾粮。这些问题解决之后，老赵却没有看到农民第二天热火朝天的种麦场面，而是纷纷提着篮子到沟里拾枣。农民为什么不想种麦子呢？老赵经过一整天的走访调查，终于发现了问题的症结：由于主要村干部腐化堕落，使村中出现了地主抽地、收高租的现象，挫伤了广大农民的种田积极性。据此，老赵果断召开农会大会，发动群众清查并弥补了减租工作中的漏洞，挖出了地主隐藏的粮食，撤换了腐化变质的干部，于是，种麦工作轰轰烈烈地开展起来了。小说从一个新的角度反映了抗战时期根据地农村的阶级斗争和经济斗争，揭示了地主阶级拉拢和分化农村干部队伍的现象，说明了干部下水以及由此对革命工作造成损失的严重性。

小说较好地塑造了县农会干部老赵的形象。他敦厚质朴、平易近人，下乡的行李从不像别的干部折成方形背包，而是卷起来用麻绳一捆，叉根棍子扛在肩上。他是本地干部，"比外来干部更清楚人们的苦处"，所以群众有事也愿意同他谈。他公而忘私，一个多月的反"扫荡"结束后，顾不上回家看一眼便奔赴新的工作岗位。一进村，老赵便接二连三地发现了问题，但他没有立刻发表意见，而是平心静气地观察了解，在同村民一起劳动中进行调查研究。他做工作耐心细致，认真负责，在对村中的各种问题有了全面的掌握之后，才依靠广大群众，按照党的政策加以纠正。作品通过这样一位密切联系群众、工作深入扎实的好干部形象，反映了1942年边区整风运动之后干部队伍所发生的巨大变化。

小说在叙事上也很有特点，看似朴实的叙事中设置了一些悬念。这些悬念很符合一个刚进村子不了解情况的老赵的心理。叙事机巧暗藏其中，在老老实实的叙事中引人入胜。情节在一个个悬念中展开，由小悬念发展到大悬念，然后通过老赵工作的不断深入，悬念才一层层逐渐解开，因此小说读起来脉络清晰，情节曲折，细品起来意味深长。

俞林1948年奉命南下中原之后，又根据晋察冀边区的抗日斗争生活创作了中篇小说《杨赶会的一家》、短篇小说《郭三元和康米贵》《借粮》等，其中《杨赶会的一家》较有特色。小说以抗日战争为背景，描写了冀西山区白草沟村贫苦雇农杨赶会一家的生活变化，并以这个家庭为主体，表现了冀西根据地人民反"扫荡"、减租减息、打击地主的破坏活动等一系列斗争，展示了边区人民读书识字、自由结婚、生产互助、改善生活等一派生动景象。小说写活了几个人物，地主耿百岁为富不仁，欺压佃户，横行霸道。他每年亲自到村中收租，一进村便风传得满村皆知，大人和孩子说话都不敢高声。他收谁的租子在谁家吃饭，稍不顺意便加租或收地，一副土皇上的派头。为了破坏减租斗争，他到处散布谣言，日寇来了还企图投敌。后来落魄了，又表现出一副少有的穷酸相，竟至偷拿佃户的庄稼，这一个地主给读者留下了较深刻的印象。杨小山似乎是与杨赶会对照着来写的，杨赶会的胆小软弱更衬托出弟弟杨小山的爽直和勇敢。面对地主的蛮横无理，忠厚老实的哥哥只有赔礼求情，以放羊为生的杨小山却敢于当面顶撞他："耿财主，你这是庙门口撵要饭的，要穷人一死吧！"一开始便显示了他突出的性格特征。在后来的斗争中，杨小山迅速成长起来，当了游击组长，带领民兵反"扫荡"、保家乡，组织民兵开展互助生产，冲破封建习俗和传统观念，自由恋爱，新式结婚，成为抗日根据地一代新人的典型代表。

长篇小说《人民在战斗》写1943年日本侵略军对太行山区进行"扫荡"的战火中，抗日根据地几个家庭的不同遭遇和人民群众的战斗激情。

或许是俞林长期工作在基层农村，在边区农村开荒、减租、土改和互助生产中，比较深入地熟悉和了解了农民的生活，特别是他们的家庭生活，因此，俞林的小说多数取材于边区农民的家庭生活，即使那些展现社会生活面比较宽广的作品，其中心内容和精彩部分也是在家庭生活的描写上，并通过生动、真切的一个个家庭，表现或折射出广泛的社会内容与时代特点。他的作品现实性强，生活气息浓厚，对北方农民家长里短的叙述娓娓道来,如数家珍。语言生动质朴,富有鲜明的地方色彩。

第四节　赵树理在河北的小说创作

赵树理(1906—1970),原名赵树礼,山西晋城市沁水县人。赵树理虽是山西作家,但生活与创作中却与河北省有千丝万缕的关系。1943年10月,已经在解放区文坛成名的赵树理来到华北新华书店担任编辑,成为专业的创作人员。他先后生活、工作在冀南的涉县、武安、临城,并于1948年9月迁往平山。1944年,赵树理创作的传记体小说《孟祥英翻身》,写的就是河北省涉县的劳动模范孟祥英领导妇女生产自救的事迹。同年,还在减租减息运动中创作了短篇小说《地板》。1947年,创作了短篇小说《刘二和与王继圣》和《小经理》;又于1948年在河北省平山县创作了反映武安土地改革的中篇小说《邪不压正》。

以女性解放歌颂新政权

《孟祥英翻身》是一篇传记体小说,取材于真实故事。1944年12月10日,第一届太行区杀敌英雄、劳动英雄战绩、生产展览大会在山西长治黎城县南委泉村举行。会上赵树理采访了女劳模孟祥英,又到孟祥英的家乡做了调查,会后在南委泉写成了此书,翌年3月由新华书店出版。

孟祥英是河北省涉县(今属河北省邯郸市)的妇救会主任,太行山区的度荒英雄。赵树理并未只关注于孟祥英的英雄事迹,而是在小说中着力表现了她挨丈夫打,受婆婆气,乃至两次自杀未遂的被压迫经历;最后才在村里来了根据地专署的工作员,组织妇救会之后,当选为妇救会主任,带领当地妇女闹翻身,生产度荒,成为劳动英雄。

赵树理的这篇小说中涉及四种角色,即婆婆、媳妇、婆媳关系的旁涉者(公公、丈夫等)和问题的解决者(新政权的代表工作员)。婆婆代表封建传统观念,和代表新观念的媳妇发生冲突,婆媳关系的旁涉者则加剧着这种冲突,而问题最终在代表新政权的工作员的领导下解决,取得一个类似于大团圆的结局。

当时封建宗法制度在农村,特别是在山村还根深蒂固,妇女受虐待、压迫和残害的现象十分普遍。在封建制度的压迫下,当地妇女甚至没有自己的名字,如孟祥英只能以牛门孟氏为称谓。《孟祥英翻身》中的"婆婆"就是封建枷锁的受害者以及传承者。"婆媳们的老规矩是当媳妇时候挨打受骂,一当了婆婆就得会打媳妇,不然的话,就不像个婆婆派头。"在孟祥英婆婆脑筋里,儿媳妇就得有个"媳妇样子":"头上梳个笤帚把,下边两只粽子脚,沏茶做饭、碾米磨面、端汤捧水、扫地抹桌……从早起倒尿壶到晚上铺被子,时刻不离,唤着就到;见个生人,马上躲开,要自己不宣传,外人一辈子也不知道自己还有个媳妇。"而孟祥英的婆婆除了遵照这套老规矩,还外加一张"好嘴",孟祥英本身又有"五个倒霉的条件":一是娘家没人做主,二是娘家穷,三是针线活不好,四是脚大,五是好说理。这就更让婆婆横眉冷对,婆媳冲突也格外激烈。

孟祥英婆婆在赵树理的小说中属于旧式女性的代表。一方面被男权压制,难以找到自己的存在意义;另一方面又以封建制度为工具向下一代年轻女性进行发泄,实质上是其长久处于旧思想的禁锢下,个人精神的扭曲表达。她对孟祥英或是恶语相向、骂爹骂娘,或是借助儿子和旁人对儿媳进行压制,甚至试图将难以管教的孟祥英卖出去。婆婆与媳妇的冲突并不是哪一方掌握道理的问题,而是为了满足自己的支配欲,找到自己的存在意义,而媳妇的违抗就是对她权威的蔑视。

作为旁涉者的丈夫梅妮也是封建枷锁的传播者之一,在封建宗法制的环境里,他理所当然地认为男人就该在女人之上:"'娶到的媳妇买到的马,由人骑来由人打',谁没有打过老婆就证明谁怕老婆。"而孟祥英打不能还手,甚至不能躲开,稍有反抗即会招致更严重的毒打。梅妮多次在自己母亲指示下,或为了维护自己所谓的男人面子毒打孟祥英,更可怕的是整个封建宗法环境中的人都不认为这些行为有什么不妥。邻家媳妇常贞和孟祥英姐姐的遭遇表示这样的家庭普遍存在着。

赵树理在婆婆为代表的老一代农民和梅妮为代表的旁涉者们身上深刻揭露了封建宗法制度、封建习俗对妇女的毒害,并体现了改变这一切的重要性和迫切性。

孟祥英代表的则是富有叛逆精神、敢于和旧势力斗争的年轻新型农民。孟祥英本身"从小当过家，遇了事好说理"，且村人评价"人家能说话！说话把得住理"，再加上性格刚烈，本身就比常贞和姐姐具有更强的反抗性。而孟祥英从被压迫的小媳妇成为劳动英雄的过程，离不开解放区政府的支持，作者也借此热情歌颂了新政权。

在新政权的帮助下，孟祥英不再是那个和常贞、姐姐隔门哭泣的受气小媳妇。她逐渐意识到自身的价值，勇敢地走向社会，当了村干部，成了妇救会主任，积极领导妇女们参加生产劳动，开始以全新的面貌去迎接新的生活。孟祥英的转变从某种程度上体现了农村妇女地位的变化，新一代女性逐渐摆脱婆婆一类的旧式妇女的禁锢，开始考虑自我的人生需求，发现自我的社会价值，并付出行动。她们反对固有男权秩序，在新政权的领导下主宰自己的命运。新政权的建立成了劳动人民的精神支柱。如果没有新政权的建立和巩固，单靠孟祥英爱说理和不愿吃婆婆亏的性格是不会有出头之日的。新政权的存在使孟祥英的婆婆、丈夫眼看孟祥英工作积极却又打骂不得，只能无可奈何地"吸嘴唇"。而特务牛差差的谣言人们也不再相信。所以，新政权站在人民立场上，没有它的建立，妇女解放就缺少进行的条件。

当然，新政权既解救了孟祥英之类的受压迫女性，使之在社会中发挥自己的价值，也使落后的妇女实现了一定程度的转向，展现了新社会的光辉前景。孟祥英婆婆虽然没有明显的转变，但从她开始无所顾忌地打骂孟祥英到后来不敢动手；从她千方百计阻挠孟祥英参加工作到无可奈何地"吸嘴唇"，作品通过这些变化证明她也受到了新生活和新政权的影响。虽然结尾没有明确交代孟祥英婆婆的转变，但也留下了很大的可能性。

在描写孟祥英在新政权的帮助下成为英雄的过程中，作者并没有隐瞒新女性身上存在的奴性。这既可以看出赵树理忠于生活真实的一贯风格，也显示了他对人性的细微观察。孟祥英作为当地劳动英雄，却在是否参加斗争特务任二孩大会上"拿不定主意"。她先是看见婆婆和丈夫的"怪眉怪眼"，觉得有点可怕；最后在工作员"这又不强迫，不过群众还去啦，干部为什么不去"的动员下才决定参加；但最后却仍然怀着"去就去吧，咱不会不说话"的思想。她在面对邪恶势力时也产生了犹豫不决的心理，赵树理突破了把人物写成高大全的思维定式与写作模式。

孟祥英的这种心理还有更深层的原因。担任问题解决者、代表新政权的工作员在回应孟祥英要不要去参加特务斗争时，前句说不强迫她，后句又要求她去。群众去的原因可能是觉悟提高，或者是随着干部走，群众会把去的理由建立在孟祥英这样的干部身上；而工作员却指引孟祥英把理由建立在随大流的群众身上，没有建立在自己的思想观念上。工作员和孟祥英丧失了真正要去的理由。而工作员在争取孟祥英参加妇救会工作时，是以让婆婆去干妇救会工作相威胁，凑巧成功的。本应以新的思想观念去做说服工作，却没有给人民确立一种新的思想观念。封建观念在此并没有得到彻底清除，婆媳冲突也没有得到彻底解决。小说叙事在此出现了不和谐的民间声音。赵树理从农民的精神面貌、心理状态出发，写出了孟祥英和工作员真实的犹豫心理和对政策执行不充分的行为。这就让他的小说既表现了农民翻身的喜悦，也表现了这个翻身过程的长期性与艰巨性。鲁迅所代表的"五四"文学传统也对这一过程的长期性与艰巨性有所表现，只是人物所处时代不同。孟祥英和阿Q都存在不同程度的落后性，而她的悲惨遭遇也和祥林嫂有所相似。但阿Q、祥林嫂等人物都没能找到出路，而赵树理却让新政权的力量拯救了孟祥英，让她找到了阶级解放这条出路。小说既有民间声音，也有对政治的反映，文艺大众化与文艺政治化这两重因素交集在赵树理的作品中。

小说中还存在着更值得探讨的问题。

首先是赵树理的女性解放观。赵树理虽然热情关注被压迫妇女的命运，歌颂她们的翻身解放，但也在一定程度上表现了男性中心的传统意识。工作员是孟祥英的精神支柱，女性也很少会对男性提出质疑，她们几乎学习男性的一切，包括吃饭干活。女性挣开了历史枷锁，却失去了自己独有的精神性别，以男性化的特征为荣，也在为男性社会服务。也有人认为其实质是政权与家庭争夺对女性劳动力的使用权，解放区抗战形势需要把女性从家庭中解放出来，分担男性承担的工作。所谓的女性解放，显然不是以女性自身利益为根本，而是与新政权的要求相一致。

孟祥英解放后的工作极为顺利，很快得到村中妇女的爱戴，似乎再也不会遇到什么困难和矛盾。这背后的根源就在于革命新政权。代表新政权权威的工作员与梅妮一样没有话语和个性，但他们却掌握着女性的命运。孟祥英等人的解放，离不开政治的力量，这是妇女解放的最根本的保证。

这种依附于男性革命权威的女性"解放"，使孟祥英们不仅缺乏女性的生命特质，而且失去了个体意识觉醒的可能性。婆婆依附于传统道德，从中找到自我的价值，而孟祥英则把自我的价值确认依附在新政权之上。她们的变化不是自觉的，缺乏内在动力。由"父权"引起的妇女问题，没有从根本上解决，而是被一种更高的权威——政权所模糊。

其次是赵树理规避了让孟祥英离婚这一解决方案。抗日战争时期孟祥英所属根据地的历史档案记载，1942年1月和5月，边区政府公布施行《晋冀鲁豫婚姻暂行条例》和《婚姻暂行条例施行细则》，又于1943年1月颁布了《妨害婚姻治罪法》，这些法令都"强调离婚自由"。有学者认为赵树理规避离婚的原因，一是在文学接受上的"大团圆"情结。为使群众易于接受，赵树理常常会为自己的小说寻求一个大团圆式的结局，契合农民读者的欣赏心理。二是由于其矛盾的创作思想。赵树理一直在"五四理性""时代政治"与"农民情感"的困境中挣扎。赵树理在感情上亲近农民，了解农民所想；但他在理智上又需要遵从时代政治的倡导，吸取"五四"的新型价值观念。而农民的道德伦理又常与政治和新型观念产生冲突。赵树理知晓农民身上存在的落后观念，又能清楚地认识到政策与新观念的偏激之处，所以，他的创作态度常处于两难境地。让孟祥英离婚可以呼应新政权的婚姻自由观念，却不符合农民的价值立场。赵树理批判阻挠自由婚姻的人和观念，却只强调结婚而回避离婚。

总体来看，《孟祥英翻身》故事真切，叙事简约，用类似传统评书的语言营造出了通俗、明快、亲切的气氛。这部纪实性文学，是对封建妇女观的有力批判，比较真实客观地再现了抗战时期太行山区乡村妇女的命运转折。但把群众从封建思想的束缚中彻底解放出来，仍是一项未完成的任务。所以，结尾时赵树理写道："孟祥英的丈夫和婆婆还跟孟祥英不对劲，究竟是为什么？"这个没有给出答案的问题令人深思。

以反映农村现实问题参与政治

完成《孟祥英翻身》的写作后，赵树理又于同年（即1944年）创作了短篇小说《地板》，于1946年4月1日刊登于太行文联主办的《文艺杂志》。这是他在一向对其创作持保留态度的《文艺杂志》上第一次发表作品，它意味着以徐懋庸为首的文艺精英们对于赵树理的默认。当时各解放区正开始贯彻党中央的"五四指示"，《地板》还与《李有才板话》一起被列为干部必读的参考资料。发表两个月后，延安《解放日报》转载了赵树理的《地板》，并附上一个《编者前记》：

"这篇作品，粉碎了像王老四这样的地主以为土地可以产生财富的剥削阶级的反动思想，它极其深刻地揭露了封建剥削的本质；同时又深刻地说明了一切都是由人——由劳动者创造这个千古不易的真理。

像这样有深刻的思想性，同时又有相当高度的艺术性的作品，是很难得的，因此我们发表它。这在现时对我们是有教育意义的。"①

这是赵树理最纯粹意义上的问题小说。作者曾自述小说的成因："那时我们正进行反奸、反霸、减租、退租运动……某地主说他收的租是拿地板（即土地面积）换的。当时在场的佃户们对劳动产生价值的道理是刚学来的，虽然也说出没有我们的劳力，地板什么东西也不会产生。可是当地主又问出：'没有我的地板，你的劳力能从空中生产出粮食来吗？'便迟迟回答不出……散会之后，仍有一些群众窃窃私议，以为地主拿出土地来，出租也不纯是剥削②。"

可见，交租纳粮天经地义的封建剥削观念，在一些农民的头脑中仍然存在着。为了解除农民心中的困惑，纠正旧制度给人们带来的根深蒂固的错误观念，赵树理创作了这篇小说。

这是一篇把劳动创造一切的道理形象化、通俗化的小说。小说借助破

---

① 《编者前记》，《解放日报》（延安）1946年6月9日。
② 赵树理：《回忆历史 认识自己》，《赵树理文集》第4卷，中国工人出版社1980年版，第1828页。

了产的地主（也是小学教员）王老三之口，通俗生动地阐明了"土地不能产生东西"的道理，说明粮食是劳动得来的，而不是地板产生的，以此反驳地主王老四。王老三原本是地主，向农民出租土地。后遭战乱和大旱，佃户或饿死，或逃荒，地也随之荒芜，自己也就破落了。为维持生计，王老三开始亲自耕种，体会到了劳动的艰辛。他的三亩地，由于劳力不行，再加上村里人拨了一年工（王老三则去教小孩子们学习），总是难以获得令人满意的收成。

主人公王老三的劳动改造是自愿的，他从一个寄生虫变成一个自食其力的小学教师，这种改变的经历在阶级关系急剧转化的年代并不少见，但是在此前的文学作品中反映得却不多，这也体现了这一人物的价值。

也有人认为，《地板》虽不能算是赵树理小说中的上乘之作，却是赵树理从《小二黑结婚》到《李家庄的变迁》《邪不压正》等创作上的一个重要转折。赵树理在这篇小说中，更加深刻地表述了他对中国政治的看法。《地板》提供了一种鲜明的"辩论"式的叙事方式，即"土地和劳力"的辩论。辩论双方并不是地主和农民，它是在地主阶级内部进行的。

王老四和王老三各处辩论的一方。王老四认为"我的租是拿地板换的"，没有地板"到空中生产去"，也即"剥削有理"。王老三认为常家窑一处的地板在老契上写的是"荒山一处"，可是"自从租给人家老常他爷爷，十来年就开出多亩好地来"，也即"地板"是劳动者通过劳动创造的。这种辩论式的叙事方式在赵树理以后的小说《三里湾》中有更娴熟的运用。

在辩论的过程中，王老四并非不服法令，他曾说："按法令减租，我并没有什么话说。"他不服的是王老三代表的"理"。而王老三在自我反省式的叙述中，又将"理"转化为"情"，他在经历了天灾人祸和进行亲身劳动后，才意识到"地板是由劳动创造"这个"理"。因此，二人的辩论并非"法令"的辩论，而是"情理"之辩。纵观整篇小说的叙述，赵树理并不特别认可那种脱离民意（即"情理"）的"法令"，而是认为"法令"的基础应该是"情理"。"情理"不是革命带来的，而是一直存在的自然真实，只是被各种其他的道理（如王老四的"理"）所遮蔽。因此，革命是把被遮蔽的"情理"解放出来，并使它制度化（"法令"）。

这篇小说与赵树理的一贯风格大有不同。作者首次运用了外来的第一人称的手法，以一个破落户自述作者想宣扬的真理，别具一格。讲道理本是小说的大忌，但由于作者对人物的生活和个性了如指掌，且能驾轻就熟，有效地避免了主题先行的小说刻板的弊病，场面和人物描写都真实而富有生活气息。政治视角的介入，造就了赵树理小说政治的深刻性；赵树理对中国乡村社会的深刻观察，又使其"政治"叙事具有鲜明的独特性和丰富性。小说中没有出现经济术语，作者把农民难以理解的经济学原理幽默地讲成一个故事。小说中的道理是由人物的心理变化体现出来的，不像作者的其他小说，来自问题的圆满解决，依赖于政府政策的宣扬。另外，小说在结构上以主人公为线索，将表现人物思想性格有关的时间、经历和心理活动进行串联，并非其常用的全知全能的说书人叙述视角。

《地板》所批判的思想虽是减租减息时农村一些人的传统错误观念，但文中所传达的真理，即一切都是由劳动者创造的，这一点却可以帮助党更有效地动员农民参加土地改革，帮助农民们认清封建剥削的本质，从思想上彻底解放。因此，它就不仅能在进行减租退租反奸反霸的斗争中纠正群众的错误观念，同时也能在土地改革和反对封建势力、资产阶级的过程中起到作用。但是这种过于强烈的社会功利意识也限制了赵树理的创作。他过多地纠结于社会运动和对立阶级，没有站在更广阔的人类、文化等视角进行展示和挖掘。《地板》的主题十分明确，但在描写王老三在改造中的心态变化和对于历史重负的克服时，仍不够充分，导致这个人物形象不够丰满。

《地板》还留下了一个叙事上的"漏洞"。荒山因人的开垦而成为可以生产粮食的好地，以此证明粮食是劳力换的，但"老契"上的"荒山一处"的合法性却没有被质疑。中国革命之后需要解决的也正是《地板》留下的叙事"漏洞"，也即对地主阶级的"老契"的合法性提出根本的质疑。

以个人生活经历表现阶级意识

1946 年，赵树理结束了对家乡的采访，返回驻地河北武安县冶陶村，着手写作短篇小说《刘二和与王继圣》。小说从 2 月 1 日开始，在《新大众》半月刊第 34—45 期上连载。原计划反映抗战爆发前后地主恶霸与农民之间的对抗斗争，但作者自述"只写了抗战前的一部分，可以独立存在。后因提纲失落，小报停刊，未再续（有存本）"①。

这篇小说具有自传性，赵树理结合自己小时候的私塾生活，塑造了既是村长也是地主的王光祖的儿子王继圣，和他家的放牛娃刘二和。开头七个放牛娃在村外的荒草坪上放牛、玩游戏，但王继圣的到来破坏了这种平等、快乐的氛围。骄横跋扈的小霸王王继圣从他爹的身上学来许多坏品质，随意打骂别的小伙伴。在私塾，他倚仗先生跟他爹的亲戚关系，再加上自己的一张好嘴，或借先生之手，或自己亲自动手，欺负班上的同学。做游戏时也指手画脚、试图破坏。而放牛娃小囤、铁则面对王继圣的专横跋扈，一改先前的平和、敦厚，对他先骂后打，还把他手脚绑起来捆了个"老牛看瓜"。而王继圣欺软怕硬，为了顾全自己的面子，陷害给他松绑的刘二和，让其遭到了毒打。

在此，赵树理对人性恶的表现深入儿童的心灵和行为。作者在其中明确体现了阶级意识，王继圣对放牛娃之所以敢随意欺辱，是因为其父是村长和地主。作者借此反映了抗战前地主对农民的欺压、侮辱。而放牛娃们对他的报复则是由于被压迫者自然的反抗。但是，这些孩子的行为十分狠毒，他们原本应该天真无邪，却被阶级差别扭曲，在此，作者将人类天性中普遍存在着的恶暴露无遗。

在村庙唱戏的场景中，磨石匠聚宝的形象也栩栩如生。他多才多艺，还懂戏。他靠卖手艺为生，所以他虽然也受地主压迫，但没有农民在经济上对地主的依附。他桀骜不驯，从不逢迎地主，有理便说。在村长改戏、耍威风时也敢于顶撞，决不肯弯腰。而村长对此也无可奈何。聚宝的多才多艺和敢于反叛的性格与《李有才板话》中的李有才有相似之处，而其不管不顾、见不平则奋起一吼的反抗则有着更加主动的意味。

赵树理把人物置于日常生活中。小说中游戏、打架、看戏的场面都充满了生活气息，生动而自然，显示了他的一贯风格。尤其是关帝庙唱戏一

---

① 赵树理：《回忆历史 认识自己》，《赵树理文集》第 4 卷，中国工人出版社 1980 年版，第 1828 页。

节，在不多的篇幅中写出了打杂的长工，看戏兼谈事情的地主乡绅，摆威风的太太少爷，以及农民与地主的冲突。

一个新的人物形象

在完成创作生涯中唯一一篇带有自传色彩的小说后，赵树理于1947年6月27日完成了短篇小说《小经理》的创作，并于7月1日发表在《人民日报》。《小经理》刻画的农村新人小经理三喜，是赵树理以前的小说创作中从未出现过的形象。这是作者紧跟革命斗争的发展，由反映地主与农民的阶级斗争转而反映农村建设中遇到的问题的结果。

三喜聪明伶俐，勤奋好学，但苦于识字不多。后来在村里开斗争会时出力不小，斗倒了放高利贷起家、后来又成为合作社经理的张太。这件事得到了共产党和群众的认可。三喜入党之后很快被提拔成合作社经理。面对和自己作对的老掌柜王忠，以及自身不懂生意经、识字不多的困难，三喜没有退缩，而是挑灯苦学，且成绩惊人，终于使一直和他摆架子的王忠在吃惊之余变得服服帖帖，二人一起管理合作社。

三喜不怕困难，通过自己的刻苦钻研，确立了自己在小合作社经营管理中的领导权。小说以小见大地反映了党领导人民取得阶级斗争的胜利后，应该如何参与各行各业的建设，并成为行业的领导人。而三喜的形象，也成为后来许多描写工业建设和文化建设的革新者（如《在新事物面前》中的薛志刚等）的先声。

重大题材与日常表现

1947年冬将尽，到1948年盛夏为止，赵树理来到河北武安县赵庄领导土改工作。中篇小说《邪不压正》正是在这一时期完成的，并于1948年10月13日起在《人民日报》上连载。赵树理后来总结这次土改工作的经验时说：

"据我的经验，土改中最不易防范的是流氓钻空子。因为流氓是穷人，其身份很容易和贫农相混。在土改初期，忠厚的贫农，早在封建压力之下折了锐气，不经过相当时间鼓励不敢出头；中农顾虑多端，往往要抱一个时期的观望态度；只有流氓毫无顾忌，只要眼前有点小利，向着哪一方面也可以……其次是群众未充分发动起来的时候少数当权的干部容易变坏。"①

赵树理正是要写出土改中的各种经验教训,以警世人。赵树理在现实生活和工作中发现问题,并在创作中进行表现与解答。所以充分发动群众,依靠贫下中农,团结中农,高度警惕反、坏分子与地痞流氓钻空子,把群众的切身利益和政策要求紧密地联系起来,正是这篇作品所揭示的主题。

小说中描写了一系列在这个新旧交替时代中的农民形象。首先是新女性的代表软英。她身上发生的故事并不新奇,一个俊俏而贫苦的女孩被恶霸逼婚。最初她只知伤心,默认命运的安排。但后来,软英日渐变得勇敢和坚决,对阻碍自己追求爱情的人毫不留情:"斗争会上那几千人都惹得起他,恰是咱家惹不起他?""我跟小宝接近,连我爹我娘都不瞒,主任怎么说人家是勾引我?"为了把握自己的幸福,她先对小旦、小昌他们先作缓兵之计,在关键时刻再站出来揭露他们的真面目,表现出了一个新女性的勇敢和沉稳。

赵树理很擅长表现人的精神状态和心理特征,尤其是对老一代农民身上特有的那种丧失主体意识的奴性。软英的父亲聚财就是一个典型的有劣根性的农民形象。聚财在别人对自己女儿的强迫婚姻中一直忍气吞声,后来刘锡元被斗,他仍犹疑不决,等到刘锡元死了仍说"看看再说"。直到真正斗倒了小昌,才发现"这还真是个说理的地方"。除了胆小怕事,聚财还有着嫌贫爱富、贪小便宜的毛病。嫌小宝家穷,嫌小宝没有本事,不能在斗刘锡元的时候编造几个问题,让自己多得点好处。当时中国的确处于翻天覆地的变化中,但赵树理没有拔高农民的觉悟,他忠于现实主义,反映了聚财们在长期的强权压制下产生的奴性心理。

除表现个人身上的奴性外,赵树理还对群体身上存在的奴性有着深刻的反映。《邪不压正》中,农会主任小昌主持的群众大会上,"村里群众早有经验,知道已经是布置好了的,来大会提出不过是个样子,因此都等着积极分子提,自己都不说话。……别的群众,也有赞成的,也有连拳头也

---

① 赵树理:《关于〈邪不压正〉》,《赵树理文集》第4卷,中国工人出版社1980年版,第1438页。

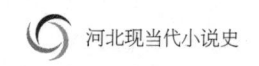

懒得举的,反正举起手来又没有人来数,多多少少都能通过"。群众有了当家做主的权利,却不具备当家做主的能力。群体的奴性有着更大的隐蔽性和普遍性。

　　这部小说也延续了赵树理对于人性恶的一贯揭露。奴性和人性恶都是人性的负面,不同的是奴性表现为对强权的屈从,而人性恶则表现为对弱者的欺凌。有以财欺人、蛮横霸道的地主刘锡元,将已经有了意中人的软英逼迫做自己儿子的填房。还有混入积极分子里的流氓无赖小旦,土改前,他是地主的帮凶、走狗;当媒人蛮横无理,在土改中投机钻营,成了积极分子,多分了他不该分的胜利果实。再有基层干部中混入的败类小昌。赵树理特别塑造了像小昌这些掌权之后就腐化变质的坏干部形象。他本是地主刘锡元的雇农,但入党当了农会主任后,不仅多占斗争果实,还公然欺压住在同院的患难弟兄,甚至像地主刘锡元那样逼迫软英嫁给自己的儿子。这些情况说明小昌进入革命队伍掌权后,同自己过去批斗过的地主已经没有区别。赵树理敏锐地捕捉到了在群众未充分发动起来,新干部没有得到经常的教育和监督的情况下极易变质的问题,体现了超越特定历史和区域的眼光。

　　然而这篇小说在问世之后却饱受争议。小说发表后不久,《人民日报》便刊登了六篇评论文章,对小说的思想主题提出了截然相反的观点。同时还配发了《人民日报》编者的文章《展开论争推动文艺运动》。这篇文章指出,围绕《邪不压正》这篇小说论争的重点,主要集中在作品的现实指导意义上,因而也牵涉到对农村阶级关系、对农村党的领导、对几年来党的农村的政策在农村中的实施一些基本问题的认识的分歧。

　　具体来看这场讨论,涉及的问题并不只是"作品的现实指导意义"。党自强认为《邪不压正》"把党在农村各方面的变革所起的决定作用忽视了,因此,纸上的软英是脱离现实的软英,纸上的封建地主是脱离现实的封建地主,于是看了这篇小说就好像看了一篇《今古奇观》差不多,对读者的教育意义不够大"。[1] 批评的焦点固然集中在"作品的现实指导意义",但也隐含着将《邪不压正》理解为爱情小说的偏见。对此,赵树理也写了

---

[1] 党自强:《〈邪不压正〉读后感》,《人民日报》1948年12月21日。

《关于〈邪不压正〉》作为回应。他提到自己写这篇小说的意图:"想写出当时当地土改全部过程中的各种经验教训,使土改中的干部和群众读了知所趋避。"① 正是由于这个写作目的,赵树理才会"把重点放在不正确的干部和流氓身上,同时又想说明受了冤枉的中农作何观感,故对小昌、小旦和聚财写的比较突出一点"。② 而针对有人对小说主题的批评则回应道:"小宝和软英这两个人,不论客观上起的什么作用,在主观上我没有把他两个当作主人翁的……把我要说明的事情都挂在它身上,可又不把它当成主要部分。"③

赵树理小说和一般意义上的"现代小说"有较大的区别,不以"人"为重点和中心,他熟悉政治,以政策为指导,着力于解决问题,这影响了对人物的进一步塑造,一定程度上影响了作品现实主义的真实性。但赵树理同时又忠于生活,敢于站在农民的立场上,不拘泥于条条框框。赵树理的创作在1947年被确立为"赵树理方向",但是赵树理的创作与批评家所概括倡导的"赵树理方向"并非完全一致。赵树理坚持现实主义精神,拒绝革命文学规范,拒绝革命浪漫主义,如实反映人物的落后点,因此多次遭到批判,最后被定罪为"修正主义文学标兵"。他始终反对把农民理想化和拔高农民的阶级觉悟,坚持塑造个性与阶级性相统一的人物形象。不同阶级的人物有不同特点,同一阶级的人物也各有各的个性。他塑造的坏人形象不同于黄世仁等被脸谱化、标签化了的阶级符号,显得真实而可信,具有超越时代的意义。

这篇小说在艺术上也很有特色。

首先,赵树理在表现主题时避实就虚,小说把软英、小宝的婚事作为"绳子",没有正面描写斗争恶霸使穷人翻身的土改内容,通过小旦和小昌在土改中的恶劣表现和他们对软英与小宝爱情的阻挠来展现土改过程的全貌。反映主题的方法极为巧妙,把深奥的政治工作在爱情故事中展现,拉近了与农民的距离,让这部小说真正起到了"知所趋避"的作用。也由于

---

① 赵树理:《关于〈邪不压正〉》,《赵树理文集》第4卷,中国工人出版社1980年版,第1437页。
② 同上。
③ 同上,第1438页。

小说是从走亲戚、送彩礼等家庭琐事入手，因而大段的叙述和描写不多，巧用侧面描写，对话表现了绝大部分内容，成为塑造人物形象的一个重要手段。其中的对话又努力做到了个性化，使整部小说充满了浓郁的生活气息。

其次，《邪不压正》采取了中西结合的叙事方式。赵树理的小说大多采用的是中国传统叙事手法，故事有头有尾，按情节发生的自然顺序来结构全文。《邪不压正》想表现的是当时当地农村土改的全过程，涉及的人物类型也较多，传统叙事手法难以在有限的篇幅内将如此复杂的内容叙述详尽。因此，赵树理借鉴了"五四"新文学"截取横断面"的叙事方式，选取土改过程中的四天来反映下河村土改的全过程。这四天代表了土改中的不同阶段，在时间上跨越中华人民共和国成立前后，展现了下河村土改的全景。但这种叙事方式本身容易破坏叙述的连贯性，使情节发展出现断裂，使读者难以读懂。这时大量人物对话补充了叙述中缺少的内容，推动情节的发展，保证了叙事的连贯。

此外，作品中的次要人物也有自己的重要作用。二姨这个串线人物的存在，使作品的结构显得十分巧妙，她起着与《红楼梦》中刘姥姥类似的作用。刘姥姥三进大观园，二姨则三到下河村。她既是下河村历史变化和软英婚事的见证人，同时作者随着她的行动描写了下河村之外的上河村及其他的村子，拓宽了作品表现的空间。尤其是第三次到下河村，目睹工作组小昌、小旦受到惩戒，二姨询问工作团组长说："你们这工作团不能请到我们上河工作工作？"既体现了工作组在下河村工作的成效，也含蓄地说明该问题的普遍性。

《邪不压正》还是一部非常细致地描写民俗的作品。赵树理来到河北后，其作品中所描写的民俗也带有了冀南色彩。姐夫与小舅子见了面，总好说几句打趣话，使主题严肃的作品增添了趣味。遇了红白大事，客人都吃两顿饭——第一顿是汤饭，第二顿是酒席。送礼的食盒什么东西都可以装，每一层都有讲究。在下聘的时候，女家在送彩礼这一天请来姑姑姨姨等一类女人们与媒人吵闹，故意挑刺儿。赵树理用人物的具体行为体现风俗，带有鲜明的地方特色和乡土气息。

赵树理所创作的这5篇与河北有关的小说，有其一贯的特点：用讲故事的方式塑造了真实可信的新旧两代农民形象、地主恶霸形象，语言生动鲜活，民俗描写更是为其添彩。而河北这个特殊的地域，又拓展了赵树理作品所反映的范围和角度。在此诞生了反映河北劳动模范的《孟祥英翻身》，最具问题意识的《地板》，唯一一篇富有自传性的《刘二和与王继圣》，塑造了工业建设革新者三喜（《小经理》）完成了引起广泛争议的问题小说的集大成者《邪不压正》。这些作品是赵树理小说创作中不可或缺的部分，在他的创作生涯中起到承上启下的作用。

第五节　康濯

康濯（1920—1991），原名毛季常，湖南省湘阴县（今汨罗市）人。历任河北省文联副主席，湖南省文联主席，中国作协书记处书记。在抗日战争及解放战争期间以及中华人民共和国成立之后，康濯都与河北有着不解之缘，在二十余年间亲身经历了河北乡村历次大规模的群众斗争。1938年刚满十八岁的康濯怀揣报国之志来到革命圣地延安，由于战时需要不久便积极响应党的号召深入刚刚创建的晋察冀解放区开展具体革命工作，在位于冀西的平山、阜平、灵寿等多地的乡村有过长期的生活经历，为他从事文学创作奠定了坚实的生活基础。不仅如此，在中华人民共和国成立后很长一段时期内康濯依然自觉地以河北一带乡村作为其主要的生活根据地，经常到河北的乡村体验生活，由此也使得其作品有着鲜明而浓郁的河北乡土生活烙印。

晋察冀边区十年的创作历程

1939年自鲁迅艺术学院毕业后，康濯受党的委派来到晋察冀边区，在烽火硝烟中开始了长达十年的工作生活，主要在河北的阜平、平山、灵寿等地活动。在毛泽东文艺思想指引下，康濯对解放区的农村生活进行了细致刻画，让后人得以了解战争年代乡土百姓的不屈意志和抗争精神。这十年间，康濯主要在冀西山区从事群众工作和宣教工作，搞土地问题和生产，搞农村剧团，编通俗报刊，虽然由于工作繁忙只能在业余时间进行文学创作，但是他却感到十分充实，在与农民朝夕相处、促膝交谈的过程中获取了大量宝贵的第一手资料，使得他萌生了要将解放区农民翻身得解放的喜悦心情和生活情形写出来的强烈愿望。康濯在晋察冀边区撰写了为数众多的中短篇小说、杂文、报告文学、通讯故事和儿童文学，迎来创作的丰收期。单就小说而言，在此期间创作和发表的中短篇代表作即有《我的两家房东》《灾难的明天》《腊梅花》《讨饭的当了英雄》《初春》《堡垒》《明暗约》《抽地》等众多的作品。这些作品有着鲜明的河北地方色彩，对当地的风土人情进行了生动描绘，同时也赞颂了根据地军民尤其是河北人民的抗战热情、阶级觉悟和取得的不朽功绩，赞颂了党和人民的鱼水深情。康濯的第一部长篇作品《黑石坡煤窑演义》就是在平山县的北义羊村创作完成的，这是我国第一部煤矿题材的长篇小说，虽然取材于山西边区阳泉所发生的真实故事，但是河北人民有幸成为他的第一个读者，也是第一个受惠者，此后经过数次修改于 1949 年 10 月 13 日起在《人民日报》上连载。《我的两家房东》是康濯响应毛泽东"讲话精神"创作完成的短篇力作，1946 年 5 月 23 日问世，被周扬选入《解放区短篇创作选》，该作品通过新旧两个时代农民精神世界的对比，赞颂了党领导农民翻身解放的伟大功绩，"反映出了中国历史上从来没有的新的生活与新的人物"[①]。故事取材自 20 世纪 40 年代的晋察冀边区农村，故事发生的背景是晋察冀边区实行民主选举，团结了广大农民群众，激发起他们的抗日热情，积极拥护和支持八路军的抗日斗争。这篇小说因为成功地展现了华北解放区乡村的新人、新事、新世界而在当时引起了不小的轰动，不仅很快传播到各大解放区，而且在国统区也引起人们瞩目。当时远在上海的郭沫若就曾对这部作品赞誉有加，认为寂寞的中国创作界自此可以不寂寞了，"十二篇中我最喜欢的是康濯的《我的两家房东》，那可以说是达到了完善的地步"[②]，"简直是惊人之作。

[①] 周扬：《编者的话》，《解放区短篇创作选》，苏南新华书店 1949 年版。
[②] 李恺玲、廖超慧：《康濯研究资料》，湖南人民出版社 1984 年版，第 117 页。

……笔力可以说已经突破了外边的水准。寂寞的中国创作界可以说不寂寞了"①。茅盾也在国内外的不同场合称赞康濯的作品反映了中国共产党领导下解放区农村变革的新面貌，呈现出清新质朴、细致入微的风貌，给予了极高的评价。冯乃超也在《评〈我的两家房东〉》中赞不绝口，认为康濯生活在变革中的农村社会里面，并且亲身参加了改革工作，因而他和农民没有太大的距离，生活上、思想上、情感上都与农民相贴近，因而容易发现农民身上的积极性，其作品有着清新的风格，"细致而不烦琐，平淡而不刻板，有着生动的朴素性，不加铺张的真实性"②。1949年7月全国第一次文代会上周扬在发言中将《我的两家房东》与《白毛女》《小二黑结婚》等一起树立为解放区文学的典范，赞扬这些作品表现了新的主题，新的人物，新的语言形式。

康濯1920年2月21日生于洞庭湖畔的毛氏家庭，取名季常，又名家耀，1938年到达延安后，为了不牵连家属，他遵照组织要求开始使用"康濯"这一化名。他的曾祖父毛英杰是行伍出身，曾经跟随左宗棠西征新疆；其父毛应麟嗜好读书却治家无方，家道开始中落。在他九岁时母亲离世，失去母爱的他性格有些怯懦，但是好学上进、勤奋读书。1938年康濯在丁玲小说《一颗未出膛的枪弹》的强烈感召下与几位同学一起奔赴革命圣地延安，并顺利考入延安鲁迅艺术学院文学系，成为第一期学员，亲耳聆听了周扬、丁玲等人的悉心讲授。1938年11月，康濯和鲁艺其他十八位同学一起在沙汀、何其芳带领下来到贺龙率领的一二〇师进行战地实习。在此期间，鲁艺学员曾就文艺工作者应该上前线还是到后方去的问题展开过激烈讨论，康濯坚持到前方去，到群众中去，因此受到周扬等人的赞赏和鼓励。1939年夏在沙可夫、吕骥带领下，鲁艺、陕北公学、青训班、工人干部学校师生组成华北联合大学，7月，康濯被正式分配到华北联大工作，后随联大师生一起奔赴华北抗日前线。康濯以鲁艺连队秘书、政治干事的身份随队同行，经过四个月的长途跋涉到达晋察冀抗日根据地，被分配到华北联大文工团担任政治干事兼文学组组长。根据上级指示，华北联大成立

---

① 李恺玲、廖超慧：《康濯研究资料》，湖南人民出版社1984年版，第115页。
② 同上书，第118页。

了独立建制的文工团组，驻地位于河北省阜平县花沟口村，康濯被分配到文学组。由于戏剧组演剧时缺少人手，经常从文学组抽调人员来辅助演出，康濯在剧中跑龙套、打小旗，还扮演过鬼子兵，感到新奇的他乐在其中。演出结束后他帮忙拆戏台、运物品，送还从老百姓那里借来的服装道具。当年年底康濯还到农村进行过实地调查，参与了地方工作，跟随戏剧组到灵寿县慰问一二〇师，参演《陈庄大捷》和歌剧《参加八路军》，并作为男中音歌手参加了《黄河大合唱》。在参与演戏的过程中激发起他的戏剧创作欲望，创作完成了小歌剧《春耕小曲》和独幕喜剧《动员》，多次被联大文工团排演，不仅很受普通观众欢迎，而且得到了红色戏剧家崔嵬等人的称赞。康濯在半年多的敌后工作中热情高涨、干劲十足，但始料未及的是他与岳慎、刘沛等人被扣上了"艺术至上主义"和"小宗派"的帽子，不仅受到处分，而且被停止党籍。康濯虽然内心感到十分痛苦，却并未因此影响工作，依然像以往那样以饱满的热情投入工作。在参演戏剧的同时康濯没有忘记本职工作，先后创作出报告文学《俘虏捉放记》和《上阳武夜袭》，分别刊发在八路军总政治部编的《军政杂志》以及周扬主编、夏衍在桂林出版的《文艺战线》上。此外，他还创作完成了短篇小说《骨肉》《借粮》和《五月十三》等。

1940年春，康濯创作的报告文学《井陉矿工》先是在联大校刊上发表，之后又于8月1日刊发于《文化纵队》第4期。该作品揭露了日本帝国主义不顾工人安危疯狂掠夺资源而造成瓦斯爆炸事故，大火从3月23日一直燃到5月1日，不但矿被完全烧毁，而且还烧死了一千余名矿工，酿成特大惨案。同时康濯也描绘了矿工的觉醒与反抗，在地下党组织领导下，他们配合八路军英勇斗争，沉重地打击了凶残的日本侵略者。1940年7月，中华全国文艺界抗敌协会晋察冀分会成立，在主任沙可夫大力推荐下，康濯从华北联大文工团调入文协担任常委并兼任秘书，与田间、孙犁等人一道脱产工作。文协机关驻地设在河北省平山县南温都村，8月，康濯与孙犁相识。之后不久，康濯又在沙可夫推荐下担任边区文艺界抗日救国会宣传部长，主管宣传、冬学和民校工作，这使得他能够经常与农、工、青、妇等其他救国会分支团体一起深入开展群众工作，一年中有三分之二的时间在乡下度过,从而能够熟悉晋察冀边区尤其是河北农民的真实生活状况,并及时了解他们的思想动态,为日后从事乡土文学创作奠定了坚实的生活基础。1940年冬,日军扫荡边区前后,康濯跟随文协离开华北联大,同边区工、农、妇、青等群众团体住在一起,其间康濯完成了来到边区后的首篇小说《"二百五"和他的枪》,刊发在边区大型刊物《五十年代》1941年第4期。该小说的主人公是纯朴而略带点傻气的青年农民二发,人送外号"二百五",他为报家仇参加了八路军,但因操练表现不佳而被分到炊事班,后来他主动请战,孤身深入敌人驻地活捉了一个日本兵。立功后的他终于实现了扛枪打鬼子的心愿,背上缴获的三八步枪练习打鬼子的本事。

  1941年年初,康濯又搬到了平山县石鼓洞村。不久文协搬回联大文艺学院附近,住在平山县李家沟口一带,田间和孙犁随着文协搬离,康濯仍留在边区群众团体,先后在平山县张家庄和阜平县燕头村居住。在此期间康濯深入河北农村,投身于减租减息、反霸锄奸、妇女识字、组织农村剧团以及土改运动等多种形式的农村工作,对农民进行爱国教育。在康濯和救国会其他成员的齐心努力下,河北平山和阜平一带成立了为数众多的乡村剧团、秧歌队和合唱团等群众文化团体,使得救国运动在乡村如火如荼地开展起来。阜平、平山等地区都属于太行山系,多为山地,尤其阜平是全山区县,因此生活条件相对困苦,好年景也是半年糠菜半年粮,到了荒年更是度日艰难。与此同时,敌人又不断地侵袭革命根据地,康濯的鲁艺同学时任一二〇师《战斗报》记者的丁基就在开府山战斗中不幸中弹牺牲。在敌人"扫荡"期间,康濯他们每天早晚两顿稀粥,中午两个窝窝头,断粮时只能吃马料和杨树叶枣面汤。但他对此毫无怨言,为了革命工作甘愿忍受一切艰难困苦,与当地干部群众同吃苦同劳动。1943年,康濯在一次反"扫荡"中不幸左臂受伤,被组织上转移到山西繁峙县游击区休养,村边就驻扎有鬼子和伪军的炮楼。有一回敌人听到风声进村搜捕革命干部,由于事发突然他没能及时逃出村去,急迫之下躲在柴垛中,与敌人仅有咫尺之隔,多亏群众掩护才得以脱险。

  值得称道的是,即便在如此严酷的环境下康濯依然没有放弃写作,他忙里偷闲"今天写几百字,过十天半月甚至三五个月再写千把字,这样拼拼凑凑，写过一些反映农民的短篇故事和小说"①。据战友萧也牧回忆，康濯"往往是在炎热的夏晚，苦于蚊虫的袭扰，而不能成眠的时候，却翻来覆去地在结构小说呢！到了白天，他利用开会前后的空隙和午睡的时间，默默地动手写了。……日子长了，他竟然也写了不少。他每当写完了一篇，就装进挎包，每年反'扫荡'战争一开始，他就挎上挎包，入深沟越高山，过封锁沟到游击区，投入了艰苦的斗争。在这种情况下，这位青年作者，却偏偏要写小说，真可以说是自找苦吃了！如果说他仅仅是为了个人的兴趣和嗜好，那就成为不可理解的事了"②！1941 年，晋察冀边区为了鼓舞人们的爱国精神和斗争意志开展了"军民誓约"运动，康濯所在的边区文救会、文协与党委宣传部、剧协等共同举行了一次相关的征文活动，他率先垂范创作了不少小说、报告文学和剧本，后留存于由河北省文联编辑的《晋察冀边区的文学》。在两次征文评奖中，第一次康濯的《风暴代县城》《卖布的区长》荣获一等奖，第二次他的《老石的经历》和《两个人》也获得了奖项。1943 年 4 月，他的短篇小说《平静的初春》在《晋察冀日报》上刊发，8 月，在河北省平山县参加了农村减租复查斗争后又写出了《灾难的明天》的初稿，9 月，修改完成《腊梅花》（1949 年刊发于《文艺劳动》）。《腊梅花》是康濯学习毛泽东《在延安文艺座谈会上的讲话》后完成的第一个短篇小说，是在讲话精神指导下深入人民群众、践行思想改造的结果，既是他的成名作，也是解放区文艺的重要成就。小说中的贫苦农民范老五起初害怕地主东家，以至于在地主面前竟然不敢和"我"这个原本无话不谈的八路军老朋友打招呼，但两年后"我"却看到他勇敢地加入反击地主东家反攻倒算的斗争前列，鼓动农民坚持到底："农民们要是不拧成一股劲，扯破脸皮跟地主干一场，那咱们这翻身是永世也牢靠不了！"③范老五之所以前后行为会有如此大的反差，与康濯这样的下乡干部在党的领导下反复对农民进行教育自然是分不开的。1944 年，在文救会领导下河北阜平、平山一带成立了大批的乡村剧团、秧歌队、合唱团和民校，康濯

---

① 康濯：《在学习的路上》，《康濯研究资料》，湖南人民出版社 1984 年版，第 47 页。
② 萧也牧：《〈腊梅花〉及其他》，《康濯研究资料》，湖南人民出版社 1984 年版，第 151 页。
③ 康濯：《腊梅花》，《乡土·乡风·乡情小说精品》，中原农民出版社 1997 年版，第 359 页。

亲自给农民创作者上课，鼓励他们深入现实生活汲取创作素材，在写出剧本后再由他亲自指导进行修改，在他的辛勤付出和不懈努力下，当地的群众文化工作一度成为晋察冀边区的典范。当年2月康濯创作完成短篇小说《抽地》，冬季因创作才能突出受到党的重视，奉调到晋察冀边区中央党校进行了为期十余天的学习。之后他在河北阜平马驹石村三次修改《灾难的明天》，改定后分别寄给周扬和《解放日报》，1946年2月在延安《解放日报》上分四次连载。

1945年抗战胜利后，康濯从边区党校回到边区抗联会担任秘书长，8月23日，他随晋察冀边区机关迁到刚从伪"蒙疆政府"奴役下解放不久的张家口开展边区工会工作，被分配到《工人报》担任主编。张家口是八路军解放的首座大城市，曾经是日伪"蒙疆政府"的首府，在解放后也被选定为晋察冀边区的首府。一时间大批优秀的革命作家集中到了张家口，其中既有文论家成仿吾、周扬、萧三，也有作家丁玲、萧军、艾青、杨朔、魏巍、草明、钟敬之、徐迟、贺敬之等，康濯在与众人的交往中开拓了创作视野，同时张家口较为现代化的物质条件和城市生活设施也给长期处于颠沛流离中的革命作家提供了良好的创作环境，使得他们能够集中精力开展文学活动。在康濯和其他文人的共同努力下张家口成为解放区文艺创作的中心，当时享有"第二延安"和"文化城"的美名。在这一年有余的时间里康濯不仅主编了《工人报》，还参与了《长城》（主编丁玲、沙可夫）的编辑工作，1946年5月又从边区工会调往边区联合会主编《时代青年》。10月，康濯随边区机关自张家口撤退到河北阜平，在阜平县抬头湾村继续主编《时代青年》，与在此写作《太阳照在桑干河上》的丁玲同住在一个村子里。年底康濯受上级指派到平山县调查总结柴庄剧团工作，完成任务后参加了中央局文艺会议。结合康濯的调查意见，中央作出决议，号召各村剧团向柴庄剧团学习。

1947年11月，石家庄解放，成为关内第一个解放的大城市，连成一片的晋察冀、晋冀鲁豫两大解放区合并组成华北解放区。1948年夏，周扬担任《在延安文艺座谈会上的讲话》发表后解放区文艺创作选集《人民文艺丛书》主编，具体工作由柯仲平负责，康濯自山西参加土改工作后回到华北也被分配过去任编辑。他们住在井陉县的一个村子里，整天看稿。每天午饭后康濯等人都会在柯仲平带领下涉水到对岸的树林里午睡，接着下河洗澡洗衣服，到沙滩上晒太阳，之后到树荫下看稿。后来欧阳山、赵树理也搬到附近参加编辑工作。9月7日在石家庄召开了华北文艺界协会成立大会，康濯作为代表参加了此次空前大团结的盛会，并在会后出版的《华北文艺》担任编辑。1949年中华人民共和国成立后康濯被调回文艺单位，参与了全国文艺工作者第一次代表大会的筹备工作，任起草委员会秘书。7月2日，全国第一次文代会召开，康濯出席并当选为作协候补理事，并担任全国文联研究室研究员。

与河北结下的不解之缘

中华人民共和国成立后，康濯虽然有长达九年的时间在北京工作和生活，但"更有十五年到过乡下，有时一次将近一年之久"[①]。1951年1月，中央文学讲习所成立，康濯任副秘书长。1953年，康濯出席第二次全国文代会，当选为理事；同年冬与赵树理结伴到河北定县农村深入体验生活，协助当地开展粮食统购统销以及两个农业生产合作社合并、扩大、整顿工作。这一年共完成6篇歌颂农村社会主义改造过程中涌现出来的新人新事的作品。1954年，康濯又担任了《文艺报》编委，紧接着出任作协书记处书记、党组成员。1957年，康濯离开《文艺报》，担任中国作协创作委员会主任，5月到河北保定农村体验生活，7月24日，在《收获》创刊号上发表了反映农业合作化前期农村生活的长篇小说《水滴石穿》，起初得到读者和评论家的一致好评，但随着"反右"斗争扩大化被认定为"反映了资产阶级向无产阶级进攻"的"有严重错误的作品"，"文革"期间更是被列为反党反社会主义大毒草，直到"文革"结束后才重获新生。11月，康濯在即将离京赴河北工作前夕撰写了《坚决走上新的生活道路》一文，表明自己决心响应党的号召，到农村深入生活进行创作。

1958年从北京调到河北文联后，康濯先是到保定市徐水县农村体验生

[①] 徐光耀：《落在河北大地的一片春雨》，《康濯纪念集》，湖南省文学艺术界联合会1991年版，第30页。

活，在此期间撰文推介申跃中的小说《社长的头发》，有力地促进了这位农民作家的迅速成长。1958年召开了河北省第三次文代会，康濯当选为河北省文联副主席，对河北文艺创作的发展做出了重要的贡献。同年，康濯还以河北文联副主席的身份在保定徐水挂职担任县委副书记，与徐水人民共同经历了饥荒的日子。他的住处既谈笑有鸿儒，同时也往来有"白丁"，经常有老乡和青年作者出入其间。在这期间他不仅创作完成了《冬天里的早春》（《处女地》第6期）、《公社的秧苗》等短篇小说，并出版了短篇小说集《公社的秧苗》，而且还撰写了二十余篇通讯，对毛泽东、刘少奇等党政领导视察徐水时的情况作了反映，从内容来看主要介绍和渲染了徐水县创办人民公社、全民皆兵、实行供给制、创办大学以及发射亩产12万斤"高产卫星"、大炼钢铁、成立"吃饭不要钱"的集体食堂等，其中《徐水人民公社颂》（《人民日报》1958年9月1日）、《毛主席到了徐水》等长篇通讯影响最大，为徐水被确立为全国"大跃进"和人民公社运动的"旗帜"起到了重要的推动作用，后来结集为《毛主席到了徐水》正式出版。《徐水人民公社颂》是长篇通讯，全文有一万五千字左右，在《人民日报》上分六天连载，不可否认该通讯有着浮夸风的时代印迹，在末尾作者对人民公社的宏伟蓝图做了不切实际的畅想，"徐水的人民公社将会在不远的期间，把社员们带向人类历史上最高的仙境，这就是那'各尽所能、各取所需'的自由王国的时光"[①]。三年自然灾害时期康濯写出了反映农村斗争的短篇小说《三面宝镜》和《代理支书》。1959年2月起康濯以人民公社化为题材先后写出《太阳初升的时候》《初话徐水公社史》《为日出的奇迹欢呼》《公社的秧苗》等十余篇短篇小说以及《为文艺的更大丰收继续跃进》《公社社员三呼万岁的写照》和《再谈群众创作》等论文、散文和报告文学。9月，康濯的短篇小说集《太阳初升的时候》被列为"中华人民共和国成立十年来优秀创作"，由人民文学出版社出版，11月，《公社的秧苗》由上海文艺出版社出版。该年秋天康濯在徐水县农村对人民公社进行了深入调查，应新华社之约撰写了调查报告。1960年7月，冯健男的《谈康濯的短篇小说——读〈太阳初升的时候〉》在《文艺哨兵》第3期刊发。

---

① 康濯：《将要发射的高产卫星》（《徐水人民公社颂》第6部分），《人民日报》1958年9月1日。

康濯对于青年作家一贯绝少挑剔和挖苦，而是尽心尽力地擢拔和培养，为他们成长不断提供助力。早在他来到河北文联任职之前便扶持过河北籍著名作家从维熙和刘绍棠，他们两人都是经由康濯推荐加入中国作协的；有神童美誉的刘绍棠1956年3月经康濯和秦兆阳介绍成为当时中国作协年龄最小的会员。1953年新年伊始，年仅20岁的从维熙接到康濯的来信，信中提及他发表在《天津日报》文艺周刊上的小说《七月雨》，想与他谈谈该作品。接到来信后，从维熙怀着忐忑的心情赶往文学讲习所去面见康濯，因为这是他文学生涯中第一次和作家面对面交谈，况且又是早已闻名遐迩的康濯。见面后康濯幽默的话语和平易近人的态度很快让从维熙放松了紧张的神经，让他如沐春风，在轻松愉快的交谈中获得了许多文学创作方面的启迪。在河北文联工作期间康濯不仅在《人民日报》《人民文学》等名报名刊上发表了大量作品，而且还悉心发掘和着力培养河北籍文学创作人才，比如张庆田、张峻、申跃中、孙一、孙悦、常庚西等都成长为河北作家队伍的骨干力量。申跃中当年是个年方20岁的普通农村青年，在刊物发表了四个短篇小说，加在一起不过万余字，而康濯的评论文章《初露芬芳的香花》却写了近万言，正在生产队拉棒子秸的申跃中读到这篇评论文章不由得心潮起伏，更加坚定了从事文学创作的决心。1960年，在康濯提议下，河北省文联在石家庄召开了小说、散文创作座谈会，虽然他因故未能参加，但在会前由他亲自选定了作品名单并让侯敏泽编订成短篇小说集。1960年7月，康濯代表河北文联出席第三次文代会，并在会上作了题为"深入和提高"的发言。1961年1月他在《河北文学》创刊号上发表了短篇小说《第一户社员》；8月又在第6期发表散文《第一棵树》；1962年4月，在《河北文学》第4期上发表了纪念毛泽东讲话发表20周年的论文《在毛泽东思想的教导下——二十年简单回顾》。1962年，康濯接到通知参加了大连会议，据当事人侯金镜回忆，之所以选择康濯是因为他在徐水"左""右"翻了几个跟斗，所以"了解"问题一定多。在会议发言中康濯结合自己的农村生活实际感受鞭辟入里地指出当时农村以及农民所存在的一系列问题，明确提出"问题更严重的是1959年反右倾以后，那时狂热性更大了，主要的不是农民而是我们干部……老区有不少队是顶住风了的。平山县有个队老去争取蓝旗，使人不太注意，还有个队是'鼓足干劲，力争下游'"。在此次会议中康濯也对自己1958年在河北徐水"大跃进"

运动中不适当地宣扬了"大跃进",为浮夸风推波助澜的错误做了检讨,立志要写出总结沉痛教训的悲剧作品。参加大连会议回来后,康濯协同田间和张庆田到周家庄体验生活,路过石家庄时抽空去了一趟老革命根据地平山,还在石家庄召开了业余作者座谈会。

1962年5月,康濯在保定主持召开短篇小说座谈会,在会上讨论了张庆田、万国儒、张知行、孙一、孙岳等十余位青年作者的作品,会下又利用晚上与李满天同各位作者进行了一对一的个别谈话。他还特意请来老作家艾芜、军队作家魏巍和《文艺报》副主编侯金镜到会讲话,交流创作经验,有力地促进了河北短篇小说创作。譬如1956年曾经出席过全国青年创作会的张峻在调往承德报社后完全停止文学创作,会后已搁笔近十年的他重新产生创作冲动,写出了《尾台戏》《金鸡宴》等短篇小说,之后又继续从事中篇以及长篇小说创作,成为河北文坛上卓有成就的作家;郭澄清的短篇小说虽然数量不少,但由于语言、人物刻画、细节描绘方面多有雷同之处,因此一直没能出版作品集,在会后也根据康濯等人的建议对作品进行了修改,出版了短篇小说集。座谈会上康濯作了《试论近年间的短篇小说》的大会发言和《让短篇小说花开更美》的结语。会后康濯和李满天一人主编了一期《河北文学》短篇小说专号,有力地推动了河北短篇小说创作。同时,康濯还让张庆田主编了《河北短篇小说选》,经他和李漫天修改审阅后交由百花文艺出版社出版。"文革"期间这次短篇小说座谈会被认定为"保定小说黑会",是"大连黑会的前奏",康濯、李满天和张庆田三人受此影响被当作河北的"三家村"进行批判。

在这一时期,康濯创作完成了歌颂农村社会主义教育运动的长篇小说《东方红》(曾在《河北文学》上连载),并于1963年正式出版,仍是以河北乡村群众作为描写对象。令人尤为感动的是1963年已从河北调往湖南的康濯将数千元的《东方红》初版稿酬全部捐赠给河北人民支援抗洪救灾、兴修水利,此外他还拿出两千元捐给贫苦农民修建房屋。虽然康濯的这些义举并不求回报,但朴实的河北人民却铭记在心,数年后在得知他重回北京时,许多来自山沟里的乡亲抱了红枣、核桃、花生、小米前去看望他,依依不舍地为他送行。然而,令人意想不到的是"文革"期间康濯作于此一时期的《东方红》《代理支书》等几乎所有作品都被以种种莫须有的罪名打成"毒草",在报刊上进行了连篇累牍的长期批判。

鉴于当时湖南文学创作相对落后的状况，"毛主席建议名作家回湘"①，康濯与周立波、蒋牧良、柯蓝四位作家由外地调回湖南。1962年11月，康濯离开河北担任湖南文联副主席、党组副书记，为湖南青年作家培养做出了很大贡献。1963年5月，康濯在正式从河北迁居湖南前又来到过去的生活基地革命老区河北阜平和平山走访，他根据群众揭发的干部腐化蜕变问题酝酿创作出小说《代理人》，1964年2月刊发在《湖南文学》第2期，1980年在收入小说集《腊梅花》中时改为《代理支书》。该作品在"文革"前夕和"文革"中间都受到过批判，被斥为所谓"暴露黑暗""攻击党和社会主义""写真实"论、"现实主义深化"论。1978年"文革"结束后，康濯恢复湖南省文联副主席职务，次年4月任文联主席，10月参加全国四次文代会，并当选为全国文联委员，中国作协理事。1979年1月康濯在《河北文艺》第1期上发表了七律《志感》。

1989年在洞庭湖畔的岳阳市隆重召开了康濯创作五十年研讨会，河北文联主席徐光耀，副主席张庆田、申跃中闻讯后专程前往祝贺，未能亲临现场的刘绍棠、从维熙等河北作家也发来了贺信。河北作家在会上介绍了康濯当年与河北农村群众打成一片的生动事例，称赞他是一位对农民有着深厚感情的作家，徐光耀满怀深情地说："老康是河北人民的儿子，不是侄子，他生活写作在河北，河北人民不会忘记他。"② 在回顾起三十年前康濯担任河北文联副主席时对河北文学青年的奖掖和扶持时，徐光耀动情地说："他像老母鸡一样，带出一群群的新人来。现在河北的作家队伍中，直接间接受过康濯教导和影响的，可说数不胜数。我自己就是一个。此外像张庆田、张峻、申跃中等，遍布于我们老中两代作家队伍。"③ 不仅如此，他还将自己拟定的一副对联赠予康濯，在一年之后获悉他病逝的噩耗后为遣悲怀改动两字以示怀念，"上庄河北，下庄湖南，奉献无分上下；春日播种，秋日登收，华实结满春秋"④。

---

① 彭仲夏、谭士珍：《四位湘籍名作家返湘忆旧》，《中国文化报》2012年8月29日。
② 王勉思：《人间真情》，《康濯纪念集》，湖南省文学艺术界联合会1991年版，第164页。
③ 谭谈：《满园桃李送良师》，《康濯纪念集》，湖南省文学艺术界联合会1991年版，第125页。
④ 徐光耀：《落在河北大地的一片春雨》，《康濯纪念集》，湖南省文学艺术界联合会1991年版，第32页。

小说的河北地方色彩

康濯取材自河北乡村的作品既有着鲜明的时代色彩，同时也有着明确的地方烙印，无论从地域色彩、乡土风情还是语言词汇上都有所显现。

康濯刊发在《文艺报》1949年第1卷第9期上的《第一个新年》开头交代故事发生背景时这样写道："沙河从山西五台流向河北阜平，在进河北省不远的地方，南岸有个村子，名叫周家营。"由此不难看出故事发生地确实是在河北境内。故事主人公周六老汉在八路军来到阜平前承受着地主的残酷压迫，生活就像三面环山的周家村一样几乎暗无天日，不仅一亩水地被地主霸占，而且儿子也被地主以偷窃了山上种植的药材之名送进官府坐监、受刑、挨饿，被活活逼死。儿媳在儿子死后改嫁他人，给周六老汉撇下一个孙子武娃。周老汉在绝望之下卧病在床，每天只盼着死。八路军到来后周六老汉重新看到了生活的希望，从地主手里要回了被霸占的田地，欣然同意十五岁的孙子武娃参军打鬼子。中华人民共和国成立后在部队担任营指导员的武娃回到家乡，在爷爷主持下与表妹花妮结成夫妻，一家人在喜庆氛围中共同迎接第一个新年的到来。《灾难的明天》正确地处理了歌颂和暴露、今天和明天的关系，既生动地描绘了劳苦大众在党的领导下克服重重困难，齐心协力经受住严峻的灾荒考验，取得了生产救灾的胜利，同时也对社会现实阴暗面进行大胆暴露，在此基础上细致地呈现出河北解放区农民在获得翻身解放后思想面貌所发生的深刻变化。小说中祥保的母亲在二十岁时嫁给了只有十三四岁的小丈夫，过门后她经常辛苦劳作到深夜却依然不时遭受公婆打骂虐待，又无法从小丈夫那里获得任何心理安慰，久而久之导致心情抑郁而选择跳井自杀，幸而被人救起。深感孤苦无依的她找了个野男人，等丈夫长大后她也老了。由于年龄差距导致严重的心理隔阂，她始终没能和丈夫建立起深厚的感情基础，丈夫在外面又找了个年轻的姘头。长期的苦难生活磨砺和畸形的两性情感生活使得祥保母亲性情逐渐发生扭曲和变异，变得强悍和狠毒，转而都施加在了儿子祥保身上，将他摧残成糊涂的老实家伙。由于祥保母亲对于造成自己人生悲剧的根源缺乏自觉反思意识，因而悲剧依然在重复上演着，在她一手操办下，给时年二十岁的祥保迎娶的却是年仅十三岁的小媳妇春妮子，春妮子自入嫁之后便成为祥保发泄怨气的对象。一家三口人势如水火，相互怨恨、相互折磨。在中国共产党成立的新政府的耐心教育下，他们的思想方才慢慢转变过来，迎来了新生。祥保在以副补农、生产自救的过程中开阔了眼界，得到锻炼的他不仅胆子大了，敢于大声说话了，性格也逐渐变得坚强，一改往日懦弱之态而迅速成为家庭的主心骨；婆媳矛盾也在妇女干部的宣传教育下得以化解，在应对灾荒改善家庭生计的纺织工作中两人由竞争到和解、合作。

康濯作于1957年的《水滴石穿》虽然在发表之后遭受过措辞严厉的错误批判，但在此之前却是与孙犁的《铁木前传》、徐光耀的《小兵张嘎》等作品一道被列为有着全国影响的河北中篇小说力作。康濯将《水滴石穿》的故事背景设定在位于河北、山西交界地带山庄路口的乱泉村，从行政区划来看，该村是归河北省石家庄市平山县苏家庄乡管辖的一个自然村落，而小说中的阜平西大道是至今还在使用只不过加宽了的一条路①。该作歌颂了农村合作化运动初期涌现出的新人新事，虽然在揭示农村矛盾斗争方面还不够深入，但表现出河北与山西交界地带村落所特有的风土人情，善于汲取农民口语和民间传说，散发出浓郁的生活气息，同时艺术表现上有着独特的清新之气，"细致而不烦琐，平淡而不刻板，有着生动的朴素性"②。该小说以申玉枝的婚姻纠葛和入党问题为主线，生动地展现出合作化初期农村错综复杂的矛盾斗争。村里互助组女组长申玉枝是个远近闻名的青年寡妇，尚未露面却已先声夺人，通过河北、山西两省过往行人之口反复渲染，使得读者充满好奇。康濯在第二章到第三章细致地描绘了盛行于河北和山西交界地带的民间习俗"打铁火"，展现出浓郁的地方风情。"打铁火"是冀晋边界所独有的带有喜庆意味的表演形式，先用小炼铁炉将生铁熔成铁水，然后用木板将铁水打上天空，在氧化作用下半空中顿时呈现出绚烂多姿的火花，并且还伴有噼噼啪啪的声响，形成一幅幅声色交相辉映的奇妙图景。河北、山西交界地带的农民借铁火的"红""火""热"的特点来表达期盼日子"红红火火""热热闹闹"的美好心愿，同时还流传着"看看打铁火，一年日子火""受受铁火烤，年年疾病少"的谚语，这些在《水滴石穿》中都有所体现。此外，康濯在描绘乱泉村泉水时还这样写道："照如镜，响如铜铃，

---

① 陈达专、康濯：《关于修改版〈水滴石穿〉的通信》，《当代作家评论》1985年第2期。
② 冯乃超：《评〈我的两家房东〉》，《康濯研究资料》，湖南人民出版社1984年版，第118页。

而且寒冬不冻，有人说喝了那水还长年不病，就都是因为两省人民打出的铁火掉进水里，这才出现的"①。康濯之所以能够将"打铁火"习俗描绘得异常生动，乃是缘于他曾经见过并且亲自组织过此种民间娱乐活动。

康濯的代表作《我的两家房东》能够得到普遍认可与康濯对根据地农民尤其是青年农民生活的深刻体察有着内在关联，他在工作期间敏锐地感受到农民在政治、经济初步获得解放之后精神面貌和道德观念、风土人情和生活习惯等方方面面所发生的变化，捕捉到青年男女打破旧的婚姻观念束缚而大胆追求爱情的新风气和新气象。《我的两家房东》中除了极少数冥顽不化的"老封建"外大都接受了自由恋爱的新式婚姻，由此表明五四运动的潮流在时隔二十余年后终于波及乡村，在农民社会里生根发芽。金凤的姐姐不堪忍受婆家的虐待，在党领导的新政权的支持下很快便离了婚，再无鲁迅《离婚》中爱姑所面对的那些"红青缎子马褂发闪"的旧式人物阻拦。金凤也与不务正业只知吃喝玩乐的未婚夫解除了包办婚姻，与心仪的农村干部缔结婚约。他在解放区曾经亲自处理过男女青年的离婚、退婚问题，依据新政策鼓励和帮助青年男女大胆公开正当的恋爱关系。1940年，晋察冀边区在党的领导下进行了民主大选举，并展开了减租减息运动，同年8月13日中共中央晋察冀分局颁布了边区20条施政纲领即"双十纲领"，有力地推动了边区民主改革进程，使得边区新人新事不断涌现，青年冲破传统封建包办婚姻枷锁，争取自由恋爱有了政治保障。"我"因为工作需要从"下庄"搬到"上庄"，从而有了"两家房东"。"下庄"房东拴柱是村里的青救会主任和青抗先队长，在"我"搬家时他执意要送。透过对拴柱衣着服饰的描绘寥寥数笔便将处于热恋中的抗战积极分子形象鲜活地呈现在读者面前，只见他"穿了新棉袄，破棉裤脱下了，换了条夹裤，小腿上整整齐齐绑了裹腿，前些时候他配合八路军上前线得的一条皮带，也系在腰上，头上还包了块新的白毛巾"②。"上庄"房东陈永年有两个女儿，姐姐年仅16岁时便在父母包办下出嫁，婚后生活颇为不幸，不仅长期遭受公婆虐待，而且丈夫也瞒着她和别的女人偷情，不堪苦难折磨的她未老先衰，在党颁布的"双十纲领"

---

① 康濯：《水滴石穿》，人民文学出版社1981年版，第63页。
② 康濯：《我的两家房东》，《中国现代文学作品选·小说卷》，武汉大学出版社2009年版，第317页。

支持下，她主动和丈夫解除了婚姻关系。妹妹金凤 14 岁时就已许配给男人，这个男人不仅年龄比她大七岁，而且整天吃吃喝喝，不务正业，还因此被村里群众教育斗争过。也正因此，积极上进的金凤对于这个男人极不满意，她爱上了邻村的村干部拴柱，在党的政策支持下她解除了包办婚约，与心上人订婚。老农民陈永年有着封建保守思想和家长专制作风，一开始顾及村里的谣言而反对女儿自由恋爱，但他并非冥顽不化的老顽固，看到新旧社会自己家经济状况的天壤之别，他从内心里真诚地拥护党和政府的一切法令政策，当他看到女儿和儿子们获得个人幸福的欢乐情状后改变了初衷，也从内心里感到高兴。

  康濯自 1938 年开始学习写作起便有意无意地注意观察农民和士兵的生活，热心搜集他们的故事，在此基础上进行想象和虚构写成小说。即便如此，康濯也对自己写出来的像不像农民没有信心，觉得自己写出的"那些东西没生气，没分量，不满意"[①]。为了解决这一问题，康濯更加深入农村和农民生活。在鲁艺学习期间，康濯在老师带领下深入抗战前线体验生活，创作出《捉放俘虏记》和《上阳武夜袭》等报告文学性质的作品并在《军政杂志》《文艺战线》等刊物上公开发表，为之后的文学创作奠定了坚实的基础。在康濯协助天蓝主持鲁艺文艺团体"路社"工作期间曾经收到过毛泽东的亲笔信，其中提到当时一些文艺作品"老百姓看不懂"的问题，希望康濯他们研究解决，这为他以后贴近群众的文学创作道路指明了方向。也正因此，在晋察冀边区十年间，康濯绝大部分时间是生活在农村和农民家庭中，在剧团工作间隙，他时常钻到农民里面去聊天，不仅恭敬地向当地农民学说土话，而且还准备了一个小本子随走随记群众方言，既有助于开展农村工作，也为他以后文学创作中汲取方言土语奠定了基础。农民的生活和语言深深地吸引了康濯的注意，他对农民身上所蕴藏的力量和智慧感到吃惊，创作的小说、剧本的语言和趣味与以往有了很大不同，但他对此并不满足，觉得自己对于农民的许多情况还没有搞清楚，比如对于同住一个院子的农民却不知道他们每天都干些什么事，尤其是妇女整天不出门在家鼓捣些什么，一屋子农民聊得热火朝天他却听不出个所以然来，地主和农民之间究竟是怎样的复杂斗争情况，为什么有的农民爆发出抗日热情而有些却思想落后……归结到一点便是无法窥见

[①] 岳慎：《我的战友，请安息吧》，《康濯纪念集》，湖南省文学艺术界联合会 1991 年版，第 47 页。

劳动农民的内心奥秘。为了解开这些疑团，他决心投身于实际群众工作，在更进一步接近群众的过程中来探寻真相。通过学习毛泽东《在延安文艺座谈会上的讲话》，加上实际工作中的经验教训，康濯逐渐达到了同劳动人民情感相通、忧乐与共的状态，也慢慢明白了群众内心的奥秘，创作素材如同源头活水般不断积聚，从而创作出为农民所喜闻乐见的作品。在与群众的密切交流中康濯逐渐熟练掌握了农民群众的语言，作品中的对话乃至叙述描写也都尝试着用群众性语言来写，但康濯给自己又提出了更高的要求，那便是借鉴民间文艺以及摆脱小资产阶级知识分子的不健康不朴素的思想观念，在1942年党的整风运动中，他以更大的决心要进一步深入农民群众中去。由于十年时间康濯与河北群众亲密无间、朝夕相处，原本出身湖南的他不仅从衣着打扮上与当地群众别无二致，就连说话口音也有所改变，带有浓重的河北口音，如同徐光耀所说的那样，"湖南人的康濯，却大半个是河北人"①。后来康濯到湖南文联工作，湖南本土青年作家在与他交流时还曾因他说话的河北口音而无法完全听懂，多听些时间才逐渐适应。谢璞在回忆文章中就曾说过，听康濯讲短篇小说创作经验时"尽管他河北口语偏重，多听些时间，则觉得自然了"②。他当年就读长沙高中时的同学在阅读《演义》时也因感觉其中有很多北方土语而无法卒读。李準在20世纪50年代初认识康濯之前曾经拜读过他的《我的两家房东》《春种秋收》等小说，因为作品语言的质朴无华一直觉得他是北方人，直到见面之后才知道是湖南人，由此不难见出康濯的小说作品有着浓郁的北方色彩。由于康濯长期在河北乡村生活过，其小说语言也染上了浓郁的河北地方色彩，显露出浓郁的地域风情。《我的两家房东》中就融入了许多保定和张家口交界一带的方言土语，比如"结记"（挂念、惦记）、"闹下个这"（弄成这样）、"人没人相没相的"（不务正业）、"多捞上两颗"（多有些收入）、"拉个胡话"（说个闲话）、"胡闹坏女人"（搞不正当的男女关系）、"说叨说叨"（发表意见）、"顶事"（顶用）、"脑筋活泛着点"（脑筋灵活些），等等。

---

① 徐光耀：《落在河北大地的一片春雨》，《康濯纪念集》，湖南省文学艺术界联合会1991年版，第29页。

② 谢璞：《他的一生，在热情奔放的工作中度完》，《康濯纪念集》，湖南省文学艺术界联合会1991年版，第115页。

第六节　孙犁抗战时期的小说

孙犁（1913－2002）是文学史上的清才，字里行间散发出水乡的温婉气质和山地的坚毅品格，燕赵大地独特的山水氤氲出了孙犁独特的气质，用一笔溪流书写了涓涓不断的河北文化和家乡温情。孙犁的一生可谓不停地行走，从出生地安平县到保定西关育德中学，到白洋淀边的同口镇，再到延安，行走使孙犁了解了不同地方的风俗民情，随着年月的积累成了其思想里的一部分，也成了其笔端倾情书写的最初题材。

行走的文学之路

1913 年，孙犁出生在河北省安平县东辽城村，一个靠近滹沱河的地方。12 岁的孙犁在本村小学毕业后，随父亲在安国县念完高小，于 14 岁那年来到保定育德中学读书。还在安国上高小的时候，孙犁就开始阅读文学研究会的反映生活的小说、商务印书馆出版的杂志和儿童读物。上中学后，更是爱上了"五四"后的现代文学。他特别崇拜鲁迅先生，认为鲁迅的文章里可以看到他的崇高志愿和人民的真实生活。孙犁也很喜欢茅盾、巴金、叶圣陶的作品，外国作家梅里美、普希金、契诃夫、高尔基等的短篇小说也影响着孙犁的思想，种种因素使孙犁决心以文学作为自己的事业，用笔墨来回应时代的号召。然而孙犁的从文之路并不是一帆风顺的，高中毕业后的孙犁带着雄心壮志来到北平，写了很多宣传抗日救国、鼓吹革命的小说、诗歌，还写文章参加鲁迅和"第三种人"的论战，但是大部分被退了稿，他对自己失望了，于是回到河北。1936 年暑假，从北平回来的孙犁来到安新县同口镇当起了小学教员。在教书的一年里，孙犁近距离地熟悉了白洋淀附近的风土人情，接触到了农民的劳动生活。水乡的温润滋养了一个少年的心脾，使他真实地体会到农民的敦厚和朴实。

"七七事变"炮火的轰隆声打破了水乡的宁静，也点燃了一个青年的爱国热诚，于是孙犁和广大爱国青年一样踏上了抗战救亡的道路，参加了党领导下的抗日宣传工作，在冀中抗战学院教抗战文艺课并从事写作。1939年，组织上把他调到了阜平，在晋察冀通讯社、《晋察冀日报》、晋察冀边区文协工作，并从事写作。1941年秋天到1942年春天调回冀中，参加和组织《冀中一日》的群众性写作活动。1942年夏到1944年春，重返阜平、平山、繁峙一带，在边区文联、《晋察冀日报》、华北联大工作并从事写作。1944年夏到1945年秋，调至鲁迅艺术学院任教并从事写作，直到抗战胜利。从1937年开始到抗战结束，八年时间，孙犁走过了千山万水的征途，八年行止，从识乡土到知国土，是时间的跨越更是心理的积淀。

孙犁的文学创作之路是从行走开始的。读他的作品，我们不难感受到他真正生活在群众之中，战斗在时代前线。他的思想、感情是和人民连在一起、息息相关的。"贮情而使事"用在孙犁的创作中再合适不过。生活的积累、日常写作的练笔、理论学习和广大群众的朝夕相处，以及少年时读过的古今中外大师们的著作，凡此种种促成了孙犁现实主义艺术旨趣的形成，即忠于现实，致力于生活中美的发现和讴歌。20世纪30年代末40年代初，孙犁将一路上的收获和感悟写进了作品里，陆续发表了一系列反映抗战农村生活的作品，例如《邢兰》《走出以后》《老虎的故事》等小说，《一天的工作》《识字班》《女人们》等散文，还有《白洋淀之曲》。孙犁关照农村琐碎生活，关心农民心理变化的创作倾向和平淡静怡的文风逐渐被大家所认识和接受。

1945年5月，《荷花淀——白洋淀纪事之一》在延安《解放日报》发表。之后，《芦花荡——白洋淀纪事之一》《荷花淀——白洋淀纪事之二》的出版使孙犁名声大噪，他的作品和名字很快被国内外读者所熟知，他的独特创作风格，也引起了文学界的关注。这位行走在水乡山地间的作者受到了大家的欢迎。在此前后，包括稍早时期的《游击区生活一星期》在内的一批作品陆续发表。可以说，1945年是标志小说家孙犁崛起的一年。

1945年8月抗战胜利，孙犁回到阔别已久的家乡，在刘村时写了《碑》《"藏"》《钟》等短篇小说，之后在博野、饶阳等地参加土地改革工作，这一时期，孙犁写了《嘱咐》《光荣》《浇园》等短篇小说。1949年，孙犁在天津工作，9月，他完成了中篇小说《村歌》。1949年11月到1950年5月，他完成了《正月》《山地回忆》《吴召儿》等七八篇短篇小说和中篇小说《村歌》。

1950年7月开始了长篇小说《风云初记》的创作。1956年《铁木前传》完成后，孙犁病倒了，因此再也没有了后传或者是完整的全传。孙犁在小说题材里的行走，随着疾病的到来而停止了脚步，水乡和山地的故事，却一直流传下去。

可以说，真实的岁月感受成就了孙犁的现实主义创作风格，水乡和山地的不同环境酿造了孙犁的浪漫气质，行走在水乡山地间的他，自觉并主动地做了这大好河山和英勇人民的歌颂者和传播者。

表现抗日烽火中的日常生活

孙犁在多种文学体裁上均有建树，但写小说是孙犁的初心本愿。冀中平原是孕育他小说故事的土壤，孙犁的小说和人民群众的革命斗争紧密联系起来，他行走过的祖国大地成了他笔下生动鲜活的素材，时代风云的变换则是他小说的故事情节。抗日战争时期是广大农村激情动荡的时代，在党的领导下，新的人民的、革命的种子在不断地生根发芽。这次深入广泛的启蒙运动，与人民的实际斗争生活紧密结合起来，在孙犁的笔下得到了鲜活的反映。

河北这块土地，在抗战的烽火里，显示出了它顽强的生命力和感染力。在冀中区和晋察冀边区人民的生活里，充满着新生的、新鲜的热情，人民对一切进步现象寄托着无限的希望。孙犁将这种战斗的新生气质记录进他的作品里，并对河北这块土地产生了历久弥新的影响。

孙犁小说里对时代风云的描摹和别的作家不同，他没有正面去写战争场面的残酷，战士杀敌的英勇，而是将大时代揉碎在小生活里，通过农民生活的精神面貌来反映时代的号召。从抗日战争、解放战争，直到土地改革、初期合作化运动，这几个历史时期的社会风貌，在孙犁的小说中得到了鲜明的表现。拿短篇小说来说，讲述的故事篇幅都不大，所写更多的是战火中农民在后方的田园生活、劳作场景，但这日常生活的琐碎却喷涌着、流贯着、弥漫着强大的感染力。

《白洋淀纪事》中收录的作品是孙犁在抗日战争时期的创作。他喜欢以某一次战斗或者政治事件为背景，去展开自己那些短短的故事，把人物的成长和思想性格的形成放到鲜明的时代背景中，去深化主题，用朴素的生活来反映时代的变革。

孙犁在1940年3月写下的《邢兰》，让我们对那位"对抗战工作有瘾"的拼命三郎印象深刻。因为他饱尝了被压迫的痛苦，所以为了抗日，身上像有着永远使不完的劲儿。他参加抗日工作是无条件的，夜间电线常被汉奸割断，他主动承担起侦查工作。白天在地里干一天的农活，晚上去巡逻，天快亮了才回家合合眼养养神，就又到了该下地的时候。从他的身上，我们看到了冀中人民对抗战的支持和参与，也看到了为了新生活英勇无畏的共产主义的萌芽。在这个看似平凡的普通群众身上，极鲜明地体现了劳动人民的种种美德。对现实的执着，对未来的希望，是我们为之感动并深受吸引的地方。孙犁深深地感受到了这种人物性格中的美——日常生活中的英雄主义精神。孙犁正是从现实生活里来描绘和刻画人物的行为、思想、情感和性格的。孙犁这篇早期创作的短篇中，就体现出了他日后创作的某些特点：在深刻的现实主义艺术笔触里，洋溢着浪漫主义气息；从平凡中揭示生活的美和诗意，表现社会风貌。

《荷花淀》的故事发生在白洋淀这片温润的水乡里，水生要上前线的前晚的夫妻夜话，妻子的唠叨和水生的嘱咐都是百姓日常生活中再普通不过的对话，他们不会意识到这就是识大局、存大义，这就是自古以来中国的仁人志士和普通老百姓，在国家危难之时忠心报国的思维和行动。"位卑未敢忘忧国"，他们没有说却自觉地担当起来。冀中人民的大义和担当就浓缩在《荷花淀》的不舍和叮嘱里。在《山里的春天》《杀楼》《嘱咐》等小说里，都交织着日常亲情的锁链，年轻的妻子、年迈的父亲、年幼的孩子送别征人，一个个如水生和水生的妻子，都在各自的院子里、庄稼地里，交汇着民族情和亲情。这是农民眼中的战争，孙犁写的正是乡亲们眼中的抗战。他很少写士兵们眼见身历的战争，他很少正面写战场上的战斗。他笔下的乡亲们，子弟兵流血他们流泪，子弟兵打胜仗他们笑开怀。他们有时确实"谈笑从容"，那是农民式的平和、朴素的乐观主义。孙犁将时代精神通过笔下的农民表现出来，正如农村根据地的建立一样，农民始终都是时代最真实贴切的反映者。时代的精神、生活前进的方向都是孙犁笔下书写的内容，儿童、青年男子、妇女、老人，在他的笔下都有所体现。

《嘱咐》可以看作《荷花淀》的续篇，水生嫂和水生经历了八年抗战的分离终于重新相见，然而只有一夜的短暂相聚，他们的对话一如八年前水生参军离开的前夜一般平实朴素，但是通过对话，呈现在观众眼前的是思想的光辉和伟大，是从内心迸发出来的对抗战的支持和对未来的希望。

继《荷花淀》《芦花荡》之后写作的《光荣》《吴召儿》《山地回忆》等短篇，展现了很多战斗生活中培养出来的坚定的性格，正是因为这些乐观的、正直的、坚毅的性格，造就了孙犁小说里充满希望的氛围，造就了冀中这块土地的光荣品质。

《吴召儿》和《山地回忆》是孙犁在1949年写下的两篇短篇小说，时间分别是11月和12月，可见在中华人民共和国成立之后孙犁对往日生活的感怀至深。《吴召儿》写了一大段生活细节的回忆，从油烟到争墨水瓶，凡是经历过这段艰苦岁月的人都又回到了充实崇高的生活中，又体验了一次精神上的满足和快乐。吴召儿虽是平平常常的一个山村的小姑娘，但在党的组织和领导下，这样平常的女孩子成了战时护卫队的成员，在反"扫荡"的时候做了军队的向导，红棉袄如同她对待抗战的热情一样坚定鲜明，日常生活中琐碎的事情在她这里似乎都充满了趣味和能量，她的坚强乐观代表了敌后新生力量的崛起和成长。《山地回忆》中妞儿的出场便给了我们几分惊喜，这个十六七岁的姑娘性格直爽而且说话伶俐，与战士的玩笑中体现出了军民相处和谐亲如一家的感觉，妞儿表面的几分凌厉直爽与内心的善良细致形成了对比和反衬，孙犁回忆中的军民温暖之情跃然纸上。

《村歌》这部中篇小说是孙犁献给新生活的颂歌。这是来自农村的歌声，带着庄家的香甜气息和翻身农民迎接新生活的喜悦。《村歌》所取材的内容，是冀中平原进行土地改革，互助组萌芽、发展，农民接受新生活的历史时期。几千年的封建剥削制度被推翻，对于苦难的农民来说是新生的开始。《村歌》分上下两篇，上篇写"互助组"，下篇是"复查以前"。

这两篇故事见证了时代的变换和农民的情绪，展现了更广阔的社会和更复杂的斗争。作者着力塑造了主人公双眉这个角色，她性格中的多面性使人物的形象更加饱满和真实，聪明能干中透着些泼辣的言行举止，增加了人物的真实性和贴切性。在时代中改变和斗争中成长起来的双眉，带着新型农村妇女的特点，透露出时代变迁在人民精神中的反映。可以说，双眉是典型环境中的典型人物，不是高大全的英雄形象却让人们乐于接受。

《风云初记》是孙犁唯一的长篇小说，通过1939年"七七事变"到冀中民主抗日根据地的建立的抗争历程，展现了冀中平原人民斗争生活的风云变幻、觉醒进步和澎湃高涨的战斗情绪，以及人民抗日力量的迅速成长壮大，比较全面地概括了这一时期农民民主革命运动的初步发展。小说通过冀中平原上的两个村庄"五龙堂"和"子午镇"在抗战初期时生活的变化，展开了农村各阶层的描写。人民在党的领导下与内外敌人展开斗争并发展壮大起自己的队伍，最终走向了彻底的解放道路。孙犁用他惯用的手法，以人物发展带出时代变换的方式讲述了冀中这片土地上风起云涌的热血故事。春儿和芒种两位青年是时代新生儿的代表，在高庆山的带领和影响下，同觉醒反抗的李佩钟一起对抗内外敌人，在战斗中升华了生命的意义。春儿是贯穿整个故事的代表人物，在这个纯真善良的姑娘身上，燃烧着反抗邪恶的火焰，自幼经历革命风暴的她仿佛和革命事业就有了联系，她支持姐夫高庆山的工作，动员自己的心上人参加工作，自己也积极投身其中，不计较得失地奉献一切。她娇小的身体里蕴藏着无限的革命激情，在加入共产党正式成为一名战士之后，春儿的工作热情更加饱满，让我们看到了一个年轻有为的中华儿女应有的面貌和态度。春儿这个人物身上集中了抗日战争时期农村青年的优秀品质，她走的正是许许多多农村革命青年选择的道路。正如小说的名字一样，小说真实地记录了时代风云的变幻，在斗地主、战日寇、抗击反动派等事件中，类似春儿、芒种、高庆山、李佩钟等驱驾时代似的风云人物层出不穷，这正体现了中华民族反抗压迫、勇于战斗的宝贵品质，也道出了冀中人民鲜明的阶级仇恨和光辉的革命理想。

中篇小说《铁木前传》完成于1956年初夏，它是继长篇小说《风云初记》之后，作者创作生活的又一篇新的收获，也可以把它和中篇小说《村歌》看作姊妹篇。小说的篇幅不长，仅有四万五千字，但是时间却跨越了二十几年，从抗日战争以前一直写到20世纪50年代初期。这部小说讲述的是一个铁匠和一个木匠的故事，通过他们的友谊建立、发展和破裂的历史，深刻地反映了我国农业合作化初期，农民阶级关系的急剧变化。黎老东和傅老刚是早在抗战前就结识的朋友、是贫苦生活里肝胆相照一路走过来的"亲家",抗日战争中,他们相依为命,战争胜利后,随着社会生活的发展,两个人的思想发生了分歧。在党领导人民推翻封建土地所有制以后,农民的生产热情高涨,对摆脱压迫后的生活方向都有了自己的规划,黎老东和傅老刚的思想也在这里开始走向分化。在黎老东身上,作者高度概括了作为小私有者,农民的复杂、矛盾的生活和精神面貌,他本是贫农又是军属,土改后分得了较多好地,又领到了牺牲在前线的二儿子的抚恤金,此时,作为小农经济的个体劳动者,黎老东在富足心理的驱使下,渐渐萌发了资本主义的倾向,这种倾向在和傅老刚的"打车事件"中显露无遗,他开始剥削这么多年一路走来的老亲家,二者的立场产生了鲜明对比。与黎老东相对的傅老刚则是新的农民形象,也是作者着力突出的新思想的代表。傅老刚经历过时代的动荡和流离的苦楚,更能深切体会到新生活的幸福。他一心跟着党走,为人民谋幸福,同年轻人一起走上广阔的生活大道,建设新生活和社会主义。傅老刚的形象代表了广大人民群众的选择,具有整体性的影响和意义。同样的分歧也发生在年轻人——六儿和九儿的关系上。从两小无猜的玩伴到分道扬镳,农村深刻的变革已经深入年青一辈的选择中。作者通过这些人物的不同选择,热烈地歌颂了新的人物和新的思想,深刻地批判了阻碍社会发展的旧的意识,真实地表现了新生事物对旧事物的斗争,并且指出了斗争的发展前景。农村未来的光明生活景象也在《铁木前传》的讲述中充分透露出来。

通过孙犁的小说,他对时代的坚信,对农民的热爱,都力透纸背,洋溢在字里行间。冀中这块土地上的人和事,也由于孙犁的存在,更加显得熠熠生辉。水乡和山地给予孙犁的故事,孙犁借文字给予了全国人民以及后代子孙。新的农村生活和社会的前进道路也在他的小说中得到了充分的思考和解答。

创造独特的艺术风格

孙犁在叙述角度、主题表达、题材选择、人物描写等方面都有自己的特色,他那种对战争时期的独特记录,为历史的丰富性和多样性都做出了贡献,也记录了战时冀中平原这块土地的抵抗和刚毅。同时在作品中逐渐体现出来他渐趋成熟的民间化革命现实主义小说的写作特点。这种特点具体地体现为以下几点。

其一，现实主义体裁与浪漫主义笔调的结合。孙犁的小说别具一格，带有浓厚的诗意色彩，呈现出田园牧歌式的战争小说形式。战争只是叙事的背景，在这种背景下宁静的乡村生活，在某种意义上也是作者对未来民族国家的想象，体现了革命乐观主义精神。对战争侧面的表述更容易看到身处战争中的农民的精神面貌，平常事平凡人的灵魂在时代风云中折射出英雄的光芒。作品中一幅幅真实贴切的生活画面带着浓厚的浪漫主义气息，劳动人民的人情美、人性美给了战士们无尽的激励和力量，正是这样积极健康的群众基础和军民关系才谱写出胜利的长歌。同时，孙犁也没有规避生活中的烟火气，没有将伟大时代投射下的日常生活写成世外桃源，生活中的矛盾和人性中的优缺点在故事的讲述中都得到了反映，有分量的灵魂也在生活的环境中彰显成长。可以说，孙犁是"新牧歌写作"的创作者，他的立意是带着人们往前看的，表现出对新现实的积极认同。

其二，真实地记录时代的变换和人民的改变，纪实性是孙犁的风格之一。在《关于〈荷花淀〉的写作——应教学参考之用》一文中孙犁说道："文学必须取信于当时，方能传信于后世。如在当代被公认为诳言，它的寿命是不能长久的。时间检验了这篇五千字上下的作品，使它得以流传到现在。过去的一些争论，一些责难，现在好像不存在了。"[①] 从这段文字中可以看出孙犁对于写作的严肃和认真。他的小说秉承着纪实性的书写，在水乡与山地间的行走与见闻，是他纪实性的源泉。孙犁回忆道："我在延安的窑洞里一盏油灯下，用自制的墨水和草纸写成这篇小说。我离开家乡、父母、妻子已经八年。我很想念他们，我很想念冀中。打败日本帝国主义的信心是坚定的。但还难预料哪年哪月，才能重返故乡。可以自信，我在写作这篇作品时的思想、感情，和我所处的时代，或人民对作者的要求，不会有任何不符节拍之处，完全是一致的。我写出了自己的情感，就是写出了所有离家抗日战士的情感，所有送走自己儿子、丈夫的人们的情感。我表现的感情是发自内心的，每个

[①] 刘金铺、房福贤：《中国当代文学研究资料——孙犁专集》，江苏人民出版社1979年版，第40页。

和我生活经历相同的人，就会受到感动。"① 因此，《荷花淀》是他的寄情之作、思念之作，也是祝福之作。

其三，善于书写不同风貌的女性形象。这又是孙犁小说不同于其他英雄小说之处。孙犁对此进行了解释："有人曾经发问，为什么对妇女这么感兴趣。我想，新文学之所以表现妇女，是因为在中国，几千年来，妇女的苦难更深重；在今天，她们的新生解放，也就更值得欢喜表扬和拥护；而一切斗争，一切生活里都有她们参加的缘故。"② 正确反映中国妇女的精神面貌，是文学作品反映我国革命发展进程和本质的一个很重要方面。正是基于这样一种认识，孙犁把他那生花的妙笔，献给了各种各样的妇女形象。《看护》中的刘兰，《山地回忆》里的妞儿，《吴召儿》里的吴召儿，《浇园》里的香菊，《风云初记》里的春儿，《铁木前传》里的九儿等，各不相同的女性形象以各自的姿态反映她们所处时代的精神面貌，蕴含着丰富的文学价值和美学价值。

其四，浓郁隽永的诗情画意。故事中充满诗情画意的书写的原因，大致有三个方面：一是作者自身"起于溪流，终于海洋"的创作激情的流露；二是对无产阶级和劳动人民人情美和人性美的捕捉融合；三是富于想象夸张的浪漫主义气息。白洋淀的风情在孙犁的笔下化成了水生妻划船送征人的坚毅；冀中土地的深厚，通过辗转作战的春儿勾勒出来；抗战和建设的不易，则融入了人物的行动环境里。诗情画意的背后，是孙犁对时代的认识和对人民的赞扬。

其五，孙犁小说的语言清新活脱，主观抒写与客观描述融为一体，情景交融，精练含蓄，有很强的表现力和感染力，具有浓厚的地方色彩。生长在冀中平原的孙犁，对这块土地上的语言特色能够精准地把握并且运用到写作中，使小说的味道更加朴实自然，在对话中便可以流露出人物性格和精神，展示出这块土地养育出的豪情和乐观。孙犁在语言朴实平淡中注入了诗一般的感情，和描写具体事物相结合，达到情景交融的境界。例如在《嘱咐》中水生在一个黄昏回到阔别八年之久的家乡，作者是这样描写的："太阳落到西边远远的树林里去了，远处的村庄迅速的变化着颜色。水生望着树林的疏密，

---

① 滕云：《孙犁十四章》，人民文学出版社 2012 年版，第 192 页。
② 孙犁：《文学短论》，作家出版社 1963 年版，第 35 页。

辨认自己的村庄。家近了，就要进家了！家对他不是吸引，却是一阵心烦意乱。"① 水生的情绪随着景物的变化和距离的变化渲染出来，我们可以从情绪上体会到焦急和忐忑的心情。孙犁也为小说中的人物赋予了各具特色的语言，让人物的性格和形象饱满生动起来。由于所处环境不同，人物说话的口吻、风度、气场也各不相同，有的平和、亲切，有的沉着、温和，有的爽朗、明快；有的伶俐、尖刻。吴召儿、妞儿、九儿等人的形象借语言的生动在读者的脑海中立体起来。

民间化革命现实主义小说的写作特点在孙犁的短篇小说中发迹并在长篇小说的书写中得到完善和成熟。农村和农民是他自始至终要歌颂和赞扬的对象，他用细腻的笔触，真实地记录了处于时代变化中人民的思想和情绪、意志和操守，在字里行间都洋溢着一种巨大的感染力，洋溢着一种激荡人心的、战斗的、革命的激情。时代的滚滚巨浪在人民生活中激荡出的朵朵浪花组成了和谐的诗化小说的特点，造就了他新牧歌式的创作风格。

孙犁的影响与传承

"冀中一日"写作运动，在冀中平原上的反应可谓轰轰烈烈，它是冀中区党政军在各方面的有组织的首次集体创作，是大众文学运动的伟大实践，是向新民主主义文化战线进军的旗帜。在党的领导下，新的文化迅速传播并得到积极响应，整个冀中很快就形成了一个写作热潮，并以此当作战争中对自己的鼓舞。在这次写作中参与着近十万人，稿件之多需要用大车来拉，冀中地区的人民用自己的行动来响应者号召。于1939年离开冀中的孙犁，在这年的秋天回到冀中参加《冀中一日》的编选工作。并且根据看稿的心得写成一本关于写作的书。在冀中军区《连队文艺》上刊登的时候题名为《区村和连队的文艺写作课本》，后来几经修改，最终定名为《文艺学习》。孙犁对于"冀中一日"的文学活动可谓感慨颇多，他看到了人民大众文艺热潮的发端和发展，看到了人民对于抗战的热情和支持。这一活动不仅增强了民族自尊心和自信心，也增强了孙犁对这块土地的热爱和骄傲。关于这本书，孙犁在1950年这样说过："这本小书不是创作方法。这本书只是记录下了，我经历了

---

① 孙犁：《孙犁文集》第1卷，百花文艺出版社2013年版，第166页。

冀中区那一时期的生活，和编辑了反映这种生活的《冀中一日》以后，我对文学——生活，或者说是人民——文学之间的血肉关联的一时的认识罢了。这本小书实际上是对这一时期冀中人民生活进展的赞歌，它保存我那一时期的激情。现在看来，我在其间叙述的冀中现实和引录的一些短稿，都保留着这种热烈新鲜的气息。我珍贵它，经过那样残酷的战斗，有人在地下埋藏了它，一直埋藏了五年，使它能在今天看见胜利，重新印刷我就更珍贵它了！"①因此，《文艺学习》的成书，不仅是对当年冀中文化活动的记录和对孙犁当时心绪的承载，也对今天的文学青年的写作有着切合实际的引导作用。

关于"荷花淀派"的存在与否颇有争议，可以说它形成了，也可以说并未确实形成。说它形成的人认为，"荷花淀派"发端于20世纪40年代，形成于50年代。中华人民共和国成立后，孙犁以《天津日报》的《文艺周刊》为阵地，发现培养了刘绍棠、从维熙、韩映山、冉淮舟、房树民等一批文学青年。这批文学青年，推崇孙犁的艺术，他们在孙犁的周围，直接或间接地追求、学习、模仿孙犁的创作，写出了一批具有特色和影响力的作品。到了50年代中期，不仅形成了一个以孙犁为代表的作家群，而且他们有着大体相同或相似的艺术风格，于是孕育而成一个文学流派——荷花淀派。另一种意见认为，"荷花淀派"的种子虽然早在40年代埋下，但是因为没有适宜的环境，所以并未形成一个文学流派。不可否认的是，孙犁确实发现和培养了一批新的青年作家，使他们走上文学这条路。刘绍棠对孙犁对他的提携和培养曾多次谈到，在他的自传里也念念不忘孙犁的深切关怀；从维熙的成长和发展也有着孙犁支持的身影；对待冉淮舟，孙犁更是恳切真挚，教导他多读书并且给予过资金上的支持。《百年孙犁》是孙犁去世后铁凝等作家主编的回忆录文集，其中记录了孙犁和青年作家的点滴生活往事，从细小的生活交往中，缅怀孙老的同时我们也可以感受到孙犁性格中的纯朴真挚以及对后辈的关切和期盼。

孙犁的小说，陪伴着一代作家的成长，也影响了一代作家的创作。他以白洋淀的胸襟和情致来拥抱他的文学世界，将时代的风云化作满卷的诗情画意，无限的风光和意蕴便留在了字里行间，留在了河北大地上，留在了后人的传颂中。

---

① 孙犁：《孙犁文集》第7卷，百花文艺出版社2013年版，第58页。

第五章　20世纪40年代的河北小说（下）

第一节　袁静　孔厥

1949年，一部被后世誉为"开红色文学先河"[①]的作品问世，这就是袁静、孔厥合著的《新儿女英雄传》。这是一部植根于河北大地，在河北创作、反映河北的长篇小说。两位作者袁静、孔厥原籍都不是河北，从延安来到河北"参加实际的斗争"，感动于"冀中的对敌斗争"的"伟大"，惊叹于冀中"人民的英雄们"创造的"无数的奇迹"[②]，激发了作者的创作热忱，二人通力合作，创作完成了这部作品。

《新儿女英雄传》：最畅销的抗战小说

袁静（1914—1999），原名袁行庄，江苏省武进县人，出生于北京。学生时代曾就读于北京中法大学、冯庸大学和国立北平艺术专科学校，并积极参加学生运动。1937年全面抗战爆发后，先后辗转于江苏、安徽、湖北等地从事抗日宣传活动，1940年来到延安，在陕北公学学习后先被分配到陇东中学任教，后调边区文艺协会从事专业创作。这一时期，出版了秦腔《刘巧儿告状》、秧歌剧《减租》等作品。孔厥（1914—1966），原名郑志万，江苏省苏州人。1937年以前曾在吴江、宜兴等地从事文学活动，组织成立"涟漪文艺

[①] 马榕：《开红色文学先河的〈新儿女英雄传〉》，《中华读书报》2016年5月11日。
[②] 杨鹤岭：《〈新儿女英雄传〉创作经过——记袁静同志的谈话》，原载《光明日报》1949年10月16日，收入石韵、辛夷编《〈新儿女英雄传〉评论集》，海燕书店1950年版，第89、90页。

社",创办《平话》文艺周刊,并发表文学作品。1938 年到延安,入鲁迅艺术学院学习,是"鲁艺"第一期学员。1938——1942 年,创作了《凤仙花》《受苦人》《父子俩》等多篇作品,显示了作者在小说创作上的追求和进步。创作于 1943 年的《一个女人翻身的故事》,"真实地写出了一个从小就受尽压迫、摧残的平凡的女人,怎样因为参加了革命而发现了无限光明的前途,怎样由奴隶、由童养媳变成了百万妇女的代表——边区的参议员",歌颂了解放区新的人物和新的变化,流传颇广,"成了代表解放区创作的作品之一"①,也被列为文艺整风后最早值得肯定的收获之一。1947 年,袁静、孔厥撤离延安,跟随中央机关来到晋察冀边区,来到了河北,随后到冀中开展工作。

  1947 年年底,袁静、孔厥合著的章回体中篇小说《血尸案》在《冀中导报》上连载,这是袁静和孔厥来到河北大地后最初的文学成果。作品发表后受到了干部和群众的热烈欢迎,人们争相抢阅传抄诵读,并把它改编成梆子、二黄、大鼓、话剧,"各处演唱",这些情形使作者第一次感觉到"我们的作品是开始走进群众里去了"②。《血尸案》"暴露了某些村政权和党的支部组织为暗藏的特务和地主所把持操纵,进行种种破坏暗杀的活动;同时也揭发了我们某些干部由腐化堕落以至完全成为反革命的俘虏,因而适应了当时许多读者的需要","配合了当时解放区的土地改革和整党"③。从《血尸案》的受欢迎,我们可以看出,袁静、孔厥在《在延安文艺座谈会上的讲话》提出的"文艺为工农兵服务"的方向上又迈进了一步。

  在冀中,孔厥、袁静全身心地投入工作和斗争,孔厥曾担任担架队连长。"带着农民担架队到火线上","参加了反'扫荡'的游击战或其他工作",又被派到另一个地方"作平分土地工作"。"紧张的斗争"让袁静病倒了,孔厥也累得吐了血,但正是这种"同生死、共患难的情况",使作家和群众"结成一体",在感情上"跟群众进一步地联系了"④。

---

① 陈涌:《孔厥的小说创作》,原刊《人民文学》创刊号,收入《陈涌文学论集》(上),上海文艺出版社 1984 年版。
② 孔厥:《下乡和创作》,原载《人民日报》1949 年 7 月 13 日,收入石韵、辛夷编《〈新儿女英雄传〉评论集》,海燕书店 1950 年版。
③ 陈涌:《孔厥的小说创作》,原刊《人民文学》创刊号,收入《陈涌文学论集》(上),上海文艺出版社 1984 年版,第 103 页。
④ 孔厥:《下乡和创作》,原载《人民日报》1949 年 7 月 13 日,收入石韵、辛夷编《〈新儿女英雄传〉评论集》,海燕书店 1950 年版,第 102 页。

在冀中,除亲身经历了工作和斗争的紧张、艰辛、危险外,孔厥和袁静对于冀中的革命历史也有了更深入的了解,对于当地生活也更为熟悉。冀中白洋淀一带具有光荣的革命传统,早在1923年即有共产党领导下的农民运动,1927年夏便建立起淀区第一个党支部。特别是在抗日战争时期,活动在白洋淀的抗日武装"雁翎队",在党的正确领导下,利用淀区芦荡遍布、沟汊纵横的复杂地形,开展机动灵活的游击战,打得敌人闻风丧胆,"雁翎队"亦声名远扬。在白洋淀,作家被生活中接触到的一个个英雄人物和一件件英雄事迹所打动和鼓舞,产生了强烈的创作欲望,经过更充分的创作准备,最后在保定莲池创作完成了《新儿女英雄传》这部歌颂冀中人民抗日战争的史诗性作品。在创作过程中,二人"还把白洋淀一带八年抗战的大事列了个年表;此外又拟定了人物表,编好故事提纲",由袁静写初稿,孔厥修改,"然后再一块儿研究,修正、润饰",写成以后还"曾经念给几个地方的群众和干部听,吸收他们的意见","后来又念给冀中区党委的几位负责同志听,征求领导上的意见"[①]。创作前的充分准备,创作中的严谨、认真,创作后的集思广益,保障了作品在思想和艺术上的成就。

《新儿女英雄传》[②] 1949年5月25日至7月12日在《人民日报》文艺版连载发表,同年8月和9月,分别由冀南新华书店和上海海燕书店出版。在作品连载的时候,不论是机关、学校还是商店,"人们都被吸引了",许多地方出现"《人民日报》一到,大家都是抢着看这连载"[③]的情形,"谁都在关怀着《新儿女英雄传》,都恨不得一口气读完它"[④]。作品出版后,"初版一万

[①] 杨鹤岭:《〈新儿女英雄传〉创作经过——记袁静同志的谈话》,原载《光明日报》1949年10月16日,收入石韵、辛夷编《〈新儿女英雄传〉评论集》,海燕书店1950年版,第88、89页。

[②] 《新儿女英雄传》在传播中虽然版次众多,从内容上看无非两个版本,一是初版本,一是袁静的修改本。初版本其实就是未修改本,包括1949年冀南新华书店和上海海燕书店的版本,还有1953年新文艺出版社的版本。1957年人民文学出版社出版《新儿女英雄传》,在"出版说明"中写道:"小说的作者之一——孔厥,后来由于道德堕落,为人民唾弃……仍然保存了原有的署名","现经作者之一袁静同志作了修改",这就是后来的修改本。修改本根据当时对于作品的一些批评,进行了一些有针对性的改动,体现出袁静的意愿,改动的是非曲直姑且不论。为尊重作家共同的艺术创造,本文中关于作品的引文,均采自初版本,依据的是新文艺出版社的版本。

[③] 竹可羽:《评〈新儿女英雄传〉》,《人民文学》1949年第1卷第2期。

[④] 则因:《指示我们跟着共产党走》,石韵、辛夷编《〈新儿女英雄传〉评论集》,海燕书店1950年版,第75页。

部在二十多天内就销完了",在各书店销售的文艺书中,该书"是最畅销的一本"①。

塑造丰富多彩的抗日英雄形象

中国人民为了争取自身的解放,经历了漫长的奋斗历程,其间涌现的"可歌可泣的英雄事迹"和"出生入死、百折不屈的人民英雄","实在太多了"②。"从抗日战争以来,这些可敬可爱的人物,可歌可泣的事实,在解放区里面是到处都有的。"新的人物、新的事实期待着在文学作品中得到描写和反映,"假使我们更广泛地把它们记录描写出来,再加以综合组织,单从量上来说,不就会比《水浒传》那样的作品还要伟大得不知多少倍吗"?③然而,文学创作的现实却是,"描写人民英雄的战斗史迹像《新儿女英雄传》一类的文艺作品,又实在还嫌太少"。④"中国八年的抗日战争,毕竟太伟大了","但遗憾的是,我们至今还没有一部适合广大干部和群众需要的抗日战争的历史。在文艺作品方面,比较成功地反映抗日战争中一个地区或一个运动的全貌、能够给读者以一个比较完整的观念的长篇作品,却只有我们所已知的两三部"⑤。这"两三部"作品应该指的是柯蓝的《洋铁桶的故事》、邵子南的《李勇大摆地雷阵》(1944)和马烽、西戎的《吕梁英雄传》(1946)。现实生活的丰富程度和读者的需要程度都期待着新的、更成功的作品的出现,"这时候,反映了冀中一个地区八年敌后抗战的整个过程的《新儿女英雄传》便适应这种需要而出现了"⑥,可以说是应时而出。

《新儿女英雄传》是一部"适合广大干部和群众需要"的、描写和反映"抗日战争的历史"的作品。全书采用章回体的形式,共二十回,第一回"事

---

① 竹可羽:《评〈新儿女英雄传〉》,《人民文学》1949年第1卷第2期。
② 谢觉哉:《读〈新儿女英雄传〉》,石韵、辛夷编《〈新儿女英雄传〉评论集》,海燕书店1950年版,第4页。
③ 郭沫若:《〈新儿女英雄传〉序》,原载《人民日报》1949年9月18日,石韵、辛夷编《〈新儿女英雄传〉评论集》,海燕书店1950年版,第2页。
④ 谢觉哉:《读〈新儿女英雄传〉》,石韵、辛夷编《〈新儿女英雄传〉评论集》,海燕书店1950年版,第4页。
⑤ 陈涌:《孔厥的小说创作》,原刊《人民文学》创刊号,收入《陈涌文学论集》(上),上海文艺出版社1984年版。
⑥ 同上。

变"从"七七"卢沟桥事变写起，到第二十回"胜利"写日本投降、抗战胜利结束，描写了冀中白洋淀地区的人民在中国共产党的领导下，同日本侵略者和汉奸所进行的长期的、艰苦卓绝的斗争，既写出了牛大水、杨小梅等人经过战火的洗礼，从平凡、普通的农民到顽强、机智、勇敢的英雄的成长历程；也通过老排长、艾和尚、赵五更、刘双喜、高屯儿等人的牺牲，表现了中国人民为了赢得抗日战争的胜利所付出的巨大生命代价；还通过牛大水和杨小梅在个人情感上的悲欢离合，揭示了革命的发展和胜利与个人命运和幸福之间的紧密联系。

与此前出现的《洋铁桶的故事》《李勇大摆地雷阵》和《吕梁英雄传》相比，《新儿女英雄传》在新文学史上第一次描写了抗日战争的全过程：从抗战爆发国民党军队不战而退，冀中人民在共产党的领导下组织自卫队救亡图存，抗日活动逐渐在冀中平原红红火火地开展起来，在战斗中形成了"雁翎队"，"雁翎队"的形成就是这一时期抗日工作发展壮大的具体体现；中间经过1942年的"五一大扫荡"，抗日工作进入最为艰难困苦的时期，面对一系列常人难以克服的困苦、磨难、挫折、艰险，牛大水、杨小梅们克服了暂时的惶惑、沮丧、苦闷，以顽强的毅力终于渡过了难关；之后我军转入战略反攻，从攻克小岗楼到拿下大据点，从占领村庄到围攻市镇，最后经过大反攻，迎来了中国人民抗日战争的最后胜利。可以说小说描绘了一幅冀中人民八年抗战的全景图，其中涵盖了抗战时期的诸多重要事件，如组织武装、干部培训、建立政权、队伍训练、除奸反特、统一战线、民主选举、减租减息……这是共产党领导冀中人民进行抗日战争的全过程，也是共产党领导冀中人民（也可以说是全国人民）进行革命、翻身谋解放的历程。

在作品中，黑老蔡就是共产党的鲜明代表，作品通过这一形象，深刻反映了共产党在抗日战争中的领导作用。在八年的冀中抗战中，他既是领导者，也是组织者。黑老蔡是申家庄的一个铁匠，抗战前是党的交通员，为了工作，长年离乡在外。抗战爆发后，国民党军队丢盔卸甲逃离华北，与之形成鲜明对照的是，"十月，吕正操将军的队伍上来了"。正是在八路军来到冀中的背景下，"表哥回来了"。黑老蔡回到家乡，马上便动员和发动群众，他教育牛大水等不想当亡国奴，就得组织起来。他说："不怕鬼子千万千，就怕百姓起来慢。只要老百姓起来了，没个打不赢！"只几天工夫，就组织起了抗日自卫队，在保卫家园的同时，也和地主武装进行针锋相对的斗争。当郭三麻子等人来到村公所讨要潮脂糕、向自卫队挑衅时，黑老蔡挺身而出，带着自卫队员和他们进行了针锋相对的斗争，表现出大义凛然的气魄，挫败了敌人的阴谋。

作为一名党员，黑老蔡是牛大水和杨小梅的引路人。他引导牛大水走上抗日道路后，又帮助他加入了共产党；为了提高大水的觉悟和水平，他还安排大水到县里受训。大水学习归来成了一名干部，后来当了游击队的中队长，由于没有经验，带队去打汉奸时，汉奸没打着，倒伤了自己人，出于自责，想要"不干了"。双喜用黑老蔡的话来鼓励大水："咱们共产党员得不怕碰钉子，越碰越硬梆，碰成个铁头就什么都不怕啦！"在总结会上，黑老蔡劝慰大水："古话说得好：'人在世上炼，刀在石上磨。'""只要有信心，有勇气，仗打得多了，自然就有经验啦！"还笑着鼓励大水："以后有事要沉着。把舵的不慌，乘船的才能稳当。"正是在黑老蔡的正确引领和感召下，牛大水才能够稳步成长。

杨小梅从婆家出走后，也是在黑老蔡的安排下到县里受训，在受训期间入了党。正是在黑老蔡的引导下，经过战火的洗礼，小梅从一个无知无识的农村妇女，成长为一个能经受磨难和考验，并能耐心细致地开展工作，机智勇敢地对敌斗争的妇女干部。

作为党的代表，黑老蔡不仅在政治上关心牛大水和杨小梅，而且在生活上给予了无微不至的亲人式的关心。在中秋之夜，看到大水闷闷不乐，他"知道大水的心事，心里怪疼他，……也感觉大水是该结婚了"，这一想法被当时的紧张工作所压制，没能得到及时落实。当申家庄的局面打开后，黑老蔡当着大水和小梅两个人的面，谈到了二人的婚事。他笑眯眯地说："大水小梅啊，你们俩都是好同志；一个早离了婚，一个到现在还没娶。我看你们两个挺合适；我给你们俩当个介绍人吧。"不但把二人撮合到一起，第二年春天，黑老蔡把大水和小梅的婚姻问题在县委会上提出来，同志们全体赞成，县委决定，大水和小梅在三八节结婚。黑老蔡还送了二人一副对联："打日本才算好儿女，救中国方是真英雄"，横批是"战斗伴侣"，为二人送上了革命的祝福。

作为一名党的县委书记,黑老蔡思想水平高,政策观念强。张金龙是地主何世雄的帮手,也是杨小梅当时的丈夫,虽然有些恶习,但枪法好。出于团结更多的力量从事抗战的考虑,黑老蔡尽力帮助他、团结他,并在杨小梅的配合下,把他争取到县自卫大队。但由于张金龙的恶习难改,在离开县大队回到区小队后,不服从领导,搞自由行动,欺压百姓、滥杀无辜,为此黑老蔡也对他展开了批评和斗争。对于张金龙擅自行动、杀害商会会长一事,黑老蔡首先指出其"没有通过上级"擅自行动"不对",其次指出其没有得到县、区的批准"自己做主杀人"也不对,之后又进一步根据党的统一战线政策,对于商会会长这一类人,"主要是争取、教育","不分轻重的乱杀人可不允许!"有的研究者认为黑老蔡在对待张金龙问题上表现得软弱,作者也未予以严肃的批评,这是人物塑造上的明显失误。但通过前面的分析介绍,我们还是可以看到黑老蔡作为一名领导高于他人的政策水平,如果不对人物进行苛求,人物有如此表现还是能够体现其政策水平的,如此描写也可以说是符合实际的。

黑老蔡高于他人的政策水平还体现在为牛大水和杨小梅解纷上。小说第十五回"指引",写杨小梅和牛大水分别到申家庄和孙家庄领导群众减租,受地主申耀宗的蒙蔽和蛊惑,围绕着土地,两个村的农民之间、杨小梅和牛大水之间闹起了矛盾,互不相让,正是黑老蔡的及时出现和"指引",使矛盾轻易化解。难怪老百姓感叹:"瞧咱们黑老蔡真行啊,怎么三言两语,就把我这老糊涂点拨开了?"黑老蔡还不忘嘱咐:"可是得随时注意:咱们对地主有斗争的一面,也有团结的一面。不斗争,不改善人民生活,就根本不能打败日本;不团结,不讲统一战线,也不能发挥更多的力量。……咱们不要'右'了,可也不要过'左'。"

作为一名党员和领导,黑老蔡在工作和战斗中,总是冲锋在前,撤退在后,践行着共产党员的先锋模范作用。在五一大"扫荡"中,面对鬼子兵的"追剿","同志们慌乱了,可是黑老蔡一声喊,手一挥,大伙儿就掉转身,朝着他指的方向往横里冲",能够稳定军心。他还故意让自己落在后面,掩护同志们退却,别的同志都不见了,他才钻进高粱地跑了。也正是黑老蔡平日的言行,教育和影响着其他的同志。杨小梅在大"扫荡"中走投无路想跳井自杀，但想到黑老蔡被鬼子围着打，挂了彩还拼命抵抗，受到鼓舞，放弃了死的念头。牛大水在被捕的情况下，"想着黑老蔡的话：在艰苦的环境里，咱们共产党员，要时时刻刻领导群众作斗争"，带领群众机智脱逃；在遭受酷刑、痛不欲生的时候，想到黑老蔡，想到曾经发出的"再怎么困难也不悲观动摇"的誓言，于是硬挺了过来。

在工作中，黑老蔡积极主动，迎难而上。在第五回牛大水迎亲的大喜日子，听说敌人可能要出动，黑老蔡赶紧离开，调动游击队去警戒，显示了高度的革命责任感。在第十三回，黑老蔡安排大水到申家庄去开展工作，他对大水说："斜柳村工作更难搞，我准备自己去；申家庄你还熟，我想叫你去。"

在《新儿女英雄传》中，故事发展的主线是牛大水、杨小梅和张金龙的情感纠葛，因此黑老蔡并非作品着力刻画的人物。即便如此，在着墨不多的情况下，黑老蔡的形象还是立体的，性格也是鲜明的，他是解放区文学中出现较早的、成功的共产党员的形象，也是植根于燕赵大地的英雄形象。

在《新儿女英雄传》中，塑造得最成功，同时也最受读者喜爱的人物是牛大水和杨小梅。还在小说连载的时候，"大家都很关心牛大水和小梅的婚事，每天盼星星盼月亮，就盼着他俩赶快结婚，七月一日那一天，报上登出了大水和小梅结婚的一段，大家几乎一见面就竞相互告：'大水和小梅结婚了！'好像大水小梅就是他部队里的同志似的"[1]。正是，人物刻画的成功带来了读者对人物的喜爱，有的姓牛的读者甚至要认牛大水为"当家子"，并对没有希望"认牛大水指导员做当家子"感到"可惜"[2]。

作品开篇第一句是"牛大水二十一了，还没娶媳妇"，之后交代了大水和小梅有情有义，可是由于小梅的母亲嫌大水家穷，将小梅嫁给了张金龙。然而，抗日的烽火改变了大水和小梅的生活，他们先后挣脱家庭，投身抗日救亡的洪流，曾经共同学习、并肩战斗。伴随着抗战的发展，经过无数次战斗的洗礼，在成长为人民英雄的同时，在感情上也瓜熟蒂落，在抗战取得胜利的同时，也迎来了个人生活的美满结局。因此，不难看出，大水和小梅之间

---

[1] 王禾：《这部作品在部队中——战士、干部热爱〈新儿女英雄传〉》，石韵、辛夷编《〈新儿女英雄传〉评论集》，海燕书店1950年版，第65页。

[2] 芷汀：《群众热爱的一篇小说——〈新儿女英雄传〉》，石韵、辛夷编《〈新儿女英雄传〉评论集》，海燕书店1950年版，第20页。

的情感线索，是整部作品的一条主线，而它又和冀中人民抗战（也可以说是革命）这一宏大的历史线索紧紧联系在一起，从而将传统意义上的"言情"和"侠义"（抗战、革命）有机结合在一起，上演了新时代的"儿女英雄传"。有的研究者指责小说中的爱情内容冲淡了对革命的表达，显然是没能领会作品的题中应有之义。

牛大水本是一个勤劳、朴实的农民，他的愿望很实在，就是通过自己的辛勤劳作，"熬个不短人、不欠人的，松松心儿再娶媳妇"。他只知道在庄稼地干活，没有想过通过其他方式改变自己的命运，当张金龙来为地主武装招人时，面对张金龙许诺的"白面卷子炖猪肉"，大水的回答是："咱，咱不行，咱没那号本事！"让张金龙十分瞧不起。就是这样一个老实、本分的农民，在表哥黑老蔡的影响下，在抗战的大背景下，开始了从一个农民向一个英雄的成长和蜕变。大水和大家一起，听黑老蔡讲了"许多救国的大道理"，在黑老蔡的带领下，参加了挑着担子到外村取武器的活动，就这样参加了抗日自卫队。后来在黑老蔡、双喜等人的帮助下加入了共产党，在党的培养、教育下，经过战斗的磨砺和锻炼，逐渐成长为一名自觉的革命战士。在组织的安排下，大水到县里参加训练班，经过正规、严格的培训和本人的刻苦努力，"大水觉得自己有了进步"，上课能"听出点儿意思来了"，小组会上能前言不搭后语、结结巴巴地发言了，不但文化水平提高了，在大家的批评和帮助下，对于自己违反纪律的行为也认清了危害，从最初对大家批评的内心抵触到最后心悦诚服地接受，用大水自己的话说："我的心开了窍儿啦！"

县里的受训，让大水实现了思想的转变，从一个普通农民成长为一名干部，受训回村后先后当上了农会主任、村长，后来又担任了中心村自卫队的中队长。然而，随着职务的提升，工作上的严格要求和牛大水自身工作能力的不足之间发生了强烈的冲突。第三回"农民游击队"，写牛大水带领游击队去打汉奸，由于没有经验，两次行动都失败了；特别是第二次，不但没有打着敌人，还在行动中自己人伤了自己人，牛大水自己也由于紧张枪打不响了，原来是"大机头张着，小机头可关着呢"！大水闹情绪想要"不干了"，在刘双喜的开导下，在开了干部会总结经验后，才改变了态度，"要么这着，我这队长也有个抓挠啦"。经过这些挫折，牛大水在后来的战斗中越战越勇、越战越强,到了第六回"水上英雄",已经能够带领区小队在水上伏击敌人,打得敌人闻风丧胆,队伍也赢得了"雁翎队"的称号。

除了人物在战斗中的成长,作品还着力描写了人物在"五一大扫荡"的逆境中所经受的更为残酷的考验和非人的折磨。

在大"扫荡"中,大水被敌人围困而被抓。在被押解的途中,他也没有忘记自己作为一名党员的责任,组织群众在墙上挖洞,机智逃脱。后来他又被日本兵抓住,敌人把他打得遍体鳞伤,让他指认干部和游击队,他一个也不认,任凭鬼子的洋狗撕咬自己的腿和胳膊直至昏死过去。后来大水被乡亲们花钱保了出来,没想到刚逃出鬼子的魔掌,又落入了汉奸何世雄、张金龙的黑手。汉奸"用尽了各种刑罚,大水受尽了各种罪",被打得死去活来,但他毫不屈服,"咬着牙,一个字也不说",气得汉奸要"拉出去砍了他,喂狗吃",最后游击队以何世雄的儿子做交换,才救出了大水,使大水死里逃生。

经过战斗的磨炼和敌人酷刑的考验,大水变得日益坚强、成熟。第十三回"探虎穴",描写大水在双喜牺牲后,迎难而上,单枪匹马进入申家庄,胆大心细、机智勇敢地争取了伪乡长申耀宗,救出了被鬼子扣压的各村的保长,圆满完成了任务。此时的大水,以其只身入虎穴的传奇经历,彰显了抗日英雄的本色,新的人民英雄形象真正树立起来了。

作品除了描写大水在对敌斗争中的英雄侠义外,还写了他的儿女情长,通过牛大水对杨小梅的爱情表现,揭示了人物纯朴、善良、美好的心灵。牛大水深深地爱着小梅,即便是小梅嫁给了张金龙,他也无法释怀,对小梅婚后所受到的虐待充满同情。二人同在县上学习,在"自己有了进步"后,"生怕小梅落了后",关心小梅的进步。小梅在村里工作中遇到了困难(遇到了大金牙这样的刺头儿),大水给予了热情的支持和鼓励。小梅生病了,大水亲自为小梅煎药。在大"扫荡"中,大水自己被鬼子抓住,心里还惦记着小梅的处境和命运……大水对小梅的感情是深沉、真挚的,但也是含蓄、内敛的。作为一名革命者,大水一直将感情埋藏在心底,既没有直露地表白,也没有让感情影响自己的工作,完全以革命的大局为重。第十三回,小梅划船送大水深入申家庄,面对小梅的关心、叮咛和嘱咐,大水都将其转化成了工作的动力,而没有丝毫的儿女缠绵:"小梅,你放心!我这回非完成任务不行!"

"你的话我也一定时时刻刻放在心上，决不会出错。你等着好消息吧！"作品正是通过对大水的爱情表现，揭示了英雄内心柔软、温情的一面，与其坚强、勇敢的一面相映生辉，共同完成了对人民英雄形象的塑造。

杨小梅是作品着力塑造的女英雄形象，在她之前，解放区文学中似乎还不曾出现过战斗中的女英雄人物。

杨小梅最初只是一个普通的农村妇女。作为一个女人，她无力掌握自己的婚姻，虽然她对大水有情有义，但当母亲要把她嫁给张金龙时，她也只能接受母亲的安排，表现出柔顺甚至软弱的一面。婚后，面对婆婆和丈夫的折磨和虐待，她起先也只是忍气吞声，最后忍无可忍，离家出走，"要当个女红军"，迈出了争取自身解放，同时也是争取民族解放的第一步。小梅在县里参加训练班，提高了文化，加入了共产党，走上了革命的道路。受训后，小梅在区妇救会从事妇女工作，在组织、帮助妇女觉醒、进步的过程中，自己也成长起来。面对张金龙，小梅一改以前在家中受气挨打的形象，既能和张金龙展开旗帜鲜明的斗争，又能进行耐心、细致的说服、引导，在争取张金龙参加抗日队伍的事情上发挥了重要作用；当张金龙犯了严重错误，离开了抗日队伍"脱离革命"，小梅毅然与他离了婚，与旧家庭彻底划清了界限。

与此前解放区文学中已经出现的女性不同，作品还着力描写了杨小梅在战斗中的成长。她经受了"五一大扫荡"的磨难和考验，磨炼了意志；她乔装改扮进行侦察，获取情报，帮助游击队轻易拿下敌人岗楼，显示了自己的机敏，也曾深入敌后，机智勇敢地开展工作；在落入魔掌后，面对敌人的软硬兼施，她威武不能屈，她的凛然正气甚至打动了一些伪军。在小说中，杨小梅的英雄形象主要是通过其在战斗中的所作所为来刻画的。

在描写人物英雄豪情的同时，作品也不忘展示人物的似水柔情。小梅很早就喜欢牛大水，在她心中，牛大水"真不错"，是"好小伙子"，由于母亲嫌贫爱富，小梅错嫁张金龙。离开家庭投身革命后，小梅曾和大水一同学习，也曾在工作中并肩战斗，而且是互相鼓励、互相帮助，结下了深厚的情谊。在生活上，小梅给予了大水同志式的关心，见到大水穿着"张着个大老虎嘴儿"的鞋东跑西颠，为大水做了新鞋；当大水被营救回来，见到被敌人折磨得不成人样的大水，小梅流下了同情的泪水；大水被委以重任深入虎穴，小梅亲自划船相送，深情嘱咐……当杨小梅和张金龙离婚后，与牛大水的基于共同信仰的革命婚姻也自然水到渠成。

除牛大水、杨小梅外，作品中还塑造了许多抗日英雄形象。如性格风趣、为革命流尽最后一滴血的刘双喜，为人实在、对党忠诚、奋勇杀敌的高屯儿，人小鬼大、机智灵活、男扮女装的牛小水，此外，还有其他在抗战中牺牲的人物，如老排长、艾和尚、赵五更等。这些人物和牛大水、杨小梅一起，共同组成了新儿女英雄谱系。

在作品中，反派人物、汉奸张金龙的形象刻画得十分真实、生动。作品没有把这一人物脸谱化、简单化，似乎汉奸都是天生的坏蛋，而是真实、全面地展现了人物"下水"的过程，且在这一过程中刻画人物复杂的思想和性格。

与牛大水出身农民家庭的根正苗红不同，张金龙出身于破落户家庭，特殊的境遇决定和影响了人物的基本思想和性情，他瞧不起"死庄稼人"，看不起劳动，好吃懒做，平时靠在外面讹个钱、诈个财"装装门面"，维持生计；和小梅结婚后，大男子气十足，"脾气大多了"，对小梅伸手就打，张嘴就骂，根本不把小梅放在眼里。他是地主申耀宗的一个走狗，平日耀武扬威、仗势欺人。当抗日武装逐渐发展壮大、地主武装被迫解散或改编时，面对小梅参加革命，他从最初的想强行将小梅带回转变为默认、接受（尽管心里有十二分不情愿）；当地主何世雄和他的儿子何狗皮潜回村子对其进行拉拢时，张金龙虽然有些心动，但在黑老蔡和杨小梅的劝说和开导下，不但没有倒向敌方，而且还参加了抗日武装。由于张金龙以往养成的诸多恶习（自由、散漫，无组织、无纪律，生活上吃喝嫖赌，行动中滥杀无辜），使他无法适应革命队伍的生活，与革命队伍的纪律和要求发生冲突，且冲突愈演愈烈，最后导致张金龙脱离革命，并因此和杨小梅离婚。有的研究者将张金龙最初参加革命的行为视为"投机"[①]，这显然不符合作品实际。

张金龙是在脱离革命后，"在扫荡一开始，就投奔了他原来的主子何世雄，当了汉奸"，由于此前在游击队中和牛大水所结下的恩怨，使他对革命和革命者充满了仇恨，因此，当和牛大水狭路相逢时，他不顾乡亲们的哀求，"把牛大水捆了个五花六道"，强行带走。在对牛大水的拷问中，张金龙心狠

---

① 黄修己：《中国现代文学发展史》，中国青年出版社1988年版，第540页。

手辣，用烧红的烙铁烙大水的背，"背上烧得直流油，一阵阵的冒烟"。面对不屈的大水，当何世雄要把大水"拉出去砍了"时，张金龙拿着一把大刀，"颠着屁股走在头里"，要亲手杀了大水，充分显示了他对革命者的仇恨。

张金龙对牛大水如此残忍，对杨小梅也不手软。在抓捕杨小梅时，张金龙身先士卒，在和杨小梅的争斗中被小梅咬了手指头，气得张金龙拿起一块炕沿砖，一下就把小梅打昏过去，还咬牙切齿地要挑死小梅的孩子；在小梅跳井后，张金龙残忍地向小梅开了两枪，一枪把琵琶骨打穿了，一枪打穿了耳朵。

对于张金龙仇恨革命者的原因，在作品中也做了交代，除张金龙在工作上和情感上对牛大水的误解和敌意外，在得知大水和小梅结婚的消息后，张金龙咬牙切齿地对郭三麻子说："我操他妹子！牛大水这个坏种，我早知道他没安好心眼儿！我那会儿要一刀杀了他，该多痛快呀！"在这里，表面上是个人之间的恩怨，其实是革命和反革命之间的对垒。张金龙这样一个汉奸，手上沾满了革命者的鲜血，其最后被游击队击毙，既是其恶贯满盈的必然结果，也是一件大快人心的事情。

在作品中，崔骨碌、李六子、小小子等人物对于理解汉奸这一形象的复杂性也有一定的意义。这些人的出身大都不好，崔骨碌原是地主申耀宗手下的一个乡丁，李六子是个小土匪，只有小小子是个农民，在团结一致抗日的形势下崔骨碌还曾参加自卫队。这些人后来都当了伪军（崔骨碌当伪军的时间最迟，是在"五一大扫荡"的时候投了敌）。张金龙还在游击队的时候，在一次行动中，已经当了伪军的李六子和小小子"反正"，也参加了游击队。在张金龙犯了错误，闹着脱离队伍后，李六子也不听劝说，丢下枪走了，后来又当了伪军。小小子因受过张金龙的打骂，留在了队伍中。小小子虽然也犯过偷老百姓的鸡这样的错误，闹情绪回家期间在张金龙的胁迫下差一点再次投敌，但在关键时刻幡然醒悟，告发了张金龙的特务行动，挽救了队伍，也挽救了自己，最后在和敌人的搏斗中牺牲。崔骨碌因和汉奸郭三麻子有矛盾，在小梅的暗中活动下，有了"反正"的意向，事情败露后"实打实的全招了"，但还是被郭三麻子杀了。李六子几次被俘，被释放后每次又当了汉奸，在大水、高屯儿抓捕何狗皮的行动中，因逃跑被击毙。

这些人物形象说明，汉奸并非天生的坏蛋，也非铁板一块，一个人最终成为汉奸，都是人物自身条件和外在环境共同作用和影响的结果，作品对这一形象和现象的描述显然是深刻的，避免了其他作品中简单化表达的缺陷，在反面人物的刻画方面，达到了其他作品所不曾达到的高度和深度。

在《在延安文艺座谈会上的讲话》之后的20世纪40年代的解放区文坛，响应《在延安文艺座谈会上的讲话》提出的"文艺为工农兵服务"的号召，在小说创作中出现了一种新的类型——新英雄传奇。该类小说继承了中国古代小说《三国演义》《水浒传》等开辟的英雄传奇的传统，采用传统的章回体的形式，描写中国共产党所领导的抗日战争中出现的可歌可泣、带有传奇性的英雄事迹。代表性作品有柯蓝的《洋铁桶的故事》（1944），马烽、西戎的《吕梁英雄传》（1945），邵子南的《李勇大摆地雷阵》（1944），孔厥、袁静的《新儿女英雄传》（1949），而《新儿女英雄传》是其中的"最佳作品"[①]。

清代文康的侠义小说《儿女英雄传》流传甚广，作品成功地塑造了封建时代的侠女十三妹的形象。孔厥、袁静的小说取名为"新儿女英雄传"，则是要塑造新时代的抗日英雄形象，为抗日战争中涌现出的人民英雄树碑立传。

对传统小说形式的继承与革新

还在合作创作《血尸案》的时候，作家已经尝试采用章回体的形式。小说共七回，回目对仗工整，揭示内容，如"冤家碰对头　旧仇结新亲""干部掉进迷魂阵　群众变成垫脚石"，有四言、五言、六言、七言，字数不等，还追求整齐划一。

到了《新儿女英雄传》，孔、袁对章回体的运用更为娴熟、自如。首先，回目不再是对仗式的句子，全部变成了简短的词或词组，如"事变""共产党""农民游击队""水上英雄"；或为名词或名词性词组，或为动宾结构的词组，如"拿岗楼""探虎穴"；或为主谓结构的词组，如"鱼儿漏网了"；或为常用的成语，如"生死关头""冤家路窄"，通俗易懂，让人对本回的内容一目了然。

传统的章回体小说，每回的开头多为"诗曰"，显得刻板、陈旧。在《新

[①] 黄修已：《中国现代文学发展史》，中国青年出版社1988年版，第539页。

儿女英雄传》中，用民歌、民谚、成语、歌词、诗歌、俗语、名言、口号等代替了"诗曰"，不但和该回的内容十分贴近甚至一致，而且有画龙点睛的作用，富有鲜明的时代气息。这里有毛主席、朱总司令和党的号召，如第十回，"在困难中不动摇！——毛主席的话"，写的正是毛主席的伟大号召，鼓舞人们战胜困难、渡过难关；第十二回，"为保卫国土　流最后一滴血——党的号召"，概括了该回刘双喜牺牲的内容；第二十回，"勇敢！勇敢！再勇敢！——朱总司令的命令"，则体现了为赢得抗战的最后胜利，抗日军民向敌人发动的最后进攻。

民歌运用得最多，有的民歌起到了叙事的作用，如第一回，"炮声一响，眼泪满眶"，叙述了抗战的爆发给人们带来的灾难；第十一回，"冬天到春天，环境大改变，白洋淀的岗楼，端了多半边"，交代了战争的大发展；有的民歌则是抒发情感，如第十五回，"毛主席呀！亏了你，给俺想出好主意！"表达了对毛主席的感激之情，第十六回，"石榴花儿红似火，我疼你来你疼我。年轻人多得像细沙，你为什么单爱我？"则赞颂了牛大水和杨小梅之间的革命爱情。

此外，像《游击队歌》和李季的诗的引用，则传播了解放区的红色文化和革命思想；不仅如此，歌曲和诗歌中的内容，还和小说中所描写的内容因其一致性而遥相呼应。

小说还摒弃了传统章回小说回与回之间"欲知后事如何，且听下回分解"的程式化表达，但在情节的叙述中，同样注意悬念的设置，追求故事的曲折、惊险、动人。如第四回，写游击队去抓捕何世雄、何狗皮父子，但里里外外都搜到了，就是不见人影，形成悬念。之后在第五回才解疑，原来是何家的狗叫为何氏父子通风报信，何氏父子才得以逃脱，前后衔接自然。第九回，牛大水被捕后坚强不屈，敌人气急败坏要处决大水，张金龙磨刀霍霍，"他挥起大刀，牛大水就倒下了"。该回到此结束，形成悬念，吸引读者关注大水的命运。到了第十回，才交代为了救何狗皮，何世雄不得不放弃杀害牛大水，大水侥幸逃生。类似的情形还出现在第二十回，敌人要处决不屈的杨小梅，伪军把小梅推出去，小梅忍不住高呼口号。之后描写两军之间的激战，大水受伤，待大水从昏迷中醒来，小梅抱着儿子小胖来探望大水，此时才交代了小梅何以能够生还。

除回与回之间、故事与故事之间讲究悬念的设置外，小说在开篇就为读者设置了一个大的悬念，你情我愿的大水和小梅，被小梅的母亲棒打鸳鸯，小梅错嫁张金龙，大水和小梅能否最终走到一起，这就构成了小说最大的一个悬念，吸引着喜欢大水和小梅的读者探究下去。中间经过大水新婚妻亡，小梅离婚，两个人都摆脱了旧有家庭的束缚，在工作中得以巩固和发展的爱情在同志们的祝福和撮合下得以自由发展，并幸福结合。然此时战争尚未结束，幸福的家庭还受到敌人的威胁，才有了小梅执行任务身陷囹圄，母子受难，最后革命胜利，真正实现了家庭的团圆。

小说在人物刻画方面最突出的特征就是真实、基于生活的真实，不论是正面英雄形象，还是反面人物形象。

在正面人物形象的刻画上，"真实"突出体现在把英雄当"人"来写，写出了人物的农民特质，人物在成长中发生的糗事，人物在逆境中的沮丧、消沉甚至绝望，特别是人物在执行任务以及牺牲时的非神化表达。

作为一个土生土长的农民，牛大水能够走上革命的道路，主要是受到了表哥黑老蔡的影响。在他眼中，黑老蔡就是共产党，共产党就是黑老蔡，这种认识或许有些单纯、浅显，却体现了他作为农民最朴素的情感和价值判断。正是基于对黑老蔡的信任，他才义无反顾地投身到革命中，当遇到挫折和困难时，也是在黑老蔡那里得到精神鼓舞或思想指导。二人之间这种基于乡情的同志关系，既自然、温馨，又真实、感人。

从只会种地的农民到拿枪抗敌的英雄，其间肯定要经历诸多的磨砺和考验。作品描写了牛大水在县上学习时的窘态，揭示了农民参加革命先要改变文化上的一穷二白，要跨越文化关；牛大水带队之初，由于缺乏经验，不论是带队训练还是抓敌，都闹了不少笑话，说明要投身抗战，还要过军事关；从心中只有自己的五亩地，到一心只为老百姓谋利益，甚至不惜牺牲自己的生命，牛大水更要过的是思想关。小说真实、细腻地描写了人物在各个方面的具体转变，特别是思想意识的转变最令人信服。

黑老蔡安排大水到县上"受训"，大水"心眼儿里也很活动"，穷家难舍、故地难离，怕被派到远处去工作，想打退堂鼓，是看到"人家想去还去不成",才意识到"受训是好事儿",然后欣然前往；在县上学习时，农民的勤快让他在生活上表现很积极，但农民的散漫和固执也让他违反了纪律；带队去打汉奸，汉奸没打着，倒伤了自己人，出于自责，想要"不干了"，开了干部会总结经验后，才改变了态度；在第一次和敌人面对面战斗时，牛大水心里也止不住扑通扑通直跳，"慌了手脚，急得浑身是汗"……经过战斗的洗礼，当"雁翎队"成名之时，牛大水也从昔日的菜鸟逆袭成为一名智勇双全的战斗英雄。

在深入虎穴争取申耀宗的故事中，牛大水也有一些农民习惯和意识的流露，显示的不是人物的缺点，而是人物的可爱之处。在申耀宗出门后，为了掩护自己，更是本性使然，大水给申家扫起了院子，还帮他们喂牲口；申家请大水吃白面饺子、红烧鲤鱼，大水皱着眉头说："啊呀，这……生活太腐化啦！都是老百姓的血汗……"显示了农民喜爱劳动、生活简朴的本色。

看惯了一些抗战文学作品和影视作品中人物的刀枪不入、无所不能，反观《新儿女英雄传》中人物非神化的表达，更凸显了作品人物刻画的真实。

一方面，我们承认作品中的一些人物是英雄，但同时我们也要承认他们是人，是肉体凡胎，而非动漫世界中的超级英雄。也正因如此，他们才会有人的局限，才会有失误，才会有牺牲。刘双喜是英雄，但他在执行深入虎穴的任务时，最终未能完成任务，在流尽最后一滴血后壮烈殉国；杨小梅是英雄，在深入敌后执行任务时，有成功，也有失败；高屯儿也是英雄，他曾经眼睁睁地看着被抓住的何狗皮从他手上逃走，有过失算，在最后的战斗中，在肠子都流出来的情况下还对战友高喊着："你管我什么？快消灭敌人！"牛大水在和敌人肉搏时，先是被敌人的洋刀砍在腿上，后又被砍在头上，但他忍着痛，跳起来把敌人压在身下，成了血人儿，昏迷过去。在这里，我们真正感受到了战争的血腥和残酷，这才是战争的本来面目；也意识到人非神仙，并非无所不能。

如果说刘双喜、高屯儿的牺牲在悲壮中还显出几分英雄气概，小说中有些人物的死说不上壮烈，有的甚至显得稀松平常，但他们同样是为抗日而亡。刘五子在野外警戒，因吸烟被敌人开枪射杀；老排长在被敌人抓住后活埋；艾和尚被鬼子抓住后因逃跑被一枪打死；赵五更在追赶张金龙时反被张金龙开枪打中;小小子被敌人胁迫,想反抗,被敌人一枪打在脸上……

小说在群众语言的运用上所取得的成就被广为称道,作品"全部是以极纯熟的群众语言写成的","充满了从群众中来的丰富的口语,每一句话都是活在群众嘴上的"[①]。能取得如此骄人的成绩,首先是作家深入生活、向群众学习的结果,其次还是在创作上认真践行为工农兵服务方向的结果。作品写成以后,他们"曾经念给几个地方的群众和干部听,吸收他们的意见,……后来又念给冀中区党委的几位负责同志听,征求领导上的意见"[②]。正是这种服务人民、虚心求教的精神以及对于作品的口头交流,强化了作品口语化的表达,以至在小说连载的过程中,许多单位出现了一人读、大家听的热闹场景。

小说中人物的对话都是冀中一带的方言,念起来特别生动亲切。如"探虎穴"中小梅划船为大水送行,说出了这样一番掏心窝子的话:"大水啊!你这一去,是到老虎嘴里拔牙,可得多加小心,千万别有个闪失。眼睛耳朵放灵动些;遇到紧要关头,可沉住气!……你可记住我的话……完成了任务就按时候回来,别叫大伙儿结记你!"在这里,有"老虎嘴里拔牙"这样的俗语,有"眼睛耳朵放灵动些"这样的口语,还有"结记"这样的方言。"结记"这个词在《新儿女英雄传》传播的时候,甚至成了一个流行词,出现于人们日常交流的话语中[③]。在作品中,类似的冀中方言还有"念叨""得"(音dei)、"装蒜""抓了瞎""邪门""嘀咕""嘎小子"……,除这些词语外,方言中还有一些词组,如"单衣薄裳"(意为"穿得单薄")、"失迷道儿"(意为"迷路")、"有天没日头"(意为"没有着落")、"百不怎的"(意为"什么事儿也没有",让对方放心),十分生动、形象,富有表现力和活力。

[①] 炳生:《关于群众语言的运用——读〈新儿女英雄传〉后》,石韵、辛夷编《〈新儿女英雄传〉评论集》,海燕书店1950年版,第30页。

[②] 杨鹤龄:《〈新儿女英雄传〉创作经过——记袁静同志的谈话》,石韵、辛夷编《〈新儿女英雄传〉评论集》,海燕书店1950年版,第88、89页。

[③] "有一位小同学学着《新儿女英雄传》上的口气说:'我结记牛大水真结记得不行呵!'"参见则因:《指示我们跟着共产党走——〈新儿女英雄传〉》,石韵、辛夷编《〈新儿女英雄传〉评论集》,海燕书店1950年版,第75页。

在作品中,"有些地方那描写的生动更到了顶峰"①,如在"事变"中的一段,描写大水的家境和大水与父亲的对话,用活生生的农民的语言写农民,真正将农民写活了:

> 家里又是出项多,进项少,怎么也熬不出头;日子过得紧紧巴巴的,常揭不开锅。大水觉得很不顺心,气闷闷地对爹说:"这年头真够瞧!嘴又不能挂起来,还不抵我去当兵呢!"老爹说:"你也入了邪?快安分守己,巴结着好好干;赶明儿娶了媳妇……"大水不耐烦地说:"别提了!一辈子不剃头,也不过是个连毛僧。我还不如去当兵哩!"老爹气得拿烟袋锅子敲他的脑袋说:"你这个小兔崽子!不让你当兵,你偏说,你偏说!"大水噘着嘴,闷着头睡觉了。

同样的地方语言,从不同的人嘴里说出来却有着完全不同的色彩,体现出不同的人物性情。牛大水的语言处处体现着他的朴实、憨厚、善良,一听就是一个老实厚道的农民,张金龙的语言则是另外一副腔调,流里流气,面对牛大水,满脸的瞧不起,拿眼斜他,说:"嚇,娘老子没把你操好!你眼睛在裤裆里装着呢!"被黑老蔡批评后,心里气不过,回到家和小梅说:"人家把我弄得人不人、鬼不鬼的,我不干了!此处不养爷,自有养爷处。你要跟着我,你马上脱离工作;你要工作,咱俩就拉倒!"话语中充满了江湖气和流氓气。

第二节 邵子南

邵子南(1916—1955),原名董尊鑫,字少南。"邵子南"是他1937年发表小说处女作《"青生"》时开始使用的笔名,也是他使用最多的笔名。邵子南出生于四川资阳一个贫苦农民的家庭,因家境贫寒,10岁时才得以在亲戚的资助下进本村私塾发蒙。在初中学习时期,受到一位进步老师的影响,阅

---

① 则因:《指示我们跟着共产党走——〈新儿女英雄传〉》,石韵、辛夷编《〈新儿女英雄传〉评论集》,海燕书店1950年版,第77页。

读了不少进步书刊和文艺书籍,对文学产生了兴趣。初中毕业后无力升学,遂开始了自己的流浪生涯,撑过船,淘过金,拉过车,做过小报的校对和记者,还在峨眉山上受戒当过和尚,在成都的银号当过见习生,亲历了底层苦难、艰辛的人生。因慨叹于四川文化的闭塞落后,于是有了到当时的文化中心上海的念头。1936年10月到达上海,一面卖苦力为生,一面如饥似渴地吸收新思想、新文化,和当时的左翼作家有了近距离的接触,开始了自己的文学活动。1937年3月,小说处女作《"青生"》在《中流》第1卷第12期面世,之后作品陆续在《中流》《文季》《作品》《中国导报》等报刊发表。这些作品大多取材于他流浪时期的经历和见闻,反映了农村和都市底层人民的苦难和悲哀。

抗战全面爆发后,邵子南积极投身民族解放事业。1937年10月,他离开上海前往西安,1938年年初到达延安,4月参加了丁玲领导的西北战地服务团,在西安从事救亡宣传工作,发表了一些短篇小说和诗歌作品。1938年12月,邵子南跟随西战团到达晋察冀边区,1944年5月又随西战团返回延安,在晋察冀度过了五年多的战斗生活。

在晋察冀的五年,是邵子南文学活动和文学创作最为活跃的时期。当时的晋察冀边区活跃着包括田间、陈辉、魏巍、曼晴等在内的一大批诗人,他们创办诗歌刊物,组织诗歌团体,倡导街头诗运动。正是在这热烈的诗的国度,受周围诗的氛围的感染,在邵子南心中激发起的是诗的激情,他创作了大量的诗歌,其中有些诗歌经由周巍峙谱曲在边区广为传唱,邵子南也成为晋察冀诗人群的代表作家之一。

1943年,在边区文艺整风中,邵子南担任主编的《诗建设》因发表社论《加强诗的宣传》受到严厉批评,被认为犯了艺术至上主义的错误,邵子南独自承担了这个责任。虽然这种批评在后来被认为是"不实的""过分了",但对邵子南的触动还是挺大的。文章是战地社诗人们学习《在延安文艺座谈会上的讲话》的心得,他们意识到了边区诗人们个性化的写作和群众接受之间的矛盾(群众"不能理解"),认为文艺大众化也有提高群众诗歌兴趣的方面,即"化大众"。文章一定程度上反映了边区诗歌的生存窘境,揭示了诗歌所代表的新文学和农民所熟悉的民间文学之间的隔膜与疏离,这让邵子南感觉到了诗歌这种文体在读者接受层面不是局限的局限，于是促成了邵子南之后的创作转向——再次执笔从事小说创作。

1943年秋冬，邵子南积极参加了反"扫荡"斗争，他曾跟随李勇的游击组对日寇展开地雷战，由于表现突出还受到了边区的表彰。这几个月的群众斗争生活，为他后来的小说创作打下了坚实的基础。

1944年5月以后，回到延安的邵子南心中萦绕的还是在边区的战斗生活，基于对边区生活的追忆，同时也是响应《在延安文艺座谈会上的讲话》的号召，他陆续创作了《李勇大摆地雷阵》《贾希哲夜夜下西庄》《牛老娘娘拉毛驴》《阎荣堂九死一生》等小说，发表在当时的《解放日报》上。这些作品故事发生的地点都是阜平县，所描写的都是1943年秋季反"扫荡"中的真人真事，挖掘和反映的是人民群众在战斗中的传奇经历，歌颂了边区人民顽强不屈的斗争精神和表现出的机智、勇敢的英雄品格。

1944年9月21—24日，《李勇大摆地雷阵》（后改题为"地雷阵"）在《解放日报》连载发表，副标题为"阜平英雄传之一"，这是邵子南在离开河北后，在延河边为河北英雄写出的第一篇颂歌，也是邵子南这一时期的作品中流传最为久远、影响最为广泛的，被郭沫若称为"板话式的颂歌"，"抗战以来文艺作品的杰出者"[①]。

《地雷阵》描写的是晋察冀边区的爆炸英雄李勇的英雄传奇。李勇是阜平五丈湾人，抗战开始时还是个又黄又瘦、个子不高的少年，但就是这样一个普普通通的农村少年，经过战争的磨炼和洗礼，成了一个让敌人闻风丧胆、在边区英名远扬的战斗英雄。八路军来到阜平后，李勇就一心想当八路军，甚至瞒着父亲参了军，最后是被父亲硬逼着脱了军装。没能当成八路军的李勇当了民兵，入了党，以后又当了中队长，组织民兵开展对敌斗争，学会了使枪、使雷，"各种地雷阵、游击战、麻雀战，更是头头是道"。作品主要以1943年的日寇大"扫荡"为背景，描写了李勇带领民兵以地雷为主要战斗武器反扫荡的全过程，展示了人物在战斗中的成长。从区大队长那儿得知鬼子要来"扫荡"的消息，李勇撒开脚跑步回到村子，看好鬼子要走的道儿，仔仔细细地布置了个地雷阵。当看到鬼子进了地雷阵，但没有踩到地雷时，李

[①] 郭沫若：《〈板话〉及其它》，《文汇报》（上海）1946年8月16日。

勇灵机一动，向鬼子开枪，使鬼子这边顿时一阵大乱，慌乱中踩到了地雷，从而创造了"大枪和地雷结合"的战术思想，受到了上级的嘉奖。地雷阵在李勇的手上玩出了各种花样，"敌到雷到""敌不到叫敌到""敌未到雷先到"，游击组打着，爆炸组埋着，临机应变，看眼色行事。地雷在李勇手里"活"了。日本鬼子走大道，炸了雷；改走小道，又炸了雷；又改大道，又改小道，处处是雷；闹得他们只有走回头路，回头路上又有雷。炸得鬼子完全灰了心，再也不到五丈湾来找李勇了。反"扫荡"结束，已经成为英雄的李勇并没有自满，想到自己的枪法还不能百发百中，想到自己在劳动上还差一些，忍不住要把这两件事搞好。

作品在着力描写人物英雄传奇的同时，也不忘展示和流露人物的基本情感。父亲被鬼子杀死，在找到父亲的尸体后，李勇也昏倒过去了，以此表现人物内心的痛苦；在当了英雄后，做人的态度发生了变化，能平心静气地说话了，能接受别人的批评了；英雄也是血肉之躯，也会生病，但感到憋得慌，为不能杀敌而自责，甚至流出了伤心的泪水……这些内容都使李勇的形象更加真实、丰满，令人可亲、可近。

在艺术上，适应描写农民、服务农民的需要，作品采用了农民喜闻乐见的说书形式，但又尽量推陈出新。作品以晋察冀边区流行的《地雷歌》开篇，又以《李勇要变成千百万》的歌词结束，在形式上类似于古代话本小说的"入话"和"散场"诗，在内容上则紧扣主题，画龙点睛。在叙述过程中，"正是""真是""这是"等引出的板话，也有点类似于古典白话小说中的"有诗为证"。

在人物塑造方面，作品主要通过人物的行为来刻画人物性格，李勇机智、勇敢、无畏的性格主要通过其战斗中的表现来体现。适应农民的阅读习惯，没有人物静态的心理描写，人物的心理活动和情绪变化往往渗透和体现在人物的神情和行动中。作品多次描写李勇的脸色，通过其脸色的变化，带出人物心理的变化："地雷不响，日本鬼子一个一个擦着地雷边过去了。过一个，李勇脸上变一种颜色。连过三个，李勇脸黑了。"待到地雷爆炸，炸得鬼子好像在开人肉作坊，"那边李勇的脸，早变了颜色，好比那日出乌云散"。当感到责任重大时，李勇的脸苍白得怕人；面对敌人溃败，要乘胜追击时，"一下子李勇脸上成了青苍苍的"。不过我们也应看到，由于小说总体上叙述强于描写，这导致在李勇英雄行为的叙述中，缺乏具有典型性、代表性，能够给人以深刻印象的事例，也缺乏具体、生动、细腻的细节描绘，这不能不影响到人物形象的丰满和立体，制约人物形象的艺术感染力。

在语言上，"不仅在对话当中非常准确地运用了群众的语言，并且在叙述当中，在描写外在的景物和内心的活动中，都是那样左右逢源地运用了群众的丰富的语言"[1]，这是作者自觉向群众学习的结果。还在阜平工作时，在与当地群众的交往中，邵子南会"随时掏出小本子记下生动的群众语言"，通过努力，"逐步掌握了河北地方语言的特点"[2]。在小说中，有比较多的儿化词语，如"枣儿""叶儿""道儿""情况儿""玩艺儿""一会儿""个儿"；也有带有明显方言味道的词语的运用，如"拾掇出一副担子"中的"拾掇"，"勤说着点"中的"勤"，"哪消几天光景"中的"光景"……小说的叙述语言是源自生活的口语，简洁、形象、有力，如"那机枪子打在李勇头前的土坡上，卜卜赤赤，尘土冒烟。飞机来了，擦着西梁岗吼来吼去，吼不出道理来，走了。机枪、大炮也哑巴了"，十分富有表现力，服务于英雄人物的刻画，叙述语言还带有强烈的感情色彩。如，"好一个李勇，灵机一转：'他不踩地雷，我得叫他踩！'""好一个李勇，举枪打了一发子弹，那日本鬼子，那伪军一散，又踩上了一个地雷。"此外，在叙述语言方面，作品还时常流露说书人的口吻，让人感到亲切、自然。如："却说，李勇，爆炸成了功，远近驰名""诸位，地雷厉害是厉害，就这个缺点""诸位，记着：在地雷战术里边，从李勇起，加上了大枪。这叫做'大枪和地雷结合'的战术思想""这边闹成一团，且慢些说""那边李勇的脸，早变了颜色"。

《地雷阵》之后，邵子南又陆续发表了《贾希哲夜夜下西庄》《牛老娘娘拉毛驴》《阎荣堂九死一生》等短篇小说。这些小说同样取材于1943年的反"扫荡"生活，描写和歌颂的是阜平人民在对敌斗争中英勇、顽强、机智、乐观的精神，在艺术上也自觉追求民族化、大众化。由于在创作上过分拘泥于

---

[1] 欧阳山：《邵子南选集·序》，《邵子南选集》，四川人民出版社1980年版。
[2] 甄崇德：《他是太行山的儿子——忆邵子南同志》，陈厚诚编《邵子南研究资料》，重庆出版社1998年版，第122页。

真人真事,缺乏必要的艺术想象和对生活较为深入的开掘,因此在思想性和艺术性上,都没能达到和超越《地雷阵》的水准,未能使邵子南的小说创作更上一层楼。

第三节　丁玲《太阳照在桑干河上》

谈到河北现代文学的成就,就不能不提到丁玲。翻开各种各样的河北文学史著作以及作品选,无一例外地都把丁玲放在非常重要的位置。换句话说,丁玲与河北文学之间有着解不开的关系。

丁玲(1904—1986)是一位在 20 世纪 20 年代末就已经在文坛崭露头角的女作家,进入 30 年代后丁玲的创作逐渐呈现左倾化的特点,正如茅盾所说:"从一九三一年夏起,丁玲再不是中国左翼作家联盟阵外的'同路人'而是阵营内战斗的一员。"[①] 丁玲 1936 年到达延安之后,先后创作了《在医院中》《我在霞村的时候》《三八节有感》等作品,引起很大争议,甚至受到批判,给丁玲带来了不小的压力。所以从延安文艺座谈会之后,丁玲并没有写出像样的作品。虽然延安文艺座谈会为文艺家指明了创作的方向,尽管丁玲也不断地体验生活,但她一直没有找到创作的感觉,直到她来到河北,在这里她获得暂时的更大的自由空间,做了自己想做的事情。

1945 年 10 月,根据中共中央的安排,丁玲与杨朔、陈明等人组成延安文艺通讯团,原本计划去东北进行采访报道,可是历史的因缘,使丁玲一行不得不停留在河北的张家口,工作的任务也随之发生了变化,而这个变化成就了另一个丁玲。

在河北期间,丁玲创作了一些文学作品,但数量并不多,主要有以下作品。

1946 年 1 月 6 日在青年讲座上讲了《青年知识分子的修养》。

1946 年 3 月,丁玲与陈明等人深入宣化的瓦窑厂体验生活后,写出了三幕话剧《望乡台畔》,后改名"窑工"。

1946 年 4 月 14 日写《吊"四八"死难诸同志》,在当日《晋察冀日报》

[①] 茅盾:《女作家丁玲》,袁良骏《丁玲研究资料》,天津人民出版社 1982 年版,第 255 页。

发表。

1946 年 4 月 15 日写《我们永远在一起》，在当日《晋察冀日报》发表。

1946 年 4 月 17 日写《我怎样飞向了自由的天地》。

1946 年 5 月末，为《晋察冀日报》文艺副刊创刊写了《创作漫笔》。

1946 年 6 月 17 日写了散文《谈大众文艺——纪念瞿秋白同志被难十一周年》。

1946 年 7 月作《庆祝〈时代妇女〉发刊》。

1946 年 7 月 20 日，在《长城》创刊号上发表《"海燕行"》及《编后记》。

1947 年 1 月作《奋斗到胜利》，载于 1947 年 1 月 19 日《晋察冀日报》。

除此之外，丁玲还主持编辑《晋察冀日报》副刊 131 期，主编文艺月刊《长城》。

当然，丁玲在河北期间最重要的成就是完成了长篇小说《太阳照在桑干河上》的创作。1946 年 7 月至 9 月，丁玲在张家口怀来县辛庄、东八里村以及涿鹿县温泉屯参加了三个村子的土改工作，从 1946 年 11 月至 1948 年 6 月，丁玲完成了《太阳照在桑干河上》的创作。这部小说几经周折，于 1948 年 8 月由哈尔滨光华书店初版，1951 年获得了斯大林文艺奖金二等奖，给她带来了巨大的荣誉，它不仅是中国第一部描写土改运动的长篇小说，也是丁玲的长篇代表作，是她小说创作的又一高峰。

表现土地改革的复杂性

《太阳照在桑干河上》所写的是 1946 年夏天华北土地改革的情况，故事发生的地点是张家口地区桑干河畔一个名叫暖水屯的村子。小说的内容主要是写土地改革中斗争恶霸这个过程。（按照作者原定的计划，要分为三个阶段写：第一是斗争，第二是分地，第三是参军；实际上主要写出了第一部分，第二、第三部分只开了一个头）。

这部小说虽然没有把土地改革的全部过程写出来，只是比较详细地写了斗争恶霸这个过程，但已经相当充分地把农村阶级斗争的复杂性展示出来了。小说从地主、农民、干部以及时局、历史根源等各方面揭示出农村阶级斗争的复杂性。

在地主方面，斗争对象钱文贵是一个阴险狡诈、诡计多端的人物，他曾施展了很多阴谋诡计，如他送儿子参加八路军，把自己变成"抗属"；为了攀结干部，他把女儿嫁给村治安员张正典，又企图把侄女黑妮嫁给农会主任程仁；他还实行假分家，以及利用小学教员任国忠去乱放谣言，等等。这样就使得斗争增加了很多困难。在农民方面，主要是觉悟不高，还普遍存在着"变天"思想，地主阶级的威势还沉重地压在农民的头上，因此对恶霸地主的斗争也就难以迅速地开展起来。在干部方面，问题就更多：首先，工作组的领导者文采是个具有主观主义、教条主义思想作风而又缺乏经验的人，他认为钱文贵是中农，又是"抗属"，不应作为斗争对象；其次，干部不纯，村治安员张正典变节投降，处处维护钱文贵，农会主任程仁也因为黑妮的关系在斗争钱文贵这件事情上产生消极情绪。这给斗争增加了极大的阻碍。

小说在表现这场阶级斗争的时候，也注意到时局和历史根源方面的关系，如农民的阶级觉悟不高和"变天"思想的产生，主要就是时局的影响以及多年受压迫所造成的结果。当时解放战争正在进行，蒋介石集团的势力还相当雄厚，农民怕共产党站不长，怕地主阶级进行报复。而地主阶级压迫农民已经有几千年的历史，农民思想意识上沾染的阴影如宿命论、个人打算等，是难以很快就清除的。

所有这些方面，就使得这场阶级斗争具有了非常复杂的内容，实际的情况也正是如此。土地改革是没收地主阶级的土地分配给无地少地的农民，把封建剥削的土地所有制改变为农民的土地所有制，要消灭地主这样一个阶级，是一场激烈的、尖锐的阶级斗争，它的内容原就是非常复杂的。可以说，《太阳照在桑干河上》没有把土地改革这场阶级斗争简单化，它相当深刻地反映了这场阶级斗争的复杂性。

《太阳照在桑干河上》对农村的复杂的阶级关系也做了比较透彻的分析和比较深刻的反映。农村的阶级关系是非常复杂的，地主阶级内部、地主与农民之间，彼此的关系错综复杂，绝不是如一般人所设想的那样简单。但这些往往为描写农村阶级斗争的作品所忽略，一般描写农村阶级斗争的作品往往把农村的阶级关系理解得过于简单，这是不符合实际情况的。

这部小说反映了地主阶级内部的矛盾。这点很容易为一般人所忽略，一般人往往认为同是地主阶级就不会有什么矛盾，实际上并不如此。如小说所反映，钱文贵、李子俊、江世荣之间存在着矛盾，在抗日战争期间，钱文贵摆下圈套，使李子俊和江世荣当了甲长，在土地改革时期，钱文贵又在任国忠面前说李子俊的坏话，企图陷害李子俊。就钱文贵的家庭内部说，也有着较为复杂的情况。钱家的家庭成员的处境是不相同的，儿媳妇二姑娘在丈夫参军之后天天在公公淫邪的"咄咄逼人"的眼光下惴惴不安地生活着，侄女黑妮是个孤女，在家庭中处于被压迫的地位。另外，如前所述，钱文贵的儿子参加了人民解放军，他的女儿嫁给了村治安员。这样的地主家庭是够复杂的了。

地主与农民之间也不单纯是剥削与被剥削的关系，而是除了剥削与被剥削的关系之外还存在着极为错综复杂的社会联系，这种社会联系使阶级关系复杂起来。如地主钱文贵，除了前面说的他的儿子是解放军，女婿是治安员外，他的大哥钱文富是个贫农，他的已死的弟弟（黑妮爹）也是个贫农，他的堂兄弟钱文虎是村工会主任，他的儿媳是富农的女儿。另如钱文贵的儿女亲家——富农顾涌，他的家庭关系也很复杂：大女儿嫁给了富农胡泰的儿子，二女儿嫁给了地主钱文贵的儿子，儿媳出身贫农，一个儿子参加了人民解放军，一个儿子（顾顺）当了村青联主任。这样就构成了地主与农民之间无限复杂的阶级关系，这种复杂的阶级关系是对农村社会没有深入观察的人难以反映出来的。

比较真实而深刻地反映了农村阶级斗争和农村阶级关系的复杂性，发掘出了农村社会的丰富的生活内容，使作品具有了较高的现实意义，突破了概念化与公式化的樊篱，这是《太阳照在桑干河上》的第一个显著的成就。这方面显示出，作者对农村社会的知识是丰富的，对农村斗争的观察是深入的。

此外，《太阳照在桑干河上》也反映了在土地改革运动中农民的阶级意识、战斗能力的成长。这点是非常可贵的，从这方面可以显示出土地改革的伟大作用。

土地改革是将封建土地所有制改变为农民土地所有制，可以彻底消灭地主阶级的剥削，使农民得到土地，在经济上获得翻身。同时，土地改革还通过一系列的斗争，打垮了地主阶级在政治上的威风，使农民在政治上翻身。除了经济上和政治上的翻身外，还有精神上的翻身，即阶级意识的觉醒。单是经济、政治的翻身还不够，还须精神上的翻身，地主的势力不仅应在现实中拔除,还应该在农民的脑子中拔除,而精神上的翻身应该是一件更为艰巨的工作。

《太阳照在桑干河上》对农民在土地改革中的阶级意识的成长做了细致而成功的刻画,这主要通过侯忠全这个老年农民体现出来。侯忠全是个思想非常落后的老年人,他有严重的宿命论思想,把一切的苦难都归在自己的命上,"他不只劳动被剥削,连精神和感情都被欺骗得让吸血者俘虏了去"。他完全变成了地主阶级的恭顺的奴隶,在斗争地主侯殿魁的时候,他把分给他的一亩半地偷着还给了侯殿魁,"他说是前生欠了他们的,他要是拿回来了,下世还得变牛马",大家要他去和侯殿魁算账,他见侯殿魁之后却拿着扫帚扫起地来。他怕儿子斗争地主,把儿子关在房子里。这都说明他的阶级觉悟是多么低。但像侯忠全这样阶级觉悟低的人,最后也终于觉醒了,关于他觉醒时的情况,在"醒悟"一节(第52节)中有着非常真实而生动的描写。那是在斗争了钱文贵之后,侯殿魁偷偷跑到侯忠全家来,一见侯忠全就跪下磕头,求侯忠全饶恕,还塞给侯忠全两张十四亩地的契约,小说中这样写着侯殿魁走了以后的情景:

> 他走后,这老两口子,互相望着,他们还怕是做梦,他们把地契翻过来翻过去,又追到门口去看,结果他们两个都笑了,笑到两个都伤心了。侯忠全坐在院子的台阶上,一面揩着眼泪,一面回忆起他一生的艰苦的生活。他在沙漠地拉骆驼,风雪践踏着他,他踏着荒原,沙丘是无尽的,希望像黄昏的天际线一样,越走越模糊。他想着他的生病,他几乎死去,以为死了还好些,可是又活了,活着比死更难呵!慢慢他相信了因果,他把真理放在看不见的下世,他拿这个幻想安定了自己。可是,现在,下世已经成了现实,果报来得这样快呵!这是他没有、也不敢想的,他应该快乐,他的确快乐,不过这个快乐,已经不是他经受得起的,他的眼泪因快乐而流了出来,他活过来了,他的感情恢复了,他不是那么一个死老头了。

他并且声明他不再把分得的地退给地主,他说:"不啦!不啦!昨天那么大的会,还不能把我叫醒么?哈……"这情景是真切动人的,这是全书最好的章节之一。

在侯忠全的阶级意识的觉醒上面，充分显示出土地改革的伟大作用来了。若不是实行土地改革，若不是推翻了地主阶级的封建统治，斗垮了地主阶级的政治威风，侯忠全的阶级意识是难以觉醒过来的。

小说不仅写出了像侯忠全这样的老年农民的阶级意识的觉醒，也写到广大农民群众在斗争了恶霸钱文贵之后阶级觉悟的提高。恶霸钱文贵虽是个中等地主，但对农民的威胁是很大的，他是沉重地压在农民心头上的黑影，在暖水屯他代表着地主阶级的统治势力，也是联系着国民党政权的祸根。有了钱文贵的存在，农民的"变天"思想、宿命论观念以及其他种种个人顾虑，才一时难以拔除得掉，等斗争了钱文贵之后，农民的这些混乱思想和个人顾虑消除了，斗争的积极性增加了。在第48、49、50这三节（"决战"之一、之二、之三）中，对农民群众由于扣押了钱文贵而增长的斗争积极性做了较为突出的刻画。

小说也写到农民的战斗能力的成长。在旧社会，农民曾长期地受着地主阶级的剥削压迫，这种被剥削压迫的地位处得久了，在思想意识上和实际行动上都会变得非常软弱，在思想上既承认了地主的剥削是应当的，在和地主展开面对面斗争时也会变得手足无措，这种情况不但老年农民有，青年农民也有。第32节"败阵"和第38节"初胜"就非常生动地写了这种情况。在"败阵"一节中，写了老年农民郭柏仁等向李子俊的女人要红契的场面，结果是，和李子俊女人碰面之后，佃户们为那女人的哀哭乞求弄迷糊了，一起溃退下来，郭柏仁还做出一副难受的样子安慰起李子俊女人来："你别哭了吧，咱们都是老佃户，好说话，这都是农会叫咱们来求的。红契，你还是自己拿着，唉，你歇歇吧，咱也走了。"这情景是真实的，这也显示出作者对现实观察的深刻，如果只停留在生活的表面是难以写出这样真实动人的场面来的。在"初胜"一节中，情况有些不同了，这次是郭柏仁的儿子郭富贵等向汪世荣要红契，虽然青年小伙子王新田在斗争中表现出了慌乱，但红契是要来了，而且还和江世荣算账说理，圆满地完成了任务。这次的"初胜"，是接受了上次"败阵"的教训的，这说明，通过土地改革的一系列斗争，农民的战斗能力是增长了。

土地改革对战斗能力的锻炼不仅从一般农民群众身上体现出来,也从干部身上体现出来,农会主任程仁就是由消极逐渐变得坚强起来的。土地改革的伟大斗争清除了程仁身上存在的弱点,锻炼了程仁的战斗意志,使程仁终于站到斗争的最前列去。

《太阳照在桑干河上》反映出了农村阶级斗争和阶级关系的复杂性以及农民的阶级意识和战斗能力的增长,小说对这几个方面的反映都达到了相当真实和深刻的程度,小说是在现实与历史的基础上和农村社会的复杂关系中反映出了农村的阶级斗争和农民的思想斗争的。这也就是本书的主要成就。

《太阳照在桑干河上》在人物创造方面的最大成就,是塑造了农村各阶级的各种类型的人物,即各种类型的地主、农民和干部。在创造了真实多样的人物这点上,同样显示了作者对农村社会了解的透彻和观察的深入。

几个地主具有不同的类型,他们的性格也各有差异。钱文贵是个土地不多的中等地主,但他是一个恶霸,是暖水屯封建势力的代表人物,具有阴险狡诈的性格。李子俊是个破落地主,性格胆小怯懦,和钱文贵的性格恰成对照。侯殿魁除了是一个地主之外,又是一个反动会道门(一贯道)的头子。江世荣以及未出面的许有武也各自有着不同的面目。这是符合实际情况的,地主虽然同属于一个阶级,但彼此的情况是并不相同的。

在地主阶级人物中,以钱文贵和李子俊的女人两个人物塑造得最为成功。

作为一个中等恶霸地主,钱文贵这个人物是写得很真实的。钱文贵是庄户人家出身,因为从小爱跑码头,和县、乡的官僚阶层有了联系,就在暖水屯造成了一种特殊的势力。暖水屯的人谁该做甲长,谁该出钱出夫,都得听他的话,他不做乡长甲长,可是人人都得恭维他,给他送东西、送钱。小说这样写着他的外貌:"不知道是哪一年还上过北京,穿了一件皮大氅回来,戴一顶皮帽子。人没到三十岁就蓄了一撮胡子。"简单的几句话就活现出了这个农村流氓的外形。作者从各方面揭示出了钱文贵的奸猾狡诈的性格,像一般人说的,"他是一个摇鹅毛扇的,是一个唱傀儡戏的提线的人",人们又把钱文贵的阴险狡诈概括在几句顺口溜里:"钱文贵,真正刁,谋财害命不用刀。"共产党来了以后,四处清算复仇,暖水屯斗争了许有武和侯殿魁,钱文贵却摇身一变,把儿子送进八路军,使自己变成"抗属",又找了个村治安员做女婿,"村干部有的是他的朋友",他还把五十亩地表面上分给两个儿子,实行假分家。他把儿子送进八路军之后,对人说他就是拥护八路军,看着共产党就对劲,但背地却对亲家顾涌说:"送去当兵好,如今世道不同了,有了咱们的人在八路军,什么也好说话。你知道么,咱们就叫着个'抗属'。"他把五十亩地分给两个儿子,形式上分了家,但却不准儿媳另分开过日子,他说:"分开了谁给我烧饭,我现在也是无产阶级,雇不起人啦!"这又说明,钱文贵不但是一个恶霸,而且是一个流氓无赖。这些性格特点都是符合钱文贵这样人物的实际情况的。钱文贵不同于《暴风骤雨》中的韩老六,韩老六是大恶霸,钱文贵不是,因此在土地改革中,钱文贵也没有像韩老六那样做出罪大恶极顽抗到底的活动,只是在内心里渴望着共产党的政权垮台,蒋介石的政权复辟,只是唆使小学教员任国忠去乱放谣言,去告发李子俊,小说只在第6和29("密谋"一、二)两节中对钱文贵的活动做了一些描述。钱文贵之所以在土地改革中没有太多的阴谋活动,一方面因为是一个中等地主,势力本来就不算顶大,一方面也因性情狡猾,知道如何保全自己,在人民力量占绝对优势的情况下,他不会冒险去孤注一掷。在对钱文贵这个人物的处理上,作者掌握的是现实主义的原则,做得恰如其分,没有对他做过于浮夸的描写,没有把他丑化。当然也有学者认为钱文贵在土改运动中的表现"不过是个人在历史风暴面前根据自己的处境做出的本能反应",认为"钱文贵在政治立场上倾向于国民党也是站不住脚的",甚至认为"不管钱文贵革命还是反动,他把宝押在了共产党这一边是无可置疑的,他和张裕民、程仁等先进农民一样,是暖水屯最希望共产党得天下的人之一"。①

李子俊女人是个阶级敏感很强的人物,她富有应付事变的本领,她比她的丈夫李子俊要机灵得多,也强硬得多。小说中这样描写她在解放以后的情况:

> 她不是一个怯弱的人,从去年她娘家被清算起,就感到风暴要来,就感到大厦将倾的危机。她常常想方设计,要躲过这突如其来的浪潮。她不相信世界将会永远这样下去,于是她变得大方了,她常常找几件旧

---

① 黄曙光:《名家与败笔——重读〈太阳照在桑干河上〉》,《名作欣赏》2009年第5期。

衣送人，或者借给人一些粮食。她同雇工们谈在一起，给他们做点好的吃。她也变得和气了，常常串街，看见干部就拉话，约他们到家里去喝酒。她更变得勤劳了，家里的一切活她都干，还经常送饭到地里去，帮着拔草，帮着打场。人家都说她不错，都说李子俊不成才，还有人会相信她的话，以为她的日子不好过，她还说今年不再卖地，实在就没法过啦！可是现在还是不能逃过这灾难，她就只得挺身而出，在这风雨中躲躲闪闪的熬着。她从不显露，她和这些人中间有不可调解的仇恨，她受了多少委屈呵！她只施展出一种女性的千依百顺，来博得他们的疏忽和宽大。

这段描写是非常真实的。这是一个地主阶级的女人在阶级命运行将溃灭的前夕所做的垂死挣扎。在"败阵"一节中，突出地表现了这女人善于应付事变的能力，她用眼泪和乞求把佃户们软化了。在"果树园闹腾起来了"一节中，对这个女人的心理活动描写是细致而真实。她痛恨那些"劫掠者"，她感慨地想："——好，连李宝堂这老家伙也反对咱了，这多年的饭都喂了狗啦！真是事变知人心啦！"她看着已经卖给了顾涌的果园，心想："以前总可惜这地卖给别人了，如今倒觉得还是卖了的好！"她看到顾涌的果园也被统制，感到高兴，"要卖果子就谁的也卖，要分地，就分个乱七八糟吧。"看见钱文贵的果园没被统制，她感到非常不满。这正深刻地刻画出了地主阶级女人的狠毒偏狭的心理，当她自己要溃灭的时候，她也希望别人和她同归于尽。作者把李子俊女人的复杂的精神世界呈现在读者面前了。能对人物的心理活动做细致而真切的刻画，是这部小说在人物创造上的一个突出的优点，不仅对李子俊女人如此，对其他若干人物也是如此。在农民群众方面，本书也创造出了各种不同类型的人物，年老的、年轻的、进步的、落后的，各种都有。像老年农民侯忠全、郭柏仁、李宝堂、顾涌，青年农民刘满、郭富贵、王新田、侯清槐等，虽然每个人占的篇幅不多，没有太多的行动，但形象都是鲜明、生动的，给人的印象是深刻的，其中以侯忠全、刘满写得尤其成功。

在农民中还有个非常鲜明、生动的人物，顾长生的娘，这是个中农老年妇女，性格倔强，爱唠叨，动不动以抗属自居，小说中描写她的几个片段都是非常生动的。她看见黑妮等年轻人穿粉红袜子，引起反感，心里骂着："看你们能的，谁还没有年轻过，呸！简直自由得不像样儿了！"她争着参加开会，会没开完就要退席，不叫她走她又不答应。因为她是中农，干部们扣了她一石八斗优待粮，她为这老发牢骚，直等杨亮安慰了她，她才高兴起来，说："一石八斗粮食不争什么，张裕民可不能再说什么中农中农啦吧，咱就托人给长生捎了一个信，叫他放心，说区上下来的人可关照咱呢，咱中农也不怕谁啦！"把钱文贵押起来以后，她高兴地说："嗯！这可见了青天啦！要是咱村子上不把这个旗杆扳掉，共产党再贤明太阳也照不到的。"她向人述说了钱文贵以往对她家的欺压。这说明中农和地主之间也有矛盾，中农也受地主压迫的，在土地改革中中农也有斗争的积极性。在分果实的时候，她分了五斗粮食和两只鸡，高兴得什么似的，把粮食叫作"面子物件"，把鸡叫作"翻身鸡"。顾长生的娘这个人物不仅是表现得形象生动、个性鲜明，而且显示出了重大的意义，说明了中农在土地改革中的态度以及如何正确地对待中农的问题。她虽不是主要人物，但她的典型意义是相当大的。

几个青年妇女如董桂花、周月英、黑妮，都写得真实生动，而且对这几个妇女的内心世界都做了细致深入的描画，这些描画都是动人的、出色的。

干部方面，写出了支部书记张裕民、农会主任程仁、副村长赵得禄、民兵队长张正国、治安员张正典，以及其他干部李昌、赵全功、任天华、钱文虎、张步高等。一般地说，这些人都具有各自的个性，类型也不完全一样，在斗争中表现得有差异。如张正典和别人不同，是个背叛了人民、投降了地主阶级的干部；程仁是一个好干部，但由于爱情的牵扯，在斗争的最初阶段也表现了消极和犹豫。张正典和程仁这两种类型的干部，是现实中常有的，在土地改革的过程中，在干部里面经常会出现像张正典、程仁这样的问题，所以写出像张正典和程仁这样类型的干部的问题，是有现实意义，也是有教育意义的。

但总的来说，本书在对干部形象的塑造方面并不算成功，还存在着较大弱点，最主要的弱点就是没写出较完美的代表正面力量的先进人物。就以张裕民这个主要人物来说，作为暖水屯的党的领导者，写得是十分不够的。张裕民在斗争中表现得犹豫、多疑，不积极，不果敢，能力也不高，他在斗争中的活动很少，看不出他对斗争的推动力量，他的形象是不明确的，给人的印象是模糊的。小说中这样写着张裕民最初给八路军送粮的动机："去拜访一下早已闻名的八路英雄，是可以满足他的年青的豪情的。"身为雇工的张裕民难道一点阶级觉悟没有吗？难道给八路军送粮食仅仅是为了"满足他的年青的豪情"吗？张裕民以后参加了党，又领导两次清算复仇，按理应该是锻炼得很坚强了，事实上不然，在土地改革中他表现得犹豫、多疑而且毫无办法。在处理钱文贵的问题上，他的态度是不可原谅的，也是不可理解的。程仁把钱文贵划成地主，张裕民却依照张正典的意思给钱文贵改了成分；他又觉得钱文贵是抗属，不该斗，就是该斗也没个死罪；又怕老百姓有"变天"的思想，动不起来，怕搞不成功对自己不利。正像刘满批评他的："干部们可草蛋，他们不敢得罪人，你想嘛，你们来了，闹了一阵子，你们可是不用怕谁，你们是要走的啦。干部就不会同你们一样想法，他们得留在村子上，他们得计算斗不斗得过人，他们总得想想后路啦。嗯，张裕民原来还算条汉子，可是这会儿老躲着咱，咱就知道，他怕咱揭穿他。"张裕民在土地改革中表现得前怕狼后怕虎，个人的顾虑和打算很多。从他的对话中也显示出他的觉悟并不太高，如当刘满提醒他"拔尖要拔头尖"，即要斗争大恶霸的时候，他却说："有冤报冤，有仇报仇，你有种，你就发表！哼，咱还要看你的呢！"一个党支部书记对群众的积极建议采取的却是这样粗暴的打击，这是应该的吗？当干部们在讨论斗争对象的时候，张裕民这样说："咱们入党都起过誓的，咱们里面谁要想出卖咱们，咱们谁也不饶他。咱张裕民就不是好惹的。你们说怎么样？"在斗争钱文贵的时候，群众冲上来打钱文贵，他说："如今大家要打死他，咱还有啥不情愿，咱也早想打死他，替咱这一带除一个祸害。唉！只是！上边没命令，咱可不敢，咱负不起这个责任，杀人总得经过县上批准，咱求大家缓过他几天吧。就算帮了咱啦！"看这话的口气，好像斗争钱文贵是他个人的事情，"咱张裕民就不是好惹的""就算帮了咱啦"，这些话里表现不出什么人民立场，这显示出他的觉悟是并不太高的。这不像一个在抗日战争期间就入了党，领导过两次复仇清算，而现在又身为党支部书记的领导人物，把主要领导农民斗争的干部写成这个样子是没有典型意义的，表现不出现实的本质来。而在整个土地改革的过程中，张裕民就没有发挥什么作用，他在群众面前出现的机会很少，就是出现了也没有多少积极的行动，如在向李子俊女人要红契的那个场面中他根本就没有出面。虽然等章品来村之后，他在党员大会上检讨了自己的错误，表示今后要积极行动起来，但斗争已经接近尾声了。

程仁的面目写得比较清晰，对他的思想上经历的斗争和考验也做了细致的刻画，但这也只是一个正在成长着的人物，仍然不是一个强有力的正面人物的形象，他的积极行动也非常少。其他如赵得禄、张正国、李昌、赵全功、任天华、钱文虎、张步高等就更单薄了。像《暴风骤雨》中的郭全海、赵玉林那样的行动较多、积极性较大的干部形象，《太阳照在桑干河上》里面还没有。

工作小组的文采、杨亮、胡立功三个工作干部，也和张裕民等村干部是一样的情况，三个人的类型不同，个性有差异，但作为正面的积极人物仍然都是不够的。文采这个人物，作为一个有缺点的浮夸的知识分子，写得是生动的，这个人物有其现实根据，写出来对读者也有教育意义，但把他写成一个土改小组的领导者就缺乏代表性，缺乏典型意义，如果把文采写成一个小组的成员而不写成一个小组的领导者就更妥当些。作为土改小组的领导者，像《暴风骤雨》中的肖祥是具有更大的代表性和典型意义的。杨亮和胡立功是代表着正面力量的人物，但又太单薄了。

写出正在成长着的英雄人物是可以的，但更重要的是写出完美的、足以代表推动现实的积极力量的英雄人物，因为在新社会的现实中完美的英雄人物很多，由于有这些完美的英雄人物的推动才使土地改革获得伟大的胜利，不写出这样的人物就是没有充分把握住现实的本质。如果在一个土地改革过程中，在干部方面只是一些不健全的正在成长的人物，现实中纵或有这种情况，这也是个别现象，而不是本质现象，如果把这样的情况写成作品，则这既不是典型的环境，也不是典型的性格。

对暖水屯的土改工作起了决定性作用的，是县宣传部长章品。章品是个在各方面都比较健全的人物，他坚决、果敢，有魄力，工作能力高，也能联系群众。不过他在本书中并不是个主要人物，他不是暖水屯土地改革的主要领导者，他到暖水屯来只是为了检查工作，他在暖水屯停留的时间很短。而且章品的身上也存在着缺点，他对政策的体会和执行也有不正确的地方，如他对土地改革中的统一战线问题就认识得很不够,他曾这样说:"不管,错了我负责任,土地改革就只有一条,满足无地少地的农民,使农民彻底翻身,要不能满足他们,改革个卵子呀!"有些富农来献地,有人主张不要拿得太多,以免影响中农,他却说:"要拿,为什么不拿呢,还要拿好地。"这都是不够正确的。因此,把章品当作代表正面力量的英雄人物,也仍然是不够的。

在干部方面,没写出典型性较高的、能充分代表进步的社会力量的人物。在地主方面,也是这样的情况。作为一个中等地主,钱文贵是写得成功的,但作为地主阶级的代表人物,他仍然是不够的。像钱文贵这样一个中等地主,不大能充分体现地主阶级的本质,他的代表性不及《暴风骤雨》中的韩老六大。就连那个充当地主狗腿子的任国忠,他的代表性也是不大的,充当地主狗腿子的是小学教师而不是地痞流氓一类人物,这并不是本质现象,而是个别现象。由于选取了一个中等地主作为地主阶级的代表人物,也就影响了所描写的土地改革的斗争,这使斗争不能在更大规模上和更剧烈尖锐的情况下展开。

在人物典型以及土改过程的描写上,似乎受了真人真事的局限,如地主是个中等地主,狗腿子是个小学教员,土改小组的领导者是个缺点很多的人,村干部也没有十分坚强能干的……这些情况的典型意义和代表性都是不大的,如果站在现实的高处,对广大的土地改革运动的现象加以概括,是不会写成这个样子的。是当时的时代限制所致吗?是1946年的土地改革就是这样子吗?显然不是的。小说中明明写着,在暖水屯附近的孟家沟有个大恶霸陈武,"陈武过去克扣人,打人,强奸妇女,后来又打死区干部,陈武私自埋有几杆枪,几百发子弹,陈武和范家堡的特务在地里开会,陷害治安员";白槐庄也有个"有一百多顷地,建立过大伙房"的大地主李德功。作者为什么不写陈武或李德功那样的地主呢?如果以陈武或李德功那样的大恶霸地主为描写对象,一定能更加充分地写出地主阶级的罪恶和土地改革的复杂尖锐的斗争过程。自然,作家反映现实不是用一种格式,在创造各种类型的人物上也有着充分的自由,问题是只看创造哪种人物典型才能充分表现出最本质的社会现象。

总之,在人物创造方面,《太阳照在桑干河上》是有成就的。这就是创造了各种类型的地主、农民和干部,其中有很多是真实生动的;在对人物的心理描写方面尤其成功,有很多人物的心理活动刻画得非常细致而真切。只是人物的典型性都不太高,都不能充分显示出最本质的社会力量。

诗的情绪与生活的热情

冯雪峰指出,《太阳照在桑干河上》的艺术表现能力已达到相当优秀的程度,并指出它的突出特色之一是"诗的情绪与生活的热情所织成的气氛的浓重"[①],的确是如此的。书中有很多章节确实写得出色,如第37节"果树园闹腾起来了"、第52节"醒悟"、第16节"好象过节日似的"、第1节"胶皮大车"等,都写得细致动人,字里行间充分流露着饱满的热情,那些对人物的热情抒写,就好像动人的抒情诗一样,具有强烈的感人力量和艺术魅力。另外如第21节"败阵",第38节"初胜",第48、49、50节"决战"之一、之二、之三,都写得逼真生动,也是出色的篇章。但是,并不是全书都如此,平板乏味的章节也有不少,也有不是细致动人而是烦琐沉闷的地方。

《太阳照在桑干河上》的语言基本上是精练和朴素的,表现力也相当强。只是不够纯粹,即语言风格不统一,非常口语化的语言和知识分子气极浓的语言夹杂在一起,这样也就减弱了语言的明快和流畅。语言的朴素与华丽之间没有什么高下之分,要紧的是纯粹,是风格统一。陈涌曾谈到《太阳照在桑干河上》的语言特点:"它也吸收了更多的群众的语汇,但整个说来,它自然并不就是群众的语言,也还不是在群众语言基础上经过自然加工和提高的那种艺术的语言。它一面已经抛弃了原来知识分子的旧套,但另一方面,还缺少群众语言的光彩和魅力。它看来是一种尚未成熟的处于过渡阶段的语言。"[②] 说《太阳照在桑干河上》的语言完全不是群众的语言或完全不是在群众语言基础上经过加工和提高的艺术语言,自然是过苛的说法,实际上这两方面的成分都具有了,只是全书语言不完全如此罢了,但说它是"一种尚未成熟的处于过渡阶段的语言",是可以的。

本书中还常用一些知识分子的语汇来形容农民的思想感情和生活情况,如用"内疚""忧郁""寂寞""年青的豪情"等来形容农民的感情,这是不符合农民的心理活动特点的,这同时也显示了它的语言不够纯粹的地方。类

---

① 冯雪峰:《〈太阳照在桑干河上〉在我们文学发展上的意义》,袁良骏编《丁玲研究资料》,天津人民出版社1982年版,第339页。

② 陈涌:《丁玲的〈太阳照在桑干河上〉》,袁良骏编《丁玲研究资料》,天津人民出版社1982年版,第315页。

似这样的例子还有很多，如：张裕民觉得老百姓"常常动摇，常常会认贼作父"；江世荣"用失神的眼色送着逝去的人影"；董桂花"感着也许有风暴要来"；顾二姑娘"是一棵野生的枣树，喜欢清冷的晨风，和火辣的太阳"，等等，语言和描写的对象都是不太吻合。

在故事结构方面，本书的缺点是较大的。本书的故事情节不紧凑，结构松散，故事发展缺乏一条主线，横生的枝节太多，前后的事件缺乏有机的联系，作者似乎还没把土改过程的内部规律充分掌握住。故事进行得慢，常常把故事割断，孤立地插入大量篇幅的人物介绍，这些人物介绍经常占一整节，多是叙述人物的性格特点和既往的生活经历等，这些叙述又常是抽象平板的。这种情况在前半部中特别显著。如第1节至第10节之间，故事简直就没有什么进展，这十节当中主要写了顾涌拉一辆胶皮大车回村以及钱文贵的一点反应，另外抽象地追叙了张裕民和程仁一点过去的经历，但这两个人物并没有正式出面，第7节所写的识字班的情况是没有必要的，在故事的进展上毫不发生作用。在文采等到来之前，应该写出张裕民、程仁等村干部在土改前夕的活动和对土改的反应，需要这些人物正式上场，但书中没有写。有好几节彼此之间并没有什么联系。这种情况在第10节以后依然存在。因此之故，就使得这部小说缺乏了生动引人的艺术魅力，读起来有沉闷之感。

以上我们讨论了《太阳照在桑干河上》的优点和缺点。整个说来，这部小说的成就是高的，是社会主义现实主义文学最初的较显著的一个胜利。我们同意冯雪峰对《太阳照在桑干河上》在我们文学发展上的意义所做的评价："这是一部艺术上具有创造性的作品，是一部相当辉煌地反映了土地改革的、带来了一定高度的真实性的、史诗似的作品；同时，这是我们无产阶级现实主义的最初的比较显著的一个胜利，这就是它在我们文学发展上的意义。"[①]

同时，我们也应该强调的是河北这块神奇的大地触发了丁玲压抑已久的创作激情，她深深地扎根生活，找到了现实生活与自己创作个性之间、革命意识与创作灵感之间的契合点，从而迎来了她创作上的又一个高峰。可以说，是河北这块大地创造了一个新的"丁玲神话"！丁玲的《太阳照在桑干河上》是河北大地孕育出来的一枚硕果！

[①] 冯雪峰：《〈太阳照在桑干河上〉在我们文学发展上的意义》，袁良骏编《丁玲研究资料》，天津人民出版社1982年版，第340页。

中编　河北当代小说（一）

第一章 "十七年"河北小说概述

　　文学创作与社会政治历史进程并不完全一致，以社会政治历史事件形成的"时间段"来规约某些作家的创作并不合理。但文学史又常常以社会历史进程中的重大事件为参照，对河北当代小说从中华人民共和国成立到改革开放前后发展概况的描述也不能例外。但为尽可能避免简单地以"时间段"分割文学创作的缺憾，我们在这里所使用的"十七年"概念，取了较为模糊的含义，有的作家在20世纪40年代就开始发表作品，但创作旺盛期是在"十七年"时期；也有的作家在"十七年"里取得了不小成就，但艺术生命延续到了世纪之交，甚至在新时期成就更高些，但出于对作家小说创作整体描述需要，也并不完全以"十七年"切割开来，特此说明。

　　河北当代文学是在晋察冀、晋冀鲁豫解放区文学基础上展开的。1931年"九一八"事变后，日本帝国主义侵占我国东北三省，华北成为抗日救亡的前沿。1937年7月7日，日军发动了全面侵华战争，河北人民首当其冲，立即起来进行抗敌御侮的斗争，并汇入了全国人民抗战的洪流。随着战争的进程，在"持久战"的战略思想指导之下，中国共产党领导的军队在华北开辟了晋察冀、晋冀鲁豫等抗日民主根据地。从抗日战争到解放战争十多年的时间里，为了配合抗日战争和人民解放战争，抗日根据地文学创作和其他文艺活动逐渐活跃并蓬勃展开。在抗日民主根据地（后称解放区）会集了大批作家和文艺人才，边区文艺蔚为大观。仅就小说方面，在晋察冀和晋冀鲁豫两个抗日民主根据地里创作活跃的作家就有赵树理、孙犁、丁玲、康濯、邵子南、方纪、梁斌、徐光耀、李英儒、李满天、张庆田、王林、秦兆阳、袁静、孔厥、邢野、雪克、路一、管桦等。其中，赵树理、孙犁、丁玲、康濯等，在当时已经是解放区具有广泛影响的知名作家。中华人民共和国成立后，虽然如上许多作家离开河北到了北京、天津和军队或其他省份，河北作家队伍人数锐减，但解放区的文学传统很好地保留了下来。同时，离开河北的不少作家仍然以其熟悉的、曾经战斗或生活过的河北农村为创作基地进行创作，后来又因为某种机缘，一些离开河北的作家又调来河北工作，如梁斌、康濯、邢野、刘真等，他们的工作、生活、创作始终与河北大地有分不开的关系。加上河北文学界注重培养新生力量，中华人民共和国成立后不久便出现了一批文学新人，在小说方面如刘绍棠、刘流、盖祝国、韩映山、张峻、潮清等。这样，留在河北的解放区作家与新生力量整合，使河北当代文学在解放区文学的基础上有了一个蓬勃的起步。

河北当代文学"十七年"的小说创作上承解放区文学传统，革命历史题材和农村生活题材始终是最为重要的两个题材领域。

中华人民共和国成立初期，那些从晋察冀和晋冀鲁豫抗日根据地走来的作家，他们亲自参加了那场惊天地、泣鬼神的抗日战争，对那场战争的记忆并没有随着战争硝烟的散去而消失；相反，越是在和平的环境里，他们越是缅怀那些为国牺牲的战友，追忆当年的战斗足迹和经受了血与火考验的党群关系、军民鱼水情。正如徐光耀所说："对先烈的缅怀，久而久之，那些与自己最亲密、最熟悉的死者，便会在心灵中复活，那些黄泉白骨，就又幻化出往日的音容笑貌，勃勃英姿。那爱国主义、革命英雄主义的巨大声音，就会呼吼起来，震撼着你的神经，唤醒你的良知，使你坐立不安，彻夜难眠，倘不把他们的精神风采化在纸上，就对不起自己的良心。于是写作的欲望就难以阻止了。"[①] 正是这样的情感，使他们在中华人民共和国成立后阳光灿烂的日子里，把自己的情感"化在了纸上"。很快便有孙犁的《山地回忆》《吴召儿》，刘真的《好大娘》《我和小荣》，管桦的《小英雄雨来》等一批短篇小说问世。长篇小说方面，袁静、孔厥的《新儿女英雄传》，孙犁的《风云初记》，徐光耀的《平原烈火》，杨沫的《苇塘纪事》，李英儒的《战斗在滹沱河上》等相继出版。这些作品以作者的亲身体验、热烈的情感和对战争与人的思考及表现感动了全国的读者。河北当代文学发生之初，便有如此众多的在全国具有影响的优秀作品出现，其中许多作品成为中华人民共和国文学的

---

① 徐光耀：《我与"小兵张嘎"》，《青春岁月》1994年第3期。

经典之作，这不仅对起步阶段的河北当代文学十分宝贵，就是对全国当代文坛而言也是宝贵的贡献。

关注和表现农民的生活和命运是"五四"以来重要的文学传统。在解放区的文学实践中，赵树理、孙犁、丁玲、康濯等人以解放区农民为表现对象的小说创作取得了不俗的成就，他们的艺术经验尤其对河北作家有直接的影响。新中国成立之初，写新农村的作品首推谷峪发表在1950年3月12日《人民日报》上的《新事新办》。《新事新办》及《强扭的瓜不甜》等以爱情婚姻来表现农村新貌的小说，以新颖的题材和质朴洗练的文笔为作者赢得了全国性的荣誉。在这一时期农村题材的小说中，以农村合作化为内容的占了大多数，短篇小说有刘绍棠的《青枝绿叶》、康濯的《春种秋收》、韩映山的《水乡散记》等，其中刘绍棠的《青枝绿叶》被叶圣陶选进高中语文课本。中长篇小说有李满天的《水向东流》、张庆田的《沧石路畔》、孙犁的《铁木前传》等，尤其是孙犁以其刻骨铭心的个人体验揭示了时代沧桑和人生真谛的中篇小说《铁木前传》，是中国当代文坛脍炙人口的佳作。此期间河北小说的重要流派——荷花淀派形成，它是以孙犁为旗帜，以刘绍棠、从维熙、韩映山等为代表，活动地域涉及天津、保定、北京并延续到新时期的小说流派，其突出成就、创作实践、审美追求、艺术精神及其对它的研究，共同成为中国当代文学史上一道亮丽的风景。

1956年"双百"方针提出后，河北文坛出现了新气象，一些作品大胆揭露现实矛盾，如耿简的《爬在旗杆上的人》、刘绍棠的《田野落霞》、康濯的《水滴石穿》等，但在1957年"反右"运动中，这些作品又受到了不公正的批判。

20世纪50年代后期到60年代初，河北文学创作出现了一个高潮。首先表现为以革命斗争历史和抗日战争为题材的创作的繁荣。梁斌的《红旗谱》《播火记》，雪克的《战斗的青春》，刘流的《烈火金钢》，李英儒的《野火春风斗古城》，冯志的《敌后武工队》，刘真的《长长的流水》，任文祥的《鼓山风雷》等长篇小说相继出版。这些长篇小说，从不同角度生动、真实地展现了中国人民在反抗阶级压迫和民族革命战争中的艰难曲折与革命英雄主义风采，受到全国亿万读者的热烈欢迎。特别是梁斌的《红旗谱》三部曲，以其多历史阶段的跨度、宏大的历史画面、丰满的人物形象和鲜明的民族风格，在当代中国文坛占有重要地位，为"三红一创"（《红旗谱》《红岩》《红日》《创业史》的简称）之首。其次，在中短篇小说方面也出现了徐光耀的《小兵张嘎》，刘真的《长长的流水》《英雄的乐章》等具有全国影响的作品。这些作品的出现为20世纪60年代初期凋零的中国文坛增加了亮色，尤其《小兵张嘎》以其独特的题材和艺术魅力，并与电影艺术结合，可以说是家喻户晓，影响至海外。另一个出现在这一时期并与电影艺术结合而产生了广泛影响的中篇，是1958年由邢野（1918—2004）等创作的《狼牙山五壮士》这一纪实性小说。作品生动地记录了军民团结、共同御敌的英雄事迹，热情地歌颂了人民战士大无畏的英雄主义精神。小说1958年被改编并拍摄成同名电影，与邢野编剧的另一部影片《平原游击队》，成了诠释中华民族新英雄主义的经典性范本，影响广泛。

20世纪50年代后期到60年代初，反映农村新生活的小说也有较大发展。可分为两类，一类是表现新时代生活风貌的作品，如申跃中的《一盏抗旱的灯》《社长的头发》，以巧妙的构思，欢快的笔调，写出了"大跃进"年代里干部群众建设社会主义新农村的积极性和精神面貌；张峻的《尾台戏》《搭桥篇》等以山区农民群众在新的时代里建设新生活的热情和朴实的人情美为内容；潮清的《合婚台》《岭根小店》等通过年轻人追求个人爱情、美满婚姻的过程，来展示具有时代特征的新观念、新风尚；韩映山的《作画》《日常生活》等，可以说是把日常生活中的美升华为具有时代新质艺术美的佳作。这类作品还有张朴的《水上姻缘》《新媳妇》等。另一类是出现在20世纪60年代初文艺政策调整时期，对"左"的思潮和"浮夸风"提出了尖锐批评的作品，如张庆田（1923—2009）发表于1962年《河北文学》第7期的《"老坚决"外传》具有代表性。"老坚决"本名甄仁。1941年，日本鬼子包围了村子，威逼大家交出八路军的区长。眼见百姓惨遭屠杀，他冒充了区长。后来他虎口脱险，逃出魔掌，组织起"抗日救国保家复仇队"威震太行，在边区召开的群英会上，边区政府首长夸奖他"真坚决"；鬼子投降了，他却得了半身不遂，医生怎么也治不好他的病，他一怒之下自己实验了各种药方，居然治好了，人们称赞他"真坚决"；中华人民共和国成立后，他带头搞互助组、初级社、高级社，一直升成人民公社，是走社会主义道路的"老坚决"。但近几年这个称号却与"老保守"联系在了一起。"大跃进"时，别的村都是白天黑夜鏖战，闹得轰轰烈烈，他却仍不紧不慢，不按上面意图办。他看不惯"大跃进"浮夸的狂热，坚决反对那种不务实、光图热闹好看的做法，反对搞什么小麦田"篱笆化"、只锄"丰产路"边草的花样；坚决反对比赛打场、种麦、拔棉花秸只图快，不要质量的瞎指挥。公社王书记气坏了，评比时给了他一面大黑旗。小说通过一系列逸事，将甄仁的坚持实事求是，不媚上，不怕挂"黑旗"，不怕丢官，不怕撤职，对人民群众负责的性格刻画得鲜明深刻。由于小说对1958年"大跃进"以来浮夸风的批判、反思以及人民群众对"老坚决"式干部的心理期待而使本篇小说发表后在全国引起了较大反响。其他如李满天的《力源》《"穆桂英"当干部》等，这些作品着力描写并歌颂了一批一心为群众和集体利益，踏实务实、实事求是、不追求虚名的基层干部，作品具有很强的针对性、现实性和战斗性。但这些作品不久都被作为"写中间人物"的黑样板而受到了不公正的批判。

"文化大革命"开始后，曾经活跃在河北当代文坛的作家，几乎都遭遇了厄运，被迫停笔，创作呈现一片萧条的局面，文坛少有佳作。1972年，张峻取材根治海河的壮举而创作的长篇小说《擒龙图》，以宏大的气势和生动的人物形象，在百花凋零的当代文坛引起了较大反响；同类题材的长篇小说还有马春的《龙潭春色》（上、下册，上册1973年由天津人民出版社出版，下册出版于1975年），这部五十多万字的长篇小说，以宏大结构和民族化风格在当时为读者所喜欢；刘彦林反映华北制药厂工人生产、科研生活的长篇小说《东风浩荡》，1973年由人民文学出版社出版，也引起读者积极的反响；单学鹏以渤海渔民斗争生活为内容的长篇小说《渤海渔歌》，1975年由人民文学出版社出版。这些作品受时代局限，虽不乏精彩的片段章节，但都难免公式化、概念化的痕迹，主人公也有"高大全"的影子。

"文化大革命"结束后，中国历史进入了一个新的阶段。那些曾经活跃于20世纪五六十年代的作家重新焕发了活力，在思想解放时代大潮的影响下，他们紧随时代，对自己的思想观念和艺术追求进行了新的审视和调整，他们的作品由过去更多地关注社会和政治需求而转为对人自身的审视。在革命历史题材方面，由过去对战争性质及革命英雄主义的表现，转向了对战争与和平、战争与人性、战争与人生等关系的深层思考；而农村题材的小说则由过去过多关注社会生活和政治生活的表象、侧重农村风俗化的描写而转为努力把握时代内在蕴涵和对人的灵魂深层的体悟,努力从文化深层和人物灵魂深处来把握和表现时代,作品普遍地增强了思想力量和哲理意味。

在革命历史题材方面,作家们能够以新的角度、新的审美观念来发掘"老题材",推出了一批主题和艺术都有所超越的新作。如梁斌的《风烟图》,徐光耀的《四百生灵》《少小灾星》,雪克的《无住地带》,李英儒的《女游击队长》《还我河山》,阎涛的《东行漫记》,路一的《亦夜》等作品,还有李涌的《金珠和银豆》、蔡维才的《小铁头夺马南征记》等以儿童生活为题材的作品,它们共同构成了新时期革命战争题材的英勇雄壮的交响曲。在这新时期革命战争题材的交响曲中,作家们不断超越自我,如曾在20世纪五六十年代创作了"自叙传"性长篇小说《儿女风尘记》(1957)、《三辈儿》(1964)的张孟良(1928—),创作完成了长篇小说《血溅津门》,1981年由天津百花文艺出版社出版。小说写的是抗日战争时期,我津郊武工队配合天津地下党组织,为摧毁日本驻屯军侵华基地与敌人英勇斗争并取得胜利的故事,较为成功地塑造了武工队指战员郝明、于芬、小铁锤、李德欣及战斗在敌人心脏的地下工作者尹兰(李圆丽)、李洪信、冯老辛等人的形象。这部长篇小说在艺术手法上,吸取了古典小说和民间说唱艺术的营养,作者从我津郊武工队配合天津地下党组织,为摧毁日本驻屯军侵华基地而英勇斗争这一特定主题和题材出发,继承、借鉴并熟练地运用我国民间故事和评书的表现形式并加以发挥,着力从所掌握的生活素材中提炼出惊险曲折的故事情节,在敌我两个阵营的尖锐对立、武装斗争和地下斗争两条线索互相交织中,来展示曲折迂回而又惊心动魄的斗争场景,歌颂冀中军民抗日英雄事迹,展现子弟兵和地下工作者忠于党、热爱人民的高尚情操。作者时常借用传统评书艺术中的悬念、巧合、暗笔、释疑等手法,使全书故事不仅连贯完整、环环相扣,而且多有波澜、引人入胜。李丰祝(1932—2008)也在这一时期创作完成了长篇小说《解放石家庄》,1977年由解放军文艺出版社出版。小说围绕解放石家庄这一总目标展开,既清晰勾勒出我军解放石家庄这一华北重镇的总体战略思想和部署,又通过对参战某旅的具体描写,生动再现了这一战役的详细进程和我军官兵的精神风貌,成功塑造了旅长钟天民、连长潘有财、解放军战士吴昌明及战士张喜子、孙勇、民兵苏月琴一家人的形象。这些人物都不是完美无缺的英雄,而是有各自的不足,但这并不妨碍他们成为英雄,反而使他们的形象显得真实可信。小说语言明快，通俗流畅，情节明了，战斗生活气息较浓。因为小说出版于"文化大革命"结束不久，作品中过多的政治性话语和对人物思想性格开掘欠深，影响了小说的真实性和审美效果。这一时期徐光耀的创作最为突出，中篇《四百生灵》《少小灾星》从主题到艺术都实现了自我超越，也是他在这一时期贡献给中国当代文坛思想深刻、艺术成熟的佳作。

在农村题材小说创作方面，进入新的历史时期之初，老作家们以自己的切身体验和见证人的身份，用他们的创作表现了20世纪五六十年代"反右"扩大化和"文化大革命"给社会与人民造成的伤害，揭露"四人帮"的倒行逆施给中国社会带来的沉重灾难和严重后果，如贾大山的《取经》《分歧》，潮清的《大院琐闻》，申跃中的《挂红灯》，张峻的《睡屋》等。随着时间的推移，他们中的一些作家也写出了对改革开放形势下新生活思考的小说。在这方面最为突出的是潮清、张峻、单学鹏以及被称为河北的"山药蛋派"作家的赵新。潮清的"单家桥"系列中篇以宏大的规模和气势，全方位地表现了改革开放条件下皖南山区农村政治、经济、文化、民俗、民情和社会心理变迁，尤其是作家自觉的文化意识和追求，大大丰富了作品的思想意蕴。张峻的《星星石》《惊蛰》《睡屋》等，也以深沉的思考和对社会文化变迁的表现，使作品具有浓重的文化哲学意味。单学鹏的小说《这里通向大海》《奔腾的大海》在描写企业改革中的复杂矛盾及革除弊害的艰难方面显示出直面生活的特色。赵新的小说集《庄稼观点》《被开除的村庄》《河东河西》及长篇《张王李赵》等，以满腔热爱之情，对新时期冀西山区农村生活进行了多方面的展示与出色的描绘，思想与艺术上不断实现着自我超越。

虽然革命历史题材和农村题材的小说是"十七年"河北小说的当家题材，但其他题材小说，如儿童、城市题材方面的小说也有不小成就。儿童题材的小说以刘真的《我和小荣》《长长的流水》、管桦的《小英雄雨来》、李涌的《金珠和银豆》、蔡维才的《小铁头夺马南征记》为代表。在以城市工人生活为题材的小说创作方面，万国儒（1931—1990）走在了河北作家的前列。他17岁当工人，熟悉工厂、工人，在"文化大革命"前出版有《风雪之夜》（1958）、《龙飞凤舞》（1959）、《欢乐的离别》（1964）三部小说集，这些小说热情讴歌城市劳动者建设新中国的热情，赞美技术革新，刻画了各种工人形象。"他在创作时,主要是根据自己对于工人生活的细致观察、对于各种不同性格人物的具体理解来进行自己的艺术构思的。"① 因而他的小说虽然难免受当时社会"左"的思潮影响,但作者对生活和人物的观察、理解、把握和表现是较为独到的。他的小说结构单纯,构思巧妙,重视人物心理描写,因而当时在全国有一定影响。在以大型企业的生产、技术革新和工人的思想生活为内容的小说创作方面,刘彦林(1935—)是很突出的一位。刘彦林1960年毕业于河北文化学院文学系。1948年参军,历任解放军文工团、志愿军一师文工队队员,华北制药厂、华北制药集团公司企业报刊负责人。他的长篇小说《东风浩荡》(1973)、《春风得意》(1983)、《三月潮》(1987)等均以大型制药企业为描写对象,被称为"社会主义中国制药工人生活三部曲"。《东风浩荡》以20世纪60年代初帝国主义对我国实行经济封锁为背景,以中国制药工人生产、科研、生活为内容,表现了中国工人阶级自力更生、奋发图强的精神。此书曾经被推荐参加了分别在德国、美国和我国香港地区举办的国际图书博览会,还被译成朝鲜文出版。《春风得意》以十一届三中全会前后为背景,通过两个兄弟制药工厂的深刻变化,迅速而及时地表现了中国社会生活正在经历的巨大变化。《三月潮》是反映城市工业改革的佳作。作品通过错综复杂的矛盾冲突,表现了改革年代里企业领导者的思想和行为方式必须经受时代的检验,如毕保林"勤奋中含着保守,忠诚里残留着僵化"的状态,任绍春见风使舵、投机取巧,必然会让位于潘俊明这样既有时代使命感又不满足于现状、敢于追求世界先进水平、进行科学管理的管理者,改革必然如三月的春潮,涌动向前。刘彦林小说的语言在工人群众口语基础上提炼加工而成,具有自然明白、通俗生动的特点。此外,在表现大型国有企业改革的艰难复杂、阻力巨大方面,单学鹏的《这里通向世界》《奔腾的大海》是有影响的作品。

由于这些从20世纪40年代走来,或者五六十年代起步的作家大都年事已高,随着他们在世纪之交陆续地退出文坛,河北文学在21世纪的繁荣发展的重任则交由以铁凝以及被誉为河北"三驾马车"的何申、谈歌、关仁山为代表的下一代作家来承担。

---

① 冯牧:《略论万国儒的创作》,《新港》1961年第9、10月号。

第二章 孙犁及其影响下的荷花淀派

第一节 中华人民共和国成立后的孙犁小说

孙犁（1913—2002），原名孙树勋，河北安平县人，12岁随父亲到安国县城读高级小学。14岁考入保定育德中学，在这里他广泛阅读了中外文学书籍，尤其喜欢读鲁迅的作品。他说："我最喜爱鲁迅先生的散文，在青年时代，达到了狂热的程度，省吃俭用，买一本鲁迅的书，视如珍宝，行止与俱。"[①] 他中学时便开始在校刊上发表作品。高中毕业后曾经在北平做过机关职员和小学职员。1936年在白洋淀地区的同口镇小学做教员。1937年抗日战争爆发后在冀中军区抗战学院、华北联大任教，后在晋察冀通讯社、《晋察冀日报》、晋察冀文联从事编辑工作。1944年抵延安，在鲁迅艺术学院文学院工作和学习。抗日战争胜利后到冀中参加土改。1949年进入天津，在《天津日报》做编辑工作。1956年创作完成《铁木前传》后得病达10年之久，创作基本中断，"文化大革命"中被抄家劳动改造。"文化大革命"结束后主要写散文和评论，他的《芸斋小说》名为小说，实为散文[②]。代表作大多收入1992年出版的《孙犁文集》中。2002年7月孙犁病逝于天津。2004年，人民文学出版社出版了《孙犁全集》11卷本。

[①] 孙犁：《关于散文》，《孙犁全集》第3卷，人民文学出版社2004年版，第531页。
[②] 关于《芸斋小说》，作者在《读小说札记》中说："我晚年所作小说，多用真人真事，真见闻，真感情。平铺直叙，从无意编故事，造情节。但我这种小说，却是纪事，不是小说。强加之小说之名，为的是避免无谓纠纷。"

孙犁是享誉我国现当代文坛的著名作家,抗日战争时期曾经以反映冀中人民抗日斗争的短篇小说《荷花淀》《芦花荡》等闻名全国。随着解放战争的节节胜利,1949年1月,孙犁随解放大军进入天津,在《天津日报》社负责编辑《文艺周刊》。在做编辑工作的同时,他凭着战争年代丰富的生活积累和饱满的创作热情,陆续发表了《吴召儿》《山地回忆》《小胜儿》《正月》《看护》《秋千》等短篇小说,出版了长篇小说《风云初记》。同时,他密切关注现实生活,创作了近距离地反映中华人民共和国成立前后土改合作化生活的中篇小说《村歌》《铁木前传》等。这些作品在题材和艺术风格上与《荷花淀》《芦花荡》时期有明显的承继性,但已经有了很大的不同。因为作家的创作环境和所面对的社会生活都发生了很大变化,新中国的光和热,使作者在塑造人物时"用的多是彩笔,热情地把她们推向阳光照射之下,春风吹拂之中"[1]。这就使孙犁在中华人民共和国成立后小说创作的题材内容、审美风格与中华人民共和国成立前相比,同中有异。

注重表现人民的优美情操,挖掘人性美的极致和生活的诗情画意,是孙犁不变的追求。孙犁的小说,无论是他在战争年代近距离反映冀中军民艰苦卓绝的斗争生活,还是在中华人民共和国成立初期以回忆手法写抗日战争的小说,或者是取材于解放区的土地改革及中华人民共和国成立后农业合作化运动的小说,无疑都与中国历史进程紧密关联。然而,他以战争为题材的小说中没有炮火纷飞、白刃格杀场面的展示,也没有愁云惨淡时代里的痛苦呻吟;而他以土改及中华人民共和国成立后合作化运动为内容的小说中,也没有暴风雨般的革命斗争场面;在艺术上他的小说也不注重故事情节的完整和非凡英雄人物的塑造。作家却善于从激荡的时代风云中挖掘人性美的极致,善于从时代生活的河流里发现诗情画意,他着重表现的是普通人在战争和革命风雨洗礼下所焕发出来的优美精神情操。他认为:"善良的东西、美好的东西,能达到一种极致。在一定的时代,在一定的环境,可以达到顶点。我经历了美好的极致,那就是抗日战争。我看到农民,他们的爱国热情,参战的英勇,深深感动了我。我的文学创作,就是从这个时候开始的,我的作品表现了这种善良的东西和美好的东西。"他甚至由此立下了文学信条:"看到了

---

[1] 孙犁:《关于〈山地回忆〉的回忆》,《延河》1978年第11期。

真美善的极致,我写了一些作品。看到邪恶的极致,我不愿意写。这些东西,我体验很深,可以说镂心刻骨的。可是我不愿意去写这些东西。我也不愿意回忆它。"① 可以说,在战争的环境里和时代变革中挖掘人性的美和捕捉生活中的诗情画意,成了孙犁把握和反映生活的一种方式。这种审美方式随着解放战争的节节胜利和中华人民共和国成立后和平环境里积极乐观的时代氛围而被强化,尤其是中华人民共和国成立后他写的小说中,战争的记忆更被弱化为塑造人物的背景。如1949年11月发表的《吴召儿》,以优美的文笔,生动的细节,塑造了吴召儿这个聪明、热情、勇敢、朝气蓬勃的少女的形象。作品虽然写到了残酷的反"扫荡",写到了和敌人的遭遇,但作者意不在写战争本身,甚至有意把吴召儿截击敌人和结局放在幕后,战争在这里只是为塑造人物情感美烘托气氛。再如《小胜儿》,写小胜儿不顾敌人的拉网"清剿",把在反"扫荡"中受重伤的骑兵团警卫员小金子藏在她家赶挖出来的地洞里精心照料,"每天早晨,小胜儿把饭食送进洞里,又把便尿端出来",而且为给小金子养伤,卖掉了准备过事儿(按:冀中结婚的说法)时做嫁妆的棉袄,"称了一斤挂面,买了十个鸡蛋",让小金子"好好养些日子,等腿上有了力气,能走长路了,就过铁道找队伍去"。小说中说,小金子所在的骑兵团"打的是那有名的英勇壮烈的一仗",但这"有名的英勇壮烈的一仗"在孙犁的笔下却被"简约"成了如下的一些文字:"一个连陷入敌人的包围,整整打了一天。在五月麦黄的季节里,冀中平原上,打得天昏地暗,打得树木脱枝落叶,道沟里鲜血滴滴。"小金子就是在这一仗中受了重伤。而小说详写的是小胜儿及其一家人对小金子的精心照料和在这个过程中二人萌生的纯真爱情,重在表现民族危难时代里的军民鱼水情。可以说,中华人民共和国成立后孙犁关于战争回忆的小说,重点都不在于写战争,而是致力于战争危难里人性的提升和纯化的表现。同时,他笔下的冀西山地、冀中田野、水乡景色、人文景观,也如水墨画般富有诗意。这具有人性美、人情美的人物与诗情画意般的环境相结合,就使得孙犁虽然高扬的是现实主义创作旗帜,他的

---

① 孙犁:《文学和生活的路》,《文艺报》1980年第6、7期。

小说却富有抒情浪漫特色。这便是有人称他的小说为"诗意小说""诗体小说"①的原因。

　　作为一种文学现象，孙犁特别倾心于表现妇女的高尚情操、乐观主义精神和献身精神，他的小说把大部分的篇幅给了青年妇女，成功地塑造了一系列多姿多彩的妇女形象。这些妇女是那样勤劳善良、纯洁无瑕，她们对亲人柔情似水，而在民族战争的考验和翻身求解放的历史变革面前，又是那样深明大义、坚贞乐观，富于献身精神和主动性。这一创作现象和作者主观上对女性的看法和努力有关，他说："我喜欢写欢乐的东西。我以为女人比男人更乐观，而人生的悲欢离合，总是与她们有关，所以常常以崇拜的心情写到她们。"②这是孙犁观察生活和写作的兴奋点。1949年进入天津以后，他的这一创作兴奋点仍然被长久保持。80年代他在谈铁凝的一篇小说时说："在农村工作时，我确实以很大的注意力观察了她们，并不惜低声下气地接近她们，结交她们。20多年里我确实相信曹雪芹的话：女孩子们的心中，埋藏着人类原始的多种美德！"③他在中华人民共和国成立后创作的《山地回忆》中的妞儿，《吴召儿》中的吴召儿，《小胜儿》中的小胜儿，《看护》中的刘兰，《村歌》中的双眉，《风云初记》中的春儿、秋芬、李佩钟等，便是水生嫂们女性形象系列的接续与延伸。发表于1950年的著名短篇《山地回忆》中妞儿的形象，在中华人民共和国成立后的短篇小说中具有代表性。小说写的就是"我"对往事的回忆："我"随部队来到阜平，一天早晨在河边洗脸时遇到了一位叫妞儿的姑娘，她开始嫌"我"在上游洗脸弄脏了她的菜，转而发现了"我"没有袜子穿，又坚持要为"我"做一双。果然，第五天"我"便穿上了新袜子，用的是准备为她爹做袜子的布。妞儿说让"我"穿上这袜子三年内打败小日本。渐渐地"我"与这家人熟了，把这儿当成了"我"的新家。农闲时"我"帮大伯去贩枣，妞儿就起早贪黑地做饭，并让大伯用贩枣得的钱买了织布机。她开始学习织布的全部手艺，当她织成第一匹布时"我"离开了阜平。小说通过"回忆"中的这些"细枝末节"，塑造了这个说话不饶人，纯真爽

---

①　有关孙犁小说"诗意小说""诗体小说"的提法，参见冯健男《孙犁的艺术——〈白洋淀纪事〉》《河北文学》1962年第1期；黄秋耘《一部诗的小说——漫谈〈风云初记〉的艺术特色》，《新港》1963年第2期。
②　孙犁：《文集自序》，《人民日报》1981年9月2日。
③　孙犁：《怎样体验生活》，《孙犁文集》第4卷，百花文艺出版社1992年版，第171页。

朗、心灵手巧、可亲可爱又富有奉献精神的妞儿的形象。孙犁的女性形象系列是对中国新文学的独特贡献。

孙犁的小说从题材上说，包含了人们习惯上说的"重大题材"，即革命历史题材和农村生活题材，这是中华人民共和国成立以来"十七年"小说创作的当家题材。不同于其他作家的是，孙犁对这类题材的处理是独特和别致的，尤其在中华人民共和国成立后"左"的思潮影响下，艺术与政治的关系表现为简单机械的"互动""配合"，而孙犁的创作却表现出了难能可贵的独立性。这源于他对政治有自己的理解，他说："不是说那个政治还在文件上，甚至还在会议上，你那里已经出来作品了，你已经反映政治了。你反映的那是什么政治？……我写作品离政治远一点，也是这个意思，不是说脱离政治。政治作为一个概念的时候，你不能做艺术上的表现，等它渗入群众的生活，再根据生活写出作品。当然作家的思想立场，也反映在作品里，这个就是它的政治倾向。"[1] 这可以看出，孙犁不是反对文学对政治的表现，而是反对文学对政治，甚至是一时政策的简单"配合"，他看重的是作家对时代精神的把握与体验。他说："我们必须体验到时代总的精神，生活的总的动向，这对一个作家是顶要紧的。因为体验到这个总的精神、总的动向才能产生作品的生命，才能加深作家的思想和感情，才能使读者看到新社会的人情风习和它的演变历史。"[2] 如果说"七七事变"后抗日就是中国最大的政治，那么随着解放战争的节节胜利，在解放区实行土改和中华人民共和国成立后的农业合作化运动也便是这一时期中国最大的政治，然而这些都被他推到了幕后或侧面，成了他小说的背景或人物生活环境的一部分。他的小说没有曲折离奇的情节和惊心动魄的场面，展现在我们面前的常常是散发着浓郁乡土气息的日常生活，如夫妻恋人间的亲昵私语、离合思念乃至误会龃龉，邻里之间的家长里短关怀照应，军民之间亲如一家的鱼水情等，又常常在家务事、儿女情中映现着时代精神和政治。他把这些生活片段和细节用一种思想、一种情感串联起来，并与他们的生活环境——白洋淀水乡或阜平山区特有的风俗及自然景色紧密结合，使得他的小说又呈现出浓郁的风俗化、风景化和抒情性特点。

孙犁的小说在语言上重视大众化和通俗化，注意简约明快、通俗易懂，

---

[1] 孙犁：《文学和生活的路》，《孙犁文集》第4卷，百花文艺出版社1992年版，第388页。
[2] 孙犁：《怎样体验生活》，《孙犁文集》第4卷，百花文艺出版社1992年版，第178页。

于通俗质朴中蕴含着清丽温馨与高贵典雅，极具个人风格。这样语言风格的形成，除了他注意从民间语言中吸取营养外，也与他在语言方面的审美追求密切相关。在古典小说中，孙犁最崇拜的是《红楼梦》，他说："曹雪芹的文学语言，可以说达到了中国文学语言空前的高度。他的语言有极高的境界，这个境界就是：语言的性格化。……这样浩瀚的一部书，我们读起来简直没有一句重复没用的话，没有一句有无均可的话，句句有声有色，动听动情。而且，语言的风格极高，它们的生命力，就像那些女孩子活跃的神情。"[①] 此外，"我很喜欢普希金、梅里美、果戈理和高尔基的短篇小说，我喜欢他们作品里的那股浪漫主义气息，诗一样的调子，和对于美的追求。我也喜欢契诃夫，他的短篇写得又多又好，他重视单纯、朴素、简练、真挚，痛恶庸俗和做作。但我最喜欢的还是鲁迅，……鲁迅的小说《故乡》《药》《孔乙己》《社戏》《祝福》《风波》以及《野草》《朝花夕拾》那些散文集子，给我留下了极为深刻的印象。我非常注意他的抒情方法、叙述和白描，特别是他作品中的那种内在的精神，对人生态度的严肃，和他对人物命运的关注。很少有作家像他那样，在人物身上倾注了那么多那么深的感情"[②]。可以看出，孙犁崇拜的作家在语言上一个共同点便是简约、质朴和诗意，但在此特征下又都有自己的语言风格。从孙犁推崇艳羡的话语里，已经说明孙犁也试图在语言风格上以简约、淡雅、诗意为审美特征并形成自己的语言风格。通观孙犁的全部小说，不妨说他的创作实践已经证明他实现了这一目标。丁帆在《中国乡土小说史》中说："孙犁乡土小说的人物对话语言，也都是人物心灵的交流，而叙述语言则与作者的人生体悟、淡泊情致和审美趣味相表里，清新俊逸，清辞丽句，清淡高雅，清通隽永，在貌似大众化、通俗化中，透露出难以遮蔽的高贵与典雅。简言之，'清水出芙蓉，天然去雕饰'就是孙犁乡土小说的美学风范。"[③]

孙犁的长篇小说《风云初记》，是他小说散文化、风情化、诗意化的审美追求在长篇小说创作方面的一次成功实践。《风云初记》共分三集。第一、二

---

① 孙犁：《〈红楼梦〉的现实主义成就》，《孙犁文集》第4卷，百花文艺出版社2002年版，第559页。
② 吕剑：《孙犁会见记》，刘金镛、房福贤编《孙犁研究专集》，江苏人民出版社1983年版，第11页。
③ 丁帆：《中国乡土小说史》，北京大学出版社2007年版，第184页。

集创作于1950—1952年，曾于1953年合出单行本；第三集创作于1954年。1962年作者重新编排了章节，并重新写了尾声，与前二集合为一部，由作家出版社出版。小说以冀中平原滹沱河沿岸的子午镇和五龙堂两个村庄作为故事发生的背景，围绕高、吴、田、蒋四姓五家在抗战初期的沉浮变迁，细致描绘了各阶级各阶层的生活形态和思想动向。"七七事变"发生后，子午镇和五龙堂出现了非常复杂的局面：地主田大瞎子购买枪支、组织民团；"以门窗不动能盗走大骡子出名"的高疤也趁机拉起了队伍，自称团长；就在这时，曾经领导过高蠡暴动的高庆山、高翔受党组织委派，也回到了家乡领导群众进行抗日斗争。小说通过敌我之间矛盾斗争的生动描绘，展示了冀中人民在中国共产党的领导下，组织人民武装，建立抗日政权的壮丽画卷。

春儿和芒种是小说的主要人物。春儿的父亲吴大印因被地主田大瞎子诬为共产党而下了关东，只有姐姐秋分与她相依为命。芒种原是吴大印在田大瞎子家做长工时引来的孤儿，时常得到吴大印的照顾，下关东时嘱咐两个女儿："芒种要是缝缝补补，短了鞋啦袜子的，帮凑一下。"芒种也"早起晚睡，抽空给她姐俩担挑子水，做做重力气活"。贫苦生活中的互相关心爱护，使两颗年轻的心慢慢贴近。作为冀中平原上一对极为普通的，在贫苦中成长起来的少男少女，虽然爱的根苗已经在二人的心里萌发，但如果不是抗日战争爆发，他们只能沿袭这块土地上世世代代人的传统，"一是在劳动上结合，一是在吃穿上关心关心，这就是爱情了"，最佳结局是成为一对患难夫妻。但战争的到来，改变了他们的生活。贫苦生活和家庭的熏染，使他们在国家危亡之时成为平原上最先觉醒的人。在民族自卫战争的行列中，他们的思想觉悟迅速提高，个人才干迅速增强。仅一年多的时间，他们就由一对极普通的青年男女，成长为抗日政权和抗日武装的骨干分子，二人的爱情也焕发出动人的光彩。作者对这一对新人没有拔高，没有神化，而是严格按照生活的逻辑，通过一个个客观的情节和事件，来表现他们由普通人成为抗日战士的过程。春儿在天真纯朴中又透露出精明、泼辣的性格特征，尤其得到了充分的表现。

李佩钟是作品中一个独具特色的人物，她的生活道路既不同于春儿，更不同于高翔、高庆山。她的父亲李菊人是县城内一个"领了半辈子戏班"的封建乡绅。她的"唱戏出身"的母亲有过被李菊人霸占的痛苦历史，她从思想感情上站在母亲一边，但命运又使她从乡绅的女儿成为地主田大瞎子的儿媳妇，她的丈夫是一个吃喝嫖赌无所不为的花花公子。这就使她在原来的精神伤痕上又加上了婚姻的痛苦。她是从双重封建家庭的桎梏中挣扎出来并投身时代的洪流，身心背负着因袭的重担，在民族面临危亡的时刻，被组织上委以县长的重任。她以"苗细"的身躯，承担起了组织民运、拆城破路、宣传抗日、配合部队作战等作为一个县政权领导者应负的责任。尤其是她当众审判了不交军鞋、动手打村干部并踢伤长工的公爹；当众拒绝了父亲反对拆除城墙的要求。作者对这个人物的不幸遭遇寄寓了深切的同情，对她的事迹给予了高度的评价。尽管作者也批评、讽刺了她身上的一些缺点，如说起话来"娇声细气"；吃饺子"嘴张得比饺子尖还小一些"；把手枪像女学生的书包一样"随随便便挂在左肩上"；为掩饰自己出身的"缺点"，不时有激进的表现等。但作者说："我们不应该求全责备。她参加了神圣的抗日战争，并在战争中牺牲了她的生命，她究竟属于中华民族优秀儿女的队伍，是抗日战争中千百万烈士中间的一个。"她的牺牲，为冀中人民的抗日斗争增添了悲壮的气氛。应当指出，从李佩钟作为县长及与作品中多个人物的特殊联系上说，这个人物是可以担当起小说结构线索职能的，但作者没有让她在小说中承担这一"重任"。虽然孙犁的小说不以经营故事结构取胜，但若有一个好的故事结构，无疑会给这部长篇小说增加色彩。

高庆山和高翔在作品中，是作为抗战时期共产党在敌后地方政权和武装组织者的身份出现的。高庆山原是子午镇的青年农民，因为参加高蠡暴动失败而出逃，在南方找到了红军，参加了两万五千里长征。抗战爆发后，接受党的派遣，回家乡组织抗日武装和抗日政权。高翔原是学生党员，高蠡暴动失败后与高庆山一起出逃，不幸被捕。北京十年的牢狱生活使他成为一个铮铮硬汉，"西安事变"出狱后到延安学习，抗战爆发后回到家乡，与高庆山互相配合，成了抗日武装和地方政权的组织者和领导人。小说通过这两个人物的塑造，使滹沱河沿岸的抗日斗争与广大的敌后战场紧密联系在了一起。

除以上人物外，像变吉、秋分、老常等人物，同样以客观、真实、细致的描写而给读者留下了较深的印象。即使是反面人物如高疤、俗儿、田大瞎子、田耀武等，作者也没有以主观概念作直线条的简单化处理，而是细致客观地描写了他们不同时期、不同问题上的态度变化，即使是丑恶的灵魂，也符合生活的逻辑。作者不管是对正面人物还是反面人物，基本上不使用判断性语言，而只是如实写人物的行为、语言，即使是应该属于人物心理活动和情感的描写，也同样只是以能契合人物内心世界的形象描写来展示，如写春儿初恋时，也仅仅写春儿睡得很香甜，"养在窗外葫芦架上的一只嫩绿的蝈蝈儿吸饱了露水，叫得正高兴；葫芦深重的垂下，遍体生着像婴儿嫩皮上的茸毛，露水穿过了茸毛滴落上面，一朵宽大的白花挺着长长的箭，向着天空开放了。蝈蝈叫着，慢慢爬到那里去"。这样写的确非常准确而高妙地表现了青年男女初恋时的幸福和欢愉，且具有朴素、本色而含蓄的特点。

《风云初记》没有完整曲折的故事情节，也不是为了表现主人公们的机智勇敢和大无畏的英雄气概，而是用具有浓郁冀中风习的一连串的生活画面拼接起来，形成了散文式的、随人物感情流动的抒情结构。与他的短篇小说相比，《风云初记》表现出更加注重生活原色和风俗描写的倾向，如堤埝纺织、叼草缝衣、瓜棚夜话、沙岗送别等，这些具有民俗意义的场景和意趣构成了这部小说的重要内容。但孙犁并不是生活的旁观者与客观的描写者，他常常在这些风俗画中有强烈的情感注入，甚至是情不自禁地直接进入抒情角色："亲爱的家乡的土地！在你的广阔丰厚的胸膛上，还流过汹涌的唐河和泛滥的滹沱河。这些河流，是你身体里沸腾的血液，奔走和劳动的动脉，是你奋发激烈的情感，是你生育的男孩子们的象征……"小说中时常将叙事、抒情、写景有机结合，无论是原野、道路、河流、山峦，还是果树、瓜园、花草、夕阳，常被染上作者或浓或淡的主观色彩，从而创造出情景交融的诗意盎然的艺术境界。孔范今在他主编的《二十世纪中国文学史》中说："孙犁写于四五十年代的作品，是蕴含着诗韵的山水画卷，是融战争风云于诗情画意之中的新散文化小说，作者善于将风俗画和风景画的描写融入日常生活中，以白洋淀的胸怀和情趣来拥抱他的人物与生活，从平常的题材中发现充满人性美和人情美的诗意世界。"[①] 关于《风云初记》的诗性特征和艺术特色，评论家黄秋耘称之为"一部诗的小说"，说："一部《风云初记》，几乎可以当作一部带有强烈的抒情成分的诗歌来读。是的，它有故事情节，有人物形象，有细节的描写，这一切都符合长篇小说的条件。但是它同时又具有诗的意境，诗的氛围，诗的情调，诗的韵味。把浓郁的、令人神往的诗情和真实的人物

[①] 孔范今：《二十世纪中国文学史》（下），山东文艺出版社1997年版，第866页。

性格刻画结合起来,把诗歌和小说结合起来,这恐怕是《风云初记》一个最显著的特色。"①

在语言方面也体现了孙犁小说的共同特点,即作者从生活出发,既注意保持滹沱河沿岸农民语言的泥土味,注意大众化和通俗化,又不露痕迹地进行了艺术加工,把语言的通俗和优美、朴素和细腻、雅淡和高贵,和谐地统一在了一起,既明白晓畅又生动传神,富于诗意美。正是因为这多方面的艺术成就,《风云初记》没有因岁月流逝而黯淡,反而更加显示出它特有的艺术魅力,仍将长久地为人们喜爱。

中华人民共和国的成立,生活环境的稳定,使孙犁能够从容构思创作规模较大的作品。除《风云初记》外,1949年10月,孙犁发表了他从事文学创作以来的第一部中篇小说《村歌》,小说以他参加土改工作时的冀中平原张岗村的土改及实行生产合作为背景,刻画了解放区农村中一个多才多艺、活泼开朗、爽直倔强、能干好胜的女青年双眉的形象。小说中的双眉,曾经因为好说笑、爱打扮、参加过剧团、说话刻薄、有男子汉性格,被传统观念重的人视为"流氓",甚至不让她参加互助组。后来在区长老邴的支持下,双眉与几个妇女成立了一个互助组,向传统势力挑战。作品通过她成立互助组、转变大顺义和小黄梨等人思想、分胜利果实、鼓励心上人兴儿参军、保卫秋收、到野战医院演戏慰问伤员等细节的描写,展示了双眉由新时代所激励焕发出来的美好品格。值得注意的是,如果说孙犁以战争为背景的小说塑造了一批可谓"美的象征"的女性形象,那么,他以新的时代生活为内容的小说中的女性形象,其单纯和可爱程度明显降低,人物思想性格的复杂性明显增加。在作品中,大顺义、小黄梨等女性形象,是作为被"转化"的女性形象出现的,就是主要人物双眉,作者在表现她美好品格的同时,也没有回避这个人物在土改过程中表现出的那种急躁冒进、"急风暴雨"式作风。当双眉提出入党要求时,支部书记李三和她有过如下谈话:

"眉,我们说个笑话。就说那些日子你手里提的青秫秸吧,提着那个有什么用?"

---

① 黄秋耘:《一部诗的小说——漫谈〈风云初记〉的艺术特色》,刘金镛、房福贤编《孙犁研究专集》,江苏人民出版社1983年版,第488页。

"有什么用？你说有什么用？在斗争大会上，我拿它教训那些地主富农；在地里教训那些落后顽固队！"

"可是，我看见你带领妇女大队，手里也是提着那个家伙。"

"我没有打过农民！"

……

李三说："经过斗争，群众的认识提高了，多数的并不比我们落后。我们再欺压他们，他们会找机会教训我们。"

这段话体现了作者对新生活和新人物的深刻思考。中国农民是带着几千年的历史重负参与中国历史进程的，摆脱受压迫境遇，尤其是成为掌权者以后，如何防止变成新的压迫者，在这一问题上，孙犁的思考与鲁迅有相同之处。需指出的是，因为《村歌》对生活的过于近距离的表现，作者对生活的过滤与提升显得不够，双眉的思想性格因为缺少发展而显得不够丰满，也因此使得这个中篇的成就和影响不及他的另一个中篇《铁木前传》。

《铁木前传》发表于1956年《人民文学》第12期，是中国当代文坛不可多得的佳作。如果说孙犁反映抗日战争和土地改革的小说以人性美和人情美为核心内容，那么这个中篇则表现了孙犁对当代生活沉重而有深度的思考，也奠定了孙犁在中国当代文坛的特殊地位。

《铁木前传》描写的黎老东是冀中这个村子里唯一的木匠，老婆早死，留下六个孩子，日子艰难。铁匠傅老刚不是这个村里的人，却每年要来村里一次，为村里人的镰刀锄头加钢，或打造其他生活用具。在这艰苦的岁月里，二人建立了亲密无间、患难与共的手足情谊。这一年，傅老刚从山东老家把女儿九儿带来了，黎老东的小儿子六儿成了九儿亲密无间的伙伴，日久产生了朦胧的爱情。这一年抗日战争开始，黎老东把家里两个较大的儿子送到了抗日前线。兵荒马乱中，傅老刚没能及时返回家乡。抗日战争结束后，多年没有能够回家乡的傅老刚急于要回故乡看望一下。临走的那天晚上，黎老东打了一壶酒，给老朋友送行。席间，黎老东提起六儿和九儿的婚事，说如果铁匠不嫌弃，就让九儿给六儿做媳妇吧。傅老刚说孩子们年纪还小，等他和女儿从老家回来再议这事。傅老刚父女一走便没有了音信。土改以后黎老东因为是贫农，又是军属，分得了较好的土地；又因二儿子在解放战争中牺牲，领到了一笔抚恤粮；在天津做生意的大儿子又捎来一笔现款，黎老东的生活一下子提高了许多。在黎老东的娇惯下，六儿不愿意做一点农活，整天打扮得油头粉面，惹得一些热爱生活的女青年喧动不已。失去音信多年的傅老刚和女儿这时候从国统区来投奔黎老东。这时的傅老刚，"小车已经破烂不堪，吱扭的声音，也没有了当年的气派"，九儿也长高了，穿的衣服却十分破旧，父女俩与黎老东的生活形成了鲜明对比。财大气粗的黎老东迫不及待地向傅老刚炫耀自己的新宅、新车、"新黑细布面的大毛羔皮袍"、猪圈、马，脸上的表情得意而夸张，使傅老刚"忽然觉得身上有些寒冷似的"。九儿与六儿重逢，六儿的思想作风令她失望。黎老东开始打造大车，准备用大车跑运输赚钱。傅老刚帮助黎老东做大车的木匠工序。旧社会他们曾合作给别人打过多少大车，虽然世事艰难，但那时他俩是兄弟关系，而现在傅老刚却觉得黎老东变成了东家，自己不过是个雇工。黎老东一心发家致富，赶工赶得很紧，傅老刚抽袋烟黎老东也显出不满的神情，最使傅老刚气闷的是，自己远道而来，黎老东却再也不提六儿和九儿的婚事，他们的友情消失了。铁工活快完的时候，黎老东笑着对傅老刚说，他的日子越来越紧，请傅老刚父女别笑话："这些日子，就当你们是在老家度荒年吧！"傅老刚听了这话，愤然起身，他告诉黎老东，他们父女不是来逃荒的，他提起水桶浇灭了炉火，推上他的小车和九儿一起头也不回地离开了黎老东的宅院并加入村里的合作社。

关于《铁木前传》的素材来源和主题，孙犁在《关于〈铁木前传〉的通信》中说："这本书，从表面上看，是我 1953 年下乡的产物。其实不然，它是我有关童年的回忆，也是我思想感情的体现。"[①] "它的起因，好像是由于一种思想。这种思想，是我进城以后产生的，过去是从来没有的。这就是：进城以后，人和人的关系，因为地位，或因为别的，发生了在艰难环境中意想不到的变化。我很为这种变化所苦恼。确实是这样，因为这种思想，使我想到了朋友，因为朋友，使我想到了铁匠和木匠，因为二匠使我回忆了童年，这就是《铁木前传》的开始。"[②] 这段话便是理解《铁木前传》创作意图和思

[①] 孙犁：《关于〈铁木前传〉的通信》，刘金镛、房福贤编《孙犁研究专集》，江苏人民出版社 1983 年版，第 151 页。

[②] 同上书，第 153 页。

想内容的钥匙。20世纪50年代的文坛，正是阶级分析的理念盛行之时，而孙犁的这个中篇不是从阶级分化、思想斗争和两条路线斗争的政治性主题立意，而是通过铁木二匠两个好朋友从友情建立到破裂的过程，着眼于在我国农村经济制度大变革面前各类人的思想感情和人与人关系的复杂变化，从一个特殊的视角再现了农业合作化初期农村生活的斑驳图景。

小说除以简练的语言和白描的手法刻画了傅老刚和黎老东的艺术形象外，小满儿是孙犁为当代中国文坛贡献的一个极为复杂独特的艺术形象。她有不好的家庭环境，也是包办婚姻的受害者，和六儿、杨卯儿、黎大傻夫妇搅在一起，卖包子、放鸽子、玩鹰儿，给人一种轻佻、放荡、自暴自弃、野性难驯的印象。但作品又表现了她的另一面：矜持、聪明、热烈、大方、敢作敢当、充满幻想、富有激情和充盈的生命活力。对幸福的幻想和渴求使她的内心总是处于骚动之中。家庭与婚姻带给她的心灵创伤且得不到周围人的真正理解，于是她的青春和热力便变形、扭曲到让人感到难以把握的程度，形成了极其复杂的性格特征。滕云说："孙犁以其深刻敏锐的生活洞察力和戛戛独造的艺术魄力，创造了这样一个没有先例的、复杂得分寸极难把握的艺术形象，丰富了我们的文学典型的画廊，为我们的文苑添了一株异卉奇葩。"[①]

小说在叙事方式和结构方式上依然保持着散文化抒情诗的特色，常常在清新自然中蕴含着深沉的人生哲理，在现实的描绘中充满浪漫主义的激情。重要的是小说不是从社会生活外部，而是采用"由内而外"的艺术手法，通过对人物感情和心理的细腻描绘，表现人物的命运，反映社会的变革、时代的发展，在对一定历史时期人情世态的描写中，展示出时代风云的变幻与人的命运的关系。《铁木前传》的成功，为同代和后代的作家反映生活，特别是反映相关重大政治、经济生活题材内容的创作提供了新的经验，在当代文坛上有着深远的影响。

孙犁以其独特的艺术个性和成就在中国现当代文坛上有重要影响，他的作品不仅有广泛的读者，而且在他的影响、带动和辛勤培植下，在20世纪五六十年代形成了以孙犁为核心，以刘绍棠、从维熙、韩映山、冉淮舟、房树

[①] 滕云：《〈铁木前传〉新评》（原载《新港》1979年第9期），刘金镛、房福贤编《孙犁研究专集》，江苏人民出版社1983年版，第455页。

民等为基本队伍，活动范围涉及天津、北京、保定等地，绵延至世纪之交的"荷花淀派"。

第二节　孙犁影响下的荷花淀派

文学流派通常指在共同的审美追求下，作品有着大体一致的艺术风格，并在一定时期持续对文坛产生影响的作家群落。文学流派形成原因各异，但常常与大作家的带动和培养分不开。

1945年，孙犁在延安的《解放日报》上发表了《荷花淀》《芦花荡》等短篇小说，这些小说为风沙弥漫的西北高原带来了一股白洋淀水乡清新的风，同时充溢于作品中的爱国爱家乡的情怀、浪漫主义精神和灵动脱俗的美，给残酷战争条件下的抗日根据地人民以心灵的鼓舞和精神的提升，因而受到文学界的广泛注目和热烈欢迎。当时在《解放日报》副刊当编辑的方纪读到《荷花淀》原稿时，"差不多跳了起来"，"《荷花淀》无论从题材的新鲜，语言的新鲜，和表现方法的新鲜，在当时的创作中显得别开生面"[1]。此后，孙犁接连发表了《嘱咐》《"藏"》《光荣》《钟》等小说，以清新明快、优美婉约的艺术风格强烈地吸引着读者。中华人民共和国成立后又陆续发表了《村歌》《吴召儿》《山地回忆》等一系列短篇小说，继续保持着中华人民共和国成立前已经形成的艺术风格，并且更加成熟。1950年他的长篇小说《风云初记》在《天津日报》文艺周刊上连载，其风采就像"早晨的一片云霞，淀上的片片白帆，林间黄鹂的鸣啭，平原上摇曳的红高粱，带着奇丽的色彩，诗一般的意境，浓重的生活气息，如清新的溪流，出现在新中国的文坛上"[2]。发表于1956年的中篇小说《铁木前传》，是中国当代文坛不可多得的佳作。这些作品以其鲜明而独特的艺术魅力对当代文坛和热爱追随他的文学青年构成了持续不断的影响力。刘绍棠说过："孙犁同志的作品唤醒了我对生活强烈

---

[1] 方纪：《一个有风格的作家——读孙犁同志的〈白洋淀纪事〉》，刘金镛、房福贤编《孙犁研究专集》，江苏人民出版社1983年版，第350页。

[2] 韩映山：《作家之路》，转引自冯健男、王维国主编《河北当代文学史》，河北教育出版社1997年版，第234页。

的美感,打开了我的美学眼界,提高了我的审美观点,觉得文学里的美很重要。孙犁同志的作品就是美;文字美,人物美,读孙犁同志的作品,给人以高度的美的享受。我从孙犁同志的作品中汲取了丰富的文学营养。"还说:"我把《铁木前传》作为我的典范。我是把它作为教科书来读的。"[1] 韩映山在《绿荷集·后记》中回忆说:"50年代初开始写作时,由于受作家孙犁同志的影响和指导,知道文学是要写生活、写人的。……美是应该追求的,但美不是孤立的,她是和时代环境相关联的。"文学青年们自觉接受孙犁的审美理念,并体现在创作实践中,这是荷花淀派形成的重要原因。

1949年1月,孙犁随解放军进入天津,在《天津日报》负责编辑文艺副刊。孙犁的办刊方针是:"刊物要有地方特点,地方色彩。要有个性。要敢于形成一个流派,与兄弟刊物竞争比赛。"[2] 孙犁以《天津日报》的文艺副刊为阵地,通过发表习作、加编者按语、改稿、通信、交谈、报告会等方式,对文学青年给予鼓励和具体指导。韩映山说:"回想五十年代初,故乡白洋淀和祖国前进的脉搏一起跳动。那时,自己是一个摸鱼打草的孩子。后来到保定上了中学,才有机会读一些文学作品,知道了世间有创作这个行业,居然和几个爱好文学的同学,练习起写稿来。那时,孙犁同志主办的《天津日报》文艺周刊,经常发表青年作者的稿件。《水乡散记》等习作,大多是发表在这个周刊上。"孙犁"鼓励大家多写,大胆地写,不要被名人吓住。他引用了契诃夫的话说,'大狗叫,小狗也要叫'"[3]。刘绍棠从1951年9月到1957年春,在孙犁主编的《文艺周刊》上发表了十余万字的作品。刘绍棠曾深情地说:"孙犁同志培养和影响了我这一代的许多人,也在更广泛更深入地影响着比我年轻的同志们。孙犁同志的巨大艺术成就和培植后生的劳绩,应该大书特书于当代文学史上。"[4] 在孙犁的关怀指导下,这些青年作者写出了一批有特色有影响的作品。刘绍棠的《大青骡子》《青枝绿叶》《运河的桨声》,从维熙的《七月雨》《故乡散记》《曙光升起的早晨》,韩映山的《瓜园》《鸭子》《水乡散记》《作画》,房树民的《一天夜里》《引力》《渔婆》等小说师法孙

---

[1] 刘绍棠:《开始了第二个青年时代》,《乡土与创作》,吉林人民出版社1982年版,第12页。
[2] 孙犁:《秀露集》,百花文艺出版社1981年版,第160页。
[3] 韩映山:《紫苇集·后记》,百花文艺出版社1979年版,第254页。
[4] 刘绍棠:《运河的桨声·后记》,河北人民出版社1980年版。

犁，写得清新灵动，充满了诗情画意。"《荷花淀》这曲革命年代的'水乡牧歌'，以风光明媚的白洋淀为背景，其朴素、清新、柔美的风格，洋溢的诗情与浓郁的浪漫主义色彩，成为流派风格的集中体现。孙犁影响下的荷花淀派作家，虽然无出其左右，但都自觉地以孙犁作品的美学趣味为追求目标，着力追求诗情画意之美，其具有流派特征的作品都流溢出华北泥土和北方水乡的清新气息。"[1] 从而形成了中国现当代文学史上一个以孙犁代表作《荷花淀》命名的，具有全国影响并延续至今的小说流派——荷花淀派。

荷花淀派小说的审美风格具体体现在以下几方面。

以爱家乡的炽热情感对河北农村生活的诗意描绘，是荷花淀派小说创作的首要特征。荷花淀派作家都从小生活在农村，对家乡的父老乡亲、山水田园、风土人情既是熟悉的，又充满着深厚的热爱与眷恋。孙犁的小说创作跨越了抗日战争、解放战争和新中国革命建设的不同时代。但他的文学之根始终深深扎在河北大地的厚土中，不断开拓着风景画、风俗画、风情画的艺术新境界。虽然年青一代荷花淀派作家面对的时代生活与孙犁不同，但他们的作品紧贴时代，描绘出了一幅幅气韵生动、具有鲜明地方色彩的农村生活画卷。刘绍棠以描绘北运河两岸的农村生活画面见长，他说："我生在河北，长在河北，我从事文学创作生涯，起自河北；我的主要作品，也写的是河北农村的生活。我本来是河北人，只是由于1958年行政区划调整，我的家乡通县划归北京领导，我才被改为北京人。但是，我和河北大地，存在着根深蒂固的母子连心的感情。去年，我曾在一篇短文中，充满激动的深情写道，'野人怀土，小草恋山，我始终不想放弃河北省籍'。"[2] 说他"只想住在我的运河家乡的泥棚茅舍里"写小说，因为，"我喜欢农村大自然的景色，我喜欢农村的泥土芳香，我喜欢农村的安静和空气新鲜，我更热爱对我情深义重的乡亲父老兄弟姐妹们"[3]。韩映山以描写白洋淀为主，他说："我热爱那里勤劳朴实的人民，热爱那里的河堤淀水，热爱那里的风光及一草一木。我把这种感情融进了自己的作品里。"[4] 从维熙早期小说则主要以冀东为描写对象，同样

---

[1] 丁帆：《中国乡土小说史》，北京大学出版社2007年版，第178页。
[2] 刘绍棠：《运河的桨声·后记》，河北人民出版社1980年版。
[3] 刘绍棠：《野人怀土》，《艺丛》1980年创刊号。
[4] 韩映山：《我是怎样开始写作的》，《河北文学》1980年第10期。

表现出对家乡和人民的由衷热爱，作品中散发着冀东农村的泥土味。房树民的作品则多以儿童的视角、感受来描写乡土，格调清新，地方特色浓郁。

荷花淀派小说审美风格的第二个方面，是善于从平凡的生活场景中发掘美的意蕴。孙犁是"美的极致"的追求者和歌颂者，他的作品虽然经历了战争与和平的不同时代，但他始终是从人们日常生活中捕捉他们爱国、爱家乡的革命乐观主义精神并升华成艺术的美。"要看一个事物的最重要的部分，最特殊的部分，和整个故事内容、故事发展最有关的部分，强调它，突出它，更多地提出它，用重笔调写它，使它鲜明起来，凸现出来，发射光亮，照人眼目。这样就能达到质朴、单纯和完整统一，即使写的只是生活中的一个小小的环节，但是读者也可以通过这样一个鲜亮的环节，抓住整个链条，看到全面生活。"① 这几乎成了荷花淀派作家共同的审美方式和创作理念。他们少有全景式、大规模、长跨度地表现时代生活的作品，而更多的是描写时代长河中的几朵浪花，时代潮流中的一片微澜，心灵世界一闪间的光亮。儿女情、家务事、日常生活画面是他们当家的素材。他们善于从这些儿女情、平常事中来发掘凸显人情美、人性美、心灵美，并从中折射时代生活的内涵和精神风貌，从而构成一定历史阶段社会生活的诗意画卷。

荷花淀派小说第三方面的特色，是特别善于塑造农村青年妇女的形象。孙犁笔下的水生嫂、吴召儿、妞儿、双媚、春儿、小满儿等，是中国现当代文学画廊中引人注目的女性形象。受引路人孙犁的影响，荷花淀派的年轻作家们也擅长以清新淡丽的笔调刻画农村青年妇女的形象。刘绍棠《蒲柳人家》中的望日莲、《二度梅》中的青凤、《小荷才露尖尖角》中的花碧莲等；韩映山《晚香玉》《耐冬嫂》《串枝红》《清风明月》中的女主人公；从维熙笔下的李翠翠、蔡桂凤、石草儿等。这些青年妇女虽然没有受过高深的文化教育，除个别女性外，一般也没有曲折的人生经历，但她们有大自然赋予的灵气，深受民间传统美德的浸润。她们或是深明民族大义，或是对爱情忠贞不渝，或是敬老恤贫、热心助人。她们的性格或含蓄深沉，或欢快活泼，或野性泼辣，或侠肝义胆，但都以心地芳洁、质朴自然、清新健康的美，给人一种向

---

① 孙犁：《人道主义·创作·流派——答吴泰昌问》，刘金镛、房福贤编《孙犁研究专集》江苏人民出版社1983年版，第175页。

上的精神力量。她们体现着人性、人情美的极致，更体现着荷花淀派的美学理想。

荷花淀派虽是以鲜明特色而影响全国的小说流派，但发展过程却充满了曲折与艰辛。荷花淀派在20世纪50年代初形成一定规模，中期在"双百"方针鼓舞下，创作十分活跃，刘绍棠发表了中篇小说《运河的桨声》《夏天》，并出版了《私访记》《中秋节》两部短篇小说集；从维熙出版了长篇小说《南河春晓》；韩映山出版短篇小说、散文集《水乡散记》；房树民发表《渔婆》等；孙犁的《铁木前传》也在这一时期发表。正当荷花淀派创作势头旺盛之时，全国"反右"运动开始，"多情"的荷花淀派作家便不为严峻的时代所容。1957年，刘绍棠、从维熙被划成"右派"。刘绍棠被"全国批判，口诛笔伐"（刘绍棠语，见《运河的桨声·后记》）；从维熙被劳动改造，"历史的风暴把我卷到大墙内外"（从维熙语，见《关于〈大墙下的红玉兰〉答记者》）。孙犁在完成《铁木前传》后大病一场，并从此中止了小说创作。韩映山和房树民虽然幸免于难，在创作上仍苦苦支撑，韩映山出版了《一天云锦》和《作画》两个小说散文集；房树民此一时期的小说结集为《雪打灯》，但到底难成气候。到1966年"文化大革命"爆发，荷花淀派近于解体。

1976年后，中国社会进入了新的时期。刘绍棠、从维熙等恢复名誉并重返文坛；孙犁也再度执笔，发表了许多评论、随笔和散文，沉寂了近20年的荷花淀派开始复苏。刘绍棠、从维熙、韩映山等的小说创作进入了又一个旺盛期：韩映山以描写白洋淀生活的中篇小说创作成就突出，陆续发表了《串枝红》《金喜鹊》等；刘绍棠陆续发表了《小荷才露尖尖角》《蒲柳人家》等一系列以京东家乡运河为背景的小说；从维熙经历了人世艰辛之后，创作了《大墙下的红玉兰》《第十个弹孔》《雪落黄河静无声》等具有悲壮苍凉风格的小说。不难看出荷花淀派在经历了时代沧桑后，主要作家的审美风格有了明显的不同，但精品相继，成就突出。冯健男先生主编的《河北当代文学史》说："尽管新时期以来只有韩映山高扬'荷花淀派'大旗，但'荷派'的艺术影响却不断在扩大。"[①] 这的确不是虚妄之词。虽然随着刘绍棠、韩映山和孙犁先生的辞世，荷花淀派有形的文学活动已经结束，但它的艺术精神被越

---

① 冯健男、王维国主编：《河北当代文学史》，河北教育出版社1997年版，第240页。

来越多的年轻作者继承，相关学术研究的新成果更使荷花淀派的影响在全国不断扩大。现当代文学史或流派研究的专书，都对荷花淀派的创作实践、审美追求、艺术精神和突出成就给予了高度评价。这一切使荷花淀派一如她的名字，成为中国现当代文学史上一道非常亮丽的风景。

第三章　梁斌

梁斌（1914—1996），河北蠡县人。1927年在县立高小读书期间加入共青团。1929年参加了家乡的"反割头税运动"。1930年考入保定省立第二师范学校，曾参加二师以争取民主和抗日为目标的"七六学潮"。1932年震惊全国的高蠡暴动失败后，1933年春寓居北平，开始文学创作。抗日战争爆发后回家乡参加抗日救亡活动，先后担任新世纪剧社社长和冀中文化界抗敌救国会文艺部长。1945年任蠡县县委宣传部长、副书记。1948年随军南下，先后担任襄阳地委宣传部长和武汉日报社社长。中华人民共和国成立后历任武汉日报社社长，北京文学讲习所支部书记。1955年调任河北省文联副主席，开始成为专业作家。1996年病逝。

梁斌的文学创作始于20世纪30年代。1934年在"左联"刊物《伶仃》上发表了以"高蠡暴动"为题材的短篇小说《夜之交流》，1942年又根据同一题材创作了短篇小说《三个布尔什维克的爸爸》，后将它发展成五六万字的中篇小说《父亲》，已经具备《红旗谱》中朱老忠一家遭遇的雏形。"《红旗谱》全书，一九四二年开始构思"[1]，经过长期酝酿，梁斌于1953年至1956年完成了《红旗谱》三部曲的初稿。经过反复修改，1957年年底出版了第一部《红旗谱》，1963年出版第二部《播火记》。第三部《烽烟图》初稿在"文革"中丢失，"文革"后几经周折而复得，经过他精心修改，1983年出版。此外他还创作有长篇小说《翻身纪事》，散文集《春潮集》《笔耕余录》，回忆录《一个小说家的自述》等。2005年，人民文学出版社出版了《梁斌文集》，共7卷，收入了他的全部代表作。

---

[1] 梁斌：《〈烽烟图〉后记》，《梁斌文集》第6卷，人民文学出版社2005年版，第325页。

《红旗谱》三部曲奠定了梁斌在中国当代文坛上的显要地位,自出版以来,一向被誉为中国共产党领导下的农民革命运动的壮丽史诗,是中华人民共和国成立后中国当代文坛最优秀的长篇小说之一。黄修己在《二十世纪中国文学史》中说:"在五六十年代,革命历史题材的长篇小说产生了一些至今仍不失某种经典意义,代表了那一段文学史艺术水准的文本。……最著名的是被称为'三红'(《红旗谱》《红日》《红岩》)的几部长篇小说和《青春之歌》《三家巷》等。"① 这是对《红旗谱》三部曲在中国当代文学史上的地位很有代表性的评价。

《红旗谱》起笔于清朝末年,"平地一声雷,震动了锁井镇一带四十八村:狠心的恶霸地主冯兰池,他要砸钟了"!作品一开始就用这种震撼性的叙述,展开了农民与地主势不两立的生死较量:冀中滹沱河畔的锁井镇有座河神庙,庙里的铜钟系明嘉靖年间铸造,是周围四十八村农民为修桥补堤集资购地48亩的凭证。身为村长、堤董的地主冯兰池为了独吞公产,指使人砸钟毁据。长工朱老巩为维护四十八村的利益拼死护钟,他的老伙计严老祥也挺身而出,二人大闹柳树林。冯兰池使用调虎离山计毁钟得逞,朱老巩气得吐血身亡,女儿受辱自尽。他15岁的儿子虎子带着复仇的种子只身闯荡关东。25年后,朱老忠(当年的虎子)携妻儿重返故土决心报仇。朱老忠的返乡引起了地主冯老兰(当年的冯兰池)的仇视和不安,不断寻衅滋事。严志和之子运涛、江涛,朱老忠之子大贵等,逮着一只少见的"脯红靛颏",冯老兰欲将鸟儿据为己有而不成,便唆人将大贵抓去当兵。运涛外出打工时结识了地下党县委书记贾湘农,并在其指示下到广东参加革命军,因表现突出被保送到军官学校受训后当了见习连长。江涛也考上了保定第二师范学校。但不久"四一二"政变发生,运涛被捕并被关押在济南监狱。奶奶受惊吓辞别人世。为了筹措探监的路费,严志和忍痛卖掉"宝地"并一病不起。朱老忠把严家的事当自己的事,与江涛一起徒步赴济南。运涛在狱中大义凛然,使朱老忠、江涛受到鼓舞。冬天,江涛回乡,在贾湘农的指导下与朱老忠、朱老明、朱老星等经过周密的组织准备,在县城大集上召开了声势浩大的"反割头税大会",并因势利导,带领农民的队伍冲进了局子,又抢了官盐店,斗争取得了初步胜

---

① 黄修己主编:《二十世纪中国文学史》下卷,中山大学出版社1998年版,第59页。

利。朱老忠、严志和等在斗争中经受了考验并加入共产党。"九一八"事变后,社会各界抗日爱国热情高涨,江涛、严萍与进步学生一道走上街头,号召"工人罢工,学生罢课,商人罢市",他们的爱国行动遭到了反动宪警的镇压,二师掀起了学潮。省政府宣布解散二师后,地下党负责人老夏和江涛领导了护校运动。正当学生们准备突围时,军警冲进了学校,老夏等十几人牺牲,江涛和三十多名学生一起被捕。进步青年张嘉庆被朱老忠巧妙救出,一起奔向"青纱帐"。

《播火记》上承《红旗谱》,保定二师学潮遭到镇压,江涛等被捕后,严萍在万顺旅店掌柜的热心搭救下来到老家锁井镇。一天,严萍陪春兰在千里堤放牛,冯老兰的账房先生说牛吃了堤上的草,蛮横地拉坏了春兰家牛的鼻子。春兰的爹拿着菜刀到冯家找账房先生拼命。冯老兰利用这件事,勾结官府试图把朱老忠等人一网打尽。与此同时,贾湘农也带着发动武装暴动的指示来到锁井镇。两个阵营都开始了积极"备战":冯老兰一方面找"四大乡绅"商量着武装地主,一方面派儿子冯贵堂到保定"请兵";朱老忠担起红军大队长的担子,与严志和、朱老星、伍老拔带领朱大贵等年轻人,秘密地日夜操练人马;远在白洋淀的草莽英雄李霜泗在张嘉庆的细致工作下,也决定参加武装暴动。武装暴动开始了,手持火枪、土炮、禾叉、长矛的"穷庄稼人"在朱老忠的指挥下,攻进冯家大院,活捉了冯老兰。穷苦农民分粮食、分浮财,严志和也夺回了"宝地",大家沉浸在胜利的喜悦中。暴动震动反动政权,保定卫戍司令部也移至蠡县。红军与敌人会战于潴龙河岸的辛庄。但由于敌我力量悬殊,加上刚加入红军的农民们无作战经验,暴动失败了。反动派开始疯狂地反攻倒算,在锁井镇,冯家大院隆重发丧被红军镇压的冯老兰,冯贵堂要用人头祭奠他的反动老子,朱老星等在敌人的铡刀下壮烈就义。大贵率领游击队上了太行山,朱老忠留下坚持地方工作。高蠡暴动失败了,但滹沱河两岸广大地区播下了革命的火种。

如果说《红旗谱》三部曲的前两部的主题是表现中国农民寻求自身解放之路的曲折斗争历史,那么第三部《烽烟图》则转向了对民族矛盾的关注,展示抗战初期冀中风起云涌的抗日斗争及农村各阶层的新动向。

"西安事变"以后,江涛被释放出狱,受党组织派遣回到了县城"做代理县委书记工作,整理大暴动后遗留下的问题,重建农村党的堡垒,同时着手建军、建政,积蓄力量,准备迎击日寇的进攻"。他借回锁井镇探亲之机,特地与朱老忠带领"暴动户"们到坟上祭奠了大暴动中牺牲的朱老星,震动了锁井镇。冯贵堂勾结官府逮捕并杀害了高蠡暴动英雄李霜泗,两个阶级的对立和斗争正在形成一个新的高潮。就在这时"七七事变"爆发,民族矛盾迅速上升为主要矛盾。不久,张嘉庆、严萍也相继来到县城,他们借国民党军队溃逃之机,收缴了公安局的枪支,建立起一支抗日武装。接着朱大贵也带领游击队回到锁井镇,运涛也从延安回到家乡,白洋淀一带游击队建立后,江涛当了参谋长。吕正操率领的人民自卫军来到冀中后,抗日的力量迅速集结,使抗日战争的烽烟在冀中大地上熊熊燃烧起来。

《红旗谱》三部曲的突出成就和第一个方面表现在,作品通过朱老忠、严志和两个家庭三代人近半个世纪的生活变迁及悲欢离合,以磅礴的气势、豪迈的风格、史诗的气度,艺术地再现了从第一次国内革命战争到抗战初期,中国北方农民在共产党领导下走上革命道路的历程,概括了中国农民的"苦难史、斗争史、革命史"。正如黄伟林在《中国当代小说家群论》中所说,在当代文坛,"像《红旗谱》这种以大跨度的时代内容来阐述这一主题的作品几乎还未出现,具有梁斌这种文学准备较为充分的红色经典小说家更是不多,于是,《红旗谱》也就成了思想含量比较丰富的作品,成为红色经典小说中被评论家和史学家更为看重的作品"[①]。不过,在《红旗谱》三部曲的接受过程中有一个值得注意的现象,这就是由于时代和出版时间的原因,史家和读者一般认为只有第一部《红旗谱》才是写得最好的,所有文学史差不多是只谈第一部,而对《播火记》和《烽烟图》只作三言两语的简单介绍或者干脆避而不提,这便误导读者对后两部书的阅读。把本来一部完整统一的小说"肢解",使得《红旗谱》三部曲因为故事结构、时间跨度、规模及人物思想性格和"人物谱系"展示不完整,而影响到对作品"史诗"品格的把握。这一情况现在已经为文学史家所注意并在最近出版的文学史著作中有所纠正。如出版于2003年2月,由王庆升主编的《中国当代文学史》中说:"《红旗谱》自出版以来,一向被誉为中国共产党领导下的农民革命运动的壮丽史诗。如果

[①] 黄伟林:《中国当代小说家群论》,中央编译出版社2004年版,第77页。

将《红旗谱》三部曲作为一个整体来看,它确是一部具有史诗气度的小说。"该书在对《红旗谱》第一部作重点论述时,也兼顾了其他两书,这是有见地的史家眼光。只有将三部书作为不可分割的一个整体阅读,才能够更准确地把握《红旗谱》三部曲在中国当代文学史上的独特成就、重要地位与史诗的品格与魅力。

《红旗谱》三部曲突出成就的第二个方面,是塑造了朱老忠等众多血肉丰满的人物形象,尤其是朱老忠这一艺术典型形象,是梁斌对中国当代文学的重要贡献。朱老忠在三代农民中是承前启后的一代,他的斗争经历和思想历程跨越了旧民主主义革命和新民主主义革命两个阶段。父亲大闹柳树林失败身亡,姐姐受辱自尽,在他幼小的心里播下了阶级仇恨的种子。父亲"只要有口气,就要为我报仇!"的遗言,使他血液中翻滚着父辈不屈的反抗斗争精神,铸就了他一生疾恶如仇、刚直不阿的主导性格。他被迫只身闯关东,25年的漂泊经历磨炼了他的意志,扩大了他的视野,铸就了他同父亲一样的"为朋友两肋插刀"的侠肝义胆。他回到家乡的时候,身上已经具有了中华民族历代农民英雄的刚毅正直、爱憎分明、豪侠仗义的品格和坚韧不拔、不畏强暴的反抗性格。长期艰苦生活的磨炼和父辈们斗争失败的教训,使他比父辈有更丰富的斗争经验,更加注重斗争策略,更加老练沉着。他知道要打倒冯老兰这样的恶霸地主,不是凭一时的血气之勇所能实现的,必须从长计议。所以当他回乡在车站遇到要离家出走寻活路的严志和时,严志和问:"我的大哥,干得过?"他回答说:"拉长线儿,古语说得好,大丈夫报仇,十年不晚!"他的口头语是"出水才看两腿泥"。这正说明他在敌强我弱的形势下,既不服输,对实现复仇充满了信心,又坚忍顽强、深谋远虑,讲究斗争策略。但是,在他没有找到共产党,没有接受党的教育之前,他还认识不到阶级压迫的根源,没有找到正确的斗争道路。他认为世代受欺侮的根源在于穷人"缺少念书人""没有拿枪杆子的人",因此,他忍着血气之勇,要通过在后代中培养出"一文一武"来实现复仇的目标。这个认识比他的父辈高出很多,但仍然带有很大的局限性。随着时代的发展,严酷的现实斗争不断地教育着他,大贵被抓丁,运涛入狱,严志和丢掉"宝地"等一系列打击接踵而来。也正是在这个过程中,他"在关东的时候,听人讲道过"的共产党不断地进入他的生活，不断启发着他的觉悟。江涛外出打工结识了县委书记贾湘农，凭他的经历和见识，认识到贾湘农是个"有根底"的人，"要是扑摸到这个靠山，一辈子算是有前程了！"去济南探监时亲眼看到了共产党人是怎样和国民党反动派进行斗争的，尤其他在河南区张嘉庆领导的秋收运动中第一次看到了穷人联合起来的力量，这给了他很大的教育，在党的启发教育下走上了革命的道路，他的反抗性也从此获得了自觉性，他由对少数人的患难救助的侠义，发展到谋求阶级解放，心胸更加宽广。"反割头税斗争"中他一马当先，经受了考验并加入了共产党，由一个自发反抗的农民英雄成长为一个坚强的革命战士。在《播火记》和《烽烟图》中，随着阶级斗争的日益激烈及民族矛盾迅速上升，朱老忠成了武装对敌斗争的核心人物，他的性格也不断有新的发展，形象更加丰满。小说从错综复杂的矛盾冲突和人物关系中，通过各种境遇多侧面、多角度展示了朱老忠性格的丰富内涵，在他身上有着深广的历史内容。朱老忠是一个具有民族性、革命性、时代性的农民典型形象。

严志和是作品中塑造的又一个成功形象。他性格的主要特征是勤劳善良，内向而软弱胆小。在他身上，反抗性与软弱性并存：打官司失败、儿子被捕、母亲受惊吓而死、丢失"宝地"，沉重的生活磨难，时时激起他反抗的火花。他有打倒地主、过好日子的愿望，但又难以摆脱因袭的历史重负，面对强大的封建势力经常表现出逆来顺受、安分守己的心理，祈求能忍气吞声地活下去。小生产者的保守性与狭隘性使他患得患失，在斗争中表现得软弱动摇。在他身上有着闰土、老通宝、云普叔的影子。但在残酷的现实斗争和党的教育下不断摆脱精神负担，胆小软弱的性格不断得到克服，成为坚定的革命者并加入了共产党。小说用现实主义的笔法描写了严志和走向革命所经历的曲折，展示了他复杂的性格和心理变化，说明引导农民走上革命道路的复杂性和艰巨性。这一形象与朱老忠在对比中互相映衬、互相补充，从而取得了相得益彰的艺术效果。同时，也正因为有了严志和及与冯老兰对簿公堂的朱老明，一心盘算过好日子的朱老星，庄稼活和木匠活好把式伍老拔，封建观念浓厚的老驴头，具有正统观念和狭隘意识的老套子等一批个性鲜明、地地道道的农民形象，与朱老忠这一理想化的英雄形象构成对比互补，才使《红旗谱》三部曲对农民的历史命运和加入革命的过程显得更为真实浑厚。小说中对反面人物如冯兰池以及他的儿子冯贵堂的塑造，也突破了当时某些作品过于简单化、漫画化的处理方法，在写出他们阶级属性的同时，也写出了他们的血肉。

在人物塑造方面，《烽烟图》与前两部有明显的不同，这就是作者把笔墨和热情转向了年青一代群像的塑造。虽然朱老忠仍然占有重要地位，作者也进一步描写了他的思想性格在新形势下的发展变化，但已经成长起来的年青一代，包括江涛、严萍、春兰、运涛、张嘉庆、朱大贵、金华、二贵、庆儿、老占等，却成了全书的"主角"。在这年青一代英雄儿女中，江涛可以作为他们的代表。江涛被从保定监狱释放后，代替了贾湘农，成了地方党组织的核心人物。小说中说他"做了几年工作，经过了几次惊天动地的大事变，又过了几年监狱生活"，这使他"那牡牛般的精神、革命的狂热、高傲的脾气、矜持的性格，都随着时光的流逝而变得苍劲了"，"变成了一个好深思远虑的人"。小说正是围绕"深思远虑"这一性格特点来刻画这一人物形象的。的确，他出狱后就面临着民族矛盾与阶级矛盾互相交织的复杂局面。"西安事变"后，蒋介石虽然被迫接受了国共合作、共同抗日的主张，却迟迟不发文告，政局尚不明朗。地主阶级在反动政权庇护下，仍然进行着阶级报复。庆儿挨打、李霜泗被害都是在这样的背景下发生的。如何处理这两件事，是对年轻的江涛的一次考验。面对这极易引起人们愤激、冲动的事件，他根据当时新的时代特点和敌我力量对比，反复引导朱老忠和锁井镇的人们，要放眼未来的民族自卫战争，反复解释"兀的和敌人闹起来，暴露力量过早，对抗日救亡运动是不利的"，"目前的形势要求我们要抓紧时机，赶在敌人前面，不露山不显水地壮大党的力量"。"七七事变"后，局面更加复杂。在抗日统一战线背景之下，出现了人民群众与封建势力联合之下的斗争。尤其在日军大举进攻，国民党政权和军队溃逃、土匪纷起的混乱局面下，他抓住中心工作不放松，清醒地利用敌人顾不上锁井镇一带的有利时机，通过收缴公安局的枪支，组建了一支小小的抗日武装。大贵带领游击队回到锁井镇，使这一武装得到扩大，并与吕正操、孟庆山率领的到冀中开辟敌后根据地的部队呼应，初步燃起了抗日烽烟。同时，作者也时时注意通过日常生活细节及与乡亲、亲人的关系，表现他作为普通人的一面，使这一人物更加血肉丰满。其他人物，有的工笔描写，有的意笔勾勒，但都栩栩如生，光彩动人，凸显了风起云涌、英雄辈出的时代色彩。他们与老一代农民，共同构成了农民革命的"英雄谱系"。

《红旗谱》三部曲突出成就的第三个方面是浓郁的民族风格和地方特色。以人物和事件为核心来组成故事单元，是三部曲的结构特色。小说的"楔子"从"朱老巩大闹柳树林"写起，既吸引读者，又揭示了老一代农民传统斗争方式的局限：没有先进理论的指导，无论是赤膊上阵地拼命，还是进行所谓的合法斗争，都只能是失败的。同时，还为即将展开的新农民革命斗争追根溯源，从而使艺术画面获得一种历史幽深感。然后以"楔子"带引出朱老忠返乡、"脯红"事件、大贵被抓丁、运涛入狱、"反割头税斗争""二师学潮"等事件。第二部以高蠡暴动为核，第三部围绕"卢沟桥事变"后江涛、运涛、大贵等回乡组织抗日武装、建立人民政权的各种事件，连带起一系列的人和事，前后跨越了半个多世纪。小说的结构虽然不同于古典小说的章回体，但显然是有意借鉴了中国古典小说的布局技巧，以这些大大小小的事件为依托，组成一个个相对独立的故事单元，每个故事单元六七千字，各单元之间又互相勾连。如第三部《烽烟图》围绕"七七事变"后江涛、运涛、大贵等回乡组织抗日武装、建立人民政权这个中心事件，穿插描写了许多直接或间接与之有关联的事件，如李霜泗的被捕牺牲，日本飞机轰炸保定的惨景，国民党军队的大溃退，王楷第携公款及反动武装欲逃往静海投敌，恶霸佟志伍组织联庄会与共产党为敌，土匪徐老黑到处劫杀百姓等；还通过对严萍在高蠡暴动失败后到北京避难，引出了马老将军，通过对他的描写，概括了民族危亡时期上层社会的分化和一部分爱国军人的心理状态。沿着严萍这条线，写了知识分子严知孝对国民党投降政策的愤慨以及对共产党抗日主张的真心拥护。这些纵横穿插的事件和线索，丰富了作品的中心情节，使作品包容了广阔的社会内容，拓展了艺术空间，深化了主题，为展示人物的思想和性格提供了更多的机会，体现了作者在布局谋篇上的艺术匠心，也符合多数中国读者的审美心理和阅读习惯。

在刻画人物方面，作者主要采用古典小说常见的白描手法，通过人物的行动，特别是通过人物的对话，来展示人物的性格。同时，作者还适当吸收外国小说的表现手法，通过静态的叙述和人物的心理描写，工笔细描，发掘人物内心世界。因此，"它比西洋小说的写法粗略一些，但比中国的一般古典小说要写得细一些"①。所谓比西洋小说粗一些，就是舍弃不符合民族欣赏习惯的"流于烦琐的叙述和冗长的心理描写"；所谓要比中国古典小说细一些，就是避免中国古典小说在塑造人物方面只是粗笔勾勒的不足，"加上一些必要的叙述和一些细节描写"。作者成功糅合中国古典小说与外国小说叙事艺术的某些优点，又以自己对小说艺术的独特理解，形成了自己的艺术风格。如济南探监回来，江涛在和严萍聊天时谈到他一家三代人的命运，也谈到春兰和运涛的爱情：

> 江涛把运涛和春兰的交情说了一遍，说："春兰帮着运涛织布，两个人脸对着脸儿掏缯，睁着大圆眼儿，他看着她，她看着他，掏着掏着就上了感情……"
>
> 严萍听着，笑出来说："两个人耳鬓厮磨嘛，当然要发生感情。"说着，腾的一片红延到了耳根上。
>
> 江涛继续说："有天晚上，我睡着睡着，听得大门一响，走进两个人来。我忽地从炕上爬起，隔着窗玻璃一看；月亮上来了，把树影筛在地上。两个人，一男一女，男的是运涛，女的是春兰……"
>
> 严萍问："妈妈也不说他们？"
>
> 江涛又说："看见他们到小棚子里去，我翻身下炕来，要跑出去看。母亲伸手一把将我抓回来，问：'你去干什么？'我说：'去看看他们。'母亲说：'两个人好好的，你甭去讨人嫌！'这时父亲也起来，往窗外看了看，伸起耳朵听了听，说：'你去吧！将来春兰不给你做鞋袜。'"
>
> 严萍听到这里，喷地笑了，说："怪不得，你们有这样知心的老人。看起来运涛和春兰挺好了。运涛一入狱，说不定春兰心里有多难受哩！"说着，直想掉出泪来。

这一段对话描写，就是"比西洋小说的写法粗略一些，但比中国的一般

---

① 梁斌：《漫谈〈红旗谱〉的创作》，《梁斌文集》第 6 卷，人民文学出版社 2005 年版，第 287 页。

古典小说要写得细一些"的例子，这段对话既是对江涛和严萍这一对恋人私语的描写，也是对运涛和春兰爱情的交代，并不失时机地表现了江涛、严萍这一对恋人亲密情感以及因运涛、春兰的爱情挫折在他们的内心引起的波澜，还表现了江涛父母对孩子们的慈爱、尊重、理解和宽容，可谓一石三鸟，较为典型地体现了《红旗谱》在塑造人物和叙事方面的特点。

在描写中国北方农村的民俗乡情和地域风光等方面，《红旗谱》三部曲也有独到之处。作者说："地方色彩浓厚，就会透露民族特色。为了加强地方色彩，我特别注意一个地方的民俗。我认为民俗是最能透露广大人民的历史生活的。"[1] 小说的主题无疑是中国北方农民在党领导下走上革命道路的历程，但这个主题却是通过朱老忠、严志和两个家庭三代人的生活变迁及悲欢离合来展示的，虽然作者以许多带有社会性的重大事件及相关联的事件为依托来实现结构艺术上的需求，但这些事件无不关涉、渗透在父母、子女、夫妇、婆媳、情侣的相互关系中，渗透在不同的家庭间，渗透在民俗与民情中。有些事件本身就是冀中风俗的一部分。如朱老忠返乡后朱、严两家与冯老兰的第一次试探性冲突，就是通过冀中的玩鸟风俗表现出来的。小说中的"反割头税运动"，看似是社会政治斗争事件，其实也可以说是民俗性事件，或者说体现着民俗性。过年杀猪，本来就是北方年俗的一方面，农村里过大年的气氛常常是从杀猪开始浓重起来。一般人家可能一年到头吃不上肉，如果可能，都会在年底杀一头猪"奢侈"一回，冀中民谚："小寒大寒，杀猪过年。"而冯老兰勾结反动政府，要人们杀猪交"割头税"，也就是杀一头猪要交"一块七毛钱，还要猪鬃、猪毛、猪尾巴、大肠头"。"反割头税运动"就是要动员广大群众起来抑制这巧立名目的税项，使反动政府这一收税计划破产。在这一运动中，大贵杀猪、老驴头杀猪和刘二卯骂街这些带有民俗性事件的描写，使得"反割头税运动"得以具体、生动、饱满地表现出来。再如《烽烟图》中对李霜泗英勇就义情形的描写，也相当精彩地表现了我国北方的旧日习俗。当刑车路过宴宾楼、兴茂源等饭庄酒楼时，掌柜的都出来敬酒上菜。李霜泗仰头大笑，神态自若，大碗喝酒、大口吃肉，对沿街群众讲道："我李霜泗在绿林中杀富济贫，在共产党里开仓济贫，没有什么对不起穷哥们儿的……"

---

[1] 梁斌：《漫谈〈红旗谱〉的创作》，《梁斌文集》第6卷，人民文学出版社2005年版，第287页。

面对李霜泗的英雄气概，沿街群众都高声赞叹："八爷，真是英雄！你再给我们唱一口吧！"李霜泗也就憋足了劲，唱了一段《坐寨》。他一边唱着，人们一边喊着："好哇！好哇！好样的！""八爷，真是英雄！"在民俗民情中，李霜泗的英雄气概和劳动群众的审美评价与道义评价被表现了出来。再如春兰和运涛会面一节：二人定情不久，运涛便投奔革命，后来身陷狱中，一别十几年音信难通。在悠长的岁月中，春兰一直忍受着孤独而苦恋着运涛，"媒人的脚碰破了她家的门槛，春兰一心不往前走，要终身守着运涛过日子"。这种始终如一的爱完全是中国式的。当运涛终于重返阔别十多年的故乡，在村边与春兰不期而遇，她终于认出运涛时，"她年轻的爱情火焰，一下子燃烧起来，于是她飞跑过去，跑到运涛跟前，扑倒在地上，搂住了运涛的两条腿，哇啦哇啦地大哭起来，哭得像个泪人儿一样"。这种以"搂住运涛的两条腿"来表达她对运涛热烈的爱的方式，也完全符合当时中国北方农村的礼俗和春兰的身份特点。作品中直接写风土人情的例子俯拾即是，如赶年集，逛庙会，除夕把香插在门环上、谷囤上、灶台上、牛栏上以祈求平安吉利；结婚时给新娘送猪排骨，叫"离娘骨"，还有拜天地、坐炕、吃面、闹洞房等，都使作品在表现时代主题与民族心理、乡村风俗和历史文化相联结，从而显示出独特而意味深长的艺术魅力。

《红旗谱》三部曲在语言方面，从词语到语法，也显示出民族化特色和地方特色的结合。作者注意语言的个性化、生活化，注意语言的民族性、地域性、时代性与人物个性的统一。作者曾说："我要把故乡的人物、性格、风貌、民族及地方风光活跃于纸上，我不得不从这一方人民的生活中，选择、提炼典型性的语言，我也曾想过避免它，但字里行间缺少了它们，觉着不够味。"他在这一原则之下，使《红旗谱》三部曲的语言做到了"不脱离群众语言，尽可能写得通俗易懂"，[①] 并形成了丰富多彩、通俗生动的语言风格。这最重要的表现是作品中人物语言的个性化。在他的笔下，不仅农民同知识分子、地主、反动军阀、政客的语言不一样，同是农民，因为身份、修养、经历、性格的不同，朱老忠、严志和、朱老明、老驴头、伍老拔、老套子的

[①] 梁斌：《我怎样创作了〈红旗谱〉》，《梁斌文集》第6卷，人民文学出版社2005年版，第259页。

语言也有明显的差异，而同一人物在不同语境下的语言也并不相同，但总是闪耀着人物的性格光辉。如准备动身去济南探监前朱老忠对严志和一家的嘱咐：

> 明天，我就要上济南去搭救运涛，你们在家里要万事小心。早晨不要黑着下地，晚晌早点儿关上门。要管着咱们的猪、狗、鸡、鸭，不要作践人家，免得发生口角。黑暗势力听说咱们家遭上了灾难，他们一定要投井下石，祸害咱家。在我没有回来之前，你们不要招惹他们，就是在咱门上骂三趟街，指着严志和的名字骂，你也不要吭声。等我回来，咱们再和他们算账。兄弟，听我的话，你是我的好兄弟，不按我说的办，回来我要不依你。

这段话颇能代表朱老忠的语言风格。朱老忠为人豪侠仗义、脾气刚烈，语言也常常简短明快、干净利索。现在严志和一家连续遭到儿子入狱、老奶奶辞世、丢失"宝地"和严志和病倒一连串打击，他代严志和赴济南探监前这段话，虽然是从日常生活小事上嘱咐严志和一家在目前不利形势下要格外小心，显得沉重，但掷地有声，除能见到他一贯的性格主导方面外，还表现出他遇事冷静、智高识广、谨慎周密、高瞻远瞩的一面。他"虽然在不同情况下所说的话，有时以深刻的哲理引人深思，有时以炽热的感情动人心弦，有时以诚挚的态度催人泪下，有时以机智的幽默逗人发笑，然而不论怎样变化，他所说的话都闪耀着他的性格光彩，使我们确信只有朱老忠才能说出这样的话"①。再如，当严老祥要下关东时，老套子劝说道："外头给你撂着金子哩，还是撂着银子哩，即便撂着金子银子，那金窝银窝也不如咱们的穷窝呀！"这也是典型的生活化、性格化语言，从中还透露出中国农民安土重迁的传统心理。又如在运涛入狱后，老驴头要春兰另嫁别人，春兰坚决不同意，她说："不管是谁，就是他长得瓷人儿似的，俺也不。他家里使着金碗银碗，俺也不。纺线的时候，给俺银纺车、金锭子、玉石葫芦片，俺也不。"这里所打的比方、列举的事物、说话的口吻，完全符合春兰的身份、思想和性格，

---

① 黄泽新：《梁斌小说的语言特色》，温超藩、张金池、宋安娜编《梁斌作品评论集》，百花文艺出版社1997年版，第498页。

表现了春兰蔑视富贵，忠于爱情的品格。其他如江涛、严萍的语言，具有书生味，也便常有某种思辨色彩；大贵等文化水平低的年轻人的语言质朴有力；冯兰池的语言则透露出阴狠霸道，等等，都实现了民族性、时代性与人物个性的结合。小说的叙述语言也是用经过作者提炼加工过的冀中群众口语，通俗晓畅，生动传神。

《红旗谱》的不足和缺陷表现在，朱老忠入党后性格缺少发展，显得缺少个性与作为；再就是时代原因，作者经常强加给人物一些不合身份的政治术语，显得很生硬。这不仅表现在朱老忠等农民身上，也表现在贾湘农、江涛等知识分子身上。例如以教师职业为掩护的县委书记贾湘农，因为来往的客人太多，欠了伙房的饭费，校役和司厨找他来诉苦，贾湘农因为工作烦累，便有了如下对话：

贾湘农一时火起，站起身子说："要多少钱，给你多少钱还不行？你是劳苦群众，我还能亏负你。去吧，账房里去支，借我下月的薪金。"

校役说："你下月薪金早借光了。这个朋友走，借点路费。那个朋友走借点路费。寅吃卯粮，哪里还有薪金哩！"

贾湘农又发起火来，说："反正不能叫你们劳苦群众赔钱，下月的不够，借下下月的……"

这里贾湘农一再用"劳苦群众"指称校役司厨，显得生硬、脱离群众。另外，地下工作的保密要求也不允许他的话带有如此明显的政治色彩。过于浓重的政治色彩和政治术语，使这一人物尽管用的笔墨很多，却显得不够饱满。从结构上说，第一部中的"反割头税运动"与"二师学潮"两大核心事件之间缺乏情节发展的内在统一性；《烽烟图》主要表现在对李霜泗被捕牺牲和对马老将军的过细交代等，冲淡了主线。但瑕不掩瑜，《红旗谱》三部曲将长久地为读者所喜爱。

第四章　徐光耀

　　徐光耀（1925— ），河北省雄县段岗村人，上过四年半初级小学。1938年参加八路军，同年加入中国共产党。先后担任勤务员、文书、锄奸干事。1942年日寇"五一大扫荡"之初，徐光耀所属的冀中六分区司令部和主力部队突出重围，转移到了山区。此时的徐光耀正下区小队检查工作，回来后无法再去追赶进山的分区机关，在临时指挥部安排下，到宁晋县游击大队任特派员。从1942年5月到1944年春天，在极其困难的斗争环境里，在血与火、生与死的斗争考验中，他与这支抗日游击队生活战斗在一起，参加过大大小小近百次战斗。也就在此时，他开始写战地消息、通讯报道，不断投稿给《火线报》及冀中军区的《团结报》《前线报》《冀中导报》，用自己的笔记录、报道这支队伍的抗敌斗争生活。1945年任随军记者。1947年入华北联合大学文学系学习，并开始在地方和部队报刊上发表短篇小说。1948年回部队，任兵团报纸记者、编辑。过去他曾经把表现与宁晋县游击队在一起的那段难忘岁月的希望寄托在他人身上，现在觉得应当由自己承担起来。北平和平解放后，他所在的部队于1949年6月进驻天津，和平环境为他写作提供了有利条件，便开始了长篇小说《平原烈火》的创作，1950年由生活·读书·新知三联出版社出版发行。1951年到中央文学讲习所进修学习，结业后回河北从事专业创作。1952年赴朝鲜采访和体验生活。1953年回乡参加了初级合作化运动。1957年"反右"开始，徐光耀因丁玲、陈企霞"反党集团"案件的牵连而受到严重冲击。在停止上班、反思认罪、等候处理的过程中，为了不使自己精神崩溃，他把精力集中到了创作上，到1958年6月，创作完成了中篇小说《小兵张嘎》。正当他准备另一部长篇小说创作的时候，他接到了组织给他的判决书："由于徐光耀反党反人民反社会主义,决定定为资产阶级右派分子,开除党籍,开除军籍,剥夺军衔,降职降薪,转地方另行分配工作。"①在劳改农场劳改一年后,被安排到保定市文联工作。1979年,他的"右派"问题得到平反,恢复了党籍。1981年调河北省文联工作,1983年后曾任全国作协理事、作协河北分会副主席、河北文联主席。

长期的戎马生涯,特别是抗日战争时期敌后抗敌斗争生活经历,成为徐光耀日后文学创作的题材源泉和动力。正如他自己所说:"对先烈的缅怀,久而久之,那些与自己最亲密、最熟悉的死者,便会在心灵中复活,那些黄泉白骨,就又幻化出往日的音容笑貌,勃勃英姿。那爱国主义、革命英雄主义的巨大声音,就会呼吼起来,震撼着你的神经,唤醒你的良知,使你坐立不安,彻夜难眠,倘不把他们的精神风采化在纸上,就对不起自己的良心。于是写作的欲望就难以阻止了。"② 他的代表性作品《平原烈火》《小兵张嘎》及新时期写的《望日莲》《四百生灵》《少小灾星》等小说,便是他在不同历史时期对那段生活体验、思考、审视并艺术地"化在纸上"的结果。除《小兵张嘎》《望日莲》被改编成电影、《少小灾星》被改编成电视剧外,他在新时期创作的剧本《新兵马强》《乡亲们哪》也被搬上银幕。1999年,他的回忆散文《昨夜西风凋碧树》获第二届"鲁迅文学奖",另有散文集《忘不死的河》出版。2005年,河北教育出版社出版了《徐光耀文集》,共5卷,收录了他的全部代表作品。

《平原烈火》完稿于1949年11月,1950年由生活·读书·新知三联出版社出版。这是中华人民共和国成立初期第一部以亲身经历者的感受和体验为内容来反映冀中抗日游击战争的长篇小说。小说以亲历者的视角,真实描写了1942年日寇"五一大扫荡"的残酷和敌后抗日游击武装经受的考验:"日本鬼子的汽车把遍地金黄的麦子轧烂在地上,骑兵包围了村庄,村庄燃烧起来。熊熊的火苗儿把黑烟卷上天去。步兵们端着刺刀,到处追着,赶着,把抗日群众从东村追到西村,又从西村追到东村。遍地是嘎嘎咕咕的枪响,遍地女人哭孩子叫,多少个英雄倒在了血泊里,多少个战士牺牲在枪弹下,多

---

① 张圣康:《徐光耀的创作悲欢》,中国文联出版社1999年版,第95页。
② 徐光耀:《我与"小兵张嘎"》,《青春岁月》1994年第3期。

少个地方工作人员，投河的投河，跳井的跳井，有枪的把子弹打光了，剩下最后一颗打碎了自己的头。"而他所在的宁晋县游击大队在日寇"扫荡"中陷入敌人合围，处境危急。突围战打得十分残酷，这支队伍经过浴血奋战后虽然冲出了合围，但损失惨重。原有一百三四十人的队伍突围后连同伤号仅剩三十多人。"扫荡"过后，"千万条汽车路连起来了，千万里封锁沟挖成了，岗楼儿就像雨后出土的青苗，不几天便钻了天，成了林！……看吧，满眼净是敌人的势力，白天满天都是膏药旗，黑夜遍地都是岗楼灯"。敌强我弱形势下，畏惧心理和失败的阴影笼罩了这支队伍。一段时期内他们白天盼天黑，黑夜怕天明，躲藏成了他们的主要任务，甚至有的战士身上带上了敌人发的"良民证"，幻想"敌人来了，把枪一插是老百姓，鬼子走了，把枪一背是八路军"，其结果是这支队伍几乎损失殆尽。惨重的教训终于使干部战士明白了"不打仗光隐蔽就是要自己消灭自己"的道理，经过耐心细致的思想工作及主动出击不断取得一些战果，终于使这支队伍变得"不打仗就没有精神"，在抗敌斗争中又逐渐成长壮大起来，抗日的烈火又在平原上熊熊燃烧起来。

《平原烈火》在艺术上最大的特色是真实。小说中所写的人和事又大都是作者亲身经历过、体验过的，作者甚至坦言："就《平原烈火》而言，百分之九十以上的东西，有真实的生活依据，虚构想象的部分不足百分之十。"这就使得小说无论是事件人物、时代氛围、心理情绪、具体环境、情节细节，都带有抗战生活原生态意义上的真实性与鲜活性，并由此给读者以巨大的心理感染和震撼。如小说的开头对日寇大"扫荡"的疯狂及游击队突围战的惨烈，游击队战士在敌人追击合围下的不断倒下牺牲，二班长张子勤身负重伤拉响怀藏的手榴弹与鬼子同归于尽；尹增录丧魂失胆，举枪求降被周铁汉举枪击毙；二中队长刘一萍被疯狂的敌人吓懵了头，消极退缩。游击队突围后被迫东躲西藏、时聚时散的"行踪"的描写，虽然显得拖沓、烦琐，但真实，是非亲历者不可能写出的真实。这种带有生活原汁原味的场景和细节描写贯穿了整部小说。如大"扫荡"以来游击队打了第一个胜仗，在转移途中有这样的一幕：

丁虎子忽然又嘻嘻哈哈大嚷起来："看啊！看啊！"大家一望，见干巴把从"皇协"腰里搜来的一件粉红袄套在身上，嘴里叼着一方花手绢，蹿蹿蹦蹦，一路扭着秧歌。在他后头，张小三戴一顶大檐"皇协"帽，也随着一歪一跳扭起来，嘴里还念着："康，康，气康气……"逗得人们前仰后合，笑得喘不上气来。

这样的场面也许不像是打仗，但谁又能说这样的场面不真实、不合理呢？这样的例子在作品中俯拾即是，如周铁汉与三生兄弟俩说悄悄话时，三生说到自己的杀敌计划："……我的计划一共是十个鬼子，十个'皇协'，你已经扎死一个了，我还一个没完成哩。"周铁汉问道："为什么还有数？"三生说："是呀！听我给你算算：鬼子把小菊烧死了，这得一个鬼子顶；抓你那天，把咱娘打了好几个爬虎，这也得一个鬼子顶；在牙口寨，把我打一个死，这又得一个鬼子顶；你一共叫鬼子治了七个死，这得七个鬼子顶——这是十个鬼子。十个'皇协'是这样合的：要是我亲手捉住周岩松了，那就算了；要捉不住，就得十个'皇协'来顶！"这样的杀敌计划虽然显得幼稚好笑，也似乎是为了报私仇，但很有时代特色，真实可信地写出了三生的思想状态和觉悟，并且是他后来的英雄行为的思想依据。

这种真实性也表现在人物塑造上。小说以高昂的战斗激情和英雄主义精神，真实地塑造了周铁汉、钱万里、三生、丁虎子、张子勤、张小三、干巴、瞪眼虎等英雄形象，这些人物同样大都有真实生活的依据。其中周铁汉的原型是冀中六分区战斗英雄侯松坡，同小说中的周铁汉一样，为了掩护战友被日寇俘获，受尽了敌人的电刑、皮鞭、杠子、烙烫等各种刑具的折磨，尝到过假枪毙的摧残，但始终不屈。如同小说中一样，侯松坡偶然得到一个二寸长的铁钉，秘密挖通了监狱的墙壁，率领"犯人"成功越狱，胜利返回部队。作者在侯松坡事迹的基础上，精心塑造周铁汉的英雄形象。周铁汉是宁晋县游击大队的中队长，小说通过他在"五一大扫荡"中率队突围、负伤被捕、狱中斗争、越狱归队、攻打牙口寨据点等一系列富有传奇色彩的战斗经历，多侧面表现了他大无畏的英雄品格以及这种品格是如何在党的教育下、在斗争的考验和人民的培养中成就的。当初，他"从地主门里走出来"参加到革命队伍时并没有明确的目的，不过是因为他在煤窑上打了日本工头闯下大祸，逃回家乡后为避祸才参加了八路军，后来在党的教育和斗争的磨砺下才逐步明白了民族不解放、家仇私冤都难报的道理，人生观和价值观念都发生了重大变化，英雄品格越来越呈现出时代特色。作者不仅展示了他在战斗中面对枪林弹雨勇往直前的雄姿和身陷狱中宁死不屈的气概，还通过许多生活化的场景来展示他的美好心灵。例如，他被捕后，在狱中细心照料两个伤员，尤其是被子弹打透了小肚子后被俘的警备旅战士铁锤儿，每次大便时周铁汉不仅要把他背到茅房，"还要替他把裤子解了，等大便完，再给擦了屁股，扎好裤子背回来"，"不管周铁汉怎样细心照顾，铁锤儿的伤没有药，天又冷，一天重似一天，眼见他皮里抽肉，瘦成个骨头架子……慢慢的东西也不吃了，身体也爬不动了，青紫的嘴唇整日价张着，艰难的喘着气。周铁汉成天守在他身边，尿尿，周铁汉就用手巾接住，尿罢再去拧在门外；大便就拉在屋里，拉完周铁汉再给他一把把抓出去。一天，铁锤儿到底昏迷了过去，周铁汉把他撅巴了好一阵才活了过来"。这种生死相依的同志爱、战友情，使周铁汉的形象更加丰满。这些"非英雄化"的细节的大量存在，使周铁汉这一形象的英雄品格与人性人情融为一体，使读者感到这是一个真实可信、血肉丰满、可亲、可敬、可学的英雄，因而也就具有强烈的艺术感染力和亲和力。

《平原烈火》在结构方式、塑造人物的手法和语言上，可以明显看出传统小说艺术的影响。小说以游击队的活动为主线，先写游击队在日寇"五一大扫荡"中陷入绝境，突围后损失惨重，此后是他们被迫东躲西藏、时聚时散的"行踪"，周铁汉被捕后，便"双水分流"，把游击队的活动交代与周铁汉的狱中斗争描写交替进行，到周铁汉带领战士们成功越狱归队后又合二为一，随着战争的进程，游击队开始主动出击，采用多样化的战术，越来越频繁地打击消灭敌人，以攻取牙口寨据点胜利而结束全书。作者没有刻意追求奇巧、惊险的情节和人物的传奇化效果，而是按照生活本身的逻辑来展开，但在敌强我弱形势下的抗敌斗争本身，就具有惊险、刺激、传奇、斗智斗勇的一面，这样来结构小说，便于广泛涉及时代生活，既引人入胜，还为人物思想性格的塑造提供了广阔的艺术空间。在叙事、描写方面，传统艺术的影响也是显性的。如周铁汉的出场：

> 周铁汉是个二十五岁的结实小伙子，生得膀乍腰圆，红通通的方脸，虽不是太高的个儿，给人一看，却觉得十分魁梧。他把盒子枪拉开栓，压够一条子弹，用大拇指扳住机头，朝沿墙站立的战士们一抡，亚赛敲

着钢板的声音说道:"同志们!有没有骨头,是不是英雄,就看今个儿这一天了!是耻辱,是光荣,也就在这一回了!有种的跟我走哇!"

这正是传统小说塑造人物常用的口吻和方式。周铁汉负伤后,一个没有器械和药品的乡间医生给他疗伤时,"把烂肉挑开,用镊子试探着,夹一下,咯吱一声,却夹不住,再夹一下,又咯吱一声,还是夹不住"。在周铁汉的鼓励下,"冯先生狠狠心,把镊子一下伸进肉里半寸多,但是,手却不由得发疟子一样哆嗦起来。周铁汉看他这样子,问声:'夹住了没有?'冯先生颤抖地说:'夹住了。'周铁汉伸出左手,把冯先生连手带镊子一把抓住,嗨的一声,猛力一带,马牙大的一块骨头被拽了出来。鲜血随着泉水似的涌出来,把医生吓得只是呆着眼看,棉花也忘了拿"。这样的情景,令人想起《三国演义》中关云长的刮骨疗毒。质朴简洁、富于乡土气息和口语化的语言,有利配合了以真实为特色的《平原烈火》在内容和情感上的抒写。

小说的不足是除周铁汉外,其他几个主要人物形象显得单薄,对游击队与群众关系的处理也显得简单化,除"干娘"一家外,其他群众形象有为情节需要而设之嫌。当然,如果从文学创作的角度来看,这部小说"实录"有余而"创作"不足,艺术手法上显得单一,且由于对生活的提升不够而使作品神思不够灵动。尽管如此,《平原烈火》仍不失为我国当代文坛抗战题材小说的重要收获之一。所以在生活·读书·新知三联出版社出版后,由人民文学出版社多次重版印刷,还被译成英、日、捷克等文字。

1957年"反右"开始,徐光耀因丁玲、陈企霞"反党集团"案件的牵连而受到严重冲击。在停止上班、反思认罪、等候处理的过程中,为了不使自己精神崩溃,他把精力集中到了创作上,将《平原烈火》中没有充分展开的小八路"瞪眼虎"演变为核心人物张嘎,到1958年6月,创作完成了中篇小说《小兵张嘎》,但到1961年才得以发表。《小兵张嘎》是徐光耀前期创作影响最大、成就最高的作品,因此奠定了徐光耀在当代文坛的重要地位。

小说以抗日战争时期最为艰苦的1943年为背景,描写冀中白洋淀边上一个年仅十三岁的少年张嘎子,参军后在革命队伍的培养教育下,在严酷的斗争环境里成长为一个坚强小战士的故事。嘎子的父亲在"七七事变"那一年被鬼子打死了,母亲在他5岁那年病死了,奶奶是嘎子的唯一亲人,但为了掩护在他们家养伤的八路军战士钟亮而壮烈牺牲。嘎子满怀仇恨，带着钟亮叔叔给他做的木头手枪，参加了八路军，决心像侦察员罗金保叔叔那样机智勇敢地战斗，给奶奶报仇。他做梦都想有一支真正的手枪。在一次"挑帘战"中，他凭着机灵，从鬼子身上得了一支手枪。可是他万万没有想到，钱区长却要收去这支手枪。他伤透了心，在和胖墩赌摔跤时又输了，因咬人被胖墩的爸爸说了几句，沮丧中用乱草堵了胖墩家的烟囱，被告到区队后区长关了他"禁闭"。在后来的一次伏击战里，他虽然负了伤，但又缴获了一支崭新的手枪。养伤期间，他受到玉英一家的精心照料，和这一家人建立了深厚的情谊，并把玉英也带到了队伍上。在回部队的途中，嘎子为了保住这支手枪，悄悄把它放进村口大杨树上的老鸹窝里，但仍未能瞒过细心的钱区长。在围歼日伪的战斗中，嘎子不仅提供了鬼不灵的详细地形，在敌情有变时，还冒着生命危险混进敌人占据的韩家大院，机智地把鞭炮绑在韩家的狗尾巴上在韩家大院炸响诱敌，配合部队取得了战斗的胜利。祝捷大会上，区长表扬了张嘎，并奖励他一支手枪，他却并没有因此而满足，而且悄悄向小伙伴玉英透露他要求加入共产党的决心。至此，张嘎已经成长为一名真正的革命战士。小说生动地描写了张嘎从幼稚到成熟、从单纯要为亲人报仇到树立远大理想的成长过程。

  小说的巨大成功在于，它成功地塑造了张嘎这样一个独特而新颖的抗日小英雄的形象。在嘎子身上，既有冀中农家孩子的纯朴、侠义、顽皮和智慧，也有着那个年龄段的孩子们共有的天真、想象、情感、趣味，作者时时注意从嘎子的个性特点出发来塑造这一形象。作者说："张嘎的思想和品德，我是紧紧抓住并通过'嘎'这一个性来表现的。……他对敌人的仇恨带'嘎'，对党的忠诚也带'嘎'，他一切思想行为的表现都带'嘎'，从'嘎'掌握这一人物，也从'嘎'塑造此一性格。"[1] 作者说的"嘎"，既有普通孩子的天真、淘气和顽皮，又有他特有的机智灵活、敢想敢干、富于独创的天性和初生牛犊不怕虎的勇敢，以及由此而来的出乎成人意料的妙想。小说中嘎子以木手枪下"狗汉奸"的真枪、打赌、摔跤、咬人、堵烟囱、捉家雀、爬树、归部队时以画代信、藏枪在老鸹窝中及把鞭炮绑在狗尾巴上诱敌等，无不带

---

[1] 徐光耀：《从〈小兵张嘎〉谈起》，《长城》1979年第1期。

有十足的"嘎"气,也正是从这一连串"嘎"气十足、妙趣横生的行为中,表现了嘎子的成长过程和思想性格。如果说他的嘎气对亲人、战友和乡亲更多是以淘气、活泼、机智的方式表达他的爱,那么在对敌斗争中则是机智灵活、敢想敢干。如在获得敌人企图包围鬼不灵的情报后,钱区长带领部队在前一天晚上神不知鬼不觉地完成了围歼敌人的部署,但敌人却并没有按往常规律驻扎在韩家大院。如何把日军调动到我军事先埋设的地雷阵和火力范围内便成了完成围歼敌人的关键,在钱区长等紧急谋划而找不到调动日军的合适办法时,嘎子却忍不住开口道:"让我去试巴试巴行吗?"他举着他那挂柳条鞭,"我想法把这挂鞭在韩家大院弄响,准定能把敌人引过一股子来!"嘎子不仅混进了韩家大院,而且机智地把鞭炮捆绑在韩家的狗尾巴上,在韩家大院炸响,使鬼子误以为八路军袭击了韩家大院,以大半兵力增援,正好进入我军布下的地雷阵和火力区。作者在表现他的个性特征时,也充分注意到了嘎子活动的典型环境,如日寇的暴行,奶奶的教育和家仇,游击队的出奇制胜,钱区长的言传身教,玉英一家的关怀呵护,罗金保机智勇敢行为的影响等,张嘎正是在这样的环境中成长起来的抗日英雄。这就使人物的鲜明个性与时代背景、社会环境、乡土民情紧密结合了起来,在他身上,有着颇为深广的历史意蕴和时代内涵。

《小兵张嘎》以"枪"为线索,采用以知情者的身份向小朋友讲故事的口吻和方式来结构小说。在抗战那个特殊的年代里,张嘎最喜欢的莫过于枪,他梦寐以求的就是一支真的枪。其实这也是战争年代所有孩子的梦想,小说中小胖墩试图用"柳条鞭"换取嘎子的木头手枪就是证明。而作为"小兵"的张嘎,对枪的渴求更加急迫,参军前他希望有一支真的手枪为奶奶报仇,参军后更希望有一支真正的手枪参加战斗。作者紧紧围绕"枪"来展开他的故事并吸引读者,以在他家养伤的八路军战士钟亮叔叔送给张嘎一支木头手枪"张嘴灯"始,以祝捷大会上支队长正式将一支真正的手枪"张嘴灯"奖给他作结,其间紧紧围绕着张嘎的性格成长和思想发展,穿插了"夺枪""梦枪""玩枪""赌枪""交枪""藏枪"等一系列妙趣横生的故事,使整个作品结构完整严谨,情节曲折生动而紧凑,对读者有强烈的吸引力,显示了作者在结构方面的艺术匠心。

小说取得巨大成功的第三个重要因素是语言生动活泼、简洁明快，既符合儿童的心理趣味，又洋溢着浪漫色彩和战斗激情，浓郁的地方色彩和生活气息极大地增强了感染力和表现力。如小说的开头：

> 在冀中平原的白洋淀边上，有个小水庄子。这庄子有个古怪的名字，叫做鬼不灵。在抗日战争年间，就在这个庄子上，一个有趣的故事开头了。
>
> 单说这鬼不灵的西北角上，有一小户人家，一带短墙围起个小院，坐北朝南两间草房，栅栏门朝西开，左右栽着四棵杨柳树。从门往西四五十步光景，便是白洋淀的一个浅湾，一片葱茏茂密的芦苇，直从那碧琉璃似的淀水里蔓延到岸上来。风儿一吹，芦苇起伏摇荡，发出一阵沙沙的喧笑声。啊，若不是苇塘尽头矗立着一个鬼子的岗楼，若不是从那凛凛然逼来一股肃煞之气，单看小院这一角，可不是一幅美妙的田园画吗？

这就是张嘎的家，这寥寥数语，便是地域风光与抗战时代融合、儿童情趣与热爱家乡情怀兼有的绝妙图画，这样的图景与充满人情美的人结合，使作品极富抒怀意味。

小说在叙事、写景、抒情方面也常常有神来之笔。如张嘎在荷花湾养伤时，伤略好些便在屋里待不住，央告得杨大伯、杨大妈两位老人没有办法，只好让女儿玉英带他下淀里去玩玩，小说写道：

> 小船向前漂着，一股微风吹来，推起层层细浪，拍得船头溅溅地响。淀水蓝得跟深秋的天空似的，朝下一望，清澄见底。那丛丛密密的箬草，在水里悠悠荡漾，就像松林给风儿吹着一般；鲤鱼呀，鲫鱼呀，在里头穿进穿出，活像飞鸟投林，时不时，鲇鱼后头又追出一条大肥的花鲫来，两条鱼眼看要碰在船上，猛一个溅儿又都不见了，苇根下的黄固鱼最是着忙，成群搭伙地顶着流儿瞎跑，仿佛赶去参加什么宴会。
>
> 玉英顺手捞起几个菱角，丢给小嘎子。小嘎子拾起一看，还嫩得不能吃，便一个个排在船板上，伸手在水皮上划着，预备亲自去捞。忽然，

小船拐个弯儿，一阵馥郁的幽香飘了过来。猛抬头，苇塘尽头闪出一大片荷花，红的、粉的、白的，开得又鲜又大；圆圆的大荷叶片儿，密密层层一直铺展到远处的杨柳下去。小嘎子"噢"的一声，举起手，直朝那里探着身子，一个多么美丽的天地呀！

是啊，这是多么美丽的天地呀！这些文字是抒情的诗，是写意的画，这人、画、诗结合的图景，与孙犁笔下的荷花淀有异曲同工之姿彩。不仅小说的叙述语言通俗晓畅，情味十足，同时小说中所有人物的语言也做到了高度个性化、生活化。

《小兵张嘎》犹如鲜艳的奇葩，给百花凋零的20世纪60年代初的中国文坛以亮色。1963年北京电影制片厂摄制成同名电影，小说与电影艺术的结合，在国内产生了非常广泛的影响，可以说是家喻户晓。曾经被译成英、德、朝鲜等多国文字。1980年获全国少年文艺创作一等奖。

进入新的历史时期，徐光耀的艺术生命重新焕发了活力。《望日莲》是他新时期的第一篇小说，发表在《人民文学》1977年3月号上。小说以第一人称讲述了1942年"五一大扫荡"中一位年轻机智的地下女交通员，护送八路军干部"我"过封锁线的故事，在一夜惊险、曲折的遭遇中，小说展示了冀中游击战争的真实图景，展示了战争场景下人与人之间的人情美、人性美，突出表现了主人公望日莲聪明、沉着、机敏、富有战斗经验以及农家女特有的调皮和羞涩，这是一个令人难以忘怀的形象。小说发表后受到评论界好评和读者喜爱，并被八一电影制片厂改编成同名电影。此后他又写了《长眉大褚》《二龙堂看戏》《往日的云烟还在弥漫》《"心理学家"的失算》等，与他早期的《弟弟》等短篇小说共19篇结集为《望日莲》，1980年由河北人民出版社出版。

徐光耀是一个善于思考、不断追求超越的作家。他在创作中既不趋时媚俗，也不固守艺术成规，尤其是在新的历史条件下，他能够以新的价值观念重新观照审视自己熟悉的"老"生活，同时又以开放的艺术观念，大胆吸收新的表现手法，探索新的表现形式，取得了可喜的成绩。标志着他小说艺术取得新突破的是他1986年创作发表的《四百生灵》和1989年创作发表的《少小灾星》两个中篇。

《四百生灵》写的是1942年反"扫荡"中八路军一个营由山地向平原转移时陷入敌人包围，最后全军覆没的悲剧。小说的第一句话就以强烈的悬念为全篇定下了沉重的基调："雪雾弥空，夜色浓重。四百个战士——四百个即将寂灭的生灵在夜雾中穿行。"这样的开头强烈地震撼并吸引着读者。然而，战士们却沉浸在即将回乡过年的热烈兴奋之中：

> 他们拉开长长的队列，从大山里钻出来，在偷越平汉铁路。他们个个鸦默雀静而又兴致匆匆，多么好啊，过路就是大平原，就回到家乡冀中了。半年的离别，渴念的亲人，即将重新会面了，小伙子们谁不热火烧心啊！

脚步紧接着脚步，石子被踢响，路基被登上，铁轨被迈过了。尽管雪雾茫茫，风刮电线呼啸，鬼子的岗楼夹在两厢，都不能压住一颗颗活泼跳动的心。人们太想家了。

浑然无知地走向死地和战士们的轻松愉快，构成了强烈的对比。然而，战争之神常常冷酷无情，并不照顾人们的一厢情愿：在他们到达预定的目的地——大陈村时，"便感到情况异常，老百姓正纷纷扰扰，准备反'扫荡'。他们诧异地问，半夜开走的部队怎么又回来了？原来有一个团已在这村住过七天，惹得周围据点调动频繁，大有群集扑来的迹象。然而，我们的常营长对于家乡过于信赖，事先不曾派一个侦察员来了解一下，至今对这一情况还一无所知。结果意外便很快发生了"。部队掉入了敌人的包围圈，虽然战士们在营长常大胜等组织指挥下，左冲右突，拼死血战，但终于没有能够突出重围，全部阵亡殉难。

造成这场战役悲剧的原因，作者一再写到命运之神的力量，这是因为战争胜败是包括了天时、地利、人和多种因素共同作用的结果，各种因素变幻莫测，常常使战争结局多有变数，出人意料，让人觉得战争之神"一向不辨善恶""惯与道德为敌"，冷酷无情地"错着牙齿""撇下他冷漠的嘴角""在冥冥中推进他最后的计划"，从而置这四百个鲜活的生命于死地，而驰援的部队赶到时，"冥冥中的命运之神已经滚蛋"。作者对命运之神的感喟，使作品形而上地揭示了战争的残酷性和抗日战争的艰难曲折。但小说的重心更在于揭示我军内部，尤其是指挥员不健康的文化心理对造成这场悲剧所不能低估的作用。营长常大胜的骄傲轻敌、自信专断、意气用事、对知识分子出身的指导员郭一旗不尊重不信任等，对造成这场悲剧起了重要的，甚至是决定性的作用。"护送地委机关的一部分和他们开的短训班"回冀中，是这支部队的重要任务。常营长作为指挥者，由于有"打过六十多仗，歼敌五百来人""不是吹，单是抓的俘虏也够编两个连了"的战斗经历和经验，加上环境熟悉，又是回自己熟悉的家乡执行任务，客观上为常大胜不健康的文化心理的发作提供了条件，并导致了连环性的错误行为：一是对家乡的过于信赖，使他事先不曾派一个侦察员来了解一下处于敌伪势力包围中的大陈村的情况，就贸然率部队进入；二是到达目的地后发现情况异常，教导员建议派侦察班去搜索一下，他不仅不以为然，而且认为是"这个政治机关派下来的白面书生"想插手他的军事指挥权；三是西北东三个方向响起枪声，且"从枪声判断，又绝不是虚张声势的伪军作怪"。部队向何处去？营长立即做出决定：过河向南。指导员心里知道这个决定里面包含着重大冒险，因为这个方向正是交通要冲，常识告诉他：这里很有可能有敌人的伏兵，派一支小部队侦察一下是绝对必要的。但"多年组织的经验，使他太看重人事关系了。他知道营长在赌气，……派一支小部队去河南侦察的建议已到嘴边，却被另一句话顶替了：'是不是听听丁同志的意见？'"丁同志是指地委书记丁法威，是这次护送的主要对象。而丁法威却"自认为军事上是个外行，虽然晓得此去东北三十里，便是根据地的腹心，可他还是附和了营长的意见"。指导员的忍让与丁法威的附和，也助长了营长的错误。难怪"冥冥中的命运之神错着牙齿盯了这一对领导冷笑"。就是部队遭受重创，陷入包围甚至是突围无望时，个人的面子与荣辱等不健康心理仍然在或隐或显地出现在常大胜头脑中。如血腥的战斗爆发后，常大胜意识到大错铸成，却认为"全是他妈的这场雾"；一连遭受重创，连长牺牲，指导员向常大胜建议由三排长代理连长，"常大胜没有从郭一旗脸上找出冷嘲神气，便点了一下头，可当郭一旗转身跑去时，又马上恨起自己来：这是怎么搞的，代理连长的建议，为什么又让他占了先呢"？组织柏树坟反击战，也是因为"他被自负和自疚两重心情所咬啮，决心下死力凭空翻个跟头，死里逃生，以证明我'常营'确乎是打不垮拖不烂的铜豌豆！常大胜绝不是留话柄给人笑的人"！面对指导员对这次反击战中过于冒险行为的批评，"他承认郭一旗说的是实话，流露的是真情，道理也完全正确。可他仍然厌恶他。也许厌恶的就是他的正确"。作者对这场战争悲剧原因的思考还是归结于人事或人性的弱点上。

《四百生灵》在艺术上实现了多方面的自我突破。首先是写战争悲剧在徐光耀的作品中还从未有过，他虽然过去也写到了战争的失败和挫折，如《平原烈火》的前半部分，但却是局部的，最后都是以胜利结束，而《四百生灵》真实地再现了一次失败战役的全过程，这在当时的中国文坛也还不多见。其次是突破了过去以叙述战争过程为主要手段的创作模式，通篇尽可能将战争进程和场景淡化，使之处于次要地位，重点揭示八路军指战员在死亡阴影笼罩下多色调的感受和心灵冲突，变客观战争场景呈现为主观意识作用下的战争情感抒写。把作家的主体意识融入了人物的心灵，间或采用意识流、通感等现代派的一些表现手法，把写实、感觉和意象融为一体，来展示人物瞬间杂乱的、跳跃的心理情绪。是突破了我国战争文学英雄主义的框架，小说中没有一个主要人物，当然更没有一个真正的"英雄"，小说中花费笔墨最多的营长常大胜也具有很强的悲剧色彩：过去战无不胜的光荣史，使他现在麻痹轻敌、自信专断，是导致这场战役失败的根源，其结局也结束了他本来可以成为"真正英雄"的一生。作品的思想意义和对后人的警示作用主要是通过这个人物实现的。惹人注目的是，作品中塑造了几个非英雄化的人物，如林烈芳、"托派"夫妇、阎其古、黑娃、小钮等，都给人留下了极为深刻的印象。通过这些人物，作家引导人们对战争与人情、人性、人生等方面进行现实的、历史的、甚至是哲学意义上的思考，从而极大地拓展了这个悲剧故事的审美空间。

《少小灾星》原初发表时名"冷暖灾星"，1991年中国少儿出版社出版单行本时更名为"少小灾星"，小说写的是三个小"八路"在1942年的"五一大扫荡"时期的遭遇。由于环境的急剧变化，组织上决定"凡年小体弱缺乏战斗力的，都暂时分散隐蔽"，"扫荡"过后再回部队。于是三个小"八路"——轴子、苗秀、巴大坎便开始了他们的流浪逃亡生活。他们像三个小小的"灾星"，从纪昌庄转移到二龙堂再漂流到零菱港，走到哪里就给哪里的群众带来灾难，但所遇到的群众，像纪大娘、辘轳大伯、狗替儿夫妇、"三三制"大叔、多福叔一家等，他们虽有心理矛盾，但都不顾生命危险掩护了他们。小说的突出特点是，作家采用"流浪记"式叙述方式，把散点透视笔法融进了小说艺术中，显得灵活新颖，而且与内容（三个小"八路"疏散、流浪）相一致，在生动的情节和浪漫的气息中，成功塑造了多个身世、经历、个性不同的艺术形象，与三个小"八路"组成一幅军民鱼水情深的长卷，凸显了冀中乡亲父老的英雄群像。

小说在艺术上的探索与追求表现在对人物群体形象的塑造上。小说中的人物是三个小"八路"流浪过程中在不同时间、不同地点所遇到的人物，人物之间没有逻辑上的联系，不可能如他过去的创作中那样，全篇笔墨集中在一两个重要人物身上，本篇只能采取散点透视，用片段描写的方式来展示人物的思想性格，这便大大增加了创作难度。但作者同样在这篇小说中塑造了多个个性鲜明、让人难以忘怀的人物形象。如狗替儿哥虽然人高马大，身强力壮，可给人的印象是位"妻管严"，而妻子狗替儿嫂嘴巴爽利、泼辣能干且精明开通，过日子的主意十之八九都是听狗替儿嫂的。当三个小"八路"一来到她家，狗替儿嫂就大诉其苦，左挡右推不想留他们。可奇怪的是，狗替儿一开口，三言两语便把妻子镇得服服帖帖，三个小"八路"便被留下了，并威严地命令道："煮粥去！"当鬼子突然进村，狗替儿嫂一时惊慌，没有按丈夫的嘱咐让巴大坎钻席筒，却让他往村外跑，差一点被敌人逮走。丈夫回家后，在这关系小"八路"生死安危的大是大非面前，狗替儿哥再也不含糊，不仅当着巴大坎的面狠骂妻子，而且重重地痛打妻子三大板。然而，晚上只有两口子时，刚直板正的狗替儿却直挺戳戳地在屋地上跪着，他的顺溜和虔诚终于感动了扬扬不睬的妻子，无可奈何地发了话："得，谁叫我托生到你们家来呢？起来吧……"可狗替儿哥还是一动不动，照样跪得很结实："那不成，你得承认那是打在理上。"一来二去，还是妻子先软了下去，拿眼剜着丈夫，又气又恨，欠下身去拽他，又拽不动，终于熬不住了，长叹一声，出溜下炕，照丈夫的脸上狠亲一口，戳着他的额头说："你个要人的命的！——打得对！明儿还打！行了吧？"有人在谈到这一细节时说："这一连串的绘声绘色、活灵活现的言行描写，既出人意料，又合乎情理，把夫妻二人的性格心理和相反相成的家庭组合关系，以及虽有生活矛盾而终于服从大局真理的思想胸襟，都以精练传神的笔墨刻画出来了。"①

再如"三三制"大叔，同样令人难忘：这是一个明白事理又善于保护自己的面冷心细思谋深的手艺人，对付敌人的清剿有一整套办法，又事事细心，所以在战争的夹缝中有滋有味地活着，并不引人注意。他的外号源于乡亲们对他脾性的俏皮概括：八路军来了。三大腻歪：腾房子腾炕——腻歪，借盆借碗——腻歪，黑间白日的开会——腻歪。日本鬼子来了，三大便宜：抢了东西没有挨打——便宜，挨了打没有烧房子——便宜，烧了房子没有死人——便宜。因而"三三制"便成了他的绰号。三个小"八路"来到白洋淀第一个遇到的就是他，面对三个小"八路"的问这问那，他却来了个一问三不知，冷冷地说："我跟八路没关系，什么都不知道。"向他打问村干部时，"村干部都死绝了，上哪儿去找？"结果把他们支到了"两面村长"多福叔那儿，因此给孩子们（也给读者）留下了落后与冷心肠的印象。而多福叔在安排三个小"八路"时，又把巴大坎送到了"三三制"家，并说"那是个十成保险的地方儿"。果然，他对巴大坎也像自己家里人一样，在他精心周到的安排下，这里确实是危险四伏境况下最保险的地方。通过这个形象，写出了人物性格的复杂性和人们生活意志、斗争意志的坚忍执着。同时，这个中篇也是作家有感于和平时期一些共产党人严重脱离人民群众这样一种社会现象而创作的，因而作品有很强的现实针对性，这就使这个"似乎写滥了的军民鱼水情故事，才重新焕发了青春，具有了鲜明的当代性"。②

从《平原烈火》到《小兵张嘎》再到"文革"后的《四百生灵》《少小灾星》，可以看出徐光耀小说艺术创作的轨迹，他有自己的题材领域，又紧随时代，不断以新的视角、新的思考发掘其审美内涵；在艺术上又保持着探索、进取的心态，不断超越自我，保持了长久不衰的艺术生命力，可谓中国当代文坛上的常青树。

---

① 张圣康：《徐光耀的创作悲欢》，中国文联出版社1999年版，第167页。
② 傅秀乾：《最应该注意的……》，《文艺报》1990年4月28日。

第五章 革命历史题材小说

第一节 雪克 刘流 冯志

一 雪克

雪克（1919—1987），原名孙洞庭，又名孙振，河北献县人。14岁开始在吉林印刷局当学徒和工人。抗日战争爆发后回到家乡，长期从事抗日救亡工作，1939年参加中国共产党。抗战胜利后曾担任《晋察冀日报》《人民日报》记者。1950年任中国文联办公室主任。1957年任天津音乐学院党委书记。创作有长篇小说《战斗的青春》《无住地带》等。

《战斗的青春》（新文艺出版社1958年版）从1942年日寇发动残酷的"五一大扫荡"写起。在日寇灭绝人性的"扫荡"中，滹沱河边上枣园区的地方政权和抗日武装，遭到了毁灭性的摧残，干部伤亡惨重，同上级党组织和武装也失去了联系。新任区委书记许凤和游击队长李铁、妇女干部秀芬等，在极端困难的形势下，紧密依靠群众，在县委的支持与领导下，与敌人展开了艰难曲折而复杂的斗争。他们一方面与日伪军斗智斗勇，一方面排除以县委副书记潘林为代表的"右倾"路线的干扰，战胜了潜伏在游击队内部的特务分子赵青及叛徒胡文玉的疯狂破坏。历尽艰难，终于打开了抗日斗争的新局面，抗日力量不断壮大，终于全歼了盘踞在枣园区的敌人。

小说的成功，首先在于它相当真实地描绘了冀中军民抗日斗争的残酷性、艰巨性和复杂性。在日寇发动的惨无人道的"五一大扫荡"中，枣园区委领导人大多牺牲，区游击队也被打垮，"扫荡"过后全区到处一片狼藉，干部群众惶惶然无所归依，抗日斗争环境急剧恶化。虽然区游击队在许凤等人努力下重新组建起来，但面临的局面更加错综复杂：在外部，"扫荡"过后，敌人在本地区修炮楼、建据点、通公路、建立伪政权，使游击队活动更加困难。尤其是日军头目宫本，是一个异常狡猾的"中国通"，加上汉奸们为其出谋划策，使本来在人数、武器装备方面与敌人相差悬殊的游击队的对敌斗争更加困难。在内部，由于斗争环境的严酷，党内两条路线斗争加剧，以县委副书记潘林为代表的"右倾"势力，一味强调合法存在，不要"刺激"敌人，对游击队活动形成掣肘；尤其是潜伏在游击队内部的奸细赵青及叛变失节分子胡文玉的疯狂破坏，更使斗争形势复杂化。但这支抗日武装，在以县委书记周明为代表的上级党委的领导下，在广大人民群众强有力的支持下，不断挫败来自内外两方面敌人的阴谋，他们以伏击战、地道战、化装奇袭、打入敌人内部等机动灵活的战术，不断巧妙地打击敌人。抗日力量在斗争中不断成长壮大，直至打开枣园据点，全歼了敌人。全书故事情节紧张惊险、曲折复杂，具有传奇性，真实而生动地反映了冀中军民艰苦卓绝的抗日斗争生活。这是小说被人们喜爱的重要原因之一。

小说还成功地塑造了一系列英雄人物的动人形象。他们的青春在民族战争的烈火中经受了血与火的考验，焕发出了更加耀眼的光彩。其中许凤的形象塑造得最为成功。许凤是小说的主要人物之一，枣园区游击队在艰苦斗争中成长壮大的历史，也是许凤思想性格的成长史。日军"扫荡"开始后，在区委干部伤亡惨重、区游击队被打垮，一时与上级失去联系的情况下，她眼看存留下来的为数极少的游击队员要自行走散，自己也陷入了深刻的矛盾中："自己是一个姑娘，能领导游击队吗？可是如果不管，任凭人们走散，这不是明看着自己的队伍瓦解吗？"她凭着一个年轻的共产党员的高度责任感，勇敢地挑起了领导和重建游击队的重担。她以战斗的行动告诉党员和群众："区委没有垮，它在领导斗争！"从此这个年轻的姑娘成了枣园区抗日力量的主要组织者和游击队的灵魂。然而她毕竟年轻，深感自己"懂得太少"，尤其是缺乏武装战斗的经验，而她面对的对敌斗争形势又是如此严峻复杂：县委副书记潘林的破坏；原区委书记、许凤的恋人胡文玉的叛变投敌；日伪军及汉奸势力的空前嚣张等。这使得她和她所领导的游击队的斗争变得愈加艰难曲折。许凤也就是在这样错综的斗争中不断成熟起来的。她以惊人的坚毅和果敢、冷静和智慧，渡过了一个个难关，取得了一个个胜利。特别是她被捕后，饱受了更为严峻的考验。面对日寇的刑逼利诱，大义凛然，宁死不屈。她恨爱分明，痛骂没有骨气的民族败类赵青，怒斥卑劣无耻、叛变投敌的胡文玉；而对一同被捕的战友秀芬和小曼则关怀备至，鼓励她们"要争取活着出去"！小说还用较多篇幅写了她和胡文玉、李铁的感情纠葛，写了她感情上的痛苦和矛盾，最终在战斗中为爱情找到了归宿。这就使许凤这个英雄形象被塑造得既光彩照人而又有血有肉。

李铁是小说中另一个重要人物。他原是县大队手枪队成员，"五一大扫荡"后被派往枣园区任游击队长。他对党忠诚、作战勇敢、有智有谋，又有丰富的武装斗争经验；同时，为人性格直率坦荡。他带领游击队伏击敌人、智取据点、虎穴锄奸、解救群众，为打开枣园区对敌斗争的新局面立下了汗马功劳。他与许凤团结一心，共同应对各种危险复杂的局面，在许凤与胡玉文决裂后，成为许凤的爱人和战友。在许凤被捕后，他怀着复仇的心情，率领新编的第七支队和区游击队，一鼓作气，彻底捣毁了枣园据点，全歼了敌人。其他人物，如县委书记周明及秀芬、江丽、小曼、窦洛殿等，也都给人留下了较深的印象；几个反面人物，像奸猾狡诈的宫本、凶残可怖的渡边及奸细赵青、叛徒胡文玉，也都刻画得较为出色。

《战斗的青春》也存在着不足，如对党内两条路线斗争的描写流于表面，缺乏说服力；另外，对叛徒胡文玉的阴暗心理挖掘不深入，暴露不够充分。但瑕不掩瑜，《战斗的青春》至今仍然是读者喜爱的"红色经典"作品之一。

二 刘流

刘流（1914—1977），原名刘其庚，河北河间县人。童年时因家境贫困仅读过两年私塾，但热爱民间艺术。1937年抗日战争爆发后参加八路军，历任晋察冀军区五支队侦察科科长、军区司令部参谋、晋察冀军政学校区队长等职，后到晋察冀边区抗敌剧社工作。在此期间他当过演员，配合对敌斗争，写过一些通俗作品。以通俗文艺的形式大规模地反映自己熟悉的抗日英雄的念头，正是在这时萌生的。中华人民共和国成立后，他先后任保定文联创作部长、河北省委宣传部文艺处干事、《戏剧战线》编辑部主任等职，他的创作欲望更加强烈。正如他自己所说："我所熟悉的一些抗日英雄的形象和他们的光荣事迹，老在我脑海里游来游去，我没有办法抑制自己的感情，非写不行。"经过多年的准备和艰苦创作，其长篇小说《烈火金钢》1958年9月由中国青年出版社出版，曾经被改编成评书、电影和电视连续剧，在全国有着广泛的影响。

《烈火金钢》以章回体形式写成，全书共三十回。小说起笔于冀中军民抗战八年中最为艰苦的年代——1942年日寇"五一大扫荡"。"扫荡"开始后，日军对冀中进行了以烧光、抢光、杀光为政策的惨无人道的屠杀，采取"铁壁合围""梳篦清剿""反复拉网"的战术，妄图使我军民屈服。而冀中军民在共产党领导下，以惊天地、泣鬼神的英雄气概与日寇展开了殊死较量。小说就是在这样的背景下，以恢宏的气势，高亢的调子，大气磅礴地展示了那金戈铁马、烽火烈焰、喋血苦斗的时代和在这样的时代里百炼成钢的冀中军民。由于作者描写的是亲身经历过的斗争生活，又熟练地运用了评书艺术的语言和表现方法，使得小说所描绘的生活和人物，既具有浪漫传奇色彩，又不失真实，为我国现代小说的民族化、大众化艺术进行了大胆而有益的尝试。

小说的艺术魅力，首先是作者在残酷而复杂的对敌斗争中，塑造了一批具有传奇色彩的抗日英雄形象。"五一反扫荡"是冀中抗战最艰苦的时期，随着我军主力部队的转移、斗争方式的转变，"扫荡"过后形成了敌人暂时强大之势。作者没有回避敌人的强大和凶残，也没有回避在这种形势下冀中各阶层的分化，如何大拿以前脚踏两只船，现在完全倒向敌人怀抱；抗日干部刘铁军由于贪生怕死而叛变投敌；何志武、高凤岐之流则认贼作父，死心塌地充当日寇的鹰犬。正是这些败类的存在，使斗争环境更加严酷而复杂。小说中的英雄们，也正是在这样的"非寻常"的环境条件下"炼成金钢"的。

史更新是小说中最先出场的孤胆英雄，他所在的冀中军区主力兵团在向外线转移中，被两千多日军包围在桥头镇，包围与反包围的战斗打得异常激烈残酷。为掩护主力部队转移，史更新身负重伤，因而没有能够随连队一起冲出去。在日伪军的重重围困和搜捕中，他以"有我无敌"的大无畏的英雄气概，从血泊中站立起来，"白手夺枪"，消灭了一个特务和四个日本兵，打伤日军猪头小队长，令敌人胆战心惊。竟以为在桥头镇隐藏着冀中军区司令员吕正操的警卫队，不惜调来重兵："一个日军大队，一个伪警备大队，伪治安军一个营、两个骑兵中队、两个摩托小队，配备了重机关枪、轻迫击炮、放毒瓦斯的化学兵，还有两辆小型坦克车。"妄图一举消灭警卫队并活捉吕正操。史更新借着夜色打击敌人，把慌乱不堪的敌人搅得乱成一锅粥之后，审时度势，"单枪打开千军阵，独身冲破重兵围"。作品就是在敌我力量极端悬殊、战斗异常残酷、凶险的条件下，展现了史更新大智大勇的英雄形象。侦察员肖飞，也是读者非常喜欢的人物。他足智多谋，有胆有识，经常出没于敌人的据点和占据的城镇进行侦察或传递情报，常能绝处逢生、化险为夷，一次又一次地完成上级交给的任务。小说通过他活捉汉奸解二虎、巧妙摸入敌营解救被抓妇女、进城买药大闹县城等一系列险象环生的情节，塑造了这个富有传奇色彩的英雄，给读者留下了极其深刻的印象。此外，像性情耿直、富有战斗经验，以大刀显威力的骑兵班长丁尚武；大胆机灵、指挥有方的女区长金月波；清高但有民族气节的村民何世清；立场坚定、为保护村民而英勇就义的村支书孙定邦等，都是在残酷的斗争中，在生与死的考验中，成为"英雄好汉，亚赛过金钢一般，耸立在这鲜血冲洗过的古老山河上，坚强无比，永远放光！"

《烈火金钢》在艺术上另一突出特点是，熟练地运用了传统评书艺术的表现手法来塑造人物，表现现代化条件下的战斗生活，这是作者大胆而成功的尝试。评书作为中国老百姓熟悉、喜欢的艺术形式，旧时多以历史和武侠故事为题材，特别讲究故事的连贯性、传奇性、戏剧性和语言的通俗性及口语化。另外，说书人在讲故事时，夹叙夹评，与听众交流感情，并形成了一套习惯用语。作者充分发挥了评书艺术的优长，以塑造人物和展现反"扫荡"生活为出发点，从冀中军民那场"震山河，荡人心，惊天地，泣鬼神"的波澜壮阔的斗争中，提炼出了一系列或惊心动魄、扣人心弦，或惊险曲折、引人入胜的故事情节，如"白手夺枪排长奋勇，仰面喷血鬼子丧魂""捉二虎楞秋除奸，救妇女肖飞献智""一群鬼子入罗网，三路民兵战沙滩""飞行员大闹县城，鬼子兵火烧村庄""毁公路老百姓暴风卷土，歼敌人八路军猛虎出山"等，这些起伏跌宕的故事情节，既为塑造人物提供了广阔的艺术空间，又以其传奇性、戏剧性强烈地吸引了读者。作者在叙述故事、描绘战斗场面的时候，常常用夹叙夹评的方式向读者介绍斗争形势、敌我力量对比，讲述当地政策，介绍相关的军事知识和战术等，不但丰富了读者的知识，而且使读者对人物和故事的前因后果有了更清楚的了解。对人物间的复杂关系和心理活动，作者也常常在情节的紧张变化中腾出手来加以交代说明，这与完全靠人物语言行动展示或依靠烘托暗示及心理描写相比，更显得干脆利落，这都大大增强了小说的艺术表现力。

《烈火金钢》也存在着一些不足，如全书的情节结构缺乏整体性和内在联系，使得一个个相对独立而生动的故事如零金碎玉。与上述问题相联系，小说中没有一个贯穿全书的主要人物，如史更新在书的前八回中，给人留下了非常鲜明的印象，引起了读者对他行为的强烈关注和对其命运的强烈关怀，本应担当起这一角色，但八回以后作者便将他放下，让其养伤，直到全书结束也未发挥重要作用。其他人物，像体弱多病的田耕、缺乏领导和战斗经验的齐英，都没有能够担当这一角色。另外，对个别人物的处理还显粗疏，如刁世贵的反正问题，就有论者指出："由于前面对这个人物写得过于卑鄙无耻，后面又缺乏合理的思想转变过程，只是为了被逼迫成婚的小凤的悲愤而死，就一下子有了民族气节，甚至一跃成为和我党地方武装合作的积极人物，给人牵强生硬之感。"① 如果作者及早注意到这些问题并加以解决，将会使《烈火金钢》这部长篇小说更加完美。

三 冯志

冯志（1923—1968），河北静海县（今属天津）人。自幼父母双亡，由祖母抚养成人。曾读过四年小学。1937 年"七七事变"后参加八路军，先在冀中九分区政治部做警卫员，后到文工团、冀中前线剧社当演员。1942 年冀中"五一大扫荡"后，到冀中九分区敌后武装工作队任小队长，曾获冀中军区颁

---

① 郑一民：《刘流小说论》，龚富忠主编《河北小说论（上）》，花山文艺出版社 1989 年版，第 195 页。

发的"五一"奖章。抗战胜利后回到前线剧社。1947 年入华北大学中文系学习。1949 年任新华社河北分社记者。1951 年调入河北人民广播电台，先后任编辑、记者、文艺部副主任等职。他从 1945 年起坚持业余创作，先后发表过特写、报告文学、短篇小说以及诗歌、回忆录等。1958 年 11 月，他的代表作长篇小说《敌后武工队》由解放军出版社出版，受到读者热烈欢迎，曾被译成英、俄、日等文字。另创作有中篇小说《保定外围神八路》等。

《敌后武工队》以 1942 年"五一反扫荡"为背景，描写了一支小小的武装工作队在敌后的生活和斗争。"敌酋冈村宁次亲率七八万精锐部队，从四面八方来了个铁壁合围，轮番大扫荡。这就是冀中有名的'五一'突变……"此后，以保定为中心的冀中地区"碉堡林立、沟墙如网"，成了日伪所说的"确保治安区"。在这里，敌人建立了伪政权、"维持会""防共团"及遍布各村的情报联络员。这里成了敌人的天下，鬼子、伪军、汉奸、特务们气焰嚣张地"胡乱窜"。在这大部队无法开展活动的"敌后的敌后"，上级决定抽调四十余名战斗经验丰富，并具有一定文化程度的干部、战士，组成一支精干的武装工作队深入敌后开展斗争。小说以武工队的活动为主线，写了他们在冀中人民群众的配合下，在极其险恶的环境中与日伪军及汉奸特务斗智斗勇的战斗历程。虽然这支队伍人数少，但由于所有队员"都是九分区部队的金疙瘩，富有战斗经验的班排干部"，所以他们特别能战斗。小说正面描写的战斗大大小小有三十多次，他们在敌我力量对比极其悬殊的情况下，在敌人控制非常严密的地区伏击日军、巧拿炮楼、智除汉奸、化装突围、策反伪军、解救群众，常能逢凶化吉、出奇制胜。经过三年多艰苦卓绝的斗争，终于迎来了抗日战争的胜利。

作品突出描写了八路军武工队在与强敌斗争中表现出的机智灵活和随机应变的战略战术。这支小小的武装工作队要深入敌人控制最为严密的保定周围地区开展武装斗争，虽然队员们个个都有很强的战斗力，有区县干部的配合，有何殿福、河套大伯等群众的支持，还有被称为"小延安"的西庄那样的秘密根据地，但他们面对的是超出自己几十倍、几百倍的日伪军及汉奸特务。残酷的对敌形势和险恶的斗争环境，决定了他们的斗争方式和手段将非同寻常，必须审时度势、机动灵活、随机应变：打，要打得干净利落；走，要走得神速诡谲。他们常常昼伏夜出，利用夜色、地道、"青纱帐"，神出鬼没地打击敌人；白天则多用化装，真真假假同敌人周旋；也常利用矛盾分化敌人、打击敌人。作者就是在这样真实生活的基础上，结合自己的亲身经历，演化出一系列带有传奇色彩的对敌斗争故事。如为了除掉武工队的劲敌夜袭队，他们利用敌伪之间的矛盾，巧妙使用借刀杀人的计谋，收到了奇效。汉奸夜袭队长刘魁胜与日军车站站长的部下刘万顺为天津名妓"贵妃"争风吃醋，被站长训斥受辱，魏强率九名队员化装冒充刘魁胜及夜袭队员驱车直奔南关车站，光天化日之下，明火执仗地砸毁了敌人的车站，然后用两个冒充电话调动大队日本宪兵，使其以九挺歪把机枪盖顶，一举重创了作恶多端的夜袭队。在梁家桥，夜袭队员梁邦的老母夜晚出来看鸡窝，被炮楼上的日军哨兵开枪打死，武工队利用他回家奔丧之机进行开导，使其反正。在梁邦母亲出殡之日，日军曹长为了笼络汉奸们的人心，在炮楼跟前摆上放满干鲜果品的祭桌，带上一群"不挎刀拿枪，身着黄、绿、黑色制服的军警"出来路祭。令敌人想不到的是，棺材里突然站起一个手端机关枪的汉子，抬棺材的、撒纸钱的、赶车的、打幡的、送殡的人一个个从腰里抽出手枪，一齐向低头垂手的鬼子、伪军开火，敌人还没有弄清是怎么回事，便糊里糊涂地命归黄泉或做了俘虏。这场真死人假出殡，利用路祭巧歼日军的妙剧被作者写得惊心动魄。再如武工队被日军和夜袭队包围在小庄，武工队掩护群众从地道离村后失去了突围的机会，他们占据制高点，声东击西，激战中使敌人死伤四五十人，然后化装成日军，从容离开小庄直奔梁家桥端了鬼子的炮楼。抗日战争胜利在望，日军不惜最后挣扎，松田率几百名日军包围了西王村，驱赶数百名群众集合起来指认武工队员及区干部，没有来得及转移的区委干部刘文彬、汪霞受到群众舍身掩护，由于叛徒出卖，二人被捕。为营救刘文彬、汪霞，魏强等人经过周密计划，成功劫获囚车，使二人获救。作品正是通过这些被艺术化了的传奇人物和曲折生动的战斗故事，来反映那段令人难忘的战斗生活。

《敌后武工队》是作者在自己亲身经历和真人真事的基础上创作而成的，"书中的人物，都是我最熟悉的人物；有的是我的上级，有的是我的战友，有的是我的'堡垒'户；书中的事件又多是我亲自参加的"（见《敌后武工队·写在前面的话》），书中的人物也因为格外真实而存活在读者的记忆中。武工队员刘太生是本书前半部分给读者留下深刻印象的人物。他是武工队中的一个普通战士，随武工队来到敌后，便知道了母亲被敌人杀害的消息，这个不论行军、打仗，多苦多累都整天乐呵呵的硬汉，哭得"眼泪像断线珠子一般，哗哗地朝下流"。但是，"他知道不早一天把鬼子赶出中国去，不知道有多少母亲还会死在敌人的手下"，因此，他在对敌作战中更加勇敢、顽强。小说第六章写他单独外出执行任务返回途中，遇上了大队的敌人。他在给敌人造成大量伤亡后，与路上和他巧遇的抗属何殿福一起被敌人包围在一口安装着八卦水车的水井上。"他俩占的这块五六平方米大的地点，好像出了活佛的圣地，四周围炮楼、据点的敌人都先后跑出，往这里朝拜。敌人越来越多，手枪、步枪、机关枪，密密匝匝地围了个转遭转"。但"刘太生蹦蹦跳跳，东打西射，全无一点惧怕劲头"。这使得目睹了他战斗风采的何殿福对他"打心眼里起敬，他觉得这个八路军不是普通人，就像浑身都是胆，大战长坂坡的赵子龙"。最后，在何殿福的带领下，从井里走秘密地道安全脱险。小说通过对刘太生多次与敌人的战斗及生活场景的描写，展现了他机智、勇敢、顽强的战斗风采和朴实、诚恳、富于理想的优秀品质。最后在与敌人夜袭队的遭遇战中，由于子弹"哑了火"，当被三个敌人同时按住，他便毫不犹豫地拉响了身上的手榴弹，与敌人同归于尽。魏强作为武工队队长，有高度的政治觉悟，既忠实地执行上级的各项命令，又关心战友，时刻牵挂群众的安危。作为一个下级指挥员，在策反梁邦、田光等事件中，在奇袭南关火车站、巧夺黄庄、离间敌伪、生擒松田和刘魁胜等一系列的斗争中，都显示出他的勇敢、智慧和指挥才能。其他如贾正、赵庆田等也都是具有高度政治觉悟，同时又智勇双全的英雄战士。汪霞是书中描写得比较成功的女干部形象，她在开展各项群众工作中深受群众的信赖和爱戴，在策反梁邦以及黄庄渡口的战斗中，特别是在她被捕后的斗争中，充分表现了一个共产党员的机智勇敢、无所畏惧的品质，表现了她战胜敌人的崇高信念和坚定的意志。

小说对抗日群众形象的塑造也很出色，如河套大伯，抗战爆发时，他恨自己年迈不能上前线为国效劳，甚至想把14岁的儿子送去参军，无奈儿子太小，人家不要。好不容易等到1941年，他便毫不犹豫地把刚满十八周岁的儿子送到队伍上。他不仅带头交公粮，而且待抗日干部、武工队员亲如一家。他与老伴一起为游击队站岗放哨，爱护子弟兵如同父母，最后他为掩护武工队员惨遭敌人杀害。他那强烈的爱国心，鲜明的爱和憎，朴实而又倔强的性格，令人起敬，难以忘怀。再如李洛玉，外号"百灵鸟"，为人机智幽默，有一张"能把死人说活"的嘴巴。他的公开身份是"保长"，暗中是抗日政府的治安员。他走到哪里，就把笑声带到哪里，还用这张巧嘴"瞒哄了不少的敌人"。如第八章写武工队在张保公路上伏击了日军一个小队，津美联队长便下令伪警备队抓民夫，把张保公路沿线两侧百米内所有树木及未成熟的麦子全部砍伐、割掉。如果敌人命令得以施行，显然群众的损失就太大了。李洛玉巧妙利用伪警备队队长嗜酒如命及与津美联队的矛盾，加上他一张巧嘴的哄骗煽动，敌人的砍伐计划被他"用一瓶子酒、一只鸡就完全给破坏了"。其他像地下交通员郭洛耿父子、铁路工人金汉生、督促弟弟弃暗投明的梁玉环等人的形象，也都塑造得真实可信。在他们身上，不仅体现了冀中人民坚贞不屈、爱国爱家的优秀品质，也是这支敌后武工队能以少胜多、克敌制胜的根本保证和原因。小说中的这些人物，构成了冀中军民的英雄群体，并用他们的具体行动，谱写了一曲中华儿女英勇抗敌的爱国主义乐章，这乐章响彻中国大地并具有永久的历史穿透力，将会永远激励着中华民族为自己的美好前途抗争奋斗，这正是这部小说的思想魅力之所在。

《敌后武工队》的不足是，对全书的描写主体——武工队，过分注重了队员们个个具有较高政治觉悟和机智勇敢的共性，而对深入挖掘和表现他们独特的内心世界和个性重视不够，致使读者对他们难以区分，除刘太生外，其他主要人物，如小队长魏强、队员贾正、李东山及区委委员刘文彬等，虽然在作品中经常出现，然而形象却不够饱满；倒是花费笔墨不多，但写出了人物个性的抗日干部群众的形象，使人难以忘怀。这里有许多值得后人学习的经验和吸取的教训。

第二节 李英儒 刘真

一 李英儒

李英儒（1914—1989），河北青苑县人。1937年高中毕业后曾经到北平学英语。"七七事变"后回到家乡。1938年1月参加八路军，历任军校教员、宣传队长、编辑、记者。1938年8月起从事军事工作，被任命为某步兵团团长，在冀中大清河及易县、涞水一带坚持游击战。他带领部队参加了大清河北突围战、石屯攻坚战、沧石路截击战、小范村反包围战、夜袭安平城等一系列战斗。1940年开始文学创作，同时参加冀中刊物《文艺学习》和报告文学集《冀中一日》的编辑工作。1942年，他受冀中区党委指派，打入日伪占领下的河北省府保定做地下工作，开辟由冀中通往山区根据地的地下交通线。这一任务完成后，工作重点转移到发动群众、分化瓦解敌伪人员、营救被捕干部、为外线提供情报等地下工作方面，一直到抗战结束。1947年后曾任晋察冀中央局联络部第一处处长、军区科长。中华人民共和国成立后在解放军总后勤部从事部队文化领导工作。他长期在冀中战斗生活，特殊的生活经历，为他后来的文学创作积累了丰富的素材。1954年，他的第一部长篇小说《战斗在滹沱河上》问世，被誉为中华人民共和国成立初期优秀长篇之一。之后又创作了长篇小说《野火春风斗古城》，又获得了巨大成功，该小说先后被译成英、日、俄、德、朝、保等十多种文字发行海外，1963年由八一电影制片厂摄制成同名故事片。他在"文化大革命"中受到迫害，被监禁八年。粉碎"四人帮"后，调八一电影制片厂任顾问，创作了长篇小说《女游击队长》《还我河山》等。1989年2月因病去世。

《战斗在滹沱河上》是李英儒第一部长篇小说，1954年由人民文学出版社出版。正如作者自己所说："我的第一部长篇小说《战斗在滹沱河上》以及以后写的长、中、短篇，还没有多少来自道听途说，大都是亲自经历的。"① 小说写1942年5月，日寇对冀中发动了残酷的"五一大扫荡"。沿河村人民在村长王金山、农会主任赵成儿、民兵队长赵胖墩、干部二青等人组织下，配合子弟兵，与凶残的日寇展开了针锋相对的反"扫荡"斗争。为了保存力量，宋副团长带领大部队撤退，二青担任部队向导，途中与敌人相遇，展开一场激战，给大"扫荡"后骄傲的敌人以打击。敌人很快开始进行疯狂报复。由于赵胖墩的麻痹，洞没有挖好，干部田大车受伤，不少群众被害。汉奸赵三庆带领日寇到沿河村搜捕村干部和民兵。在危急关头，赵成儿挺身而出，怒斥汉奸，为掩护其他同志而牺牲。在赵成儿牺牲的第三天晚上，田大车、王金山、胖墩等人又被敌人包围，他们被迫转入地洞里，然而地洞又被敌人发现，情况万分危急。为了减少不必要的牺牲，地道隔成两部分，二青一人在外面成功掩护了其他同志。敌人撤退后，二青也被抢救了过来。刘政委率领部队回来了，同群众一道坚持斗争、恢复扩大根据地。沿河村民兵和部队紧密配合，在仙人桥附近打了个大胜仗。在庆祝胜利的过程中，沿河村掀起了参军热潮。由于"这本书里的材料，多半是作者亲身的经历……人物和故事，在相当大的程度上是依照真人真事写成的，情节的组织结构方面，大体也吻合当时的具体情况"②，因此"写得很感人"（康濯语）。

真正奠定了李英儒在当代文坛地位的作品，是他的第二部长篇小说《野火春风斗古城》。这部长篇小说原载《收获》1958年第6期，1958年12月由作家出版社出版单行本，1962年由人民文学出版社出版了修订本。小说写的是抗日战争时期我地下工作者在敌占区的斗争和生活的故事。1943年冬，游击队政委兼县委书记杨晓东奉命前往日伪占领下的河北省城保定开展地下工作。他在地下联络员金环、银环及烈士后代韩燕来兄妹和周伯伯等人帮助下，充分利用敌伪矛盾，营救同志、护送干部、散发传单、为外线斗争提供情报，展开了卓有成效的工作。他利用敌人进山"扫荡"、省城空虚之机，组织城郊武工队袭击了敌司令部，俘虏了伪团长关敬陶，

---

① 李英儒：《善于思考，勇于实践——与青年作者谈创作》，吴开晋编《李英儒研究专集》，解放军文艺出版社1984年版，第118页。

② 李英儒：《战斗在滹沱河上·后记》，吴开晋编《李英儒研究专集》，解放军文艺出版社1984年版，第61页。

对其教育后释放。日本顾问多田和伪保安司令高大成对关敬陶产生了怀疑并让被捕的地下工作者金环与关敬陶对质，以期验证他们的怀疑。金环不顾个人安危，掩护了关敬陶，并在以头簪刺杀多田时牺牲。不久杨晓冬也因叛徒的出卖被捕，他与敌人面对面地斗智斗勇，使敌人大伤脑筋。银环在武工队和地下党的配合下将杨晓冬救出；关敬陶弃暗投明，毅然起义，日伪军遭到沉重打击。杨晓冬与银环在共同斗争中产生了爱情，后奉命以伴侣身份离开省城去北平接受新的任务。

作品的巨大成功，第一个方面在于题材的特殊性。《野火春风斗古城》所描绘的是1943年前后冀中日伪占领下的河北省城保定的地下斗争生活，是在敌我力量极为悬殊的特殊环境下的对敌斗争，斗争形势异常严峻、残酷，斗争环境异常险恶复杂，这就决定了这场斗争的特殊性。作家在自身丰富的实际斗争生活经历的基础上，通过杨晓冬、金环护送首长过封锁线，智斗蓝毛，捉放关敬陶，金环被捕就义，杨晓冬狱中斗争及被地下党营救出狱等一系列惊险曲折、跌宕起伏而又引人入胜的情节，艺术地再现了我地下工作人员在另一条战线上所进行的惊心动魄的斗争，显示了这条战线在削弱敌人、瓦解敌人、配合外线武装斗争方面所起的特殊而重要的作用，使我们对抗日战争有了更深刻、更全面的了解。这是李英儒在题材方面对中国当代文学的独特贡献。

作品成功的第二个方面是，相当成功地塑造了以杨晓冬为代表的一批地下工作者形象，表现了他们大义凛然、视死如归、"手中无寸铁，腹内有雄兵"的英雄气概。杨晓冬是作品的核心人物，他原是贫苦农家出身的青年学生，时代熔炉锻炼了他，进入省城做地下工作时已经是我党一名优秀的地方抗日武装和基层政权的领导人。他是这场地下斗争的领导者、组织者，也是战斗员，作者把他放在种种艰难曲折中来展现他思想性格的多个侧面。他既有高度的政治觉悟、政策水平、组织能力，也有一个成熟战士的机智、沉着和果敢；既有面对敌人的威逼利诱而大义凛然、视死如归的英雄品格，也有深厚的母子之情、深挚的男女之爱及对同志入微的关怀。正因为如此，这一人物才显得既丰满又真实可信。作者虽然给了他最多的笔墨和展示英雄品格的机会，但"我们可没有这么一种感觉，是杨晓冬个人在那里逗英雄"①。作品中的金环，也是一个光彩照人的形象。她是在"鬼子兵陷落城垣的那一年"，带着妹妹银环"逃反到千里堤"的，她宁可住五道庙讨百家饭，也不肯给地主做小。后来嫁给一个长工，婚后不久便鼓动丈夫参军打鬼子。丈夫牺牲后，便带着孩子重回省城，移居郊区，按党的指示，秘密从事地下交通工作，并把妹妹安插在省城一所医院做内线工作。她经常巧妙出入于日伪炮楼、岗哨之间，护送干部、传递情报，成为我党一名非常出色的地下交通员。作品通过一系列细节，显示了她爱国爱人民的思想觉悟，同时也显示了她机智勇敢、泼辣刚强的性格特点。后来，由于一个小小的疏忽而不幸被捕，她巧妙利用敌人之间的矛盾，置汉奸李歪鼻于死地，又全力掩护了我地下党争取的对象关敬陶。她的遗书让我们看到她热爱生命、热爱自由、热爱生活，为抗日救亡事业牺牲，哪怕是献出生命。其他像善良、热情、无私而又略显软弱的交通员、金环的胞妹银环，深明大义的母亲杨老太太，鲁莽大胆、血气方刚的韩燕来，稚气活泼而又机灵心细的小燕，饱经风霜、略带世故而又热诚善良的周伯伯等人物，也都塑造得较为成功，给读者留下了深刻的印象。

小说成功的第三个方面在于它生动的故事情节和传奇色彩。小说以带有传奇色彩的笔触向我们展示了地下工作艰险、复杂、残酷、严峻的真实图景，这是对地下工作者智慧、觉悟、胆识、经验、能力、人格精神超常规的全面考验。因此也常常将读者引向关于战争与和平、正义与邪恶、现实与理想、个人与群体等具有普适价值问题的思考。全书故事惊险、曲折，情节安排跌宕起伏，对读者具有强烈的吸引力。小说的语言朴实、生动，富于浓厚的地方色彩和民族韵味，也是这部长篇小说成功的重要因素。小说一经发表，立刻以其题材的新颖、情节的引人入胜、人物形象塑造的成功而引起强烈反响，报刊上还开展了热烈讨论。1963年被改编成同名电影，还译为日、英、俄等多种文字，具有广泛影响。

粉碎"四人帮"后，李英儒创作出版了《女游击队长》《还我河山》以及《燕赵群雄》《女儿家》等反映冀中抗日斗争的中长篇小说，思想艺术上

---

① 叶圣陶：《读〈野火春风斗古城〉》，吴开晋编《李英儒研究专集》，解放军文艺出版社1984年版，第143页。

虽然没有能够在《野火春风斗古城》的基础上有所突破，但由此可见作家对冀中人民抗日战争生活的一往情深。

二 刘真

刘真（1930— ），原名刘青莲，出生在山东夏津县一个小村庄。她的两个哥哥很早就参加了八路军，为此全家遭到日伪势力迫害。1939年，刘真随全家来到冀南抗日根据地，9岁便参加八路军，当过冀南区宣传队演员、地委通讯员和冀南军区平原剧社演员。"因为小，夜间行军，我总是一面走一面睡觉。队伍进了村，要拐弯，我不知道，常常一头撞在墙上。我的队长、指导员，把我腰里拴上条带子，拉着我走。就这样，我一年年长大了，会作点工作，会写日记了。"[①] 1943年，她加入中国共产党。解放战争时期随第二野战军文工团赴前线，平时宣传演出，战时救护伤员。1949年后曾任文工团队长、创作室主作、师文工队长等职，开始写文艺通讯。她在儿童少年时期的经历，是她日后小说创作重要的题材来源。1951年在东北鲁迅文艺学院学习，创作第一篇小说《好大娘》。1952年到北京中央文学讲习所学习，1954年毕业后到作协武汉分会从事专业创作。1958年到河北文联，1972年到邯郸文化局创作组。"文化大革命"后任河北文联副主席、中国作协河北分会副主席。主要作品有短篇小说集《林中路》《长长的流水》《英雄的乐章》以及散文集《山刺玫》（山西人民出版社1980年版）等。

刘真的小说创作可以"文化大革命"分为前后两个时期。她前期的小说以革命历史题材为主，大多叙述自己在革命队伍中的童年印象，经常采用第一人称的儿童口吻叙述。她说："这些作品，大部分是写我个人的生活经历，尤其是写童年的那些篇章。"[②] 以"自叙传"的童年视角来写童年印象，是刘真前期小说的重要特征。

发表于1951年的短篇小说《好大娘》是刘真的处女作。小说以1942年4月日军对冀南进行疯狂的大"扫荡"为背景，以第一人称记述了一个13岁的小"八路"（即小刘）所在部队与日伪军战斗里，被日军飞机扔下的炸弹埋

[①] 刘真：《长长的流水·后记》，人民文学出版社1979年版。
[②] 刘真：《刘真短篇小说选·自序》，花山文艺出版社1983年版。

在土里昏了过去。等她醒来时部队转移了，她随逃难的百姓乱跑而被敌人包围在一个村子的大院里，她钻进谷草垛里才没有被敌人抓住，可她的战友小赵惨遭杀害。她趁夜色逃了出来，但迷迷糊糊跑了一夜，却跑到了敌占区。在危急关头，她得到了"好大娘"舍生忘死的救助和掩护并背她逃出敌占区，找到了自己的队伍。小说以真切动人的情感回忆叙述，再现了革命战争年代军队与人民的血肉关系。这篇小说在艺术上虽然显得粗糙，但已经显示出刘真小说的主要特点：深情的自叙回忆、儿童视角、第一人称和无处不在的童心童趣。如这篇小说是这样开头的：

> 我和小赵，都是俺宣传队的宝贝疙瘩，她十四岁，我十三岁。虽然俺俩年岁小，干工作可带劲。有一次在群众大会上，我和小赵刚唱完河南坠子，那些大娘大嫂子们，紧紧地把我们包围起来，这个抢过来抱抱，那个抢过去亲亲。这个问："你这么小的年纪，怎么就学会抗日呢？真有出息。"那个说："小嘴那么灵巧，像小燕子一样，是谁教给你的？"常常是不知不觉，我们的军装口袋里，被塞满了花生、糖、大红枣。指导员总爱开玩笑地说："又犯群众纪律啦？"我和小赵噘着嘴，假装生气的样子说："俺一点也不知道，是人家自愿拥护的。你愿意吃，给你点，别眼红！"

这深情的回忆、动情的述说和活泼有趣的笔致，是刘真的小说被读者喜爱的重要原因之一。《好大娘》获得1953年全国儿童文学作品三等奖。

标志着刘真小说在表现生活的深广度和艺术上长足进步的小说，是创作于1953年的《我和小荣》。《我和小荣》中的主人公就是两个孩子，一个是"我"，十五岁的小王，是部队里的"小鬼"和经常穿越敌人封锁线传递文件的小交通员；另一个是十二岁的女孩小荣，普通农民的女儿，也是个小联络员。故事就围绕他们二个人展开："一九四二年六月的一天晚上，赵科长帮助我把文件包结结实实地捆在身上，像往日一样，我就朝着我要去的那个秘密地方出发了。"可接下来对"我"的考验却一个接着一个。先是天气，"六月的天气是很奇怪的，刚才还有满天的星星向我挤眼睛，突然，暴风带着满天的黑云，像是一头没有笼头的野马，迎面呜哇呜地叫喊着，拼命向我扑来。"

黑云织成的天幕,把银河、北斗星都盖了起来,"我的心一慌,天那!哪里是我应该去的方向,我竟不知道了。"而"四面都是日本鬼子的炮楼,探照灯像魔鬼的眼睛,在我的身上晃过来晃过去,就像为了寻找我的文件包"。虽然"我""已经是参军三年的老战士了",但如果没有"活神仙"一样的交通员送"我"到目标地村边,我也不能及时赶到交通站李大娘家。而到了交通站时情况更加出人意料,"我"几次发出暗号而没有回应,门上却贴上了三道封条。正在"我"焦急万分时,李大娘12岁的女儿小荣突然出现,拉住我说:"村里有汉奸,咱们到村外去说。"这才知道李大娘、李大伯已经被敌人杀害。"好半天,我才说出:'文件怎么办?赵科长叫立刻转送西交通站。'小荣马上止住哭说:'我就等着这件事呢,快交给我。'"但"我"还是觉得小荣太小了,于是决定与小荣一起把文件送到西交通站,完成任务后又把小荣带到了部队上。在这个故事框架内,穿插了"我"对小荣一家的回忆及与小荣一起成长的故事,写了被她称为"活神仙"的老交通员以抗日为乐的开朗和赵科长对"我"及小荣的亲切教导和慈父般的关怀以及张大娘对小荣的阶级情谊等。这既拓展了小说反映生活的深广度,又交代了小英雄们的成长环境。《我和小荣》获第二届全国儿童文学作品一等奖。此后她在"文化大革命"前陆续发表了《核桃的秘密》《红枣儿》《弟弟》《大舞台和小舞台》等小说,另外还有取材于西南边防生活的《三座峰的骆驼》《对,我是景颇族》的一组小说等,使她成为全国有影响的女性作家。

  1959年发表在《蜜蜂》杂志上的《英雄的乐章》,是刘真珍视的佳作,也是她对生活、对战争思考更加深入的标志。它描述的是一对男女战士从少年友情发展到青年恋情,后来男战士为革命英勇献身的故事。1939年,还不满10周岁的"我"(清莲)到部队,参加了艺术训练班。音乐组长是"我"曾见过的教唱歌的小兵张玉克。他过来和"我"握手,"我"害羞地用力把手抽回。从此他不再单独和"我"说话,好像有什么东西把我们隔开了。但当这"娃娃队"被敌人围追时,在"我"最危险的时候,还是他帮助了"我"。训练班结束分手后,"我"一直想念他。1942年敌人大"扫荡","我"藏在老乡家里。有一天他突然出现在"我"的面前,他已是一位真正的士兵了。他请求上级把"我"送到太行山念书,可"我"再没见到他。一直到1945年冬，在伤兵运送站里，"我"见到了受伤的他，这时他已是一位英俊的连长了。他问"我"是否愿意跟着他一直走到共产主义，当"我"说乐意和"你并排走"的时候，"长串的热泪，从他那微闭的眼睛里无声地流出来"。到1947年，他已是一位立过三次大功、名闻全军的英雄营长。一次在"我"演完《白毛女》卸妆时，突然在镜子里看到了他。这令人惊喜的见面，使两颗年轻而充满理想的心贴到了一起。然而在山羊集战役中，他却在带头向设有敌指挥部的最后一个地堡进攻时不幸中弹牺牲了，他用壮丽的青春谱写了一曲英雄的乐章。小说弥漫着作家深沉的感伤和沉重的思考：战争把他锤炼成英雄，但战争又无情地夺去了他的生命，也夺去了"我"的初恋。这是作者在当时历史条件下对战争和生命的独特感悟、体验与思考。小说感情充沛，含蓄真实，具有浓厚的人情味；同时小说描写细腻，想象丰富，语言流畅，富有诗意。但作品在当时是被作为批判修正主义文艺思潮的靶子附发在《蜜蜂》杂志上的。批判文章认为，小说"将个人幸福与革命事业对立起来"，"把革命斗争的胜利看成个人的悲剧"，"宣传了悲观失望的厌战思想，宣传了资产阶级的和平主义"，"以资产阶级人道主义观点，看待革命战争和爱情问题"，因而是"配合修正主义思潮对无产阶级文艺事业进攻的一支毒箭"。[①] 对《英雄的乐章》的批判，是当时全国文艺界在"左"的思潮之下开展的诸多批判之一。这种批判不仅中止了革命历史题材作品中作者对战争体验与个人关系的思考，而且大大伤害了作家的感情和创作的积极性，也使她更加怀念战争年代里人与人之间那种真挚、纯洁的关系。1962年，周扬代表作协否定了对她的批判后，她的创作才得以恢复。现实与历史的强烈反差，促使她创作了以回忆战争年代里人与人之间真挚而纯洁情谊为内容的小说《长长的流水》。

《长长的流水》发表于《人民文学》1962年第10期。小说以第一人称"我"的口气写了一个在战争中成长起来的调皮的"假小子"。"我"家住在平原，1943年春天，党把"我"送上太行山，参加了整风大队。倔强、调皮、有点自高自大的"我"，因为当过宣传员、交通员，被敌人逮捕过，就觉

---

① 参见王子野《评刘真的〈英雄的乐章〉》，《文艺报》1960年第1期；康濯《同根长出的两株毒草——略谈〈英雄的乐章〉和〈曹金兰〉》，《蜜蜂》1960年第1期。

得自己了不起，不喜欢学习。"我"的组长是李云凤大姐，她抗战前就在济南领导学生运动，后来她与做商人的父亲决裂。她待人非常好，一去就命令"我"洗澡，督促"我"学习。"我"先是哀叹，还没长大就有了一个婆婆，后来逐渐喜欢她了。整风到8月上，大姐长了一脖子淋巴结核疙瘩。她到卫生所去休养，又托付别人教"我"功课，并给了"我"一个很新的黑皮本子。整风学习完以后，"我"又去上了半年中学。一次生病住院，见到了大姐。她瘦了，因为缺乏必需药品，淋巴结核串遍全身，她的一条腿完全不能动了。"我"说不出的难过和悔恨，八九个月了，就不知道来看看她。妈妈给"我"捎来两双袜子，"我"送给大姐一双，但她批评"我"在日记上骂老师，光检讨不改，这样下去就变成兵油子了，气得"我"把袜子又要了回来。每天晚上，她都给"我"讲《保尔》等故事，后来不讲了，要我自己去看。"我"一钻进书堆，才知道自己知识太少，是个大傻瓜。回到平原后，"我"在文工团工作，听说她残废了，但坚持拄着双拐工作。1960年开党代会时，"我"又碰到了阔别15年的大姐。她已与住院时的孙医生结了婚。她夸"我"文章写得好。小说以冀南区军民斗争为生活背景。采用第一人称的写法，带有明显的自传痕迹，同样是刘真早年生活的艺术再现。小说对假小子"我"的形象刻画得非常生动。例如她的调皮：云凤大姐叫她洗头，她说没头发，不用洗。大姐说没头发也有土，她说："没有土怎么长庄稼呢？"叫她学功课做算术，她说"一个鬼子加两个鬼子，等于三个鬼子，这么一加，那三个鬼子也死不了"等。再如她的天真：听见鸟叫以为与她比歌喉，看见河水闪亮想象为许多只眼睛。再如任性与不懂事：因为大姐的批评而把送给大姐的袜子要回来等。趣味性的情节增强了人物的生动性、真实性，也更凸显了人物性格。《长长的流水》成为刘真最著名的代表作。

刘真早期小说创作都是以冀南和太行山区军民的斗争生活为背景，表现根据地孩子在艰苦的斗争生活中经受锻炼而逐渐成长的故事。她小说的主人公都在9岁到15岁之间。大都用第一人称，多以作家自己童年生活和思想格调为小说素材和情绪基调，带有明显的自传性。刘真笔下的儿童，是那样地勇敢机智、乐观顽强，又天真纯洁、活泼可爱，富于儿童情趣和想象力。但刘真又没有对此有意拔高，时时注意小战士的素质和觉悟与儿童的天性稚气、兴趣爱好、语言行为的一致，从不忘记他们是儿童，不可避免地有倔强、淘气、馋嘴、爱哭以及自我控制力、生活自理能力差的一面；当然，她更没有忘记她笔下的这些儿童成长与严酷战争及抗日根据地环境的关系，写出了少年儿童在革命战争中经受的教育、考验和成长。她以儿童的视角和感受来揭露侵略者的罪恶，再现革命斗争的艰难曲折、大家庭的温暖和军民的血肉深情。她笔下的那些好大娘、好大姐、好领导，正是作者成长过程中，保护过她、哺育过她的人民群众和战友。这类人物的共同之处是嗔怒中透着亲切，严格中包含着疼爱，他们对身边缺少父母关爱的孩子来说，是他（她）们难以忘怀的。作者笔下的这些人物形象，也给读者留下了难忘的印象。

"文化大革命"中，刘真同样受到迫害，在新时期才拿起笔来重新开始了创作，此后的创作可视为刘真创作的第二个阶段。在这一阶段的作品中，最有影响也最具代表性的小说是短篇小说《黑旗》。这篇小说发表于1979年，与茹志鹃《剪辑错了的故事》几乎同时发表。《剪辑错了的故事》巧妙地从40年代和50年代两个不同历史阶段中，着意剪辑了一些故事片段，重点通过"大跃进"与革命战争年代干群关系的对比，对极"左"路线下的干群关系表现出深深的忧虑。而刘真的《黑旗》则着重揭示了"大跃进"年代的浮夸风给人民群众带来的灾难与不幸。小说以"我"（罗萍）在全国"大跃进"的背景下，从省妇联下放到河北某公社担任公社副书记的经历和感受为线索，再现了当年浮夸风横吹下农村种种荒诞的生活景象。如："在县委召开的一次电话会议上，喇叭筒里传来一个外号叫刘大炮的公社书记的声音：'二十年赶上英国！就是那么难吗？不，我一年半就要赶上！'一位细声高嗓的女干部说：'一年半？不行，我保证，俺公社三年内实现共产主义社会。'"在报产量会上，"刘大炮说：'我保证，我们全公社今年平均亩产五万斤。'"在这个基础上"所报的数字越增越高，到了十五万斤了"。正是在这种喧嚣的浪潮中，"我"所在公社的干部们为了坚持实事求是的原则，坚决不肯虚报产量，不肯放"卫星"，结果被定为全县落后的典型，颁下一面黑旗以示惩罚，在政治上承受着巨大压力，正直的公社书记丁尽忠甚至被逼疯，"我"离开公社回到省里。小说结尾是18年后，即1976年"文化大革命"末期，当"我"因出差而重返这个地区（保定）时，看到到处是讨饭的人群，到处是凄凉的景象。一面"黑旗"，织进了二十多年农村痛苦的历史，也织进了刘真对这段生活的深刻思考。但小说结尾"我"与当年一起抵制浮夸风的干部群众巧遇的描写，有较明显的人为痕迹。同样具有"反思"意味的小说还有《余音》《姑姑鸟》等。新时期刘真的小说收编在《刘真短篇小说选》中。

第六章　农村题材小说

第一节　李满天　谷峪

一　李满天

李满天（1914—1991），祖籍甘肃临洮县。1935年在北京大学读书期间，曾积极参加"一二·九"学生运动。1938年8月赴延安，入鲁迅艺术学院文学系学习。1939年参加中国共产党。1940年后在晋察冀边区政府教育处、晋察冀日报社工作并开始发表短篇小说。1947年后随军南下，深入大别山开展工作。中华人民共和国成立初期，李满天曾任湖北文联负责人等职。1954年调任河北省文联副主席，此后他一直辛勤耕耘在河北文坛上。李满天的创作以小说为主，有短篇小说集《哑巴讲话》《绊脚石》《力原》《李满天短篇小说选》等，有反映农村合作化运动的长篇小说三部曲《水向东流》《水流千转》《水归大海》。

《水向东流》三部曲是作者1953年从湖北调来河北后，在定县一个农业生产合作社深入生活期间孕育并创作的。小说以河北平原上潴龙河边的一个村庄——大杨庄为背景，通过大杨庄农业生产合作社，从一个十来户人家的小社发展成有一百多户人家参加的大社的复杂过程，展现了中华人民共和国成立初期农业合作化道路的艰难曲折，描绘了一幅波澜壮阔的农村社会生活画卷。小说从建立合作社初期社员入社时对土地的评估、农具的折算、记工和分配写起，随着合作社的扩大，作品广泛涉及了农业生产、发展副业、科学种田、牲畜饲养、建章立制、试验风动水车以及家庭生活、男女爱情、民情风俗等方方面面的内容。小说表现了在开展农业合作化过程中，农村干部、党员和积极分子响应党的号召走农业合作化道路的主动性、创造性和奋斗精神；也写了部分干部由于主观盲目、脱离群众的错误以及阶级敌人的破坏给农业合作社发展造成的波折；更用大量笔墨描绘了农村中的一般农民面对这一新事物的心态和行为方式，通过丰富多彩的农村生活场景，真实表现了农村社会主义改造初期人们的心理状态及在这一过程中农民群众不断克服狭隘思想和落后观念，使农业合作化运动就像滚滚东流的河水，不可阻挡地朝着社会主义方向前进。小说的第一部《水向东流》发表于1951年，第二部《水流千转》发表于1958年，第三部《水归大海》发表于1959年。难能可贵的是，作品创作和发表的年代，正是"左"的思潮和阶级斗争话语充斥社会生活的年代，作品虽然写到了政策上的"反冒进"，但立足点却在于反对部分干部的主观主义不务实作风，也没有忽视农民在合作化过程中的落后狭隘的一面，如个别人出工不出力，拒绝新事物等，作品所写张贵堂为代表的阶级敌人的破坏活动，虽然有因时代因素而产生的夸大之弊和人为痕迹，但不是作品的主要内容。三部作品是了解当时北方农村社会经济、政治形态、风俗文化等方面状况及历史变革很宝贵的资料，有不可替代的价值。

　　小说成功塑造了一批真实可信的活生生的人物形象。宋连山是领导农民走社会主义道路的带头人，也是作者最为着力塑造和歌颂的农村基层干部形象。他出身贫苦，抗日战争时期便参加了革命并加入共产党，当过游击小组长、武委会主任，在大杨庄有很高的威信。土改后他响应党的号召，率先领导群众组织互助组，成立合作社。他作风正派，注重实际，"全村入社也不为多，一阵风似的乱轰，强迫命令，哪怕有一户不是自愿的强迫进来，那在我也是个挂心钩"，他用群众看得见的事实，让群众切实感觉到加入合作社的好处，加上他待人诚恳热情，做事公道，懂得政策，他的社很快发展到几十户人家，成了全县合作社的榜样。但在反对合作化冒进的风潮中，他这本来既合乎党的政策又合乎群众意愿的合作社也受到冲击。当上边刮起盲目砍社风时，区干部老蔡甚至宣布了对宋连山的停职决定，但他没有退却，而是凭着党性，平息了部分社员的退社风波。在县委支持下，大杨庄合作社在艰难曲折中不断发展壮大，宋连山公而忘私、诚恳热心、正直坦荡、注重实际而又有远见的人格精神也得到了充分的展示。宋连山在20世纪五六十年代党的农村基层干部形象中具有典型意义。

秦趁心也是作者着力塑造的一个性格鲜明而生动感人的形象。作品说他"家住山西，原本姓秦，生下没多久，娘就死了，爹养活不过，就把他送给一家姓石的，没几年姓石的又死了，女的改嫁到这里姓黄的，他又跟随到黄家。十四岁上，就到赵焕卿家去当小做活的。他没名没姓，人们起先叫他小东西儿，有个知底细的，开口喊了他一声'秦始皇'（秦石黄），以后人们就管他叫开了秦始皇。直到土地改革，翻了身，他才琢磨起个正经名字：起'翻身'呢，还是起'重生'呢？他还没有拿定。有人知道他要起名字，又见他在斗争赵焕卿以后，口里常念叨：'这才趁心！这才趁心！'就赶他叫'趁心'。他一思谋，倒觉得挺顺口，就笑着默认了"。他给地主喂了半辈子牲口，还落下残疾，但还是房无一间，地无一垄。只有斗倒地主后，才分得了房子和土地。他从内心感激共产党，所以他在合作社一成立就加入了合作社，并当上了社里的饲养员。他爱社如家，视牲口如他的命根子，为了饲养好牲口，吃住在牲口圈里，经常说"牲口是我的朋友，我的朋友就是牲口"。他深知牲口无夜草不肥，每天夜里起来好几遍，尤其是"十冬腊月，从热烘烘的被窝里往出钻，冻得打冷战，没那股勇敢劲儿，咋能喂好了"？他"闭着眼睛听牲口吃草，哪个吃得欢，哪个吃得软，哪个霸道，哪个受欺侮，他全听得出来"。当那匹"干草黄"半夜里吃噎了，他以残疾的身体冒着寒风大雪去遛马，直到马"噗吃吃拉出一泡稀粪"，马没有危险了，可他却几乎被冻僵了。他对危害合作社的人和事也以他特有的方式进行斗争。后来在宋连山等人的关心撮合下，和安寡妇结婚成家，过上了幸福的生活。作品以简洁生动的细节，真实生动地刻画了这个孤苦、勤劳、纯朴而又对未来充满向往的先进农民的形象。

小说对张玉池的假小子性格的描写和对爱情的追求以及在她身上所体现的积极上进的时代精神，也给人留下了难忘的印象。宋连山妻子菊儿既有家庭妇女的勤劳、质朴、善良，也有合乎情理的狭隘、自私的一面，她与宋连山思想觉悟上的差距及由此带来的感情上的隔膜与矛盾符合真实生活，也使这一形象真实可信。副社长细珠的形象也较为饱满。其他如赵辛生、葛启、石洛节、张万福等，也给人留下了较深的印象。

小说在艺术形式上，采用了中国传统小说的描写手法，小说结构紧凑完整，注重写人物的语言和行动，故事性强。作者通常在人物出场时介绍人物的身世背景，在故事发展中通过人物的语言行动展示人物的性格，最后交代人物的结局。尤其在语言方面，吸收了传统小说的优点和冀中农民的口头语汇，形成了通俗易懂、简洁生动而又有个性特点的语言。如对张玉池出场时的描写："宋连山正（和张玉成）要再说什么，从外面旋风似的卷进个人来，打断了他们的谈话。进来的不是别人，正是张玉成的妹妹，名叫玉池。这姑娘，身材挺秀，脸蛋滚圆，腮帮红馥馥，像涂了层红彩，眼珠黑得象乌金，她穿一件紧身的海昌蓝上衣，紫色裤子，头发剪得特别短，要戴个帽子，你一定会啧啧：哟！多壮实漂亮的小伙子！"这正是传统小说描写人物常用的手法。

小说也存在着一些不足，最明显的是，作家虽然围绕合作社艰难曲折的发展过程而涉及了当时社会生活的方方面面，但缺少对生活的深度把握和精细提炼，没有通过对不同人物性格的深入挖掘与表现使其融合成有机的整体。这就使作品中虽然有许多人物写活了，也有许多精彩的场景和感人的故事，但缺少一以贯之的内在脉络和畅达的气势，损害了作品的整体性，让人有零金碎玉之感，使作品的艺术魅力被削弱。应指出的是，作者很用心地写了与张贵堂的斗争，且这一线索写得曲折而富有悬念，高潮与结局甚至是惊心动魄，本应成为全书主线，却因太多的人为痕迹而承担不起统领全书的骨架意脉之任。

1960—1961年，正是我国经济困难时期，李满天先后到新乐、晋县参加了农村整社工作，他在与农村基层干部共同生活和工作中，一方面感受到当时"左"的社会思潮下，浮夸风、共产风、强迫命令给人民群众带来的危害，一方面又目睹了许多勤恳工作，深切理解广大农民群众愿望要求，脚踏实地的基层干部，是他们保证了社会主义新农村建设的健康进行。他对此很受感动和教育，两年内连续写了《力原》《"穆桂英"当干部》等九个以农村基层干部为题材的短篇小说（1963年由天津百花文艺出版社以"力原"为名结集出版)。小说中的人物,都是在浮夸风盛行的时代里,或出于共产党人的党性觉悟,或出于庄稼人的正义和良心,能够从实际出发,脚踏实地,密切联系群众,用自己的艰苦劳动和实在效果,成为恢复和发展农村经济的组织者和带头人。如《力原》中东庄支部书记吕玉清,"自小务农,是个正南巴北的庄稼人",抗日战争中参加过民兵游击组,在一次战斗中左胳膊受过伤,留下了残疾。中华人民共和国成立后"在互助组里,在以后合作社里都没有什么出色的事迹引起人们的注意,……直到1958年才被选进支部委员会,担任组织委员,前年冬季整风时候,被选成了支部书记"。他上任后与前任支部书记的工作作风形成了鲜明对比:"前任支部书记张世昌,不管大会做报告,小会发言,很有两下子,一九五八年'大跃进',有个下乡的大学教授替他在大队办公室里装置了个土麦克风,每逢布置生产什么的,他就把嘴凑在麦克风前,一桩桩、一件件地送到社员耳朵里。吕清玉与张世昌正好反个过儿,尽管他干了那么多受人称赞的事,但在人面前他却说不出口,在大会上做报告什么的,对他来说更是难于上青天。不用说,自从他当了支部书记,人们一次也没有听到他从土麦克风里传出声音来。社员们只是在田野里看到他大而轻快的脚步,在地头上见到他紫红色的面孔。东庄的人就编了这样两句话来概括二人的作风:'张世昌的嘴,吕清玉的腿'"小说的观点虽然"隐蔽",但还是通过吕清玉深入实际、调查研究、关心群众、反对形式主义的事例,批判了当时搞浮夸、弄虚作假的歪风,赞颂了脚踏实地、勤恳务实的工作作风。再如《"穆桂英"当干部》中的"穆桂英",作为生产小组长,因为"生产队长听说上边有人要来参观他们的饲养业,主张把户里的猪集中起来",她坚决反对,对队长的"瞎派拔,摆架子,不听意见,不讲实际"也予以制止,在群众拥护下,替代了原来的队长,当了干部。小说虽然对她当干部后的情况没有描写,但她以抵制浮夸、实事求是而当选队长,就预示了她今后的工作方式和是非取向。这也是作者在当时历史条件下难得的是非判断和价值取向。

"文革"以后,在新的历史时期,李满天的创作热情又一次迸发,在担任河北省文联副主席职务的同时,经常下乡,并到正定县挂职,相继在《人民文学》《长城》等刊物上发表了《美气的日子》《会短离长》《逊位》等十几篇短篇小说。1982年10月，花山文艺出版社从作家四十余年所写的短篇小说中选取了二十二篇，出版了《李满天短篇小说选》。

通观李满天的小说创作，他"在人物的塑造，故事的编演，结构的铺陈，情节的安排，语言的推敲，气韵的吟味"等方面，保持了民族化、通俗化、简洁明快的艺术特色，忠实而努力实践了他要使"识字的人能看懂，不识字的人能听懂"[①]的艺术追求。这一追求虽然有着不可避免的缺憾，但他在这一艺术追求下的努力和取得的成就是很宝贵的。

二 谷峪

谷峪（1928—1990），河北武邑县大谷口村人。从小喜爱文学，在"抗日高小"读书时，就有意识运用多种文学形式进行抗日宣传。1946年，谷峪考入冀南艺术学校，不久参加了冀南文工团，并从事创作活动。1948年，谷峪被调到冀南文委创作组，在深入生活的基础上，创作了《渡江》《新兵连》等反映部队和解放区人民的斗争生活的剧本。1949年6月到河北省文联创作部工作并开始尝试写小说。《拖拉机》是他创作的第一篇小说，初步显示了谷峪善于组织故事、渲染气氛、表现人物性格、描写场面的才能。1950年年初，创作了以农村青年爱情婚姻为题材的小说《新事新办》，后陆续创作发表了《强扭的瓜不甜》《王小素和新八瞳》《三十张工票》等，这些小说多以农村家庭和婚姻为题材，贴近生活，拥抱时代，语言清新质朴，泥土气息浓厚，深受读者喜爱。代表作《新事新办》受到茅盾、周扬、丁玲等热情赞扬，并获河北省第一次文艺评奖甲等奖，是中华人民共和国成立之初当代短篇小说的重要收获之一。

《新事新办》发表在1950年3月12日《人民日报》上，后收入上海文艺出版社1980年1月出版的《中华人民共和国成立以来短篇小说》。小说写解放区的王贵德与凤兰两个农村青年节俭办婚事的故事。凤兰要出嫁了，爹盘算着出粜多少粮食，给闺女买什么嫁妆。女儿说服爹节约粮食发展生产，不让粜粮。爹又提出卖掉小牛犊，也被女儿阻止了。爹说不过女儿，但又怕人笑话，急得没办法。王贵德这边，当娘的听说对方没给置办嫁妆，非常恼火，

[①] 李满天：《创作三题》，《作家谈创作（上）》，花城出版社1981年版，第462页。

儿子却说娶个能干的媳妇比那些做摆设的嫁妆强得多。结婚典礼开始了。当人们为找不到女方嫁妆而使王贵德尴尬时，女方村长却将凤兰家的小牛犊牵来了，说是凤兰爹考虑亲家没牲口，把小牛犊做了陪嫁。贵德娘乐得合不拢嘴，人们也都啧啧赞叹。由于作者"幼年是在滏阳河边长大的"，熟悉这一带农民的婚嫁习俗和心理，小说对老一辈农民思想情状及旧风俗的转变描写得生动具体，人物性格鲜明；小说的构思巧妙，剪裁得当，语言清新。茅盾在《读〈新事新办〉等三篇小说》一文中，给予《新事新办》等小说高度赞扬："十分高兴而且仔细地读过了《新事新办》《三十张工票》和《亲家婆》……三篇小说有它们共同的优点，在内容方面，是从平凡的日常生活中表现了老解放区农民的思想变化，表现了土改后的农村生活的兴旺和愉快，在形式方面，都能做到结构紧凑，形象生动，文字洗练。然而这三篇小说中间，无论从内容或从形式看，又不能不首推《新事新办》为最佳。……《新事新办》的主题是生产节约，是通过嫁女娶媳得有陪送这一个旧习惯来表现了这主题的；作者从农村日常生活中选取了这一典型性的题材，足见他的感觉敏锐，能从人家不大注意的地方着眼，也就因为这一点，我们读这作品时有清新之感。……《新事新办》在技巧上可以说从头至尾无懈可击。这是一篇技术水准很高的短篇小说。现在有些短篇小说严格说来实在是缩紧了的中篇，是一篇生活的流水账的节略而不是生活的横断面。《新事新办》却是处理很完美的一幅生活横断面，从这幅生活横断面中，清楚地给我们看到'旧的正在消逝，新的正在成长'。"[①] 如果说本小说也有不足，则是主题表达不够含蓄，有明显的宣传色彩。

《强扭的瓜不甜》作者说是《新事新办》的"副产品"。一是说作者在构思《新事新办》时想起了一些人物、情节，但没有在本篇派上用场；二是主题与《新事新办》同为宣传婚姻法。小说写聪明漂亮的坠儿姑娘由父母包办嫁给比她小十来岁的小丈夫，在新生活的感召和村干部的帮助下，坠儿的婆婆转变了观念，愉快地解除了婚约。小说的主题是："坠儿这样一个好姑娘，嫁给一个十来岁的小丈夫，在旧社会是悲剧，在新社会能够以喜剧而结束。"[②]

---

① 茅盾：《读〈新事新办〉等三篇小说》，《新事新办》，人民文学出版社1983年版，第409页。
② 谷峪：《作者的自述》，《新事新办》，人民文学出版社1983年版，第416页。

这篇小说同样是在风俗描写中渗透进时代内容，具有清新、朴质、亲切的趣味。

1953年，谷峪到中央文学讲习所学习，得到了时任讲习所所长的著名作家丁玲的辅导，在此期间，他"读了中国古典、中国现代，俄国、苏联文学和世界古典、现代文学之后，爱上了曹雪芹和鲁迅，爱上了托尔斯泰和高尔基，爱上了巴尔扎克和莫泊桑"。这次进修学习，使他开阔了视野，提高了创作技巧，对他后来的创作有很大的帮助，他说："古人说，'读书破万卷，下笔如有神'，我的这段经历恰如其分地说明了这一问题。"[①] 他在学习期间，创作了《草料帐》《爱情篇》《傻子》三篇小说，发表在《河北文艺》《北京文艺》上，这三篇小说以《爱情篇》最能体现谷峪艺术上的进步。《爱情篇》以合作社妇女生产队长秦淑芳与丈夫回娘家探亲的一次经历，表现了她爱护集体、作风干练、勇于奉献的精神风貌，同时写出了她爱丈夫、疼孩子、体贴父母的似水柔情。小说通过"回娘家"风俗画的描绘来展示时代内容，展示人物的精神风貌，尤其是对秦淑芳的爱情心理、女性心理写得惟妙惟肖且含蓄动人，这在当时的小说创作中是少见的。由于当时社会"左"的思潮在慢慢上升，要求文艺作品直接为政治服务，作品发表后受到一些论者的批评，并在《河北文艺》上展开讨论，有人认为作品有"自然主义倾向"，甚至有人责难他说："不上文学讲习所，倒写出了一点好东西，上了文学讲习所，反倒写不出好东西来了。"但作者并没有受这些言论太多的影响，讲习所毕业后，谷峪到萝北深入生活，1956—1957年，迎来了他创作的旺盛期，创作了《一个森林警察的笔记》等短篇小说和长篇小说《石爱妮的命运》。《石爱妮的命运》代表了这一时期谷峪创作的最高成就。石爱妮是一个石匠的女儿，后来嫁给一个长工，不仅过着吃不饱穿不暖的困苦生活，精神上也愚昧不明。抗战开始后，她在时代生活的感召下，在党的教育下成为妇救会主任并加入共产党，在生产支前、保护公粮、妇女工作、互助生产等方面成为唐家疃的核心组织者，与危难的民族一起经受了一次次的考验，终于迎来了抗日战争的胜利。小说还写了当年因没有照看好弟弟怕受责罚而出走的儿子唐新生在抗日队伍中的成长，成为小说的一条副线，使小说反映的时代生活更广阔。

[①] 谷峪:《作者的自述》,《新事新办》, 人民文学出版社1983年版, 第417页。

石爱妮的命运与国家民族的命运纠结在一起,说明抗日战争也使我们的人民觉悟起来,国民精神也在战争的烈火中得到了锻炼和改造。围绕石爱妮,还塑造了其丈夫唐满囤、村长刘三活、八路军妇女工作者国芸等人的形象。小说创作的年代虽然正是"左"的思潮上升时期,但作品并没有明显的公式化、概念化的弊端,小说围绕石爱妮的命运,以生活画面和细节描写来表现主题,作者把爱憎分明的思想感情与强烈的政治倾向,深蕴在对现实生活客观冷静的描写之中,是当时中国文坛少有的佳作之一。

1959年,谷峪被错划为"右派",长期蒙受不白之冤。1978年平反后任《长城》编辑部组长、作协河北分会副主席。1983年出版小说集《新事新办》,1984年出版散文特写集《春雁归》。1985年后因病停笔,1990年因病去世。

第二节 张峻 潮清

一 张峻

张峻(1933—),河北省隆化县人,读完高小后参加工作,后又业余补习文化,从1949年到1965年,曾任过区委副书记、县委副书记,曾在承德群众报社工作八年。1966年被调省文联从事专业创作。他的第一篇短篇小说是发表于1953年2月的《宋万义老头》,从此在四十多年的创作生涯中,出版短篇小说集四部,长篇小说一部,中篇小说集一部,另有散见各种报刊的散文、随笔、评论近百篇。他的短篇小说《牛倌爷爷》获河北儿童文学奖;中篇小说《睡屋》获得河北省作协"金牛"文学奖。1979年加入中国作家协会,曾任河北省文联创作室主任、中国作协河北分会副主席。

张峻是河北省当代描写农村生活的著名作家之一。在成为专业作家之前,他有长期基层生活工作的经历。1949年春,他以小学四年级并两年私塾的学历,到八达营区委任文书兼宣传干事,经常给报纸投稿,由于工作出色,1951年调任县委通讯干事。县委宣传部的藏书使他大开眼界,他如饥似渴地读了巴金、丁玲、老舍、赵树理、孔厥等作家的作品及有关创作的文章，为他从事小说创作打下了基础。1953年1月，他调任县委秘书，采访新闻通讯的机会少了，他便依据生活积累和观察试着创作小说，陆续发表了《宋万义老头》《春耕的时候》《牛倌爷爷》《夜过黄土岭》等，这些小说后收入他的第一个短篇小说集《夜过黄土岭》中。这些小说通过描写作者熟悉的生活和人物，表现了"翻身农民在党和政府的指引下，逐渐摆脱封建压在他们身上的精神枷锁，向新生活过渡中产生的新精神、新风貌"①。在这些小说中，以《夜过黄土岭》和《牛倌爷爷》较有影响。

《夜过黄土岭》通过两个社员到县城给农业社运肥料夜过黄土岭遇险的情节，塑造了积极向上、热爱集体、临危不惧、勇于自我牺牲的青年王黑四的形象。在对比中，赵旺的懦弱、琐碎、有点自私而心肠也并不坏的性格也给人以较深印象。《牛倌爷爷》写一个名叫高喜的牛倌，从"小牛倌"到"大牛倌"再到"老牛倌"几乎没有人叫过他的名字，新社会人们才尊称他"高喜大爷"。小说以质朴幽默的语言，通过对热爱集体、乐观开朗的山区老牛倌形象的塑造，写了山区农民在旧社会的屈辱和在新社会当家做主人的由衷喜悦。

受1957年"反右"影响，他的创作热情减退，一度沉寂。1962年参加了省文联在保定召开的短篇小说座谈会，受到启发鼓舞，接连创作发表了《山庄一农家》《尾台戏》《古庙夜记》《赶集》等一系列短篇小说，大部分收入1964年1月由百花文艺出版社出版的《搭桥集》中。这一时期的小说，"除在立意上、构思上、人物刻画上、艺术描写上、语言运用上，都较前一阶段有明显的进步外，可贵的是作者仍然保持和发扬了他从前作品中那些健康的东西：饱满的政治激情，分明的爱憎及对现实生活的敏感"②。

《山庄一家人》，写"我"，一个从专区下乡的干部，在一个风雪的傍晚眼看赶不到目的地，便硬着头皮敲开了一家人的门。屋里一个老人弹着弦子在逗孙子玩耍，一个老太婆在摇着纺车纺麻绳。听说我是下乡干部便热情地让我留下来。接着孙孙的妈妈回来了，可又被人叫去给人接生。转而，一个

---

① 张庆田：《〈大山歌〉序》，《大山歌》，河北人民出版社1979年版。
② 刘哲：《茂树新花——读张峻的短篇小说》，《河北文学》1963年第7期。

健壮的小伙子，孙孙的爸爸——三猫也回到家里，向老人们讲述着他帮队里"捣腾梨"的情况，一家人吃晚饭时的和乐是小说的高潮，"我"感到这真是幸福的一家人。晚饭后，媳妇收拾碗筷并与我聊天，三猫很有耐性地跟老爷爷学弹弦子，"我"向三猫媳妇说了句："三猫的性体真像他爹。"

  一句话，说得三猫媳妇捂着肚子大笑起来。
  "笑啥？"我不知其然地问她。
  "老人家不是俺爹妈，是俺邻居叔婶。"她身子一仰一合地继续笑道。
  "真的？"我怀疑她是在开玩笑。
  "真的，"她的细眉一竖，郑重地指着老人说，"他们姓魏，原来就住在沟里西山根那家，光他们两位老人。我们想，他们俩都七十多岁了，没有人侍奉，日子也难过。我们家也正缺少哄孩子望门的，就把他们接回来了，这一来两家并一家，同志你瞧，是个多么圆满的家呀！"她说着，又笑了。

小说不仅构思巧妙，结尾出人意料，表现了时代新风和那个年代特有的人与人之间的亲密真情，而且在这风俗画的描绘中，人物的对话、情态、气氛、心理都写得出神入化，显示了作者的灵气和才华。

最可代表张峻本时期短篇小说成就的是《尾台戏》，小说的内容是表现干群关系。小说写专区级的戏班子到离八仙沟十里路的九里营唱大戏，这对山沟里的戏迷来说，可算得上一件大事。八仙沟的生产队长刘二毛、三羊倌和羊倌老婆何秀妹，都是庄里有名的"戏迷"，但作为一队之长的刘二毛和当着队里半个家的三羊倌夫妻，为了照顾生产，把一切撒不了手的活计包了下来，让其他社员去饱眼福，而他们天天听别的社员回来讲戏，听那一个个让人眼馋心痒的戏剧故事。今天是演出的最后一天，三人都安排了替手儿，决心要看这尾台戏。当三个人起大早忙活停当，要动身看戏时，情况却起了变化，头天委托的放羊替手儿半夜里家人得了急症，把替人放羊的事忘在脑后，几十只羊还在河滩上无人照料。突如其来的变故自然让两个戏迷扫兴，无可奈何中，羊倌夫妇不无遗憾地准备放羊了，队长却抢先一步，一声不响地放弃了去看尾台戏的机会，早就把羊赶走了，再次使三羊倌夫妇受到感动。"集体经济总是离不开这种克己奉公的人去支撑,干群关系的凝聚力全在于干部的以身作则、吃苦在前。那个年代,我们的基层干部幸好不缺乏这样的凝聚力。生产队长刘二毛恰恰是这样的基层干部,他与三羊倌都是将身心熔铸在集体经济中的两根台柱子。"① 作品从三个人都安排好替手儿准备看戏写起,巧妙地设置矛盾,通过铺垫交代,把故事集中到一个早晨,犹如一出小小的独幕喜剧。通过一个生活片段,既写了先进社员,更写了优秀干部,收到了很好的艺术效果。小说的语言,更体现了张峻对山区农民情感世界的艺术化把握及富有地方特色的风趣幽默。如刘二毛一大清早来到羊倌家时与何秀妹的几句对话:

> 二毛一进院……转头向上屋瞅了一眼,大喊一声:"三娘们,起窝没?"
> 他喊的"三娘们",指的是羊倌的老婆何秀妹。……
> 羊倌老婆听出是二毛的语音,便在屋内大声回话:"干啥?有屁你就放!"
> "我要进屋!"
> "进屋谁还怕你抢奶吃!"

寥寥几句对话,不仅活现出两个人的性格,而且生动地表现了极为亲昵的干群关系和承德一带山区的风土人情。这样带有一点粗野的对话,"一听就不是冀中平原的,也不是冀西太行的,而是关外的"②。语言的鲜明地方特色,为他的小说增色不少。这一时期创作的《赶集》《老柳成荫》《农闲时节》等也都是当代文坛有影响的上乘之作。

陈映实在《张峻小说论》开头就说:"重读张峻七十年代以前的作品,欣喜赞赏之余不免又有些惋惜。凭作家的才气和灵敏的艺术感觉,在他创作力量最旺盛时期,如果能有当今的艺术观念,本可以写出更加独特的人生体验,更具思想深度和艺术特色的作品。然而,他竟是在那样一个讲求一律和共性,

---

① 陈映实:《张峻小说论》,龚富忠主编《河北小说论(上)》,花山文艺出版社1989年版,第362页。
② 张庆田:《大山歌·序》,《大山歌》,河北人民出版社1979年版。

压抑自由和个性的年代，虔诚而艰难地走上文学创作道路的。于是，在他的笔下，便出现了许多当代中青年作家都曾不可避免的那种主体意识必须服从客观需求的复杂情况。"[1] 这的确说出了张峻及同时代作家在创作上取得的成就之不易和复杂情况。在这方面，他的长篇小说《擒龙图》（河北人民出版社1974年版）很有典型性。小说以深远的历史追溯和广阔的生活画面写了历代受海河之害的方芦生一家，围绕是根治海河还是反对根治海河的曲折复杂的矛盾斗争塑造了方芦生的英雄形象。但小说从主题到人物形象还是给人公式化、概念化的印象，方芦生的英雄形象也有"高大全"的影子。今天，我们面对这种作品竟出自张峻这样一个很有文学天赋的作家之手的事实，的确常常有酸涩的感觉。

进入新的历史时期，张峻创作的"最旺盛时期"虽然已经过去，但也同其他作家一样，在竭力突破历史局限中进行着艰难的探索。新时期的作品以《苦瓜》《外乡人》《睡屋》《星星石》为代表。尤其是1986年发表的中篇小说《睡屋》，表现出作者在思想深度和艺术上新的进展。《睡屋》的主人公黄叔在中华人民共和国成立前是一个小店员，是一个靠经营酱菜为生的小商人。中华人民共和国成立后在频繁的政治运动中，出于自我保护的本能，在生活命运的导师和主宰者——街道主任王大脚的暗示下，安于做一个清道夫。蛰居于狭小的筒子屋里，虽生活无滋无味，但每经过一场政治运动，眼见一批批他所钦佩的正直的人物莫名其妙地栽倒，他便庆幸自己在"睡屋"里的悠然自得的生活。进入新时期以来，随着社会思潮的变化和经济大潮的涌动，随着周围人事的变化，他的人性开始复苏，于是他走出"睡屋"，为发挥他的特长而重操旧业。通过这个人物，折射出严酷的政治高压下人性尊严与自主意识的丧失，曲折地反映了国人逆来顺受的奴性人格及其在新的历史条件下人性的觉醒。

在张峻的创作史上，"《睡屋》的突破意义在于，对人的发现和把握进入到深的层次，取得了全面的进展。他由过去更多地关注社会，关注政治需求，虽也善于刻画人物，但只能将人物作为注释社会的某种符号，而发展到关注

---

[1] 陈映实：《张峻小说论》，龚富忠主编《河北小说论（上）》，花山文艺出版社1989年版，第360页。

人自身,立足于人的自身发展上去观察剖析社会,较好地实现了对人的本体的审美把握。应该说,这才回到文学的根本属性来"①。从艺术上看,该小说也显示出一种新的姿态:"由强化情节到弱化情节,由戏剧性的情节线到近乎原生态的'生活块',由封闭式的结构转而追求开放式的结构。主题的单一性让位给主题的多义性,这就是作家'由传统小说走向现代小说'的全部内容。"② 张峻的创作道路,在那些从五六十年代走来的作家中有一定的典型性。张峻在新时期的小说大都收入河北教育出版社 1999 年 6 月出版的《张峻近作选·小说卷》。

二 潮清

潮清(1928—),原名林潮清,浙江宁波人。15 岁前曾在上海当学徒,同时在职业补习学校读书。由于对国民党政府的黑暗统治不满,1948 年夏天投奔冀东解放区参加革命,曾在冀东区党委文工团工作。1950 年在唐山《劳动日报》任副刊编辑、记者,并从事业余文学创作。1953 年调任《河北日报》副刊编辑、记者。1972 年到承德文化局任创作组长,1978 年调回河北省文联,曾在《长城》编辑部工作。1983 年起从事专业创作,1989 年离休。

潮清从 1949 年就开始发表作品。但这一时期,他的创作还并没有明确的方向,只是在新旧社会的对比和自身的体会观察中,在任报刊编辑记者的同时,利用业余时间尝试用多种文艺形式进行创作。发表的作品有诗歌、散文、剧本、小说等,其中叙事诗《北石坑》曾受到诗人艾青的好评并获得河北省首届文学创作优秀奖。1957 年"反右"扩大化,一批作家受到错误的批判,这极大地挫伤了作家们创作的积极性,潮清的创作也处于停滞状态。在 1959 年中华人民共和国成立十周年的欢庆氛围里,他以饱满的政治热情,在一个多月的时间里,连续在《河北日报》上发表了 13 篇反映河北社会主义建设成就和工农兵群众精神面貌,具有浓厚文学色彩的特写。1960 年结集为《锦绣河山》由河北人民出版社出版。此后,他把业余创作的重点又转向了短篇小

---

① 陈映实:《张峻小说论》,龚富忠主编《河北小说论(上)》,花山文艺出版社 1989 年版,第 367 页。

② 刘润为:《〈睡屋〉——张峻一篇引人注目的中篇近作》,《文艺报》1987 年 6 月 13 日。

说，在四五年的时间里，先后在《新港》《河北文学》《人民文学》《河北日报》等报刊上发表了《岭根小店》《秋外秋》《水文站长》等二十余篇小说，大多数收入1982年由花山文艺出版社出版的短篇小说集《合婚台》中。作者创作这些小说的目的："主要是通过创作实践，提高编辑水平"。这是因为"要像作家一样按照艺术规律，进行艺术构思，塑造人物形象。经过这样的实践，就有可能进一步理解创作的甘苦，提高文学的素养。而熟知创作的甘苦和文学的素养，对一个文学编辑来说是何等重要"[①]。他在这些小说中写出了许多既有时代感又有个性特色和生活气息的人物，如《岭根小店》中美丽热情，有着高尚人情美的路边饭店店员韩三凤；《水文站长》中注重实际、调查研究、反对蛮干瞎指挥的转业到山区水文站当站长的军人罗明远；《合婚台》中在传授果树技术、教授文化知识的同时也收获了自己的爱情的小奎和紫英等，都给人留下了较深刻的印象。虽然囿于时代，作者过多描写了这些人物的外在品质而忽视了对其内心世界的深入开掘，但作者善于用细节来刻画人物，表现主题方面，与早期的作品比较有了很大的进步。此后是他创作上的沉寂期，加上"文化大革命"，差不多有15年没有发表小说。

　　1978年，潮清回到河北省文联工作，他的创作也开始了一个新的阶段。发表在1979年《长城》创刊号上的《大院琐闻》，标志着他创作观念的转变和艺术的提升。小说通过对某文艺单位的宿舍大院居住在一起的三个家庭二十多年的风雨人生的描写，表现了"反右"扩大化和"文化大革命"给人们带来的劫难和这三个家庭中的成员在这场劫难中所经受的考验，较为深入地表达了作者对时代和人生、人性的思考。歌唱演员王珏与音乐工作者肖平是一对在事业上相得益彰、爱情上幸福美满的夫妻。"反右"开始后，肖平所作的一首抒情曲，被领导认定"与社会主义背道而驰"，是"资产阶级情调"，因而被打成"右派"，肖平为了王珏深爱的歌唱事业不得不违心地要求她与自己"划清界限"，随后被下放劳动改造近二十年，历经磨难后终于迎来平反团聚的一天。通过这个家庭，重在表现荒诞年代里人性的美好。而李芳鸾和剧团编剧余沙本也应是一个幸福家庭，但李芳鸾由于家庭影响和虚荣心的不断膨胀，先是把能挣稿费的丈夫当作"绝好的奶牛"，并与剧团整风"反右"

---

① 潮清：《合婚台·后记》，花山文艺出版社1982年版。

办公室领导王永鸣有染,当余沙被打成"右派"下放劳改后,李芳鸾便投入了王永鸣的怀抱,"文化大革命"期间还成了造反派的头目,余沙等人都成了她向上爬的资本。通过这个家庭的变故,重在鞭挞荒诞年代里个别人人性的扭曲和丑陋。而通过韩大凤与老常这个家庭,表现了从革命战争年代里走过来的一代人在这个时代的理想信念和抗争。这篇两万六千字的小说,从表现生活内容丰富、时间跨度、故事构架和矛盾的复杂性上,对人物心理表现的深度上,已经显示了与早期作品很大的不同,预示着他的创作将有新的突破和超越。

此后,潮清先后发表了《赝品》《单家桥的闲言碎语》《风景路上》《窨花岭》《凤岙渔民的老婆》等近二十部中篇小说。其中最引人注目的作品是《赝品》《风景路上》和"单家桥"系列中篇(包括《单家桥的闲言碎语》《单家桥的真情实话》《单家桥的奇风异俗》《花引茶香》《窨花岭》)。其中《赝品》获得1983年"当代文学奖";《单家桥的闲言碎语》获"河北省首届文艺振兴奖",并被上海电视台改编成电视剧;《风景路上》分别获得"浙江省优秀小说奖"和"河北省第二届文艺振兴奖"。

《赝品》标志着潮清的小说创作的新突破和超越。写南方某市文物局长方中仁根据香港文物走私商提供的线索,用不正当手段从清朝官宦后代家里"逼"出宋代山水画大师范宽的一幅被誉为"宋画无上神品"的《雪景寒林图》。此事不仅轰动了本市的文物界,也引起市有关领导注意。方中仁利用权力和工作之便,试图通过技艺高超的裱画师把名画的夹层宣纸揭开为二,一幅用于鉴定发布会掩人耳目,另一幅售给香港文物商以牟取不义之财。方中仁自以为做得天衣无缝,实则多有破绽,当他与香港文物商在宾馆交易时,被布控的公安人员抓获。但这幅画经学识渊博的画论权威李子胗考证,已经知道这不过是具有一定文物价值的"赝品"。小说围绕这幅"赝品",广泛涉及了文物界、文化界和政府部门乃至香港文物贩子等众多人物。画是"赝品",但通过这"赝品"却检验了所涉及的那些人的觉悟、道德、操守和人性。小说成功塑造了博学多识而正直的画论权威鉴赏家李子胗、大搞政治投机终于走向堕落犯罪的方中仁、坚持原则而又任劳任怨的文物处长居大祥、技艺高超而心存善良的装裱世家传人阿才等人的形象。从《赝品》开始,他的创作一发不可收拾,连续创作了近二十部中篇,在反映生活的深度和广度上都达到新的境界。这些作品"不仅在对生活的认识上表现了卓见,从过去的反映生活的表层现象进到了艺术地把握生活深层的东西、本质的东西,而且在艺术的探寻方面,也为文学界提供了自己的东西"[①]。其中以"单家桥"中篇系列最为突出。

《单家桥的闲言碎语》是"单家桥"系列中篇的第一部,也是本时期创作中具有代表性的一部。单家桥是皖南山区一个小镇,进入新的历史时期,党的农村经济新政策使这个"冷冷落落,凄凄清清"的山区小镇,不几年就彻底改变了模样。先是大桥两端出现了熙熙攘攘的集市,接着又有了汽车站,街市上建了饭店、旅馆,近半年"更有了飞跃发展",早市买卖兴隆,夜市华灯齐明,各色人等川流不息,已经成为远近闻名的"小上海"。但在这沧桑巨变和勃勃生机背后也有新的问题和矛盾,也有不和谐的音符,如有人想使"小上海"变成"小上海滩"——投机者的王国、冒险家的乐园。虽然这不过是滚滚洪流夹带起的泥沙,但也值得警惕。作者以老练之笔描写了改革开放初期单家桥翻天覆地的变化,刻画了"小上海"的众生相,从公社书记、财贸秘书、服务人员到"摘帽地主"、茶叶客人、茶水摊上的"有闲人士",可谓三教九流无所不有,小说通过对这些身份不同、性格各异的人物形象的塑造和他们复杂人际关系的描写,为我们呈现了多姿多彩、栩栩如生的改革大潮背景下的乡镇世界,散发着迷人的艺术魅力。

在《单家桥的闲言碎语》的众多人物中,许补残是非常独特的形象,他已经年逾古稀,是清朝尚书的后裔,从小好逸恶劳,没有学到任何本事,年轻时在苏杭和上海滩闲逛中度过了自己醉生梦死的年华,却也长了不少见识,对旧上海滩的腐朽肮脏内幕多有了解。中华人民共和国成立后在长期自食其力的劳动过程中,从内心认识到社会主义制度的好处,晚年成了一个自食其力的劳动者。独特的生活经历和较高的文化修养,使他成了单家桥茶水摊品评茶叶的"一口灵"和"参议员"中的"议论权威"。他敏锐地觉察到公社财贸秘书刘永利试图用旧上海滩的一套手法,通过掌控车站、旅店、信贷来操纵单家桥的经济命脉,也看到他纵容流氓欺行霸市、坑蒙拐骗以获取利益

---

① 刘锡成:《潮清的艺术世界》,《长城》1986 年第 3 期。

的行为，从中嗅出了"在单家桥繁荣景象背后散发出来的旧上海滩的臭味"，通过"茶水摊的议论"监督并行动，使刘永利及奸商们被清除出"小上海"，为单家桥经济和社会健康发展发挥了特殊的作用。对这一人物，"作家打破了过去简单化的'阶级分析法'，从独特的角度塑造了许补残这样的人物，正是他对改革时期矛盾的错综复杂和人际关系所发生的新变化，用现代意识进行整体观照的结果。"① 其他人物如被称为"一杆旗"的公社书记李年顺、财贸秘书刘永利、被誉为单家桥"三朵花"的三位年轻姑娘都被作者塑造得个性鲜明、栩栩如生，给人留下了深刻的印象。

潮清这一时期的小说创作基本实现了他通过人物性格的展示和生活画面的描写来呈现生活本质和历史趋向的艺术追求。以人物为中心来结构小说是他小说艺术的第一个也是最重要特色，他一般都是在人物出场时介绍人物的思想、经历、特点，在情节发展中由一个人物引出另一个人物，由一个矛盾牵扯出另一个矛盾，全部人物出场后则让人物在人际关系和矛盾构成的情节演进中充分表演，最后交代结局和人物下落。这虽然是传统的叙事方式，但由于作者总能牢牢控制情节发展的节奏，巧妙利用悬念和人物心理情绪的变化，使得作品在故事情节跌宕起伏中既展示了人物性格，又散发出诱人的艺术魅力。如《赝品》就以人物名作为节的标题，正体现了以人物为中心的结构方式，此后的"单家桥"系列中篇，都体现了以人物来结构小说，通过人物性格和生活画面来呈现生活本质的特点。

运用真善美与假丑恶对照的手法来塑造人物，是潮清新时期小说艺术的第二个特色，在这一时期显得更加娴熟、完美。如《赝品》中的方中仁与居大祥，《单家桥的奇风异俗》中的常三宝与俞德芳、任立仁与俞厚生，《窨花岭》中的陈文治与陈文轩等，不一而足。就是在同一类型人物的塑造中，他也能在同中取异，构成对比。如被誉为单家桥"三朵花"的三个年轻漂亮的姑娘，作者不仅以岗位不同使她们有所区别，更以她们的性格各异给人以深刻印象。

注重小说的历史纵深感和追求文化意蕴，是新时期以来潮清小说的第三个显著特色。对作品文化意蕴的追求从《大院琐闻》已见端倪，主要表现在

---

① 缪俊杰：《时代大潮推动着艺术觉醒》，《芙蓉》1987年第1期。

对肖平和王珏两个音乐人形象的塑造上。此后《雁品》《移花接墨》《最佳水彩画》等小说中，把我国传统文化中的绘画艺术中的名画名家、裱画技艺、画材笔墨、画史画论、鉴定收藏等知识，巧妙地融入故事情节和人物的职业背景及语言中，尤其是一些人物经历本身就具有历史沧桑感和文化活化石的意味，如裱画世家传人阿才以及年轻时曾跟随齐白石等名家习画，终生致力于画论、画史、画经、画谱研究的年近九旬的鉴赏家李子肸等。这就使得作品所展示的当代生活图景中透露出深厚的文化韵味和历史纵深感。而在"单家桥"系列作品中，作者又把中国源远流长的茶文化写得精致传神，不仅通过许补残、痴翁老伯等人的品茶写出了茶文化的精深微妙，还在《花引茶香》《窨花岭》中把茶的生产经营写得淋漓尽致。《单家桥的奇风异俗》开头便说："中华民族的传统文化，真是源远流长，丰富多彩，只说乡规村约，民风习俗，经过几千年来的广积蕴发，便是包罗万象、浩瀚如海……就拿我们单家桥里山溪源来说，多少年来受到天地日月精华生吞熏染，经过山川钟灵毓秀陶冶，加上商贾贩夫的传播，官绅学子的教习，尽管沧桑变迁，文化更新，也还保留着些独具异彩的风俗习惯。"作者巧妙地把"粽子抛梁""攀亲家"等习俗编织进小说的情节中，通过年轻女企业家常三宝的事业、婚事，牵起一串人和事，以此来结构故事、塑造人物、表现主题。将时代生活与多彩的风俗民情融合，不仅使人物血肉丰满，且深化了主题，还使作品具有文学的审美价值和民俗学价值。

第三节　申跃中　单学鹏　赵新

一　申跃中

申跃中（1937—　），保定清苑县人。1952年入县立中学，后因家庭困难退学回乡参加农业劳动，阅读了鲁迅等中外作家的作品并坚持业余学习写作。1956年发表短篇小说处女作《大年初二》。1958年连续发表短篇小说，其中《社长的头发》《一盏抗旱灯下》等曾受到茅盾、侯金镜、康濯等的好评。1959年由省文联推荐到河北艺专学习。1962年加入中国作家协会，同年4月出版短篇小说集《社长的头发》。1971年调至保定地区文化局创作组。1980年转至地区文联工作，创作完成了他的长篇小说《挂红灯》。此后，申跃中不断在《十月》《长城》《河北文艺》等刊物发表中、短篇小说，其中《生死恋》获1983年"河北省四化建设新人新貌文艺奖"，中篇小说《宴席上下》获1989年"河北省第三届文艺振兴奖"，长篇小说《蓝火头》获1997年"河北省第七届文艺振兴奖"。

申跃中一生与农村乡土有着密切的联系，有着深厚的感情，他从小生活在农村，熟悉农村生活与风土人情，并从生活的观察体验中提取创作的素材。他早期的小说从一个侧面反映了"大跃进"到"文化大革命"前冀中农村生活风貌和变迁。短篇小说集《社长的头发》所选取的11篇小说就很有代表性。《社长的头发》围绕社长的头发和理发发生的一些"可喜可爱的纠葛"，塑造了为集体忙碌的农村基层干部形象；《一盏抗旱灯下》通过青年人在夜里抗旱灯下晃水车的情景，写出了人们战胜旱灾的信心和力量；《清晨》通过早晨拾粪为集体做好事，表现了少年儿童的天真乐观；《夜话龙王庙》通过将龙王庙改造成机器房灌溉透视了人们不信神、不靠天而靠自己双手夺取丰收的精神风貌；《电机井上》通过黑萍姑娘学习机电理论和技术，反映了农业技术革新和农村新人的进取精神。这些作品虽然说不上主题深刻、人物形象饱满，但以纯朴的感情、巧妙的构思、风趣的语言、明快的笔调写出了时代的面影。

1982年由人民文学出版社出版的《挂红灯》，可视为申跃中长篇小说的代表作。小说以"文革"期间受林彪、"四人帮"干扰破坏的重灾区保定农村为背景，通过对1976年2月到10月间，沙河沿上的大张庄干部群众在党支部书记张老硬带领下，与"四人帮"势力进行了针锋相对、机智勇敢的斗争，再现了那个动荡混乱、是非颠倒的年代里正义与邪恶的较量，歌颂了广大人民群众不屈不挠反抗恶势力的大无畏的英雄主义和乐观主义精神。

小说成功塑造了几个具有鲜明个性的人物形象。张老硬是作者花费笔墨最多、倾注感情最多而塑造的老一代农民英雄形象。张老硬在旧社会要过饭、扛过活，抗日战争中打过游击战、"挑帘战"，也是土改、合作化的带头人，在他身上，有长期艰苦生活中磨炼出来的斗争经验和一身"硬气"，他凭着对党和社会主义的坚定信念，以实干精神、奉献精神，成为农村基层干部的优秀代表。在他的带领下，大张庄正在改变着原来"有女不嫁大张庄，涝收蛤蟆旱吃糠"的贫穷落后面貌，在群众中有崇高的威望。但在"文化大革命"中，他与善良正直的群众一起遭受着磨难，尤其1976年的春节前后，本村朱家的小闺女，现在的县文工团演员朱丽花，与县里的"四人帮"势力炙手可热的人物武县委（武世昌）结婚，实现了恶势力的上下联手，把祸水直接引到了本村。武县委和朱丽花回门时为显示权势并笼络人心而大摆宴席，由于张老硬大闹宴席而拉开了斗争的序幕。邪恶势力对他的打击步步升级，甚至把他抓进监狱，施以拷打，但他总是从群众利益、党的利益出发，大义凛然，勇敢斗争，决不退让，成为大张庄抵抗邪恶势力的"老硬"。小说又通过他作为大队党支部书记，关心群众，与群众同甘共苦；通过他对患难与共的老一辈，如县委老书记王建、张老同等人的敬重；通过他对青年人的关心教育，对孙惠来仁至义尽的挽救以及在张天凤要被县武卫人员抓走时挺身而出；通过他从监狱放出来回家的路上，看到荒芜的田园和被盗砍的林木，不禁失声痛哭等情节，表现了他慈爱、可亲可敬和精神世界丰富的一面。虽然作者在这个人物身上所花的力气与取得的艺术效果不成正比，让人感觉有"高大全"的影子，但这个人物塑造得还是较为成功的，在这个人物身上，有作家在经历了"十年动乱"之后，发自内心的对正义、良心和理想人性的呼唤，这种呼唤也具有历史的穿透性。

小说中塑造得最为成功的人物形象是孙惠来。孙惠来是大张庄的党支部副书记，人长得"眼是圆的，头是圆的，肩膀是圆的。如果他团在一起，就像个大圆球。随便滚到个什么地方，遇上个什么沟沟坎坎，都能辘辘过去"。人的思想性格本来与相貌没有必然关系，但在孙惠来身上却有着一致性。他的人生信条是只要有利于自己，"八面的风都可以借"。平时他小心谨慎，善于伪装自己，当上支部副书记之后，不论大小事情，不管办得了办不了，准会让你高兴，从不得罪人，也因此被人称为"孙会来"（会来事儿）。但一有时机，他又会"给你带上捂眼，让你围着磨道转三遭，还不知是拿你当驴赶"。"文化大革命"中他一方面对那些靠投机钻营升上高位的造反派武世昌、高升之流垂涎三尺，一面又怕"闹出圈，出了辙"对自己不利。当两股社会势力不相上下的时候,他感到对张老硬反不了,对武世昌们也不敢反时,便创造出了一个所谓"革命的折中主义""红色中间路线"理论:"你张老硬正确俺随着,你朱家硬俺也跟着沾光。两条道来回跑,三条道走中间。"明着向张老硬作检讨,暗中紧跟武世昌们。但他从"梁效"的文章中嗅出武世昌们的后台很硬,确认造反派要取胜,感到自己不拿出一点"晋见礼"捞个一官半职不容易时,就不惜告阴状、设计谋,直至带领县武斗队到张老硬家里非法抓捕张老硬。孙惠来是中国不同历史时期两面派人物在"文化大革命"时期的一个缩影。

小说还塑造了尤大兴、武世昌、张天凤、见喜、高升等人物形象,也以性格的鲜明性给读者留下了较深刻的印象。

小说在结构上颇具匠心。以两次挂红灯作为小说的首尾,因为"从正月十二朱家聘闺女,门口挂了一对大红灯笼之后,就更加散了、乱了、糟了、烂了;到了那年十月里'四人帮'垮了台,大张庄人为了欢庆胜利,又在大队部门口飘红抖绿地高高挂起了红灯,这个村子才又安定了、团结了、生产上去了,一切都逐步好转了"。小说描写的正是在这一时段里,以支部书记张老硬为代表的干部群众与武县委势力的斗争,这直接关联的两种势力的矛盾斗争,通过朱家女儿的婚姻以及公社书记高升、孙惠来之流对这一关系的利用,把两组矛盾成功地纠结在了一起,使小说的矛盾广泛涉及了村、乡、县三级的各色人物,在更大的范围内展示了时代内容和主题,使小说具有了一种"宏大叙事"的品格。同时,作者在矛盾发展的阶段性和节奏的把握控制上,在人物配置、力量对比、叙述的详略等方面,都显示了对生活高超的概括能力,小说具有严谨而又自然洒脱、深沉隽永的风韵。在语言方面除继续保持了幽默风趣、质朴明快和地方色彩与生活气息外,还增加了通达含蓄与机锋警策的哲理意味。

二 单学鹏

单学鹏(1936—2004),河北玉田人。1950年参加工作,曾在地方党政机关当服务员、交通员、打字员等。1958年发表第一篇习作《年三十的早晨》。1959年考入河北文化学院中文系学习,毕业后曾从事戏剧创作和农村工作。曾任唐山市作家协会主席、作协河北分会常务理事等职。

单学鹏是一位创作勤奋、成果丰硕的作家。20世纪60年代初便不断有作品发表，以长篇小说《渤海渔歌》（1975）、《燕岭风云》（1977）为代表。但这些作品时代印痕都很明显，失之于概念化的说教。进入新的历史时期，他曾经一度苦闷、彷徨。在经过一段时期的炼狱般的"认真思考，解决阻力，从意冷心灰中解脱出来"（《这里通向世界·后记》）之后，开始用新的观念、新的艺术视野来观察、审视和表现新的时代生活。创作于80年代初的长篇小说《凤落梧桐》（1983），写青年人巧哥儿带领乡亲共同致富的故事，意在表现农村改革的必要性和必然性，表现联产承包责任制给农村带来的巨大变化。这既是一部较为迅速地反映农村改革的长篇小说，也是单学鹏写农村改革生活的尝试和收获。正当他在农村题材创作上取得成就的时候，其创作在题材上却发生了很大的转变，他说："我渴望开辟一个新的领域、新的天地，因此在组织帮助下来到港口。"在两年多的时间里，"我有意地折腾了一番自己，为自己出了一个又一个的难题，逼着自己去熟悉、去学习、去奔跑、去查阅资料，去经受大海的风浪……我为熟悉港口和大海，是流了汗水掉了肉的"[①]。经过这样充分的准备之后，表现港口改革建设和生活，成了他后期创作的最重要的题材领域。后期主要小说有长篇《奔腾的大海》《千岛之恋》《来自异国的随船女郎》《劫难》等，出版的中篇小说集有《这里通向世界》《警士与美人鱼号》等。其中，《这里通向世界》获得人民文学出版社"当代文学奖"；《奔腾的大海》《劫难》获河北作协"金牛奖"。

《这里通向世界》和《奔腾的大海》是单学鹏正面描写港口改革的力作。作者以直面现实的勇气，写出了改革开放初期我国企事业单位内部，在管理体制、党政职责、利益分配、人事关系、人才培养与使用等方面存在的严重积弊，写出了改革的必要性、紧迫性和改革的艰巨性、复杂性，以此唤起人们正确认识企业改革的伟大意义和艰巨性，表现出作者对时代生活深刻的思考和超越意识。

从艺术上说，两部小说都表现出作者善于将人物置于重重矛盾中，在矛

[①] 单学鹏：《生活·思考·创作（代后记）》，《这里通向世界》，花山文艺出版社1984年版，第271、272页。

盾交织纠结中来塑造人物性格，展示人物的思想境界和改革的艰辛。《这里通向世界》中的老局长冯占雄结束劳改回芸蓬港上任，来迎接他的党委代理书记兼副局长陈凡和副调度长于雅岚两个人，便代表着"阴谋与爱情"的陷阱：陈凡是冯占雄一手提拔起来的干部。现在为迎接老局长回港口上任，陈凡把"南山小黄楼"里的全部工人住户赶走，花巨款装修，让他住了进去。这样做的目的一是拉拢腐蚀，二是把他置于工人的对立面。副调度长于雅岚怀有个人目的，也送上了女性的温柔，试图把他当成个人利益的保护伞；肖秘书把他送进医院，实际是想把他隔离起来。所有这一切，目的却是相同的，就是让冯占雄对港口压船、压货、压车现实以及效率低下、权钱交易、管理混乱等积弊不能有所作为，维护以陈凡为代表的小团体利益。所以工人们愤慨地说他"一上任就钻进了人家的网"。在起用干部和疏港工程中，造谣、诬陷、暗害、制造事故等伎俩应有尽有。被精简的干部不仅大闹办公室，而且扬言要进京告状等；权力被削弱又被迫取消出国计划的陈凡，暗中操控，伺机反扑；追求遭拒绝的于雅岚也怀恨在心。在这些阻力的包围中，冯占雄显示了"冯三刀"的魄力，果断为作风正派、懂业务的耿赢"平反"并提拔到副局长兼总调度长的位置上，实施疏港挖潜等一系列改革。在这一系列矛盾冲突中塑造了冯占雄和耿赢两个改革者的形象。

《奔腾的大海》中的核心人物是楚文辉，同样从一开始就面临着重重矛盾。他是一个有海外关系的知识分子，虽然处于港务局副局长的位置，却难以施展才干，甚至向上级寄上请辞报告。党委书记梁焰自请免职，职位由局长孙少卿代理，任命楚文辉接任局长进行改革。他上任后，在老书记梁焰的支持下，开始了大刀阔斧的改革，清除"后门"人员，收缴私用公物，精简行政管理人员，起用懂业务的人员规范港口调度，拒绝关系货船"海神"号等靠泊卸货，改造行政办公楼为大龄工人的新婚公寓，改革工资制度打破大锅饭，下马填海造地的无底洞工程，等等。这一系列的改革触动了港口内部和外部盘根错节的关系网，引起了以代理党委书记孙少卿为代表的反改革势力的阻挠和反扑。先是恐吓的匕首插在他的办公桌上、家门上，不久他的家被歹徒砸了，并因为孙少卿暗中操控制造的人为责任事故被判刑，考上大学后还未入学的儿子被害。但他在梁焰和工人们的支持下，有效抵抗着妄图阻挠和破坏改革的敌手；最后积劳成疾，在生命垂危之际，还念念不忘港口的改革事业。在楚文辉这个悲剧性的人物身上体现了中国知识分子高度的爱国精神和忍辱负重、"先天下之忧而忧，后天下之乐而乐"、自强不息的精神品格。

  作者在塑造人物上，注意了人物性格的多侧面描写。对楚文辉这个以超人的毅力和高度责任感为性格特征的改革者形象，作者也写出了他在大刀阔斧改革过程中不成熟、不稳健的一面。如他面对世故圆滑、手腕老到的代理书记孙少卿，常常缺少鉴别能力和应对策略；在各种阻力和困难面前也有过彷徨，在家庭遭受打击下甚至想自杀，等等。对冯占雄、梁焰等老一代改革者，在写出他们高度政治觉悟、政治经验和责任感的同时，也写了他们因年龄和健康原因而力不从心以及管理现代化港口知识的缺乏。尽管如此，这些改革者的形象给人的印象还是不够丰满，作者注意了改革与工人群众切身利益关系的描写，而回避了对这些改革先锋们现实利益的考量，只把政治觉悟、爱国情怀与人格道德当作改革的推动力，显得缺少人性的深度；倒是陈凡、孙少卿、刘同洲等否定性的人物形象显得真实生动，这是因为作者充分写出了这一类人阻挠破坏改革的历史缘由、现实利益的驱策。作者对相关港口知识的熟知，如船舶调度、货物装卸、货物报关验收与公铁运输关系、海洋气象对港口的影响等，为他相关港口生活小说作品增色不少。

  两部小说在矛盾的层叠交织中塑造人物方面取得了不错的效果，但作者过多借助了这一方式。雷达在谈到《这里通向世界》时说："我计算了一下，小说中的'事故'就有三起之多。这些故事的突发虽然可以收到激化矛盾的奇效，但同时也会削弱作品的真实性。我们会很自然地想到'样板作品'中左一个散包事件，右一个'塌方事故'，那完全是为了'抓阶级斗争'的需要，故作惊人之笔。单学鹏小说的情节自然完全是两回事。但有没有受到这种'矛盾集中法''风口浪尖法'的某种潜在的影响呢？"[①] 这是应当注意的经验教训。

[①] 雷达：《从苦闷到惊醒》，《河北文学》1982年第8期。

三 赵新

赵新（1939— ）河北阜平县人。1959年徐水师范学校毕业后在阜平县任中学教师，业余参加了河北北京师范学院中文系函授班学习。1964年2月在天津《新港》上发表第一篇小说《分家记》。1965年在阜平文化馆工作。1971年后在保定地区文化局任创作员。1979年任保定地区文联副主席。1994年后任保定市文联副主席，《荷花淀》主编。

通观赵新的小说创作，可以分为"文化大革命"前后两个阶段。"文化大革命"前是赵新的探索阶段。可以说从他的第一篇小说《分家记》开始，家乡故土就成了他描写的对象，他善于从冀西山区农村的新人、新事、新风尚中寻找素材，结构故事，表现主题。"山药蛋派"小说的特点，如结构上的故事性，生动鲜明的语言及乡土气息，主题上呼应当前政策和现实中的某些"问题"，在他的小说中都有所体现。但总体上说这一时期的小说还不够成熟，如故事单一，人物设置简单，创作目的多是试图通过故事和人物来说明一个道理，人物形象不够饱满。"文化大革命"以后赵新的小说创作进入了成熟期。尤其是1979年以后，他的创作数量迅速提升，连续出版了短篇小说集《庄稼观点》《被开除的村庄》《河东河西》和长篇小说《张王李赵》《婚姻小事》等，而且思想性和艺术性在前一阶段基础上有了突破性的提高和发展，成为河北甚至全国农村题材创作方面一个有影响的作家。其短篇小说《一日三餐》，获1979年《山西文学》优秀小说奖；短篇小说《水到渠成》，获1980年《河北文学》优秀小说奖；《被开除的村庄》被上海电视台改编为电视剧。

1979年以后，赵新的创作首先表现了他对"文化大革命"那段历史的深刻反思。在这方面《庄稼观点》和长篇小说《张王李赵》具有代表性。《庄稼观点》通过一家农民骨肉相残的不正常生活，揭露了"文革"时期非正常的社会政治生活给人们心灵造成的扭曲和伤害。小说以一普通庄稼人的"观点"来分析、思考造成这场灾难的社会和历史根源。《张王李赵》以河西店村开展学习小靳庄赛诗运动酿成的悲剧为中心线索，描写了"吃家"张老茂、"聊家"王老顺、"骂家"李三姐、"干家"赵来贵四个家庭之间的关系及家庭成员间的矛盾纠葛，真切生动地表现了"文化大革命"后期农村的生活面貌，表现了"四人帮"倒行逆施给农村生活带来的是非颠倒、荒谬错乱的局面。这方面的作品还有《相面》《墙里墙外》《郑老头"守寡记"》《上访》等，这些作品从不同角度和层面反思了那段荒谬的历史。

随着全国"反思文学"潮的退落，赵新的创作主题也转向了对农村现实生活和"问题"的多方面表现和思考，收入《被开除的村庄》中的小说，几乎涉及了农村生活的方方面面，共同构成了令人迷醉的农村生活的五彩斑斓的图画。作者对家乡的热爱之情充溢在作品的字里行间。其中《被开除的村庄》，因为主题的现实性和深刻性而具有全国影响。小说写一个地处三县交界，只有三户人家的偏远山村，抗日战争时期，这个仅有三户人家的小村就牺牲了四个人，曾因捉住过五个日本鬼子而成为远近闻名的英雄村，当时三个县争着要这个小村子。经历了合作化、人民公社、"文化大革命"，这个村子渐渐被人们忘记了，哪个县都不愿意要了，各项优抚政策都与它无关。到了20世纪80年代中期，三户人家仍然抱着对党和政府的信任和坚定的信念，苦苦挣扎在极度贫困当中。他们所属的乡为了不使这个村拉政绩的后腿，干脆否认它属自己乡，又怕万一被上级发现，还送来只能给来检查的人看但不能取钱用的假存折。县委书记何进在下乡检查工作时因躲避暴风雨而发现了三户村，十分沉痛："明天在县委常委紧急会议上研究，一定要把被开除的村庄，被开除的人民，拉到会议桌上，拉到县委常委们的心里。"小说以县委书记的眼里所见和三户村群众之口，提出了党风和农村政治生活中一些引人深思的问题。

在后来的小说集《河东河西》中，赵新虽然一如既往地热切关注着家乡这块热土上发生的一切，但他对生活思考的深刻性明显加深。这些作品常常能透过表象对现实生活进行道德的、文化的，甚至哲学意味的思考与审视。如《三人行》中黄石岭党支部书记刘老成，觉得"这一辈子也算对得住党，对得住黄石岭的父老乡亲了"。但还有一桩心愿未了，就是在有生之年，为乡民修一条通往山外的致富路。修路资金除乡民集资外，另一半多方筹集未果，而地委书记要来黄石岭洗温泉澡，使资金有了希望。但乡长和县长只是怕替他反映这一问题影响职务升迁而拒绝在地委书记面前替他说句话。在不得已的情况下，刘老成便以农民式的机智和狡黠直接与地委书记"叙谈"才得以解决。在与只为"当官""保官"的乡长、县委书记的对比中，作者思考了人应当为什么而活，有没有超越了一己私利的人生。再如《典型档案》中的刘树林，中华人民共和国成立前就是武委会主任。中华人民共和国成立后带领群众绿化荒山，有十年的时间他干在山上，吃在山上，住在山上，甚至5岁的儿子死了都顾不上下山。几十年过去了，十万亩荒山终于被绿化，他成了远近闻名的劳动模范。现在，进入了一个新的历史时期。他虽然不再是典型和模范，但依然自觉自愿地默默从事着这造福社会和子孙的事业。为了这个事业，他宁可穷得吃不上一顿白面饭食，也不羡慕搞个人发家而富了的人，更不肯砍一棵树换钱。与刘树林形成对比的是由林业局局长升迁为县长的王喜山。在绿化荒山的过程中，当时还是林业局长的王喜山，对刘树林在政策上支持鼓励，常陪县长来看他，还帮助他总结植树经验等。但王喜山是把绿化荒山当成了政绩工程和仕途敲门砖，一旦实现了他当县长的目的，便马上要求刘树林砍伐林木卖钱，当成财源的一项。遭刘树林拒绝后便心生厌恶，不仅从上任后五年没有来看过刘树林和他绿化荒山的事业，还把他原来的劳模资格和人大代表资格也取消了。在省长问起绿化荒山的刘树林并表示有机会来看望的背景下，王喜山才送来了表示慰问的假杏花村汾酒和发霉的阿诗玛香烟。小说在对比中，追问着人性的真善美与假恶丑。类似于刘老成和刘树林的形象还有《私访》中的赵江老汉、《真诚》中的贵诚老汉、《同志》中的赵志老汉等。这绝不是说作者要把各级基层干部置于党性和道德的审判席上，因为这个集子中也塑造了不少优秀基层干部的形象，如《私访》中工作深入，甚至像战争年代一样钻农民被窝的县委书记老李；《三个秘书的三个故事》中常年为百姓操劳的县委书记老曹；《难题》中虚心向农民学习的下乡干部小马等。作者是要通过正反两个方面的形象，说明在新的历史条件下，党的基层干部在弘扬我国传统美德、坚持党性立场方面的重要性。

《理发》《亲爹干爹不是爹》《寻人启事》等作品则表现了普通乡民在商品大潮冲击下，拜金主义盛行的忧虑。在这类作品中，作家对这种唯利是图、见利忘义、极端个人主义、拜金主义的行为和观念进行了严厉的批判和嘲讽。从道德角度来反映农村生活，应该说抓住了当前社会转型时期农村生活的一个突出方面。因为在社会经济迅速发展，人们的生活变得越来越富裕的同时，农村（也不仅是农村）社会生活中的道德观念趋向淡薄。在义与利面前，人们越来越趋向于利，这是历史的进步，对打破我国传统文化中占主导地位的重义轻利观念有好处，但走向了极端。于是便有失信、欺骗、见利忘义甚至犯罪，道德的滑坡已经严重影响了社会的进步。作家在这个集子中，以大量的来源于现实生活的"事实"，试图唤起人们对这一问题的重视，这无疑具有十分重要的现实意义。

赵新是河北"山药蛋派"的代表作家。他的小说以集中表现冀西山区农村生活的浓郁的地方色彩而闻名全国。他说："创作初期，我的确受到了山西作家赵树理先生的影响。他的《小二黑结婚》是我最早接触的文学作品之一。后来，马烽的《我们村里的年轻人》等对我影响也很大。最早提出我是河北'山药蛋派'的就是山西著名作家马烽先生。对此，我承认，我是农民的儿子，我为农民而写作。"①"我为农民而写作"这样的话语在他谈及自己的创作经验时被多次重复，如在《河东河西·后记》中他说："我是农民的儿子，我确确实实不敢忘记自己的劳苦功高的父亲，不敢忘记生我养我的故土，不敢忘记那片故土上的山川河流，庄稼篱笆，以及已经发生和正在发生着的巨大的灿烂的辉煌！"这不仅是一种创作态度，也是一种审美追求。赵新在为农民写作的追求中，也如赵树理一样尊重农民的审美习惯，在小说结构形式上继承了中国小说重人物、重情节、重悬念的长处，情节发展起伏跌宕，故事推进丝丝入扣，寓情感和人物性格于故事情节之中。在语言上，具有农民的机智和幽默，富于民间文学的明快和地方色彩。读他的小说，总被作家那种热爱乡土，热爱乡亲，与乡民深厚的情感所感染，被他原生态的情节、细节、语言和出神入化的描写所感染。

赵新小说创作中的不足和缺陷，从主题内容方面说，他虽然对农村生活细节与风俗民情描写生动逼真、出神入化，但哲理意义上的深度还显得不够；从艺术方面说，表现在创作手法上守成多于吸收和借鉴，人物塑造手法还显单一，尤其是体现了作者审美理想的老一代农民形象有些类型化，农村新人形象也还显单薄。

---

① 赵新：《我是农民的儿子 我为农民而写作》，《保定日报》2007年8月29日。

下编　河北当代小说（二）

第一章　新时期河北小说概述

1976年10月,"四人帮"被粉碎,标志着历史掀开了新的一页。1978年中国共产党十一届三中全会召开,中国社会生活步入了历史新时期。从此中国文学也迎来了自己的春天。作为中国新时期文学一部分的河北新时期小说,也出现了新的风貌。

综观新时期的河北小说,我们首先要提到的当然是铁凝。铁凝是河北新时期文学的一面旗帜。她的创作贯穿新时期文学始终,我们无法把她归入任何梯队,她的创作具有全国影响。1979年开始发表作品,1982年发表成名作《哦,香雪》,之后佳作不断,直到长篇小说《玫瑰门》《大浴女》《笨花》的出版,把铁凝称为中国当代文学最优秀的实力派作家之一是当之无愧的。迄今为止,铁凝的创作大致经历了"香雪"时期,"玫瑰门"时期,"大浴女"时期和"笨花"时期。"香雪"时期的代表性作品有《哦,香雪》《没有纽扣的红衬衫》等。这是一个单纯、乐观的时期,铁凝以"香雪般善良的眼睛"(王蒙语)在细微处寻找真善美,在日常生活中讴歌理想。善良、美好、温馨构成铁凝早期创作的基本基调,细腻、恬静、雅致构成铁凝这一时期创作的基本风格。"玫瑰门"时期的代表作有《麦秸垛》《棉花垛》《青草垛》《玫瑰门》《对面》等。这一时期铁凝一改那种单纯地在生活中寻找真善美的冲动,而是深入生活,深入人物的复杂的内心,试图全方位地复杂地表现生活的全色,特别是注重了对人性丑恶的探秘,加强了对生活混沌的展示。特别是《玫瑰门》中塑造的司猗纹等女性形象成为中国当代文学画廊中不可多得的形象之一。2000年铁凝出版了她的第三部长篇小说《大浴女》,标志着铁凝进入了她的"大浴女"时期,真正实现了她所追求的"复杂的单纯"的艺术境界。作家以舒缓平淡的叙述，以"极尽现实的普通"，为我们营造了一座"亲切的遥远"和"熟稔的陌生"的"内心深处的花园"。它那通贯全篇的忏悔意识与无处不在的对灵魂的拷问，使得这座"内心深处的花园"充满了喧哗与骚动，以及由这喧嚣而最终达到的丰富的痛苦和深沉的宁静。2006年铁凝出版了她的第四部长篇小说《笨花》。《笨花》是铁凝走向艺术综合阶段的集大成之作。如果说《大浴女》是铁凝走向"复杂后的单纯"，那么，《笨花》则是在这种复杂单纯后的一种更大的综合。对民族精神、对民族文化的坚守，是《笨花》的基本主题之一。

除了铁凝之外，新时期河北小说创作队伍主要由四个梯队构成。

第一梯队是出生于20世纪三四十年代的一些作家，他们经历了五六十年代以及"文革"的各种运动，因此，当历史进入新时期，他们成为坚定的反"左"战士，站在了文学复兴的前哨。他们是贾大山、汤吉夫、陈冲、张峻、潮青、申跃中、奚青、关汝松、赵新、韩东、薛勇等。他们主要活跃在70年代末到80年代初期。也和全国文学界一样，作品主要针对的是极"左"路线对国家、人民造成的伤害以及对这种现象的反思。如贾大山在1977年创作的短篇小说《取经》获首届全国优秀短篇小说奖，还有潮清的《大院琐闻》，申跃中的《挂红灯》，张峻的《睡屋》等。随着时间的推移，他们中的一些作家也写出了思考与表现改革开放形势下新生活的小说。在这方面最为突出的是潮清、张峻、单学鹏以及被称为河北的"山药蛋派"作家的赵新。潮清的代表性作品是"单家桥"系列中篇（包括《单家桥的闲言碎语》《单家桥的真情实话》《单家桥的奇风异俗》《花引茶香》《窨花岭》等）。张峻的《星星石》《惊蛰》《睡屋》等，也以深沉的思考和对社会文化变迁的表现，使作品具有浓重的文化哲学意味。单学鹏的小说《这里通向世界》《奔腾的大海》在描写企业改革中的复杂矛盾及革除弊害的艰难方面显示出直面生活的特色。赵新的小说集《庄稼观点》《被开除的村庄》《河东河西》及长篇小说《张王李赵》等，以满腔热爱之情，对新时期冀西山区农村生活进行了多方面的展示与出色的描绘，思想与艺术上不断实现着自我超越。贾大山以"梦庄记事"为总题的一组小说，以"我"下乡梦庄的知青生活为题材，以亲历者的身份来讲述经过时间沉淀的梦庄人的一个个往事，其中蕴含了作者对人生、人性的深层思考，作品不乏清醇温馨，不乏美好的诗意，但却难掩其背后的苦涩与悲伤，作品的主题风格与前一阶段明显不同。以《林掌柜》《钱掌柜》《王掌柜》《"容膝"》等为代表的一组小说，更加注重向历史深处开掘，作品更具文化意蕴。陈冲的小说一直把城市工业企业的改革作为自己题材的重点，并自觉跟随着改革的深化，以直面现实的精神在正面讴歌改革生活的同时，又不回避现实生活中的矛盾，常常从一个侧面来反映时代前进的步伐，又敏锐地写出了改革过程中各种人物的精神世界及其嬗变，并由此形成了他小说的艺术特色。陈冲的小说大都有曲折动人的故事情节，常于矛盾冲突中展示人物性格，代表性作品有《无反馈快速跟踪》《厂长今年二十六》《小厂来了个大学生》等。汤吉夫在新时期的小说创作可以 80 年代中期为界，粗略地分为两个时期。在前一时期，他的小说大多取材于小县城里的人和事，以描摹人情世态见长，如《老涩外传》《在古师傅的小店里》《隔代人》《房》《遗嘱》《蒙面女》等。后一个时期有《故里见闻录》《遥远的祖父》等不断向历史文化深层开掘的佳作，也有表现校园里的知识分子，尤其是大学知识分子的作品，小说主题也随时代进程不断深化变迁。进入 90 年代以后，随着社会文化环境变化和大学扩大招生及院校合并所引发的新问题与矛盾，使原有的矛盾更加复杂，更加内在。汤吉夫的小说主题也由 80 年代中后期反映知识分子的物质匮乏到表现其精神匮乏并为其呐喊、不平而转变到为批判意识揭露和解剖知识分子性格中的弱点，进而对校园文化开始了深刻反省与批判。奚青（1938— ）笔名丁卯，白族，云南大理人。1960 年毕业于长春地质学院地球物理勘探专业。历任地矿部文学创作室专业作家，中国地质作家协会首届主席，地质文联首届副主席，河北省作协第一届理事及第二、三届主席团委员。1974 年开始发表作品。1982 年加入中国作家协会。著有长篇小说《朱蕾》（1978）、《望婚涯》（1980）、《天涯孤旅》（1984）等。长篇小说《望婚崖》获地矿部文学特别奖，《天涯孤旅》获河北省首届文艺振兴奖、首届地质文学宝石奖，中篇小说集《人约离婚后》获第二届地质文学宝石奖一等奖，《天有病，人知否》获当代优秀小说奖、《小说月报》百花奖等。奚青的小说多以地质勘探生活为题材，歌颂了奋斗不息的地质勘探工作者的献身精神与崇高品格。在艺术上，注意"悬念""巧合"等技巧的运用，使情节曲折多变,具有较强的故事性。关汝松(1943—)广东开平人。1968 年毕业于中国人民大学语言文学系文艺理论专业。曾赴农村插队务农。历任隆尧县文化馆副馆长,河北省文联《文论报》文学评论部主任、副编审,《长城》杂志副主编、编审。1973 年开始发表作品。1990 年加入中国作家协会。著有短篇小说集《农家少妇》《草民》,中短篇小说集《穿越爱河》,系列小说《城市寓言》,长篇小说《古城》等。短篇小说《绿梦》获河北省第三届文艺振兴奖。关汝松的早期小说创作多为农村题材,往往采用白描的写实手法,表现"普通农民在改革开放浪潮的冲击下心灵深处所发生的微妙变化"①。进入 90 年代之后,关汝松的小说在取材上开始转为城市生活,发表《穿越爱河》《城市寓言》《危险城市》等小说。这些小说,在艺术上"充分调动了作家的主观想象,并运用夸张、变形、荒诞等现代派手法,把现实与未来、艺术的假定性与客观现实、真实与荒诞有机地统一起来"②,从而表现市场经济条件下的人类生存困境。韩东(1950—),河北交河人。1967 年参加工作,历任保定 604 厂工人、保定市文联专业作家。1979 年开始发表作品。1991 年加入中国作家协会。著有长篇小说《打遍东南西北》《江湖小道士》《鬼域江湖》,短篇小说《杨柳巷的故事》《不速之客》等。《寻常百姓家》获河北省文艺振兴奖。韩东的小说主要表现改革开放初期寻常百姓的普通生活,小说本真质朴,富有乡土气息。薛勇(1951—)河北保定人。1969 年参加内蒙古生产建设兵团做农工,曾为保定汽车三队工人、保定市文联专业作家,河北省作家协会理事。1979 年开始发表作品。1990 年加入中国作家协会。中篇小说《四楼上的媳妇们》获河北省首届文艺振兴奖,中篇小说《故土》获河北省第三届文艺振兴奖。薛勇的中国"印象"系列小说,坚持现实主义的批判精神,针对改革开放初期在改革大潮中发迹,并被炒得大红大紫的所谓个体户、企业家的种种"恶行",提出了一些令人警醒的社会问题。

河北新时期文坛的第二梯队作家是出生于 20 世纪 50 到 60 年代初的一批作家,主要有何申、谈歌、关仁山、何玉茹、阿宁、老城、宋聚丰、贾兴安、

---

① 封秋昌:《论关汝松的小说创作》,《存在与想象——品味小说》,河北教育出版社 2006 年版,第 88 页。
② 同上书,第 93 页。

李延青、于卓、康志刚、丁庆中、水土、赵云江、何玉湖、王正昌、阎明国等。这些作家的创作大部分开始于80年代，主要影响力在90年代。

被称为"三驾马车"的何申、谈歌、关仁山成名于90年代中后期，他们的小说直面现实，关注国有企业与乡镇的困境，表现出改革进程中出现的种种矛盾，在当代文坛掀起了一场"现实主义的冲击波"。代表性的作品有谈歌的《大厂》，何申的《穷县》，关仁山的《九月还乡》等。关仁山早期以"雪莲湾"小说系列而引起文坛注目，主要反映出从传统到现代社会转换过程中正义伦理的混乱。20世纪90年代后期，关仁山的聚焦点从海湾风情转向平原，又创作了许多中短篇小说，其中《九月还乡》影响较大。这篇小说承续了作者一贯的对底层的关注，鲜明地表达了救赎的主题。此后，关仁山渐渐把主要精力转向长篇小说创作，先后创作出版了长篇小说《福镇》《风暴潮》《天高地厚》《白纸门》《麦河》《日头》《金谷银山》等。其中以《麦河》《日头》影响较大。同是写农村，何申与关仁山有所不同。如果说关仁山更多一些理想色彩，那么何申相对更贴近生活。不过，在何申温和的叙述中，其实包含着他对人性、道德伦理认真深入的思考。长篇小说《多彩的乡村》曾博得广泛好评。很明显，这是一部呈现社会主义新农村建设的主旋律作品，但却避免了很多主旋律小说概念化的弊病，以浓郁的生活气息和强烈的现实感，为读者编织了一幅20世纪90年代中国北方乡村绚丽多彩的生活画卷，塑造了一群个性鲜明的乡村人物形象，生动地展示了转型期乡村遭遇的矛盾与取得的发展。谈歌的小说，通过对转型期工厂生活的具体记述，如实地反映了20世纪90年代中国经济转型过程中正义原则失效、正义意识淡薄、正义实践不良的伦理现实，表达了一位作家关注现实、关怀民生的道德热情。谈歌长篇小说创作数量不少，其中，《家园笔记》形式新颖，风格剽悍。作者选用笔记体来组织长篇，在继承前人短篇笔记小说创作经验的基础上做了创新探索。

何玉茹的小说往往喜欢从小事入手，善于写人物的内心活动，在普通人的日常生活叙事中表现出一种对人的存在状态的关注，如《四孩儿与大琴》《楼下楼上》、长篇小说《生产队里的爱情》《冬季与迷醉》《葵花》《前街后街》等都是如此。《楼下楼上》是发表于1998年的一篇作品，这篇作品巧妙地把"楼下楼上"的关系连接起来，表现了孤独与沟通、良心与忏悔，历史与现实种种纠结缠绕的复杂错综的情绪。长篇小说《冬季与迷醉》是何玉茹最重要的小说。在这部小说中，我们庶几可以看出何玉茹更加内敛、更加追求艺术化的人生境界的心灵轨迹。温婉娴静的何玉茹，迷恋内心汹涌着传统文化的波涛，从老麦杀猪到李三定的幸福世界，何玉茹在小事中营构出一个充满深度与广度的艺术世界。阿宁的校园小说也很有特色，但他的校园小说不是纯粹的校园生活记录，而是善于把校园的知识分子生活与社会生活连接起来，因而扩大了校园小说的含量。这类小说有《校园里有一对情人》《坚硬的柔软》《生命之轻与瓦罐之重》《遥望校园》《自费生》等。之后，阿宁的小说又开始转向官场，表现官场中诸色人等的生存状态，比如《无根令》《爱情病》等。总之，阿宁的小说总是倾注着对现实人生的强烈关注，从校园小说到官场改革小说，再到城市社会生态小说，无不贯穿着这种关怀。老城的小说主要以家族历史为题材内容，表现出对家族历史的新的理解，比如《人族》《谷神》等。他的《家园考》深入思考了农民与土地、传统性与现代性的诸多问题，具有悠远的形上意味。老城的小说一般都追求精神的深度和文化的厚度，同时在艺术上追求立体化的效果，试图强化传统与现代、历史与现实、社会与自然、家族与民族等的交织勾连，在写实中有写意，在传统中有现代，并善于营造具有象征意义的意象，来提升小说的思想蕴涵与诗意氛围。宋聚丰于20世纪80年代初期开始创作，他的作品主要瞄准的是农村改革中出现的各种问题，善于刻画改革中的青年形象，作品极富地域色彩，比如《白云升起的地方》《远山》《苦土》等。90年代以后，宋聚丰转入影视剧的改编和创作，他改编的电视连续剧《黑脸》影响深远。贾兴安创作开始于90年代，他的作品善于讲述曲折的故事，具有浓郁的传奇性，在传奇中揭示人性的美好与丑恶。代表性的作品有《欲火》《麦殇》《狗皮膏药》《县长门》等。李延青的小说起步较晚，但起点较高，小说集《人事》写人状物颇有奇趣，语言简朴而精到。于卓的小说主要取材于石油工程战线的生活，全方位地展现了官场百态，代表性作品有《七千万》《八千万》《九千万》和长篇小说《挂职干部》等。康志刚主要以短篇小说见长，他的《醉酒》《敬酒》《香椿树》等，往往善于从生活的一个片段或侧面切入，进而揭示出具有深刻意义的事件本质。丁庆中主要以长篇小说见长。他的小说形式新颖,结构独特,特别讲究语言的诗意和行文的韵致,代表性作品是《蓝镇》《老鱼河》《大地汉书》。水土,原名郭永跃,河北邯郸人。2000年4月发表在《当代人》上的《村里有台拖拉机》是他最有影响的短篇小说,小说获河北省第九届文艺振兴奖,2001年获德国歌德学院特别奖。拖拉机作为异质的现代文明的象征,对封闭平静的小山村的传统文化的挑战和诱惑是明显的。在其中寄托着小青的全部希望、困惑、不安以及诱惑之后的无奈和重归平静。2007年出版长篇小说《疼痛难忍》,该作获河北省第十一届文艺振兴奖。小说以敏感的小煤窑的生生灭灭和矿工生活为题材,通过李大矿、李广太、李虎牛三个童年好友与煤矿的关系史,极为本色自然地展示了小煤窑发展过程中权力寻租、权钱交易、草菅人命种种不合理不正常的现象。小说语言本色幽默,具有很强的可读性。主打诗歌兼治小说的赵云江(1958—)生于河北盐山。1989年毕业于河北大学作家班,1992年结业于北京鲁迅文学院。1982年开始发表文学作品,著有诗集《野眼》,1990年由花山文艺出版社出版;散文随笔集《自找的麻烦》2001年由华艺出版社出版;诗集《云江诗选》2003年由中国文联出版社出版。短篇小说《绿水》《黑大门·红对联》、中篇小说《上学去》获河北省第七届文艺振兴奖。《上学去》以诗意怀旧的笔调,追忆自己童年的生活,表现出对真诚纯真年代的缅怀。何玉湖(1954—)笔名玉湖,河北丰润人。1986年毕业于廊坊师专文学大专班。1970年参加工作,历任唐山钢铁公司工人,《唐山文学》小说编辑,唐山市文联创作部部长,唐山文学院负责人。1979年首次发表小说《绿叶》。1998年加入中国作家协会。著有长篇小说《燃烧的家园》《瑰丽的视界》《隐形拳手》,中篇小说《骚动的节奏》《T城怪杰》《震荡后的震荡》《我的另一部分生活》等。中篇小说《生命原则》获河北省第七届文艺振兴奖。2008年出版长篇小说《是什么使我们幸存》(上、下)。故事通过主人公南洋混血儿林孔的不断寻求,一层层揭示自己父系的华人家族的精神生活、隐秘经历。小说气势恢宏,具有史诗性。阎明国(1960—),河北省秦皇岛市人,廊坊师专中文系毕业,历任秦皇岛港海员工会宣传部干事,秦皇岛市文联《浪淘沙》小说编辑,《海岳文学》执行副主编,河北省作协理事,秦皇岛市作协副主席。1980年开始发表作品,主要文学创作集中在 1980 年至 1989 年，1990 年后逐渐远离文学直至辍笔，2001年后重拾笔墨。出版长篇小说《风潮不到岸》《鳄吻上的炊烟》，发表中篇小说《海难》《魂归大海》《风暴潮》《堡垒沉没》《无梦之海》等。《堡垒沉没》获河北省第三届文艺振兴奖。长篇小说《鳄吻上的炊烟》逼真地近距离地展示了改革开放初期中国商界的故事。作品通过现实与回忆两条线索展示了亿万富翁周天东的发迹史，展示了他的生活、爱情和事业的演变轨迹。小说显示了宏大的气势和广阔的生活场景。

河北新时期小说创作的第三梯队是一批出生于 20 世纪 60 年代后期和 70 年代初期的年轻作家，主要有胡学文、刘建东、李浩、张楚、曹明霞、刘燕燕、王秀云、沤阳北方、宋子平等。

胡学文的小说往往取材于坝上草原底层农牧民的生活，表现他们苦难的生存状态，充满着底层生活的粗粝和毛茸茸的质感。浓郁的底层生活气息、强烈的爱憎情感、传奇的故事情节和自觉的艺术追求，都使他的小说达到了一定的艺术水准。同时，他的小说对权力欲望的揭示，对城市化进程中乡村不可避免的衰落等都有较深的思考。他的小说在艺术结构的设置上往往不囿于一时一地，而是喜欢大开大阖，总是让人物"在路上"去追寻什么，从而使故事传奇色彩浓郁，具有较强的可读性。代表性作品有《秋风绝唱》《飞翔的女人》《婚姻穴位》《麦子的盖头》《命案高悬》《从正午开始的黄昏》《红月亮》《血梅花》《有生》等。刘建东的写作起步于先锋小说潮流逐渐式微之后，但他的小说明显吸收了先锋小说在文体形式上的优长之处，在小说语言叙述等方面都"洋味"十足，这使他的小说在河北这块历来追求本土朴实的现实主义风格的土壤中显得卓尔不群。刘建东的小说叙述大于描写，他善于讲述故事，他的叙述语言往往充满诗意。从题材上看，刘建东的小说基本上是对现代都市青年情感生活的描述，对重大政治历史事件往往不感兴趣，故而他的小说基本上也可以算作"个人化写作"一族。他的小说观念新潮，手法先锋，视野开阔，具有了一定的艺术水准。代表性作品有《减速》《我的头发》《全家福》《一座塔》《阅读与欣赏》《丹麦奶糖》等。《全家福》在形式上把写实与写意、常态与荒诞、具象与抽象有机地统一起来，达到了"状难写之物如在目前，含不尽之意见于言外"的效果。李浩的小说以中短篇见长，作品往往具有先锋小说的流风余韵，在对历史的形而上关注中又有对现实的反省。代表性作品有《那支长枪》《闪亮的瓦片》《刺客列传》《将军的部队》《如归旅店》《镜子里的父亲》等，特别是《将军的部队》曾获得第四届鲁迅文学奖。这篇小说把过去的那种阴冷的叙述转向了暖色。和平年代的将军显然也是"多余人"，他在晚年对自己"部队"的怀念，不是对战争的追忆，而是对已故战友的友情的温馨眷顾。将军昔日的赫赫战功，都被李浩有意识地嵌入时间的幕后，而在时间的帷幕上留下的只是将军晚年的普通人心境——一个和蔼的、孤独的老人对往事的回忆。张楚的小说也是以当代城市青年生活为素材，表现出一种现代人的困惑与迷茫的情绪，小说氤氲着一种挥之不去的忧郁诗情。他的小说是向内的，他关注的是人的灵魂，人的存在，是昆德拉所谓的可能性。这样就使张楚的小说既区别于外在写实性的所谓现实主义小说，又区别于时下身体写作式的商业主义小说，张楚是个异数，他在走一条艰难的写作之路。代表性作品有《曲别针》《草莓冰山》《U型公路》《长发》《刹那记》《大象》《七根孔雀羽毛》《夏朗的望远镜》《良宵》等。

　　刘燕燕、曹明霞、王秀云、讴阳北方、宋子平的小说主要都是从女性自身的感性体验角度，透视男权文化对女性的压抑和控制。这是她们的小说的大前提。刘燕燕的小说主要表现现代女性生存的困境，手法新颖，语言和结构都充满张力，具有较强的文体意识。代表性作品有《阴柔之花》《不过如此》《飞鸟和鱼》等。曹明霞的小说主要通过两性关系的支配和被支配，男人对女性身体的欲望层面，透视女性生存处境的艰难和困顿，小说流露出对理想之爱的渴望以及对理想之爱寻觅无望的痛楚。代表性作品有《这个女人不寻常》《我们的爱情》《谁的女人》《呼兰女儿》《日落呼兰》等。王秀云，河北省东光县人，大专学历，当过教师，之后一直从事机关工作，在撰写各类公文的同时，始终坚持诗歌、小说的创作。1987年开始发表作品，著有诗集《长庚》《温柔的旗语》（合著）等，中篇小说《玻璃时代》《界外情感》《水晶时代》，长篇小说《飞奔的口红》等。河北省作协会员，沧州市文联副主席。王秀云的小说往往从女性的体验角度来写官场。如在其代表作《玻璃时代》中，作家始终以女主人公林小麦的眼光来观察、体验、感受这一特殊场域的人和事，因而就使她的官场小说具有了不同于他人的特殊性。首先是委婉细腻的心理描写、自然流畅的叙述语调、老到成熟的诗化语言，把冷冰冰的官场写得很有情致。这显然与作者的女性生命体验有关。沤阳北方，原名姬淑喆，回族，河北黄骅人，大专学历。2007 年加入中国作协。出版诗集《天鹅的情歌》。2000 年开始小说创作，著有中篇小说《风中芦苇》《随风而逝》《故乡在芦苇深处》等，2006 年出版长篇小说《无人处落下泪雨》。沤阳北方的小说被称为彻底的女性主义小说。她的中篇小说《风中芦苇》和长篇小说《无人处落下泪雨》的确具有这样的特点，小说对女性命运的悲叹令人震惊。唐慧琴和梅驿属于后起之秀，她们起步较晚，但进步迅猛。唐慧琴，河北新乐人，长期在乡镇基层工作，对农村生活特别熟悉。2008 年出版长篇小说《日头日头照着我》，引起注意；2011 年 3 月，在《收获》第 2 期发表中篇小说《拴马草》，赢得好评；2012 年出版长篇小说《牵牛花》，进一步显示出较好的创作势头。梅驿，原名王梅芳，河北栾城人。自 1995 年于《短篇小说》发表小说《手指》起，陆续在《长城》《芳草》《福建文学》等文学刊物发表中短篇小说多篇，其中《脸红是种病》（《福建文学》2011 年第 10 期），《梦死》（《百花洲》2012 年第 2 期）显现出一定的追求。

　　当然，河北小说创作的未来属于出生于 20 世纪七八十年代的一代新人，他们在 21 世纪登上文坛，从作家代际接续上看，属于河北当代小说创作的第四梯队。可喜的是，他们中有的已经崭露头角，有的已进入河北作家协会文学院成为签约作家。常聪慧，出版小说集六部，包括《陌生人》《最后一双水晶鞋》《通往梦城的火车》等，代表作有《风筝与世界》《风吹不走的》《宜居之地》等。常聪慧的小说大都可以看作生态小说，是对城市化进程中自然生态和人文生态的关注。徐广慧，原名徐广玲，河北临西人，有长篇小说《运河往事》出版。左小词，原名韩瑞娟，河北大名人，出版长篇小说《下一个天亮》《我的名字叫蓝》等。清寒的小说有一种直击骨子的痛和寒。作家总能够在看似正常的生活表象中冷静巧妙地用手术刀锋利地解剖出异化生活的真相，有小说集《灰雪》《罪现场》等出版。王霜的小说书写都市男女的情感体验，颇有意趣，有《下个路口见》《王厨娘的烟火人生》行世。张敦，原名张东旭，"80 后"作家，出生于河北枣强，现居石家庄。2016 年出版有小说集《兽性大发的兔子》，2017 年发表短篇小说《吉祥三傻》《哭声》《公牛》等，2018 年发表短篇小说《乡村骑士》《自行车司机》《月光大道》等，被评为河北省第三届"十佳青年作家"，现为河北文学院签约作家。其作品大都以城乡底层青年的当下生活为描写对象，风格特异。孟昭旺也是一位"80 后"作家，2003 年开始发表作品，先后在《青年文学》《长城》《青春》《雨花》《黄河文学》《十月》等刊物发表中短篇小说二十余万字。出版中短篇小说集《春风理发馆》，长篇小说《美人蛊》《青春凶猛》等。其作品大都以少年的乡土体验或当下都市青年的生活感悟为切入点，艺术上讲究叙述策略，深受现代派小说影响。叶勐（1976— ），河北保定人，现居秦皇岛。有小说《老正是条狗》《亡命之徒》等发表。特别需要关注的是刘荣书和杨守知。他们虽然出生于 60 年代末，但他们小说创作产生影响却是近些年来的事。由于他们生活经验的丰厚，人生阅历的开阔，使得他们的小说出手不凡，堪称河北文坛颇有实力的"新生力量"。刘荣书著有中短篇小说集《追赶养蜂人》《冰宫殿》，出版长篇小说《一夜长于百年》《党小组》等。杨守知的作品有《大喇叭》《坚固的河堤》《于道生的渔网》《上访西施》《某年》《十字街》和《灭火》等。

第二章　铁凝

第一节　生活经历与创作概况

　　铁凝（1957—　），原姓屈，生于北京，祖籍河北赵县。其父铁扬为油画及水彩画家，毕业于中央戏剧学院；母亲是声乐教授，毕业于天津音乐学院。铁凝为长女。据铁凝自述，她的"曾祖年轻时曾离冀中老家弃农从军，从清末袁世凯小站练兵的一名下级军官，直到成为孙传芳的重要幕僚之一"，"后来军阀时代结束，他终于以一名陆军中将衔的吴淞口炮台司令、浙江代省长而告老还乡，在后来因他拒邀与阎锡山为伍和为日寇供职，即长期避居西安"[①]。铁凝的祖父曾是故乡的一名有名的医生，也是当地第一代共产党员和第一代国民党员。祖父的两位兄弟也都是共产党的领导干部。这些家族的故事显然是铁凝后来创作长篇小说《笨花》的重要原型。

　　童年时期的铁凝生活经历曲折。四岁前一直住在北京的一位保姆家，保姆奶奶为人和善，十分疼爱铁凝。当铁凝高兴或不高兴时，保姆奶奶经常从一个齐腰深的大缸里拿点心给她吃。从保姆奶奶身上，铁凝领悟了最初的爱的含义。1962年，铁凝随父母到当时的河北省省会保定定居。1964年，铁凝以优异的成绩考入河北小学，这是河北省唯一的一所全封闭寄宿小学。1966年"文革"开始，学校停课。铁凝的父母也双双被送入"五七"干校，铁凝与妹妹不得不再次回到北京，寄居在外婆家。正是在这个北京胡同里的四合

[①]　铁凝：《我们与保定》，《铁凝文集》第5卷，江苏文艺出版社1996年版，第439页。

院里，少年铁凝开始了终生难忘的经历。她过早地懂得了"人情冷暖"和"世态炎凉"，文学的种子也许就是在这里播下的，正像铁凝所说的："我最初的、也是最重要的文学启蒙便是少年时在外婆四合院里的那段生活。那院子本是一部微缩的人生景观，该看与不该看的趁我不备都摊在了我的眼前。"①短篇小说《死刑》与长篇小说《玫瑰门》显然都与这个小院有关。1969 年，铁凝的父母从"五七"干校回来，铁凝才与妹妹回到保定父母身边上学。

  画家父亲对铁凝的艺术熏陶以及对铁凝的文学启蒙显然是重要的。在父亲的指导下，铁凝阅读了大量的中外文学名著以及历史等有关书籍，为铁凝日后的文学创作打下了坚实的基础。1973 年的一天，铁扬带着 16 岁的铁凝去拜访当时还是"右派"的作家徐光耀，让徐光耀"鉴定"铁凝的作文《会飞的镰刀》的"文学价值"，徐光耀的肯定与热情推荐，使这篇习作在一年后收入北京出版社的一部小说集中，从此坚定了铁凝要当作家的信心。1975 年，高中毕业后的铁凝，主动放弃留城、参军的机会，自愿赴河北博野县张岳村插队，开始了她四年的农村知青生活。在这里她对农村生活和农民有了真切的体验和了解，开辟了她创作的一个全新的领域。此间写出《夜路》《丧事》《蕊子的队伍》等短篇小说，发表于《上海文艺》《河北文艺》等文学期刊。1979 年，铁凝调入保定地区文联《花山》编辑部任小说编辑，真正开始了她的文学生涯。

  1980 年，参加河北省文学讲习班。同年，短篇小说《灶火的故事》在孙犁主办的《天津日报》"文艺增刊"发表，《小说月报》转载，并引起争鸣。第一本小说集《夜路》由百花文艺出版社出版。1982 年夏，参加《青年文学》编辑部在青岛举办的笔会，会间写出短篇小说《哦，香雪》，并在当年第 9 期的《青年文学》发表。小说得到了孙犁先生的热情赞扬，1983 年《哦，香雪》获全国优秀短篇小说奖，铁凝一举成名。1983 年，铁凝发表了中篇小说《没有纽扣的红衬衫》，1985 年，这篇小说连同 1984 年发表的短篇小说《六月的话题》分别获第三届全国优秀中、短篇小说奖。根据《没有纽扣的红衬衫》改编的电影《红衣少女》获本年度中国电影"金鸡奖""百花奖"最佳故事片奖。年初，在中国作家协会第四次会员代表大会上当选为中国作家

---

① 铁凝：《我的小传》，《铁凝文集》第 5 卷，江苏文艺出版社 1996 年版，第 463 页。

协会理事,成为该协会有史以来最年轻的一位理事。而在1984年铁凝已由保定地区文联调河北省文联从事专业创作,并于当年召开的河北省第四次文代会上当选为河北省文联副主席。

1988年她的第一部长篇小说《玫瑰门》在作家出版社大型刊物《文学四季》创刊号以头条位置发表,次年由作家出版社出版单行本。这期间铁凝又发表了重要的中篇小说《麦秸垛》(1986)、《棉花垛》(1988)。1990年—1993年,写出《孕妇和牛》《马路动作》《砸骨头》《埋人》《对面》等小说,《对面》获得1993年度中国作家协会颁发的"庄重文文学奖"。1994年,第二部长篇小说《无雨之城》由春风文艺出版社出版,连续四个月列为上海、深圳、北京畅销书排行榜第一名。2000年年初,第三部长篇小说《大浴女》由春风文艺出版社出版,反响热烈。2006年1月,第四部长篇小说《笨花》由人民文学出版社隆重推出,首印20万册。这是作家潜心六年精心打造的一部家族性历史巨著,也是当代文学的重要收获。这期间,铁凝也创作了许多优秀的中短篇小说与散文作品,比如《安德烈的晚上》、散文集《女人的白夜》(获中国首届"鲁迅文学奖")、《永远有多远》(获第二届"鲁迅文学奖")等。

铁凝不仅在文学上成绩斐然,而且她对行政工作也驾轻就熟,胜任愉快。1996年至2006年,铁凝一直担任河北省作家协会主席、中国作家协会副主席;2006年11月12日,在中国作家协会第七届全委会第一次全体会议上当选中国作家协会第七届全委会主席,成为中国作协主席。2016年12月2日,在中国作协第九届全国委员会第一次全体会议投票选举中,作家铁凝第三次当选中国作协主席。同时,中国文联第十届全国委员会第一次全体会议经过选举,铁凝当选中国文联主席。铁凝还是中共十六届、十七届中央候补委员,中共十八届、十九届中央委员。

综观铁凝的小说创作道路,我们很难把她同文坛上哪个鲜明的流派和潮流归拢在一起,她显然有着自己的一贯追求和审美旨归。正像评论家陈超所说的:铁凝"自始至终拒绝各种意义上的'集体写作',她是坚持'个人写作'的典范之一"[1]。因此,我们对铁凝的创作只能根据她自己的演化轨迹,

---

[1] 陈超:《写作者的魅力》,《铁凝人生小品代序》,花山文艺出版社1999年版,第1页。

来一个大概的分期和归类。迄今为止,铁凝的创作大致经历了"香雪"时期、"玫瑰门"时期、"大浴女"时期和"笨花"时期。这样四个时期,正好可以概括为单纯—复杂—复杂的单纯—单纯的复杂这样几个特点。

第二节 中短篇小说创作

铁凝的小说创作也是从中短篇开始的。《会飞的镰刀》一般被认为是铁凝的处女作,《夜路》是她的第一部小说集。1980 年,铁凝的短篇小说《灶火的故事》在孙犁主办的《天津日报》"文艺增刊"发表,《小说月报》转载,并引起争鸣。尽管这篇小说铁凝本人也非常重视,[①] 但是真正为铁凝带来声誉的还是她的短篇小说《哦,香雪》。这篇发表于 1982 年第 9 期《青年文学》上的作品,很快得到老作家孙犁的高度赞扬,并于次年获得全国短篇小说奖,铁凝因此似乎也被称为"荷花淀派"的最新传人。《哦,香雪》是充满诗意的,她的清新、温馨、恬静、雅致的风格的确与孙犁先生小说的许多神韵非常相像,这种风格,使其具有了诗化小说的诸多特质:小事情、小人物、美丽的女性形象、恬静细腻的描写、浪漫优美的文笔、节制而美好的情感……铁路修进封闭的大山台儿沟,火车只有短短一分钟的停歇,却"搅乱了台儿沟以往的宁静",美丽的山里妮子香雪们,便再也不能安分了。姑娘们对城里来的人们戴在头上的金圈圈和手腕上的指甲盖大小的手表的艳羡,凤娇对"北京话"的想象,都透露出封闭大山中对外来新生活的向往。美丽的香雪的向往是明确的,她要用四十个鸡蛋换取带磁铁的泡沫塑料铅笔盒,她不计较这种交换是否值得,因为在这个铅笔盒上寄托着香雪对城市、对未来的无限遐想和期待。显然,香雪善良的眼睛和美好的心灵与情愫,无疑在 80 年代初期的文坛上——在那个不断咀嚼苦难和揭示伤疤、不断呼唤硬汉致力于大刀

---

① 铁凝在《铁凝文集》第 3 卷"写在卷首"中说:"我对《灶火的故事》的感情应该追溯到那个写作它的年代——一九七九年。我以为《哦,香雪》固然清纯、秀丽,《六月的话题》固然机智、俏皮,但《灶火的故事》的写作才是我对人性和人的生存价值初次所作的坦白而又真挚的探究;才是我对以主人公灶火为代表的一大批处在时代边缘地带的活生生的人群,初次的满怀爱意的打量。"见《铁凝文集》第 3 卷,江苏文艺出版社 1996 年版。

阔斧改革的年代，给我们吹来了一股清新的春风。

1983年，铁凝发表中篇小说《没有纽扣的红衬衫》，这篇小说在1985年获得全国中篇小说大奖，并改编为电影《红衣少女》在全国上映，并获本年度中国电影"金鸡奖""百花奖"最佳故事片奖。这部小说的独特之处就在于小说以青春的单纯写出了那个年代大家都缺乏并渴望的真诚与个性。在一个没有颜色的年代，铁凝写出了颜色；在一个世故保守的年代，铁凝写出了开放与个性。穿"没有纽扣的红衬衫"的安然就是这样一个时代的代表。她单纯正直、真诚阳光、我行我素、不加掩饰，她聪明好学、善于思考，敢于当面对老师提意见，这都使她无缘评上"三好学生"。正是这样一个清新、可爱、个性、真诚、阳光的新人形象打动了全国人民的心，时代需要单纯，时代需要真善美，铁凝借助时代的东风，把自己对人生的初次体验呈献出来。

因此，20世纪80年代初期登上文坛的铁凝，以自己特有的方式营造了自己的"香雪时期"，这是一个单纯、乐观的时期，铁凝以"香雪般善良的眼睛"在细微处寻找真善美，在日常生活中讴歌理想。善良、美好、温馨构成铁凝早期创作的基本基调，细腻、恬静、雅致构成铁凝这一时期创作的基本风格。

1986年5月，铁凝的《麦秸垛》在《收获》发表，之后又发表了《木樨地》，短篇小说《色变》《死刑》等；1988年发表中篇小说《棉花垛》，又在这一年完成并发表了她的第一部长篇小说《玫瑰门》（1989年出版单行本）。这一系列作品的发表出版，标志着铁凝的创作进入了她的"玫瑰门"时期。铁凝一改那种单纯地在生活中寻找真善美的冲动，而是深入生活，深入人物复杂的内心，试图全方位地复杂地表现生活的全色，特别是注重了对人性丑恶的探秘，加强了对生活混沌的展示。这是铁凝创作的"复杂"时期。这个时期，铁凝的代表性作品除了长篇小说《玫瑰门》（将另节专述）外，还有《麦秸垛》《棉花垛》《青草垛》（1995）①、《木樨地》《色变》《死刑》《埋

---

① 《麦秸垛》《棉花垛》《青草垛》号称"三垛"。铁凝在谈到《青草垛》的写作时说："第三垛《青草垛》写于一九九五年十二月，与《麦秸垛》相隔九年。在一九八九年年初，当我写完《棉花垛》之后，实际上就有了《青草垛》的构思。迟迟未能动笔，是因为我找不到一种最合适的表述方式，来讲那个名叫'一早'的主人公的故事，尽管自那时起，青草的甜气和苦气就终日在我的周身弥漫。"见《铁凝文集》第1卷"卷首语"，江苏文艺出版社1996年版。

人》《对面》《他嫂》《何咪儿寻爱记》《孕妇和牛》《笛声悠扬》《砸骨头》《马路动作》《遭遇礼拜八》《晚钟》《三丑爷》等。

《麦秸垛》单从外在形式上看，它与当时文化寻根小说有一定的相似。然而，铁凝的《麦秸垛》却不是一篇寻根小说。作者没有刻意在传统文化中去寻找文化的根源，而是仍然把笔触深入人性，来探究人在历史与现实中的存在状态。作品通过杨青、沈小凤、陆野明、花子、大芝娘等现实中的人物徐徐展开了人们日常生活的戏剧；同时，作者又通过栓子大爷的那双日本翻毛皮鞋、大芝娘的那只"又长又满当的布枕头"把历史与现实交织起来，缠绕起来，使历史与现实的人性骚动贯通了人作为存在物的统一气脉，那原本相同的日子、相同的心灵与肉体的骚动和不安是阻隔不断的，隔断的只是无声的岁月与年轮。杨青、陆野明、沈小凤各自在灵肉包裹下的躁动的情欲，在那高耸的麦秸垛下的跳跃着金色的光波中，那燥热的太阳的气息，还有电影里"乳汁乳汁"的诱惑，使两个骚动的肉体结合了，但是，陆野明与沈小凤的结合只是"腻味她"，陆野明真正喜欢的是杨青；而沈小凤却对陆野明一往情深，她不把自己这样贡献给陆野明当作一种耻辱，而是要先把他"占住"；杨青则在故作矜持中妒忌着，"她惧怕他们亲近，又期望他们亲近；她提心吊胆地害怕发生什么，又无时不在等待着发生什么"。报复心与妒忌心使杨青处在一种"幸灾乐祸"之中，当终于发生了，杨青毫不犹豫地出卖了他们，她想到了犹大，脸上发烧，"原来报复心理与忏悔心理往往同时并存"。在这里，铁凝以出色的细腻的心理洞察，把现实生活中男女的微妙心理状态展示出来。这也无声地揭示出大芝娘与抛弃她的干部、栓子大爷与老效媳妇、花子与四川男人以及小池等微妙的生存处境的历史连续性。大芝娘与无爱的男人要生个孩子，为的是打发无聊的岁月，大芝的惨死，带走了这卑微的安慰，大芝娘只能在漫漫的长夜里不停地纺线，或者是去焐热那个命运给予她的大而饱满的枕头。现实中的知青沈小凤也在重复着大芝娘的生命轨迹，她也要与无爱的陆野明生个孩子，这难道只是一种偶然的巧合吗？正像杨青回城之后所想到的："城市女人们那薄得不能再薄的衬衫里，包裹的分明是大芝娘那双肥奶。她还常把那些穿牛仔裤的年轻女孩，假定成年轻时的大芝娘。从后看，也有白皙的脖梗、亚麻色的发辫，那便是沈小凤——她生出几分恐惧，胸脯也忽然沉重起来。""一个太阳下,三个女人都有。连她。她分明地挪动了,也许不过是从一个麦场挪到另一个麦场吧。"据此,许多女性主义论者便断定,铁凝在此是对男权文化的控诉与抗议。这实际上只是一种片面的误读。抗议男权文化,同情女性命运,这所有的一切都包含在小说里,但这只是大主题的一个侧面,铁凝曾说:"一直力求摆脱纯粹女性的目光。我渴望获得一种双向视角或者叫作'第三性'视角,这样的视角有助于我更准确地把握女性真实的生存境况。"[①] 可见,《麦秸垛》的主题是要表现在这古老大地上的生命的骚动与亘古恒定的存在状态。大芝娘、沈小凤、杨青都不是"耶稣",她们连同栓子大爹、陆野明等都是有着各种各样缺陷的普通人,善恶同体,愚鲁共在,他们就像这广袤的大地以及这大地上年复一年湿了又干、干了又湿的高耸挺拔的麦秸垛,他们的日子就这么混沌着,爱与恨,嫉妒与复仇,美妙、神奇、荒唐、狂热的梦便是从这里开始的。

发表于 1988 年的《棉花垛》是铁凝"三垛"的第二垛,这一垛被一些女性主义批评者认为是一篇最具女性意识的小说,从而硬是把铁凝拉进了女性主义作家的行列。当然,作为女性作家,铁凝肯定具有女性意识,但铁凝从来都不是一个刻意的女性主义作家。《棉花垛》的确写了米子、乔、小臭子等女性形象以及她们的命运,但这实际上是铁凝在思考女人作为人的历史性存在处境。铁凝的小说虽然写了抗日战争,但铁凝没有把战争作为小说表现的重心,而是写出了战争中的人特别是女人本身的日常生活与命运。小臭子母亲米子年轻时钻窝棚,实际上正是一种女性的生存方式。乔、小臭子与老有的过家家是乔性意识萌动的表现,这些意识和满地的棉花一样,它们就是这样自然地生长着。战争把她们席卷而来,战争给了她们不同寻常的命运,乔的牺牲固然与小臭子的出卖有关,但小臭子也为抗日做过许多工作,小臭子的叛变与人性的弱点有关,但小臭子与通常意义上的汉奸绝对不是一样的。战争裹挟着人,小臭子实际上正是战争的牺牲品。甚至连乔与国都不是那种通常意义上的革命者,国对小臭子的临终占有与处决,是欲望与正义、不正当与正当相互交织的矛盾产物。在这里铁凝对乔的惨死一哭,同时也为小臭子的死一哭;她谴责国的不正当,也同时默许着国所代表的正义的正当性,

---

① 铁凝:《写在卷首》,《铁凝文集》第 4 卷,江苏文艺出版社 1996 年版。

铁凝就是这样书写着复杂与混沌。

《孕妇和牛》发表于1992年第2期的《中国作家》。这是铁凝在1990—1991年第二次到河北涞水山区，挂职县委副书记的产品。1981年，铁凝第一次来到涞水的苟各庄这个最贫穷的村庄，在这里她发现了"香雪"；第二次来到这里，她发现了"孕妇和牛"。孕妇与香雪的确有着渊源关系，这分明是长大了的香雪，她嫁到了比较富裕的山前平原。孕妇赶着同样怀孕的牛"黑"一同走过王爷的牌楼。俊秀的孕妇的生活已经不是香雪时的样子了，她有着美满的家庭，"公婆和丈夫待她很好"，"红糖水把孕妇的嘴唇弄得湿漉漉的红，人就异常地新鲜。婆婆逢人便夸儿媳：'俊得少有！'"然而，这样衣食无忧的日子，孕妇却仍感到不满足，不识字的她对王爷坟茔石碑上海碗大的字感了兴趣。她对自己日渐隆起的肚子充满希冀，对孩子未来的希冀，化作她描画石碑上俊秀的文字的行为。于是在寂静的原野上，不识字的孕妇使出她毕生的聪慧与力量，描画好了这十七个海碗大的字："忠敬诚直勤慎廉明和硕怡贤亲王神道碑"。这寄托着中国文化精髓的文字，被孕妇郑重地揣进了袄兜，也揣进了自己的心灵。"孕妇与黑在平原上结伴而行，互相检阅着，又好比两位检阅着平原的将军……她检阅着平原、星空，她检阅着远处的山近处的树，树上黑帽子样的鸟窝，还有嘈杂的集市，怀孕的母牛，陌生而俊秀的大字，她未来的婴儿，那婴儿的未来……"于是"一股热乎乎的东西在孕妇的心里涌现，弥漫着她的心房"。这是感动，文学的感动。铁凝把这温馨的"感动"再一次呈现给了我们。何以铁凝在走进"复杂"的深沉时期仍然写出如此纯净温馨的文字？我觉得这正是铁凝试图走向"穿过复杂的单纯"的一种尝试，也是铁凝试图全色展示生活的一种继续。如果说，香雪对"铅笔盒"的渴望，只是一种朦朦胧胧的对未来生活的希冀，那么，孕妇对文字——文化的向往，就是实实在在的一种渴望，这种渴望既具体又抽象，她的内涵显然比香雪的渴望要深广得多、悠远得多，那是一种精神价值的追求，这追求复杂而单纯，浑厚而明澈。如果说，香雪的追求是一条清澈的小溪，那么，孕妇的追求则是一汪清冽的深潭。

发表于1993年的《对面》是铁凝深入探讨人与人关系特别是男与女关系的一部中篇力作。小说借男性视角"我"的叙述，通过男性对女性的"窥视",表明两性之间或者说是人与人之间的不可沟通性。小说由两层故事组成：一是描写了男性叙述人"我"与几个女性之间的故事；二是男性叙述人"窥视"中的女性"对面"——女游泳教练与几个男性偷情的故事。在第一层故事中，"我"与"大洋马"肖禾、表妹"一比四"、尹金凤、幼儿园阿姨林林、旅游途中的陌生女郎，虽然都可以发生性关系，但"我"却永远都不能理解她们；在第二层故事里，"我"对"对面"的"窥视"，看到的只是女性生活中的"自然"，即她的隐私领域，而"对面"的真正的内心"我"却仍然不得而知。"我"对"对面"的偷窥实际上"不过是在那一高一矮两个男人后面，对她充满欲望的第三个男人罢了"。"我"的突然曝光，终于使"对面"惊恐而死。"原来人类之间是无法真正面对着面的"。由此可见，男女之间永远只是一种欲望的关系，而爱情"本是一种值得花费心血去郑重寻找的能力"。这是否可以说，当 90 年代隐私被作为爱情或者是作为"个人化"写作的幻觉成为作家与读者争相窥视的对象时，铁凝给予我们的警世性深刻思考？

1996 年铁凝在《人民文学》第 1 期发表小说《秀色》，1997 年发表《安德烈的晚上》，1999 年发表《永远有多远》。《秀色》这篇引起广泛争议的小说，主要写了秀色村的姑娘张品为极度缺水的家乡能打出水井，而主动将自己"壮烈"献给打井队的李技术的故事。小说超越了传统道德伦理的狭隘层面，而是在看似丑陋的行为中寄寓着崇高的精神。《永远有多远》中的白大省，是一个独特的"好人"形象，她在七八岁时就被人指认为"仁义"之人。长大以后仍然保持着这种仁义的善良本性，骨子里乐于助人，但却屡屡被人利用，受到伤害。她的这种仁义善良其实并不是她所愿意的，她其实对西单小六的为人处世非常羡慕，但她永远成不了西单小六。铁凝正是通过白大省这一形象，提出了一个复杂的问题，就是仁义善良在当下究竟具有多大的合理性以及改变的可能性。这些作品的发表预示着铁凝的思考走向新的深度。直到 2000 年出版长篇小说《大浴女》，标志铁凝的创作进入一个新的时期——"大浴女"时期，铁凝走向了复杂后的单纯。

第三节　从《玫瑰门》到《大浴女》

1988年9月，铁凝的第一部长篇小说《玫瑰门》在作家出版社的大型刊物《文学四季》创刊号发表，次年由作家出版社出版单行本。1996年，铁凝在编选《铁凝文集·玫瑰门》这一卷时说："《玫瑰门》是迄今为止我最重要的一部小说。书中的主角都是女人，老女人或者小女人。因此，读者似乎有理由认定'玫瑰门'是女性之门，而书中的女人与女人、女人与男人之间一场接一场或隐匿、或赤裸的较量即可称之为'玫瑰战争'了。"[①] 是的，铁凝正是充分调动了自己早年在北京四合院里的经验和想象，为我们塑造出一系列如司猗纹、竹西、姑爸、苏眉、苏玮、罗大马等独特的女性形象，相当细腻而深刻地表现了"玫瑰门"里的残酷战争。为了表现这场"战争"，铁凝采取了"第三性"视角："我本人在面对女性题材时，一直力求摆纯粹女性的目光。我渴望获得一种双向视角或者叫作'第三性'视角，这样的视角有助于我更准确地把握女性真实的生存境况。在中国，并非大多数女性都有解放自己的明确概念，真正奴役和压抑女性心灵的往往也不是男性，恰是女性自身。当你落笔女性，只有跳出性别赋予的天然的自赏心态，女性的本相和光彩才会更加可靠。进而你也才有可能对人性、人的欲望和人的本质展开深层的挖掘。"[②] 由此可见，铁凝在《玫瑰门》的写作中所要尝试的正是一种力图摆脱性别视角的偏见，从客观的、中立的立场对女性的身体与灵魂进行审视与反观，从而也是对人性复杂性的一种全新估量。

司猗纹是一个独特的形象，铁凝通过这一形象的塑造，极大地丰富了文坛女性形象的宝库。我觉得，司猗纹形象完全可以与王熙凤、曹七巧、繁漪等女性形象媲美，甚至在丰富性上还超过这些女性形象。我们无法以道德上的好与坏来界定司猗纹，司猗纹就是司猗纹。在她身上，善与恶、美与丑、勇敢与怯懦、虐人与自虐、高贵与庸俗、诚恳与虚伪、光明与阴暗、傲岸与

[①] 铁凝：《写在卷首》，《铁凝文集》第4卷，江苏文艺出版社1996年版。
[②] 同上。

猥亵等等是如此奇妙地纠结在一起,她就像那美丽而邪恶的罂粟花,绽放在"文革"那个特殊年代的土地上,令人惊叹而又不忍释手。司猗纹实际上是一个悲剧形象。她少小丧母,中年丧夫,老年丧子,可谓苦命之人。司猗纹出身高贵,从小受过良好的传统文化教育,少女时期又接受了现代文明,特别是"五四"以来的新思想和革命潮流的熏染,她爱上了革命者华致远。十八岁的那个雨夜,她把自己给了自己的初恋,这成为她一生的珍藏,她把自己的纯真定格在了这个不平常的雨夜。之后,她不得不按照那个时代所有女人所走过的道路,她走进了父母为她安排好的无爱婚姻,成为庄家大少奶奶。在新婚之夜,她甚至还为自己的不洁而深深地忏悔。然而,丈夫庄少俭的不爱与纨绔子弟般的生活,使得司猗纹成为实际上的"活寡妇"。那次充满希望的扬州之行,却成为司猗纹羞辱一生的尴尬之旅,她不仅遭到丈夫的羞辱,而且还失去了自己的儿子。司猗纹正是在这种生活的重重击打面前变得日益坚强,也变得愈来愈乖戾。她因财产不惜抛头露面,打赢了与父亲小妾刁姑娘的官司;庄家的败落,使她更加颐指气使;庄老太爷的不满与丈夫庄少俭传给她的"脏病"使她不顾廉耻公然强奸自己的公公用以报复。中华人民共和国成立以后,她试图更名改姓把自己变成一个自食其力的劳动者,然而,革命队伍里不容忍她,使她不得不退回"庄家大奶奶"的身份中去。"文化大革命"开始,司猗纹本能地感到了危机。为了躲过危机,她主动献出家具和房屋,并自导自演了挖掘金如意的把戏;她编造自己同父异母的妹妹继父在台湾的谎言,以骗取组织对自己的信任;她讨好罗大娘,时刻把语录放在床前以显示自己的积极与革命。她偷窥儿媳竹西与大旗的奸情,并不惜让自己年仅十二岁不谙世事的外孙女去目睹他们的奸情,然后用大旗遗落在竹西床上的裤衩去要挟罗大妈。她的心理严重变态,一方面不断自虐,另一方面又不断给别人施予虐待,她跟踪眉眉到"鬼见愁",瘫到床上也要让宝妹和竹西不得安宁。她不断地给别人制造痛苦,以别人的痛苦来平衡自己的失败与痛苦。然而,司猗纹抚养了庄家的一双儿女,她也一如既往地服侍着自己的公公。她在困难时期也帮助自己的女儿抚养一双女儿,她也靠自己的劳作养活着自己的小姑子——姑爸。这的确是一个令人又爱又恨的人物,她是不可复制的"这一个"。

姑爸也是铁凝贡献给文坛的一个独特的形象。因为她那个又长又阔的下巴，姑爸在新婚之夜"吓走"了新郎，从此，姑爸就叫"姑爸"了。她拒绝做女人，拒绝穿裙子。她剪掉辫子留起了男性的分头，旗袍、长裙换成了西装、马褂；穿起了平跟鞋，迈起了四方步，烟袋终日拿在手中。甚至最具女性特征的两个乳房也不见了。她逃避了女性身份，半疯半魔地做起了"男人"。司猗纹与姑爸斗，是因为姑爸似乎能看穿司猗纹的一举一动。姑爸敢于骂罗家，是因为罗家残忍地车裂了她的大黄猫。终于，姑爸被二旗三旗的红卫兵们用象征着男性生殖器的铁通条戳进了下体，她对女性身份的逃离宣告失败。她的不幸是社会的残忍与无道，也是女性自身的悲哀。

竹西是铁凝以眉眉的眼睛加以赞许的女性形象。竹西是一个鲜艳丰满极富生命力的"棒女人"形象。这一"棒女人"形象，不是道德化的女人，而是作为"女人"的女人。当眉眉给竹西洗澡的时候，她看到的是一个完美的身体。竹西与司猗纹形成了对照，她敢作敢当，从不做作，她活得真实豪爽，我行我素。她与软弱的庄坦在一起的日子，实际上是不幸的，竹西感到了身与心的双重流浪。庄坦的先天不足，那与生俱来的打嗝，败坏着竹西的胃口。当庄坦生理上"不行了"的时候，竹西的残忍其实也不比司猗纹差。她深夜捉老鼠，甚至解剖怀孕的死老鼠，那"花生米"一样的小老鼠，终于刺激了庄坦，并把他送上了西天。她恨司猗纹，却用延缓瘫痪在床的司猗纹的生命的方式，让她受罪来惩罚她、报复她。但竹西与司猗纹的区别就在于，竹西具有勇敢行动的勇气，她爱大旗，主动追逐并多次偷情，当偷情被司猗纹发现，她毫不在乎，居然公开与大旗结婚。当她爱上叶龙北时，她又立即与大旗离婚。她的果敢与行动的勇气连同她的个性使她成为独特的自己。

眉眉在作品中是一个聚焦者，也是一个被叙述、被审视的对象。她从九岁的小女孩到成长为真正的女人，她在这个小小四合院里，看到了该看的与不该看的，她在一次次的惊吓中长大成人了。她看到了自身内心的恶，她五岁时照母亲怀着妹妹的大肚子推了一把，实际上正是她那仿佛与生俱来的恶念在作怪；她看到了姑爸的惨死，这种人间的暴行，使她很早就感受到了人间的恶；她看到了外婆为她设计的阴暗恶毒的一幕——竹西与大旗的偷情。眉眉过早地成熟起来，复杂起来。眉眉既看到了前辈女人的恶与丑，同时也深深理解着她们的生存境况。甚至在潜意识中,她也正在承接着她们的生活,宿命般地延续着她们的一切,眉眉发现:"她像婆婆,像极了。她不仅像婆婆的十八岁,她连现在的婆婆都像。"于是,"她惧怕这酷似,这酷似又使她和司猗纹之间形成了一种被迫的亲近"。她渴望挣脱,然而,挣脱是徒劳的,就连苏眉生出的女儿狗狗也在额角上有一弯新月形的疤痕,与眉眉的外婆司猗纹额角上的疤痕一模一样,这似乎就是她们家族的徽记,这难道不正是一种宿命吗?由此可见,《玫瑰门》写出了复杂与深沉的混沌,铁凝在历史与现实的反省中追问着女人乃至人类的本真。

1994年,铁凝出版了她的第二部长篇小说《无雨之城》,这是"布老虎"系列丛书之一种,连续四个月居上海、深圳、北京畅销书排行榜之首。

2000年,铁凝出版了她的第三部长篇小说《大浴女》,小说以首印20万册的印数,又一次成为畅销书。毫无疑问,长篇小说《大浴女》是一件真正的艺术品,是铁凝创作的又一里程碑。小说的出版标志着铁凝进入了她的"大浴女"时期,真正实现了她所追求的"复杂的单纯"的艺术境界。作家以舒缓平淡的叙述,以"极尽现实的普通",为我们营造了一座"亲切的遥远"和"熟稔的陌生"的"内心深处的花园"。它那通贯全篇的忏悔意识与无处不在的对灵魂的拷问,使得这座"内心深处的花园"充满了喧哗与骚动,以及由这喧嚣而最终达到的丰富的痛苦和深沉的宁静。

书名取自塞尚的名画《大浴女》,显然是取其"洗浴"的象征义,那是将灵魂和肉体完全敞开于大自然之中的通透和酣畅,在全无遮拦的透明性存在中,达到灵与肉的统一,从而成就高贵灵魂归依真善美的人性至境。

因此,整部小说就是尹小跳心灵的痛苦的蜕变过程,而在这一过程中,忏悔意识一直就是尹小跳灵魂蜕变的内在动力。小美人尹小荃扬起两条胳膊,像要飞翔一样一头栽进污水井这件事,成为尹小跳灵魂中的一个终生难释的结扣,一个拷问灵魂的起点,一种"原罪"。尹小荃仿佛就是那个特定时代的人性恶的试剂,她的出生,连接了章妩和唐医生以及他们背后的荒唐时代,同时又令尹小跳、尹小帆和唐菲们的灵魂永不安宁。然而灵魂的不安与忏悔意识是两码事,虽然她们都参与了对尹小荃的"谋杀",但三人的作为是各不相同的。尹小帆对待尹小荃的死,是将自己择出来,她宁愿也变成一个受害者，而将所有的罪过都一股脑儿地推给姐姐尹小跳。因此，在以后的美国岁月中，她的生活并不幸福，但她却不敢承认自己的不幸，她遮遮掩掩，暗中嫉妒姐姐的生活，并抢夺姐姐之所爱，成了姐姐的竞争对手。实质上，尹小帆的这种心理，正是不敢正视自己灵魂的虚弱表现，将阴暗的恶遮蔽在灵魂深处，靠外在的"施虐"而浪得一个"强大"的虚名，这显然是很可悲的。尹小帆的意义也许就在于，任何向外扩张的人，都是有着不同程度的心理障碍的人，一个不敢敞开灵魂的人，一个没有忏悔意识的人，她其实是很软弱的、无助的，她的灵魂不可能得救。这正是尹小帆给予我们的启示。

唐菲是《大浴女》中一个最具个性的形象，这个形象的复杂性在此前的文学作品中还不多见。我们很难用固有的道德眼光来评价这个独特的形象。也许在《永远有多远》中的西单小六身上我们看到了唐菲的影子，她也许是那种没有多少道德重负的另类女子。她放荡妖冶，又善良纯真，洒脱而又沉重。可以说，她就是那个特定的荒唐年代的恶之花。她生来就"没有"父亲，母亲为了保护她而甘愿受辱，最终不得不含恨了却人生。与"舅舅"相依为命的唐菲，又看到了"舅舅"与章妩偷情的罪恶。她的心灵被严重扭曲了，为了自救，她唯一可利用的资本就是自己美丽的容颜和身体。如果说与白鞋队长的关系，还过多地停留在少女的欲望的苏醒、好奇、奇怪的自尊、支配欲等生命层面，那么，以后与招工的戚师傅之间的关系，则纯属功利性的对身体的利用。为了换一个好点的工作，她甚至挑逗厂长俞大声，她还用身体从市长那里为尹小跳换来了出版社的工作。但是她最终"堕落"了，她的对男人乃至整个社会的偏执狂式的报复，没能为灵魂找到一个出路，她的灵与肉是分裂的，肉体的敞开不能代替灵魂的敞开。应该说，她对尹小荃的死，是应负全责的。如果说尹小跳和尹小帆只是间接"谋杀"了尹小荃，那么唐菲就是"直接谋害"了尹小荃。但是我们没有看到她的忏悔，虽然她在弥留之际印在尹小跳脸上的那个无言的唇印，也许表白着某种灵魂的向善本质，不过，它已来得太晚。而且，向善的本能与通过大幅度的灵魂忏悔所达到的心灵的深度是有着巨大区别的。因此，唐菲的结局，也预示着灵魂拷问的矢量与灵魂得救的比例关系。

尹小跳作为小说的主人公，她的勇于承担罪责，使她同尹小帆和唐菲有了区别。而实质上，尹小跳的起点并不比她们高，当她由对母亲章妩的厌恶而迁怒于无辜的尹小荃时，她一定在心理上占据了道德的绝对优势，她是在为她的家庭消灭"不光彩"。而尹小荃长得愈来愈像唐医生，则使这种"不光彩"日益显露，因而尹小荃的消失，明显地使除了章妩以外的所有人松了一口气。首先是尹亦寻，他的受害者地位，使得他的轻松显得理所当然。然后就是唐菲，唐菲的轻松加重了尹小跳内心的沉重，使她的罪孽感从此滋生。于是，漫长的灵魂洗浴开始了，尹小跳独自背负起沉重的人生十字架，忏悔的种子在生命中生根发芽，并开花结果。方兢在情感上所给予她的爱恨交织，只是惩罚的第一步，方兢的无赖式的爱情逻辑无疑是对尹小跳纯真情感的捉弄。然后便是妹妹尹小帆的"施虐"，还有家庭不和所带来的种种烦恼，母亲章妩为改变自己而艰苦卓绝地对自我形象进行修改而造成的肉麻，等等，都构成尹小跳生存的背景。由于有了尹小荃，尹小跳的摆脱外在干扰而专注内在灵魂的飞升和拯救的工作才有了沉甸甸的实质性生命内容。仿佛是人性固有的晦暗不明与恶的下旋力使人有一种不由自主的堕落欲望，战胜自我，提升自我，没有触目惊心的忏悔意识和灵魂拷问，是不可想象的。尹小跳的可贵之处就在于，她在自觉地对自我生命晦暗的清理中，完成了人性提升的三级跳。即由恨到宽宥，由焦躁到平静，最终达到对所有人的理解与平和的爱。于是在对存在的去蔽过程中，方兢的情感捉弄，已不再是伤害，而是恕罪的磨炼，尹小帆的"施虐"已不是"施虐"，而是值得同情的可以理解的行为；甚至对章妩的过激的自我形象修改，也能敏感地感受到章妩内心忏悔的深深不安。而当她找到自己的真爱陈在时，万美辰的内心痛苦，又使她放弃自己的幸福追求，而主动让位。我们在尹小跳身上，感受到生命的澄澈与灵魂的博大，美和善就这样冉冉升起，内心深处的花园开满了缤纷的鲜花，那种对自身猫照镜式的遮挡式观照，换来了敞开的诗意栖居。是的，"在每个人的心中都有一座花园的，你必须拉着你的手往心灵深处走，你必须去发现、开垦、拔草、浇灌……当有一天我们头顶波斯菊的时候回望心灵，我们才会清醒那儿是全世界最宽阔的地方，我不曾让我至亲至爱的人们栖居在杂草之中"。这就是忏悔的力量，忏悔意识是对自我灵魂的拷问，归根结底是对生命的善待，也是对存在的独特领悟。头顶波斯菊正是我们这些有终结的存在者的现实处境，面对着生命的有限，还有什么不可释然？爱的普照与灵魂的宁静，正是尹小跳对生命和存在之真谛的彻悟。

如果说尹小跳的忏悔意识是对自我灵魂的一次主动洗浴，那么，以尹小跳为叙述聚焦的对其他人的审视，则是铁凝对人性的颇具深度的一次灵魂拷问。尹小帆、唐菲、方兢、章妩、唐医生、尹亦寻等，都在尹小跳的审视下一一显形。方兢作为名人，生活的苦难给他以魅力，但同时也给了他一颗残缺的心。当他连五分钱的车票也要拿去找"他们"报销的时候，当他喊出"我要操遍天下所有的女人"的时候，方兢那颗疯狂的、丑陋的、畸形的灵魂便暴露无遗，"那是一个遭受过大苦大难的中年男人，当他从苦难中解脱出来之后，向全社会、全人类、全体男性和全体女性疯狂讨要的强烈本能"是那样迫切。这是一个不健全的灵魂，这样一个不健全、不思忏悔的灵魂是可怕的，这与鲁迅先生当年所写的阿Q革命在本质上是一致的。尹小跳之所以能从方兢弃她而去的情感阴影中解脱出来，同她在根本上认清其这一本质有关。

章妩、唐医生、尹亦寻，都属于那个多灾多难的时代，苇河农场山上的那间小屋，标志着那个时代的非人道特征。章妩与唐医生的关系充满了功利与欲望的相互满足和情感慰藉的复杂色彩。在这里，作为聚焦者的尹小跳由对章妩和唐医生的厌恶到最终的谅解和同情的动态化过程，表明作者的态度不是纯粹道德的，而是生命意义上的。尤其是唐医生，他的出身带给他的不公和焦虑，在与章妩的偷情中暂时得到缓解，但他终于一丝不挂地暴死于众目睽睽之下，所拷问的恰恰是那些"捉奸者"丑恶的却自以为十分正常的灵魂。在少年尹小跳看来，章妩也许是所有这些罪恶的起点，她的慵懒萎靡，缺少责任心，她对丈夫的不忠，的确又使她看起来十分邪恶。然而，章妩的爱情难道不是合理的吗？她与唐医生那样不顾一切地生下他们的女儿，又使她显得多么大胆，但是没有人可以容忍她，甚至包括她的女儿。她的丈夫尹亦寻以受害者的身份对她的折磨，其实更为残忍。章妩晚年疯狂似的整容，既显示出她对自己往昔的痛恨和否定，同时也是她对丈夫一生内疚的极端化表达。章妩的悲剧也许就在于她一生都找不到自己的真正定位，她的婚姻和爱情都是畸形的，她不满着什么又想抓住点什么，但总是事与愿违。晚年的整容，掺杂着不满、内疚、无聊以及对自己的彻底失望等复杂情感就显得顺理成章。按理尹亦寻是个受害者,但有时候受害者也可以变成迫害者,当尹亦寻察觉了章妩与唐医生的暧昧之事,他没有大发雷霆,而是沉默着。他坚持不问是为了掌握主动,永远坚持不问就永远掌握了主动,尹小荃的死,使他紧巴巴的心一下子放松了,但他那明显虚伪的表演,制造了章妩一生对他的内疚感,为了自己的自尊,他控制了自己不爱的章妩并君临着她。这是一种残忍的报复。相比之下,陈在在小说中并不十分鲜明,也许他过分理想化了,他更像是尹小跳精神上的"教父",或者说是尹小跳的一个"自恋"对象。正是这种完美无缺,反倒使他的形象模糊起来。这是很令人遗憾的。

  小说在艺术上体现了铁凝的成熟和老到。那种澄明的平静如水的叙述,使得小说的质地显得单纯而澄澈。这种单纯和澄澈在技巧层面也许显得"简单",但透过这"简单"却提供了许多存在的可能性,这正是铁凝的不简单之处。正像书中借尹小跳之思对当代法国具象大师巴尔蒂斯的画所做的评价那样:"巴尔蒂斯运用传统的具象语言,选取的视象也极尽现实中的普通。他并不打算从现实以外选取题材,他'老实'、质朴而又非凡的利用了现实,他的现实似浅而深,似是而非,似此而彼,貌似庸常却处处暗藏机关。他大概早就明白艺术本不存在'今是昨非',艺术家也永远不要妄想充当'发明家'。在艺术领域里'发明'其实是一个比较可疑的'痴人说梦'的词儿。……艺术不是发明,艺术其实是一种本分而又沉着的劳动。"这些话用在铁凝的小说上也是蛮合适的。铁凝的小说的选材从来都没有超出她所能体验到的现实,我们甚至可以从中看到自《没有纽扣的红衬衫》以来就不断出现的那两姊妹的身影,铁凝始终把自己——自己的生命体验投放在小说里,她从不哗众取宠,从不故弄玄虚,而是老实本分地在小说的园地里辛勤劳作。她甚至不愿意为自己的小说找到一件时髦的衣装,她就那样本色着、自然着。但我觉得,铁凝的小说就如同一位美丽的淑女,即便是不经意地披上一件本地罩衫,也遮挡不住她骨子里的"洋气"和高贵。阅读《大浴女》,笔者感觉到铁凝作为一个真正艺术家的禀赋和毫无杂念的平和宁静的心态。用一句俗话说就是,铁凝活到了份上。因此,她的艺术也显得干净利索,不枝不蔓。笔者有时觉得铁凝的小说很难用个什么"主义"来概括,如果一定要用,那只有叫作"诗化现实主义"了。诗化现实主义不仅在于它叙述上的盎然诗意,而且更重要的还在于它是向内的,它关注灵魂的丰富和博大,具有一种深刻的、细腻的、极富穿透力的生命活力。它是一种"亲切的遥远"和"熟稔的陌生"的灵魂的真实。总而言之,铁凝的《大浴女》是真正的生命(生活)艺术,它在艺术上所达到的高度,使它毫无愧色地成为近年来不可多得的最优秀的艺术品之一。

第四节 《笨花》的民族精神

2006年,铁凝出版了她的第四部长篇小说《笨花》,这成为当年中国文坛上的一件大事。它不仅是铁凝的一部转型之作,也是当代文坛上此类作品的转型之作。《笨花》显然与她在1988年发表的中篇小说《棉花垛》有着某种渊源关系,但《笨花》更像是铁凝长久酝酿在心中的家族故事的终于完成。铁凝就像一个宿命般的巫女,命运决定了她必须担当起讲述她的家族乃至民族的神秘故事的责任,铁凝义不容辞。《笨花》是铁凝走向艺术综合阶段的集大成之作。如果说《大浴女》是铁凝走向"复杂后的单纯",那么,《笨花》则是在这种复杂单纯后的一种更大的综合。

《笨花》书名就很有意思。小说的题记里说:"笨花、洋花都是棉花。笨花产自本土,洋花由域外传来。有个村子叫笨花。"这表明,铁凝赋予笨花重要的象征意味。笨花是相对于洋花而言的,有了洋花才有笨花。笨花/洋花这种二元对立是全球化语境中的传统性/现代性焦虑的产物。过去我们把来自西方的东西都称为"洋":洋油、洋布、洋火、洋袜子、洋钉等。可见"洋"是一种硕大的"他者","笨"是本土的意思。当"洋花"在咸丰十年(1860)从美国传到中国来的时候,正值鸦片战争时期,西方列强对古老的中国的入侵与掠夺开始了,中国面临着一种全新的与西方"他者"相伴而生的存在境况,于是笨花人种"洋花",但不忘种"笨花","放弃笨花,就像忘了祖宗"。可见,"笨"字还有一种坚守的意思。这是在内忧外患的语境中,民族精神的坚守。对民族精神、对民族文化的坚守,是《笨花》的基本主题之一。

然而，这样一种坚守，铁凝没有像其他作家，比如贾平凹在《秦腔》、张炜在《柏慧》等作品中表现出的那样烦躁不安，而是以舒缓的语调，从容的姿态，置身在广袤的冀中南部平原上，展开日常生活的细腻结实温润的叙述。这样的叙述是从笨花村的黄昏开始的。那些"咣当"一声放倒自己当街痛快打滚儿的牲口，那些"鸡蛋换葱""油酥烧饼"的叫卖声，还有西贝小治媳妇在房顶上的叫骂声都犹如宁静乡村黄昏的合奏曲，凡是有过乡村经历的人都不会不为之激动。铁凝是一个艺术感很强的作家，她的许多作品也许并不刻意去追求一种寓言化的思想承载，却是很"艺术"的，那种饱满温润、结实准确的语言形式所传导出来的艺术质地往往令人在读完之后心生愉悦，妙不可言。笔者觉得铁凝的小说是很难评论的，这可能是因为铁凝的小说在艺术肌质上的圆润饱满，没有为评论家留下下嘴的地方，我们只觉得"余香满口"，却不知从何说起。不知从何说起正是好的艺术品的标志之一。从文体的角度看，长篇小说与中、短篇小说肯定不一样。中、短篇小说是"写"出来的，而长篇小说则是"遭遇"来的。"写"是作家"选择""挑拣"生活，而"遭遇"则是生活"选择""挑拣"作家，所以不是谁都可以写长篇。曹雪芹的《红楼梦》就是生活"挑拣""选择"了曹雪芹，因此《红楼梦》和曹雪芹都是独一无二的。而那些"兑水"的长篇，是"写"出来、"做"出来的，它们有自己的"配方"，它们按照配方"勾兑"，如此很难使作品有"弥漫感"。因此，日常生活叙事是《笨花》对此前叙事模式的超越。

从所写题材来看，《笨花》属于乡土叙事；从故事内容来看，《笨花》写了20世纪初到1945年抗战胜利近半个世纪的历史，这样的叙事当属历史斗争一类。这样的作品在当代文学史上有着固有的叙事模式，比如风云模式、传奇模式。"风云模式"主要以重大历史事件为描写对象，传奇模式主要以英雄人物的成长为线索表现其传奇经历。这些叙事模式也有它们的亚种，比如《林海雪原》《铁道游击队》《野火春风斗古城》《红旗谱》等就是风云加传奇模式。20世纪80年代以来，由于西方文学的影响，小说叙事模式主要有魔幻模式、寓言模式、传奇模式以及它们的亚种等。前者比如寻根小说的大部分作品，后者则体现为先锋小说的大部分作品。魔幻模式往往具有很强的"志异"色彩，寓言模式又带有过多的形上意味。它们的亚种是指这几种模式的交叉，比如，莫言的《红高粱家族》《檀香刑》等小说即是魔幻加传奇模式，韩少功的《爸爸爸》是魔幻加寓言模式等。20世纪90年代比较有影响的小说像陈忠实的《白鹿原》实际上是传奇模式加魔幻模式加风云模式。"白嘉轩后来引以豪壮的是一生里娶过七房女人。"接下来的叙述就是七房女人的来龙去脉，间杂着巫灵鬼魅之事，把传奇与魔幻结合起来，同时又写了时代风云。铁凝的《笨花》不是这样，题记里"有一个村子叫笨花"，就使叙事回到原初，绽露本色。这是一种日常叙事模式，日常叙事从笨花的黄昏开始，从驴打滚儿，从小贩的叫卖声、从小治媳妇的叫骂开始，一下子就打通了我们的日常记忆，无中介地联通了世俗生存的永恒状态。铁凝的这种叙事，在叙述视角上，基本为第三人称全知视角，但不是全能视角。全能视角除了叙述者什么都知道外，作者还控制着人物的行为和思想；而全知视角是说叙述人是站在一定的高度来展示人物的行动的，作者的价值评判不在作品中直接显现，因而，对每一个人物及其事件的叙述就显得比较客观。向喜有向喜存在的理由，向桂有向桂的理由，大花瓣、小袄子也有她们的生活轨迹，作家没有按照自己的意愿强行规定人物的行为。从叙述节奏看，《笨花》没有大开大阖、跌宕浮沉的曲折的情节，而主要以日常生活细节和风俗文化的细摹取胜。因此，笨花的黄昏、花地窝棚里的故事、西贝梅阁的受洗仪式、兆州县城阴历四月二十八的大庙会，以及笨花村老人的喝号仪式都成为小说的中心情节。

由于采用日常叙事模式，所以铁凝在《笨花》中的着力点不是写人的斗争生活，而是写斗争中的人的生活，这一区别是重要的，写人的斗争生活，主要是把人纳入既定的意识形态模式中，写阶级的斗争，写时代的风云，像《红旗谱》《艳阳天》等作品那样；写斗争中人的生活，它的侧重点则是人，人的生存，乃至人的存在状态。这种状态是日常的、民间的。的确，《笨花》的时间维度和空间跨度都很悠长和阔大，但铁凝始终以笨花村作为一个固定的、静态的时空源，而以向喜及其儿子文麒、文麟、孙子武备的活动作为动的开放的时空辐射线，动静时空的交叉，就使封闭的笨花村与外界历史风云有了联系。不过在笔者看来，铁凝重点叙写的不是50年的历史变迁，而是历史变迁中不变的东西、某种永恒的东西。这种不变的东西，永恒的东西就是人情美、民俗美，以及向善的心性及民族精神。这种精神沉淀在民间日常生活中，沉淀在历史的褶皱里。

  日常叙事中对民族文化精神的坚守，表现在铁凝对人物形象塑造的重视上。铁凝塑造的向喜是一个独特的不多见的形象。把一位旧军队的将军作为正面形象来塑造，在我们的文学系列中是前所未有的。笔者觉得评价一部作品，重要的是把它放置在文学史的长廊里来比较一下，看它究竟给我们提供了什么新质，向喜这一形象就是铁凝提供给文学史的新质。向喜是个接受过传统文化教育，以卖豆腐脑来维持生计的农民，"耕读传家""恭谨仁和""正心做人"是他的理想。由于他生于乱世，在一个偶然的机缘下考入"新军"，凭着自己的智勇善战和纯朴义气，在一系列偶然和必然的机遇交错作用下，于军事等级制度中一步步高升。但是，官场的黑暗，军阀之间彼此的阴谋倾轧，背信弃义，撒谎欺骗，乃至疯狂的暗杀和大规模的屠戮，这些与他精神底座中的儒家文化的"兼济天下""忠恕之道""民本思想""己所不欲勿施于人"……这些扎了根的做人理念是格格不入的。

  以他的眼光，当然还看不出军阀在政治和历史中的反动、落后，但最后却完全明白了他们在道德上的彻底卑鄙。当初他走出家乡时，为自己取名为"向中和"，后来的遭际却更像是对他初衷的一次次毁击。对于一个服膺于"居处恭，执事敬，与人忠"的中国人来说，这是极为痛苦的遭际。我们注意到，铁凝着意地不断写到向喜内心的困惑和痛苦纠葛。这条线索刻画得十分有力，每件事增加一点，渐渐地困惑、纠葛累积到极限，他就在本可以高升时，毅然地选择退守到良知本能的道德秩序，甚至溯回到自己卑微的"起源"，在与大粪打交道中独善其身。他最后在战祸外辱中为着民族和做人的尊严而完成的壮烈一举，是意味深长而又真实可信的。这个形象不是对以往小说那种"出走—返乡"情节模式的重温，而是返回真正的"人"的善根，其心理动机也完全入情入理。

  与向喜相比，向文成是铁凝着力塑造的向家第二代的核心人物。笔者认为，这同样是铁凝贡献给中国新文学史的一个独特的新质。作为一个中国乡村知识分子，向文成天资聪慧，本性良善，他双目有疾，却一生向往光明。作为一方名医，治病救人，德行四乡，又有文化，又有见识，能掐会算，聪颖过人。对于这样一个形象，是很容易神异化乃至妖魔化的。在中国文学史上,这样的形象的原型就是诸葛亮、刘伯温、吴用等智者。在现当代文学史上这样的形象还不多见。陈忠实的《白鹿原》中的朱先生似更接近,但朱先生却是个传奇人物,他举人出身,属关内大儒,上知天文,下知地理,能掐会算,兼治阴阳,行为诡秘,几近神仙。作品中说朱先生在骄阳似火的大晴天脚穿泥屐,为人诟笑,不想须臾大雨如注,朱先生叫青年"追牛"等情节描写,都是沿用古代小说对此类人物形象的塑造方法。这是一种传奇加魔幻的叙事模式。铁凝由于执着于对日常叙事模式的美学追求,使她在塑造向文成这一形象时没有采用这种方式,而是运用一种非常正常的方式,把向文成塑造成一位平而不凡的乡村医生和乡土知识分子形象。他身有残疾,其貌不扬,且心生自卑,怯父惧场,是一个和我们差不多的人。他的聪慧开明,除了天资禀赋,主要还是他早年随父母南北移营转战,见多识广的缘故。瞎话叔不敢与向文成说瞎话,是在智力上逊着一筹;向喜要在笨花盖房,画图造册捎回家,向文成不看图,已准确说出图册的内容,这不是向文成有神仙一般的本事,而是凭着他对父亲的理解和丰富的生活经验;向文成算得又快又准,也是因为有科学根据的。就是这个向文成,他向往和赞成"五四"新文化,与他精神底柢中"经世致用"的儒家传统文化的影响有关;他支持山牧仁传教,赞同梅阁受洗,主要是因基督教讲文明、施爱心的悲悯情怀与儒家传统中的"仁者爱人"有相通之处。向文成参加抗日革命工作的描写,铁凝也没有拔高,写得很谨慎。向文成之所以同情革命,却不愿意在组织,说明他不是革命觉悟有多高,主要还是出于朴素的民族尊严与做人的基本操守以及儒家文化的影响。

《笨花》总共写了90多个人物形象,其中许多人物均塑造得丰满圆润、栩栩如生,且独特、实在、真实自然。比如西贝梅阁、山牧仁夫妇这类宗教人物,在过去的革命文学中一定是被批判的对象,而在《笨花》中却客观平和,浸润着作家深深的理解。病弱的西贝梅阁对主的虔诚,那"耶稣基督我救主……够我用,够我用"的歌声凄楚而勇敢,空灵而坚定。另外笔者觉得作品中小袄子这个人物也写得很有特点。小袄子爱虚荣,贪图享受,但并不是一个绝对的坏人。她也有基本的善恶之心。她时而帮助八路军,时而又帮助金贵(日本人),她的摇摆不定,都符合这个人物的性格教养逻辑。西贝时令对她的处决，显得很草率。小袄子实际上是个悲剧人物，战争的惨烈给她的压力太大了，让一个姑娘去承担这么大的压力，实在太难了，这是一个令人既同情又痛恨的复杂形象。还有瞎话，也是铁凝提供给文学史的一个独特形象，瞎话叔的瞎话是一种乡村的幽默，他做对付日本人的支应局长，是再合适不过的，他最终对侵略者的瞎话和"好快刀"，圆满了他的一生，他的民族自尊与中国人的英雄气概乃至燕赵人慷慨赴死的文化精神都使我们震撼不已。西贝二片，着墨不多，但他壮烈的行为足以慰藉这片广袤的土地。

"取灯"在河北方言中就是火柴的意思，也是笨花人对火柴的叫法。取灯作为一个接受西式教育的洋学生，她由于战争而来到老家笨花，她实际上就是文明的火种，但最终她还是被日本鬼子残忍地杀害了。取灯的死，还有西贝梅阁的死，甚至小袄子的死，都昭示出日本侵略者反文明、反人类的实质。战争毁灭了美，这也是主题之一。

这就是"中国形象"，这就是"去蔽"和"脱魅"以后的"中国人"。他们贯通着古老的中华文化的地气，守候着素朴的永恒的"日子"，年复一年，日复一日地艰难而乐观地生存着。铁凝写出了这样一批"中国人"的形象，也写出了他们的生存状态。另外，《笨花》的成功也给我们以启示，就是好的长篇小说还是应该好好地塑造形象的。没有立得住的人物形象，这个长篇是有问题的。同时，这些形象还应该是真正的"中国形象"，我们不排斥"洋花"，但更喜欢"笨花"。

第五节 21 世纪以来的短篇小说

即将迈进 21 世纪的 1999 年，是铁凝对新时期进行总结，也是对新世纪进行展望的一年。这一年，她的创作极为丰厚，先后创作了短篇小说四篇——《省长日记》《B 城夫妻》《小格拉西莫夫》《树下》；中篇小说一部——《永远有多远》，这些作品都影响广泛。在散文《我的 1999》中铁凝写道："被时代抛弃是容易的。被读者抛弃是容易的。我惟有仔细打点我心灵和意志的储备看是否够我所用；我惟有奉献更加敏锐、明净的内心和更加勤奋、老实地写作。"

在 21 世纪，铁凝的小说创作除了长篇小说《笨花》外，多集中于短篇小说。这些作品通常是立足于当下，追忆历史性瞬间，在多重叙事时空中探寻新的历史境遇下人的生存与心理状态，可以说是结构精练、内蕴丰厚。铁凝 21 世纪的小说又可分为两个阶段，以 2006 年当选作协主席为分界，前期小说主要有创作于 2002—2004 年的《晕厥羊》《有客来兮》《逃跑》《阿拉伯树胶》《巧克力手印》《小嘴不停》《谁能让我害羞》等；后期小说主要是创作于 2009—2013 年的《伊琳娜的礼帽》《风度》《海姆立克急救》《飞行酿酒师》《火锅子》等。

在铁凝的小说创作中，《晕厥羊》是一篇具有特殊意义的作品，"晕厥羊"已经成为铁凝小说创作中一类独特的人物形象，或者也可以说，这类人物群体可以用"晕厥羊"来命名。"晕厥羊"是指一种长不大的小羊，害怕声音，害怕风雨，害怕比它们大的动物，外界稍有响动就会导致晕厥，动物学家给它们起名叫"晕厥羊"。小说主人公老马就是一个"晕厥羊"式的人物，不论在家里还是在单位，老马都是一个备受压抑、总被嫌弃的小人物。在家里他怕老婆，听到门铃响心就会跳一下；老婆不让吃蒜，他就只能等老婆离家时偷偷地吃。在单位老马曾有过被自动伸缩门夹住、随单位同事出游找不到机票被集体厌弃的经历。可是，就是这样一个倒霉蛋，有一次在自家的门厅里，或许是因为吃了蒜而精神大增的原因，竟然吓晕了一个冒充水电工的小偷。虽然老马去打 120 时发现晕倒的人不见了，并顺走了他放在桌上的一千元钱，但毕竟，不管是真是假，那年轻人毕竟在他面前晕了过去。在对另一只"晕厥羊"的恐吓与怜悯中，老马获得了心理的安慰与满足。

铁凝以亦庄亦谐的手法塑造了老马这一"晕厥羊"形象，并发出感慨道：一只晕厥羊兴许完全有能力去恐吓另一只晕厥羊。以《晕厥羊》为契机，我们发现在铁凝的小说中，这类"晕厥羊"式人物还有很多，如创作于 20 世纪八九十年代的《请你相信》中的于若秀，在分房的关键时刻因为听到领导办公室多次响起的电话铃声而晕倒；《马路动作》中的杜一夫，从来没有打开过屋门，听到一点响动就把窗户也紧紧地关上；《安德烈的晚上》中的安德烈，与情人约会时在一群面目相似的苏式旧楼群中转晕了，无法找到约会的楼房。

此外,《省长日记》中的孟北京,《树下》中的老于,《逃跑》中的老宋等都是"晕厥羊"形象系列中的人物。

铁凝的深刻之处在于,她笔下的"晕厥羊"不是个别特殊的人群,在她看来,每个人都可能成为一只晕厥羊。"卤水点豆腐——一物降一物,总有一些人要对另一些人说'不许',总有一些人要听另一些人说'不许'"①,这是老马悟出的道理。而我们要追问的是,是什么使得一些人有权对另一些人说"不许",而另一些人又心甘情愿地听一些人的"不许"?这里既隐含着国民的劣根性——奴性的成分,同时也含有福柯所说的微观的、持续的、网状覆盖的权力的存在。而且,不单是对微观权力的思考,在这些作品中,铁凝对在现代观念冲击下人的文化心理的矛盾与纠结进行了反思,表现了在现代化进程中传统与现代的不同思维方式对人的行为和心理的影响与制约,这是铁凝小说中极具深度的一类作品。

《有客来兮》发表于《人民文学》2002年第7期,小说主人公李曼金是一个恪守交往礼仪的人。在表姐一家三口来访的七天时间里,李曼金牺牲掉自己的时间、空间,陪着笑脸,全心全意以尽地主之谊,可依然没有让表姐一家满意。最后,她终于扯下戴了几十年的面具,要对表姐来一个"当场告诉",破坏一回她熟络了一生的善始善终。让我们思考的是,这个"当场告诉"为何如此之难?"讨厌你们",如此简单的一句话,却如此难以启齿。那是已经内在化了的历史文化的制约,是中国传统的"礼""仁"等文化规范对人内心的影响。时间虽然已经进入21世纪,在时间刻度上与上一个世纪发生了断裂,可是在日常生活中,人们的文化心理却是绵延不断的。几千年形成的固有的民族文化依然是一种极为强大的力量,它内化到人的主体意识之中,制约着社会中的礼仪交往,并对自我形成强大的约束力。让人思考的是,在现代社会中,固有的传统文化又该具有怎样的一种现代转变?在保持仁义和礼让的同时,如何又能使自己的人格得到应有的尊重,不因自身的善意而被他人伤害?这种思考是与中篇小说《永远有多远》有共通之处的。

《谁能让我害羞》发表于2002年第3期的《长城》上,是一篇值得反复品味与解读的作品。小说由两个主要人物构成,一个是拥有豪宅豪车的尊贵

---

① 铁凝:《晕厥羊》,《巧克力手印》,人民文学出版社2006年版,第22页。

女人，一个是一无所有刚刚从农村来到城市暂住姑妈家的送水少年。小说以循环的时间方式叙述了送水少年为女人家送水的三次经历，在这三次经历中又重点叙写了少年的装束。第一次送水，少年穿着一身簇新的，面料低劣的，没有经过整形处理的，支支棱棱的，对他来说显得过大的西服，这让女人感觉不是少年扛着水桶，而是这套西服本身扛着一桶水。第二次是在五天之后，少年又来送水，仍然穿着西服和皮鞋，脖子上又添了一条花格围巾，使他看上去格外臃肿。第三次送水是在又一个五天后，少年还是穿着那身西服，系着围巾花领带，耳朵上还扣着一副很大的耳机。他就像是在搬家，或者刚抢劫了一间百货店。而这套不合体的衣服是城里表哥的，少年偷来穿在身上，以此希望获得一种城市认同和女人的看重。但事与愿违，他的刻意装扮并没有得到女人的关注与赞许，反而引起了女人的反感。在第三次送水时，因为电梯停电，少年将水桶扛上了八楼，他想喝刚送来的纯净水却被女人拒绝，女人只允许他喝自来水管中的水。此时，冲突爆发了：送水少年掏出了刀子，女人拿出了仿真枪，女人幼小的儿子用手机拨通了110。在这场冲突中，谁应该感到害羞呢？少年？女人？似乎都应该，似乎又都不应该，他们都有属于自己的行为动机和理由，或许真正应该害羞的是一种社会规则。女人的富有与少年的贫寒，女人的高贵与少年的低微，女人的傲慢与少年的自尊，经济地位带来了社会身份与地位的不同，而身份的不同又产生了严重的心理落差，这种落差使悲剧发生了。这部作品通常被认为是底层写作的代表性作品，但它还有着更为深刻的内涵，那就是现代社会中随着资本的快速增长产生的贫富差距，以及由此带来的人的社会身份的变化，人的文化心理的畸变。

2002—2004年的短篇小说，铁凝更多地关注城市空间中的芸芸众生，在现代资本、现代文化观念冲击下，他们的存在状态和文化心理所发生的明显变化。通过这些变化，作者揭示出了在时代大变革下人的文化心理的多义性和复杂性，这种多义性与复杂性使铁凝的小说极富社会深度和文化内蕴。

铁凝创作于2006年之后的小说主要有《伊琳娜的礼帽》《咳嗽天鹅》《风度》《内科诊室》《1956年的债务》《春风夜》《海姆立克急救》《告别语》《飞行酿酒师》《七天》《暮鼓》《火锅子》等，2017年，这些作品由人民文学出版社结集出版，小说集命名为《飞行酿酒师》。这些作品依然关注现代人的生存状态，与前几年小说注重传统与现代的文化冲突不同，在新的历史语境下，铁凝将她的小说聚焦于一个新的领域，那就是在社会经济高速发展的现代城市之中，在物质欲望越来越膨胀和炫富之风越来越浓重的现代社会中，人的精神将何以安放。在小说中，铁凝设置了一个个物质的盛宴，这些盛宴如香槟的"泡沫"，丰富而热闹，奢华而浮泛。而在丰富与奢华的背后，掩不住的是精神的苍白，是物质盛宴下的精神溃逃。然而，铁凝并没有太过悲观，她依然用她的眼睛去捕捉人性的闪光，执着地去寻觅那潜藏在心灵一角的温暖。

《风度》创作于2009年，叙述了一个聚餐的场面，参加聚会的主体是曾在一个村子里下乡的知青，聚餐的场所设在一个高档酒店中的"法兰西"包间。在聚餐中，在各自的商业领域已小有成就的一群人畅聊起当年知青岁月的经历与趣闻，话题的主角是今天将要到场的从法国归来的成功人士李博。然而，直到小说结束，李博也没有真正出场，只是在其他知青的闲聊中，在叙述者程秀蕊的回忆中重现了当年作为知青的李博，他和同伴从县城偷拉一车大粪回村，以及进行乒乓球比赛的逸事。在这些回忆式叙述中，一个意气风发、青春阳光的李博跃然纸上，成为一种精神风度的象征。"法兰西"包间与知青们插队的黑石村形成了一种比照，在颇为豪华的宴会厅，能让人记起来的风度不是酒店聚餐和金钱珠宝，而是那个永不言败、一往无前的少年。李博最终没有出场，这既是小说设置的一个悬念，同时也是一种心理意识的再现，那个风度的瞬间是一个最为美好的回忆，而美好就应该留在记忆之中被珍藏。

"法兰西"包间的名字既表明现代社会与世界文化的接轨，也显示出聚餐者所追求的时尚与附庸风雅。21世纪的中国，物质与消费无所不在，铁凝将她的笔触深入城市中的有钱者阶层，去探析他们的物质生活与精神世界。呈现在这些作品中的是现代城市的溢彩流光，是越来越浮华的物质盛宴，"宴会"似乎成为这个时代的标志与符号。

《飞行酿酒师》创作于2011年，小说的叙事空间也是一个聚餐的宴会厅，只是小说中的豪华公寓比《风度》中的"法兰西"包间更为奢华。在华灯初上的北京，在繁华的凯特大厦，"总统府"的各种粤菜，不同年代与风格的红酒，觥筹交错，风光无限。有钱人无名氏附庸风雅，对葡萄酒产生了浓厚的兴趣。为了对红酒文化有更为专业的了解，他专门在凯特大厦的公寓楼里，用"总统府"酒店的名贵菜品款待一位来自新疆库尔勒的专业酿酒师。然而酿酒师对酿酒全无兴趣，他感兴趣的是无名氏的豪宅、总统府酒店的名吃，念念不忘的是鼓动有钱人到库尔勒投资葡萄庄园，以此敛取钱财。为了收集到更多的投资款，酿酒师成为飞行者，哪里还有时间去酿酒？"飞行酿酒师"重在飞行，而不是酿酒。由此，无名氏意识到，原来酒宴与酿酒无关，更与文化无关，它只与美食、资本状况以及社会身份相关。在这个被物质欲望充斥的社会空间中，浮华成为生存的本相，精神成为空洞的能指符号。《飞行酿酒师》对这种奢华之气进行了细致描摹，并对这种浮夸之风进行了嘲讽。小说中也设置了一个对大学生活进行怀旧的插曲，无名氏和他的大学同学——陪同酿酒师前来的某餐饮协会的会长回忆起一次大学时的聚餐。当年这位会长热衷于西洋餐的实验，有一次请同学们品尝自制的西洋汤，面对西洋汤大家面面相觑，苦不堪言。最后，一位来自西北绰号叫"高原红"的大学生突然大声地宣称："饿（我）喝不惯，饿（我）实在是喝不惯！"现如今，还有人勇于揭开这浮华的外衣和面具，如《皇帝的新装》中的孩童一样大声地说出事物的真相和自我的感受吗？

这些各具特色，一个比一个奢华的宴席，表明了在现代化与开放性进程中，人们越来越丰富的物质生活。然而，在物质的盛宴下却是人与人之间关系的疏离，人情的淡漠，主体精神的飘散。人们口是心非，说着言不由衷的话，那些话语只是一种符号，指称着人的经济身份和社会地位。由此，这些宴会也就成为一场场金钱汇聚起来的各种欲望的表演。

可以说，铁凝捕捉到了21世纪消费社会中物质盛宴下的浮华，以及人内心的欲望躁动。但铁凝不是激烈地批判，而是善意地嘲讽，并且于浮华空虚中发现人的心灵深处未曾泯灭的关于真善美的记忆。《风度》中对知青们曾有的永不气馁、积极向上的顽强与执着精神的追忆；《咳嗽天鹅》中丈夫对妻子的咳嗽极为厌恶，但在这厌恶中又生出了关心，他要先治好妻子的咳嗽，然后再谈离婚的事；《海姆立克急救》中由于丈夫的出轨造成了妻子的离世，丈夫一直生活在极度的忏悔中，他一直在演练海姆立克急救法，在心里惩罚着自己曾犯下的过失；《告别语》讲述了浮华空洞的集体话语成为公共聚会中的盛宴，它对个人的意愿形成了一种规训，但在规训的缝隙中通过一个小男孩发自肺腑的"再见"的告别语，体现出生命个体纯真本性的可贵。在这些小说中，《伊琳娜的礼帽》是一篇极具代表性的作品。

《伊琳娜的礼帽》是铁凝发表于《人民文学》2009年第3期的小说，2010年获浙江省作协《江南》杂志主办的首届郁达夫短篇小说奖。这是一篇关于情欲释放与理智回家的小说，故事的时间是21世纪初，空间是在旅行途中封闭的飞机机舱里。这是在更为广阔的国际化背景下展开的短篇小说，既是对现代社会中现代欲望的揭示，也是对沉睡在人心底的纯真美好人性的唤起。小说的叙述者是"我"，一个离异后的单身女子，与同是离异了的表姐坐飞机去俄罗斯旅游。在飞机上，表姐很快觅得新欢，"我"离开表姐独自旅行。在中途另一架飞机上，"我"窥视着由陌生人组成的临时公共空间中的一幕幕情欲剧：两个女孩子与一个俄罗斯新贵的调笑，两个衣冠楚楚的男子共同挤进狭小的洗手间，俄罗斯女子伊琳娜与飞机上邂逅的瘦子的暧昧。小说重点叙述了伊琳娜的故事，伊琳娜看起来有些保守，但是在邻座瘦子的挑逗下，她内心潜藏的欲望也暴露了出来。小说对伊琳娜的欲与理的挣扎做了形象细致的叙述，最终理战胜了欲，欲适可而止。在下飞机后，那个瘦子拿着伊琳娜为丈夫买的礼帽不知如何是好，"我"夺过帽子，将它送到了伊琳娜的手上。"我"的这一举动，是对伊琳娜全家的祝福，也是对潜藏在人内心深处美与善等天性的呼唤。

如果说以上提及的作品都有一种对不同历史语境中生存状态的比较，那《火锅子》则是一篇纯净得让人温暖而感动的小说。《火锅子》从日常生活的细节出发，围绕着"火锅子"叙写了一对八十多岁老夫妻的情感历程。他们手拉着手走过了几十年的风风雨雨，拥有着平凡而又温馨的美好情感。小说没有波澜起伏的故事与情节，却在一个个细节描写中让我们看到了一对老夫妻的相濡以沫，相爱相亲。"当他守住那热腾腾的开水翻滚的火锅时，心先就暖了，他常常觉得是家的热气在焐着他。"[1] 这种叙述虽然是对日常生活与人间情感的高度提纯，但无论如何，每个人的内心深处都渴望拥有一份真切的

---

[1] 铁凝：《火锅子》，《北京文学》2013年第7期。

爱与暖。不论是这份平和温馨的情感，还是名叫"火锅子"的小说，都如经过发酵的酒，平实中透着醇厚。

铁凝的短篇小说在对欲与理进行捕捉与思考的同时，更在叙事的技巧上进行着锤炼与提升。在短篇小说有限的篇幅中，无限延展着时间和空间，丰富着社会的历史与文化内涵。这种效果的出现大部分原因在于铁凝小说叙事中所运用的追忆手法，这些回忆虽然有时只是一个片段，一个瞬间，但却扩展了小说的时空。此外，小说叙事中运用了大量的空白，尤其是小说结尾的开放式设置。未来时间的开放性，体现着作者对过去的回顾，对现在的反思以及对未来的期许，空白和悬念不仅使小说更加耐人寻味，而且拓展了想象的空间，并多了一份沉甸甸的思考。

铁凝的短篇小说每一篇都堪称是精致之作，而在精致外衣包裹下的，是对这个不断行进着的现代社会的敏锐观察与冷静思考，以及对曾经美好情感的追忆与唤回。

第三章　承上启下的新时期河北小说

第一节　贾大山

贾大山（1942—1997），1942年出生在河北正定城内，因为他家与戏园子比邻而居，从小喜欢戏剧。上中学时对文学产生兴趣，喜欢鲁迅、孙犁、赵树理的作品，并尝试着在《河北日报》《建设日报》上发表小说，但高中未毕业便因病辍学。1964年到1971年，贾大山作为知识青年到本县东权城公社西慈亭村插队，七年时间里他与社员们共同生活，共同劳动，并在文化艺术活动中表现出色，为他以后的小说创作积累了丰富的素材。1971年，贾大山到县文化馆工作。自1973年，他的小说《金色的种子》在《河北文艺》试刊号上发表后，每年都有新作品问世。但真正引起文坛注目的是1977年发表在《河北文艺》第4期上的短篇小说《取经》，该小说获得全国首届优秀短篇小说奖。1983年后贾大山担任县文化局长、县政协副主席、河北省作协副主席之职，1997年病逝。1998年3月，花山文艺出版社出版了《贾大山小说集》，他的重要小说基本收录在内。

贾大山的小说创作依主题内容和叙事风格可分为三个阶段：一是"文革"结束后以《取经》为代表的三十多部短篇小说的创作和发表；二是1987年后以"梦庄记事"为总题的系列小说的创作发表；三是"梦庄记事"后《林掌柜》《钱掌柜》《王掌柜》等具有浓郁历史人文意蕴作品的发表。

贾大山是在"文化大革命"结束后正式登上文坛的。"文化大革命"期间下乡插队时,对极左政治的严重危害有深刻的体会。登上文坛之初,他一方面密切关注现实,在"反思文学"潮中,期待我们的国家应当尽快摆脱"文化大革命"的荒诞;另一方面他以满腔热情拥抱现实,探求真理,思考未来。1977年后,他连续发表了《取经》《正气歌》《三识宋默林》《菊香嫂》《弯路》《劳姐》等小说,侧重于对极左政治危害的反思与批判。在"文化大革命"期间,人们从切身的体验中就已经认识了极左政治的谬误:"在垄沟上点豆子,是资本主义;生产队在沙滩上种二亩扫帚苗,是资本主义;社员们喂鸡、喂羊、喂兔子,更是资本主义。一句话,凡是对老百姓有好处的事都是资本主义;凡是让老百姓挨饿受穷的事才是社会主义。"(《三识宋默林》)于是便有了即使被戴上"反党反社会主义"帽子并被开除党籍也不肯"随俗"说假话的宋默林;有了勇敢抵制赛诗会等所谓意识形态领域里革命的祁老真(《正气歌》);有了对官场人格进行理直气壮的嘲弄与斗争的劳姐(《劳姐》);有了不怕被戴上"唯生产力论"帽子,坚持实事求是,科学治沙并取得了成功的村支书李黑牛(《取经》)。在小说《春暖花开的时候》中,虽然梁大雨带领群众大干实干,治理七千亩河滩地,但却因为"干劲不小,路线不对"被"充实"到公社石灰窑上,但他坚信真理在自己手中,最终会有"春暖花开的时候"。这些作品是作者在"文化大革命"刚刚结束、新时代刚刚开启的年代里对中国社会刚刚过去或正在发生的社会事件和生活的观察、体验与严肃的思考。

1987年以后,贾大山以"梦庄记事"为总题,以"我"下乡梦庄的知青生活为题材,以亲历者的身份来讲述经过时间沉淀的梦庄人的一件件往事,其中蕴含了作者对人生、人性的深层思考,作品不乏清醇温馨,不乏美好的诗意,但却难掩其背后的苦涩与悲伤,作品的主题风格与前一阶段明显不同。首篇《花生》中,在"我"作为知青下乡来到全县有名的"花生之乡"——梦庄时,正是花生收获时节。队长疼爱女儿,不论做什么事都把五六岁的女儿放在肩项上。对知青们的到来,队长忍痛用"国家的油料"——炒花生招待了我们,队长的女儿也"坐在我们当中,眼睛盯着簸箕,两只小手很像脱粒机"。正当大家谈得高兴时,她突然"哇"的一声哭了起来,怎么哄也哄不好。"'你怎么了?'我问。她撇着小嘴,眼巴巴地望着簸箕说:'我吃饱了,簸箕里还有……'"这一场景令人感伤。虽然"那年,花生丰收了,队里的房上、场子里,堆满了花生",可队长疼爱的闺女死在了第二年春天点播花生的时候。原因是"队长收工回去,看见闺女正在灶火前面烧花生吃。一问原来是他媳妇收工时,偷偷带回了一把。队长认为娘俩的行为,败坏了他的名誉,一巴掌打在闺女的脸上。闺女'哇'的一声,哭了半截,就不哭了,一粒花生卡在她的气管里"。亲情的温暖与残酷、时代的谬误与刻薄令人深思。《干姐》写梦庄媳妇们的一个共同特点是"嘴臊"。这是因为她们的精神生活实在太枯燥、太贫瘠了,她们只好把男女之事当成枯燥日子里的消遣和娱乐。其实她们不仅冰清玉洁,品行端正,而且对精神生活有着强烈的渴求,她们在雨中忘情地听"我"拉二胡,对文化人"我"有着特别的敬重。也因此,梦庄那个引人注目的,"很年轻,很俊俏,也很文静,尤其是走路的时候,下巴微微仰起,眼睛望着天,给人一种高不可攀的感觉"的媳妇于淑兰,主动地要"我"认她做干姐。"从此,在梦庄,我有了一个亲人。她不是我的干姐,是亲姐。"在干姐纯洁的爱和鼓励帮助下,"那年冬天,在全县文艺会演中,我的二胡独奏得到了领导的赏识,让我到文化馆当'合同工'去"。在送"我"离开梦庄时,"她噙着泪花儿笑了说:'走吧,你到底拉出来了……'"是的,我是"拉出来了",可干姐及这里的人们还得在那样的物质与精神环境中生存下去。《离婚》写的是离婚,虽然"自从盘古开天地,梦庄没有这个例",然而现在却发生了,并且是刚结婚三个月的媳妇乔姐提出的。丈夫不明白她为什么要离婚:"爱不爱,你问她。结婚不到两个月,我叫她吃了多少豆腐?"外人也不理解她为什么要离婚。她找到村支书,村支书问她:"老白叫你吃得嘎古?""不嘎古。""老白叫你穿得嘎古?""不嘎古。"支书说:"这不得啦。吃得穿得不嘎古,离什么婚呀?"她找到公社,公社秘书问的竟然也是这几句话。小说在"寻男人为嘛?""娶媳妇为嘛?"的反复咏叹中,表现了农民质朴中的愚昧与觉醒者的悲哀。在这组作品中,作者以见证人的身份,在不露声色中,将看似平淡的人和事展示给读者,寓深刻于浅显中,产生了以滴水映现世界的效果。

第三个阶段,以《林掌柜》《钱掌柜》《王掌柜》《"容膝"》等为代表,作者创作更加注重向历史深处开掘,作品更具文化意蕴。《林掌柜》开头就说:"府前街是个丁字街。丁字街那一横是条繁华的东西大街,丁字街那一竖是条僻静的南北小街。丁字街口朝北一点儿,面南蹲着一对石头狮子,面北蹲着一对石头狮子,四只狮子龇牙咧嘴,同心协力地驮着一座古旧的木牌坊,上书四个大字:'古常山郡'。木牌坊南边是我家的杂货铺子,木牌坊的北边就是林掌柜的'义和鞋庄'了。"《王掌柜》中说:"王掌柜住在南仓,紧挨着城角楼。古时候,正定府是个兵马重镇,南仓是聚草屯粮的地方。南仓居民半农半商,以农为主,种粮又种菜。这里出产的大白菜很有名望,到了清代,地以物传,干脆就叫'南仓大白菜'了。……王掌柜种的就是这种大白菜。"不仅有此名品,"花花正定府,锦绣洛阳城","正定府的好吃东西确实不少。尤其是才解放那几年,一个十字街上就蹲了七八个饭庄,布篷小摊,肩担小贩,比比皆是。'正定府三大宝,扒糕、粉浆、豆腐脑',那是为了念着顺口,其实,比'三大宝'更精美的食品有的是:糖麻花、蜜麻花、豆花糕、煎素卷,做法南北罕见;鸡丁、崩肝、肥胁、肘花儿,味道天下少有。单说炸麻糖,就有多少样:对拼、白片、盘算、有饷、荷包、二水……""正定卤鸡自古有名,马家卤鸡尤其地道:生鸡洗净,一只翅膀向后背,一只翅膀叼在口中,脖颈回弯,爪入膛内,形状宛如小琵琶;卤煮要用老汤做底,佐料不下二十种:丁香、桂皮、砂仁、大料、葱、姜、色酱等——按比例下料、看鸡龄定火候。鸡煮好了,黄里透红、颜色鲜亮,不破皮不脱骨,不塞牙不腻口。据说,光绪二十七年十二月,西太后从西安回京驻跸正定,吃了马家卤鸡,都说鲜、香、嫩!老马掌柜卖卤鸡时,王掌柜是老主顾了。"这些作品一路写来,几乎就是"古常山郡"的风物、民俗、民情展览,已经说不清作者是借人述史抒情,还是以史传人明志。有些小说是小说还是散文,体裁上也有些模糊,但读这些小说,就像在历史文化长廊中徜徉观游,既给人以幽远的历史回味,又给人以现实的启迪。

贾大山凭着对生活的热爱和对国家民族命运的关心,他以自己的聪明、幽默、睿智,为我们留下了一批寓意深刻、幽默风趣、清新隽秀、脍炙人口的小说。通观他的小说创作,其艺术风格大体经历了三次变化:一是初期阶段,主题内容多为与现实政治、政策密切相关的"问题小说",题材较为单一,风格上显得峻急匆忙;在第二个阶段,他的"梦庄记事"系列作品,主题蕴涵更加丰富深刻，但艺术风格变得舒缓严整，语调舒缓和平而有知性；第三个阶段，他的小说主题有意向历史文化深处开掘，风格更加舒缓从容，圆熟简练，有知性之美。他的小说在语言上简洁质朴、准确生动又幽默风趣，越到后来他小说幽默的特色越成熟，他不仅追求语言上幽默风趣，更多还表现在情节结构上，在这方面以他后期的小说《西街三怪》等最为出色，幽默中显通达之美，人生况味也便跃然纸上了。

第二节　陈冲

陈冲（1937—2017），原籍辽宁海城，1937年出生于天津，1951年初中毕业后参军，在部队干校学习部队财务一年，毕业后任见习会计。1954年复员后在列车电站工作，任会计、总务。1956年开始发表作品，1958年被错划为"右派"，辍笔多年，1979年平反后重新执笔。1983年调河北省文联从事专业创作，曾任河北省作协副主席。1979年以来，陈冲出版有《无反馈快速跟踪》《陈冲短篇小说集》《会计今年四十七》三个小说集以及长篇小说《粉红色的车间》《铁马冰河入梦来》《腥风血雨》《风往哪边吹》《车到山前》等。中篇小说《厂长今年二十六》获1982年《当代》文学奖及河北省优秀作品奖；《铁马冰河入梦来》获河北省第二届文艺振兴奖，《小厂来了个大学生》获1984年全国优秀短篇小说奖。

《厂长今年二十六》以春光服装厂的改革为背景，塑造了青年改革者许英杰的形象，展示了年青一代改革者勇于探索、勇于开拓的精神风貌。许英杰在26岁时以一个普通检修工的身份毛遂自荐担任了有五百名员工的春光服装厂的厂长。面对企业管理混乱、人心涣散和亏损的局面，首先从劳动纪律抓起，动真的、干实的，说到做到，月底发工资时扣除了有缺勤、迟到、早退班组的班组长的奖金；组织了六人"智囊团"，使这六个人成为服装厂管理、设计、生产、营销等核心环节的中坚；通过兼并挺进五金加工厂来扩大经营规模、改善工人的生产条件和生活。他有开阔的胸怀和远大的理想，当春光服装厂改革初见成效时，他又主动提出辞去厂长职务，让更有管理才能的人来担任,自己则集中学习专业知识和现代企业经营技能,不但要进一步改革春光服装厂,还要"搞个全市性的服装公司"。小说通过这个形象,写出了企业改革的必要性和时代对改革者的呼唤。

《小厂来了个大学生》,发表于《人民文学》1984年第4期,与前面的小说相比,作者更加关注改革过程中的深层矛盾和问题。小说讲述了一个满怀改革热忱、具有现代管理知识的大学生杜萌在小厂处处碰壁、一筹莫展的故事,揭示了先进的科学管理方法与工厂陈旧僵化的小生产、宗法制管理机制之间难以调和的矛盾,暴露了我们社会中存在的轻视知识、轻视人才的严重问题以及企业中严重存在的落后管理方式。厂长路明艳,不懂现代管理知识,却一心扑在工作上,凭着责任心、刻苦精神、社会经验将小厂治理得颇有成效。她有几分世俗、油滑和专横,也善于经营自己的权力和关系网,她挤走了大学生,显示了她力量的强大和现代知识力量的暂时脆弱。在这个朴素也有心计、刻苦又有手腕的女厂长身上,寄寓了作家对改革年代里怎样提高企业负责人素质的深刻思考。

《铁马冰河入梦来》由人民文学出版社1986年11月出版。这是一部以在新的经济形势下列车发电厂是解散还是保留为矛盾线索来展示"列电"的历史变迁,表现"列电人"思想性格的长篇小说。集中刻画了第五列电厂厂长朱凯和机电局局长郭振山两个思想性格截然不同的人物形象。

朱凯是作者花费笔墨最多的人物。他是第五"列电"厂厂长,从十五岁就投身于"列电"事业,他为"列电"事业付出了巨大心血,对"列电"有特殊的感情。他有两位亲人为"列电"事业献出了生命。他的妻子孟晓英死在唐山大地震中。后来,他和同样在地震中失去爱人的本厂技术干部尹缇结成了伴侣。但更为不幸的是,在北大荒,一次因排除软化水车厢故障,尹缇没有能和白班工友一起下班,回驻地时遇到荒原上特有的大风"白毛糊糊"并遭遇了狼群,朱凯又一次失去了至爱的亲人。但上级一声令下,他便强忍悲痛,离开埋葬着亲人的荒原,率领部下开赴新的战场。他对"列电人"的精神品格有着深刻的理解和珍视,就是在机电局做出解散"列电"的决定以后,他也没有放弃让"列电"起死回生的梦想。他被借调到局机关以后,当得知正在兴建的大型煤矿急需"列电"支援时,便主动要求带领列电五厂赴内蒙古伊敏河地区，希望以他的努力重新振兴"列电"事业。小说在各种矛盾错杂的逆境中，塑造了朱凯勇往直前的"行动型""挑战型"个性特征，在他身上体现了一代"列电人"的英雄品格和精神风貌。

郭振山是小说中另一个有特色的人物形象。作为一个从基层走到今天机电局长领导岗位的老"列电人"，解散"列电"并不是他主观上的意愿，但他又的确是"列电"解散的主要谋划者。因为对目前"列电"面临的严峻局面他深感回天乏术，经营下去后果将使他更难看，解散"列电"对他来说是最好的结局，而且他还可以去就任他非常看好的机械局副局长之职。"郭振山的独特性及其形象的典型价值，主要是他那官僚加政客的性格特征。作者以入木三分的笔锋，将其业务平庸而做官有术，貌似从容而内心危机的政客嘴脸，将其娴于权术而又内心骚动的一丝悲苦的复杂心灵，惟妙惟肖而又淋漓尽致地揭露出来了。"① 通过这一形象，揭示了"列电"的兴衰历史和目前困境的体制上的原因。

《风往哪边吹》由上海文艺出版社于2001年出版。小说主要人物是玉门开关厂厂长史康达。他有过使四个企业扭亏为盈的业绩和经历，是全市有名的"扭亏能手"。他也有自我牺牲精神和人道主义情怀、高度的责任感和使命感。在全市改革的大背景下，他为了救活这个厂，把与妻子共同发明的全自动空气断路器专利产品，无偿贡献给他的厂子；市里调他任劳动局副局长却被他拒绝："我想我还是先得对我那三百多人负责。……我不能就这样离开那个厂。"面对激烈的市场竞争，企业既要有好的领导和管理层，也要有能够针对市场进行研发的技术人才，还要有高素质的员工队伍及雄厚的资金。但是，他无法在短期提高那些只热心别人家的飞短流长而"已经丧失了学习的能力，甚至没有了学习的愿望"的员工素质；无法阻止那些人因拿不到工资或者罢工，或者将新开发的专利产品零件、图纸说明贱卖给竞争对手；无法应对工厂拖欠的外债……他几经挣扎，也只能在最大限度地维护职工利益的前提下，将玉门开关厂出让。"一个人救活一个厂"已经成了过时的神话，他的家庭几乎与工厂同时解体。作者通过这个人物，思考了企业改革的深层矛盾和部分企业必然倒闭的历史必然性。工厂倒闭所造成的下岗、失业，必然使一部分

---

① 张韧：《陈冲小说论》，《河北小说论》（上册），花山文艺出版社1989年版，第319页。

工人陷入困境。而对另一部分人来说，只是把本属于他们的权利还给了他们，使他们重新发现了自己，走上了新的人生之路。女工巩娇凤的人生际遇、觉醒过程以及自强不息的人生追求，代表了这类工人。她独特的人生经历和身份，延展深化并丰富了小说的主题，说明随着改革的不断深化，普通工人的心灵和人生也在经历着历史性蜕变。

陈冲的小说大都有曲折动人的故事情节，长于在矛盾冲突中展示人物性格，既引人入胜，增强了作品的可读性，又为人物思想性格的展示提供了充分的空间，增强了作品的艺术感染力。他的小说在继承了中国古典小说优长的同时，又吸收了现代小说艺术手法，实现了人物内心世界表现方式的多样化，或直接展示人物的内心世界，或通过场面描写表现群体的或个人的心理感受，常以婚姻爱情来透视人物的精神世界。他的小说语言简洁明快，朴素典雅，有力配合了主题表现和人物塑造，具有艺术美感和表现力。

第三节　汤吉夫

汤吉夫（1937—2017），山东青岛人。1958年毕业于上海第一师范学院中文系，同年分配到河北省香河县中学任教。1975年调河北省廊坊师专（今廊坊师范学院）中文系任教，曾任中文系主任、师专校长。1982年加入中国作家协会。曾任河北省文联委员、河北省作家协会副主席等职。1988年调入天津师范大学，为文学院教授、研究生导师，享受国务院颁发的政府特殊津贴。汤吉夫从1961年开始发表作品，"十年动乱"中受迫害被迫辍笔。1980年后陆续发表《老涩外传》《"女光棍"轶事》《希望》等，引起文坛关注，此后不断有在文坛上有影响的作品问世。至今已经出版《汤吉夫短篇小说集》《汤吉夫中篇小说选》《汤吉夫小说选》《遥远的祖父》等小说集，出版有长篇小说《朝云暮雨》《大学纪事》。其中《蓝光在心头闪耀》获1983年鸭绿江文学奖，《希望》《在古师傅的小店里》《"老伦敦"其人》分别获1983年、1985年、1987年河北省文艺振兴奖，《龚公之死》获1997年《芒种》文学奖。

汤吉夫在新时期的小说创作可以20世纪80年代中期为界,粗略地分为两个时期。在前一时期,他的小说大多取材于小县城里的人和事,以描摹人情世态见长。如《老涩外传》《在古师傅的小店里》《隔代人》《房》《遗嘱》《蒙面女》等,在这些小说里,作家着力于这些小人物的世俗琐碎的生活细节,着眼于他们的真诚和善良,从不同侧面写出了他们灵魂的美好和不屈的精神。

1985年以后虽然对普通人关注与描写的作品少了,但还是写出了如《故里见闻录》(1988)、《遥远的祖父》(1998)这样不断向历史文化深层开掘的佳作。《故里见闻录》以自己回故乡过年的见闻为主要线索,以乡邻故里几个普通人的沧桑经历表达了作者对中国文化在新的历史语境下传承与革新的思考,极具文化反思意味。《遥远的祖父》在纪实与虚构间,以"崇敬宽宏的视角,叙写了祖父原生态生命形态和心路历程,展示了理想和现实、历史和时代的巨大反差和固有矛盾。正是本着这种对中国农民的体恤和理解,作家发出了对几千年农民命运'从来如此'的叩问,即对造成祖父们悲剧的中国历史秩序的怀疑和批判,当然更对这些挑战既定秩序的弱势群体投以深沉的赞美……淋漓尽致地彰显了这些底层人物的伟岸、高大、睿智和不凡"。[①]小说也思考了中国文化即便在食不果腹的困境里依然具有生存发展的内在动力的原因。小说发表后迅速被《新华文摘》转载。

当然,由于汤吉夫有在大中学教书二十年的经历,学校生活是他最为熟悉的题材领域。创作于这一时期的《同志》《路遇》《"女光棍"轶事》《副教授买煤记》《希望》《转折》《晚恋》《惜别》等小说,塑造了一批从"文革"逆境中起来,又在粉碎"四人帮"后重新焕发青春的教师形象。其中不乏性格复杂的形象,如《"老伦敦"其人》中的"老伦敦",因为中华人民共和国成立前曾在教会中学做杂务而懂得几句英语,粉碎"四人帮"后因学校极缺英语教师而到学校教英语。这是一位勤恳、朴实、热心的教师,但他的英语实在蹩脚,教学成绩也很差。但他却笃信自己从神甫那里趸来的英语是"正宗"的,对电视、广播里的英语教学瞧不上眼。小说在风趣幽默中嘲讽了"老伦敦"落后于时代的保守和落寞。

[①] 王科:《论〈遥远的祖父〉和汤吉夫的晚近小说》,《海南师范学院学报》2004年第6期。

20世纪80年代中期以来，随着我国改革开放和社会生活的急剧变化，高校知识者的生存遇到了一个又一个的挑战：经济改革带来的各阶层收入的不平衡，使高校教师物质生存狼狈；知识者的高雅与优越感及学术的神圣性受到冲击；职称评定、职位晋升，在高校也意味着利益和权力的差异，这不可避免地在教师与领导之间、上下级之间引发尖锐的矛盾冲突，严重弄虚作假与钩心斗角，也严重败坏了高校的学术环境和知识分子的心灵。《上海阿江》《沼泽地》《苏联鲟鱼》《本系无牢骚》《新闻年年有》《朋友》等都是描写在商品大潮冲击下，大学里知识分子的生存本相和精神样态。如《上海阿江》写一位53岁"位至讲师""还算个诗人"的阿江，因为单身按学校政策不能分到房，他才明白"老婆的价值"。当他决定以最快的速度结婚时却处处碰壁，姗姗来迟却能够唤起他体内冬眠已久爱情冲动的姑娘黄小曼，声称她要嫁的人，职位不能低于副教授。在无法说明讲师加诗人与副教授是否等值的情况下，阿江只能决定晋升职称。晋升职称必须有学术著作，当他怀揣书稿找到出版社时，九千元的印刷费使他一筹莫展。为了得到出版赞助，不得不求助于曾经被他鄙薄为了钱而放弃诗歌，现在成了老板的旧日诗友华子，在蒙受了华子的胯下之辱，承认自己"是臭虫，是虱子"之后他得到了钱。当他把印刷费送到出版社，华子却用金钱夺走了黄小曼。阿江失去的不仅是黄小曼，同时还有自己的良知和尊严。

进入20世纪90年代，随着社会文化环境变化和大学招生扩大及院校合并所引发的新问题与矛盾，使原有的矛盾更加复杂、更加内在。汤吉夫的小说以批判意识揭露和解剖了知识分子性格中的弱点，进而对校园文化开始了深刻反省与批判。创作于这一时期的《酷热在夏天》《旋涡》《龚公之死》《阿古先生》《宝贝》等，都带有强烈的反思与批判意识。如《酷热在夏天》以某大学的办公楼里的中下层干部为描写对象，围绕即将退休的苏书记，展开了云谲波诡的权力争夺，细腻地展示了这里每个人的"心理症候"：从拉拢人心、谋取高级职称、明争暗斗、安插亲信，到职位升迁、职权平衡、第三者插足，令人信服地揭示出商品经济大潮背景下，大学行政机构里每一个人的躁动不安。小说从精神分析的层面给每个人物行为以合理解释，但这"衙门"样的"合理行为"恰与世界公认的大学管理理念背道而驰。他在新作

《大学纪事》里，揭露、鞭挞大学里的种种腐败和知识分子的犬儒主义，他的批判意识在这部长篇小说中得到了充分的释放。

《大学纪事》2007年1月由花山文艺出版社出版，背景是20世纪90年代中期以来我国教育界兴起的"院校合并"潮。院校合并也许自有合理之处，却助长了高校"求大""求全"的浮夸之风。H大学就是以一个师范院校为主体合并的大学。原师院的政治系主任何季洲被任命为校长，不久又被任命为书记兼校长。他在"不墨守成规，敢于创新"思想的指导下大展宏图，要"五年内进入国内一流，十年进入世界一流"大学的行列。但是，一个以师范院校为主体合并的大学，要实现这样的目标谈何容易。但何校长不仅仅是一个空想家，在他看来一切都事在人为。他指示下属说："我们师资力量不足，博士嘛可以引进一点，专家嘛也可以调过来，条件可以商量；不能调过来的，我们可以花钱买他的署名权，他的科研成果发表时，署上H大的名字就行，我们出钱就是了。"他还抱怨说："最要命是我们的人不懂公关，今天是什么时代？你又穷又横，谱摆得跟大爷似的，哪个肯买你的账？评委是要经常联络的，要经常到人家家里看看，重要的评委，我们校领导可以亲自去。要让人家感动。"在何校长的领导下，H大面貌焕然一新。不仅引进了德国地球物理专家海伦娜，引进了国内知名作家麦子，而且拿到了教授审批权，教授从原来的五十多名猛增到三百多名，以何校长为带头人的政治学专业也拿下了博士点。他要五年之内创建二十个博士点，一百个硕士点，同时还要办好校办企业，推动教育产业的发展，五年以内，H大教工平均收入要达到年薪八万元。要建造五星级的学生公寓，建造有五百个停车位的教学大楼，用一千万买下两辆列车的命名权……但是，在何校长一步一步地实现或接近目标时，这激动人心的繁华与美妙前景背后，也潜伏着致命的危机：申请博士点破坏了教学秩序，因实验室建造无望海伦娜愤然离去，阿古教授涉嫌剽窃，作家麦子只对漂亮女生感兴趣，学校基础设施因年久失修酿成大祸……但在宴请学校中层干部的宴会上，何校长满面春风地向他的下属宣布着H大的无数喜讯，当然也是他的丰功伟绩。H大在这样的谎言和虚假繁荣中过着美好的日子，而且这样的好日子还将继续下去。在何季洲这个人物身上，既有中国家族文化、官本位文化对他的人格精神的塑造，也有现行体制的鲜明印痕。他对办一所真正的大学没有兴趣。他以极端功利主义的态度处置公共资源，大做表面文章，制造虚假繁荣，把探讨真知和真理、培养思想者和科学家的大学，变成了一个名利场，H大的"辉煌"也不过是何季洲的政绩工程，是他个人权力攀升的垫脚石。

如果H大与何季洲都只是个案倒也罢了，但不幸的是，高校合并、求大求全是20世纪90年代以来的一种风气，何季洲不过是野心更大一点，能力更强一点、弄出的声响更大一点而已。因此，H大的悲哀，也实在是时代的悲哀。小说中所描写的种种荒诞事件，不仅能引起我们对中国高校教育现状的思考，引起我们对当代中国知识分子精神与道德人格的思考，而且能引起我们对当代中国社会政治与文化的深思。这是一部有着独到见解并可明见作家良心与忧患意识的力作。

汤吉夫以教师兼作家的身份，几十年来勤苦耕耘在学术与创作园地，他以强烈的责任意识、使命意识，以学者的深刻睿智和作家的敏感真诚，创作了许多思想深刻、意蕴丰厚而艺术上达的作品

第四章 河北"三驾马车"

第一节 关仁山

关仁山（1963— ），河北唐山市丰南县人，现为河北省作家协会主席。1984年开始文学创作，主要作品有长篇小说《风暴潮》《天高地厚》《白纸门》《麦河》《日头》《金谷银山》等，中短篇小说集《大雪无乡》《关仁山小说选》，作品集《关仁山文集》等，中短篇小说《大雪无乡》《九月还乡》《蓝脉》《红旱船》《落魄天》《平原上的舞蹈》《红月亮照常升起》《苦雪》等，长篇报告文学《执政基石》《感天动地》等，计五百余万字。其长篇报告文学《感天动地》获第五届鲁迅文学奖，小说集《关仁山小说选》获第五届全国少数民族文学奖，短篇小说《苦雪》《醉鼓》获《人民文学》优秀小说奖，中篇小说《九月还乡》获第六届《十月》文学奖、《北京文学》优秀小说一等奖，短篇小说《船祭》获香港《亚洲周刊》第二届世界华文小说比赛冠军。部分作品翻译成英、法、日等文字。

关仁山早期以雪莲湾小说系列而引起文坛注目，其中有《苦雪》《船祭》等。在小说《苦雪》中，关仁山塑造了一个海上猎手老扁的形象，他可以说是代际正义的化身。老扁的枪法极准，"老扁'嗖'地站起来，劈手夺过火枪，急眼一扫迷迷蒙蒙的天空，见一飞鸥，抬手'砰'一枪，鸥鸟扑棱棱坠地"，但他绝不用枪打海狗，因为他要恪守正义规则，"好猎手历来讲个公道。不下诱饵，不挖暗洞，不用火枪，就靠自个儿身上那把子力气和脑瓜的机灵劲儿"。老扁所恪守的古代正义规则表面上似乎是在捍卫猎手与猎物之间的公道,其深层却是在坚守人类的代际正义,"打晚清就有了火枪,可打海狗从不用枪,祖上传的规矩。先人力主细水长流过日月,不准人干那种断子绝孙的蠢事儿"。火枪无疑可以大大提高人们猎取海狗的能力,大大改善人们的生活水平,但是祖上却弃之不用,其目的就是不过多占用自然资源有限的份额而使后代子孙失去他们应得的利益。关仁山通过塑造老扁这个海上猎手的形象,张扬了代际正义的宝贵价值。同时通过海子的形象寓示了代际正义正受到无情践踏的恶劣现实。海子是年轻的猎手,他公然背弃老扁所尊崇的代际正义原则,购买火枪,恣意放纵自己捕杀的欲望,他还唆使其他年轻人和他一起用火枪围猎海狗,"不多时,一排排惊惊乍乍的枪响,无所依附地在冰面上炸开了,传出远远的……老扁打了个寒噤,四肢冰冷",海子在欲望的唆使下,放肆地穷捕滥杀,大大超支自己应得的代际利益份额,严重背离了代际的正义原则。违背代际正义原则的恶果也许在当今不会明显地被看出来,但或许正因为这样,人们可能会忽视代际正义缺失的危害,并因而造成更严重的恶果。关仁山把这个问题郑重地揭示出来,具有十分重大的现实意义和长远意义。

《船祭》承载了作者从传统与现代关系的角度对正义的思考。小说中,黄老爷子出身造船世家,他恪守的是从父亲黄大船师那里继承来的做人做事的原则。黄大船师做事认真,他造的船质量上乘,无可挑剔;做人正直不阿,对于恶势力敢于以硬碰硬,绝不屈服。当年雪莲湾的恶霸孟天贡强抢黄家的船,用来祭祖。黄大船师以死相抗,奋身跳上熊熊燃烧的大船,用生命捍卫了自己做人的尊严。黄老爷子一直以父亲为自己人生的坐标,努力做一个自己心目中的好船师。可是,到了老年,儿子黄大宝却让他十分窝心。黄大宝看不起造船这门祖传手艺,他一心想挣大钱。当年强抢黄家大船的孟天贡后来跑到香港去了。他在香港死后,他的儿子孟金元要把父亲的遗骨运回故乡安葬,并且想买黄家的船来祭奠。孟金元与黄大宝一拍即合,孟金元出高价,由黄大宝骗父亲造船。船造好后,黄老爷子才知道自己上了儿子黄大宝的当。他想起父亲的惨死,提着板斧冲到孟家坟地,"闷雷似的吼一声:'姓孟的,俺与你们势不两立,这船俺劈了当柴烧也不卖你!'吼着,老人抡圆了板斧砍在船舷上"。但是，他的举动没有得到周围群众的赞扬，反而受到嘲笑。黄老爷子悲气交加，呕出一口血痰昏死过去。船最终作为祭品烧掉了，黄老爷子半夜走出家门。第二天，当黄大宝在海滩找到他时，他已死去多时了。黄老爷子的死，从某种意义上标志着传统文化的终结，小说中表露出来的作者对于传统文化终结的态度值得玩味。如果说，黄大宝对黄老爷子的欺瞒，群众对他的嘲弄，可以理解成人们见利忘义；可是，当黄老爷子半夜跑到父亲壮烈而死的海滩追随父亲而去，问题是"他的死并没有像父母那样甩下一道海脉"，这说明，抛弃黄老爷子的，不仅仅是世俗的群众，还有超世的规则。这才是最严重的。也就是说，世俗群众在道德上的迷失，并不简单地是一个个体态度上的软弱，而是反映出从传统到现代社会转换过程中正义伦理的混乱。作者虽然没有能够在小说中就正义伦理的转换提供太多的想象空间，但是他对读者的警醒，也是颇有意义的。

　　90年代后期，关仁山的聚焦点从海湾风情转向平原，又创作了许多中短篇小说，其中《九月还乡》影响较大。这篇小说承续了作者一贯的对底层的关注，"如实地反映了当今农村青年摆脱贫穷的迫切愿望，同时不无忧虑地写出了他们素质上的欠缺在他们致富路上造成的曲折、带来的失误"①。所不同的是，作者在这篇小说中，还鲜明地表达了救赎的主题。乡村女孩九月，无法忍受贫穷的日子，她进城做了妓女。通过这种不名誉的方式，九月快速脱贫，成为村里的首富。在扫黄行动中，九月被抓进派出所。村主任前去保释，在他面前，九月流下悔恨的眼泪，并表示痛改前非。后来，九月回到家乡，并且拿出自己的存款，帮助村里治理土地。《九月还乡》更像是一部寓言，它讲述了人们抛却精神追求脱贫致富后，发现精神的沦丧并通过致力公益事业而寻求精神救赎。正是从这个意义上，这篇小说引起人们比较广泛的关注。在这篇小说中，可以看出作者对于个人存在的宽容和对于精神追求的执着。从个人存在角度看，关仁山并没有以卫道士的面孔来苛责九月的堕落，相反，他怀着某种温情来看待九月对于财富的渴望。与其说他是在批判，不如说是在惋惜，惋惜九月无法用一种合法的方式来获取财富、改变命运。从精神追

---

① 牛玉秋：《中篇小说创作概述》，《中国文学年鉴》（1997—1998卷），作家出版社2002年版，第65页。

求角度看，关仁山则表现出对美好事物的执着。在他看来，危害精神追求的财富获取毕竟是一种缺憾。所以，他希望九月能够放弃卖淫这类不名誉的方式，寻找另外的途径来改变命运、追求幸福。

此后，关仁山渐渐把主要精力转向长篇小说创作，先后创作出版了长篇小说《福镇》《风暴潮》《天高地厚》《白纸门》等，其中以《天高地厚》影响最大。这部作品以华北平原上的蝙蝠村为生活舞台，在我国近三十年农村大变动的广阔背景上，展开了鲍、荣、梁三个家族三代人命运沉浮的生活变迁史，寄寓了作者对历史发展与人性善恶的深入思考。近三十年恰逢中国社会转型时期，先前的革命逻辑被世俗逻辑代替，人们追求物质丰富、世俗幸福的欲望获得合法性，乡村能人荣汉俊作为新式英雄代替以往的劳模荣爷占据社会生活的前台位置。对于社会转型这种发展趋势作者给予基本肯定，但是，对于社会转型期间生活的丑陋与人性的扭曲则表达了严重关注与批判。在作者笔下，新英雄荣汉俊的发迹史伴随着诸多丑恶。他借回乡农民索地压力挤兑种粮大户梁罗锅，利用稻田污染事件打击种粮大户鲍三爷，雇凶毒打不顺从的包工头，利用行贿手段控制乡党委书记，等等。对于荣汉俊的质疑，表达了作者对于农村经济新势力的批判，表达了对社会和谐、公平正义的文学诉求。同时，作者怀着热情塑造了年青一代优秀农民梁双牙、鲍真等。从某种意义上说，他们是作者对农村新农民的美好想象，他们思想解放，思维活跃，敢说敢干，富有开拓能力，而又热心公益，努力和全村百姓一起走共同富裕的道路。相对于惯用心计、不择手段的荣汉俊，年轻的梁双牙、鲍真形象带给人们一股热力和希望。曾镇南认为，《天高地厚》"及时而新颖地为我们带来了关于农村发展、农业振兴、农民命运的新消息，引发了我们对正在我们眼前展开的一场更深刻的农村社会的大变革的积极思考和热情期待"。[①]

进入21世纪以来，关仁山先后创作了长篇小说《麦河》《金谷银山》，对新农村建设、生态文明建设进行了深入思考。

《麦河》2010年10月由作家出版社出版，小说讲述了鹦鹉村土地流转的故事。可以说，它是对文坛上过度内化的小叙事的一个反拨，是乡村宏大叙

[①] 曾镇南：《沉重的厚土，奋争的精灵——评关仁山的长篇小说〈天高地厚〉》，《光明日报》2003年5月7日。

事的一项新收获。在小说中，文学叙事走出了个体的密室，重归自然原野，蔚蓝的天空、奔腾的河流、新鲜的空气、悦耳的鸟鸣、郁葱的树木、金黄的麦浪扑面而来。在这样廓大的、蕴藏万物生机与历史奥秘的自然背景中，鹦鹉村人的生活及历史的帷幕徐徐拉开，围绕土地正在上演和曾经上演的一幕幕悲欢离合、爱恨情仇接续呈现到读者面前。它也是作者坚持自我超越的一个艺术结晶，雷达较早注意到这一点。他指出，《麦河》是关仁山"对自己创作的一次成功超越。作品讲述了麦河流域的鹦鹉村上世纪初至今长达100多年的历史，人物极其众多，然而所有人和事都以白立国和一只充满神性的苍鹰'虎子'为线索贯穿在一起。小说的章节也由月相之变化而命名：由逆月到上弦新月、望之圆月、下弦残月，最后又回到朔之逆月，可谓浑然天成"。①

  小说成功塑造了几个新农村人物形象。白立国是一个乡村智者的形象。白立国小的时候耳聪目明，十分伶俐，可是一场疾病夺去了他的视力。不过，视觉通道的阻断并没有影响他对这个世界的感知。相反，他的听觉、触觉、嗅觉、味觉等似乎格外发达，这使他完全可以在没有视觉参与的情况下，与这个世界、与周围的人进行流畅的信息传递与交换。而且，关闭了视觉之窗，使他的精神感觉更纯净与安然。曹双羊是新乡绅精神的一个模板。很显然，曹双羊并没有儒家文化的知识背景，他甚至从来没想过儒家文化为何物。但是曹双羊渐趋自觉的责任担当，显示了他对消失了的乡绅精神的一种寻找与对接。曹双羊的知识背景模糊而匮乏决定了这种对接的几分困难与滑稽，但无论如何，他寓示了中国乡村精神复活的一种新的可能性。桃儿的形象令人悲悯与肃敬。桃儿喜欢充满活力与激情的曹双羊，生活却在他们之间划下一条无法逾越的鸿沟。为给母亲治病，她甚至无奈地进城做妓女，她经历了生命的最黑暗景象，这甚至让她走到了濒死的地步。白立国的歌声挽留了她。复活的桃儿便像传说中的福庆姑娘一样，通过行善救赎自己。

  《金谷银山》2017年10月由作家出版社出版。作者以京津冀协同发展为背景，讲述了新时代农民范少山带领白羊峪走上生态化致富道路的故事。评论家陈思和认为，这部小说"将启蒙与思考付诸实践，进行一场经济、道德

---

① 雷达：《为土地立传——评〈麦河〉》，《人民日报》2010年10月12日。

与文化的重建,激励人们像夸父逐日那样寻求真理,寻求我们未来的命运"。①与之前的农民三部曲相比,《金谷银山》既有承续性,又有新拓展。小说的主人公被作者赋予了更多的理想色彩,凸显了生态文化、绿色文明建设的重要性。与之前几部小说冷峻、悲怆的风格不同,这部新作呈现出乐观、明亮的色调。小说成功塑造了范少山这一新时代农民的典型形象。他来自燕山深处的白羊峪,在北京昌平卖菜致富,主动回乡,带领乡亲们走绿色、环保的脱贫致富之路。他历尽千辛万苦从千里外的老姑奶奶家的坟墓里找回金谷子,并栽培成功;在农大孙教授的指导下成功培育出本土绿色"金苹果";带领乡亲们奋力打通白羊峪与外界的通道,建成远近闻名的旅游观光村,过上了城里人也羡慕的幸福生活;积极推动土地流转,建成万亩金谷子种植基地,在成就新农民梦想的同时,也使更多的农民受益。范少山不同于传统意义上的农民,他在农村和城市间奔走,与恋人杏儿在城市和乡村搭建电子商务平台;建设绿水青山,打造白羊峪生态观光旅游。他是一位有眼界、有智慧、有胸怀的新时代农民英雄形象。②

第二节 谈歌

谈歌(1954—),原名谭同占,祖籍河北顺平县,生于龙烟铁矿,河北师范大学中文系毕业。1970年参加工作,当过工人、机关干部、报社记者、某市副市长等,曾任河北省作家协会副主席。1977年开始文学创作,迄今已发表中篇小说《天下荒年》《大厂》《天绝》等七十余部,短篇小说《绝唱》等百余篇,长篇小说《家园笔记》《城市守望》《黑天白日》《认识你真好》《票儿》《大舞台》等十余部,其中代表作有《大厂》《年底》《绝唱》等,曾获得《小说选刊》中篇小说奖、《人民文学》特等奖等奖项。

谈歌曾长期工作生活于工人中间,对工人的生活状况非常熟悉,他的创作以工厂生活为基础,其代表作《大厂》,重要作品《年底》《车间》等写的

---

① 参见《金谷银山》小说封底专家推荐语,作家出版社2017年版。
② 郭宝亮:《家园的重建与坚守——读关仁山〈金谷银山〉》,《文艺报》2017年11月1日。

都是工厂。《年底》讲述的是一个国营工厂遭遇的严重困境。眼看到了年底，工厂里没有一丝喜庆气息。虽然工厂实行了承包，可是并没有取得什么好的效果。厂里欠别人的钱，不给；别人欠厂里的钱，也不还。工人已经有好几个月没拿到工资了，他们没心思干活，有的打架，有的偷东西。工厂党委周书记非常焦急，他努力做一些维持、安抚工作。他发现工人田涛一个月报了两千多医药费，非常生气，一定要查清楚。得知劳模韩志平的妻子得了胃癌，他十分挂心，亲自到家里去看望，让财务科想办法借钱给韩志平的妻子治病，并掏出自己的钱帮助他。周书记等厂领导忙忙乎乎，但是大的问题一点也没有解决。工厂的困境确实让人揪心。《大厂》好似《年底》的姊妹篇。新年刚过，整个工厂死气沉沉，工人已经两个月发不出工资了。面对这种困境，新任厂长吕建国使尽浑身解数仍然是无能为力。他甚至默许属下掏公款请外地业务员嫖娼，以期能够争取到订单，结果嫖娼被抓，鸡飞蛋打。拿不到工资的工人铤而走险，偷偷把工厂设备运出去换钱。科技骨干不愿忍受这种困顿生活，要辞职下海。老工人卧病在床却无钱医治。面对千疮百孔的工厂，厂长吕建国身心疲惫。《车间》，正如题目所示，它讲述的是工厂一个车间里发生的故事，从一个局部更细致地呈现了国营工厂所遭遇的麻烦。工厂的不景气，影响到工人的家庭生活。大胡是车间的一名工人，夫妻关系本来还可以维持。这一段时间因为老拿不到工资，夫妻感情更加恶化，老婆刘玉芳整天和情人生活在一起，闹着要和大胡离婚。有一天大胡喝了几杯酒在街上制止打架事件被小痞子打成重伤，医药费没有着落，更是雪上加霜。车间主任乔亮等热心帮忙，通过找厂领导说明情况、托朋友帮忙利用报社、电视台宣传报道，争得社会关注，最后解决了大胡的医药费难题。虽然小说中的故事掺入一定的戏剧性，解决手段也带有戏剧性，却相当真实地反映了底层小人物身上的善良。

在这几部小说中，通过对转型期工厂生活的具体记述，谈歌如实地反映了20世纪90年代中国经济转型过程中正义原则失效、正义意识淡薄、正义实践不良的伦理现实，表达了一位作家关注现实、关怀民生的道德热情。在谈歌所叙述的工厂生活中，非正义现象令人触目惊心。按劳分配是社会主义经济的基本原则，可是工人们努力生产，却长期得不到工资，"厂里越来越不景气，日子长长短短地瞎过着，已经两个月没开支了"（《大厂》）；省劳模章荣是对工厂做出过杰出贡献的劳动者，工厂有责任让他过上幸福的晚年生活，但是厂里可以花钱请客户嫖娼，却拿不出钱为章荣治病，"厂办公室主任老郭陪着河南大客户郑主任嫖妓，……吕建国叮嘱老郭，姓郑的要干什么，你就陪着他干什么，只要哄得王八蛋高兴，订了合同就行"，"章荣师傅病了，他儿子刚刚找来了，跟我吵了一通，说厂里卸磨杀驴，他爸爸干不动了，也没人管了。……去年老汉有两千多块钱的药条子没报销"（《大厂》）；工厂之间业务往来应该信守合同公买公卖，但是吕建国的厂子要不回钱来，"冯科长摇头叹气，也就是回来仨瓜俩枣，现在谁还钱啊？节前撒出去十几个人，要回万把块钱来，还不够差旅费呢"，吕建国自然也不给别的厂子钱，致使其他厂子前来催账的"住在厂招待所里不走，嚷着要在沙家浜扎下去了。这帮人吃饱了喝足了睡醒了打够了麻将，就到厂里乱喊乱叫各办公室乱串着找吕建国要钱"。金钱是现代工业的血液，失血严重的工厂就濒临瘫痪。谈歌小说中的工厂就处于这种境地。工厂萎靡不振，拿不出钱给工人发放工资。失去生活来源的工人无心生产，"工人们都没心思干活，这些日子厂里打架的、偷东西的出了好几起了。保卫科长老朱眼睛熬得像个猴屁股"（《年底》）。当他们的孩子身患绝症无法住院医治时，更是对工厂充满怨愤，冲动之下甚至把厂财务科给砸了，"财务科真是乱套了。几个工人把冯科长推搡到墙角，冯科长挨了几下子，头碰到桌子角上，血都冒出来。工人开始乱砸，冯科长头上淌着血，嚷着：'别乱来，别乱来啊。'没人听他的，一会儿工夫，财务科已经一片狼藉"。谈歌通过对工厂生活的如实叙述，将20世纪90年代中叶工业领域正义原则失效、伦理实践十分混乱，严重影响到工业生产正常运行的高危现实揭破在世人面前，为这个表面浮华的时代拉响了正义的警钟。

谈歌在他的中篇小说集《大厂》的后记中写道："市场经济代替计划经济不是像听通俗歌曲那样让人心旷神怡。它所带来的震荡，有时是惊世骇俗的。工人农民不比我们，他们现在干得很累。我们应该把小说的聚焦对向他们。"这句话说得非常生活化，但它却清楚地显示出作者高度的正义敏感性。进入20世纪80年代以来，中国经历了计划经济向市场经济的转型。经济的转型确实解放了生产力，极大地促进了中国现代化建设。但是，由于客观条件的限制和历史经验的不足,在转型的过程中个体利益分配的原有排序无形中遭到捐弃,而新的合理排序没能及时建立起来,致使个体利益分配处于严重的无序状态。而个体利益分配的失控使少数人一夜暴富的同时,也使大多数人利益受损,特别是处于最底层的工人、农民的利益甚至出现绝对下降,有些人连吃饭都成了问题。经济体制的不完善造成制度伦理的不公正。正如谈歌所说,这种严重偏离正义规范的不良制度伦理状况确实够惊世骇俗的。而且,制度伦理的不良运转引发人们思想观念的混乱、责任意识的淡薄和正义感的迷失,导致伦理实践的一系列劣态反应,比如掌权者肆意挥霍公款、侵吞公产,无权者则消极怠工、不事生产;人际关系冷漠,乘人之危、见死不救的事屡屡发生。伦理原则的种种疏漏和伦理关系的种种滞障滋生出一股巨大的社会破坏力,严重危及社会环境的安定和人民生活的安宁。正视社会危机和人民的困苦是作家的天职,谈歌出身并长期生活于底层的阅历和朴素的正义感使他较早地聆听到社会肌体内部所发出的危险信号,在先锋作家仍沉浸于形式的玄想而不见其他时,他将社会的病象忠实地记录下来。

正义是一种十分古老的价值。古希腊哲学家亚里士多德就曾经论述过它的本质:"正义就是在非自愿交往中的所得与损失的中庸,交往以前和交往以后所得相等。""正义就是比例,非正义就是违反了比例,出现了多或少。"[①] 正义也是一种十分重要的价值。约翰·罗尔斯说过:"正义是社会制度的首要价值,正像真理是思想体系的首要价值一样。……某些法律和制度,不管它们如何有效率和有条理,只要它们不正义,就必须加以改造或废除。"[②] 一个社会制度背离正义的价值,是可疑的,更是危险的。当今正义缺失的问题确实应该引起人们充分关注。谈歌在他的小说叙事中对正义缺失的强烈关注,体现了这个作者可贵的道德良知和思想远见。同时,从他对正义秩序沦丧的现实的执着叙述中,可以看出他对重建正义秩序的期盼。这在谈歌几部小说的结局设计中表现得最为明显。《大厂》的最后一段是:"吕建国站在厂门口,突然发现厂门口的树一夜之间,已经绿绿的了,恼人的春寒大概就要过去

---

① [古希腊]亚里士多德:《亚里士多德全集》第 8 卷(苗力田主编),中国人民大学出版社 1997 年版,第 103、101 页。

② [美]约翰·罗尔斯:《正义论》何怀宏、何包钢、廖申白译,中国社会科学出版社 1988 年版,第 3 页。

了。"《大厂续篇》的最后一段是:"吕建国抬头望天。天已经放晴了,一轮鲜红的太阳挤出了浓重的云层,高高地悬在空中。浓云开始消散了,天际处,一角新新的湛蓝越扯越大。吕建国看得很清楚,明天是个好天气。"《车间》的最后一段是:"众人抬着大杨走出医院,只见阳光烈烈地泄下来,如雨似泼。"这三部小说都运用象征的手法表达了对正义失序的混乱终将过去、正义重建的和谐与光明必将到来的美好期望。

谈歌长篇小说创作数量不少。其中,《家园笔记》形式新颖,风格剽悍。作者选用笔记体来构织长篇,在继承前人短篇笔记小说创作经验的基础上做了创新探索。在近百年的历史跨度上,作者通过讲述野民岭一带古、李、韩三大家族的变迁历史,多侧面反映了北方山村百姓的生活状态与精神肌理。他们为争夺狗头金明争暗斗、互相残杀,暴露出贪婪的一面。当侵略者践踏国土,民族面临生死存亡关头,他们英勇不屈,奋力抗争,显示出遇难弥坚的硬骨头品格。20世纪50年代以后,面对种种困难,他们进行艰苦努力,表现出不畏艰险、敢于担当的侠义精神。在充分彰显野民岭人剽悍侠义、敢于担当的英雄品格的同时,作者客观地呈现了野民岭人某些时候个人私欲的膨胀、公共正义的颓毁、人际关系的冷漠等负面精神因子。从整部小说来看,作者是通过写作来回望历史,打量乡村精神肌体的构成,分析其优长与缺陷,表现出强烈的反思色彩。特别是,作者对乡村精神中的血性因子进行了深入剖析。血性,特别是在北方,长期被作为我们民族最值得发扬的美好情愫。在小说中,作者也怀着深情,礼赞了慷慨悲歌,路见不平、拔刀相助的侠义精神。但是,作者也冷静地写出这种侠义精神中非理性的、野蛮的一面。特别是当他们遇到巨大的金钱诱惑时,那种无法无天、恐怖狰狞的面目,是必须引以为戒的。如何保持其抗强助弱的侠肝义胆,而又告别其放纵欲望、缺乏理性训练的野蛮习气,确实是一个重大的课题。《家园笔记》采用夹叙夹议的形式,将故事叙述与个人感悟紧密结合。在精彩的故事部分,作者将富有骨感的语言与富有传奇色彩的乡间人物刻画融为一体,形成峻急、剽悍的艺术风格。在抒写个人感触部分,表达自己对世风的议论和对人物的臧否,也可看出作者急公好义、心忧天下的胸怀。

进入21世纪以来,谈歌的创作兴趣更多地转向了历史题材,先后完成了

《票儿》《大舞台》等长篇小说。

《票儿》完成于2008年，曾参与"全国30省作协主席小说擂台赛"，并获得不俗的成绩，2009年9月由湖南文艺出版社出版。小说讲述了民国时期"票儿"的传奇人生故事。票儿原名杨中长，本是财主家的少爷，被土匪绑票后，父亲因吝财不肯赎人，而匪首张才明也破例没有撕票反而收养了他。在土匪山寨长大的票儿机敏勇武，后来取代张才明做了雄霸一方的"山大王"。在日本入侵、国难当头之际，他又浪子回头投入抗日洪流，带领弟兄们奋力抗击侵略者，成为一名抗日英雄。解放战争时期，他因不满于国民党的腐败统治而弃暗投明，加入中国共产党领导的解放军队伍。中华人民共和国成立后成为一名出色的公安局长。

小说很好地吸收了中国传统文学，尤其是话本、演义的丰富营养，非常讲究故事的生动性，人物的传奇性。"票儿"的身上充满传奇色彩。他被绑票后，父亲竟然不肯赎人，理由是孩子太小，长大是什么样没有一点谱，而赎金是真金白银，不应该把辛苦积攒的钱财花在没谱的事儿上。这样的父亲并不多见，却让"票儿"遇上了。按照常规，土匪绑了票，本家不肯赎人，只有撕票。可是匪首却喜欢了这个孩子，不但没杀，还把他养了起来。这又是"票儿"遇到的难得的幸运。票儿在土匪窝里长大后成为威震匪帮的江湖枭雄，并不奇怪，奇怪的是他后来又成为日本鬼子的头号"克星"，奋勇杀敌的民族英雄，最后弃暗投明成长为共产党员、新中国的公安局长。每一个转折都具有传奇性。同时，作者凭借自己扎实的叙述、生动的描写使整部小说建立在可信的基础上，具有令人信服的艺术真实性。既再现了迷幻命运、悲壮人生，又体现了苍凉的时代感、厚重的历史感。

《大舞台》是一部抗战题材的长篇小说，2015年8月由江苏凤凰文艺出版社出版。故事以"梅记杂戏社"的兴衰沿革为依托，讲述了身怀绝技的"梅记杂戏社"班主、共产党员梅三娘与她的女儿梅立春、梅天凤、梅可心等人，以梅记杂戏社为舞台，前赴后继与日寇周旋，英勇抗争的故事。围绕梅三娘母女，小说还塑造了赵元初、徐飞扬、付浩声、萧家广、唐行一等身份各异、性格丰满、有血有肉的抗日英雄群像。他们身世迥异，五行八作，甚至分属不同的政治阵营。然而，在民族危亡的时刻，怀抱保家卫国的共同理想,他们走到了"抗战"这面大旗下,或壮烈舍生取义,或机智与敌周旋,生动而立体地展现了抗战斗争的复杂与残酷。作者以传奇故事的方式,回溯老保定在抗战洪流中的奇人逸事、英雄悲歌,再现了中华民族不屈不挠的抗战精神。

有论者认为,"谈歌创造了一种将传统与现代完美结合的表现形式"——"网络评书体"。21世纪以来,小说文体方面比较倾向于民族化、大众化和回归传统。这种回归并非简单地还原继承,而大都是在网络时代和电子技术条件的基础上,吸收并改造传统形式和表现方法,再充分加入现代元素,进一步创造一种新型文体。谈歌主要采用的是我国北方比较流行的评书体。同时,在小说结构和语言风格上全面吸纳网络思维和网络用语。小说的整体布局不再是传统线性的章回结构,而是网状的。小说以众多人物为点,发散铺陈,立体多维,收放有度,属于网络化的思维结构。①

第三节　何申

何申(1951—2020),原名何兴身,天津市人。1969年到承德地区插队,1976年毕业于河北大学中文系。历任教员、承德市文化局长、承德地委宣传部常务副部长、承德日报社长等,现为河北作家协会副主席。20世纪80年代初开始文学创作,出版有长篇小说《多彩的乡村》《梨花湾的女人》等5部,发表中短篇小说百余篇,代表作品有《年前年后》《乡镇干部》《信访办主任》《村民组长》等,电视剧作品有《一村之长》《一乡之长》《青松岭后传》《大人物李德林》等多部。曾获首届鲁迅文学奖、庄重文文学奖及《人民文学》《当代》《小说选刊》等多个文学奖项。

何申出生于现代都市天津,但自1969年到承德农村插队后就再没有离开河北的乡村。数十年的乡村生活经历,使何申十分熟悉乡村,也十分关心农民。他的数百万字的小说写的都是乡村生活和乡村百姓的命运,寄寓了作者对乡村现实与农民精神的思考。同是写农村,何申与关仁山有所不同。如果说关仁山

---

① 郝雨:《谈歌长篇小说〈大舞台〉:不同流俗的"特工"小说》,《文艺报》2015年9月18日。

更多一些理想色彩，那么何申相对更贴近生活。不过，在何申温和的叙述中，其实包含着他对人性、道德伦理认真深入的思考。在《村民组长》中，何申写的都是乡间一些琐碎小事，但内中思考的却是正义的问题。黄禄是村民组长，他们小组的公用电线被盗。黄禄为了理顺小组内部人际关系，树立自己的干部威信，决心查个水落石出。黄禄费尽心机明察暗访，却长时间苦于没有线索，但无意中发现偷盗者竟是自己的哥哥黄福。在亲情的干扰下，黄禄没有让黄福去派出所自首，而是让他夜里偷偷把电线挂回去，以逃避法律的制裁。但正如古语所说，要想人不知，除非己莫为，黄福所做的一切被驴老五两口看得清清楚楚。直到有一次，"驴老五的老婆叹了口气，终于说：'黄禄，实话告诉你，我们早知道电线是你哥剪去又挂回去的！'"黄禄才知道自己护哥哥短的事早被驴老五两口发现，也才明白驴老五的老婆之所以敢偷了自己家的苹果树苗栽到她家的地里去，是因为他们抓着自己这个把柄。当黄禄带着富贵去锁柱的小店里抓赌时，锁柱交过罚金却在半路上截住黄禄说："我不是找后账，……我说一碗水要端平，我知道哪个编双檐篓子……"黄禄顿时哑口无言，因为他知道锁柱说的那个编双檐篓子坑害国家和村民小组群体的人还是自己的哥哥黄福。黄禄当的这个村民组长根本算不上什么官阶，管辖的人口也不多，但却接连不断地遇到人际是非矛盾，处理起来总是被村民大窝脖。问题的关键在哪里呢？何申的叙述很明确地把矛盾的症结归到正义的缺失上：正是因为正义的原则得不到贯彻落实，才使村民间冲突不断，整个村民小组的日常生活陷入无序状态："这些日子村里犯邪，啥玩艺都丢，瓜果梨桃这些地里东西不说，鸡狗羊驴这些活物也没。"以小见大，何申在自己的小说中将乡村中正义的缺失及其严重后果明白无误地表现出来。

中篇小说《年前年后》从一个乡镇干部的视角切入乡村生活，多方面折射出乡村出现的问题。乡长李德林属于对工作比较负责的乡镇干部，在县招待所开了几天会，离家只有二里地，他竟然一次也没回家住过。忙到腊月二十三，他把其他干部都放回家了，自己还在忙，"他惦着夏天让洪水冲了的那些受灾户，他又叫上秘书老陈坐车到各村转了一圈，看看临时借住的房子严实不严实，发下去的衣服被子到没到人家手，过年包饺子的肉和面都备下了没有"。忙完一切回家过年，又听说县里正研究小流域治理方案，李德林马上又到各局去说明情况，争取项目资金。李德林忙的都是平凡的小事，但是每件事都关系乡里百姓的利益。但是，李德林的后院出了问题，他的老婆于小梅嫌他没能耐，做了老板刘大肚子的情人。于小梅的背叛，并不是出于生活的困窘，而是受到金钱的诱惑。乡长夫人的名誉显得非常无力，不如实实在在的金钱来得实惠。所以，于小梅甘愿冒一败涂地的危险，也要争取让刘大肚子拜倒在自己的石榴裙下。和于小梅做着同一美梦的是她的姐姐于小丽。姐妹二人共同争宠于刘大肚子，让人真切感受到金钱的巨大魔力，感受到金钱魔力作用下人心的波动与人情的紊乱。作者不动声色地讲述了这出人间闹剧，表达了自己的隐忧与思索。其实放开一步看，于小梅即使不背叛李德林，她对李德林也难说有多少真感情，她当初之所以嫁给他，只不过是出于对他乡长身份的喜欢。所以，金钱战胜权力只是表面现象，深层的问题是人性的异化，人牢牢束缚于金钱或者权力而失去自我，这确实值得人们深思。

中篇小说《信访办主任》触及了信访这个非常具有时代色彩的领域。信访制度早在中华人民共和国成立之初就确立了，"文革"时期一度中断，"文革"结束后逐渐恢复。而信访制度引起人们普遍关注则是20世纪90年代。在这一时期，随着社会改革的深入推进，各种社会矛盾也日益显现出来，群众上访现象非常多。《信访办主任》则集中反映了这一社会现象。信访分两种，一类是要求解决历史遗留问题，如沙老太；一类是要求解决现实问题，如揣德强。沙老太是一个心灵饱受伤害的女性，她幼年曾遭老毛子兵强奸，成年后又受工厂厂长的性骚扰。为了保全自己，她仓促找了个对象，却遭到厂长坚决阻挠。沙老太无奈，偷偷和对象私奔，结果在外地被扣压遣返。厂长打击报复，将二人双双开除公职，判男的流氓罪劳教三年，以沙老太未经允许私自从工厂取走自己的三十元存款为由，判沙老太偷盗罪劳教一年。沙老太一生为自己的冤情上访，可是到死也没有得以昭雪。揣德强反映的是大杨树沟村村主任杨光复以权谋私问题。因为牵涉到村里的宗族矛盾，又牵涉到县委书记收受贿赂，问题十分复杂，信访调查受到百般阻挠。市信访办成的调查小组几次前往调查情况，都狼狈而返。这次市委秘书长亲自带队，仍然摸不到一点头绪，信访办主任孙明正甚至在制止宗族斗殴时被打伤。小说结束时，大杨树沟问题也没有得以解决。小说继续保持何申一贯的温和叙述风格，但是温和里包蕴着忧愤，微笑里闪烁着泪光。沙老太的悲惨遭遇令人同情，蒙冤多年得不到洗清，令人悲愤；大杨树沟问题本来事实很清楚，可是调查组却根本无法正常开展工作，之所以如此，主要是部分执政者行政腐败造成的，从中反映出的问题发人深省。作者的可贵之处在于，他艺术地反映了历史与现实问题，体现了一个作家的艺术良知。同时，作者在小说结尾对问题的解决作了一定的暗示，给人以希望。

何申的长篇创作也很优秀，其中《多彩的乡村》曾博得广泛好评。很明显，这是一部呈现社会主义新农村建设的主旋律作品，作者塑造了赵国强这样一位乡村英雄，他不畏权势，不计个人得失，勇于冲破重重阻力，冲破各种传统观念的束缚，带领全村百姓走共同富裕之路。最值得肯定的是，这部小说避免了很多主旋律小说概念化的弊病，以浓郁的生活气息和强烈的现实感，为读者编织了一幅20世纪90年代中国北方乡村绚丽多彩的生活画卷，塑造了个性鲜明的乡村人物形象，生动地展示了转型期乡村遭遇的矛盾与取得的发展。作者很善于组织长篇结构，巧妙地选取赵、钱、孙、李四个家族来呈现乡村生活不同的景观，赵家以耕种为本，信奉的是勤劳本分，善良里不免有些保守；钱家是乡村里的小业主，他们从事家庭作坊式的工业生产，富有进取心，而如何协作发展是他们遭遇的严重问题；孙家是乡村的破落户，游手好闲，胡搅蛮缠；李家则是过去的乡村生活组织者，如今由于各种原因，已经被历史甩在后边，他只是想利用手中的权力为自己捞点好处。同时，作者又以婚姻、情感把四个家族紧紧联系在一起，使叙述结构环环相扣，密不可分。赵家有三个女儿，一个嫁到孙家，两个嫁到钱家；而李家儿子是个白痴，儿媳备受折磨，愤而离婚，与赵家老二结为夫妻。《多彩乡村》成功的另一方面，是作品诙谐幽默的语言。作者是语言的高手，他对北方乡村方言有着广泛的了解与深入的体会，运用起来得心应手，这使得这部长篇语言形式与生活内容达到充分的融合，形成自己特殊的风格。

进入21世纪以来，何申的创作数量不大，但笔力苍劲，运思幽旷，别有一种味道。2006年《北京文学》第12期"精彩阅读"栏目刊发何申的中篇小说《老赫的乡村》，这是他完成的第一百部中篇。第二年《小说月报》第1期转载，2009年入围《小说月报》第十三届百花奖。在创作谈《十年一梦在乡村》[①] 中

---

① 何申：《十年一梦在乡村》，《北京文学》2006年第12期。

何申说，1969年正月自己一头扎进燕山深处的大沟汊，"凡四十载塞北风雪，历三十秋笔耕人生，又二十春思绪渐明，更十年乡村梦境。于是，变成老赫，便有《老赫的乡村》"。细读该作，确实有很强的自传色彩。"1964年的腊月，下了很大的雪，雪中的年味儿变得很浓。那时老赫已过了13岁的生日，最大的爱好是看书，还爱和同学去逛劝业场的文物商店。有天在店里见到带玻璃框的四条屏，张大千画的蜀道（赝品），山高林密，气势磅礴。老赫很喜欢，却没钱。怎么那么巧，一出门就见到他四姐，他四姐正在买年货，买得很兴奋。四姐一向出手大方，况且她们姐儿五个就老赫一个老兄弟，老赫的要求一般都能达到。她毫不犹豫立即掏钱买下，回家后挂在房中的正面墙上。老赫本以为能得到父亲的赞许，不料他看见叹了口气，说行路艰难啊，傻儿子，你莫不是要去那里？真的就让父亲言中了。几年后的正月里，老赫就离家走了，去塞外的大山里插队。"在小说里，作者与人物，现实与虚构，似乎都没有了界限，他就是我，我就是他；真就是假，假就是真。在这种苍茫的氛围里，何申写出了几十年山村的历史、山村的生灵，写出了烟火，也写出了政治；写出了悲，也写出了喜。山村似乎是野蛮的，又似乎是健朗的，"秋天打场时，老赫见一男一女俩社员抬杠叫号谁也不服谁，男的说你若敢干啥我就敢干啥。女的说你要不敢干啥你就不是那个啥。一旁人非但不劝反而添油拱火，结果俩人较劲较到深处，在谷垛边就动了真格的。把老赫吓得要跑，又忍不住想看，可惜他俩滚了一身谷草，看不清。但老赫明白，这要是城里还了得，非得抓起来不可。不过，在这则大事化小小事化了，村干部骂咋闹得这过分！男的说怨我，女的说我也有责任，俩人还挺仗义。往下男的赔了一桌酒席，就啥事也没有了"。山村似乎是专横的，"队长有派活的权力，他一句话，让谁干啥就得去干啥，队长的家属还有他的亲戚一般都能干上好活。比如大冬天妇女除了挑粪之外，这日需俩人给县里来的干部做饭，那这活基本上就轮不到外人头上了，准是队长老婆和老妈娘儿俩干。用公家的米和柴，既烧了自家的炕，还落下泔水，吃剩下的饭菜自然也不上缴，娘俩儿还都记满分。做饭在屋里，暖和，挑粪爬大山，贼冷，但没法，谁叫人家男人当队长，有权。"山村似乎又是有情有义的，"晚上就去队长家，队长媳妇炒了白菜帮又炒白菜叶，老赫坐炕头上第一次像回事地喝酒。想想到山沟里这一年的辛苦，想想年迈多病的父母，想想日后自己的前景，万般愁情滚滚而来。队长看出老赫的心思,说喝酒吧,一喝全舒服了。老赫就灌了几盅薯干酒,顿时人就轻飘飘不知在云里雾里了,心里的疙瘩全不见了。喝到最后,老赫身子朝后一倒就睡着了。半夜里醒了,伸手一摸这是在哪儿呀,怎么还有长头发的,后来呼啦一下明白过来,身边是队长媳妇呀!吓得老赫天没亮出溜下炕就跑了。"作者似乎什么人也没写,又似乎把山村的人都写了出来。该作似乎一点不像小说,又似乎小说就应该是这个样子。从某种意义上说,作者在写作中破坏了几乎所有的小说规矩,但同时又确实可以感受到他在努力接近小说的本然存在。

第四节 "三驾马车"的意义

以上三人由于题材、风格接近,曾被评论界称为"三驾马车"。总体来看,"三驾马车"之所以在20世纪90年代引人注目,在于他们的叙述凸显了正义的声音。具体来看,关仁山、谈歌、何申三人关于正义的叙事并不仅仅是一种道德热情的简单抒发,而是表现出一定的理性反思深度。在表达重建正义秩序的期盼的时候,尽管"三驾马车"的小说叙事除了明确的精神向度之外并没有多少建设性的规划,但是在对过去正义规则的批判中却表现出他们反思的努力和成果。正义是历史的产物,在"三驾马车"小说叙事中倒塌的正义大厦是20世纪50年代后建立起来的,它带有明显的机械平均主义色彩。在小说《年底》中,工厂的几位领导对工作都敷衍塞责,"周书记心里挺别扭的。这几个副手都跟老刘闹球不来,拧成一股劲跟老刘叫阵,老刘也不跟他们谈谈。老刘是想干两年就走的,可这样下去也不是回事啊"。他们这样混天度日,并不能简单地归因到道德品质低下,更深层的原因在于这个工厂的权益结构有明显的平均主义倾向。工厂的工人与干部虽然分工有所不同,但从根本权益上说没有多大区别,都是一颗颗的螺丝钉,这种平均主义的权益结构很自然使人们放弃对工厂的责任感,滋生敷衍塞责的情绪。如果不从根本上改变这种权益结构,而只进行一些小修小补是无济于事的,"厂里今年的日子实在是不好过,各车间都重新承包过了,可也没见承包出个模样来"(谈歌《年底》)。大概正是基于这样的认识,他们的小说叙事中并没有出现可以对工厂生产困顿、工人生活困苦负责的个人。这种不纠缠于具体人事的问题叙述策略将人们的思路引向对企业深层结构所存在的弊端的反思，其获得的理性深度应该是相当可观的。20世纪50年代建立起来的正义还残存着不少因袭于传统的、与现代性不相适应的律条。在小说叙事中对此进行有力反思、批判的是关仁山，其短篇小说《船祭》集中展示了这一点。尽管《船祭》因为加入黄、孟两家三代恩仇的铺陈而显得十分情绪化，但实际上它所关涉的却是一个十分理性的主题，即传统正义原则的沦丧。这个主题通过黄大宝与黄老爷子之间的父子矛盾冲突表现出来。黄老爷子是造船的高手，但他不肯将自己造的船卖给出大价钱的孟金元，原因就是孟金元要烧船祭祖。黄老爷子坚守的是传统的重德轻财的非功利主义的正义原则，因为看不惯孟金元烧船祭祖的做派而不肯和他有买卖的往来，即使孟金元出的条件再优厚也不妥协。黄老爷子的这种正义观念是从父亲黄大船师那里继承来的，黄大船师为了捍卫自己的正义信念献出了自己的生命。但是在黄大船师的年代，非功利主义是村民的共同信念，因此黄大船师的献身行为受到村民的尊敬。但是到了20世纪90年代，随着经济转型的深入推进，非功利主义受到普遍怀疑，功利主义成为大众的共同信念，人们大胆地追求实际利益。在这种形势下，坚守非功利主义正义的黄老爷子成了异类，为了自己的正义信念，他受尽大众的讥嘲、冷慢，"黄老爷子发现散在四方，远远近近向他射来的那些轻视鄙夷的目光。他怎么能容得村人像盯怪物一样盯他呢？他是一代大船师啊！他在村人的嘲笑声里天旋地转了"。黄老爷子因为无法忍受自己信守的正义大厦的坍塌而死去，但是"他的死并没有像父母那样甩下一道海脉，也没有赚走村人多少泪水，唯一留下来的是一声沉沉的无可奈何的叹息"。英雄的落寞印证着英雄的事业的衰微，非功利主义确乎已不再为当下的人们所赏识。关仁山尽管十分痛惜英雄临去时的悲苦，但他却非常清醒地意识到黄老爷子所奉行的非功利的传统正义原则，并不适合当今现代性的生活。现代化是大势所趋，追求正当的幸福生活是现代人天经地义的权利，与之尖锐对立的带有禁欲色彩的重利轻义的正义传统，如果要避免被抛弃的命运，首先应该对自身进行改造。"三驾马车"在小说叙事中所表现出的对正义多角度的反思批判，使他们的创作避免了情绪化书写的浅薄，而具有了一定的理性深度。

"三驾马车"创作中所张扬的正义热情曾经震动了20世纪80年代高擎文学性大旗的一些文学批评家。周介人就在自己主编的《上海文学》刊发、推荐了不少"三驾马车"的作品,并发表文章称赞其作品"给读者留下强烈印象……它留给我们的是分享一分艰难的气度和力量"①。陈思和也认为"三驾马车"的创作表现出的正是所谓"一种对于人类发展前景的真诚关怀,一种作为知识分子对自身所能承担的社会责任与专业岗位如何结合的总体思考"②。一向以后现代文学批评家面目出现在人们面前的张颐武也有保留地肯定了"三驾马车"创作的价值,他将"三驾马车"的作品称为"社群文学",认为他们的作品"显示了全体人民分享艰难,试图在公平的'和而不同'的环境之中共同奋斗的愿望"③。可以说"三驾马车"获得了文学界内外广泛的不同程度的关注和肯定。一方面它显示了正义在人们心中的重要性,另一方面它也说明了文学关注现实中正义问题的必要性,"社会转型期,必然带来各式各样问题,过去'左'的路线下,文学走偏了,文学承担的东西过多,可文学一点责任不担,做春天里的'闲云野鹤',也是不行的"④。

当然,关仁山、谈歌、何申三个作家是三个各具特色的作家,他们的创作有相同的一面,更有相异的一面。他们既显示了河北作家慷慨激昂、诚信仁义的共同的价值担当,更显示了各自不同的艺术个性和叙事风格。从某种程度上可以说,关仁山的艺术个性更多地吸纳了冀东热情、务实、开朗、乐观的文化因子,形成一种面向未来、积极向上、创新求变的艺术趋向。谈歌祖籍完县(相传为尧之故里),生于塞北龙烟铁矿,他的身上既有仁义之乡刚正的神韵,又有塞外苦寒之地豪侠的雄风,兼具仁义与豪气,这使他小说具有朴实而大气的艺术风神。何申生于津门闹市,作为一个外来的知青插队到承德乡村。开阔的视野、都市的经验使他的乡村书写少了些愁苦沉重,多了份清醒豁达。乡村的明天其实就是他的昨天,乡村的未来并不神秘,也不值得忧戚。所以,他的小说中更强调乡村古老的风俗与淳朴的民风。

---

① 周介人:《现实主义:再掀冲击波》,《现实主义冲击波小说——〈破产〉代跋》,华艺出版社1998年版。
② 陈思和:《就95人文精神论争致日本学者》,《天涯》1996年第1期。
③ 张颐武:《"社群意识"与新的"公共性"的创生》,《上海文学》1997年第2期。
④ 关仁山:《现实人生与文学品格》,《小说家》1998年第6期。

20世纪末现实主义冲击波之后，"三驾马车"开始新的探索。进入21世纪以来，他们对自己的艺术个性越来越自觉，并沿着各自的创作道路不断前行。在谈到谈歌的《大舞台》创作成就时，田健民指出，20世纪90年代后期"'三驾马车'的光环套在谈歌头上使他名声鹊起，然而这一光环同时也如套在孙猴子头上的'紧箍儿'，限制了作家自己的自由与个性"。而《大舞台》则"标志着谈歌已经完全走出了'三驾马车'的心态，他超越了政治与功利、世俗与道德的羁绊和艺术的藩篱，自由潇洒地穿行游走于历史与现实之间，随心所欲地纵情挥洒出自己内心真实的艺术世界。作者采用边叙述边批注评说的一种新的小说写作方式，其形式灵活，语言俏皮，思想锐利的精彩批注或点评，不仅增强了作品的批判意识和思想深度，而且与小说的叙述融为一体，犹如在过去与现在、想象与现实之间搭建起一座座桥梁，使读者跟随作者自由地在其中游走穿行"[1]。其实不仅谈歌，关仁山、何申进入21世纪以来，也都经历了精神的蜕变，显示出越来越鲜明的创作个性。

---

[1] 田建民：《谈歌小说文体与人物塑造的创新与突破——以＜大舞台＞为个案》，《河北大学学报》2016年第1期。

第五章　多元发展的新时期河北小说

第一节　何玉茹

何玉茹（1952—　），河北省石家庄市人。1986年毕业于廊坊师专中文系，1986年7月开始，先后任《河北文学》《长城》的小说编辑、副主编，1997年调入省作协创研室专业创作。中国作家协会会员，河北作家协会副主席。1976年开始发表作品。已出版长篇小说《爱看电影的女孩》《小镇孤女》《生产队里的爱情》《冬季与迷醉》《葵花》《前街后街》六部，出版两本小说集《楼下楼上》《她们的记忆》，一本散文集《梦想与成长》。

何玉茹从20世纪70年代末开始创作，但真正具有了自己的特色的创作是从80年代中后期开始的，90年代以后进入创作的喷涌期。她的许多有影响的作品是在这个时候出现的。何玉茹曾被称为"小事的神灵"（李敬泽语），这一说法是准确的。的确，何玉茹的小说从来不写那些重大的惊心动魄的事件，她关注的只是身边的"日常生活"，她的人物也是那些芸芸众生中的一员，不显山不露水，既没有惊天动地的大举，也没有出色的才能，他（她）们在"日常生活"中过着自己的日子。《四孩儿和大琴》中的大琴，是何玉茹贡献给文坛的一个颇具个性的人物形象。她生长在一个粗陋贫穷的农村家庭，养成了胆大泼辣、缺乏教养而又无拘无束的性格，这与四孩儿的腼腆有教养而又孤独的性格形成鲜明的对照。大琴厌恶自己的家庭，她渴望着四孩儿的有教养的生活，她的顽强和心机，终于赢得四孩儿父母的认可，而且野心勃勃的大琴又很快攀上了城市青年吴小克的高枝。在这里，大琴的卑躬屈膝、不择手段、野心勃勃向上爬的个性简直有点"女于连"的味道。

《楼下楼上》是发表于1998年的一篇作品，这篇作品巧妙地把"楼下楼上"的关系联结起来，表现了孤独与沟通、良心与忏悔、历史与现实种种纠结缠绕的复杂错综的情绪。当年老夏母亲由于上级的错误与草率误杀了年轻人，从此一生忏悔自责，直到默默死去；同样，董文丽姐姐认为由于自己拒绝年轻人的爱，致使他出车祸而死，从此一生不嫁；李明由于职称问题与上级吵架，随后此人中风瘫痪在床，李明也陷入了自责与忏悔之中。这样三个故事，通过李明与楼下的赵奇、董文丽勾连起来，并以李明的思考与情感的波动为引线，自然而又巧妙地完成了故事的主题营造。这样的故事写作于20世纪90年代末，正是市场经济下道德滑坡、人心不古，无人看重道德、良心、责任、义务的时代，由此可见，李明的"怕"是"怕"得有理的。

发表于1999年的《最后时刻》（又名《房租问题》），由于一种源自心灵的沉重使其显得成熟而意味深长。"最后时刻"不仅构成小说的叙事时空，而且规定了小说的哲思深度，从而把一个简单的故事提升到较高的艺术境界。故事是这样展开的：一片有着自由市场的老房区拆迁在即，拆迁的"最后时刻"日益逼近，然而谁也不知道这"最后时刻"究竟是何时。于是，自由市场的管理也显得松弛了许多，正是在这样的背景下，中学教师李伯君与女房客胡月亮之间的生活纠葛渐次展开。李伯君偶然发现女房客——开理发店的胡月亮租房卖淫，内心便"不可抑制地鼓动着一种要拯救什么的力量"，使他与胡月亮展开了一场规劝与反规劝、拯救与反拯救的较量。最终在不可更改的现实面前，李伯君无计可施，甚至还为胡月亮的巨大"魅力"所同化。最初的拯救者变成了一个无力改变现状甚至无力把握现状的困惑者、失败者。从这个意义上说，小说寓言化地浓缩了转型期的诸多现象，特别对转型期知识分子的启蒙、救世冲动与困境予以形象化的展示。

21世纪以来，何玉茹的中短篇小说写得愈加成熟。《太阳为谁升出来》《素素》《红沙发》《父亲》《过年》《吃饭去》《扛锄头的女人》《我们走在大路上》《母亲与死亡》等纷纷刊登于《人民文学》《上海文学》《北京文学》《中国作家》等重要刊物。小说一如既往地写小事，但又特别注重人物的内心与潜意识的开拓，正像作者自己所说的，她"看重的是人的内心真实，却不忽略对世俗细节的描写，并探觅人的潜层世界，力求表现世界混沌的、不确定的本来面目，以达到与有心的读者精神层面的沟通。我喜欢表达那种生活中可感而不可说的感觉，在表达中力求整体的和谐、自然、明净，相信直觉又不放松理性的把握，以求感性与理性的完美统一。我相信在对细微的心灵世界的把握中更能见出生活的本真来"。

出版于 1997 年的《爱看电影的女孩》是她的第一部长篇小说。小说描写了农村女孩黄玲玲只身来到城市，在与同学白丽萍、百货商店的青年华子、电影公司的叶北岸、书店的童珍等城市青年的相遇、相识与相处中，相当真实地表现了农村女孩对城市的向往与陌生、孤独与彷徨的心态与意绪。不过这一小说在结构和场面上还显得有些稚嫩。

出版于 2000 年的《生产队里的爱情》，是一部描写"人民公社"时代农村青年爱情与生活的长篇小说。小说在人物塑造与叙事结构诸方面均显得成熟起来。回乡知青石小易、个性独特的老姑娘陈西云、饱受婚姻煎熬的汉子陈西雨等人物栩栩如生，他们的命运浮沉令人牵念。

2007 年出版的长篇小说《冬季与迷醉》是何玉茹最为重要的代表作之一。读这样的小说，我们再一次感受到了何玉茹的"小"，那是真正的小人物、小事件、小场景、小细节，何玉茹迷醉在她的"小"里，迷醉在她的"生产队"里。在何玉茹的小说中，我们看不到金戈铁马，也听不到鼓角连营，"史诗性"似乎与她无关，"传奇性"大概也与她沾不上边，她就那样"小"着、普通着、不显山不露水地存在着。然而，如果我们就此认为何玉茹的作品是"小作品"，那也显然是错误的。何玉茹的作品小则小矣，但"称名也小，取类也大"，何玉茹在"小"的背后蕴蓄着大波澜，大气势，大境界，"小中见大"这个词说起来很俗，然而说来说去也只有这个词可以比较准确地来概括何玉茹的小说。尤其是《冬季与迷醉》，小到了极致，也大到了好处，在那样一个特定的年代，少年李三定的成长折射出人类共通的状况。

1969 年冬天，全国有 300 万像李三定这样的中学生离开学校来到了农村，从此开始了他们的艰难人生。不过，何玉茹没有像一些作品那样，把苦难的生存完全归之于不正常的政治氛围，而是始终把握着民间日常生活的脉搏，在日常生活中显示人生的困境与尴尬。李三定离开学校回到农村，实际上改变了常规的生活轨道，他在经历着人生的第一场危机。由中学生到农民、由少年到成人的身份转换，使李三定不知所措、迷失了方向，他处在重重的心理围困中不能自拔。看老麦杀猪是李三定解决这一危机的第一步。老麦杀猪被何玉茹描摹得妙趣横生，那不仅是一种世俗的生存，而且更是一种超越了世俗的艺术化生存。何玉茹在此充分发挥了她细节描写的功夫，把个老麦杀猪写得引人入胜、魅力无穷。对于少年李三定来说，老麦杀猪的地道、郑重，成为他初涉人生的楷模。然而，李三定仍然无事可做，无事可做成为人生的最大尴尬，他面临着父母姐姐的指责和追问而无言以对。游手好闲、好吃懒做成为他们对李三定的基本判断。实际上，李三定所处的环境正是我们大家日常所处的环境，这种环境成为人的基本环境，俗气的母亲和两个姐姐，琐碎的、婆婆妈妈的父亲，还有同样俗气的朋友金大良和米小刚与动不动就上房骂大街的邻居傻祥娘。这是一个令人窒息的环境，在这样一个环境中，生存的艰难与尴尬可想而知。面对如此艰难的生存环境，李三定需要足够的勇气，生存的勇气是所有勇气中的基本勇气，李三定的突围，从看老麦杀猪开始，到真的被老麦拉去杀猪而呕吐不止，这种"看"与"真的去做"之间的差别，是生存艰难的标志。生存是一种体验，体验需要勇气，没有勇气的人是不可能体验到真正生活的。少年李三定以极大的生存勇气，继续寻找着突围的路径。洗肉做肉是他真正做事的开始，何玉茹把它描写成了一场战斗："这一切都没有让李三定退缩，不是他不想退缩，是不能退缩，虽说是在家里，却如战场一般地严峻，完全不是他想象的样子，生活从头来是从头来了，但一开始就像是给了他个下马威，毫不客气地把他从看杀猪的云雾里摔了下来。""他却不知道，更严峻的生活还在后头呢。"的确是如此，当李三定沉浸在自己的制造物里喜不自禁的时候，日常俗世及其特殊时代政治的干扰便接踵而至，尽管他也曾迷醉在蒋寡妇的怀抱里，但还是一个尴尬接着一个尴尬。李三定只有逃离。逃离是何玉茹为李三定设置的另一个超越方式。豆腐村也许是何玉茹为李三定设置的一个一厢情愿的世外桃源。在那样的一个时代，豆腐村人却是悠闲自在、自得其乐。在那里，没有争斗，没有钩心斗角，姑姑与姑父的爱情以及由爱而生发的各种情感纠葛都是这个世外桃源的艺术化生存标本。李三定逃到豆腐村，实质上就是一次心灵的升华过程。

当他凭着天生的灵气从姑父那里学会了做木工活时,李三定才真正地从尴尬的世俗生活中超越出来,他找到了自己的幸福,拥有了自己的世界。他迷醉在自己的深度里。

《冬季与迷醉》是何玉茹为我们精心打造的一件艺术品。它是写实的,却又是写意的;它是平淡的,却又是余味无穷的;它是清澈的,却又是混沌繁复的。何玉茹虽然始终把人物框定在吃喝拉撒的层面,但是它的意义却又不局限于这一层面,而是做到了"状难写之景如在目前,含不尽之意见于言外",从而使它不仅成为少年李三定的心灵的成长史,也是人的生存历程的象征。冬季是人生困窘的象征,与蒋寡妇的迷醉是人生沉迷于肉欲的象征。李三定在豆腐村学会了木工,他沉迷于自己的世界里,那正是由世俗向艺术化的人生超越的象征。艺术化的人生也就是审美化的生存,这是人生的最高境界。从此李三定"已经不是春天时候的李三定了,他瘦瘦的身体,像是长了许多的力气,他小小的脑袋,像是多了不少的主意,这使得他走在人前,显得不急不躁,不亢不卑,从容得多了"。即便是米屯固把上大学的指标给了儿子米小刚,李三定仍然不理不睬,"只笑一笑,又到他自个儿的世界里去了"。由此可见,《冬季与迷醉》是何玉茹悟道的产物,也是何玉茹归依传统道家文化的结果。在这部小说中,我们可以看出何玉茹更加内敛,更加追求艺术化的人生境界的心灵轨迹。娴静的何玉茹,小事的何玉茹,内心汹涌着传统文化的波涛,从老麦杀猪到李三定的幸福世界,何玉茹在小事中营构出一个如此深广的艺术世界。

第二节 阿宁

阿宁(1959—),原名崔靖,河北故城县人。河北大学中文系汉语言文学专业毕业(大专学历)。曾任银行职员、文化馆干部等,现为河北省作家协会专业作家,中国作家协会会员,河北省作家协会理事。出版有中短篇小说集《校园里有一对情人》《坚硬的柔软》《米粒儿的城市》,长篇小说《天平谣》《爱情病》《城市季节》等。作品多次被《新华文摘》《小说选刊》《小说月报》等选载,并多次获得各种奖励。

阿宁的小说创作开始于20世纪80年代初，刚刚出道的阿宁适逢文学的大好时节，各种流派乱花迷眼，阿宁的创作不免也带有了那个时期共有的一些特点。比如发表于1988年的《谎言》在叙述上很有一些先锋的意味，公开声称小说是编造的谎言，这使我们不禁要想到马原的《虚构》。实际上，阿宁最早引起人们注意的是他的一批被称为校园小说的作品。其中具有代表性的作品有《生命之轻与瓦罐之重》《遥望校园》《自费生》《校园里有一对情人》《坚硬的柔软》等。这些作品不同于传统意义上的校园生活小说，传统意义上的校园小说，主要是以校园青年单纯的恋爱学习等生活为内容的作品。而阿宁的校园小说实际上是把校园生活同这个时代的社会生活联系起来，在一个更加广阔的生活舞台上，展示生活的复杂性与曲折性，表现人性的丰富性与多样性，进而对人的内心与灵魂进行毫不留情的拷问。《自费生》描写农村青年张小虫靠着家庭的优越条件来上大学，最终因无聊抑郁而跳楼自杀，振聋发聩地提出了人生意义问题。作品同样生动地塑造了农村女孩张秀娟、城市女孩姚既各自的生活道路与心灵轨迹，形象地探讨了诸如贫穷与富裕、自卑与自尊、孤独与放浪，生存与死亡等当代青年亟须解决的诸多问题。《生命之轻与瓦罐之重》则更像是一个深奥的哲学命题。出身优越、自身条件又极优秀的大学生刘伟，内心却极为空虚寂寞、孤独无聊，他找不到生活的意义，苦闷忧郁只能以爱情来排解来宣泄，甚至爱情也救不了他，他把爱情也视作游戏，公然调戏食堂里的一位女工友，只是为了得到她的一记耳光。作品深刻地表现了转型期青年大学生内心的极度苦闷与终极价值缺失带来的生命不能承受之轻。

　　《校园里有一对情人》与《坚硬的柔软》是两篇表现大学教师生活的作品。前一篇写大学职称评定导致一对情人反目成仇的故事，不仅相当真实和尖锐地揭示了职称评定等工作中的弊端，而且更重要的是通过这样一个司空见惯的事件，深入地剖析了人性中的丑恶与龌龊。孙成文与朱丽娟本是一对情人，相同的生活境遇，共同的情感尴尬，使他们走到了一起。然而，在攸关个人切身利益的职称评定问题上，他们却不择手段，各自使出浑身解数，意在置对方于死地。再加上心术不正的系主任的从中搅和，两个情人你死我活，最终有真才实学的孙成文不得不撕破脸皮，采取极端的手段：在大夏天身穿棉袄手提灯笼满校园寻找光亮和温暖，甚至以绝食和跳楼来要挟领导才得到副教授的职称。

《坚硬的柔软》则是以某大学中文系班子换届为线索,上演了一场更加激烈的权力之争。学术尖子孙瑞群要提拔为系副主任,顿时告状的匿名信铺天盖地地到了学校。孙瑞群是个不善于处理人际关系的知识分子,平时为人直率,争强好胜,锋芒毕露,与他形成对照的是团总支书记许宾。许宾业务上很差,课讲不了,文章不会写,实际上是个庸才,但他为人谨慎,性情柔软,善于守拙,却无往而不胜。在这场权力斗争中,他貌似退守,却以退为进,以拙胜巧;在爱情危机中,他的窝囊柔软却在关键时候赢得了爱情。因此这篇小说不仅是在写一种现实,一种性格,而且也是在写一种风气,一种文化。人事权力的纷争实际上也是文化的积淀与传统的痼疾。它成为改革时代社会进步的掣肘因素,它已经深深地植入民族性格乃至人性血液中,要想改变这一切,没有痛彻灵魂的彻底换血显然是无济于事的。

之后,阿宁没有拘泥于校园小说的狭窄领域,而是深入社会生活的各个领域,特别是官场,把腐败与反腐败,善与恶,体制与人性,改革的复杂性与恒久性等,都纳入自己的笔端加以细致展现。《月色下的飞翔》没有正面描写反腐败的斗争,而是把重点放在报社副主编吴用与漂亮女记者许韵的情爱纠葛的描写上,在展示人性的困厄与渴望飞翔的旋律中折射出反腐败的主题。发表于1999年的中篇小说《无根令》是阿宁第一篇正面描写官场的小说。小说中的县委书记李智,是一个年轻有为、有事业心的领导干部,但也是一个"无根"——无靠山的干部。作品围绕乡镇领导班子调整,乡镇私营老板贡天华欲让儿子贡存义当本乡的党委书记,面对上级说情,大户干政,是为了自己的前程顺杆就爬,寻找靠山,还是坚持原则,立党为公,执政为民?李智的心灵经受了严峻的考验。小说在朴实的叙述中,令人信服地塑造出李智这一富有正义感的党的基层领导干部,艰难而又智慧地应对各种关系网络,自觉反腐拒腐,把"根"深深扎在原则、正义与民心之中的感人形象。

1999年,阿宁出版了他的第一部长篇小说《天平谣》,这是他在检察系统深入生活的结果。这显然是一部主旋律作品,小说以天平市检察院反腐败斗争生活为主要线索,生动展示了庄严国徽下普通人的心灵律动,谱写了一曲雄浑壮丽的正气之歌。小说着力塑造了以检察长刘玉彬为代表的检察官群像,不拔高,不虚美,而是从实实在在的生活出发,揭示他们复杂的内心世界,从而真正体现出主旋律的"个体化"原则。身为检察长的刘玉彬，不显山不露水，寡言谨慎，有时还要看领导的眼色行事，以至于池明惠觉得他有点"窝囊"。在同腐败分子林木森、李洪等的较量中，面对着"内有奸细，外有压力"的严重局面，他自然想到了自己的是非荣辱，想到了与老上级李洪的关系。但是，韩金国案件教育了他，使他掂量出了作为一个人民检察长的分量。如果说他过去"看领导眼色行事"和"窝囊"是因为他没有摆正自己的位置，错误地把自己看成某个赏识自己、提拔了自己的领导的人，而自己也应该为这个领导负责，那么，韩金国的案件之后，他才真正明白了检察长不是某个书记的，而是百姓的。他要负责的，不是某个领导，而是广大人民群众和党的根本利益。于是，"人民检察院应该给人民一个交代"成为他最基本的做人准则。正是这一原则立场，使他的优柔寡断和顾虑变得真实而可以容忍。"人民""百姓"一旦成为他心之天平上的巨大砝码，才能使他面对自己的老上级李洪的种种刁难和重重阻碍而其志不改，才能使他面对林木森的嚣张气焰而无所畏惧，才能使他面对自己的儿子遭威胁、妻子惊恐发疯的残酷现实而泰然处之。阿宁以充分的现实主义的笔法，秉笔直书，从而同那些提纯了的所谓"主旋律"作品划清了界限。《天平谣》在塑造腐败分子形象上也独具特色。小说摒弃了反腐败题材惯用的"侦破"写法，而是以无限制叙述视角，白描式地展示了腐败分子的生活与内心世界，进而揭示了腐败分子由人到鬼的演化轨迹的深层人性根源。天平市化肥厂厂长林木森，曾经是个朴实的工人。对于这样一个腐败分子，作家没有简单化地处理，而是写出了他人性中复杂的一面，为我们塑造了一个独特真实的腐败分子典型。可以说，林木森是当前反腐败作品中刻画得最为成功的反面人物形象之一。另一些反面形象如李洪、苏小红、郭宝池等，也都写得很有分寸，甚至几个风尘小姐，亦栩栩如生，颇多"情义"，体现出阿宁驾驭人物、刻画形象的比较深厚的艺术功力。

出版于2002年4月的《爱情病》是阿宁的第二部长篇小说。这部小说也是一部正面描写官场生活的作品。小说描写了平坝县县委书记赵亚雄在即将作为副市长候选人被上级考察时，突遇年轻漂亮的女下属徐竹心的爱情袭击，年过五十，从未品尝过真正爱情滋味的他经不住诱惑，终于坠入爱河，不能自拔；同时他也动摇了人生信念，开始收受贿赂；在政治上，他给自己的竞争"对手"县长徐成槐设置重重障碍，以阻止他与自己竞争副市长的位子。但最终他深陷"爱情"的麻烦中，且在政治上由于造纸厂东窗事发被纪委双规。而被他视为竞争对手的徐成槐县长却一心扑在工作上，终于积劳成疾，病逝在工作岗位上。小说并不是一个一般的反腐败作品，作品中也没有一般意义上的反面人物，赵亚雄从县委书记到腐败分子，是在不知不觉中蜕变的。他对徐竹心的爱是真诚的，徐竹心对他的爱也是非功利的，小说写出了这种非正常爱情的复杂情况，有享乐的成分，也有权力的虚荣和对浪漫情调的渴望，我们从作品中看到的是一个既是官又是普通人的赵亚雄和徐竹心。小说既把这种畸形的爱情作为警示的对象，同时又对他们在爱情上的各自不幸给以同情，甚至对他们的真心相爱也倾注了一定的理解。

出版于2002年11月的《城市季节》是阿宁的第三部长篇小说。这部小说是由一个家庭不同成员的自叙来构成的。老大丛林，老二丛森，妹妹丛红，加上作者与三兄妹的母亲，都从不同角度讲述了生活经历和心灵感悟，把改革开放二十多年来的城市发展与各个不同阶层的人们的身份演变和心态变化贯穿起来，从而比较全面地展示了城市的生长。老大丛林为人谨慎、坚持原则，终于子承父业，成为一个国营纺织大厂的厂长，走上了一条正确的人生之路；老二丛森性情莽撞、胆大敢干，几起几落，终于在经历了坎坷的磨难之后，经商成功，成为富甲一方的大老板。他上交官员，下连黑道，手眼通天，无所不能，善恶同体，功过两抵；妹妹丛红大学毕业，却甘愿傍大款，结交权贵，并如鱼得水，游刃有余；甚至连作为知识分子的作家也加入追权傍大款的行列，成为资本家的"走狗"。小说以平实的语言，以客观冷峻的姿态，讲述了我们这个往都市化奋勇迈进的特殊"季节"的故事。

近些年，阿宁又连续创作了一批颇有影响的中短篇小说，比如《另一种禽兽》《单位》《米粒儿的城市》《寻找失去的舌头》《泪为谁流》《树的眼泪》《假牙》《白对联》《米粒儿的理想》等。这些作品是阿宁对急遽变化的城市社会现实生态关注的产物。

综上所述，我们可以看到，首先，阿宁的小说总是倾注着对现实人生的强烈关注，从校园小说到官场改革小说，再到城市社会生态小说，无不贯穿着这种关怀；其次，阿宁小说对社会现实的关注不是问题式的，而是始终关注着人们的心灵情感、人性困惑以及权力、金钱、欲望对人生命运的扭曲与重塑等等细微的关节点；再次，阿宁的小说是充满趣味的，既好读又有意味。不过，阿宁的小说也有一些不足，特别是长篇小说，在理性深度上还嫌不够。

第三节 贾兴安

贾兴安（1960— ），原籍河南，现居邢台市。河北师范大学中文系毕业，中国作家协会会员，河北作家协会副主席，邢台市作家协会主席，《散文百家》主编，邢台市文联副主席。1993年起正式开始文学创作，已发表和出版长篇小说《陋乡苍黄》（《长城》1998年第1期）、《欲草》（花山文艺出版社1999年版）、《一号围捕令》（群众出版社2001年版）、《黄土青天》（百花文艺出版社2002年版）、《红妹蓝妹》（长江文艺出版社2003年版）、《浴火》（花城出版社2005年版）、《县长门》（湖南文艺出版社2011年版）、《庄园秘史》（新华出版社2013年版）等，散文随笔集《都不容易》（中国戏剧出版社1999年版），短篇小说集《白云苍狗》（花山文艺出版社1993年版），中短篇小说集《欲望的舞蹈》（时代文艺出版社2007年版）等作品。中篇小说《狗皮膏药》1997年获河北省第七届文艺振兴奖；小说《黄土青天》2002年获第九届河北省"五个一工程"奖，《阖岚镇沿革》获《中篇小说选刊》2002—2003年度优秀中篇小说奖。

收进短篇小说集《白云苍狗》中的小说是贾兴安的早期小说，这些作品往往表现出一种对人性的关怀，具有较强的抒情性。《叛徒》中的李良顺大义灭亲，赢得了武工队的信任，成了一名武工队队员。他作战勇敢，是一名英勇的共产党员。然而，一次执行任务失败被俘，其他人被杀，他却被敌人莫名其妙地释放了。这自然引起组织上的怀疑，认定他是叛徒，派他的战友老王与小刘去处决他。老王知道李良顺不是叛徒，不忍心处决他，但组织上的决定不能违抗，只能照章行事。小说正是通过这样一个特殊时代的特殊事件，表现了党性与人性的矛盾冲突，从而彰显了李良顺的人性美好。《男人，女人》中的他是个军人,即将赴云南前线,他与自己深爱的情人王素芸出轨,然后即奔赴前线,不幸牺牲。王素芸生下英雄的儿子,来找他的妻子,两个女人决定为英雄共守秘密。小说在近乎老套的情节模式中,表现了人性的复杂,表现了爱情与责任、情感与道德、渺小与崇高等对立范畴的交织缠绕,从而使英雄的人性底色显得更加丰满与多样。另外像《哑妹之死》《菊花之灵》等作品也都是通过主人公悲剧的人生,表达作者强烈的人道主义情怀,读来令人怦然心动。不过,这些作品在艺术上看,还显得有些稚嫩,一些情节还有人工斧凿的痕迹。

1996年,贾兴安在《北方文学》第10期发表短篇小说《麦殇》,在《长城》第6期发表中篇小说《狗皮膏药》,标志着他的创作逐渐走向成熟。《麦殇》被《小说月报》1997年第1期转载,《狗皮膏药》被《中篇小说选刊》1997年第2期转载,天山电影制片厂1998年4月摄制同名电影,并获河北省第七届文艺振兴奖。短篇小说《麦殇》在7000余字的篇幅里塑造了一个倔强、好强、自负、爱面子的中原农民形象。为了卖麦子时能让质检员验证个一等,他拍假电报让在城里机关工作的儿子回家"走后门",但父亲程怀忠不是以次充好,而是希望要个实实在在的公道。程怀忠的小麦饱满干净且晒了又晒,弄个一等主要也不是为了钱,而是为了庄稼人的面子。程怀忠把种庄稼当作了一门艺术,他的小麦正是他的作品,他在得意中不慎从高高的扛麦子架上摔下来,完成了他人生的绝唱。小说以饱蘸深情的笔墨,为家乡的父老乡亲献上了一曲悲壮的哀歌。《狗皮膏药》讲述了姚长义、姚长仁兄弟在制作狗皮膏药行医过程中的义利之争。这篇小说后来成为他的长篇小说《欲草》和《欲火》的基本素材。

1997年第5期的《青春》刊载了短篇小说《将军墓》。这篇小说把传说、历史与现实衔接起来,通过吴家为将军世代守墓,遍植树木,祖祖辈辈看林护林的故事,弘扬了一种坚守的精神品质。在这里,将军墓和绿茵茵的林木被赋予了超越现实的象征意味,忠诚、勤劳、坚守是一脉相承的传统民族精神,但在"奔小康"、各种各样的"形象工程"、投资办厂等现代化进程中显得岌岌可危。随着吴长贵这位吴氏家族最后一位传人的死去,作者无可奈何地为传统精神的必然丧失唱出一首忧郁的挽歌。1999年第5

期《青春》发表的短篇小说《景物与一些人》，仍然表现的是这样的主题。大泉庄因大泉而美丽，优美的自然风光，淳朴的乡野村民，小东与鱼儿的纯真爱情就在这自然朴拙的风景中瓜熟蒂落。然而，随着时代的发展变化，大泉庄变成了大泉公园，小东进了城，鱼儿成为吃商品粮的城里人，两人的爱情也出现了危机；几年后，"大泉公园"又变成"大泉娱乐城"，富裕了的大泉庄人却日益沉迷在灯红酒绿、纸醉金迷的糜烂生活中，昔日淳朴的乡村、纯真的情感一去不返，有了钱的小东与鱼儿却越来越怀想过去的日子。如此，作者便把转型期中国城市化进程中传统乡土的消逝以及由此带来的种种不适形象地表现出来，大泉庄成为时代演化的缩影，因而使作品具有了较大的艺术价值。

1998年《长城》第1期发表长篇小说《陋乡苍黄》，后来作者又在此基础上加以扩充修改，于2002年由百花文艺出版社出版了长篇《黄土青天》。这部小说是贾兴安重要的作品之一。小说通过"传奇式"干部王天生到号称"百破乡"的白坡乡任乡党委书记兼乡长的一段经历，塑造了一位一身正气、一腔豪气、大智大勇、执政为民的优秀的党的基层干部形象。白坡乡问题成堆、告状成风、村霸横行、贫穷落后且关系错综复杂，几任书记都惨败而回。面对这样一个烂摊子，县委决定派年近五十的王天生前去上任。王天生下车伊始，便大刀阔斧"治乱治瘫""治贫致富"，立志要当一个"好官"。他顶着巨大的压力，把大洼寨的蔡小芹冤案翻过来，又孤身深入焦家庄，调查处理了老支书村霸焦中信。来到白坡乡短短的时间内，就撤了九个村干部，打掉三个流氓团伙，处理民事案件七十多起。同时招商引资，给村民引来吹塑项目，使人民逐渐富裕起来。然而，现实错综复杂的关系，使王天生陷入困顿的局面，甚至连支持他的县委黄书记也无可奈何。最终，王天生不得不辞职退位。小说场面宏大，细节精彩，情节曲折，引人入胜，是主旋律作品中的上乘之作。

1999年，贾兴安出版长篇小说《欲草》，2005年又出版了在此作基础上修改的长篇《欲火》。这是一部最能代表贾兴安风格和艺术特色的长篇小说。其中的故事曾在许多小说中出现过，比如《狗皮膏药》《仇家秘史》等。可见这部小说是贾兴安倾心创作的一部作品。小说通过中医世家"济世堂"百年盛衰的曲折描写，表现了岳家两兄弟大草与二草截然不同的人生道路与处事品格。大草憨厚朴拙，二草俊秀伶俐，贫家女儿麦娥看上了二草，却嫁给了大草，从此演绎出了戏剧化人生故事。外貌丑陋的大草因病废弃了医术，却深爱着俊俏的麦娥；外貌清俊的二草却垂涎麦娥的美色，在麦娥的主动进攻面前，二草不惜承担乱伦的恶名，终于叔嫂通奸，然后悄然私奔，远走高飞。还是因为麦娥，土匪孬四寻人不果，放火烧掉岳家楼，气死了大草父亲岳先生，大草也被烧得面目全非。大草像是涅槃的凤凰一样，医术全部恢复，走上了艰难的寻亲征途。小说通过大草土匪窝里救出妻子麦娥，照顾她生产，最后找到弟弟，在一起行医等曲折的情节，表现出兄弟俩迥然不同的人生境界。小说情节曲折，悬念丛生，具有很强的可读性。小说在艺术上运用对比手法，使大草的外貌丑陋而内心善良仁义，和二草外表英俊而内心的自私龌龊、不仁不义形成鲜明对比，就像雨果笔下的敲钟人卡西莫多与弗罗洛一样，具有了明显的浪漫特色。另外，小说中的小金龟，神秘文化，大草遭火烧之后突然恢复医术的描写，也使作品充满空灵的艺术气息。不过，小说巧合过多，一些情节还有牵强之嫌。故事性强有时候也会淹没了思想的深度。

2007年，贾兴安出版小说集《欲望的舞蹈》，主要体现了作者对当下市场经济形势下红尘滚滚、欲望泛滥的现实的批判与反思，具有一定的警示意义。

第四节 老城 李延青

一 老城

老城（1951— ），原名王文计，河北遵化人。1986年毕业于河北大学中文系。1981年开始发表作品。1993年加入中国作家协会。历任《文论报》《诗神》杂志理论编辑，河北文学院院长。出版长篇小说《悠悠五十载》《魔界》《人祖》《家园考》《谷神》《百年野狐》等六部，中篇小说代表作品有《长城的子民们》《红鬃马》《死亡谷》《盘山道》《槐祖》，短篇小说代表作品有《老人与鸟》《如匪浣衣》《复仇》《游戏》，以及随笔、文艺理论等约300万字。其中《魔界》获河北省第五届文艺振兴奖，《家园考》获河北省第八届文艺振兴奖。

综观老城的创作，其主要成就体现在他的长篇小说创作上。1990年，花山文艺出版社出版了老城的长篇小说《悠悠五十载》。这部小说实际上是由五个具有连贯性的中篇小说组成的。小说表现了藏山庄赵氏家族五十多年的生活历史，同时也是一部我们中华民族精神性格的变迁史。小说不仅展现了京东山村独特的风土人情，同时也塑造了老太君、赵望秋、河西吼等各具特色的人物形象。小说初步展现了老城小说浓厚的历史文化韵味，也预示着此后老城历史文化小说创作的基本路脉。

1992年，《当代作家》第7期发表老城的第二部长篇小说《魔界》，这是老城历史文化小说中对战争进行独特审视的一部作品。小说通过共产党的军事文化工作者桑林的眼睛，写了土匪黑龙与日本人的英勇较量。小说既写出了黑龙坚强不屈的民族性格，同时也写出了战争所导致的人性的残忍与恐惧，从形而上的高度对战争本身进行了深刻的观照与反省，这是难能可贵的。《魔界》显然超越了对战争过程的简单摹写，而是把目光投向战争本身，正是由于战争本身这一恶魔才导致了人性的残忍与可怖。屠家三少爷屠龙本是一个温文尔雅的少爷，是战争把他变成土匪黑龙。日本人的疯狂屠杀，使他充满仇恨的心灵变得残酷兽性，他要以牙还牙，来惩罚同样兽性的山口鳌足——用山口小女儿的死来祭奠被山口惨杀的自己的小女儿。老城正是用战争的残酷来阐明"战争能改变人，使善良的人变成魔鬼，使普通的人变成刽子手"的道理。这部小说获得第五届河北文艺振兴奖是当之无愧的。

1994年，长江文艺出版社出版老城的第三部长篇小说《人祖》，标志着老城家族历史文化小说创作继续向深处开拓。小说成功塑造了梓潼——赵祖太奶奶的形象，描写了她艰难坎坷的一生。梓潼十二岁来到赵家给赵祖武做小老婆，最终成为赵氏家族的最高权力者的赵祖太奶奶——多年的媳妇熬成婆。父母双亡、孤身一人，小小年纪就与人做小，在藏山庄赵氏家族这个陌生环境中，梓潼遭遇的是一个前途未卜的困境。上有赵祖武与他乖戾的大老婆史云莲和娇宠的二老婆伍凤仙，中有三个娇惯成性的小姐，下有管家丫鬟一干人等；内有家忧，外有匪患，在清末这个风雨飘摇的时代，梓潼这个小媳妇要熬成婆，她"熬"得艰难，"熬"得不易，当然，"熬"不完全是心机，而是与梓潼的天资和过人的胆识有关。小说通过"救火""帮助梨花说情""开脸入洞房""剁下豆腐坊伙计手指头""上二龙山解救绑架为人质的赵祖武与伍凤仙""最终成为赵祖太奶奶"等情节，把梓潼的胆识、才干、野心、狠毒等性格特征刻画出来，表现了梓潼摆脱困境、走向权力顶峰的艰难奋斗过程。

1998年4月，中国文联出版公司出版了老城的第四部长篇小说《家园考》，这部小说可以看作老城的代表作，也是当代文学中难得的好作品之一。整个小说诗意盎然，充满着一种既古典又现代的浪漫气息。主人公管介轩管老汉一生向往着要当地主，他近乎偏执的对土地的眷恋，使他不自量力地要用自己的双手填平古隆岗的二百亩大坑。作为老一代农民，管老汉的土地情结，凝结着他的父亲、祖父乃至管家祖祖辈辈的一个庄严的梦想。因为作为农耕民族，土地不仅是我们生命的根本，而且也成为我们民族存在、民族文化的基本出发点。因而对土地的眷恋与寻找，也就是对家园的眷恋与寻找。由此可见，对永恒的家园的寻找成为小说的基本主题。为了表现这一主题，老城巧妙地设置了三条明暗交织的纵轴线与显隐互现的三条横轴线，现实生活中的管老汉开垦土地成为这纵横两轴的中心。管氏祖先寻找良田沃野的大规模行动与原初先民灏带领其部落十万之众寻找金土地的故事，打通了神话、历史与现实的时间脉络，成为小说结构中的纵轴；管氏家族的下一代以及古仁等人的现实活动、小说结尾出现的火车、狐狸香三家族构成小说结构中的横轴，连接了城市与乡村、传统与现代、人类与自然的空间位移。这纵横交织的时空结构使得这部小说既繁复又纯粹，既厚重又空灵，真正做到了写实与写意的有机统一，形而下与形而上的巧妙榫接，从而使得小说具有了饱满的文化品位，洋溢着诗与思的激情和深度。

1998年6月，由百花文艺出版社出版的第五部长篇小说《谷神》，可以看作《人祖》的某种延续与扩展。小说中的情节设置与人物塑造都与《人祖》有某种相似性。比如石城堡、太极镇与藏山庄、太平镇，环儿、吴照准等人物与梓潼、赵祖武等。这种重复多少影响了这部小说的分量。不过，这部小说与《人祖》相比,更加突出了家族文化与历史进程的互动关系,由于谷神的传说,更加突出了小说神秘阴鸷的气氛,突出了历史之不确定性与偶然性诸因素。这部小说显然更加成熟和老道。

2003年7月,由百花文艺出版社出版的《百年野狐》是老城的第六部长篇小说。这部小说,一改老城书写家族历史文化的套路,而是把笔触深入当下的社会现实生活涡流中,生动展示出知识分子在世俗化大潮荡涤下的尴尬与无奈,痛苦与失落,可笑与可悲的现实处境。作品主人公边少炎是作品塑造得最为成功的艺术形象,也是老城贡献给当代文坛的一个颇具典型意义的人物形象。边少炎本是一位学有所长,术有专攻的著名学者,大型学术刊物《21世纪》的主编。他整日徜徉在书海与学术的天地里,坚守着"铁肩担道义,妙手著文章"的知识分子人文情怀,自足自乐。然而,世俗大潮的猛烈袭击,使他的生活迅速边缘化了。升为副厅级的夫人何云华对他的鄙视与公然背叛,把他卷进了一场无休无止的世俗之争。边少炎被世俗欲望的大海卷进海底又被抛上潮尖,他几乎身心俱疲。面对一次次的伤害,他一筹莫展,他太不食人间烟火,又优柔寡断,为了报复,他甚至到歌厅去找小姐,然而,连小姐都看不起他,希望堕落却堕落不了,渴望变坏却连坏人也当不成,边少炎这备受煎熬的一百天,极度浓缩了转型期社会现实生活中众多知识分子的尴尬境遇。

总体来看,老城的小说一般都追求精神的深度和文化的厚度,同时在艺术上追求立体化的效果,试图强化传统与现代、历史与现实、社会与自然、家族与民族等的交织勾连,在写实中有写意,在传统中有现代,并善于营造具有象征意义的意象,来提升小说的思想内涵与诗意氛围。比如,在《人祖》中的铁人祖,《家园考》中的红火车、白狐,《谷神》中的白鹭女等。不过,老城的小说由于追求形上意味,情节的发展比较缓慢,有时候显得有些沉闷。

二 李延青

李延青(1961—),河北赞皇县人。毕业于河北大学中文系。历任《长城》杂志主编,河北省作家协会副主席。著有散文随笔集《鲤鱼川随记》、中短篇小说集《人事》等。

阅读小说集《人事》，感觉好读有趣，就像小时候听一位乡村智者讲那些好玩的民间故事一样。我们看到，作者其实是很会讲故事的，他的故事选材虽然都是来自故乡的小人物，却讲得风生水起，颇不一般。可以说，整部小说集就是一部民间的另类传奇。

《人事》一共十一篇小说，每篇小说中都有奇人异事。《饮食男女》《旧事二题》《胶皮大车》是以抗日战争为题材的小说，但重点却不是在写抗战斗争，而是那个年代的农村奇人异事：银子、豌豆、小北瓜，哪个不是令人过目不忘的人物？银子是出现在多篇小说中的人物，她娇生惯养，好吃懒做，不守妇道，水性杨花，且是非不明，属于传统意义上的"坏女人"形象。但是，作者笔下的银子，却不是脸谱化的人物，而是复杂多义，既可恨又有些可爱的人物。在《饮食男女》中，她之所以出卖李修德，是因为自尊心受到伤害，李修德作为革命者，他对银子的天然反感和歧视，导致了悲剧的发生。在《旧事二题》中，进一步交代了银子与李修德的瓜葛。银子其实也是一个婚姻不幸的女子。她生性浪漫，却被包办嫁给聋子李文德；她渴望交流，想找人"说说悄悄话"而不得，于是只好与光棍闲汉"鬼混"；投靠汉奸朱先生，是她虚荣心的驱使使然。李修德让其母劝说银子改邪归正的说辞，使银子羞恼愤恨，她把李修德的"八路"身份有意无意出卖给朱先生，显得非常符合银子的性格和身份。李延青尊重人物性格的发展逻辑，分寸把握得十分到位。而最终，本家哥哥做大夫的一服草药毒死银子，又使情节急转直下，跌宕起伏。

豌豆是小白鞋银子的女儿。豌豆单纯年少，但也难免受家风的浸染。在含苞待放的年龄，只因一块香胰子，便无意中委身于人，无奈中嫁给眯缝，而心中想着的却是那个第一次占她便宜的人："夜间睡下，心上像有小虫在爬，又像有一蓬丝在心头拂来拂去，搅得她一阵阵焦躁。终于熬到集日，远远望见那骑车的身影，豌豆只觉得一股麻酥酥的感觉传遍全身，眼里的泪水便哗哗地淌下来。麻木的心就在此时复活了、舒展了——她终于明白，原来自己是盼着他。"这也许正是那个时代豌豆的爱情理想，虽然夹杂着性欲和物质的满足。当她知道眯缝是八路军之后，她又帮着眯缝为八路筹粮，俨然是个"二村长"。更出人意料的事还有，那人原来是炮楼上的汉奸队长，而豌豆却仍然跟他勾搭成奸。豌豆享受着"两边都说得上话"的张狂状态，毫无是非感。她甚至还救下遭到伏击的汉奸队长的命，最终却被汉奸队长一枪毙命，你说奇也不奇！李延青对这两个女性的描写，实质上带着很大的同情，写出了被战争裹挟的普通女性的悲剧，从而反思了战争本身的罪恶。实际上，从这两个女性身上我们还看到了铁凝笔下的小臭子（《棉花垛》）和小袄子（《笨花》）的影子，而铁凝笔下的这些"落后"女性形象，又与孙犁笔下的小满儿等人物很相似。看来，李延青在不经意间承续了孙犁、铁凝的传统。

《胶皮大车》虽然也以抗战为背景，但却与抗战毫无关系。小说写的只是人生无常、世事难料，祸兮福所倚、福兮祸所伏的命运哲学。小北瓜临危不惧散财救家，李老增得意忘形终致命丧，难道不是颇具民间故事之传奇色彩吗？

当然，李延青的民间传奇不是为传奇而传奇，而是来自对生活的熟稔，是生活中生发出来的奇和异。《外面》《钟声》《车祸》《匠人》既是奇人奇事，也是农村中的常人常事。王文校常年在外面行医诊病，既有行骗讨巧的一面，其实也有他聪明能干的一面。王文校是那个时代的"能人"。他对"外面"的近乎变态的依恋，他掘尸盗墓炼油治病的怪诞行为，他的入狱出狱，以及暴死，都极富传奇色彩。王文校生不逢时，他只能成为那个时代的异类。这样的异类，在生活中也不罕见。一个不愿意随大溜的人，如何变成了一个与时代格格不入的人？作者给我们出了一道复杂的思考题。《金权》中的金权，在时代发生巨大转折的时候，却一直沉迷于集体化时代，生产队的"钟声"极大地扭曲了他的精神世界，他以上吊结束了自己的生命，实际上为那个时代做了殉葬品，这也是个奇人奇事了。《匠人》中的田桂生与周向文更是两个奇人，用小城里人的话说就是"这俩活宝倒是一对儿"。田桂生身体残疾，但心灵手巧，无师自通地学会修收音机、电视机、钟表等。田桂生"整天西装革履，偏分头施过发蜡，梳理得一丝不乱"。头脑极聪明，为人忒傲岸，会大段大段地背诵世界名著和毛主席著作。周向文会修理电机，也是一个"能人"。特别是"田桂生读过的世界名著，周向文在高中后期都读过；田桂生读过的马列著作和毛选，当初为和对立派辩论周向文也都细心研读过"，这就成为拉近两人距离的基础。两人自然成了知己。于是，茶余饭后，两人对弈漫谈，互诵语录，谈古论今，自得其乐，俨然是小城里的一道奇异的风景。奇人必有异事。周向文妻子下岗分流,把两个奇人推进去了社会生活的旋涡。周向文执着地状告县委书记乔江山是要为妻子讨回公道,而田桂生却用毛选的词句鼓励着周向文的告状,告着告着,二人发现书记乔江山的问题越来越多,由一开始为妻子的一己私利,干脆变成为大家的公道正义而告状不止了。《匠人》的立意,不是揭示被"语录"绑架的精神的尴尬,而是奇人以奇特的方式在新形势下对不公道、不正义的抗争!

相比之下,《看电视》和《发小们的病》则写得相对平实,但也显出作者奇特的视角。《看电视》其实是一个偷情或曰爱情的故事,而作者没有直接从当事人写起,而是以少年的懵懂眼光来层层揭秘地逐渐展开故事情节。"坏小子"侯腊月发现玉茭垛里的秘密,牵出一桩惊人的私情:农村姑娘朱琴与铜矿工人邵峰偷情。侯腊月的揭发,使事情败露,朱琴为了保住邵峰的工作,不得不违心嫁给老翟,侯腊月无意中造成了朱琴的爱情悲剧。而大年初一,侯腊月被一根二踢脚崩瞎了眼,而这根二踢脚又恰恰是侯腊月在朱琴出嫁时抢到手的,侯腊月得到了应有的报应。尽管朱琴原谅了侯腊月,但他却一直处在一种内疚中不能自拔。"他沉默着,在月光下显得又瘦又高,已经完全是个大小伙子了。"小说结尾写道:"河面上的冰凌已经消融,流淌的河水不时发出弹琴般的叮咚声。南岸山坡上那一丛丛盛开的野杏花,在月光里就像一片片云朵落在了地上。"此时无声胜有声,景物的描写就像一段电影中的空镜头,给人无尽的遐思。《发小们的病》则以在城里工作的"我"为视角,以发小们的"病"为切入点,全面展示市场消费主义时代给农村带来的各种"病症":田园将芜,人心不古,乱砍滥伐,甚至杀人放火,强奸抢劫。不合时宜的天民"一根筋"被认为是"精神有病",支书逢时利用职权买地,要在基本农田上盖自己的别墅,逢时是真有病,却被视为"正常"。作者巧妙地诊断出了当下农村的严重"病相",从而把希望寄托在天民这样的敢于抗争而又有理想的正派农民身上。

李延青的小说是民间的另类传奇,还有一层意思,就是有趣。作为文学编辑,对好小说肯定有自己的眼光和审美标准,有趣好读肯定在他的标准里。《人事》奇,更有趣。这些奇人异事其实也是趣事。田桂生与周向文互诵语录;《看电视》中,鲤鱼川人把"红色高棉"叫作"红色棉花",把某外国友人叫"摇摇头";《人事·九则》其实就是九个段子。比如《"反诗"》中,世代贫农、五十多岁还光棍一条的年根,因写"反诗"而被判十五年徒刑,事件荒唐可笑,更可笑的却是鲤鱼川人的反应:"这下年根可找到白吃饭的地方了。"《人事》的有趣还在于作者对故乡人日常生活乐观情趣的发现眼光。即便在贫穷的生产队时期,作者也能把这种欢乐写出彩。比如《外面》写生产队打核桃的劳动场面:"打核桃是种欢快的劳动,树上的年轻人趁机发坏,故意把核桃打得飞到某个嫂子辈儿的妇女头上;有时却失了准头,核桃落在了哪个长辈儿头上,于是人群爆发一阵哄堂大笑和高声笑骂。生活因此而显得生机勃勃,充满欢乐!"还有生活中的那些打情骂俏的玩闹民俗,时常出现在小说中,也使小说情趣无限。比如《胶皮大车》中,李老增与"四嫂"的玩闹:

> 一个麻杆样的女人手里拿着一个破葫芦瓢站在傍路的猪圈墙上,李老增戏谑道:"四嫂,还喂呀,它可比你肥多了。"
> "嘻,它比人还有良心,有人净让媳妇白喂养,也不见他长膘!"那女人转过身高声大嗓地回应道——李老增是个瘦高挑儿。
> "呵呵呵……"李老增笑着和她对骂,"咱俩还不是鸡巴半斤八两!"

这段笑谑对骂,是河北农村中常见的弟嫂辈儿可以玩笑嬉闹的民俗,也表现了李老增有钱以后志得意满的心情,读来颇富生活趣味。

总之,李延青在《人事》中尝试的多方面的艺术探索,表现出了他很高的艺术造诣。就像他几年前出版的随笔集《鲤鱼川随记》一样,《人事》无疑也是河北文学的重要收获。

第五节 宋聚丰 丁庆中

一 宋聚丰

宋聚丰(1953—),河北邢台县人。河北师范学院中文系毕业。曾任邢台市文联主席、党组书记，河北省作家协会副主席。著有长篇小说《远山》《苦土》，中篇小说《白云升起的地方》《宝石》《汤泉风情》等。《远山》获河北省首届文艺振兴奖，《白云升起的地方》获河北省优秀作品奖。近年来主要从事影视剧编剧和创作。1982年开始文学创作，作品描写了县山建主任的女儿、林学院毕业生吴小凤进山工作，结识山区青年鲁江，并巧遇隐居深山多年的怪人老雷头，从而揭开并展现了一家两代人的历史恩怨和爱情纠葛。小说以充满诗情画意的太行风情描写加上新时代青年的理想追求为经，以两代人的历史情仇为纬，纵横交错地表现了富有时代感和历史感的各色人物及其命运。小说极富传奇性和戏剧性，同时也注意人物性格的刻画，吴小凤的正直进取，鲁江的憨直诚实，吴仁魁的自私阴险，郝志伟的势利猥琐，都刻画得栩栩如生。不过，这篇小说也具有当时伤痕小说的一些共有的不足，就是对反面人物刻画上有漫画性特征，一些情节斧凿痕迹明显。中篇小说《汤泉风情》仍然以太行深山为背景，以浓郁的民间风俗为底色，表现了改革开放初期，山镇青年的事业、爱情等生活情境。林泉秀快人快语，尚明瑾书生恭谨，公社女副书记魏梅菊外表庄重内心复杂，种种都在小说中得到了生动的表现。《黑峡谷》描写了少妇阎子琴与霍大山、霍二山兄弟俩之间的恩怨情仇。阎子琴因父亲的地主出身被迫嫁给峡口村的霍大山为妻，但子琴却在婚前即爱上了大山的兄弟霍二山，终于在一次酒后，子琴把握不住自己，向二山吐露了爱慕之情，此事被大山抓住了把柄。几年后，"文革"结束，子琴的父亲阎德才落实政策回了省城，子琴也有了出去工作的机会，但是却引起了大山的猜忌与嫉妒。他样样找碴儿，处处为难，甚至强迫与妻子在一起，以此来掩饰自己强烈的自卑感。当听说妻子偷偷做了绝育手术后，竟跑到子琴的单位，污蔑子琴有作风问题。这种卑劣的行为终于激怒了子琴，子琴提出离婚。最终，阎子琴冲破各种阻碍，与二山结为伉俪。这篇小说，通过这样一个曲折的故事，表现了传统生活方式与现代生活方式的尖锐冲突，提出了对人尊重与否的重大时代命题。小说情节曲折，把人的命运与优美的太行风景巧妙结合起来，使作品充满了盎然的诗情画意。

出版于1986年的《远山》，是作者的第一部长篇小说。小说以冀南山村八仙庄在20世纪80年代初期改革浪潮为背景，塑造了新型农民杨新堂、青年寡妇邢春苏、老支书姚连景、现任支书姚新泉以及青年温春苏、农民老可怜等新时期农村众生相，栩栩如生地描绘了改革开放初期，农村农民的风俗面貌。主人公杨新堂本是"摘帽"地主子弟，极左政治猖獗时期，他受人歧视，心灵留下了极大的创伤，形成了阴沉多疑、敏感自卑的性格特征。十一届三中全会以来，党的改革开放政策的春风，化解了他心中的阴霾，他生逢其时，决心大干一场。他以五万五千元的价格承包了大队的砖窑，成为八仙庄年轻人心目中的"及时雨"。然而，他过继外祖父的"外乡人"身份，加上现任支书姚新泉的暗施诡计，他的改革事业不断遭遇挫折，特别是他与年轻的寡妇邢春苏的爱情更是一波三折。他的多疑、敏感、几近变态的自卑与自尊几乎断送了他们的爱情前程。作者的可贵之处就在于塑造了一个不断成长的农村新人形象。杨新堂在斗争中终于成熟起来，他的事业与爱情最终取得了胜利，表明作者乐观的现实主义精神的胜利。邢春苏是作者着力刻画的另一形象。在这个人物身上，凝聚了传统农村妇女的诸多美德：善良、温柔、贤惠、坚韧，同时又有诸多因袭的重负：奴性、愚昧、自卑、胆小。她在水库工地爱上了地主子弟杨新堂，然而，在父母双亡独自承担三个弟弟生活的残酷现实面前，她不得不违心地嫁给老支书的养子"二百五"。在守寡之后，她重新燃起对杨新堂的爱情之火，却盲目依靠别人的支持，最终被姚新泉逼疯跳崖。老支书姚连景是一个有血有肉的典型形象。他抗美援朝中献出一条腿，却不肯住在疗养院，主动回村担任了支书，带领村民办合作社，建设新农村。然而，改革开放时期，他却跟不上趟了，极"左"的流毒深深侵蚀了他的灵魂，他对承包制、包产制不理解，思想上想不通，以至于躲进疗养院不问"政事"。不过，姚连景是一个真正的老党员，他对集体对党有着深厚的感情。他实际上不可能不问"政事"，他关心着村里的发展，关心着青年的事业和儿媳妇的爱情，但他却处处成为"绊脚石"。作品真实地表现了改革开放之初这一类老党员、老干部的形象，具有一定的现实意义与历史认识价值。小说场面宏大，情节曲折，人物性格鲜明。但在一些情节设置上仍有过分巧合的嫌疑，比如杨新堂与姚连景的亲子关系等。

1996年出版的长篇小说《苦土》，是宋聚丰又一部重要的作品，也是他的小说代表作。作品以运河两岸平原上的青阳县农村乡镇企业发展为背景，通过几个农村青年创业、爱情、婚恋以及冀东南农村风俗风情的描写，生动地展示了改革开放时期，我国农村转型中的沉重负荷，从而弹唱出一曲痛苦悲怆之土地的生命哀歌。农村青年康伟光与同学段保兴、段保贵、邱恩结拜为盟兄弟，几经曲折在家乡盐碱地上创办起康壮绒毛厂，最终成为远近闻名的乡镇企业家。然而，传统农民的狭隘思想，以及小农经济在文化上的桎梏，康伟光独断专行、猜忌多疑，逼走段保兴、段保贵与邱恩，使得段保兴不得不进行二次创业，而他的公司却走到破产的边缘。小说的深刻之处在于，没有简单化地去表现乡镇企业如何成功，而是深入人物内心甚至是文化骨血之中，挖掘出人物骨子里的肮脏龌龊、自以为是的痼疾。康伟光身上的确有着农民英雄气概，他重义气、肯担当，有胆有识，果断坚强。但过分的自信与自尊，导致了他不尊重人不理解人，以致独断专行、唯我独尊。他深爱着林素格，却把她当作自己的私有财产；他与素格结婚却表现出强烈的报复欲，最终又气跑了素格；他不懂装懂，进口了报废的梳绒机，损失了几千万的资金；他设置种种障碍，试图阻拦段保兴绒毛厂的生产；他明知港商是骗子还企图利用他的身份搞假合资；他无理拦棺报复段保兴，重用邱赖狗；甚至贪污挪用公司的资金盖豪宅。相比之下，段保兴则与康伟光形成鲜明对照。他为人和善，富有头脑，二次创业，创办办事处，声东击西拿下原料，大胆注册自己的"兴盛"商标，自费出国考察，曲线救厂，发展绒毛深加工产业等，都显得极富现代大企业家的风范。特别是在对待高若兰与妻子康大荣的关系上，表现出极为理性化的责任意识。还有对康伟光公司的无私帮助上，显示出以德报怨的高尚情操。另外，小说塑造的女青年林素格、高若兰，还有十里香、林翠花、邱赖狗等人物形象都栩栩如生。小说气势宏阔，内蕴丰厚，极有启发性。

二 丁庆中

丁庆中（1958— ），河北衡水景县人。1984 年开始文学创作，迄今已出版长篇小说《枯海》（与杨瑞霞合作）、《蓝镇》《老鱼河》《大地汉书》等。现为河北作家协会理事，衡水市文联副主席。长篇小说《蓝镇》获第七届河北省文艺振兴奖。

丁庆中以长篇小说创作著称。1996年8月由百花文艺出版社出版的长篇小说《蓝镇》，使丁庆中在省内产生了较大影响。小说以蓝镇为背景，展示了副镇长季夏玉立志改革，却深陷重重陷阱之中而不能自拔的痛苦状态。小说把人物放置在权欲、肉欲、物欲等复杂纠结之中，充分表现了人性的善恶美丑。小说最为人称道的是其在艺术上自觉追求一种独特的表达方式和结构方式。在全书总体的八章中，分别以不同人物的多视角叙述，打破作者专制独白的话语权力，从而使全书呈现一种众声喧哗的多视角吟唱。阅读本书，我们不禁要想到福克纳的《喧哗与骚动》。不过，《蓝镇》写的毕竟是中国农村的生活，丁庆中笔下的人物仍然具有很强的中国印记。

2001年出版的长篇小说《老鱼河》，继续沿着《蓝镇》的套路往前走。全书没有统一的故事情节线索，没有完整的故事结构，作者仿佛只是紧紧匍匐在大地上，让灵动的语言自动呈现出来。一般读者阅读这样的小说是需要耐性的，它几乎随时翻开一页就可以阅读，因此小说打动人的不是故事，不是结构，而是语言，是语言所呈现出来的大地的诗意。它的确犹如梵·高的《农鞋》《吃土豆的人》《种马铃薯的农民》等画作那样，呈现的正是这种平凡劳作在大地上的农民的同样平凡沉默的日常生活。赵长青、张俊花、徐紫苏、李彦增、周兴龙、刘章来、章来家、刘清秀、赵菊红等人物和大地上许多物体诸如河水、河床、河堤、野花、嫩叶、白云等一样，都是这茫茫大地的产物，他们栖居在这大地上，繁衍生息，劳作着，操劳着。

2011年出版的《大地汉书》是丁庆中继《枯海》《蓝镇》《老鱼河》《堉》之后的第五部长篇小说。这部小说虽然仍在继续着丁庆中一贯的写作风格——诗性、沉郁、内敛、执拗，却更加凸显出丁庆中对现实文化的敏感与深省。他以深沉的忧思注视着现代性进程中传统文明的日趋衰落，并通过对目下农村芸芸众生的日常生活场景的描摹，展现出浑茫大地上的灵魂迷失与追寻。小说以第一人称"我"——刘大朝的视角来书写红镇的人物与风情，历史与现实，生命与文化，特别书写了张惠玲、董红琴、李六根、刘氏父子等人物之间的爱恨情仇、恩怨纠葛。

作者着力塑造了张惠玲这一个独特的形象。说她独特，是因为在此前作品中我们还很少见到。张惠玲既恶又善，既泼又柔，既美又丑，我们简直找不到合适的词来形容她。她像盛开在大地上的罂粟花，妖冶美丽夺魂摄魄而又邪恶淫荡毒汁四溅。她又像乡间小路上的一株野草，天生柔弱，备受踩躏，但又野性率真，不屈不挠。她从小失去父亲，在目睹着母亲张七家的放荡淫乱的丑恶中长大，所以她的脸上总是带着讥嘲的笑容。李六根的引诱使她走向了深渊，她不能自拔。李六根咎由自取进了监狱，张惠玲出门远行，从此走上人生的岔道。她在各色男人中间周旋，煤老板、油老板、船长……她的钱越来越多，她堕落得也越来越深。她的美色和肉体成为她换取更多金钱的资本。她成为亿万富婆，而最终成为罪犯，被判极刑，这一切究竟是怎么回事？她自己似乎也不甚了了。在红镇这个"丰沛、狂野、艳冶、飘逸、灵敏、聪慧、荡漾、淫秽、高贵、傲慢、神秘、散漫"的地方，她几乎宿命般地被裹挟而去，她是我们这个迷失时代的殉葬品。正像刘大朝所说的："不能把张惠玲和小枣核儿归为同类，也不能把张惠玲与王国刚归为同类，更不能把张惠玲与李六根归为一类……张惠玲有大爱也有大恨，有大善也有大恶。"一句话，她就是这大地生长出来的草和花，她可能有毒，但也可能有用，因为她是大地上的生命。从这个意义上说，张惠玲是一个具有象征功能的人物：她是我们现实生活中欲望泛滥的隐喻。

作为张惠玲的补充，刘三朝也是一个迷失了灵魂的青年。他有着迷人的富有磁性的嗓音，他的"乡村绅士"演唱团连同他的歌唱红了整个中国，他拥有了名车、金钱。然而，三朝却空有一个躯壳，他的灵魂迷失了，迷失在红镇这个大赌场里，迷失在无止境的欲望追逐里，他在寻求刺激、寻求新鲜，他吃喝嫖赌抽，他成了一个名副其实的赌徒，他只能输得精光。

相对于张惠玲讥讽的、扭曲的现实欲望的象征而言，董红琴则是作为理想的、纯真的、诚信的正面文化的象征形象来塑造的。她是县委书记董驷牛的女儿，汉代大儒董仲舒的后代。她读书写诗习书法，还是董子学会的会长。她快乐、童真、古典、高贵、安详、从容，她是红镇的另一道风景。在她身上接通了历史文化的脉络，连缀起现实大地的气韵，她对董子爷的追寻，对纯真的不遗余力的寻找，都成为作者为我们这个欲望泛滥时代开出的一剂药方，一个美丽的幻影。作品中不断出现的董红琴的"病"和照镜子的细节，都具有象征意义。"病"是否预示着道德文化缺失的现实？照镜子有点类似

《红楼梦》中的风月宝鉴，董红琴总是从镜子里照出正面的东西，因而她永远快乐、年轻；镜子的反面是不是就是张惠玲？

当然，笔者在这里所说的张惠玲与董红琴的象征意义，只是笔者在阅读作品时建构出来的，《大地汉书》总体说来还是一部写实的作品，张惠玲与董红琴都是活在华北大地上的现代农村女性，因而她们是连接着地气的形象。《大地汉书》是一部很接地气的作品，作品中反复写到的气味和声音，就是大地的生命表征。刘大朝作为叙述者同时也是思想者，他不断谛听大自然的声音，不断嗅出大自然的气息。比如猫啼草的声音，运河的潮汐声、风声、雨声、雷声等。董红琴为寻找猫啼草的声音几乎痴迷，"我"也同样能听到这种声音。在丁庆中的笔下，大地之上的所有事物都是有生命的、神秘的，它们都有自己的声音、气息和表情。大自然的声音和气息召唤着刘大朝的灵魂。丁庆中试图给我们时代开出药方，回归自然，或者用董仲舒式的儒家文化来拯救我们已经千疮百孔的大地，究竟有多大的可能性呢？

丁庆中是一个具有诗人气质的小说作家，这种气质在《蓝镇》里已有体现，到了《老鱼河》则显得更加从容、更加老到、更加深沉。到了《大地汉书》则有增无减。不过丁庆中的小说，由于这种求异的追求，也使其阅读的难度增添了许多。

第六节　于卓　康志刚　水土

一　于卓

于卓（1961—　）生于沈阳市，1990年毕业于西北民族学院汉语言文学专业，鲁迅文学院首届中青年作家高研班学员。先后做过电工、记者、编辑等工作，2000年走上自由写作之路。中国作家协会会员，河北文学院签约作家。20世纪80年代初期开始写诗，90年代转入小说创作。著有长篇小说《互动圈》《红色关系》《花色牌底》《挂职干部》《首长秘书》；中短篇小说集《过日子没了心情》等。曾获河北省第十届文艺振兴奖、中国石油文学贡献奖。

于卓的小说往往取材于他所熟悉的石油工程局的官场生活,善于对官场人物的内心活动做细致的描摹,小说读来跌宕起伏、惊心动魄。他的最有代表性的作品是中篇小说《七千万》《八千万》《九千万》和长篇小说《挂职干部》。

中篇小说《七千万》发表于1996年第12期的《人民文学》上,接着即被《小说月报》1997年第2期转载。这篇小说描写了某部能源局被所在地平阳市地方政府摊派了七千万元的城市建设附加费,并且限期十天一次性交清。这件事对于局长贝先林来说成为头等棘手的麻烦。善于抓生产的贝先林,却在这种人际关系的泥潭中一筹莫展。在这样的境遇中,书记关谈云应运而生,他适时地抓住了机遇,成为书记兼代局长,一头扎进了人际关系的海洋中如鱼得水。"他在翻来覆去过程中搞出一套精密周旋七千万的行动计划。经验和阅历使他懂得,时下官场上的某些事,微妙就微妙在公掺私,私掺公。具体到七千万上,光凭面子礼金还不行,多少得捏着点石砸不碎、水泡不烂的硬理儿,大公套小私,两头加温才容易把事炖熟了。他很有先见之明,能源局今日这个状况,他在前阵子就预感到了,并且为自己今日出山埋下了伏笔。"于是,关谈云分别对平阳市委书记赵萍珍和市长王庆河投其所好,各个"击破",他为赵萍珍的表弟送便宜运输车,为平阳市修防雨蔽日长廊,翻修公厕,并投资王庆河的开发区光盘厂,为王庆河的升迁做足了形象工程。经过这一番的上勾下联,七千万元在酒场上变成了四千万元,看来这关书记的确不一般。小说形象地揭示出了官场上公事私办、私事公办的潜规则。这种不正常的潜规则却大行其道,怪不得贝先林在新闻上看到能源局团委与平阳市团委联合行动,以送温暖献爱心为主题,向尚未脱贫的田家堡捐助了一批教学用品时,他委屈得要命,真想变成一个孩子好好哭一场。

发表于《十月》1998年第3期的中篇小说《八千万》,被《小说月报》1998年第7期转载,并获首届中华铁人文学奖。小说通过位于东升市的部直属工程一局和二局为争夺八千万元工程款的人事纷争,表现了官场诸色人等的众生相。一局和二局本是一个局,由于局长李汉一和书记袁坤拴不到一个橛子上,才因副部长肖承山一句话一分为二了。如今,副部长苏南想把他们再合起来,便拿八千万元导演了一场争夺战,为的是安排自己的秘书邹云。于是,李汉一和袁坤各显神通,各自使出浑身解数,斗了个不亦乐乎。袁坤的上蹿下跳，李汉一的暗中较劲，苏南的老谋深算，邹云的浑水摸鱼等都写得栩栩如生。

《九千万》发表于《长城》1999年第3期，获河北省第八届文艺振兴奖。小说通过描写能源一局下属的天湖国际酒店要以九千万元的低价卖给香港商人贺少仁为由头，着重表现了官场兼商场诸色人等的生活样态，特别表现了天湖老总武培实、车婧，以及在幕后操纵的齐名注等人物的微妙心态，同时也揭示了国有企业的种种困境及弊端。小说特别深刻地批判了一些官场人物，借改革之名谋自己私利的丑恶行径。

最能代表于卓风格的是他的长篇小说《挂职干部》。小说出版于2007年5月，获河北省作家协会2007年度优秀作品奖、第三届中华铁人文学奖。小说写了两个局级预备干部郭梓沁和肖明川到车西市洪上县挂职锻炼，担任水庙管道工程协调员，从而展开了争夺政绩的没有硝烟的战争。郭梓沁精明能干富有心计，对上级善于逢迎，对地方善于拉关系，"擦边球"的绰号正是他形象的注脚。初来乍到，郭梓沁便发扬"风格"让出好车沙漠王给肖明川，自己坐三菱吉普，以取得协调组组长韩学仁的好感；他通过各种关系并找记者来讨好洪上县委书记任国田，为的是牢牢抓住这位地方官，好进一步开展工作；他为了巴结韩学仁，投其所好到古玩市场买玉镯，摔碎了也不心疼，为的是把玉镯做道具，"专门让韩学仁在自己身上施展一下他的古玩鉴赏能力，继而让他收获一份爽朗的心情"；对待肖明川，他处处设机关下绊子，水窖工地让警察抓人，上级检查他鼓动老支书闹事；对自己他拼命作秀，面对记者的镜头他跳进古墓保护文物，上级来慰问，他组织了当地群众的反慰问……郭梓沁处处表现出的城府、心计，终于打败了对手肖明川，他仿佛成为理所当然的预备局级干部候选人了。机关算尽，郭梓沁却终因贪污等经济问题被判处五年的徒刑，而肖明川则升任了局级。看似偶然实则必然，郭梓沁这样的干部的确具有重要的典型意义。难能可贵的是于卓没有把郭梓沁写成一个简单的腐败分子，而是深入他的内心，揭示出他灵魂深处的另一面真实：郭梓沁在紧急关头救了自己的对手肖明川的命，表明他内心深处善根的存在。这样的一笔，就把郭梓沁走向异化的根源从道德层面上升到体制层面，是可怕的官僚体制、用人机制把好端端的干部的真性情扼杀了。肖明川则是另一类型的人物，他踏实肯干，深入基层，有真情有责任，但却不会讨领导的欢心；他给石崖畔村打井捐款，似乎也不是为了政绩，而是出于真情；他看望被判刑后的郭梓沁，真心理解了郭梓沁希望捐款给山村小学的来自内心深处的生命的尊严。小说采用对比手法，把两个性格不同的人拴在一起进行对比描写，从而凸显了人物个性，深化了小说的主旨。

总而言之，于卓的小说虽然属于官场小说，但小说不是重在揭示问题，而是重在写官场上的人。不过，由于写实性太强，小说仍未有更超越的提升。

二　康志刚

康志刚（1963—　），河北正定县人，现任石家庄市文联副主席。已在《中国作家》《青年文学》《北京文学》等全国几十家报刊发表中短篇小说及散文一百多万字。其作品多次被《小说选刊》和《作品与争鸣》转载。《天文现象》入选《2004中国年度短篇小说》一书，并获河北省作家协会优秀作品奖；《醉酒》获第十届河北文艺振兴奖及河北"十佳"优秀作品奖。2012年发表长篇小说《天天都有大太阳》。短篇小说《归去来兮》获第二届孙犁文学奖。河北作家协会文学院签约作家，中国作家协会会员。

2007年，康志刚出版短篇小说集《香椿树》，收进集子里的三十四篇作品基本代表了康志刚的文学成就。其中的短篇小说《敬酒》最具代表性，小说写了一个非常简单的故事：村里的个体老板二军结婚，邀请顶没有能耐的农民老祥主持婚事。在筹办婚事的酒宴上，村里有头有脸的各色人等都抢着给老祥敬酒，原因就是老祥有一个靠打劫车辆而发迹起来的儿子大振。这样一个简单的故事却反映了一个重大的社会问题，即在我们这个时代，人们的价值观念已经混乱到了何种程度：笑贫不笑娼，有钱的就是大爷，不管这种钱的来路干净与否，这已经成为人们普遍的价值准则。人们似乎已经失去了判断是非的能力，人们对黑恶势力惧怕直至曲意逢迎，甚至像二军那样渴望让劣迹斑斑的大振充当自己的保护伞，进而不惜巴结老实巴交的老祥的人也已不在少数。此外，作品还揭示出我们的基层组织和干部的涣散软弱、不作为的严重现象，他们不仅不和这种黑恶势力做斗争，而且还默认、纵容他们的胡作非为。村主任不是时常到大振家去串门，还和他们那一伙人喝酒、相互之间称兄道弟吗？正义在哪里？是非在哪里？良知又在哪里？在构建和谐社会的今天，康志刚向整个社会的发问，难道不是很值得我们严重关注、警觉和深思的吗？这篇小说的另一可贵之处就是作者把这一重大的社会问题巧妙地结构在一篇只有几千字的短篇小说中，通过"敬酒"这一极富民俗意义的情节表现出来。小说不仅写了农村黑恶势力的猖獗，基层组织的涣散，价值观念、是非标准的混乱，而且着重叙写了本分庄稼人老祥夫妇在正邪善恶之间的心理矛盾与痛苦。作为最底层的庄稼人，老祥也渴望着做人的尊严，在得到二军的主持婚事的邀请之后，老祥颇感到几分得意，甚至有些飘飘然，但想到儿子的斑斑劣迹，他的心情黯淡了，得意也无影无踪了。作品结尾老祥的那个噩梦，昭示着他在心灵深处的是非善恶标准并没有泯灭，它将如火种，随着灿烂霞光的铺展而烧遍天宇，这是作者的希望，也是对社会良知的呼唤！

小说《敬酒》的取材特点和主题开掘方向，在康志刚的其他作品中得到了较好的延伸，如《嫁人》《醉酒》《醒酒》《香椿树》《天文现象》《花儿为什么这样红》《偿还》等作品。这些作品证明了康志刚写作短篇小说的才能。这就是敏锐的观察能力、以小见大的结构能力、单纯简约的叙事能力，以及试图把小说的主旨上升到形上层面的努力等。《嫁人》这篇小说与《敬酒》的主旨很类似。《醉酒》则充满了契诃夫的味道。《天文现象》通过两个昔日的男女朋友在生活中的偶然相遇，各自倾诉而又不能沟通的隔膜表达了一个很现代的主题。《香椿树》将一棵香椿树作为核心意象，连接了城市与乡村，表达了城市化进程中现代性的焦虑。这种焦虑是充满张力的，其中理智与情感、激进与保守、欢乐与痛苦、前瞻与怀旧都集中在一棵老香椿树上，说明作者思考的深度和技法的纯熟。

康志刚的小说是在生活中观察来的、具有鲜活生命根底的东西，生活感、时代感鲜明，只是在历史感与抽象感上还嫌不够，《敬酒》《醉酒》《嫁人》等都是如此。《醉酒》被评论者认为是从写情境到写人物的转变，这样的评价无疑是中肯的。但是，我们看到，小说中契诃夫的味道浓了一些，因此原创性就有些打折扣。《天文现象》有了抽象感，但观念味重一些。比较来看，笔者认为，《香椿树》是康志刚迄今为止写得最好的小说之一。这篇小说表达了一种朦胧的复杂的情感状态，这种状态甚至连作者自己都说不清楚。它来源于生活，植根于历史，又具有浓郁的时代气息和现代感，几乎做到了"状难写之景如在目前，含不尽之意见于言外"。

发表于2016年的短篇小说《归去来兮》，描写了一个简单的瞬间画面：四喜子死了，丧事办完后，以大喜为首的几个兄弟妯娌，严阵以待，准备迎接一场由四喜子的遗孀梅香可能发起的争夺房产的挑战。然而，梅香的要求却是"要回娘家住几天，并且什么都不要，房产更不要"。这样的"要求"令所有的人大出意外："什么？她不要房产？起初，人们以为自己耳朵出毛病了，及至弄明白这话真出于梅香之口时，都禁不住呆了，震惊的程度不亚于往院里扔一颗炸弹。"小说便在这种震惊中次第展开了。最初的反应是不能相信："嘿，这，这怎么可能呢？这次看四喜子不行了，她才肯回来，不就是奔着遗产来的吗？怎么又自动放弃了？这到底是怎么回事？咦，黑夜里出太阳了？"这是利欲熏心时代人们所遵循的惯常逻辑：那个面临拆迁的房产，本来是个一夜暴富的机会，她怎么可能轻易地放弃呢？这个瘦弱憔悴的女人不按常规出牌的行为，实在令人困惑和尴尬。为了这处房产，兄弟几个谋划已久，做好了充分应对的准备，突然间，一切都失效了，"就像一个披甲戴盔的将士刚摆开阵势要和敌人决一死战，对方却乖乖地缴械投降一样，你说，能不让人感到扫兴吗"？于是，大家把目光投向了大哥大喜。大喜是农村中的能人，政治至上的年代，他是村干部；商业至上的年代，他又是个人发家致富的榜样。他处处要强，威势无比，是这个家的主心骨，也是企图阻止梅香抢夺房产的主谋。他对梅香的怨恨更深重。他也深知，梅香并不爱四喜子这个天生的智障，生活了十多年，基本上也是出于无奈。但夫妻十年，这个女人却在四喜子中风之后离开家回了娘家，这让乡亲们看了笑话，这是大喜最丢面子的事。大喜本来是憋足了劲要痛击这个女人的，不料这个瘦弱、可怜又可恨的女人却以另一种示弱的方式打乱了大喜的谋划。至此，小说写道："大喜就用极复杂的目光，悄悄地扫了梅香一眼。梅香呢，一碰到大喜的目光，就赶忙低下头。但从这匆匆的一瞥中，大喜还是从她的眼里发现了一缕哀求。没错，她是心里有愧呀，她想得到他的宽恕哩。"

我们看到，这是小说最为关键的一笔，也是康志刚最为精彩的一笔。只这"愧疚"的一瞥，却击中了大喜内心最为隐秘和柔软的那方领地。他浮现出四十年前年轻的梅香的那双惊恐的眼睛,那是历史中极左年代的因"偷秋"被大喜拿获的梅香惊恐和哀求的眼睛,这是现实激活的历史的眼睛,小说至此发生了逆转——"正是这双眼睛,让大喜觉得今天的事情变得复杂而棘手了。是呀,十年,多么漫长的岁月;一个女人,和一个半傻子在一起生活这么长时间,也真难为她了。"——瞧,这是大喜心理的微妙变化,也是合理的变化。这种变化是羞愧的力量所致!一个时期以来,由于市场经济的提倡,欲望的魔盒被打开了,欲壑难填、欲望泛滥,导致了人们无止境地追逐利益,无底线地追逐金钱,人们的内心再也没有"羞耻"二字,羞愧、愧疚等古老的正常的道德观念全都抛到九霄云外去了。大喜兄弟们之所以认为梅香要抢夺房产,就是这样的时代症候的体现。而梅香那哀求的眼睛的一瞥,正是羞愧、愧疚的复活。梅香虽然不爱四喜子,但她仍然恪守着传统的道德观念,就是妻子要尽妻子的义务,而她在四喜子中风最需要妻子照顾的时候,自己回了娘家;四喜子死了,自己实在羞于提出房产之事了。这哀求的眼睛,是真诚的,是梅香内心深处羞耻感、愧疚感的自然流露。这种流露,使得大喜心中残存的那点羞恶之心觉醒了、回归了。于是,我们看到,大喜给了梅香2000元钱的描写,是大喜良心发现后的合理发展,这是羞愧心理的物质呈现。最终在大喜和儿子大虎的感染下,兄弟妯娌几个也有了良心发现,羞愧之心也被渐渐激活。小说的结局是人人都给梅香塞了多少不等的钱,一场礼崩乐坏的家庭大战转换成一次温馨而依依惜别的亲情交流现场。

康志刚在此是在为传统美德招魂。传统文化中的四维八德:礼、义、廉、耻为四维,忠、孝、仁、爱、信、义、和、平为八德,管仲曾言:"礼义廉耻,国之四维,四维不张,国乃灭亡。"如今,很多国人不知礼义廉耻为何物,这是多么危险的事呀!康志刚的这篇小说看似简单,其实内涵大得很哩!

三 水土

水土(1960—),本名郭永跃,河北邯郸人。河北省文学院签约作家,《中国安全生产报》《中国煤炭报》驻邯邢记者,冀中能源集团宣传部副部长。1977年参加工作,1983年至1991年在基层煤矿宣传部工作,任副部长,并先后入复旦大学新闻系和河北省委党校学习。1992年任邯郸矿务局新闻科科长,

1997年任《中国煤炭报》驻邯郸记者站站长，2007年任冀中能源宣传部副部长。在此期间，坚持业余文学创作，先后发表出版短、中、长篇小说和纪实文学一百多万字。中篇小说《拾煤孩》和短篇小说《采访》分获中国煤矿作协和中国作家协会联合评选的第二届和第四届全国煤矿"乌金奖"。短篇小说《政工干事》获阳光优秀小说奖；短篇小说《下山问题》《采访》等，先后被《小说月报》选载，其中《下山问题》获河北跨世纪优秀小说奖。短篇小说《村里有台拖拉机》获2000—2001德国哥德学院特别奖和河北省第九届文艺振兴奖、河北作协十佳优秀小说奖。2007年出版长篇小说《疼痛难忍》。

水土也是从短篇小说开始创作的。2000年4月发表在《当代人》上的《村里有台拖拉机》是他最有影响的短篇小说，小说获河北省第九届文艺振兴奖、2001年获德国歌德学院特别奖。一切都源于那台来到村里的拖拉机，由于这台拖拉机，原本平静的山村顿时骚动起来。人们观看议论的中心是拖拉机，人们恋恋不舍、纷纷前去要亲自坐坐的也是拖拉机。更为令人不可思议的是，这台拖拉机还生生拆散了一对似乎理所当然、青梅竹马的恋人。拖拉机和开拖拉机的老安，强烈地吸引了农村女青年小青。她不仅不愿意理睬"我"，而且公然旷课去跟老安学开拖拉机。最终，还是拖拉机征服了或曰强暴了小青，小青未婚先孕，嫁给了老安。在这里，拖拉机作为异质的现代文明的象征，对封闭平静的小山村的传统文化的挑战和诱惑是明显的。在其中寄托着小青的全部希望、困惑、不安以及诱惑之后的无奈和重归平静。

发表于2002年的短篇小说《日子》，获得河北省作家协会年度十佳优秀作品奖。小说写了一对夫妇在千篇一律的日子中的无聊与无奈。经历了一次意外的停电和闷热天气的煎熬，以及电工的刁难的体验，来电后空调的清凉，突然激发了他们久违的激情。然而，很短暂，日子又重新归于无聊之中。作者通过这样一个短篇，较为深刻地揭示了人们日常的存在状态。

发表于2005年的短篇小说《喝酒》，是一幅社会生活的讽刺小品。建材经销商老胡要请建筑公司梁经理喝酒，而冶金局刘科长却要梁经理安排请客，梁经理不敢怠慢，老胡则让有求于他的农村砖厂的村长请客，于是一种连环的权力链的交锋便在酒场上上演了。在贵妃间里，刘科长颐指气使，梁经理曲意逢迎；在西施间里，梁经理颐指气使，老胡曲意逢迎；老胡则对村长们指手画脚,村长们则低三下四,小心侍奉;刘科长偶然来到西施间,巧遇二黑舅,所有人又一百八十度大转弯,原因并不是二黑舅,而是村长二黑舅的儿子在省里公干。小说巧妙地利用酒桌上的不同人的不同态度,敏锐地凸显了权力至高无上的"尊严"和威力。

2007年,水土出版长篇小说《疼痛难忍》,该作获河北省第十一届文艺振兴奖。小说以敏感的小煤窑的生生灭灭和矿工生活为题材,通过李大矿、李广太、李虎牛三个童年好友与煤矿的关系史,极为本色自然地展示了小煤窑发展过程中权力寻租、权钱交易、草菅人命等种种不合理不正常的怪现象。小说共分三部:第一部"有水快流",写出了改革开放初期,个人开办小煤窑,与国有大矿疯狂抢资源,对国家资实施行掠夺性开采的现实;第二部"窑里窑外",则把笔触深入社会生活的方方面面,深刻揭露了官煤勾结、损公肥私的各色人等的丑恶嘴脸;第三部"救人要紧",则把笔触伸到底层矿工的悲惨生活,黑心窑主只管挣钱不管矿工死活,出了事故则瞒天过海、欺诈百姓。小说触目惊心地展现了现实中的种种弊端,具有重要的批判认识价值。小说塑造了李大矿、李广太、李虎牛、李来福、秦志民等众多人物形象,语言本色幽默,具有很强的可读性。

第六章 "河北四侠"

人们之所以把胡学文、刘建东、李浩、张楚这四位作家命名为"河北四侠",主要是从他们的创作姿态上来考量的。侠者,以武犯禁之意也。正是在挑战体制,突破常规、超越传统的意义上,"河北四侠"的意义才能凸显出来。

众所周知,农村题材和现实主义是河北文学的传统。是"十七年"时期和新时期初期河北文学引以为自豪的传统。当20世纪80年代以来的现代主义和先锋文学运动风起云涌之时,河北小说并没有适时地跟上这股新潮。铁凝作为河北文学的旗帜,她接续了孙犁的诗化现实主义传统,并将之发扬光大,进而走出河北,冲向了全国。之后铁凝由审美走向审丑,她的作为农村题材的"三垛"的厚重,与作为城市题材一种类型的《玫瑰门》的开创性,使我们看到了铁凝既继承了河北文学现实主义传统,同时又超越了这个传统,铁凝的小说不好归为任何潮流,她的小说既不是传统的现实主义,又不是时髦的现代派,铁凝成了她"自己"——一个独特的个体。然而,河北的其他作家却在坚守传统中取得了一些成就,比如贾大山农村题材小说的获奖,还有陈冲改革小说的获奖,实际上都强化了河北文学的固有传统。"三驾马车"在90年代的出现和走红,是现代主义先锋文学落潮之后,人们重新呼唤现实主义的结果。现实主义的生命力再次闪烁出耀眼的光彩。胡学文、刘建东、李浩、张楚这四位作家,在90年代陆续登上文坛,他们所面对的正是先锋落潮,而现实主义传统异常坚固的时期。他们一开始便秉承先锋文学的流风遗韵,自觉不自觉地开始了对现实主义这个河北文学传统的反叛。

来自坝上草原的胡学文,他的小说是最接近现实主义传统的。他写了许多的底层人，底层人的种种苦难、命运的"不公"，但这都是一种表面现象，而"奔走"才是这些人的基本存在状态，"奔走"显然已经超越了传统现实主义的主题层次，而接近了现代主义。胡学文常常说，他喜欢那种既接地气，又有一种飞翔感的小说。可以说，胡学文以一种温和的方式，反叛了河北文学的现实主义传统。

刘建东与李浩则以激进的方式，挑战与冒犯这个现实主义传统。刘建东一开始就心仪于先锋文学的写作方式，他甚至对现实主义这个传统不屑一顾。他的小说总是在细密的叙述中寻找张力，在荒诞不经中享受模糊，无言的"父亲"、疯长的"头发"、神秘的"药片"、羞涩的男人、"布袋"和"塔"……刘建东试图以卡夫卡式的荒诞、拉什迪式的复调，对存在的可能性进行着加密和解密的工作。

相对于刘建东的激进，李浩简直就是决绝，他傲慢地宣称："我对现实主义有不可理喻的轻视。"他的目光高远，他所青睐的是博尔赫斯、卡尔维诺、昆德拉、纳博科夫、君特·格拉斯……他喝"狼奶"长大，把西方资源融进自己的体验，专注于生存与死亡、偶然与必然、抗争与宿命、历史与叙述等宏大高深的哲学命题。他笔下的"父亲""二叔"成为历史环舞中的"多余人"、失败者的能指符号，寓言化地悬浮在李浩那高度"自我"的诗意的调性中。

张楚的小说肯定不是那种写实性的所谓现实主义小说，从本质上说，张楚的小说是诗性的。然而，这种诗性不是简单的生活之诗，而是生命之诗、存在之诗，是普泛的个体生命的了悟与洞彻的复杂之后的单纯与旷达。阅读张楚使笔者不时想起诗人海子，那个忧郁的、怆然的、撕裂的诗人海子，他在对生命、对存在的深刻的体验中联通了张楚。忧郁、难以排解的忧郁和哀伤同样构成张楚小说的基调和底色。这种基调与底色，成就了张楚的先锋品质，但张楚的先锋与早期先锋派小说不同，早期先锋派小说基本属于观念写作，而张楚是属于生命体验写作。我们虽然不了解张楚的实际生存状况，但在他的小说里，我们读到的是一种源于生命、生存本身的忧郁和哀伤，这是一种接通了地气的、有活力的忧郁，一种源于血肉的文字舞蹈。

正是从这个意义上说，"河北四侠"以先锋和现代主义的侠客姿态反叛和突破了河北文学固有的现实主义传统，同时也补上了河北文学先锋主义的一课。当然，"河北四侠"已届中年，他们的创作正在成长。笔者注意到他们近年的创作也开始反观河北文学的现实主义传统，在这个母体中，其实也有着许多的有益因素滋养着他们。文学需要超越感，同样，文学也需要现场感。只有将现场感与超越感有机结合的文学，才可能是优秀的文学。先"洋"后"土"，由"西"而"东"，这是莫言、刘震云、格非，乃至铁凝给我们的启示。

第一节　胡学文

胡学文（1967—　），河北省沽源县人，中师毕业后即开始其教书生涯。两年后到河北师范学院中文系学习。1992年回沽源四中任语文教师，同时开始了其创作生涯。1995年《骑驴看唱本》发表于《长城文艺》第1期。但胡学文本人曾写到，自己的处女作是1996年发表在《湖南文学》的《岩浆》。自此其作品一发不可收，他先后出版了长篇小说《燃烧的苍白》《天外的歌声》《私人档案》《红月亮》《血梅花》和小说集《极地胭脂》《婚姻穴位》《心急吃不了热豆腐》《麦子的盖头》《奔跑的月光》等。任河北作家协会副主席，中国作家协会会员、河北作家协会专业作家。《极地胭脂》获《中国作家》大红鹰杯佳作奖；《秋风绝唱》获《长江文艺》2000年度方圆文学奖，河北作协2000年度优秀作品奖，河北省第九届文艺振兴奖；《飞翔的女人》获2002年河北作协十佳作品奖，河北省第十届文艺振兴奖。《从正午开始的黄昏》获第六届鲁迅文学奖。

胡学文的文学成就以中短篇小说为主。从他发表和出版的大量中短篇作品中，可以看出，浓郁的底层生活气息、强烈的爱憎情感、传奇的故事情节和自觉的艺术追求，使他的小说达到了一定的艺术水准。胡学文是一位来自张家口坝上草原的基层作家。长期的底层生活濡染，深切的苦难体验，底层弱势群体的困窘处境，乡镇畸形权力的膨胀等种种现象，使得胡学文的写作成为有源之水、有根之木。粗糙的生活、鲜活的人物、有趣的故事，从他的笔端汩汩流出，汇入新时代的文学河流，从而也与那些鸡毛蒜皮、家长里短、个人情调的"小资"写作区别开来。

发表于《长江文艺》2000年第1期上的《秋风绝唱》，是一篇优秀的中篇小说。这篇小说不仅获得了《长江文艺》2000年度方圆文学奖，而且获得了河北作协2000年度十佳作品奖、河北省第九届文艺振兴奖。小说以镶嵌式的结构，把一位厌恶了城市喧嚣的歌曲创作者尹歌只身来到坝上草原，试图寻找一种真正有生命力的歌曲的故事，巧妙地镶嵌进坝上北滩人的苦难生活中，成功塑造了二姨父马掌、瘸羊倌、瞎子以及翠花、黄文才等底层人物群像，不仅表现了坝上草原底层农牧民苦难的生活现状，而且表现出城市化进程中对传统乡村牧歌生活消逝的焦虑。村长黄文才利用权力强迫翠花等乡村妇女做他的性奴隶，他与孙乡长合伙出卖村里的草场给药材贩子，他打击报复把二狗子送进派出所；乡村赌博成风，黄老二把妻子翠花押给了独眼儿；为了挣钱赎回翠花，瘸羊倌与马掌联手进赌场，结果却进了派出所；为了夺回草场，瘸羊倌、马掌与二狗子等众乡亲集聚一起准备抢割草场的草，结果却付出了二狗子的鲜血和生命。小说中那无处不在的苍凉的古歌，既是草原苦难的生活历史的见证，又是乡村复杂真实的生命与情感的记录。瞎子那忧郁悲凉的二胡声与那黑屋里的真实，正是乡村即将消逝的原始生命力的神秘储存。

发表于《人民文学》2002年第12期的《飞翔的女人》，也是胡学文的一篇优秀作品。此篇获2002年河北作协十佳作品奖，河北省第十届文艺振兴奖。小说塑造了一位下层农村妇女荷子的形象。荷子由于疏忽丢失了自己的女儿小红，从此荷子与丈夫石二杆踏上了漫漫寻女的路程。荷子超出常人的执着，使她不惜变卖了所有的财产，甚至不惜与丈夫离婚。在寻女的过程中，荷子被人贩子拐卖，她执拗的个性，使她勇往直前地告倒了人贩子秦天国，女儿虽然没有找到，但她扳倒了贩卖人口的团伙。荷子是普通的，但荷子的这种不达目的不罢休的精神，却是不平凡的。小说在艺术上采用了"丢失—寻找"的模式，使主人公的命运始终处在一种"在路上"的未知状态，极大地增添了故事的传奇性和可读性。

发表于《北京文学》2003年第3期的《荞荞的日子》与发表于《飞天》

2003年第3期的《一棵树的生长方式》，都是表现农村小人物的日常生活的佳作。前者写了农村妇女荞荞因医治继父的病无奈嫁给游手好闲的杨来喜，杨来喜在赌场上却把荞荞输给了收购站的马豁子。荞荞从此开始了自己的痛苦人生。小说表现了农村妇女这一弱势群体苦难的生存现状以及她们无奈的抗争历程。后者写了姚洞洞由遭受歧视和压迫到终于报复成功的故事。小说塑造了一个个性鲜明的人物形象。姚洞洞由于出身不好，从小就受到村支书孙贵的欺负。孙贵利用权势，不仅长期占有着姚洞洞的母亲，而且也长期控制着姚洞洞的生活。姚洞洞喜欢慧慧，却阻挡不住孙贵、孙关水父子的权力诱惑；姚洞洞一双儿女的名字都要被孙氏父子粗暴干涉。长期的压抑和屈辱，使姚洞洞开始了报复的计划。新时代为他准备了机会。姚洞洞先是收破烂，后又开办了商店，他借马乡长来压孙关水，甚至让儿子姚小洞与马乡长的残疾妻侄女攀亲；他到处赊账，以邀买人心，最终儿子顺利当了村长；他拉拢会计，终于把孙关水送进了监牢；他的报复心越来越强烈，他要让慧慧来求他，他甚至还有着更加贪婪的渴求……这是一个被畸形的权力欲扭曲的形象，他的生长方式，正是权力倾轧、权力争夺的方式。

发表于《青年文学》2003年第7期的《婚姻穴位》，由于改编为电影《心急吃不了热豆腐》而产生广泛影响。小说把笔触从坝上草原投向城市底层人的生存现状，塑造了一位平凡窝囊但心地善良的城市青年刘好的形象。刘好由于内心的善根，收养了贺文兰的私生子，从此他的婚姻生活处处不顺、事事坎坷。最终当他即将得到爱情的时候，却因车祸失去了生命。刘好对前妻留下的与自己毫无血缘关系的孩子刘小好无私的父爱，对晕倒的陈红仗义相救，对误入歧途的李大嘴的姐姐好意安抚。他纯良的人性美让我们敬佩。

发表于《飞天》2004年第3期的《一个谜面有几个谜底》，描写了进城打工青年老六、王梅、胖子、乔小燕等人的艰辛生活状态。老六为凑够娶心爱的女朋友的钱而数次打拼，结果都以失败告终，只好带着女朋友离开家乡，到城市淘金，但结果是老六的爱情在包工头的财富面前不堪一击，没有过多久他的女朋友就无法抗拒这种城市生活的诱惑而成为工地老板的俘虏。失恋中的老六在这个时候认识了一个批发商店老板的妹妹小丁，接受了去调查小丁哥哥的情妇的特殊任务，却与这个做情妇的寂寞女人上了床。结果使他最终变得一无所有，小丁和她哥的情妇都和老六没有结果。"我"此时在老六的召唤下也来到了城市，乡下教师工资的拖欠使"我"决心来城市打工，"我"的目的简单：尽快挣钱，迎娶老六的妹妹乔小燕。"我"与老六先在城市里开批发商店，后又做报刊批发生意，辛苦地挣扎在城市里，却看不到成功的希望。这使得老六感到了疲惫和绝望，当看到昔日女友王梅嫁给包工头在城里的体面生活后，心灵开始扭曲，老六费尽心思拆散"我"和他妹妹的甜蜜爱情，处心积虑想把妹妹嫁到城市，甚至不惜让妹妹到一个夫妻分居的色狼教授家做保姆。但结果是老六的妹妹怀孕了，教授却不想负责。老六劝说"我"放弃爱情的理由则是如果你真的喜欢小燕就应该让她选择嫁进城市这条道路。故事的结构很有趣，老六的女朋友成为包工头的情妇，此时老六是一个痛苦的受害者角色；老六与小丁谈恋爱然后成为其哥哥情妇的情人，这是一个暧昧的角色；由此转换则是他最终将自己的妹妹从"我"的身边夺走变成教授的情妇。由此老六从一个受害者变成了一个双重受害的制造者的角色。城市与乡村的对立使老六心理产生了一种极度的扭曲与不平衡，颇类张爱玲的《金锁记》中的曹七巧在得不到情爱之后心灵扭曲，成为他人情爱的一个可怕的破坏者。受害者成为新的伤害的制造者，而这伤害则完全是因为对幸福的憧憬，其中则包含着主人公对于自己奋斗和反抗挣扎意义的完全失望，以及对于自己在挣扎与反抗的灵魂与肉体上的折磨的愤怒抗议，因而我们就可以理解主人公老六的这种选择，老六聪明肯干，可惜幸运女神不肯眷顾。在重重挫折后，老六终于背弃了自己，为了让妹妹成为城市人而不择手段。这篇小说采用了一种黑色幽默的手法，采用"我"在拒绝把乔小燕变成城市人的教授打伤后在监狱中的自述的方式进行，在故事的叙事中往往有许多令人发笑的情节，但越是可笑我们越是感到内心的悲凉。这种追求城市而不惜舍弃一切的极端心理，也从侧面反映出城市文化相对于乡村文化的决定统治地位。

发表于《青年文学》2004年第8期的《麦子的盖头》，似乎是对荞荞故事的一次改写。小说为我们讲述了一个美丽、善良、质朴，渴望拥有和睦平静的家庭生活的名叫麦子的农村女性，因不断遭到村长的骚扰引起丈夫的怀疑，在几十里之外矿区上班的丈夫每天回到家中来监督他的妻子。善良的妻子不忍心丈夫每天为自己辛劳，在一次村长的骚扰和胁迫下她妥协答应仅此一次时，她的丈夫恰好回来了。这成了麦子痛苦的根源，她无法澄清事实的真相，更伤心的是丈夫在赌博中将她输给一个叫老于的男人。由此，麦子开始了她的逃跑与寻找的道路，她必须找到自己的男人，但她终于在多次的失败之后又戏剧性地回到了老于的家中。正当她在老于家中安静地生活的时候，落魄的丈夫来找她，麦子以为自己终于找到了依靠，却在和丈夫回家的路上明白自己所要寻找的其实是老于这样一个正直、成熟和善解人意的男人。这样我们终于陪伴作家走完了这样一个寻找的主题，一直到小说的结尾，主人公麦子才意识到她真正所要寻找的对象和意义。

发表于《当代》2006年第6期的《命案高悬》，是一篇在艺术上颇有追求的作品。小说尽管写的仍是坝上草原底层人的苦难的悲剧命运和乡镇权力的畸形肆虐，却让一个本是帮凶的贪色的小人物护林员吴响，在寻觅真相的过程中，良心发现，似乎变成了一个伸张正义的正面人物。小说一开始，贪恋尹小梅姿色的吴响，处心积虑等着尹小梅家的奶牛出现在草场，他好以小梅破坏草场为借口逼小梅就范，可是尹小梅却阴差阳错地被副乡长毛文明带走，不明不白地死了。为了减轻自己的罪责，吴响想探明小梅的死因，结果不但自己落入了别人的圈套，还逼得尹小梅的丈夫跳河自尽。吴响的失望和希望总是交替出现，故事的发展总是与他最初的愿望南辕北辙，欲望的追求逐渐演化成无奈的自我拯救，最后落得一个苦涩的结局。

胡学文曾在多个地方说过："我喜欢的小说，是能够接地气，可能有着世俗的面孔，但同时长着羽翼，能够飞翔于天空。一个方向向下，一个方向往上。往下扎得深，往上飞得高。看到这样的小说，就很兴奋。"胡学文的这种艺术追求在他新近推出的许多中长篇小说中付诸了实践，特别是中篇小说《从正午开始的黄昏》与长篇小说《红月亮》标志着胡学文创作的新的探索。

中篇小说《从正午开始的黄昏》发表于《钟山》2011年第2期。该作获第六届鲁迅文学奖。小说写了虚实两条线索。实的线索是乔丁与妻子、岳父、岳母的日常生活，属于一种合乎规范的幸福家庭生活。妻子姣美贤惠，孩子聪明乖巧，更兼岳父岳母的关爱，使乔丁觉得这个家庭无比温馨。虚的那条线索则明显带有寓言象征的意味，乔丁与"她"的近乎荒诞的做"贼"生涯，带有明显的反常规、反日常、反主流的意旨。那是一种隐秘的不可示人的一面，是人性的"黑洞"，乔丁无意中窥见安静、娴雅的岳母与情人"约会"的场面，是胡学文无情撕裂人性面具的"毒辣"的一笔。由此，胡学文通过虚与实、具象与抽象的辩证法，把人性的复杂多面残酷地展现出来。

长篇小说《红月亮》亦是如此，颇具匠心地设置了两条线索：一是夏冬妮接受记者赵萧萧采访的自述，名之曰"红月亮"；二是赵萧萧与马丁的故事，名之曰"蓝云朵"。两条线索并驾齐驱，像电影的蒙太奇剪接，似无联系却大有深意。在两条线索之间又插入"药典"，这些药典俱是有毒的"良药"，其象征意义十分明显。

在"红月亮"这条线索中，以夏冬妮自述的方式讲述了自己的荒唐的戏梦人生。夏冬妮本是一个天真烂漫的少女，她曾在河边奋不顾身地救人，其动机只是觉得这个男孩像她的弟弟。然而，记者和学校的老师都希望她说出更加冠冕堂皇的理由来，结果，不会撒谎的夏冬妮搞乱了报告会；夏冬妮父亲由于掌握了单位领导腐败的账本，被逼致死，账本被母亲藏匿，夏冬妮由于不会撒谎，导致账本被骗走；参加工作后的夏冬妮，由于不会撒谎说出了工厂的秘密而差点被开除；更为严重的是，由于曾被"社会青年"全哥醉摸了乳房，结果导致了婚后严重的心理障碍。这种心理疾病被心理医生称为"弥漫性撒谎恐惧症"。不会撒谎成为一种"病"，而撒谎反倒成为世界的常态。正如心理医生陈默所言："从本质上说，世界就是一个巨大的谎言，构成世界的所有部件都是虚假的，不真实的……生命不是靠真实维系，而是凭谎言支撑……历史是谎言串起来的……当我发现历史遍布谎言的时候，死的心都有。可后来回过味儿，谎言是必要的，任何民族也不能摒弃谎言……"这实在是一个巨大的反讽和悖谬。

在"蓝云朵"这条线索中，记者赵萧萧是一个不断追索事实真相的勇者。她勇揭不法房地产商的卑劣勾当，假扮路人智救被拐妇女，她暗探黑心屠宰点被打，最终由于报道了现代"白毛女"事件而被报社炒了鱿鱼……可见，赵萧萧也是一个夏冬妮式的不会撒谎者。赵萧萧之所以接近马丁，是发现马丁经营的书店不卖黄书、盗版书。然而，令赵萧萧想不到的是，马丁整个人就是一个谎言。马丁有过阴暗的童年，母亲与人私通，父亲却在站岗；马丁的妻子乔凤也重蹈覆辙，马丁进城成了供人泄欲的"鸭子"。处在人生十字路口的马丁,遇到了秃子和六指,他们狼狈为奸,成为社会的异类……多年以后,马丁试图改邪归正,隐姓埋名、遵法开店,但秃子的突然出现,又将马丁拖入无尽的梦魇,马丁甚至卑劣地把自己的情人周丽英送给秃子……

可见"谎言/真实"是这两个线索的关键词。夏冬妮不会撒谎,害怕撒谎,她患上了"弥漫性撒谎恐惧症"。然而,夏冬妮的人生中却到处充满谎言和欺骗。她的母亲,那个为"父亲洗冤而大闹县政府的母亲,那个为藏匿父亲的账本而不惜一切的母亲",那个声称为了儿女而不再成家的母亲,却是个撒谎的高手,她与王大拿多年私通,甚至加害王大拿的女人而锒铛入狱;夏冬妮的丈夫送奶工杨开顺,竟然携款私逃;夏冬妮爱上的第二任丈夫毛安,竟是一个十足的大骗子。他虚构了一个叫元红的妻子,杜撰了一个感人至深的故事,由此骗得了夏冬妮的信任和感情,但当一切真相大白的时候,夏冬妮把毛安推下了楼,也同时把虚伪、欺骗和谎言彻底推开,进而也把自己——真实、单纯关进了囚牢。

同样,作为最大谎言的马丁,他其实并不愿意生活在谎言的阴霾中,他极力逃避,努力摆脱昔日的噩梦。马丁的向善之心,说明了他的无奈与不得已;他感受到了赵萧萧的好感与真实人生的魅力,他不能忍心赵萧萧让秃子给拖下水,当马丁决定彻底剜掉秃子这个毒疮时,理智使他向赵萧萧发出求救的信号。这是否意味着谎言向真实的最终投诚呢?

由此可见,胡学文在这部小说中实际上是在探讨谎言与真实的辩证关系。谎言与真实如一面镜子的正反面,它们互为真实又互为谎言,就如同《红楼梦》中的"风月鉴",正面的"美人"与反面的"骷髅",哪个更像谎言而哪个又更接近真实呢?如果说,"红月亮"中夏冬妮的遭际属于"风月鉴"的反面,它反讽性地揭示了世界与历史的谎言性建构的真相;那么"蓝云朵"中赵萧萧与马丁等人的行为则属于"风月鉴"的正面,它真实地揭示了现实生活中一个真相探求者的悲剧人生。《红月亮》的写作实践表明,针对我们时代的种种病症,胡学文的思索有感而及物,在这里,体现了胡学文强烈的现实批判精神。然而,胡学文没有停留在对一般性社会问题的勘察批判上,而是深入世界和历史的本源性层面,探求其内在的肌理结构。从道德层面讲,人们天然排斥谎言而更青睐于真实,但从存在层面上讲,世界和历史其实正是在谎言与真实的悖反中建构的。人类为了生存，不得不建构各种自欺欺人的知识谱系，用于维系人生历史社会组织的良好运转，也赋予无来由的生命与世界以意义。

谎言的目的是欺骗，谎言的内核是秘密。我们注意到，近年来胡学文所写的作品多与秘密和欺骗有关，比如《从正午开始的黄昏》《〈宋庄史〉拾遗》等，双面人乔丁与岳母的不期而遇的秘密，老条与父亲的欺瞒人生，都表明胡学文试图勘探表象世界背后的本源。当然，秘密不完全等同于谎言和欺骗，秘密是世界与人生历史的常态形式。长篇小说《红月亮》中同样设置了许多的"秘密"机关，夏冬妮临了也没有把她父亲临终留下的信件内容披露出来，周丽英神神秘秘的行踪最终也只是隐隐约约地点了一笔，马丁与秃子、六指的勾当始终如雾里看花，语焉不详……秘密使世界与人生历史变得复杂和多样，可以说胡学文通过谎言—真实—秘密的形式，勘察世界与人生、历史与存在的复杂性与多样性。

由此，我们可以理解胡学文在《红月亮》中设置的"药典"的象征意义。书中所列的九味中药，都属于"毒药"，但均是可以治病的"良药"。看来，"毒药"与"良药"也是双面的、复杂的、辩证的。无病则为毒，有病则为药；多食则为毒，适量则为药。这也正如谎言/真实之于人生历史/世界存在一样，绝对排斥谎言与秘密和绝对相信真实与真相都将是成问题的。世界经不起推敲，存在也不需要理由，世界的复杂性和多样态，正在于它的这种荒诞感与悖谬性。

《红月亮》在艺术上也充分体现了胡学文的多种探索。除了结构的多重并置外，胡学文还特别注意了小与大、重与轻、实与虚、显与隐、快与慢、缜密与疏朗等的艺术辩证法。胡学文曾被称为"底层写作"的代表作家，他笔下的人物均为挣扎在生活底层的小人物。这些人物苦难卑微，但他们为了尊严坚持不懈的抗争精神，具有执拗的"一根筋"的性格特征。他们的生活无疑是沉重的，他们的近乎偏执极端的行为方式，其实正是弱者的自卫性的攻击心理的外向表现。《红月亮》中的人物夏冬妮、赵萧萧乃至马丁等，在我们看来仍然是这类人物的继续和发展。他们来源于大地，是大地开出的花朵，挟带着泥土的芳香和潮气，氤氲着生活的新鲜和俗常，毫无造作之态，更无硬写之痕。接地气是胡学文的天然优势，但胡学文也十分清楚，艺术之所以是艺术，就在于它并不是生活的照搬，而是创造。因此，他十分注意让沉重的人物飞起来，让实的虚起来，让小的大起来，让显的隐起来……《红月亮》中夏冬妮的"撒谎恐惧症""药典"以及各种秘密的设置等，正是实现这种艺术追求的有益尝试。胡学文的尝试是可贵的，也是值得称道的，但仍觉得不够圆熟，结构上的两条线索，特别是"药典"的设置，还显得"硬"了些，为了实现向上飞翔的超越感与空灵感，也多少有些"观念先行"之嫌了。

第二节　刘建东

刘建东（1967—　）出生于河北省邯郸市，祖籍河北邢台。1989年毕业于兰州大学中文系，曾在石家庄炼油厂工作多年。现就职于河北省作家协会，曾任《长城》杂志副主编，现为河北省作家协会副主席。1995年发表短篇处女作《制造》引起文坛关注。2003年由作家出版社出版中短篇小说集《情感的刀锋》，同年由云南人民出版社出版长篇小说《全家福》，2005年又发表长篇小说《十八拍》，同年由山东文艺出版社出版第二部中短篇小说集《午夜狂奔》，2006年由贵州人民出版社出版长篇小说《女人嗅》，2012年出版长篇小说《一座塔》（重庆出版社2012年版）。其中，中篇小说《减速》和长篇小说《全家福》分别获第九届和第十届河北文艺振兴奖。

刘建东的小说从文体形式上看大致分为三类：一是写实的，比如《制造》《情感的刀锋》《大于或小于快乐》《自行车》《十八拍》等；另一类是荒诞的作品，比如《减速》《我的头发》《三十三朵牵牛花》等；还有一类是介于二者之间的，从总体上看是写实的，但又有荒诞的情节穿插其中，从而把写实与写意统一起来，比如《全家福》《女人嗅》《一座塔》。刘建东的写作起步于先锋小说潮流逐渐式微之后，但他的小说明显吸收了先锋小说在文体形式上的优长之处，在小说语言叙述等方面都"洋味"十足，这使他的小说在河北这块历来追求本土朴实的现实主义风格的土壤中显得卓尔不群。刘建东的小说叙述大于描写，他总是善于讲述故事而不是单纯地编排故事，因而他的叙述语言往往充满诗意。从题材上看，刘建东的小说基本上是对现代都市青年情感生活的描述，对重大政治历史事件往往不感兴趣，故而他的小说基本上也可以算作"个人化写作"一族。

1995年处女作《制造》发表于《上海文学》，标志着刘建东正式亮相文坛。这篇带有鲜明先锋文学流风遗韵的小说，使得刘建东在河北这块历来追求本土朴实的现实主义风格的土壤中显得"洋味儿"十足，卓尔不群。之后，他相继在《人民文学》等杂志发表了《情感的刀锋》《我的头发》《大于或小于快乐》《女医生的风衣》《广场上空的鸽子》等作品，很快引起了河北文学界的注意，刘建东也被调入省作协，从此他的文学创作进入快车道，先后创作了《心比蜜甜》《减速》《三次相遇与三次擦肩而过》《秘蜜》《午夜狂奔》《后商时期的爱情》《三十三朵牵牛花》等小说。

综观这一时期的小说，其题材基本是对现代都市青年情感生活的描述，而在小说文体形式上则追求一种纯粹的文学品质，迷恋于技巧的探索，反对"木头式"的写实，相信小说是"写"出来的。刘建东不断尝试着小说的多种写法，"灵性写实"的、荒诞的、寓言化的……

比如《情感的刀锋》，就是一篇"灵性写实"的作品。小说描写了都市青年的情感生活。主人公罗立与女青年任青青、严雨的恋爱婚姻纠葛，显得复杂而迷离。小说把着重点放在对他们情感心理的细腻刻画上，写出现代都市青年的喜怒哀乐，写出他们生活中的无奈和人性挣扎。

比如《我的头发》和《减速》，则属于荒诞小说。在这些小说中，刘建东对人生、对社会，甚至是对存在的哲思都淋漓尽致地表现了出来。在《我的头发》中，几乎所有的人物都是"病人"，作品情节荒诞，人物行为夸张，有人在图书馆里抢劫，有人在动物园里杀虎食肉，都象征着我们这个时代人欲物欲高度膨胀，人与自然公然为敌的混乱处境。"我"名为"方向"，实际上却无方向，"我"与邢晋的情人芳芳的"游戏"，就集中表现了我们时代已经彻底欲望化的本质：显然，芳芳象征了时代欲望的图景，在这欲望冲天的灼烧中，时代的车轮沓沓"行进"（邢晋），无人阻挡。难能可贵的是，刘建东没有一味地粗暴地谴责现实，而是在柔软脆弱的温情和淡蓝色的忧伤中追求着远方的真善美。

《减速》是一篇更加荒诞的小说。在这篇小说中，刘建东对时代文化的思考进一步加深了。刘建东敏锐感知到我们时代的高速发展的现实，"速度"成为我们时代的最基本特征。减速实际上是刘建东面对时代所发出的一厢情愿的无奈呻吟，刘建东无力改变，小说结尾那铺天盖地的红色——那是鲜血的颜色，也是欲望的色彩甚或说是生命的色彩——正强烈地压迫着我们，使我们喘不过气来，我们将永远生活在这种无尽的压力中不能自拔。

发表于2002年的中篇小说《午夜狂奔》，也许是刘建东试图把写实性与荒诞性调和起来的一篇作品。作品看似写了一个杀人案件，而实际上则是通过这种极端的状态，直接抵达人的内心深处，把人的最隐秘的东西呈现在日常生活中。无论是平安还是马德里，他们以杀死自己过去的方式，表达了对生活的厌倦、逃避或者是怀想。盲女人林华的出现，使小说具有了浓郁的寓言意味。在此，刘建东书写了当代都市欲望生存的困惑、恐惧、焦灼和不安。

这一时期的作品明显看出刘建东向西方现代主义学习的倾向：马尔克斯、卡尔维诺、罗伯·格里耶、福克纳、卡夫卡……刘建东追慕大师的足迹，以自己的创作实绩向大师们致敬。

从2002年到2012年，除了发表大量的中短篇小说外，刘建东共发表出版了四部长篇：《全家福》《十八拍》《女人嗅》《一座塔》。在这些长篇小说中，刘建东各有探索，绝不雷同。比如《十八拍》重点写人性的"痛和悔"，《女人嗅》重点写"气味"，而《一座塔》则重点写"声音"。

2002年发表于《收获》杂志的长篇小说《全家福》，是刘建东艺术探索日臻成熟的标志。小说在形式上把写实与写意、常态与荒诞、具象与抽象都有机地统一起来。小说通过一个小女孩徐静的视角来进行叙述，巧妙地避开了政治背景的交代，从而把描写重心放在家庭琐事、人性质地以及生存状态等方面。《全家福》不乏写实的功力，但《全家福》却不是一个纯粹写实的作品，它对象征、荒诞、反讽等艺术手法的成功运用提升了这部小说的艺术品位。小说中的父亲形象，既是生活中的父亲，又是一个颇具象征的重要形象。他的存在使小说增添了神秘荒诞的氛围，也使作品由具象的写实上升到了抽象的形上层面，从而使小说丰满了气韵，深厚了蕴涵。父亲的失语和瘫痪始于母亲的皮鞋。皮鞋在此也成为一个具有象征意义的"事件"。父亲由此导致疾病缠身，成为一个废人，一个家庭的累赘，一个多余人。父亲失去了他的权威，家庭也失去了有权威的父亲，没有父亲的家庭变得混乱无序、各自为政了。母亲寻找性伙伴、二姐频频更换男朋友、大姐徐辉的同性恋，象征着时代欲望泛化特征。特别是二姐对"药片"近乎变态的收藏，使我们看到我们时代的"疾病"实质上就是欲望的疯长。同时，大哥徐铁的性无能，母亲情人杨怀昌、摔跤教练先后暴死，都暗示我们时代真正男人的缺失。男人的缺失，正是权威、秩序的缺失。然而，父亲又是无处不在的，瘫痪在床的父亲，不断出现在儿女的活动视野中，徐铁听到的父亲那声沉重的叹息，徐琳在河边看到的父亲影像，以及传说中父亲光着脚板在大街上狂奔，这些荒诞的情节，都使父亲超出写实层面的意义，而具有了符号性质。这一符号的意蕴复杂而朦胧，父亲既是权威、秩序的象征，又可以说是对某种信仰的期盼。父亲作为缺席的在场，成为我们转型时代的标志。在没有父亲的日子里，家庭走向解体的边缘，人人都感到没有方向没有目标，有的只是欲望的放纵，肉体的狂欢，灵魂却在孤寂中走向荒芜。因此，父亲在这里是一个具有关键作用的意象，不过这一意象却具有相对性，在不同人物那里具有不同的意义。相对于母亲而言，父亲具有窥探、监视的意义；相对于徐铁、徐琳而言，父亲则更多一些道德训诫意义；相当于徐辉、徐静来说，父亲则又与秩序、权威、尊严和信仰有关。小说的结尾，徐静与自己的灵魂合二为一，她推着坐在轮椅上的父亲"向着某一个地方飞奔"是作家精英立场的表白，是渴望飞升、渴望超越世俗和孤独对灵魂救赎的呼唤。可见，刘建东在《全家福》中所要表达的不是对生活现实的摹写，也不是单一价值的重构，而是对存在可能性的展示。

2006年出版的长篇小说《女人嗅》，是刘建东的第三部长篇小说。小说从嗅觉的角度描写了王宝川这个贾宝玉式的男子，对女性气息的超乎寻常的迷恋。他忘情地享受着姐姐妹妹们的软玉温香，在王宝芸、梁依薇、梁依莉、林红玉等女性群中"迷醉"。王宝芸几近疯狂地"爱上"弟弟王宝川，使得父亲王锦昌不得不败退进"布袋"去安身。然而，和《全家福》中沉默的父亲不同的是，当王宝川被判刑以后，父亲王锦昌终于烧掉了自己的"布袋"，抛弃了儿子王宝川，他作为父亲的威权回到自己身上。小说以象征甚或荒诞的手法，演绎着父与子、男与女、压抑与反叛、权力与异端的多重悖反与较量。

2012年，刘建东发表了他的第四部长篇小说《一座塔》。这是一部很难解读、意蕴深广的小说，刘建东野心勃勃，试图在小说中包容多层次多声部的主题思想，小说成为战争言说的复调式哲思。从表面上看，小说是关于抗日战争的，而实质上是在借战争反思传统文化。小说对"我"姥爷张洪庭和二姥爷张洪儒以及舅舅张武厉和张武备等形象的塑造，正是通过人物的性格与行为方式，展示传统文化在非常状态下的蜕变机制。中国传统文化始终纠结在"义利"之间，儒家文化讲舍生取义、杀身成仁，"天下有道则现，天下无道则隐"；而道家文化则讲"顺变之道""变通之理"，俗话说"识时务者为俊杰"的实用理性抑或就是由这种文化变来的。这样在中国固有的传统文化之中便始终有理想主义和实用主义两极并存，张洪儒和张洪庭就分别代表了传统文化的两极。乡下的张洪儒曾经是东清湾的灵魂，在乡亲们的眼中是最伟岸的人。他恪守着"己所不欲勿施于人"的儒家古训，面对着日本侵略者，他曾天真地认为要回土地的谈判是一种对等的谈判，结果是自取其辱，他的失败是注定的，这是一种文明对野蛮的失败，在这种失败中他的自信和尊严都无可救药地轰然崩塌，他选择了逃避——把自己封闭在石屋中。从此，东清湾失去了权威，失去了引导，东清湾陷入集体失语之中。

与张洪儒一样，恪守着现实主义的"我"姥爷张洪庭，在巨大的事变面前，同样感到了恐惧和不安。于是，他要建塔，建一座全城最高的塔，一座希望之塔——安妥祖辈亡灵与今人灵魂之塔，也是欲望之塔——它更多的是血腥、伪善、耻辱、恐惧与毁灭。塔在此获得了象征意义，它成为整部作品的关键词，它聚集了全部的宗教意义和世俗意义，甚至成为近代以降，中国人面对西方列强的蹂躏，在经典的儒家文化土崩瓦解之后，试图再造属于自己的新的传统文化的一种隐喻。然而，这种再造由于其强烈的功利性目的，一开始就把这种文化置于一个十分复杂和尴尬的境地，塔的意思模糊不清，它"可能只是一个标志，一个渴望，一个无法言明的概念"。而塔的高耸入云，塔的血腥可怖……直至塔的最终毁灭，不正是中国近代社会文化历史演义的一个缩影吗？由此可见，刘建东在战争的言说中，并不只是在言说战争的过程，而是把战争作为一个非常态的外来文化侵入的情势下，中国固有文化的自我分裂与溃败，以及由此所产生的重构文化的冲动，进而反思这种冲动的动因及可能性。

关于声音的哲思也是这部小说的一个重要声部。声音是什么？声音就是说话，就是话语。在某种意义上说，历史就是由各种不同的声音复合而成的。在20世纪40年代的中国，显在的声音来自重庆、南京、北平，还有延安，隐匿的声音则随着张洪儒和他的《论语》躲到了石屋中，各种声音交织繁复，共同构成那个时代的历史。当然，历史中的声音是驳杂的，更为重要的是，我们对历史的叙述的声音其实也充满复杂性。谁来讲述，怎样讲述，这是能否展现历史真相的关键。小说采用美国记者碧昂斯与"我"——一个隔代人的双重视角，来叙述抗战年代的故事，为的就是拉开时间距离，客观地审视那段历史中的人和事。即便如此，历史的真相也是晦暗不明的，任何简单化的对历史的言说都是对历史的歪曲。于是，我们看到，刘建东在他的文本中，构筑了多重声音的牵连，小说把战争、革命、爱情、欲望、文化等主题都纳入文本，就是试图还原多种声音交织的历史本相的一种努力。

2012年，刘建东发表中篇小说《羞耻之乡》，2015年又发表了他的"工厂系列"小说之一《阅读与欣赏》，2016年发表了"知识分子系列"之一《丹麦奶糖》，顿时反响热烈、评说各异。而在我们看来，这些作品是刘建东对小说本质的一次新的发现，是其对小说多种可能性勘察实验的一次新的飞跃。

比如《阅读与欣赏》，没有孤立地讲述一个故事，而是建基在一个巨大的"互文"场中来进行讲述的。叙述人"我"与作者刘建东高度重合，作者抹去虚构的痕迹，仿佛就是刘建东生活中的一段"本事"。小说至少建立了两种"互文"关系：一是冯茎衣与各种文学作品之间的"互文"关系；二是作者刘建东的写作生活与人物冯茎衣的关系。第一个"互文"关系，构成冯茎衣赖以存在的"文学互文场"。小说中反复出现的诸如《牛虻》《青春之歌》《钢铁是怎样炼成的》《绿化树》《堂吉诃德》以及刘建东早年创作的《情感的刀锋》《全家福》等文学作品，甚至还有弗洛伊德等，这是刘建东与冯茎衣对话的基础，也是二人共同的阅读史。在这个"互文"场里，冯茎衣对《绿化树》女主人公马缨花的"不真实"的批评,以及她对"我"写女性"靠想象"的不屑,实际上建立了冯苤衣女性形象不同寻常的一个比对库。冯苤衣的确不同于文学史上的其他女性形象,她的美丽、洒脱、放荡、率真的个性,不能用任何已有的女性形象来框范。她的生命中前段的放荡(至少与七八个男人保持暧昧关系),中段的幡然悔悟成为劳模标兵(因丈夫车祸而起的忏悔心理促使其转变),后段由于倒卖油品而受到处分和过失犯罪(她为阻止酒鬼父亲殴打母亲,无意中把父亲推下楼梯摔死)而锒铛入狱,这样一个女人究竟如何评判?用传统的道德标准评判肯定不合适,正像叙述人感慨那样:"十几年过去了,我仍然不知道,我是不是懂得师傅,是不是懂得师傅这样一个女人。她的风花雪月,她的劳模风采,她的监狱人生,在我的梦里,始终搅和在一起,无法分清。"

第二个"互文"关系,是刘建东的写作生活与冯苤衣的关系。刘建东以第一人称"我"的限知视角,观察、品读冯苤衣,冯苤衣成为"我"的写作道路上需要认真阅读和欣赏的一本大书,冯苤衣的生活故事成为"我"构思小说《全家福》的生活"原型"。因此,冯苤衣的故事可以和《全家福》参照阅读。《全家福》的写作过程,也正是"我"对冯苤衣的品读过程,冯苤衣与《全家福》中的徐琳,冯苤衣的母亲、父亲的故事与《全家福》中徐琳母亲、父亲的故事多么相似。冯苤衣对徐琳的欣赏,冯苤衣对母亲的一言难尽,冯苤衣为"我"誊写小说,冯苤衣为了父母和好而拉着全家去照"全家福"的细节,都成为"我"的小说的重要素材。冯苤衣丰富了"我"的生活阅历,照亮了"我"的成长与创作道路,这种"互文"的巧妙运用,使得小说《全家福》具有了重要的合理性依据,同时又给实际上是虚构的冯苤衣找到了更加合适的存在理由。

由此可见,"互文"是刘建东建构这篇小说必不可少的技巧,这种技巧使得刘建东那种貌似回归平实的传统的小说叙事仍然颇具先锋精神。可以说,刘建东超越了狭隘的先锋叙事和现实主义叙事,而朝向了一种更加阔大的叙事境界,刘建东对小说的本质有了新的"发现"。正像刘建东所说的:"小说是一束光,深埋在土里的光。它不是招摇的形式,不是刻意标榜的哲理,不是强加于人的生活,更不是扭曲的历史。所有自鸣得意的技术,所有自以为是的思想都统统退后了,而那个曾经无处不在的我该退去了,它该让位于小说的本质,小说就埋在真实而丰富的生活土壤中,在那深深的土里找寻养分,等待破土而出。"从这一意义上说,刘建东小说的"互文"其实也不完全是一种技术,而是"世界"本身。世界的复杂性就在于它是交织在一起的整体,在世界中的每一个生命都有着自己的隐秘的不能穷尽的可能性。而小说家只不过是一个有局限的观察者,越是伟大的小说家越会感到自己的无力,《阅读与欣赏》的叙述人"我"之所以显得那样局促和渺小,主要源于刘建东的这种"发现"。刘建东管不住自己足够强大的人物,叙述人"我"试图对冯茎衣进行的精神分析也显得那样肤浅。冯茎衣"按照自己内心生活"真的那么轻松吗?她赎罪的忏悔,她对父母生活的一言难尽,她个人婚姻生活的失败,她的丈夫及婆婆、小姑子的欺骗,都在"我"的有限观察中一带而过,但冰山之下的丰富信息却给了读者巨大的想象空间。

2016年第1期的《人民文学》以头条的位置发表了刘建东的"知识分子系列"小说的第一篇《丹麦奶糖》。这篇小说以十分逼仄的压迫感,写尽了"蜜糖岁月"知识分子的苟且与撕裂。刘建东在一次访谈里说,他写《丹麦奶糖》是"想要给一代人,一个群体画像",而这个群体就是"60年代"出生的知识分子。刘建东瞄准的这一群体,就生活在你我他的身边,保不齐就是你我他。对每一个当代中国知识分子而言,小说中的董仙生都似曾相识,很难说没有自己的影子。刘建东以犀利的刀锋直指"我们",仿佛把一面高清晰度的大镜子拉到"我们"面前,大喝:"照照吧,我们!"

于是,我们看到了镜子里的董仙生:1989年毕业的他,来到省社会科学院文学所,二十年的打拼可谓是功成名就,成为全国知名的文学评论家、所长、博导、国务院特殊津贴享受者,还是社科院副院长的强有力的竞争者。整天被学术的鲜亮外衣包裹着,天南海北飞来飞去,做讲座,参加学术会议,留恋自己的成绩,沾沾自喜,喜欢被别人捧上天,有天生的优越感。正像董仙生的妻子肖燕所说的,你们"觉得这个时代就是你们的。你们变得自私、高傲,你们更像是守财奴,固守着自己的那份累积起来的财富,守着自己已经获取的地盘,小心翼翼地看护着它,容不得别人觊觎,容不得别人批评,容不得被超越,容不得被遗忘"。瞧瞧,说得多准确,多犀利!看看镜子里的董仙生，再看看我们自己，董仙生不就是"我们"的代表吗？是的，刘建东就是要写"我们"，但他不是把自己择出来，以一个有着强烈道德优越感的视角从外部来观照董仙生，而是把自己也拉了进去，董仙生也是"我"。这个"我"从20世纪80年代走来，曾经与曲辰、肖燕等人一起，怀揣着激情和梦想，步入90年代。90年代是以80年代精英知识分子的全面失败而开始的，这是一个全面入俗的年代，董仙生与时俱进，入乡随俗，老于世故，他早已忘记了"远方"，也把80年代视为童话，为了"升官"，他不惜让曲辰去偷"政敌"的笔记本，然而最终，还是败于"政客"出身的对手……"多少年来，我渐渐地蜕去了羞耻那层皮肤，蜕去了激情那层皮肤，蜕去了幻想那层皮肤……每一次，我都得到了某种意义上的重生。"然而，"我也不知道，是越来越喜欢这样的蜕变，还是厌恶"。看来，董仙生的这种蜕变是一种苟且与撕裂，一种令人不安的焦灼与分裂状态。一方面，董仙生沉浸在自己的成功者的光环里，另一方面他也在厌恶、怀疑甚至鄙视着那个成功的自己。正像重新入狱的曲辰所言，"你们……在另一种牢狱之中"。董仙生是刘建东贡献给目下文坛的不多见的知识分子的典型形象。小说基本写实，信息量超大。"丹麦奶糖"这一意象贯穿始终，成为多极意指的象征符号。

这篇小说进一步体现了刘建东对待小说本质的洞悟：好的小说不是"写"出来的，而是一种发现和去蔽。它是一束"深埋在土壤里的光"，它是生命本身，它一旦获得去蔽和发现，必将破土而出，长势喜人。

总而言之，刘建东的小说是纯粹的，富有魅力的。它以奇诡的想象力和出人意料的情节设计，演绎着小说自身的逻辑。它以舒缓的节奏、细密的叙述和淡蓝色的忧伤，营造着小说的诗意氛围。刘建东的小说往往在不可能中言说着可能，在极端与偏执中讲述着生活永恒的常态。在娱乐化、欲望化的今天，刘建东一直默默地坚守着纯文学的阵地，坚定不移地把持着文学的品质，并且对小说多种可能性进行着不懈的探索，实在难能可贵。当然，刘建东的创作还在路上，他的探索不会停止，在充满荆棘的注定孤寂的文学旅途上，我们完全有理由相信他的执着和耐力。

第三节　李浩

李浩（1971—　），河北沧州海兴人。1991年入伍，曾在沧州海兴县武装部工作，1996年开始小说创作。省作家协会副主席。现任河北师范大学文学院教授。2003年由作家出版社出版中短篇小说集《谁生来是刺客》（21世纪文学之星丛书），近年出版小说集《侧面的镜子》《蓝试纸》，长篇小说《如归旅店》《父亲简史》《镜子里的父亲》等。小说《那支长枪》获河北文艺振兴奖，短篇小说《将军的部队》获第四届鲁迅文学奖。

李浩是从写诗转而开始小说创作的，他写小说的时间虽然并不太长，但令人欣喜的是他的小说创作的起点还是比较高的。从他的小说中，我们既可以感受到西方现代派文学诸如普鲁斯特、福克纳、博尔赫斯、卡夫卡、卡尔维诺等对他的深刻影响，同时亦可以感受到我国80年代以来先锋派文学家（比如余华、苏童等）对他的滋养。他的文本的先锋性和探索姿态，使他的创作汇入了90年代以来的所谓"个人化"写作大潮中而又不失个人特色。

李浩的小说语言具有浓郁的诗化色彩，这种诗化，不仅仅指他的语言在局部修辞上的诗化，而是从整体上说的。李浩善于从整体上营造一种诗意氛围，这种氛围不是类似于杨朔的那种公共性诗意氛围，而是李浩个人的，一种类似于李贺式的阴鸷奇险，甚至是恐怖神秘的诗意氛围。这是一种残酷的诗意。在李浩现有的作品中，写到灾难死亡的占了相当部分，从他最早的小说《死亡村落》开始，到1998年的《命案追踪》，到2000年的《扑朔迷离》《生存中的死亡》《刺客列传》等，甚至是《闪亮的瓦片》《那支长枪》，都是在营造这一诗的氛围。诗的氛围的营造从叙述上讲就是在制造迷宫，制造迷宫是现代派小说惯用的手法。大家熟悉的阿根廷作家博尔赫斯就是一位制造迷宫的高手。和博尔赫斯一样，李浩的迷宫也已不仅仅是一个为了讲述故事而制造悬念的简单的叙述技术问题，而是一种意识——迷宫意识。迷宫意识体现的是他对世界的基本看法，即世界是不可知的、偶然的，世界就是迷宫，它没有规律可循，在迷宫的中心往往隐藏着一个或数个谜。于是我们看到作家为我们设置了一个一个的迷宫,无始无终、无穷无尽,没有目的,也没有出口。我们正置身于他为我们设置的迷宫中,做没有目的的旅行。这显然是在这个上帝缺席的时代人们面对存在之轻而无所适从的迷惘意识的表现。发表在《短篇小说》1994年第2期上的《死亡村落》,是李浩的第一篇小说,虽然不能看作李浩最好的小说,却是能体现李浩起点的作品。它在语言上营造了一种恐怖、阴鸷、神秘的诗化氛围,在叙述上则是一座死亡的迷宫。

李浩的小说在叙述上,往往喜欢使用第一人称的叙述人"我",这个叙述人有的是小说中的人物,如《闪亮的瓦片》《那支长枪》《拿出你的证明来》《生存中的死亡》《和瓦城相关的叙事》;有的则不是,如《刺客列传》《恐怖的甲虫》。即使是第三人称的写作,也可以换成第一人称,比如《死亡村落》中的狗娃、《扑朔迷离》中的萧强等。因为李浩的叙述视角都不是全知全能的,而是局限性的,通过这种有限制的叙述,就使生活保有了许多秘密,而文本的真实则成了"我"的真实,即心灵的真实。我们注意到李浩在一篇短文中所提到的自己的文学观,他说:"在我的小说中很少处理'当下'的问题,我更喜欢一种不确切发生的故事,在虚构中,我可以充分体验写作所带给我的飞翔或晕眩的快感。我一直坚定地认为,所有外在,符合于规范、逻辑和时代的真实都是苍白的,它比虚构更接近于幻觉,更接近于'谎言'。""所谓真实的虚构,是一种作者心灵的真实,有了这种真实之后虚构也即有了真实。从这个意义上讲,每一篇小说、诗歌的书写其实都是对'我'的书写,没有'我'出现的文学不可能优秀,即使他把小说中的生活描写得更像生活。"① 李浩的这段话讲得很好,它基本上接近了文学的本质。文学不是简单地对生活的反映,而是一种话语,也即写作者对"我"的生命体验和心灵感悟的重新书写,也即虚构。它是不同于生活世界的另一个世界。它是自足的、语言的,是一些没有所指的、不断自我指涉的能指。这里的"我"的真实也即虚构的真实,是源于生命和良心的,而某些所谓的表现了历史真实或社会真实的作品,恰恰是主流意识或商业意识的回声,而非自我生命和良心的歌唱,所以不一定就是真实的。这样,李浩就把小说引到了语言领域,他的小说就成了一种语词历险的游戏,实际上这仍然是一种对语言的观念问题。语

---

① 李浩:《关于〈一石三鸟〉》,《百花园》2000年第2期。

言并不是一种表达的工具，并不是先有一种意思放在一个什么地方然后找语言去表达。语言是世界的真正边界，没有语言就没有世界。海德格尔说"语言是存在的家园"就是这个意思。20世纪的语言论转向把语言提升到哲学的高度，它是近代自笛卡儿的哲学认识论转向以来的又一次革命。因此，在此背景下的先锋文学对语言的重视，就不仅仅是对语言局部修辞的小打小闹，而是整体观念上的革命性转向，它解除了文学对生活的过分依赖，解放了作家的想象力和创造力，充分发挥了文学的虚构功能。这就是我们在一些先锋作家的作品中看到的他们对未亲身经历的生活的描写同样很好的缘故，李浩的作品也是这样。

李浩的小说在意蕴上具有寓言性。正像李浩所说的那样，他很少处理"当下"问题，这就使他的小说从不涉及现实，从而也远离了主流话语，成为真正的边缘写作。如果说80年代后的先锋写作首先以边缘人的姿态，在经典现实主义的空白处开始了形式革命，从而与经典现实主义或主流意识形态产生了尖锐冲突，进而使其带有了叛逆的性质，那么，90年代的意识形态终结使得主流话语难以组织起共同的想象关系。90年代的后先锋写作便不再具有与主流话语直接对抗的性质，即使是像卫慧、棉棉那样的"另类"写作，也具有了相当多的消费特征，他们不受欢迎，更是一种传统道德与主流话语合作的结果。在这种情况下，仍然沿着先锋道路寂寞前行的李浩，就更显得边缘化，李浩如一个独自远行的刺客，他不断舞动自己的那把长剑，却没有现实的刺杀目标。实际上李浩从不相信文学的所谓教育功能，文学只是一种游戏，这样就使得他的创作成为一种后知识分子的写作，后知识分子的写作将写作变成了一种游戏或"知识"，它不写实，而只是一种寓言——现代寓言。他所关注的不是具象，而是抽象，是形而上。因此，我们在李浩的小说中看到的是诸如生存与死亡、偶然与必然、抗争与宿命、历史与叙述等高深玄妙的哲学命题。

《那支长枪》和《生存中的死亡》可以看作姊妹篇，是迄今为止李浩写得比较好的一类小说。这两篇小说都涉及生存与死亡这一沉重的主题。生存的艰难和死亡的不易，构成小人物屈辱和无意义的一生。《那支长枪》中的父亲，是一位贫病交加却又毫无尊严的人，他的没完没了的自杀既是对艰难生存的厌恶，又是企图找回自我尊严的一种并不高明的手段。然而，他的一次又一次的自杀，非但没有找回他渴念已久的自尊，反倒换来了一次比一次更大的屈辱，甚至连自己的妻子儿女都对他不屑一顾，他只能默默无闻无休无止地编着那些毫无用处的粪筐。队长刘珂在他游街时当众扒下他的裤子，让他那短小的阴茎暴露在光天化日之下，彻底碾碎了他那点残存的自尊，他被彻底打败了。但是，对生的留恋超过了自尊的要求，在好死与赖活之间，他难以取舍。对好死的本能拒斥以及对赖活的强烈向往，使他的自杀形同儿戏，已经彻底失去了对众人的吸引力，于是当大槐树下那绝望的求救的锣声响起的时候，人们早已不在意他，这次他真的死了，他的死仍然没能为自己洗刷耻辱，反倒又成了人们的笑料，同时还给人松了一口气的感觉。同样，在《生存中的死亡》这篇小说中的二叔，也是这样一个屈辱的渺小的多余人形象，如果说《那支长枪》中的父亲以自杀不断反抗着命运的捉弄，那么，"死亡"中的二叔则是彻底麻木了，他的生存就如同一具活尸，永远留存在大槐树下的那片恐惧的死亡阴影中。当然，二叔也曾经与命运进行过激烈的抗争，他的三年失踪和一条瘸腿也许可以证明，但抗争的结果是屈从麻木，二叔成了真正的多余人，生存的寂寞和艰难，使二叔具有了阿Q的某些特质，他的渴望呈现诸如迷恋游街，耽于对别人夜生活的窥视，迷恋于传播道听途说的消息，也同阿Q与王胡比赛捉虱子、欺负小尼姑大同小异，甚至连对女孩小翠的不成功的强奸也同阿Q对吴妈的调戏相差无几。与知识分子的自觉主动的抗争不同，二叔的抗争是出自本能的挣扎，那是一个连追求最基本的生存欲望也不得的屈辱的小人物。他的一生就如同一只青蛙，它不断地跳出水面，却不断地被一只无形的大手按回去，最终被一闷棍打死，这正是二叔生存的隐喻。二叔的生存就如同死亡，这样的生存是没有意义的。这样的死亡也同样没有意义。李浩的特别之处就在于，他剔除了那个特定年代政治或阶级斗争对人的压抑，而是从生存的角度出发，从童年的特定视角，以追忆的叙述方式，重构了那个年代的普通人的普遍的生存窘况，而且由于知识分子叙述人的追忆，便又为那个年代着上审视的色彩，从而把一个一般的故事提升到形而上高度，使故事成为有关生存和死亡的寓言。

《闪亮的瓦片》《扑朔迷离》着重探讨了偶然和必然的命题。一块闪亮的瓦片，就因为我哥哥李博那不经意的一抛，便改变了一切，改变了许多人的命运。原本十分漂亮温顺、善解人意的霄红由于这块偶然的瓦片而成了一个泼妇，原本平静的家庭也由于这飞来横祸而变得鸡犬不宁，仇恨、报复等所有的丑恶都滋生出来，那么必然是什么？是不是其中有一条必然的锁链，作者自己也是颇感困惑的。《扑朔迷离》是一桩凶杀案和车祸的两相叠加，主人公萧强本是"一直认为事物与事物之间存在着某种潜在的连线，而他，又总是能把那种连线在纷乱、复杂的诸多表象中轻易地抽出来"的一个人，也就是说他本是一个对偶然与必然这一对哲学范畴有着习惯认识的人。我们知道，长期以来我们在相同的知识背景中接受了相同的训诫，我们总是把事物放置在一个清晰判然的理性的烛照之下，认为事物中存在着一条内在的必然联系，那是有规律可循的万物法则。因而，在偶然与必然、现象与本质中，起决定作用的不是偶然和表象，而是必然和本质。然而，世界真是那么判然有序的吗？李浩的回答似乎是否定的。在这篇小说中，萧强由于酒后驾车而撞倒了一个房子，从而惹上了一桩凶杀官司，在办案人员的头头是道的分析面前，连萧强自己也不得不承认自己是杀人犯，小说正是通过讲述这个荒诞的故事，颠覆了我们根深蒂固的习惯认知，从而把世界交给非理性的魔鬼，让偶然成为世界的主宰。

　　《刺客列传》《和瓦城相关的叙事》则讲述了抗争与宿命、历史与叙述等命题。《刺客列传》是李浩写得最复杂的小说之一。这篇小说的基本主题就是对历史真实的残酷还原。当历史被描述为一个又一个的凯旋和胜利进军的时候，李浩告诉我们历史就是一个又一个的"刺客列传"，那是来自宫廷的权力之争，充满了倾轧、阴谋和血腥，刺客不是天生的，而是变成的。无论是刺客A，还是刺客B、C、D，他们既是权力斗争的工具，又是无谓的牺牲品，没有年代的历史更说明了这一主题的形而上意义。从某种意义上说，这一主题正是延续了鲁迅"历史吃人"的主题，其实也是80年代以来新历史主义的思想。当然，作品中也有一些分主题，比如刺客B对自己命运的拒绝，就像俄狄浦斯对"杀父娶母"那个命运的拒绝，他抗争着作为刺客的命运安排，但最终他留在历史上的形象仍是一个刺客。在这里，李浩进一步探讨了历史与叙述这一形上命题，这也是新历史主义的一个基本命题。从理论上说，历史不是文本，历史应该是事实，然而，历史一旦成为历史，它只能以文本的形式存在。因此，历史本身与历史叙述是两码事。我们迄今所看到的历史都是历史叙述，而历史都是统治阶级的历史，所以统治阶级的历史必然打上统治阶级意识形态的深深烙印，这样一来，作为叙述的历史与历史事实真相之间便不好画等号。就像刺客 B 或刺客 C，史书的记载与事实真相之间究竟哪个更真实呢？所以克罗齐说任何历史都是当代史，这就是说，历史与写史者和读史者都有关系，写史者是意识形态的，而读史者也是意识形态的，读史者对历史的理解都与当代的思想文化和现实情景有关。这就是解释学的效果历史的观点。历史是一个任人涂抹的小姑娘吗？历史存在着真实，但我们永远不可能达到它，不过我们可以尽可能地无限接近它。

《和瓦城相关的叙事》是一篇相当纯净的小说，它的纯净使它更像一篇地道的短篇小说。它表明李浩的叙述趋向成熟。这篇小说仍然继续着上面的主题，在《瓦城文艺》上的一篇没有结尾的小说，在不同的人的叙述中有着截然不同的结局，究竟哪个更接近真实？甚至连那个琴也同小说中的女孩是同一个名字，而那个医生也许就是小说中的医生，一切都是模棱两可的，一切都是迷宫，谜也许更接近事物的真相。历史正像小说的结尾所写的"不知名的鸟群"，它飞过了时间，留下的只是"踪迹"。

《拿出你的证明来》也是李浩一篇比较重要的小说。这篇比较写实的作品，同样具有形而上的追求。它以童年视角，写了那个特定年代的故事，不仅写了童真人性的异化，而且写了权力意识的无孔不入。这使这篇小说成了一个后"伤痕"故事。私生子屁虫为应付伙伴的追问而指认队长刘珂为自己的父亲，当刘珂倒了霉不当队长时，屁虫又矢口否认，小说结尾屁虫回城成了老板赵根保，校长豆子弄不来钱而丢了校长职务，说明了权力意识在不同时代的表现形式，从前是政治，现在是金钱。不管形式如何变化，实质是一致的。

获第四届鲁迅文学奖短篇小说奖的小说《将军的部队》，似乎是一个转折。李浩把过去那种阴冷的叙述转向了暖色。和平年代的将军显然也是"多余人"，他在晚年对自己"部队"的怀念，不是对战争的追忆，而是对已故战友的友情的温馨眷顾。将军昔日的赫赫战功，都被李浩有意识地嵌入时间的幕后,而在时间的帷幕上留下的只是将军晚年的普通人心境——一个和蔼的、孤独的老人对往事的回忆。木牌上的每一个名字,都联系着昔日战火纷飞的年代,但将军记忆里只有普通战士的悠扬的笛声和某某的脚臭。这种生活的细节和深厚的战友之情也许正是小说带给我们的巨大冲击力。小说实际上也不是简单的写实,而是人生友情与岁月流逝的感慨,是人生终了的生命真谛的诗性结晶。

2013年由北京十月文艺出版社出版的长篇小说《镜子里的父亲》,是李浩最重要的作品之一。小说分为上下两部,小说从父亲的出生开始讲起,到母亲去世后父亲的再婚结束,书写了一段关于父亲的简史。小说时间跨度很大,从民国末年、中华人民共和国成立前夕一直写到21世纪。大炼钢铁、人民公社化运动、三年自然灾害、"文化大革命"等事件都作为背景出现在小说中。这段波澜壮阔的历史与父亲的成长经历交织在一起,给父亲的故事增加了传奇色彩。小说除了介绍父亲的人生经历外,还夹杂描写了二伯、姑姑、姥爷、姥姥和奶奶的死亡,爷爷的频频自杀,母亲与奶奶因为养蜂产生的冲突,以及父母亲的日常生活。另外,小说叙述中隐含了对抽象问题的指涉,比如小说结尾对父亲的几顶帽子的描述(教务副主任、商人、诗人)包含了对人的身份的思考,再如叙述中的不断自我戳破则抛出了小说书写中虚构与真实的关系问题。小说没有一以贯之的线索,用碎片化、拼贴的方式勾勒了一个父亲的简史。

小说选取镜子作为打开父亲人生经历的窗口,用一面面不同的镜子展示父亲一段段不同的经历,并且引入了会说话的魔镜这个全知全能的叙述角色来打破叙事视角的局限,并让魔镜和叙述者对话,填补叙事的空白。另外,魔镜的存在也使小说形成了两个叙述层,并且这两个叙述层之间有交织相通的地方。叙述者与魔镜的对话,以及叙述者在叙述中的不定时打断和插嘴,打破了小说虚构与真实的界限,使整部小说具有元小说的特性。在时间的安排处理上,《镜子里的父亲》摒弃了传统的线性时间,镜子的使用使时间呈现出空间化的特征。

小说还运用了许多叙事技巧,像用来补充解释的括号里的话、去掉标点的大段白文、引用和互文(126页对姑姑的死的描述是对《百年孤独》中俏姑娘蕾梅苔丝离开方式的互文）等，甚至直接在文中插入了调查问卷、留白的方框，还将短篇《父亲的沙漏》全文镶嵌进了小说中。对于《镜子里的父亲》来说，故事讲述的内容不再是重点，讲述故事的方式才是重点，整部小说就像一场叙事的狂欢和实验。镜子的运用是整部小说的支点也是亮点。

第四节　张楚

张楚（1974—　），原名张小伟，河北省滦南县人。毕业于辽宁税务高等专科学校会计系。1997年毕业后在滦南县国税局工作。中国作家协会会员，曾任河北省作家协会专业作家。从2001年起，已在《人民文学》《收获》等杂志发表小说数十篇。出版小说集《樱桃记》（"21世纪文学之星"2005年卷）、《刹那记》等。《曲别针》获2003年河北省优秀作品奖和第十届"河北省文艺振兴奖"。《长发》获2004年河北省优秀作品奖和2004年《人民文学》短篇小说奖。《樱桃记》获《中国作家》"大红鹰文学奖"。2005年当选为第二届河北省"十佳青年作家"。《细嗓门》获2007年河北省优秀作品奖。《良宵》获第六届鲁迅文学奖。

作为税务官，张楚对身边的社会事件不会不熟悉，但他的小说中却没有一件有关外在现实的描写，可见他对所谓的外在现实不感兴趣，他的小说是向内的，他关注的是人的灵魂、人的存在，是昆德拉所谓的可能性。这样就使张楚的小说既区别于外在写实性的所谓现实主义小说，又区别于时下身体写作式的商业小说，张楚是个异数，他在走一条艰难的写作之路。当我们试图概括他的小说的时候，"忧郁之诗"四个字首先跳出来，它像一只感性的手，牵着我们上路，我们不能抛弃它，要跟随它走近张楚，走进张楚的生命之门。

从本质上说，张楚的小说是诗性的。诗性首先说明张楚是讲究技术的，这从他的小说题目可以见出："曲别针""草莓冰山""蜂房""旅行""安葬蔷薇""关于雪的部分说法""长发""疼""U形公路""献给安达的吻""人人都说我爱你""穿睡衣跑步的女人""声声慢""悯事记""樱桃记"，以及近期发表的短篇《我们去看李红旗吧》，无不具有一种诗的品性。然而，这种诗性不是简单的生活之诗，而是生命之诗、存在之诗，是普泛的个体生命的了悟与洞彻的复杂之后的单纯与旷达。阅读张楚的作品使我们不时想起诗人海子，那个忧郁的、怆然的、撕裂的诗人海子，他在对生命对存在的深刻的体验中联通了张楚。难以排解的忧郁和哀伤同样构成张楚小说的基调和底色。这种基调与底色，成就了张楚的先锋品质，但张楚的先锋与早期先锋派小说不同，早期先锋派小说基本属于观念写作，而张楚是属于生命的体验写作。我们也许不了解张楚的实际生存状况，但我们从他的小说里读到的是一种源于生命生存本身的忧郁和哀伤，这是一种接通了地气的有活力的忧郁，一种源于血肉的文字舞蹈。

其实，张楚的小说并不缺少现场感，在他的小说中，卖淫嫖娼、同性恋、凶杀抢劫，底层人生存艰难的种种人生事象都是在场的，但张楚的小说没有简单地停留在这些事象上面，而是在这些事象堆中向内，向深处钻探，始于形而下却止于形而上。我们注意到在张楚的小说中，不断出现一些病态人、残疾人，特别是孩子，《曲别针》中的拉拉，《草莓冰山》中的小东西，她们都不同程度地患了抑郁症和自闭症，《旅行》中的草莓、《安葬蔷薇》中的夭折的女儿、《穿睡衣跑步的女人》中那个被计生委打掉的儿子，他们没有出生便结束了自己的生命，这不断出现的"未来之死"，隐喻着张楚对生命对前途的迷茫与绝望的恐惧，这是一种痛彻骨髓的忧郁哀伤，孤独、不安、死亡成为张楚小说中永远挥之不去的色调。

《曲别针》中的李志国在生活中是多面的，但他对病女儿拉拉的刻骨的忧心是真实的。他为了那条女儿拉拉送给他的四块钱的水晶珠链，不惜杀人乃至自杀。《疼》中的杨玉英真心地爱着马可却又懵懵懂懂地死于自己之所爱，《U形公路》中的麦琪一开始就死了，"麦琪是一个有关天堂的隐喻"，麦琪的死，隐喻着回归天堂之路的虚妄，人不可能得救，人注定要在U形公路上循环往复，一如西西弗的徒劳，荒谬的世界与荒谬的生存同在，"痛苦与欢乐同速抵达"，从来就没有什么"狗屁三面镜"，只有无尽的哀伤像弓一样，"它延伸到天穹的两端"。

《长发》与《草莓冰山》更像一个底层叙事。王小丽为了可怜的嫁妆不惜卖掉自己美丽的长发，然而，那个猥琐的南方人却借机强暴了她，五百块钱的嫁妆使王小丽忍受着屈辱："她没有喊叫，只是抠出嘴里的抹布，然后恍惚着摸摸胸脯。那五百块钱还在硬扎扎地暖着心脏，她的心放下了。"《草莓冰山》可以说是打工者的故事，拐男人与小东西以及她在城里卖淫的母亲的遭遇，在"我"不动声色的叙述中，透露出难以掩饰的哀婉与悲悯。同样是底层叙事，张楚的底层叙事不同于所谓的"新左派"文学的底层叙事，前者是向内的，它重点呈现的是底层人的存在状态，这是一种生命的形式，这种形式在根本上具有普遍性。正像李敬泽先生所说的："文学要向古人与今人、王子与乞丐提出同样的问题，尽管等来的是千差万别的答案。"（《樱桃记》序）"新左派"例如曹征路的《那儿》是向外的，那是一种问题小说，本质上不具有深度。近来曹征路先生在《文艺争鸣》撰文大力攻击"纯文学"，认为"纯文学"走了一条由心灵叙事到身体叙事到上半身叙事到下半身叙事到生殖器叙事的道路的说法，在张楚的小说面前，应该感到害臊。

《细嗓门》（《人民文学》2007年第7期）中的主人公林红无论如何不能与凶残的杀人犯相提并论，她嗓门细小、纤弱柔瘦，就如同她要送给好友岑红的那盆微型蔷薇花，然而柔弱如蔷薇的她，的的确确杀死了自己的丈夫。她由于不能忍受禽兽丈夫的长期虐待和暴力，尤其不能忍受这个人渣长期以来对妹妹的霸占，终于奋起一击。实质上这是一个并不新鲜的故事，但张楚却在自己娓娓的叙述中，赋予它深刻的蕴涵。作品一开始并没有告诉我们林红杀死了自己的丈夫，而是让她从容地出场，到千里之外的大同看望好友岑红。然而，令她没有想到的是，岑红也在经历着与她相同的命运煎熬：婚姻危机，第三者插足，甚至她也有一个如同妹妹林艳一样的表妹米粒。于是，她希望利用自己不多的时间为好友做一些事：找出第三者，劝岑红夫妇和好。她从米粒口中得知了一个和她几乎有着相同故事的第三者赵小兰的故事，林红对失恋的米粒的关心折射着她对妹妹的愧疚之情……故事就是在林红试图介入他人的隐秘的生存中渐次展开了她自己的故事，直到故事结尾，当警察把林红摁倒在肮脏的雪地上时，我们才恍然大悟。由此，张楚就把一个纤柔的弱者极端反抗坚硬现实的故事变成了生活中近乎普遍的生存状态。

2008年发表的《刹那记》（《收获》2008年第4期）和《大象》（《人民文学》2008年第7期），使张楚的小说在忧伤的底色中泛出几许温馨的暖意。

前者似乎是从《樱桃记》中生发而来，少女樱桃变成了大姑娘，她开始有了自己的秘密。她无休无止地给远在新疆当兵的罗小军写着永远邮寄不走的信，在平淡的生活节奏中汹涌着姑娘青春期的内心波澜；继父鞋匠在昏暗黑夜晃动不熄的手电筒光柱和那急切的"樱桃樱桃"的呼喊，的确给无人疼爱的樱桃带来了少有的暖意。但暖意归暖意，樱桃还是没有逃脱被人强暴的厄运，无言中的煎熬、生活的狰狞面目，都使她不免在心里涌动起一股莫名的哀伤。人生如梦，岁月如矢，一切都在平平淡淡之中无声地散播开来，命运的大手将牵扯着樱桃走向未知的远方。读着《刹那记》，让人不时要想到《边城》里翠翠的命运："这个人也许永远不回来了，也许'明天'回来！"

相对于《刹那记》淡淡的忧伤和隐隐的暖意，《大象》则直接书写了生命之殇的悲凉、凄楚以及人们与之抗争的如春天般感人的温暖。故事由两条线索渐次展开：一条是下岗工人孙志刚与妻子——小学语文教师艾绿珠，因唯一的养女孙明净患白血病离世，内心充满极大的痛苦，债务、情感——生命的巨大疲惫几乎压垮了他们生存的勇气，在结束生命之前，他们决定分头拜访，感谢曾经帮助过女儿孙明净的好心人；另一条则是孙明净的同室病友劳晨刚与网上认识的大学生苏澈千辛万苦寻找孙明净的亲生父母，希望他们让明净的亲兄弟为她捐献骨髓。两条线索最终交汇于矗立着抗震纪念碑的广场，面对那个曾经有几十万条生命顷刻消失的地方，生命变得悲怆而苍凉，对命运的抗争、对生命的留恋与真切救助，犹如劳晨刚的 MP4 里播放的生命之音的腾舞，显得怆然而伟烈。当然，生活是复杂的，既有告状专业户赵广元的无聊和报社门卫的自私，也有不愿捐献骨髓的明净亲生父母的愚昧固执，还有广场上凑热闹的看客；但城市的广场上海棠花毕竟已经盛开，孙志刚、艾绿珠与劳晨刚、苏澈的会合，也隐喻着生命的暖暖湍流，正接通了 30 年前那场生命的抗争的河床，在苍凉虚无的生命河水中，倒映出人类渺小而又伟岸的影像。

2011 年，张楚发表中篇小说《七根孔雀羽毛》(《收获》2011 年第 1 期)和《夏朗的望远镜》(《上海文学》2011 年第 5 期)，把忧郁中的温馨，感伤中的坚韧，犹如川端康成般的颓唐的美发挥到极致。尤其是前者，成为中国小说学会 2011 年度小说排行榜上榜作品，为张楚赢得了声誉。小说的主人公宗建明，颓唐潦倒，生活搞得一塌糊涂。离婚后，无所事事，甚至迷上了赌博，不仅输掉了房产与金钱，而且连起码的人格尊严都输了个精光。宗建明实际上是我们这个病态社会中的病态人———一个有选择性失忆症的病人。然而，如羽毛一样轻、与细菌一样微不足道的宗建明，却有着最基本的人生良知，这种良知是人之所以为人的道德底线：妻子曹书娟为了追求最大的欲望满足傍大款去了，而儿子小虎却失去了正常的完整的父母之爱，这成为宗建明这个失败男人心中永远的痛。那不断出现的七根孔雀羽毛上的沉郁的蓝眼睛意象，不正是轻如羽毛的宗建明人生中的道德底线吗？宗建明之所以不愿意把这七根孔雀羽毛送给李红的女儿丁丁，其原因就在于这微不足道的羽毛中寄寓着宗建明最真切的爱的信息——人类良知的沉重底线。为了这爱，宗建明决心要回小虎，曹书娟的阻碍、李红的反对都无法遏制宗建明的冲动，他要向朋友康捷借钱，为了筹措买房的钱款，甚至不惜参与谋杀黑社会老大丁盛的行动而锒铛入狱……张楚的叙述很有张力。小说不仅是一个写实的故事，而且寓言化地写出了我们时代病态荒诞的现实以及对这现实拯救的设想。小说巧妙地把写实与寓言化的写意结合起来，从而实现了艺术上的超越。小说通过康捷联系起三教九流的社会现实，又通过曹书娟把黑社会的郭六、丁盛之流联系起来，曹书娟既是一种写实的存在，又是欲望的化身。曹书娟时而郭六、时而丁盛的傍大款行为，把我们时代欲望生存而毫无顾忌的现实表现得淋漓尽致。这是个普遍麻木、是非颠倒的时代，丁盛儿子李浩宇的宇宙恐惧症、细菌理论、对道德底线的追问，显得那样的无力、无奈甚至虚无缥缈，他只能被看成一个时代的病人。同病相怜的宗建明，虽然不相信李浩宇的那种类似宗教般的理论，但他在儿子小虎身上，感受到了爱的巨大力量。在那段声名狼藉的日子里，儿子小虎的出现像天使一样拯救了他颓废的灵魂。作者对小虎的深情描写，既是感人的亲情写实，同时也是象征性的写意描摹。小虎是爱的天使，是拯救病态的堕落的灵魂的力量，与那反复出现的七根孔雀羽毛的蓝色眼睛意象遥相呼应，在被人们如李红等的不解轻视中，显示出沉甸甸的分量。张楚就是这样，很巧妙地处理了轻与重、软与硬、实与虚、冷峻与温暖、颓唐缠绵与坚忍执着的诸多艺术辩证法，从而使得《七根孔雀羽毛》获得了较大的审美空间与浑朦的韵味。

2012年，张楚在《天涯》第6期发表短篇小说《良宵》，这篇小说获第六届鲁迅文学奖。小说写了一位京剧名伶晚年从城市来到一个叫麻湾的小山村，僻居养性，偶遇一位失去父母亲人的患有艾滋病的孤独孩童，于是二人之间发生了一段温婉凄恻的故事。一个是厌倦了城市嘈杂，看透了人情炎凉的孤寂老妪，一个是被人遗弃如避瘟疫般的病孩。两人相互慰藉，交相挂牵，写出了荒凉孤寂阴郁中的残酷的暖意。最后，当老人的儿子从城里来到荒村试图带老人回城时，老人却决绝地攀爬上山冈，与艾滋病儿走在了一起。小说写道："当孩子冰凉的小手紧攥住她榆树皮似的掌心时，老太太身上忽然就有了气力，手脚在瞬间就热了起来。有那么片刻，老太太确信双腿其实就踏在棉花般洁净干燥的云朵里，每向上微微跨一小步，就离天空和星辰更近了半尺。"

张楚的小说是纯粹的。它启示我们：首先，在一个普遍浮躁的时代，作为优秀的小说作者，坚持心灵的内求是必要的。心灵的内求就是内省，这种内省不是脱离时代的历史进程，而是呼啸着来自大地的飓风，裹挟着血肉的腥咸，以对生命的巨大"热情"（克尔凯郭尔语）和对存在的承担的勇气，仰望天空，叩问心灵，在诗与思的对话中寻求真理。其次，优秀的小说是向内的，它不是简单地对外在现实的复原，而是指向存在，指向生存和生命，它敞开的只有"可能性"。

第七章 新生代河北女性作家

第一节 曹明霞 刘燕燕

一 曹明霞

曹明霞（1967— ），黑龙江省铁力县人，大专学历。鲁迅文学院第七届高研班毕业。现在河北省艺术研究所《大舞台》杂志社工作，任主编。1992年冬开始小说创作，处女作短篇小说《类人猿》发表于《萌芽》1993年第4期，并获当年"萌芽文学奖"。其后创作进入喷发期，先后在《中国作家》《当代》《大家》《北京文学》《长城》等杂志发表中短篇小说数十篇，2008年由上海文艺出版社结集出版《这个女人不寻常》，2004年由群众出版社出版长篇小说《良家妇女》，2013年由解放军文艺出版社出版长篇小说《日落呼兰》。

曹明霞的小说是真醇的，这是因为她的小说流淌着生命体验的汁水，饱蘸着女人辛酸的泪，她把自己糅进了小说，那是一个受伤的灵魂，写作成为抚慰生命、拯救灵魂的唯一手段。阅读曹明霞的小说，感到她对理想之爱的寻觅之切，而寻觅的艰难与徒劳，如钝刀割肉般刺痛了灵与肉，持续的伤痛来自那久难愈合的伤口，爱的缺失，婚姻的缺失，以及对真醇之爱、理想之爱的寻觅构成曹明霞所有小说的基本情节框架。

我们看到，曹明霞的作品中女主人公一般都是离异的单身女人，这些女人往往又都面容姣好、能力出众，但她们周围的男人无一不是形容猥琐、面目丑陋，既好色又贪财。这样女性内在的优秀与男性内在的无能之间构成鲜明的对比，然而，在外在的社会生活中，女性实际又处在弱者的地位，而男性则无疑是占优势的。如此，女性的角色定位是一个优秀的弱者，而男人则是无能的强势者，这一相互缠绕、相互纠结的悖论式的生存景观，就成为曹明霞小说创作的出发点，也是她小说展开情节的动力。

优秀的女人的命运注定了是悲剧的，这是因为社会文化规定的女性角色历来是辅助性的，从属于男人的，优秀女人天生的优势构成对男权文化的威胁，她宿命般的结局就是被抛弃或者被孤立。《我们的爱情》中，吴氏三姐妹都是人尖子，她们聪颖美丽，但她们的婚姻都不幸。"红颜薄命"这句老话也许千真万确，女人的命运直到今天仍然延续着古老的轨道前行。"爱情与我们无缘"是吴氏三姐妹共同的体验，但她们信仰过爱情，这说明她们理想未泯，她们仍然在寻觅，她们在路上，她们疼痛着，而且永远。

《谁的女人》中的刘妍也是如此。一个男人丢失了，她们还要寻找另一个："刘妍从一个人带孩子生活的那天起，她就开始了漫长的寻夫之路，她想找个男人结婚，她想过一种正常的家庭生活，她甚至梦想，能再当一次贤妻良母。可是，她越来越发现，这很难，非常非常地难。"在这里，刘妍的梦想是可怜的、卑微的，她在骨子里是传统的，然而，她寻觅到的是一个比一个俗气的男人。这就决定了她的寻觅有始无终，也决定了她们宿命般的悲剧一生的生存状态。

因此，我们看到，曹明霞笔下的中年单身女性，她们的生活沉重而艰辛，她们都是世俗的女人，她们往往也没有太高的理想和崇高的追求，她们有的只是生活中的实实在在的奢望和把生活过得好一点的功利性企求。《母亲和墙角的圣诞老头》中的女人，《家有中学生》中的母亲刘云，《这个女人不寻常》中的过气京剧演员范梨花，《婚姻誓言》中的梁箫，《良家妇女》中的刘红兵等均是如此。为了孩子能上一个好些的学校，甚至为了换回孩子的学费，她们不惜出卖自己的身体。《这个女人不寻常》中的范梨花，其实也是一个寻常女子，青春不再、人老珠黄的她，为了解决家人的一个个麻烦，她不得不硬着头皮周旋于交警队的交和平与电视台的小黄之间，她的无奈、她的苦楚只有她自己清楚。"梨花已经深深地领教了没有婚姻的可怕,梨花已经过了年轻气盛,梨花饱尝了这世间何其大,五亿多男人没有一个属于自己的痛苦。失去一半,终究是阴阳颠倒的。"由此看来,曹明霞作品中的女人实际上在骨子里都是十分传统的,她们既不是张洁、张辛欣笔下的自主女性,也不是林白、陈染笔下的反抗男权、自我中心的女性,更不是卫慧、棉棉等人笔下那种坦然享受性爱、无拘无束展示自我身体的"新新人类",她们更像《诗经》(《氓》《谷风》)中的弃妇、怨妇,这就使得曹明霞的小说更加接近了我们的日常生活和民风民俗,显得也更加真实和亲切。这就是贺绍俊称曹明霞的小说为最本色的女性文学的意思。

由于切身的遭际,曹明霞对男性的认识往往充满强烈的怨恨甚至是仇恨。在她的笔下,几乎没有一个好男人,所有的男人不是强奸犯就是色鬼。《事业单位》中的老官,《婚姻誓言》中的李维一,《家有中学生》中的贺老六、老吴《良家妇女》中的王建国、霍志国、于东亮,《老孙又去读博士》中的老孙,《土豆也叫马铃薯》中的李校长,《看交响乐的女人》中的师长老房等,无一例外都是贪婪、自私、好色的无耻之徒。对好男人的渴望与对现实生活中男性的失望厌恶乃至仇恨构成曹明霞小说一种悖论式的结构张力,同时也使她对美好爱情的寻觅成为西西弗式的徒劳与荒谬。

曹明霞的小说在艺术上是比较注意故事的营造的,但是她的中短篇小说中并不刻意于故事的传奇与悬念,而是在本色的叙事中,注重人物心理的开拓,通过这种心理的开拓,推进故事情节的开展。在长篇《良家妇女》中,作者写了一部性知识空白年代充满离奇的女性成长史。小说写了窥视癖、同性恋、虐待狂等,使得这部作品更像一部精神分析小说。

曹明霞的小说语言也有着自己的特色,早期语言在本色朴实中往往透露出"刻薄"甚至"狠毒"的意味;近期语言则追求一种诙谐调侃的反讽性效果,往往让人在阅读中忍俊不禁,发出会心的微笑。

曹明霞前期的小说也有着不足,那就是由于跳不出男女哀怨的格局,往往显得有重复之嫌;由于太写实,则又缺少必要的超越和深度。

2012年,曹明霞在《中国作家》发表长篇小说《日落呼兰》(解放军文艺出版社2013年出版单行本),标志着曹明霞的创作出现了新的格局。《日落呼兰》一出，让我们看到了曹明霞的另一面，她的坚硬、粗犷、浑茫、惨烈、悍酷……难怪有人说《日落呼兰》不像是女人写的作品。

曹明霞选择战争，而且是以1931年到1945年日据时期的伪满洲国14年的历史为题材，是足够大胆的。这是一次完全没有经验的写作。对于这样的大题材的处理，作者驾轻就熟，收放自如，充分表现出一个优秀作家的基本素质。作家没有回避历史大事件在小说中的存在，"民国改叫满洲"，溥仪做了"儿皇帝"，张作霖被炸死，日本大批来华的"开拓团"，还有根本不让日本子消停的山上林子里的红胡子、黑胡子、马占山、赵尚志，关内的国民党、共产党……统统写进了小说，从而使小说具有了历史的开阔度和纵深感。然而作家没有正面去描写这些历史的大事件，而是把历史的大事件自然而然地融入日常生活的细腻叙事中，真实地还原出历史的复杂性以及战争状态下呼兰儿女真实的生存处境。小说叙事充满了"现场感"，那种历历在目的活生生的人和事，使冰冷的历史散发出温热。作家把自己熟悉的故乡呼兰河畔的人事风情、地理风俗，辅以奇谲的想象力，投影般地展现出铁骊镇上各色人等的行状及性格逻辑。老实肯干、忠厚善良、勤谨胆小的庆山；眯着一只眼，喜欢用大烟袋锅刨人的性情刚烈乖戾的三婶子；瘦小懒惰嗜酒成瘾的三叔；从小调皮捣蛋不安分的庆林、庆路；在小铺子里藏卖烟膏子的精明势利而又内心软弱的金吉花；机灵有心计但又自满自大的崔百岁；美丽善良的满桌儿；满头虱子的丑小鸭玉敏等；另外车老板于德林，伙计张立本，日本关东军军官武下，特务多襄井及其夫人千惠子、女儿多襄纯子，汉奸王东山，以及"开拓团"的菊地、花田夫妇等，全书有名有姓的人物50多个，个个活灵活现，性格鲜明，足见出曹明霞出色的刻画人物、写实造境的能力。

曹明霞试图还原中国历史上的那段铁血岁月：小说将日本人凶残暴虐、杀人如麻的强盗行径真实地描摹出来，他们对付中国人的抗日情绪不惜动用最残酷的刑罚——望天、灌水、挂甲、腰斩……一桩桩触目惊心的杀戮，逼迫中国人走上反抗的荆棘之路。抗联在山上的岁月是艰难的，饥寒交迫、缺医少药，战士小姜睡梦中投火而被烧死的情节，壮烈而锥心。为了生存，他们下山骚扰日本人，抢粮抢物，甚至对同胞下手，他们被老百姓称为"红胡子"。小说同样描写了中国百姓的愚昧、肮脏、迷信、盲从的劣根性，三婶子那双"在太阳下发着恶臭的光芒"的小脚,玉敏的满头虱子,随地大小便的陋习,屋里屋外"嗡嗡"乱飞的绿头苍蝇……他们生性善良而又胆小怕事,甘做"良民",逆来顺受,日本人骂他们为"支那猪"……曹明霞原生态地描摹了这种粗粝、悍酷、惨烈的生活,使小说显示出坚硬的质地。

然而,细读作品,我们注意到坚硬是一种外壳,在作品的内里却依然是曹明霞作为女性的柔软,这种柔软是一种大悲悯,一种超越性的反思意识。小说以洪庆山作为第一主人公是颇有想法的。庆山不仅老实能干,而且有一颗善良、本分、柔软的心,他的勤劳、肯干、善良赢得了包括日本人在内的所有人的好感和称赞。小说将庆林、庆路、百岁与庆山对比,庆山要救落水的多襄纯子,庆林阻止,认为"小日本子死一个少一个";百岁故意弄惊日本"开拓团"的马,庆山却奋不顾身地降服惊马等,庆山以善良的本能做着他应该做的一切。庆山并没有多高的觉悟,他之所以甘愿做"良民",是因为他"不希望大家老打仗,都老老实实过日子,谁也不招谁,谁也别杀谁的人,别死人,最好"。这种想法尽管天真,却是一个善良的普通人的最低祈愿,在庆山身上,寄托着曹明霞对人类和平的美好憧憬以及对战争本身的超越性反思。战争是人类自身的癌症,从人类学的角度看,战争双方无论正义与否,都是一场悲剧。日本军国主义发动的这场战争,不仅给中国人民带来了无尽的痛苦和灾难,而且同样给日本人民带来了无尽的痛苦和灾难。小说写到的日本"开拓团",背井离乡,来到中国的土地上做战争移民,实际上是受到日本政府的欺骗,他们同样是战争的牺牲品。小说把日本军国主义分子与日本普通民众区别开来,千惠子、多襄纯子、菊地、花田等同样是善良的人民,他们同样遭受着战争的苦痛,当日本政府宣告无条件投降时,"开拓团"的日本男人疯狂地杀死自己的老婆孩子,然后再自杀,"有纵火的,有爆炸的,一家一家的死,一片一片的烧毁房屋。道北的铁骊镇街,日本人的商铺被砸烂,被抢被烧,狼藉一片"。这是日本军国主义自食其果殃及无辜的惨烈画面,透露出曹明霞的大悲悯情怀,这种悲悯情怀超越了狭隘的民族主义和党派意识,显得那样执着、坚定、炽热,它的柔软包容了对一切人的关怀,从而成为坚硬的柔软。

小说在艺术上也有了新的变化,它把此前曹明霞叙述上的急迫尖刻变为舒缓从容，并且很好地处理了坚硬与柔软，粗粝与细腻，滞重与飞扬，宏大与微小等艺术辩证法，显示出曹明霞在艺术上的逐渐成熟。

二　刘燕燕

刘燕燕（1968— ），河北省邯郸市人。1990年毕业于河北大学中文系新闻专业。现在某杂志社工作。1999年在《大家》第4期发表中篇小说《阴柔之花》成名。之后相继发表中篇小说《不过如此》《飞鸟和鱼》《说话》《千年等一回》《春天在寂静里万马奔腾》《遥远的今生》等作品。2003年出版长篇小说《你我如此完美》。2000年获第八届河北文艺振兴奖；2001年获《大家》"红河杯"文学奖；2001年因长篇散文《谁是我们的敌人》获首届老舍散文奖二等奖。

阅读刘燕燕的小说，我们印象最深的是她独特的文体意识。这种自觉的文体意识，具体落实在她灵动的语言和有个性的叙述中。刘燕燕对语言的敏感和钟爱，使得她的小说读起来颇有嚼头儿。这是一种情绪化、感觉化的语感流，她似乎是在喃喃自语，又好像是一种梦呓，它不在理性的河床里流动，而是如漫溢的水流，信马由缰、毫无方向感地蔓延开来。她的语言警秀超拔，似乎满篇都是警句格言，那是一种无韵的诗化语言。她甚至对语言的音节都很重视。小说的人物取名忽忽、琳琅、柔娜、琵琶等，都体现了刘燕燕对汉字的痴迷："我对那样的一些词汇感兴趣。比如，淋漓、铿锵、匍匐……有一种声音在空气里的震动感，它们产生了空气的流动和速度，哪怕只有一秒钟。动感，哪怕只有一秒钟，也活泼，有斑驳的颜色和生动的空间——从外形至音韵，都犹如天成。我愿意在平白直叙的句子（一马平川犹如平原）中，在笔划简薄的句子（单薄无趣）中，插入那些异军突起的词汇，它们是句子里的山峰，是一张脸上的鼻子和颧骨，非常重要，一个句子的起伏与生动，一个句子是否平庸得像一个五官乏味的女人，均有赖于此。"[①] 正是这种对汉字从音到形的超常迷恋，使得她的小说语言现出不同俗常的摇曳的姿色和撩人的气质。阅读这种极富冲击力的语言，我们并不感到造作和忸怩，而是自然率真的。这样的语言既阴柔又刚烈，既细腻又粗犷，既婉约又豪放，它是作

[①] 刘燕燕：《阴柔之花·飞鸟和鱼》，中国对外翻译出版公司2000年版，第98页。

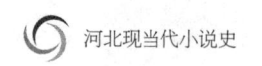

者生命体验的外化,是刘燕燕个性魅力的结晶。

刘燕燕的小说在叙述上也颇有特点。往往通篇只有叙述而没有描写,夹叙夹议,非常自由。叙述人"我"既是作品中的人物又是作者自己,这样便于袒露心曲。在小说中,我们似乎找不到"意义"的核心,这容易使人想到罗兰·巴特"剥洋葱式"的阅读方式,刘燕燕小说的意义不在阅读的终结而在于阅读的过程,在阅读过程中体验女性的生命体验、女性情绪和女性心理及感觉。也就是说,刘燕燕不是在叙述一个故事,而是叙述一种感觉,这是一种感觉的碎片,因而不能构成完整的情节。刘燕燕的小说是以感觉为圆心,以情绪为半径,画出的是一种独特女性体验的圆。如果要给这种叙事命个名,我们姑且叫它"镜子叙事法"。镜子叙事法是说刘燕燕的叙事有一种不断"重复"、不断增殖的可能性。当她叙述一个人物或是一种感觉时,往往有一个相似的人物和感觉相伴而生,如影随形,如梦似幻。写婧子时却在写忽忽,写忽忽时却又在写婧子,一边写一边又在擦抹,就像镜子里的影像,虚无缥缈,不可捉摸,使她的叙事成为无限滑动的"能指漂移"。镜子叙事法的另一个策略是插入文本的方式。荷兰学者米克·巴尔把文本与插入文本的关系称为"镜子—本文的关系"[①]。刘燕燕善于在文本中插入诸如歌词、短信、报刊文摘等等几乎与叙述文本无关的东西。这些插入文本的出现,使刘燕燕的文本真正成为拼贴化、碎片化的后现代文本。

因此,从内容上看,刘燕燕的小说虽然没有完整的情节,没有统一的故事,甚至也没有典型的人物形象,但在其中我们还是能够强烈感受到刘燕燕的女性意识、女性体验和女性感觉。刘燕燕小说的主人公就是"我们"——一群特立独行、桀骜不驯、率真敏感、阴柔而又刚烈的现代都市女性。《阴柔之花》中的婧子、忽忽,《飞鸟和鱼》中的琳琅、柔娜、琵琶,《不过如此》中的爱慕等,以及活跃在她所有作品中那个无处不在、喋喋不休的"我"。这是一群同类的女人,她们有着相同的爱好、相同的感觉,她们互为影子,她们爱林风眠、爱希特勒、爱女特务,她们爱的只是形式;她们生活在平凡的时代,她们没有连贯的故事情节,她们有的只是琐碎的世俗感觉的碎片,她

[①] [荷]米克·巴尔:《叙述学:叙事理论导论》,谭君强译,中国社会科学出版社1995年版,第117页。

们在碎片的拼贴中遥望记忆，展露个性，她们在矛盾重重中渴望完美。

刘燕燕笔下的女性意识并不建立在与男性对立的基础上，而是建立在渴望对男性的理解的基础上，正像她在小说里说的："女人像阴柔的花朵一样盛开：她们神秘，寂静，芬芳的气息弥漫，女人像闪电，照亮深夜阴郁的天空。……我知道她们，我相信她们，如同我相信魔力。我总能从女性打开缺口，这如同顺着女人的缺口，走入女人的身体和子宫，进入一个幽深回肠梦中场景似的地方，这缺口暗示着女人天然的薄弱环节，接受，容纳。而男人是封闭的，没有入口，铁板一块，对男人，我的想象枯萎，抓不住一点具体，关于男人的感受像风一样，真实而虚妄，无法保留和等待，变得荒谬，毫无意义，他们陌生，隔膜，像另一个星空，而且面目模糊，他们使我惊奇，不可思议，受到不竭的吸引——而我的写作，也由于加入了对他们的观望，意味着未知的力量，危险的甜蜜，意外的想象。因而，我不可能不对男人感兴趣，因为上面的缘故。因而我在我的小说里我称女人：我们，称男人：他们。因而，我也不太可能进入女权主义的堡垒，不会同性恋。"[①] 由此可见，刘燕燕的女性叙事不是拒绝男性的叙事，而是试图接近男性、理解男性的叙事。正像一位论者所指出的："作家对男性是厌倦和不满的，但她并不把男人当成不共戴天的敌人来看待。所以，小说中的女主人公们都在不断地寻找和接近男人，尽管许多时候她们的寻找最终都是没有结果的。"[②] 对理想男性的渴望与寻找以及这一寻找的无结果，就使刘燕燕产生了巨大的孤独感、渺茫感。因此，孤独感、渺茫感产生于男人、女人之间的不可通约、不可理解。男人、女人之间是一场爱恨交织、永无终结的"战争"，而且这场战争注定了女人的失败结局。在《阴柔之花》这篇小说里，忽忽曾自诩为天涯流浪女。这种飘零感、流浪感正是现代都市女性内心的真实感觉。在一个无温暖的荒漠般的屋子里，在一个"称得上一应俱全的家里失掉家的感觉"之后的女性的孤独、飘零，成为刘燕燕最重要的女性体验、生命体验。

刘燕燕的小说尽管写了多篇，但我们还是可以把这些文本看作一个统一

---

① 刘燕燕：《不过如此》，《阴柔之花》，中国对外翻译出版公司2000年版，第203页。
② 郝雨：《女性：关于疼痛的述说或尖叫——对近年女性半自传体小说的一些理解及文化心理分析》，《社会科学论坛》2003年第3期。

的大文本，它们几乎有着相同的主人公，相同的叙述策略，相同的语言形式，相同的感觉，这些作品强化了刘燕燕的独特的叙述个性，给传统性阅读习惯以强烈的颠覆，也给人以强烈的新鲜刺激。不过，无可讳言的是，这些文本也有着重复、似曾相识的感觉。叙述人絮絮叨叨，过分强烈的言说欲望，淹没了小说情节的推进。一而再，再而三的絮叨，读者是会厌烦的。对此，刘燕燕似乎也是清醒的，她在2003年出版的长篇小说《你我如此完美》中有所改进。这本被称为"都市情感推理小说"中，刘燕燕展示了她叙述故事的才能。絮絮叨叨的叙述人不见了，引人入胜的故事成为主要的元素。一场情劫，两条生命，都源于日常生活的"恐怖主义"，刘燕燕在此仍然继续着她此前的对男性、女性的思考，但她跳离了故事，她成为局外人，成为倾听者。如果说她的《阴柔之花》系列是在给别人讲故事，那么，在这部小说中，则是别人给她讲故事。刘燕燕在思考，在探索，她正在路上，犹如她的那辆越野车，她还要走很长的路。

第二节　王秀云　讴阳北方

一　王秀云

王秀云（1966—　），河北省东光县人，大专学历，当过教师，之后一直从事机关工作，在撰写各类公文的同时，始终坚持诗歌、小说的创作。1987年始发表作品，著有诗集《长庚》《温柔的旗语》（合著）等，中篇小说《玻璃时代》《界外情感》《水晶时代》等。河北省作协会员，沧州市文联副主席。王秀云的小说往往从女性的体验角度来写官场。王秀云始终以女主人公林小麦的眼光来观察、体验、感受这一特殊场域的人和事，因而就使她的官场小说具有了不同于他人的特殊性。首先是委婉细腻的心理描写、自然流畅的叙述语调、老道成熟的诗化语言，把冷冰冰的官场写得很有情致。这显然与作者的女性生命体验有关。文学青年林小麦单纯正直、洁身自好，她不愿意随波逐流，她希望放弃性别，通过自己的努力和能力来找到自己的位置，因而她敬重并挚爱着有真才实学、为人正派的邢文通主任，而鄙弃依仗职权企图劫色泄欲的赵市长，以及打情骂俏的蒋昆主任。这都表明她对人格底线的守持以及对恶劣流俗的抗拒。然而，在官场这一特殊的场域，女性的性别是不可能被放弃的，尤其是有几分姿色的女性，一到关键时刻，男女关系就成为官场最敏感的话题。因此，女性在官场的道路只有两条，一是充分利用女性的资本，主动投怀送抱；二是坚持操守直到失败。在这里，王秀云揭示了官场这一男权文化强势场域中女性的不公平际遇。当然，王秀云没有拔高自己的主人公，而是真实地展示了林小麦在权力欲与基本操守之间的痛苦挣扎和极大的心理矛盾。赵市长的性暗示以及公然诱惑，使林小麦既感到恐惧，又有几分受宠若惊的成分："林小麦心一紧，好像知道这件事迟早要来，又有些难以相信。平时和赵市长也常见面，但都是在人群里，她甚至认为赵市长都不可能看见自己，不知道自己是谁。但今天赵市长亲自打电话叫她，让她的心一时很有几分复杂。"她很清楚赵市长需要什么，也明白自己的捷径何在，但人格的基本底线使她不能轻易迈出这一步，她一直挣扎在这二者之间。因此，当赵市长给她留下了电话号码，"她直觉赵市长会给她打电话。她既期待着这件事又害怕这件事，回到瀛州市后，心里几天都惴惴不安"。这种矛盾和痛苦说明了林小麦不能免俗，林小麦不是圣人，不是英雄，她是一个普普通通有情有欲的人，而且是一个女人，她不甘心一辈子做一个小科员，她渴望升迁，渴望尊严，这些正当的要求却需要通过不正当的手段来获得。于是，为了获得升迁的机会，林小麦也曾不顾一切地来到东风路流河街38号，她不仅为市长买了礼物，而且准备献出自己，这一大段的心理描写使作品达到了高潮。最终，林小麦逃跑了，逃跑决定了她在官场上的路已经走到了尽头，同时也使林小麦的人格得到保全。王秀云以林小麦清洁的人格，完成了对流俗的拒绝。苏芳作为林小麦的对照，是一个官场中的成功者吗？苏芳的回答是："一个女人没有失去不愿意失去的，就算成功。其实，我心里也不是滋味。"可见对于女人来说，成功失败都是一回事。苏芳所得到的是职位，失去的却是人格的基本操守。

与此相对应的是自然流畅的叙述、成熟老到的诗性语言。由于以林小麦作为叙述视角，因此作品便浸染了文学青年林小麦的主观情绪，在悲切的旋律中透出单纯明快的和音,在灰蒙蒙的色调中又有几分隐约的亮点。梧桐花袅袅的甜香、宾馆湖心精制的小亭子、歌厅里意味深长的歌舞,以及林小麦喝醉了酒那无声滑落的玻璃酒杯:"林小麦看见那酒杯在空中静静地悬着,像是一块不知从哪里飞过来的冰,正在寻找合适的落点,那冰慢慢在膨胀,像是要把整个房间充填起来。又过了很久,才听到清脆的玻璃破碎的声音,那声音从林小麦的心里穿过去,落到桌子上、地板上和邢主任的衣服上,无数细碎的透明的玻璃,闪着晶莹剔透的光芒,在林小麦的眼前不停地翻飞、跳跃……"这样的描写像是电影中的慢镜头,我们看到了夸张了的无声的慢慢下落的酒杯,这也符合醉酒之人的感觉。正是这些诗化的叙述语言,营造了小说整体的诗意氛围,使我们的阅读充满了美的享受;同时也凸显了主人公林小麦单纯、乐观的生命质地,这样一个生命,与复杂庸俗的官场形成张力。

《玻璃时代》不是纯粹的女性文本,林小麦对官场的全面观察体验给我们的启发是多方面的。邢文通主任的惨败,蒋昆等人的平步青云,都说明了官场规则的非理性本质。王秀云没有把官场中人写成坏人,而是写了他们的普通和平凡,写了他们的理想、温情与友情,也写了他们的无奈。但是在利益关头,在欲望的诱惑面前他们轻易就丢弃了做人的底线和基本操守,他们成为流俗的奴隶。因此,在官场这一特殊的场域中,主要的不是人的道德操守出了问题,而是我们的用人制度和选拔机制出了问题。在这样的机制面前,人所固有的丑恶与劣根性全都暴露无遗,而一切美好、温情、诗意都如同玻璃杯一样不堪一击。这就是王秀云这篇小说给我们的重要启示。

当然,小说的不足也是明显的。从认识的层面上说,王秀云并没有超出此前官场小说的高度,这是因为作者离现实太近,而没有更高地跳出局外,因而影响了进一步向深处的发掘。

二 讴阳北方

讴阳北方(1970—),原名姬淑喆,回族,大专学历,河北省黄骅市人。2004 年被录为鲁迅文学院第四届少数民族中青年作家高级研讨班学员。2007 年加入中国作协。有诗作四百多首刊发于《诗刊》《星星》《诗选刊》《诗歌月刊》《中西诗歌》等国内外多家诗歌专刊,并选入多种选本。出版诗集《天鹅的情歌》。2000年开始小说创作,著有中篇小说《风中芦苇》《随风而逝》《故乡在芦苇深处》等,2006年出版长篇小说《无人处落下泪雨》。

发表于《长城》2002年第2期的中篇小说《风中芦苇》,获河北省作协2002年度"十佳作品"奖,又获2004年第十届河北文艺振兴奖。小说讲述了一个家族的苦难史。母亲和小姨的屈辱,大姐玉儿被强暴后的跳井惨死,大弟萧铁为给姐姐报仇而入狱,小弟萧钢的壮烈牺牲,父亲萧广才的残暴,都在作品中得到充分的表现。也许与作者的写诗经历有关,小说语言呈现出诗性品质,叙述中时时散溢出的忧伤悲怆的色调,连同那如霜的芦花,都与小说人物的苦难相辉映。

《无人处落下泪雨》2006年由作家出版社出版,出版后就得到批评界的肯定。小说描写了一家三代女性的苦难历史。祖母刘明霞天生丽质,却命运多舛。她的美貌吸引了东家少爷的贪婪的目光,然而,东家少爷需要的不是真情,而是肉欲的满足。始乱之,终弃之,十八岁的俏姑娘明霞疯了。疯傻姑娘明霞在二十一岁的时候嫁给了龙马村的穷人江守业,从此开始自己痛苦的一生。当江守业知道明霞不是一个处女时,他在母亲的教唆下开始管教自己的女人,那种非人的虐待打骂成为家常便饭。更为残忍的是,她一生为江家生下六个孩子,只活了两儿一女,但一辈子没有听见他们叫过一声娘。她把自己裹在厚厚的衣裤里直到死。在此,作者既写实性地描摹了老一辈女性苦难的生活现实,同时也象征性地描写了女性被男权文化无端地指认为"疯子"的这种文化霸权的本质,即以"病态"的非正常界定来彰显男性霸权的正当性。

江家的第二代女性陈月秀比起明霞来也许多了一层幸运,她嫁给江一洲有过短暂的幸福。江一洲也曾许诺月秀要一辈子爱她,然而,这样的许诺实在是不堪一击,生完孩子的月秀,颜色黯淡的月秀,重复了疯婆婆的苦难的经历。江一洲被二桂勾引走了。到了市场化的年代,江一洲来到城里,他与东北女人李平的鬼混,他醉生梦死的糜烂生活,都是月秀苦难生活的制造者。月秀的悲剧正是她的不觉悟,她对男人的宽容和幻想,认为靠自己的善良与诚意可以焐热一块顽石,她把多次的被伤害看作换丈夫回头的筹码。她到底没有离婚,她只能重复自己疯婆婆的历史。

江家的第三代女性江小凡,虽然生在现代社会,但她实际上也在重复着江家前辈女性的生活道路。女性的命运似乎是一种宿命,她与苏致远的爱情,那样磕磕绊绊,那样充满变数,都与男性丑陋的欲望有关。江小凡看够了现实生活中男性的丑陋本质。父亲对母亲的背叛,小学、中学直到大学教师的流氓嘴脸,使她对男性世界失去了最起码的信心,尤其是苏致远的背叛,无疑在她敏感而备受伤害的心口上扎下一把利刃。小凡也在做梦,她的梦不见得比自己的母亲、祖母好多少。小说正是通过这样三代女性的苦难历史,深刻而敏感地揭示了父权文化霸权下的女性黯淡的未来。小说把反思的笔触深入两性文化的根脉中去,试图为继续做梦的同类厘清一条脉络,"为着在我的身后能诞生一个未来"。

小说采用诗意抒情的手法,可读性比较强。不过,小说有时在情感把握上不够节制,有的地方还嫌不够自然。

第三节　唐慧琴　梅驿

一　唐慧琴

唐慧琴(1969—),河北省新乐市人,毕业于东北农业大学,鲁迅文学院第十九届高研班学员,中国作家协会会员,河北文学院和天津文学院签约作家。1989年开始文学创作,著有长篇小说《日头日头照着我》《牵牛花》,中篇小说《拴马草》《树上的鸟儿成双对》《去高蓬》《城墙土》,短篇小说《青花小袄》《桃花红,梨花白》等。作品曾入选新闻出版总署"三个一百"原创图书出版工程,荣获河北省文艺振兴奖、孙犁文学奖,河北省"五个一工程奖"等奖项,其中《青花小袄》《城墙土》入选河北小说排行榜。

唐慧琴的小说具有醇厚的地方志和民俗志的特色,保持着原汁原味的乡土气息和人文景观,这和她在基层乡镇工作十五年的人生阅历不无关系。唐慧琴绘制出的文学地图是一个名叫月亮湾的地理与人文村落。在这里,村民们日出而作,日落而息,在日复一日循环往复的生老病死中,他们无端的烦恼和纯朴的善意，他们对于今生的努力和对于来世的期许都涌上了作者笔端。

乡村中的邻里关系、宗族关系是唐慧琴小说表现的重点，从中让读者看到乡村普通人的生存面貌，人与人，家庭与家庭之间的相互扭结。《城墙土》叙写了乡村中的邻里关系，迪巧和王小花两家比邻而居，但迪巧家的房屋是因为做生意而占用的王小花家的地皮，由于当初占地时只是君子式的口头协议，并没有签署正式的合同，因此，两家的关系就存在着诸多的隐患，在邻里关系上迪巧就一直处于下风，受制于王小花。《拴马草》《去高蓬》表现的是家族和宗族关系，《拴马草》中的银平娘去世后，围绕着银平娘的下葬展开了家族的内在矛盾与纠纷，以及讳莫如深的乱伦故事。《去高蓬》中二哥发达之后抛弃了二嫂，与一个东北女子同居，而引发了一系列的家庭和家族纠纷。

宗族制的权力格局。在以月亮湾为地域的作品中，都会出现一个族长的形象，他们在村落中的威望要超过村长，是维护村落和平的重要保障。"月亮湾有个老规矩，家里有了事都找个明白人念念。明白人是村里的诸葛亮和事佬，红白事他们当家作主，矛盾纠纷他们调解斡旋。他们不如支书村长有权，却比支书村长实用。村里没有了支书村长，乡亲们觉得没什么，可村里没了明白人，乡亲们会觉得迷茫彷徨，好像一下子没有了方向。"[1]《拴马草》中的海爷，《去高蓬》中的新年，《城墙土》里的刘义，这些明白人主要是村里大家族中的族长。虽然中国的城市化进程冲击着乡村的宗法制，但在众多的村落，族长依然保有强有力的威信。

民间伦理规则的恪守。唐慧琴小说的道德评判比较明显，在她的笔下，那些传统伦理的恪守者，尤其是忍辱负重的女性得到了同情和褒扬，仁义和善良是她们为人的底线。《拴马草》中的银平娘一生坎坷，中华人民共和国成立前嫁给老地主做二房，受尽大房的羞辱和折磨。中华人民共和国成立后跟随地主一起被批斗，儿子银平还是个缺心眼，但她如拴马草一般坚忍强劲，承受着苦难和不公，尽自己所能帮衬乡邻，守着二奶奶的身份终其一生。《树上的鸟儿成双对》中的德顺娘、宝成娘，《城墙土》里的迪巧，《去高蓬》中的红颜，心里都积攒着种种的苦楚，但依然坚忍地生活着，并保有着心中的

---

[1] 唐慧琴：《城墙土》，《长城》2017 年第 4 期。

善念。对这些女性,作者怀有悲悯之情,但更多的还是对她们仁义与隐忍性格的颂扬。

说书人的讲故事方式。唐慧琴讲故事的方式近似于赵树理,以短句为主,简洁明快,富有节律。如几篇小说的开头:"迪巧要去做一件事。这件事要是应验了,王小花就会低下她那高昂的头。"(《城墙土》)"二哥把那事说给红颜,就义无反顾地去东北了。"(《去高篷》)"尽管早有预料,可事到临头,德顺还是有点懵。生死攸关的事,德顺想跟人说说。"(《树上的鸟儿成双对》)小说一落笔,人和事就到场了。这种快速进入故事的讲说方式,具有极强的带入感,使读者产生极大的阅读兴趣。此外,民间语言的运用也使唐慧琴的小说充满了趣味性。

对乡村沉入得深、展示得纯是唐慧琴小说的优势,如若能跳出乡土看村落,或许会生成另一种的高度。

二 梅驿

梅驿(1976—),原名王梅芳,河北省石家庄市栾城人。中国作家协会会员,河北省文学院签约作家,鲁迅文学院第二十届高研班学员。现为《长城》杂志编辑。出版有中短篇小说集《脸红是种病》,代表作《脸红是种病》《祈美玉的忧伤》《新牙》《营养》等。曾荣获"十月青年作家奖"、《中国作家》剑门关文学奖、孙犁文学奖,河北省十佳青年作家。其作品曾入选中国小说学会优秀作品排行榜,《梦死》《结算》等入选河北省优秀作品排行榜。

梅驿小说的取材范围很广,既有封闭的乡村,也有城市中的知识分子,但更多的还是取材于县城中的工厂与企业,并形成了多个系列:化工公司澡堂子系列、化工公司动物系列等。或者也可以说,梅驿小说取材于城乡接合地带的县城,以县城为中心,连接起了省城和乡村。不论是城市与乡村,还是城乡接合部的县城,权力机制下的等级观念以及生命个体的心理病症是梅驿小说关注的重心。

现代人的精神病症是梅驿小说涉及最多的内容,有些病症是能被明显识别的精神障碍,有些则隐在不易被发现的潜意识中。在小说《你看到张希兰了吗?》中,作者塑造了一个精神上有问题的病人张希兰:"如果你哪天在马路上看到一个女人,被一袭长及脚踝的火红的呢子大衣裹着,胸前飘拂一条皱巴巴的白纱巾,戴一个大黑框墨镜,像个瞎子似的等在马路边上,过了一拨人又一拨人,她穿高跟鞋的脚也抬了一次又一次,却没能走出一步去,最后总要好心人牵过去。你一定不要奇怪,那是张希兰又犯病了。"张希兰的病是显见的,但更多时候,人的心理病症以隐蔽的形式存在。《脸红是种病》也写到了病,大学教授王天与妻子离婚后就想找一个会脸红的女子,王天心中的脸红是与羞涩相关联的。经过几次的热恋失恋,王天终于找到了一个会脸红的乡下妹子任喜喜。结婚后任喜喜对自己的脸红很不满意,去医院后医生告诉她:脸红是一种病,而且能够治好。教授王天几近崩溃,最后终于悟出:"这世界上有千万种病,你不患这种,就患那种。包括他自己,也是一种病。"

梅驿笔下人物的病症大都是一种心理疾病,由多种原因诱发,其中,强权意志是主因。这些权力包括政治权力和男性霸权,而且很多时候,政治权力和男性霸权是合二为一的。《你看到张希兰了吗?》中张希兰变疯的直接原因是丈夫下岗后对她的无端指责,而丈夫下岗又是厂长的指令,这些转嫁而来的压力和怨气将一个弱女子逼疯了。《祈美玉的忧伤》中的祈美玉恪守着乡村传承下来的妇道,但在村长的权力压榨和丈夫的家庭暴力以及村民们的话语霸权中,她自虐式的隐忍并没有带给她幸福和安稳。《脸红是种病》中真正有病的是王天,他一直想得到的其实是对女性的控制权。然而,现代女性已经从对男性依从的状态中抽离了出来,王天的控制欲和获得感无法得到满足,这种权力的失落使他对脸红女的偏执寻找成为一种心理疾病。

梅驿的可贵之处在于她并没有站在道德的制高点上对人的行为进行评判,而是从理解与同情的角度出发,以平静的笔调和一个个跌宕起伏的故事情节叙说着一个个人物的生存困境和命运转机,让读者去慢慢品味生活的各种滋味。对这些病症者,作者的态度是复杂的,既有嘲讽,也有同情,更有理解与善意。因为每个人都是世界这个棋盘中的一粒棋子,或是天地间的一粒微尘,按照一定的轨迹走着自己的路径。每个人都有其存在的合理性,每个人都会经历诸多的辛酸与无奈,每个人都会生成相似的或不同的病症。

梅驿不想成为一个替人缝伤口的医生，更愿意做一位善意的倾听者和叙述者。在对他人心理以及社会病症的讲说中，更为透彻地了悟人生。灰暗中的微光，悲凉中的温情，黑色中的幽默构成了梅驿小说的叙事格调，只是调子略显黯淡了些。

第八章 21世纪河北小说的新生力量

第一节 刘荣书 杨守知

一 刘荣书

刘荣书（1968— ），河北省滦南县人，满族，自由职业者。1997年发表作品，作品见于各文学期刊。著有中短篇小说集《追赶养蜂人》《冰宫殿》，出版长篇小说《一夜长于百年》《党小组》。

刘荣书的创作以中短篇小说为主，擅长对乡村生活进行多维度描摹，特别是以其生活的地点滦南为原型的"米镇"的书写构成其叙事的主要空间。少年与梦境，现实与命运，是刘荣书小说的几大代表性元素。作为一个讲故事的高手，刘荣书擅长将生活琐事进行传奇化书写，故事讲到最后往往回到生活的原点，充满浪漫情怀的独特讲述方式使其作品成为刘荣书梦中的精神家园。中篇小说《追赶养蜂人》、短篇小说《父亲的捕鱼船》《浮屠》《马失踪》讲述了对于爱与命运的追寻；短篇小说《女孩》和《天赐的夏天》紧追时代的节奏，书写最为刺骨的现实之痛；长篇小说《一夜长于百年》《党小组》以及中篇小说《纪念碑》则通过时代历史的变迁和革命的考验，彰显人性的光辉。

小说《父亲的捕鱼船》（发表于《山花》2011年第1期，《长江文艺好小说选刊》2013年第7期转载）构思奇特，看起来荒诞不经。这位异想天开的父亲要造一艘捕鱼船,载着自己去天上捕鱼。执着于捕鱼的父亲面临着河流干涸的威胁。由于受到一篇"天曾雨鱼"的报道的影响,于是父亲有了上述看起来不可思议的想法。小说并没有将父亲的荒诞戏谑化,而是变成了一种日常的"真实"。父亲的离奇想法获得了母亲、妹妹和"我"的理解和支持,虽然这一过程曲折复杂,并非一帆风顺,而最终捕鱼船终于上天,也终于在空中爆炸。小说的着眼点并不在整个事件的来龙去脉,而是在这一过程中体现人情人性,这正是这篇小说真实性的基础。

母亲由起初的困惑、不解、嘲笑、恼怒、伤心与责骂,到最终的容忍、支持和等待、守候,都呈现了日常生活中平凡小人物的真切自然的感情。这期间自然有某种无可奈何和宽容忍让,更有一种基于传统文化深层的命中注定式的生活伦理。尤其是最后,在明知父亲没有下落之后,仍然盼咐儿子在院子里栽树,期盼那些高大的树冠将来成为父亲返航时停靠的码头。这里包含了一种深厚的情感和惦念。这一基于血缘血亲的伦理在近代以来不断遭到质疑和批判,但在刘荣书的叙述中却包含着更为复杂的精神感受和文化内涵。刘荣书依靠一种精神的"真实",想象的"真实",在解放日常经验性的生存的同时,也在探索一种召唤基于血缘亲情的文化伦理的可能性。

《马失踪》(发表于《江南》2012 年第 3 期)有很强的抒情氛围,故事一直交织在梦境与现实之中。所谓"失踪"背后其实是一个寻找爱的故事。寻找的过程是在黑马和来喜各自身上发生的,两个重叠交叉的故事形成一种奇妙的对应。无论是黑马,还是来喜,都生活在近乎无爱的境况中,被伤害的过程中他们各自开始了自己的寻找。没有被阉割干净的黑马,成为人们不愿接受的对象,受到反复伤害。来喜母亲早亡,六岁因为感冒被医生错用了药物,来喜变成了哑巴。来喜的每一次梦境都可以在现实中找到对应,因此来喜的"失语"成为上帝有意而为的一种惩罚——为了使秘密不被过早地暴露。三次"爱"的追寻形成了故事的主要脉络,从黑马追寻山里人的白色母马——畜生之间的情欲之爱,到来喜的父亲寻找同黑马一起失踪的来喜——由血缘关系带来的爱,最后是山里人与来喜的相遇,并且成为来喜的养父——基督式的仁者之爱。

在充满浓厚浪漫主义色彩的叙事之中,梦境与现实得到了完美的融合,刘荣书在文本中将"爱"书写得隐秘而又伟大，最终在现实对梦境的应验中，已被养父治好耳朵不再是哑巴的来喜宿命般地又回到了生父的家乡，刘荣书再次发出对于爱的思考和追问。

小说《追赶养蜂人》（发表于《长江文艺》2013年第12期）中有两条线索，一条是少年天赐因为母亲的风湿病而寻蜂救母的故事。20世纪80年代，在天高地阔的田野里，天赐骑着一辆自行车日夜兼程，途中遇到各色人情冷暖的故事。另一个故事发生在60年代，皮影戏艺人唤推着一辆独轮车到处行走卖艺，邂逅了年轻美丽的养蜂人梅，经历短暂的爱情之后，梅不辞而别，悄然离开，唤踏上自己寻找养蜂人的旅程。一直没有找到爱人的唤在梅待过的地方当了一名养蜂人，以此守候自己的爱情。最终两条线索重合交织在一起，独自踏着自行车一路向南的天赐历经波折找到了自己的亲生父亲。

两条线索贯穿着寻找的主题，父子两人"在路上"式的寻找有一种浪漫气息，这是一种充满温暖的、美好的人类情感，也渗透出一种浓郁的历史感和命运感。这种寻找并不指向大而无当的文化命题，也不指向认识自身的哲学反思，而是在平凡的日常细节中呈现小人物平凡却动人的故事，相信人性的本善和命运的神赐。而这样的美好与田园浪漫主义式的景观呈现相互交织，镜头感和画面感十足，像流动而充满诗意的视觉盛宴。

小说《浮屠》（发表于《人民文学》2013年第8期）采用全知视角呈现了米镇一段错乱纷繁的生活。小说以简约的人物关系处理了纷繁复杂的生活。少年苏双和成年苏双与作家对一座塔的想象交织在一起。成年苏双在异国他乡见到的教堂圆顶，少年苏双见到的米镇的粮仓以及想象中的"塔"，提示着小说"浮屠"二字的指向。但整部小说并不指向精神救赎与灵魂忏悔，而是反思过往以及深入人性的一次旅程。

伴随苏双的成长，小说中的故事徐徐展开，米镇上生活的人物群像依次闪现。小说前半部分写苏双随母亲改嫁马传，主要故事情节围绕马传展开。马传因被脱裤捉弄，一怒之下将其中一人脚踝砍伤成为跛子。后来在粮站交公粮时被跛子偷去一袋粮食，马传发疯后失足落水淹死。后半部分主要情节转移到看守粮仓的陈武身上。在饥饿年代有馒头有粮食的陈武，与无依无靠的苏双的母亲很快有了奸情。无意中撞上的偷情让苏双无法自持，在一半现实一半戏仿中用陈武的长枪杀死了陈武。懵懵懂懂的少年苏双命运轨迹发生了巨大变动。而之后的生活经历作家留下了空白。小说的着力点是那个错乱的岁月以及人们心中隐秘的忧伤。

《浮屠》显示出了娴熟的叙事技巧与内在张力的平衡。无论是复仇的故事、等待的故事还是寻觅的故事，都不足以代表小说题目本身所指涉的意义。刘荣书在无数可能的故事中探索的，是生活在米镇这个独特空间的人的命运浮沉及其背后的精神状态的复杂性。

每个成熟的作家都有自己的"精神原乡"。对于刘荣书来说，滦南大地上的"米镇"既是小说故事的发生空间，又是各种情绪得以释放的精神空间。刘荣书并不只是停留在对于故土的单一留恋和对于命运的想象书写上，而是紧追时代节奏，使自己的文本空间响彻着时代强有力的音节。《女孩》（《黄河文学》2011年第10期）和《天赐的夏天》（《西湖》2011年第5期）就是对计划生育时代进行深入反思的作品。《女孩》从剃头匠的视角讲述了患癌症的独生女孩一年之后去世，给亲人留下了无尽的苦楚。《天赐的夏天》以男孩天赐的视角，更为深切地展现出特殊时代小人物的悲剧命运。为了躲避政策的惩罚，超生的天赐被送到姨妈家抚养。姨妈出嫁后，天赐被送回自己的家。然而等待他的只是与父母的不熟悉和被姐姐们欺负，天赐找不到自己的归属。当他再次走上追寻姨妈的道路时，却发现姨妈也生下了女孩。命运的轮回与玩笑使天赐不由得产生隐忧，担心姨妈也会为了要一个男孩子而超生，世界上又会多出一个和自己命运相仿的悲剧人物。个人命运和时代风云的纠缠巧妙地浓缩于男孩天赐的一双眼睛。

小说《纪念碑》（发表于《民族文学》2017年第7期，《中华文学选刊》第9期选载）充分体现了刘荣书对复杂人物的处理能力。而也正是通过人物的多面性呈现了生活的严酷、问题的锐利和人性的复杂。在传统与现代之间构成一个较为宽广的探求路向。承载着历史记忆的纪念碑在当下的现实中呈现了更多的复杂性。来自烈士家庭同父异母的姐妹俩刘观容、刘观音，虽然数十年间仅仅见过两次，却使得故事波澜起伏。

刘观音自身的行为逻辑使得这个人物复杂而有深度。她一直以烈士女儿自居，把不给父亲丢脸作为行为准则，声称自己走得正行得端；同时又为凭借"烈士证"获得的好处津津乐道。一方面认为烈士的女儿不能上访更不能去告政府,另一方面又试图通过各种关系门路完成修建"纪念碑"。当父亲的"烈士"身份开始遭到质疑和调侃,刘观音又坚持政府是一直支持修建纪念碑的,而自己不该铺排浪费。在这个充满歧义的故事里,从父亲到女儿都充满争议,现实的复杂性使得真相难以复原。读者对烈士家属、公正程度等的判断都面临自我质疑和瓦解的可能性。

长篇小说《一夜长于百年》(《中国作家》2015年第6期)主要以米家文翻阅女儿米秀芬的日记为线索,以米家的家族史折射出1948—1988年四十年的历史。1948年既是大历史的转折点,更是米家历史的转折点。在国共相争已显胜败的节点上,米家逐渐走向败落,兄弟俩米家文和米家武也各自走上了完全不同的道路。

米家长子米家文是昌黎城警察局长。昌黎城被解放军攻占后,米家文被朋友所救去了台湾,从此与妻子曹秀珍两地相隔。40年后才得一见,不料相见当夜曹秀珍溘然长逝。米家次子米家武早年投身学生运动被国民党抓获,与哥哥走向相反的道路。出狱后回家奉母命完婚,可米家武新婚第二天就参加了解放军并且之后远赴朝鲜。回家时正赶上灾荒之年,妻子苏晚霜为救一家人性命怀上了别人的孩子。准备离婚的米家武因为保护军婚的政策没有实现,一走了之,苏晚霜悲愤自杀。

相校于这些男性,女性更是苦难历史的承受者,人物形象也更鲜活动人。米家老祖母刘氏早年是米家大少奶奶,不幸丈夫被日本人杀死,从此成了米家的顶梁柱。大儿子米家文不见踪迹后,刘氏顾不上悲伤,坚持让二儿子赶紧成婚延续香火。后来作为政治批斗的对象,家里钱财几近一空。面对政治地位一落千丈的窘境,刘氏显示出顽强的生存能力和直面苦难的韧性。大儿媳曹秀珍在丈夫米家文走后,一直承受着巨大的身体和精神上的折磨。要命的是,丈夫出身于地主家庭并且是国民党官员,这在以后的历次运动中成为民众一次次施虐的理由。面对如此境遇,疯癫或许成为她能够活下去的保证。

二儿媳苏晚霜更是米家受难的缪斯,几乎承受了无法承受的苦难,并且一直生存于巨大的精神屈辱之中。她的悲剧并非仅仅源于政治遭遇,而是和时代精神状况、世道人心、政策制度、人性的弱点等都有着千丝万缕的关联。

从这个悲剧人物身上,更能看到四十年历史立体式的悲怆意味。刘氏一手安排的婚姻,本来出于一个善意的动机,却成了苏晚霜悲剧命运的开始。有着新文化观念的米家武明显是拒绝这场婚姻的,在当时状况下却是不得已的被动选择。他新婚后的离别对自己是解脱,而对于苏晚霜来说,却是无法承受之痛,甚至在丈夫写给家里的信件里也从不问候自己一句。回家之后的丈夫其实正在找离婚的借口,因为他喜欢上了部队医院的一位护士。此时的苏晚霜却背负着巨大的苦难,成为灾荒之年一家人的救星。为了让家人能够活下来,她不顾屈辱,和粮站守夜人陈武私通,为了换取一点粮食。她在交欢时吞咽小麦,回家后用烟枪抠嗓吐出,再洗干净磨成粉后与野菜一起煮熟给家人吃。可是这种巨大的自我牺牲在丈夫米家武眼里竟然是两不相欠,成了离婚的理由。此时的她仍然想到了陈武,想到了无论怎样应该把苦日子过下去。严格的军婚保护制度使得陈武被枪毙,离不成婚的丈夫再次一走了之。苏晚霜的自杀和婆婆刘氏一样,不仅是对历史苦难的控诉,更是对无情人世的决绝抗争。

小说中最光彩照人的形象是米家文的长女米秀芬。小小年纪就失去父爱,母亲又患精神病的她非常早熟,也承担了更多的家庭责任。一心想念书的她被迫辍学承担起无比繁杂的家庭重任。忙碌完一天之后,还要拖着疲惫的身躯照顾病中的母亲,因怕母亲跑出去出危险甚至整夜无法入睡。为了生病的母亲和年幼的妹妹,米秀芬宁愿不出嫁。没有她一心一意地付出,母亲、妹妹和侄女根本无法生存下去。对于曾经爱上自己又抛弃自己的知青于光亮,米秀芬也并没有怨恨,而是一心一意守护风雨飘摇的家。这种基于血缘亲情的伦理责任被作家书写得异常动人,同时也让人在悲苦的历史境遇面前看见一丝难得的光亮,隐隐透出人性的善良和生命的韧性。

面对跌宕起伏的大历史,刘荣书对历史之恶和人性之善都进行了深入的揭示和呈现,并试图在两者之间取得某种平衡。同时小说也在试图探索救赎的可能性。作家在题记中写道:"神明,请带走世间的罪恶,给予她们平静。"然而由于缺乏信仰和宗教的土壤,这样的神明并没有在作品中出现。对于艺术作品的精神建构来说,仅仅有善良者的牺牲和奉献是不够的。当牺牲者以自己的牺牲去宽恕一切的时候,真正的救赎又在哪里呢?在历史的激烈升沉中，生命的死亡或许能够折射出一个干净透明的灵魂，可是一味地牺牲和坚守仍然让人感到无法释怀。刘荣书在这里继续着自己对于人性的终极追问。

长篇小说《党小组》（2017年由十月文艺出版社出版）描写陈烈、马天目、江韵清、彭定邦等一批爱国青年积极参与革命，隐姓埋名与日本侵华势力、国民党势力进行斗争的故事。小说的主线是保护"一号机密"中央文库的行动。同时以爱情描写作为辅线，通过复杂的伦理关系，既写出了革命者在实践革命信念中的忠诚，又写出了血雨腥风中的人性光辉。

小说的前半部分讲述保卫"一号机密"的过程，在特殊的环境中写出了革命者的政治追求和道德立场。在残酷的斗争中，在生死存亡的关头，显示出革命信仰的巨大力量，而马天目凭借超凡的记忆力进行了档案移交，完成了党员与党组织互相寻找的任务。小说后半部分，马天目接受新的任务，并且开始寻找失联多年的妻子。而妻子江韵清此时得到的消息却是丈夫已经"牺牲"，为了顺利完成革命工作与地下党员彭定邦假扮夫妻。小说对二人假扮夫妻的合乎情理的描写，使得小说在革命和人性之间保持了一种张力，具有别样的生活情趣。

小说将革命历史叙事与谍战传奇进行恰切的关联。时间上跨越了从大革命到抗日战争、解放战争，呈现了一幅波澜壮阔的革命历史画卷。另外小说有着浓烈的谍战色彩。革命者在生活中都是潜伏者，敌我斗争以隐蔽形式进行，因此日常生活里的冲突就变得顺理成章，也变得极其重要，从而将重大革命题材融入日常的描写中，增加了小说的真实感和可读性。

二 杨守知

杨守知（1967— ），原名杨自群，河北省涞源县人。毕业于河北省涿州师范学校，曾任中学教师、机关干部，系河北省作协理事、文学院签约作家。2008年发表处女作《大喇叭》，正式进入文坛。他的作品少而精，主要包括中篇小说《大喇叭》《坚固的河堤》《于道生的渔网》《上访西施》《某年》《十字街》和《灭火》，短篇小说《最后一架花圈》等。其中，多部作品被《小说选刊》《作品与争鸣》《中篇小说选刊》等选载，中篇小说《坚固的河堤》获2009年度河北优秀小说奖，中篇小说《于道生的渔网》列河北省

2013年度小说排行榜榜首。

杨守知的创作以中短篇小说为主，题材主要集中于自己熟悉的乡村生活，多以基层官场为背景，写农村发展过程中新与旧的观念冲突。小说记录了当下中国乡土社会的风貌，呈现出了一些乡村现代化发展中的问题。他的中篇小说多集中反映当代农村生活中的热点问题：《大喇叭》和《十字街》描写的是农村的基层民主选举问题；《上访西施》展现和探讨农民上访的问题；《某年》和《于道生的渔网》描写"征地"问题；《灭火》和《坚固的河堤》主要写村民与干部的冲突问题以及环保问题。杨守知的小说不注重写具体事件，而是要表现隐含于故事背后的思想和意义，他侧重于写人与人性。杨守知的小说创作灵感主要来源于自己丰富的乡村生活经验，因而小说具有很强的写实色彩。他对中国的广袤乡土有着深厚的情感，继承和发展了20世纪以来中国的乡土写实文学。

中篇小说《大喇叭》（《小说选刊》2008年第4期）以"大喇叭"为道具，艺术地展示了农村民主由"小天鹅"沦落为"丑小鸭"的过程。白九龙和李得虎为掌握双桥村的话语权，明争暗斗，最终在资本的角力中两败俱伤。小说表现了作家对于农村基层民主的忧虑和反思。《十字街》（《小说月报》2015年第11期）描写了村里换届选举的候选人霍岁与现任村支书水三江之间的种种矛盾，霍岁对水三江充满仇恨，一心想要整垮他。而何莱芳对此充满疑虑与恐惧，他不明白他们的仇恨从何而来，同时也害怕闹出乱子自己丢了官，于是犹豫着要不要推迟选举。何莱芳通过明代石碑看透了官场的权力欲望，敢于直视自己的问题，终于使选举如期举行。杨守知通过写农村选举中的明争暗斗，表现基层官场存在的问题：权力欲望不断驱动和侵蚀人性，使人被异化为一个权力机器。白九龙和李得虎，霍岁和水三江，以及何莱芳，都在不断被权力欲望支配，这些被异化的机器为获得更大的权力甚至不择手段，而何莱芳最终的转变又给读者呈现出人性美好的一面。

中篇小说《上访西施》（《当代》2015年第3期）在讲述上访事件的同时穿插了一个爱情故事，将政治与生活关联起来，作者尝试以人性的角度思考政治事件。王彩莲（即"上访西施"），因丈夫蒙冤而死多次进京上访，是乡里的重点看防对象。刘再生作为乡干部，承担了阻止王彩莲上访的任务。在一次阻拦王彩莲上访的活动中，刘再生因为不忍看到没有神经病的她被副书记强行送到精神病院，帮助王彩莲逃脱。王彩莲在北京受伤住院时，刘再生出于同情在医院照顾她十天，并帮她办低保，帮她儿子办残疾证。从此，二人关系逐渐缓和，成为知己。国庆期间王彩莲把刘再生骗到北京，帮他过生日，并趁机开导刘再生，也最终使刘再生放弃了轻生的念头，真正实现了"再生"。小说中的人物都是在生存困境与心灵困境中挣扎的小人物：屡屡遭到不公正待遇的上访妇女王彩莲，被工作和家庭双重打击的小官员刘再生。小说男女主人公从不信任到相互帮助，最终成为知己，萌生爱情。在小说中，由"看防"产生的芥蒂被人道主义精神和人文关怀所化解。

《某年》和《于道生的渔网》两部作品都是以悲剧结尾的。《某年》通过一个镇委书记的自述，以一年为时间跨度，展现了当代官、商、民之间微妙复杂的关系。最终，由于将挖掘机强行开进叶帮花等人的果园，叶帮花被挖掘机撞死。权力欲望驱动下的有权者丧失道德底线，不顾百姓死活，在挥霍权力时反成为被权力驱动的机器。《于道生的渔网》（《北京文学（中篇小说月报）》2013年第10期）主要展现乡土中国与现代文明的碰撞。于道生既盼望上花地的人民富起来，又想要留住青山绿水。形势逼迫下他支持田县长建立铁厂，最终因为铁厂引发泥石流，于道生为救村民牺牲了自己的性命。于道生是传统文明的代表，身上有着传统士大夫的影子，最后他要求将自己墓碑上的"道"改为"稻"，是一种回归传统乡土文明的象征。现代化和工业化进程不断冲击着乡村传统生活方式和价值观念，传统的农耕文明被迅速瓦解，而新的工业王国的生存方式还没有被建构起来。乡村的现代化发展过程中过分强调经济发展效率，破坏原有生态环境，都使故事导向悲剧的结局。杨守知不再按照既有模式写农村内部的变迁，而是以俯视的姿态审视乡村文明与工业文明的博弈。

《灭火》中原本要灭的是村民燃烧麦秸秆污染环境的火，却燃起了村民围攻乡政府的群众性事件之火。剖析了在当下建设和谐社会和社会主义新农村的大背景下处于转型时期的乡村社会的种种矛盾，暗示我们建设好社会主义新农村的路还很长，需要我们为之做出各方面的努力。但是，也引发我们的思考：如果乡镇政府能够给人们宣传到位，使得安全与环保意识深入民心，村民们还会这么容易发火吗？官民之间的互不理解，是不是说明有些官员脱离了群众而不得民心？从这篇小说中可以看出杨守知对中国的乡土有着深情的关注和深沉的思考。他熟悉当下农村的现状，熟悉乡村文明的传统，也熟悉农民的生存状态，更熟悉在乡村文明熏陶下的农民的性格。所以，他的作品是当下乡村生活的一面镜子。

《坚固的河堤》（《作品与争鸣》2009年第4期）中为了水泉乡能吃上干净的水，水泉乡党委老书记田得水不顾自己的官途与副县长何生的反对，毅然决然开闸泄洪，使得水污染事件告白于天下。干部们不顾污染环境的代价，为了自己的政绩将造纸厂引入山清水秀的村庄，使得水污染严重，许多百姓因常年喝不到干净的水得绝症而死，最后田得水也因癌症去世，作品情感饱满又含蓄内敛地表达了为发展经济破坏生态最终会使人付出生命的代价。主人公年轻时就"未老先衰"，现在更显邋遢，其外在形象与内在精神的强烈反差产生了极强的艺术效果。作品对中国当下的农村生活观察得细致入微，有着独到的见解。同时，小说还表现了有关生态的主题，农村现代化进程中应该注意保护农村的青山绿水。这篇小说凸显了现代化与工业化对农村经济和生态的冲击，以及政策的执行方式对中国农村发展的重要作用。

短篇小说《最后一架花圈》主要是对人性美好的展现，写了德清和采菊青梅竹马，却没能结为夫妻。德清深爱采菊，但是因为自己在战场上受伤导致残疾主动离开采菊。德清的爱是希望对方过得更好的真爱。老陶是采菊后来的老公，他明白采菊的"心事"，常常照顾德清，给德清送好吃的。老陶对采菊的爱是宽容的、不自私的大爱。小说中处处展现农民质朴、善良的人性。德清有着精湛的扎花圈的手艺，他做出来的花圈每每受人称赞，"花圈"何尝不是德清善良人性中开出的花，但因为是送别死人的，难免笼罩着一层悲剧性的意味。果然，他为自己做的最后一架花圈却没有用上：

> 采菊出殡的时候，西街人都看见了德清扎给自己的那最后一架花圈，当然，除了老陶，西街人都不知道那架花圈是德清扎给自己的。他们只是觉得那是西街历史上最好看的一架花圈。采菊的两个后人满面愁苦，跟在采菊的棺椁后面高高地举着。花圈很大，很圆，黄色和白色的菊花一圈一圈挤得满满的。西街人们都说，就是真菊花也没有这个好看！

德清的最后一架花圈送给了他一生挚爱的采菊，但是他自己却没有等到再做出一个来。杨守知在这部作品中将人性的美好与人生的悲剧展现得淋漓尽致，让读者体会其中的人生况味。

从梁斌、孙犁到刘绍棠、从维熙、贾大山，再到"三驾马车"，还有近年来不断崛起的众多河北乡土文学作家，他们秉承着"深入生活"的原则，以河北农村的乡土人情和不同历史时期的农村生活为主要描写内容，从不同角度描写了燕赵大地上的风土人情和农民的不同历史命运。杨守知的小说创作，继承了他们的"乡土"写作风格，选择描写乡村生活在新时代发展下的变化，以及由于变化产生的一系列问题。他主要以基层官场为切入点，对之前的乡土文学进行了创新。

从20世纪90年代开始，中国社会进入了城市化快速发展时期。城市经济、文化、价值观影响了农村的生活，使得我国农村进入了发展新阶段，有关农村的写作也有了一个新的"乡土"背景。杨守知的作品正是这种环境下的产物，他的小说主要描写了城市化对乡村的渗透，《某年》《于道生的渔网》和《坚固的河堤》都展现了乡村工业化发展中的一些问题，同时展现了在乡村不断发展的过程中，在欲望的驱使下一些人的异化。《大喇叭》中的白九龙和李得虎，《上访西施》中的副书记，《十字街》中的霍岁都是被权力与欲望异化了的人物。杨守知淡化故事情节，注重塑造人物性格，他作品中的人物都有着鲜活的个性，田得水坚决、刘再生软弱、何莱芳矛盾、德清善良、霍岁狠毒，等等，每一个人物都有他的精彩之处。而且，杨守知善于运用意象，"大喇叭""渔网""河堤""花圈""十字街""火"等在小说中都有着象征意义，包含着他想要暗示的思想和情感。

作为一名基层公务员，杨守知有稳固的生活根据地，他的作品都来自现实生活和自己的切身经历。在小说内容上，杨守知通过描写实实在在的"农村生活"来展现新时代新农村的新问题；在艺术表现上，杨守知能够把呈现与表现结合起来，最终向读者展示他想要表达的事件背后的思想与价值。

第二节　清寒　常聪慧　王霜

一　清寒

清寒（1973—　），本名蒋海云，河北省唐山市人，祖籍湖南永州。1998年河北医科大学毕业后入伍，从医九年，后转业至公安部门工作，从事法医物证 DNA 检验。鲁迅文学院首届公安作家班学员，中国作家协会会员，全国公安文联会员，全国公安文联签约作家，河北省文学院签约作家，《东方剑》专栏作家。清寒 2010 年开始文学创作，初登文坛，就凭借 27 万字的长篇小说《雨杀》获当年"恒光杯"全国公安文学大奖赛长篇小说类三等奖及第三届中国法制文学原创作品大赛长篇小说类三等奖；中篇小说《灰雪》登上 2012 年度河北小说排行榜并获河北省作家协会 2012 年度优秀文学作品奖，并被选送参评第六届鲁迅文学奖；其后创作势头强劲，数十篇中短篇小说先后在《人民文学》《青年文学》《北京文学》《山花》《解放军文艺》《长城》《湖南文学》《文艺报》《人民公安报》等文学期刊发表。目前已出版长篇小说《雨杀》（线装书局 2013 年版），中短篇小说集《灰雪》（花山文艺出版社 2014 年版），推理小说文集《罪现场》（九州出版社 2014 年版）；剧本《阳光派出所》（与人合作）已拍摄播出。

清寒的小说有一种直击骨子的痛和寒。与法医、眼科医生、警察的职业生涯有关，作家总能够在看似正常的生活表象中冷静巧妙地用手术刀解剖出异化生活的真相，这个真相往往和罪恶、疾病、生死有关，但又不是站在道德、伦理的高台上对人性恶念的批判指责，也不是对生活残酷的廉价悲悯，而是深度体验着、倾听着来自人类灵魂至深处的各种呻吟、不甘、执念、纠结、失控。例如《灰雪》开篇便笼罩在一种赴死的冷酷、决绝、戏谑的怪诞氛围中，心外科的医生——后起之秀撒南用麻醉药和手术刀"精确""娴熟"地割断了自己的股动脉，完成了一次"求生者"向"求死者"的解脱。本来没有疑点的自杀事件在好友毛小毛的调查中，却让周围生者的"罪恶"浮出水面；闺蜜苔痕从撒南的"篮子"里拿了不属于她的"菜"，充当了破坏好友婚姻的第三者；撒南的丈夫林树为了掩饰自己的毒疮不惜撕开撒南是同性恋的隐私；互相倾轧、釜底抽薪的医疗事故归根结底是院长和书记势力抗衡的一枚棋子；撒南唯一的遗愿"开光"让苔痕陷入无穷无尽的恐怖梦魇……小说透过苔痕的内视角叙事，开启了其主动放逐的忏悔罪恶的心路，还原了一个个乖张、扭曲的不安灵魂。而城市的日常细节如女性成长、市井争斗、欢爱贪欲等与灵魂倾诉丝丝相扣，于是真相逼仄得让人窒息、不寒而栗。《杀死一只猫》中的"猫"则继续充当着作者手中的解剖刀，在它的蛰伏窥视下，油条家的平静生活变得压抑阴鸷：青春期的叛逆少年油条消沉丧气，内心经受着恐惧"饥饿"和倾慕"饥饿的美"的两难煎熬；油条妈妈细雪脱去白天威严老师的神圣外衣后放纵出空虚、饥饿、颓败的病相，在虚拟的网恋中渴望精神出轨，同时细雪在猫的眼中总是和之前在精神病院见到的精神分裂患者支点重叠起来；油条爸爸老管发现妻子的秘密后掉进一个变态旋涡，勾引细雪出轨的那个男人成了他手中牟利的王牌，他不是要利用奸情开战决斗而是以短信为证据要挟对方破财免灾。"虚构站在真实的背影里比真实更清晰"[①]，在猫的审视下，生活真相暴露在聚光灯下，"杀猫灭口"恐怕也难以掩盖灵魂深处莫名的恐惧和绝望。

在诸多关于罪恶和疾病的书写中，清寒描写了一类看似正常实则残缺、病态、分裂的女性，如《碎碗》中的"我"勤劳善良，到城里打工挣钱，为孩子治病，邂逅恋人"陈"，之后被始乱终弃，"我"便如鬼魅般寻找跟踪他，最终把他推下悬崖；《灰雪》中一对闺蜜撒南和苔痕，一个是同性恋，一个是第三者；《因为·爱情》中专门以抢闺蜜男友为乐事的蜜蜂，连"我"做鬼的权利都剥夺；《双刃刀》中努力孝敬婆婆、善待小姑的贤妻桑鹭，发现丈夫出轨后做了各种准备，决心用双刃刀亲手杀死那个女人，结果那个女人拿着桑鹭的双刃刀冲向背叛她的另一个男人，等等。这些女人如泣如诉的故事为清寒的小说世界营构了诡异的气氛，她们潜意识的种种本能在与特定环境或者偶然意外产生摩擦后被引爆，于是裂变的人性和逆转的命运便被作家不露声色地解剖出来：《碎碗》中的"我"为了寻找"陈"忍受着"无数个

[①] 清寒：《貌似来历不明》，《东京文学》2012年第8期。

日夜的期望和绝望合并的剪刀裁剪意志力",直到孩子被杀,属于"我"的"空碗"碎了,生死无法感知的时候,"我"才知道死亡是得以活下来的唯一解脱。而生活在城市的李大平(《因为·爱情》)被抛弃后,获得解脱竟是源于蜜蜂那句"水晶宫价码最高的姐姐"。于是"我"画皮背包的那缕妖精心思被激活了,开始渴望着夜的游荡,爱情的意义重新格式化为一场场明修栈道,暗度陈仓的攻坚战。拥有稳定婚姻家庭的桑鹭(《双刃刀》)在丈夫出轨后,意识到人情、爱情的真相竟是那把寒气凛凛的双刃刀,它才是从不伪装的,它是用来杀人的,无论于"我",还是于怀了孩子的第三者,都是如此。总之,这些女人常态化的生活表象背后,精神、心理均有异常和障碍,或抑郁,或怪诞,或罪孽。她们心灵的搏斗、精神的煎熬、灵魂的疼痛、思想的醒悟,和带给这个世界的各种悲伤是作家着力呈现的。"作家不是评论家。他们更像病人……任何时代的作家都是社会群体中的敏感人群,对常人觉察不到的、肉眼不可见的细小的浮动于空气中的微粒,有异乎寻常的感知力。这些感知以症状、体征即文学文本的方式呈现,起到了弥补认知空白的作用。"[①]

清寒对文字有不错的驾驭"野心",对故事叙述结构也讲究草灰蛇线、奇峰陡转,她渴望一种表达的自由、轻松和快意。"世界上没有任何一个职业可以像医生那样名正言顺地介入他人的肉体、心灵乃至生命,亲历他们的悲喜、犹疑、恐惧、挣扎、绝望……同样,世界上也没有任何一个职业比法医距离死亡更近。"[②] 如果说在法医职业生涯中,清寒站在冰冷的现场,审视 DNA 透露的生命密码,能听到来自另一世界的声音,那么在文学世界中,她通过文字努力唤醒生命的敬畏和良知,其实这种唤醒本身就是一种救赎罪恶、治疗疾患的良方。

二 常聪慧

常聪慧(1972—),河北省邯郸市人,毕业于河北师范大学,邯郸市作家协会副主席,中国作协会员,鲁迅文学院第十九届高研班学员。出版小说集六部,包括《陌生人》《最后一双水晶鞋》《通往梦城的火车》等。代表作

---

① 清寒:《虚与实的感知》,《山花》2015 年第 8 期。
② 清寒:《貌似来历不明》,《东京文学》2012 年第 8 期。

有《风筝与世界》《风吹不走的》《宜居之地》等。曾获全国微型小说（小小说）年度评选二等奖，河北小小说优秀文集奖和优秀作品奖，曾连续三年入选中国微型小说排行榜，小说《宜居之地》《月亮里的猫》入选河北小说排行榜。

常聪慧的小说可以看作生态小说，是对城市化进程中自然生态和人文生态的关注。城市化带来了自然生态的变化，而自然生态的恶化又影响着人的居住环境和心理状态。哪里才是人类适宜的栖息之地？人与动物、人与人之间又该如何和谐相处？这些存在之思触动着常聪慧敏锐的感官，令她痛苦，也令她深思。于是，在常聪慧的笔下就有了一个名叫柳林桥的文学村落，那是属于她的文学世界，承载着她的生活经验和文学想象。

城市化带来了乡村自然生态和人文生态的变化，并呈现出"异托邦"的生存图景。柳林桥不是一个纯粹的乡土村落，它是被纳入城市化进程中的一个城中村。柳林桥因滏阳河、柳树、木桥而得名，它曾经风景如画：河心平静如一面镜子，映出两岸长柳和天上的云朵。当地的居民曾经喝着滏阳河的水过活，滏阳河是他们生存的福祉。但是，城市的现代化进程使这里发生了改变，"村子不再安宁，一家一家企业在周围马不停蹄地建设，滏阳河水不再像现在这么清澈，村子里的人家一个个奔赴工厂，人们不再吃窝头咸菜，外面的世界在最初试探性的喧嚣后蜂拥而来"。这不再是小说《风筝与世界》中的寓言，而是成为迅速到来的现实。

生态环境的变化带来了人的生存环境的恶化。城中村拆迁后村民们搬进了高楼，原来的柳林桥变成了一片废墟。空空荡荡的村子到处是丢弃的垃圾，还有主人遗弃的狗。柳林桥变成了一个符号和老年人心中的记忆，那个曾经风景如画的、实实在在的村庄已经不复存在。

在这个"恶托邦"中，动物和人的关系开始恶化，村民搬迁时遗弃在村里的流浪狗开始向人类报复：它们的眼中闪着寒光，袭击和撕咬村子里干活的工人，它们还闯入原来主人的家中，撕咬和觅食。《宜居之地》中那个曾经依偎在主人身边、名叫"黄皮"的狗带领着一群狗凶神恶煞般地向曾经的主人宣战。

在这个"恶托邦"中，人自身也出现了不适感，小区里的"高楼"成为与柳林桥相对立的住所。《宜居之地》中老汪搬进二十一层的高楼后，感到了无时无处不在的随时要掉下去的晕眩。老伴去世，儿子移民国外，老朋友老秦又出车祸离世，弥漫在老汪周围的是无法排解的孤独感和无根感。

以柳林桥为中心，常聪慧扩展着她的文学版图，但是"恶托邦"的景象依然是小说表现的主题。在这里，人与人之间，尤其是家庭中的亲情关系发生了异化。《病房》中远在外地的儿子从来没有看望过长期住院的父亲，可见父子之间的隔膜。而主治医生因为无法忍受父亲的暴躁以及留学德国等原因，没能见到父亲离世前的最后一面。《结伴而行》中的母女关系一直处于紧张状态，母亲离异后就一直没有好脸色，并将罪责迁怒到女儿身上，叛逆的女儿成年后决然搬离了母亲的住所。最后在曲终人散、亲人离世之时，彼此的心中才充满了歉意，并抚平了心头的怨恨。

"恶托邦"既是现实，也是虚幻，联结现实与虚幻的就是梦境。梦幻成为常聪慧小说中经常出现的场景，是人内心情感的无意识体现。《风吹不走的》中的烟爷一出生就是一个盲人，后来开了天眼，成为柳林桥的先知。他在晚年经常梦到曾经庇护他的大哥，梦到跟了他六个月的新娘，梦到柳林桥的前世今生，整个小说就在亦真亦幻中展开。《风筝与世界》中的梅梅一生都在寻找她的父亲，那个在她小时候就离她而去的寻梦者。关于父亲的模糊记忆和持久的想念就幻化成了一个个梦境。梦也成为现在与过去的联结点，成为乌托邦与"异托邦"的交接点。

向历史的纵深处继续扩大自己的文学版图，使柳林桥成为世界文学中的一枚邮票，这是一个梦想，也是可以想见的现实。

三　王霜

王霜（1964—　），河北省承德市人，毕业于河北师范大学中文系。现供职于河北报业集团。2006年创作长篇小说《艳帜》和《爱的姿势》，获新浪读书首页推荐，之后被小众们火热点击。后转入纸媒创作，先后出版发表《米小奇来了》《姐从道上来》《下个路口见》《王厨娘的烟火人生》等。

王霜写小说一开始主要是为了慰藉寂寞的心灵，也有闹着玩儿的心态，基本上没太大的功利目的。她的作品往往是率性而为、一气呵成、文气贯通。

可以想见，她在创作过程中肯定是充满快感的，这就"玩"得有意思了。再往深处阅读，发现小说中的都市男女，个个都有来历，处处烙刻着生活的印痕，事事散溢出尘世的气息，他们根须茂盛，长势喜人。无论是忧郁的、洒脱的，还是老奸巨猾的、玩世不恭的，都会聚在这滚滚红尘的喜怒哀乐之中。王霜的小说不乏情节的曲折，却不以传奇的情节取胜，而是以细腻的都市青年人的情感和富于质感与时代气息的语言功力引人入胜。她笔下人物的语言俏皮、调侃、赤裸、自然，甚至玩世不恭，很"嬉皮士"，使人不禁要想到王朔；她描写语言的简洁、俏丽、流畅、清俊，又觉得她当年读书的时候，每每逃课逃进世界名著中去的滋润，如今有了结果。再往深处阅读，笔者发现，王霜对待文学骨子里是认真的、虔诚的，她把创作当成了另一种生命体验，她陶醉在想象、创造的快感里，她在这种体验中逃离了生活的庸常和无聊，从而获得心灵的安慰。

王霜的"玩文学"，不是一时兴起、心血来潮，而是有准备有预谋的，这种准备是生活阅历、知识素养、生命体验缺一不可的产物，也正因此，王霜的小说才能一部接着一部地写，一部接着一部地往网上贴。

王霜是一个很"文学"的人，在她身上有着天生的文学气质。正像她所说的："我是一个爱变化的人，变化无常的人。这使我周围的目光对我也变得捉摸不定，我还会因此得罪一些人。可是我没办法，我觉得他们太没劲，太乏味，不想理他们。当我去一个陌生的地方，我就会兴奋，会很有兴致，在街上逛个遍，买很多好玩的东西，戴在脖子上手上，浑然一身。""我喜欢城市夜晚变幻的霓虹灯，扑朔迷离，既璀璨又邪恶，招摇迷惑。这是一种边缘的情怀，很叫人感觉到不安，但我自己心里却很安详。"在俗世里体验边缘，在不安里享受安详，这就很是不一般。从王霜写就的这几部小说来看，我们注意到，她也像当年的王朔一样，从不脱离世俗，而且还要与俗世主动认同，但骨子里却也难掩浪漫的情调，甚至还飘散着仙风道骨的味道。也许正是这种纠结（实在却不沉重）和缠绕（复杂却不糊涂）才使王霜天然具有了文学的基本素质和必要才能。

当然，如果没有丰富的生活生命体验还是不可能写出好作品的。王霜的创作虽然很早就开始了，但真正的小说写作还是近些年的事。我们读王霜的这些小说，尽管大都写的是红尘男女、青春忧烦，却不是无病呻吟的小资魅影、故作娇嗔的小女人情调，而是在字里行间充满一种苍凉的况味。《艳帜》写了女人被命运标榜了艳色的旗帜，在沦为男人的附属品的同时，也阅尽人世的繁华与苍凉，红尘中多少无法摆脱的纠缠和挣扎，以及无法摒弃的虚荣招摇。《爱的姿势》写了男人喜欢爱情本身，女人喜欢自己在爱情中的姿态，但那都不是爱情，爱情本身是不沾责任和市井的，而姿态更是游离于爱情之外的，肯定全都不是真切的爱情。因此，他们玩世不恭，他们假装有爱，其实他们都是一些以爱的姿势凌空飞舞却绝对不能着陆的浮尘灰土。《桃花总和运擦肩》中的女主人公米楠，天生丽质，自以为金钱爱情双丰收，但结果却是鸡飞蛋打，命归黄泉。她们想爱的不能爱，想信的不可信；她们迷失在爱情中，迷失在命运的捉弄里。

长篇小说《会有人替我爱你》与《姐从道上来》中的人物角色，写的都是女人在与男人的磨砺中成为一个成熟、独立的人的过程。这其实也许就是王霜自己生活的映照，她的作品虽然苍凉，但绝不悲观。

2011年创作，2017年出版的长篇小说《王厨娘的烟火人生》，是一部好读有趣的小说。小说有意识地把姿态放低，让人物在最普通的日常生活中扑腾，举手投足、说话办事就是当下的烟火人生，作者有意识地不去回避真实的城市街道、地名，就是要营造一个最生活化的环境，使读者在阅读中感受到的事仿佛就发生在身边，其中的人和事就是你我他的事，从而产生一种亲切感、熟悉感，增加了可读性与趣味性。

这里涉及小说美学的问题，小说当然是需要陌生化的，但达到陌生化的途径有多种。最基本的是两种，一类是写那些遥远的、新奇的、大家不熟悉的事物，这样的事物可以增加新鲜感和神秘感，从而产生陌生化效果；另一类是写生活中最司空见惯的事物，最司空见惯的事物其实往往是最容易使人感觉钝化的事物，司空见惯却视而不见，这样文学便可以在这种似乎最常见的日常俗事中将其以文学的方式复原出来，进而达到唤醒人们钝化的感觉的目的，产生陌生化效果。王霜显然是在第二个方面实践着小说的这种美学功能。于是，我们看到小说中的人物王小鸥，有一个老革命的爷爷，还有一个叫"王革命"的爸爸；王革命与妈妈离婚组建新家，妈妈无奈中也组建新家；

正在读研究生的王小鸥感到孤寂和迷茫，毕业后找工作，经历了各种人事洗礼，公司破产，王小鸥成长起来，她决定自己创业，创办"青春饭一号院"，认识了"富二代"韩耕，共同投资，协同创业。青春、创业、爱情、生活……故事其实很平淡，也不新鲜，王厨娘，烟火人生，俗得彻底。然而，我们读到了亲切，触摸到了生活的体温，嗅到了人间烟火的气味。

阅读《王厨娘的烟火人生》之所以感到好读有趣，其实更得益于王霜小说的叙述调性。小说是需要叙述的，成熟的小说，都有自己自成一格的叙述调性。小说犹如音乐，叙述就是调性。叙述调性弄不好，一部小说就不是成熟的艺术品。王霜的叙述调性不温不火，不疾不徐，不奇不险，娓娓道来，自然平淡，如高山流水，水到渠成，还有一种不慌不忙的小幽默："王小鸥这名字是她爸爸王革命起的。王革命的名字是他爸爸王三楞起的。王三楞是老革命，解放前在老家保定白洋淀抗过日。"这样的开头，注定了小说不会是大起大落、大开大阖、风生水起、跌宕错落的格局，而是烟岚淡浅、家长里短、油盐酱醋、饮食男女。当然，王霜的叙述调性自然也是多样变化的，每个人物的心理波动在叙述中是自然起伏的，但万变不离其宗，这就构成小说叙述的整体和谐、顺畅的特点。

当然，一篇小说好读有趣还不是目的，小说总是要呈现点什么。也就是说，小说应该是有思想的。《王厨娘的烟火人生》在好读有趣之中，蕴含着王霜对生活的包容和对温暖的向往。她要在世俗的生活中寻找诗意栖居之所在。女主人公王小鸥作为普通人，在遭遇了家庭变故，情绪受挫的情况下，她主动承担替父母赡养爷爷的重担，甚至由此耽误了自己报考公务员。她四处找工作，却到处碰壁，但她不气馁，不悲观，仍然乐观顽强地投入生活，决定自己创业。在王小鸥的身上，我们看到了新一代青年的飒爽英姿。另一个主人公韩耕，出生于富裕家庭，属于"富二代"，但他不依赖父母，而是吃苦耐劳靠自己的双手创造美好的未来。一个美，一个帅，却都很要强，两颗美丽心灵的碰撞、相爱、结合，使得小说充满了昂扬的旋律：

> 两个人说笑间大餐已备好，两个女友董欣、何丽君推门而入，手捧大束鲜花，带来一片笑语喧哗。落座准备就餐，四个人高举红酒，真恰是好时机，灵机一动的韩耕从何丽君手里抽出三支玫瑰，突然向王小鸥

宣布:"我想当着她们两个人来个浪漫的:王厨娘,你说,你愿意从今以后成为我灶膛前烧火的吗?"

董欣一旁打断韩耕:"又胡乱忽悠,一点都不诚恳,钻戒呢?"

王小鸥却已经走到韩耕面前,深情地望着他说:"别说灶膛前烧火的啦,包饺子下屉,蒸包子起锅,我都包了,以后光叫你炕上躺着张着嘴等着吃,还不行吗?"

四个年轻人一饮而尽杯中红酒,开怀大笑。

青春、事业、爱情,难道不是世俗生活中最为惬意的诗意栖居之所吗?《王厨娘的烟火人生》标志着王霜的创作开始了新的转向。她开始从过去的那种较为狭窄的个人化写作中走出来,关注社会人生,进入一个相对开阔的文学视野。从这个意义上说,王霜的《王厨娘的烟火人生》是王霜写作的一个突破,一个飞跃。当然,王霜的写作还在路上,愿她写出更多更好的作品。

第三节　夜子　左小词　徐广慧

一　夜子

夜子(1972—),原名李艳荣,河北省沧州市人,毕业于河北大学,中国作家协会会员,河北省作家协会会员,河北文学院签约作家。出版小说集《白色深浅》,诗集《我消失,或者还有你》等。代表作有长篇小说《味道》,中篇小说《田园将芜》《化妆师》《云破处》等。作品曾荣获"中国原创文学大奖赛"一等奖,河北省首届优秀网络文化作品"五个一"奖,入选中国小说排行榜,《化妆师》入选河北小说排行榜。

夜子的小说是对于缺憾和不完整人生的缝合。夜子小说涉及的内容是伤痛和死亡,但她却竭尽所能用温暖与爱去弥补伤痕和伤痛,使人生更加完满。《化妆师》是极为出色的一部中篇小说,作者选材的角度极为特别,主人公是为死者做美容的化妆师。毕业于美术专业的大学生溪溪去殡仪馆做化妆师,通过她的经历,读者看到了别样的人生场景。可以说,《化妆师》通过对人生最后一个时刻的叙写，填补着文学叙事的空缺。化妆师的职业是神圣而庄严的，通过他/她们的整容，亡者重现美丽。化妆师是此岸与彼岸，此生与来世的联结者与见证者，通过化妆师，传达出的是作者关于生存与死亡的终极思考。不仅如此，作者试图要表达的还有对不完满人生的缝合。通过化妆师，人得以体面优雅地与这个投入了毕生心血的舞台做最后的告别。

不仅是《化妆师》，夜子的其他作品也表现出对人生不幸的弥补与缝合。《田园将芜》以一个城市外来者的视角观察乡村，呈现出的依然是并不现代的乡村生活图景。改革开放后农村经济有所发展，思想观念有所改变，但传统陈旧的乡村习俗依然对人的生活方式起着重要的支配作用。小说重点写到了乡村的家庭暴力。会写诗歌、能唱昆曲的省城期刊编辑李水被辞退后回到乡村，备受妻子的冷嘲热讽和打骂，妻弟小青因为妻子陈玉兰的心有别恋而把妻子打得死去活来。小说的结局很耐人寻味，李水暴戾的妻子从娘家回来后在寻找李水时被狩猎的村民意外地枪杀了。根据乡俗，妻子的娘家应对李水做出赔偿，李水选择了妻弟媳陈玉兰作为赔偿品。小说结局看似有些突兀，实则却是对人生的有意缝合，李水并不是真的爱陈玉兰，他的这一选择只是出于善意的成全，使陈玉兰逃离小青的家暴，脱离苦海。这种缝合也许并不完美，但已是作者能够想得到的最有可能的美好结局。《云破处》中几个朋友、一对恋人的冰释前嫌，《他年云归处》中二女儿为使家族和谐做出的努力，都体现出作者对人生完美、关系和谐的美好期许。

夜子的小说以中长篇为主，这似乎也表明她更喜欢讲一个个完整的故事。她小说中的故事会有一些意外和巧合，却能在出人意料中获得某种合理性。《化妆师》中的溪溪在做化妆师时亲历了两位好友的离世，一个是大学时的好友千兰，一个是闺蜜何绿。千兰高贵美丽却患有癫痫病，她的离世或在情理之中。何绿出生于官员之家，家境好，人又漂亮，还有体面的工作，却死于一起绑架案。何绿的离世有些突然和偶然，但谁又能说人生不是由一些偶然构成的呢？

《他年云归处》中一开始便写到父亲将不久于人世。父亲卧床后，父母与长子长媳早间的矛盾隔阂，父亲留下的纸条和要烤红薯的一些古怪做法，在叙述者二女儿的眼中都是一个个的谜。直到父亲一生中不能忘却的那个女

· 459 ·

子登场,以往的一切谜团才得以解开。《浮云》中的情节设计更为独特,"我"是一个私生女,但我的母亲到底是谁,作者没有明示,而且在母亲这一概念上故意制造谜团,最终通过推算才能猜到:那个疯了的女人才是"我"的亲生母亲。夜子有意地设置一些空白、巧合与谜团,让读者对不可预测的人生心怀忐忑。而当种种的误会与谜团解开后,人生的粗粝被细细地抚平,人生的不足趋向于完美,人性之善得以显现。在故事情节的结构设计上,夜子早期的作品稍微有些刻意,但《化妆师》让我们看到了夜子小说创作取得的和将会取得的成就。

二 左小词

左小词(1980—),本名韩瑞娟,河北省邯郸市大名县人,鲁迅文学院中青年作家高研班学员,河北文学院签约作家,邯郸市作家协会副主席。从2006年开始文学写作,左小词共出版长篇小说三部《下一个天亮》《我的名字叫蓝》和《棘》,出版诗集《没有伞的人,你要努力奔跑》,编导电影短篇《会飞的父亲》,策划组织"建安诗歌节"和"建安文学奖",短篇小说代表作有《琥珀》《万物生长》《大方亭》等。作品曾荣获河北省"五个一工程奖"。

左小词小说最显著的特点可概括为虚幻现实主义,也就是说她的小说是基于现实主义的,但又不以写实为主,而是在人的臆想世界中凸显出强烈的虚幻色彩和感觉主义色彩。在作品中,主人公的感觉与幻觉被有意识地放大,人物沉浸于虚幻的思绪之中,并有了特别的通灵之感。

左小词虚幻小说中的主人公多以女性为主,这些女孩/女人因弱小和无助而易于沉浸于自我的臆想世界中。《万物生长》讲述的是一段婚外情和一个杀人案,这些故事并没有被直接叙述,而是通过女主人公李绿的臆想来一点点地揭开。"李绿的确不会讲话了,不会讲话的李绿一坐就是一晌,有时候她呆呆地望着一片树叶、一丝风都能用上老半天。"李绿进入了独自的臆想之中,李绿和丈夫以及和第三者的情感纠葛也在臆想中逐渐由朦胧变得清晰起来。《大方亭》中的徐幼慧是一个十六岁的女孩子,母亲去世早,父亲在城里打工时从脚手架上掉下来摔死了。因为父亲的去世,徐幼慧得到了十几万元的抚恤金。作为一个孤儿,徐幼慧时时感到生活的恐惧。在她的臆念中,总觉得有一条影子藏在自家的院子里要加害于她。她那个从外地赶来的外婆与其说是呵护，还不如说更像是一只老猫在窥探。长篇小说《棘》以映山为主人公塑造了多个女性形象，小说中的十个标题除最后一个"河流"外，都以女性的名字来命名。而且尤为奇怪的是，小说中第一个出场的映山原本是以男孩子的面目出现的，随着真相的揭开，映山原来是一个被隐瞒了十七年的女儿身，而且还是一个思维不同于常人的天才式"傻女"。由此，她的世界和她眼中的世界就充满了诡异。

在作者的虚幻叙事中，一些特定的意象得到了强调，小说具有了现代诗的意味。在主人公的臆想中，那些与她们命运相关的意象暗示着她们无法摆脱的宿命。《万物生长》中对李绿命运产生影响的主要有大雪、暴雨和血水，在一场大雪中孙永恒侵入了她的身体和世界；在暴雨中，丈夫孙士德杀死了孙永恒，以致血流成河。《大方亭》中村里的大方亭，家中如老猫一样的外婆，时常出现的鬼影，都在磨损着少女徐幼慧的神经。《棘》中保持着古风古韵的山村，山里大片大片的棘草，一再被提及的想象中的河流，这些构成了小说的主要意象。

虚幻也成就了作品的神秘主义，使小说产生了一种独特的审美韵味。《棘》的故事发生地在太行山的褶皱之中，这是一个有着漫长历史又远离城市文明的地方。小说主人公映山，一出生就被看作千只鸟的转世，是万物之子，自然之子，并被唤作"千鸟"之魂。映山的外祖母画四娘则具有召回逝者魂灵的神奇本领，葵哑巴并不聋哑，就是不张口说话。山民们常年生活在封闭的大山之中，走出大山的年轻人则不知去处。在《棘》中，一个神秘而辽远的山中村落兀自存在着，而连接外面世界的河流只存在于虚无缥缈的想象之中。

在左小词的小说中，现实被虚化后成为模糊的背景，人的内在情感和臆想世界被强化成故事的主体，尤其是女性心理被细腻地展现，诗意化和象征性为小说抹上了一层神秘的色彩。但问题也随之出现，人物的心理更多地纠缠于私人化的情感意念之中，题材领域会日趋狭窄。或许可以在社会现实与情感想象之间稍作调整，以走出缥缈的形式与心理的樊篱，找到更为深厚的文学根基与土壤。

三　徐广慧

徐广慧（1977—　），河北省临西县人。鲁迅文学院首届青年作家英语班学员，中国作家协会会员，河北文学院签约作家。徐广慧怀着对文学的虔诚爱恋，多年来笔耕不辍，2007年6月在《阳光》发表短篇小说《兄弟》；2009年在《长城》第4期发表中篇小说《寂寞的村庄》，后被《作品与争鸣》2009年第10期头条转载；之后崭露头角，作品引起评论家和读者广泛关注。2015年被评为"燕赵文化之星"。目前已经出版长篇小说《运河往事》（花山文艺出版社2017年版）、短篇小说集《小鲶鱼》（作家出版社2016年版），多篇小说见诸《中国作家》《小说月报》《光明日报》《长城》《当代小说》《山东文学》《作品与争鸣》等文学期刊。代表作有中短篇小说《寂寞的村庄》《兄弟》《小鲶鱼》《一朵花的名字》。

徐广慧是怀着一颗世俗心和悲悯心来写作的。她笔下人物大多生活在冀南地区的来福村，在《运河往事》中可以看出来福村毗邻一条大运河，历史上北方大运河作为在政治、经济、军事上起重要作用的河流，具有文化向心的作用。因此运河流域的社会发展孕育着一方水土的运河文化，滋养着来福村村民独特的纯净、多情、含蓄、热烈、不屈不挠的文化品格，逐渐形成淳朴、豁达、坚韧的民风和相对自足的乡村伦理秩序。来福村虽然贫穷落后但不封闭，改革开放以来，来福村的人就加入了城市打工的浪潮中。此时是中国现代化进程中城乡发展的震荡期，短暂的城市经验和长久以来的乡村经验在农民心中一定会发生剧烈的对撞和冲突，也造成每一个农民情感结构的内在张力，于是被时代潮流裹挟、挤压、扭曲的来福村以及每一个家庭的裂变之痛在"农民的孩子"徐广慧笔端聚集着，倾诉着。作家回到原生态的农村经验的第一现场，用饱含温情的世俗之笔呈现转型期农村的日常生活，没有传统乡恋般的文人浪漫，也没有指向社会的城乡差距批判，而是在碎片化的现实图景中，以清新朴实之笔用心去触摸体验每一个灵魂面对苦难时的复杂人性，"我在审视苦难、穿越生命强度的时候，也在不断拷问自己的灵魂，我发现了自己的小，更发现了自己的无能为力。痛苦的挣扎化作文字，揉成小说，碰翻一杯眼泪"[①]。于是《兄弟》里从小一起光着屁股在河里抓泥长大的"大哥"和"兄弟"，如今又坐着同一辆大汽车到了南京。即便在南京遭遇了迷路、丢钱、伤肺的活计，兄弟还想着"明天给大哥买盒烟"，大哥惦记着"快快吃饭去抢机器"干重活。可是自从捡到那枚玛瑙戒指后，兄弟两人就好像丢了魂，结果大哥从十八层楼上掉下摔死了，同时戒指不翼而飞；兄弟后悔悲伤之际发现戒指在大哥手里，后来媳妇告诉他，戒指是假的。一切似乎回到原点，但是大哥为此付出生命的代价，兄弟从此变得沉默寡言，他觉得是城市人骗了他——这是神来之笔。一部小说写出兄弟二人面对苦难发自灵魂深处的质朴善良和相濡以沫，令读者动容；但是在金钱的诱惑面前，这些美好的人性却又那么不堪一击。我们不仅感受到农民在城市化进程中的艰难历程，也读出农民对城市爱恨交加的情感，更重要的是作家揭示出农村贫穷的根源不仅仅是城乡不平衡，还有人性深处的弱点更值得反思。

《小鲶鱼》中的荷香不同于《兄弟》中的被迫撤离城市，她在城乡的来来往往中，逐渐适应并学得精明了，像"滑溜皮的小鲶鱼"。虽然受尽工地上民工、工头的欺侮，但她明白"不能死，她得活着……她这半边天要是塌了，她的家就彻底完了……而且家里的狗、猫、鸡正在等着她回去"……不仅如此，她还义无反顾地用命去帮衬着小豹子孤儿寡母，最后受伤面对记者采访，也是淡淡地却毫不犹豫地说：老板挺好的，还要去工地干活。这篇小说打动我们的不是尖锐的城乡矛盾，不是荷香和小豹子家境贫困，而是面对苦难，荷香虽然无奈，但依然努力守望自己的家园、坚守来福村世世代代善良本分的道德底线。这份在苦难中折射出的人性光辉更有无尽的艺术魅力！

此外，《寂寞的村庄》没有直面城乡问题，而是用寓言化笔法触及了农村空巢留守女性的家庭伦理问题。在懵懂少年虎子眼中，来福村一点都不寂寞，甚至眼花缭乱、触目惊心——地里的贼一群一群的；娘养了十一只有名字的老母鸡，天天骂鸡解恨，鸡名字都和村里女人名字一样；聋哑的爹不能出去打工就吃百家饭，竟然是村里十几个留守女人生理和心理依赖的"哑巴哥"；三奶奶死了，一群孩子敲着盆碗、女人抬着棺木下葬；娘是从小被城里人遗弃的孩子，于是家里突然来了讲普通话的姨姨；大炮恨爹动了他的女人，打

[①] 徐广慧：《满纸是泪》，《河北作家》2009年第4期。

上门来；腊月二十七传来消息，村里男人死了六个……在碎片化的农村乱象中，作者显然有更深邃微妙的寓意。娘指桑骂槐，借"鸡"来谴责如妓女般的留守女人，虽然恨鸡，但是娘说鸡能生蛋换钱；同样，爹也觉得吃百家饭是耻辱，但用自己的身体满足女人们的生理渴求能换钱补贴家用，叠加扭曲的性交易瓦解了长期以来乡村稳定和谐的家庭结构；姨姨的普通话预示着现代文明，但是虎子再也"不想去大城市伺候说普通话的人"了。一般在结构上，寓言化小说往往呈现为不连贯的破碎形式，以此表现个体在现代社会的精神颓败和无端情绪。来福村在虎子的限制性视角下是片段破碎的，因而小说也笼罩在虎子的疑惑、焦虑、恐惧、期待的心理氛围中，表面上写村庄的寂寞，但作家更致力于对异化结构中现代人生存困境的揭示。

"城市和乡村，把人的灵魂改变了扭曲了，乡村可以作为一个诗意的存在，也可以作为诗意的反面存在。"① 总之，徐广慧怀着复杂的心情审视着笔下的乡村世界。她很少正面表现来福村农民在城市遭受的歧视和磨难，也超越了对底层民众"疼痛不自知"的启蒙姿态，而是不无悲悯地着力挖掘乡下人"有痛自知却无能为力"的苍凉命运，以及身份焦虑中坚守与放弃的扭曲心灵，同时不无诗意地寻觅着乡间的美好和光明。从这个意义上，可以看出作家没有落入底层叙事"玩味苦难"的俗套，而是努力用小说来向人性深处开掘，用灵魂的叹息和欢欣来增加生命强度和硬度。

第四节　张敦　孟昭旺

一　张敦

张敦（1982—　），曾用笔名张墩墩，原名张东旭，"80后"作家，河北省枣强市人。2016年出版小说集《兽性大发的兔子》，其中收录《兔子》《带我去戈壁》《我的文武老师》《我要去四川》等2016年之前的短篇小说作品十七篇，2017年发表短篇小说《吉祥三傻》《哭声》《公牛》等，2018年发

---

① 梁鸿鹰：《一切都应在我们心里——关于徐广慧的〈小鲶鱼〉》，《中国艺术报》2017年2月8日。

表短篇小说《乡村骑士》《自行车司机》《月光大道》等，被评为河北省第三届"十佳青年作家"，河北文学院签约作家。

张敦的小说以短篇为主，从内容角度上大致可归为四类：乡村地域叙事，城市经验叙事，校园空间叙事，以及校园乌托邦和城市底层生存经验之间的对话。作品的主人公大多是刚走出社会、寄居于城市的无法拥有社会资源、无力实现自身生命价值的颓废青年。张敦以零度写作的方式再现生活的荒诞。

《乡村骑士》《吉祥三傻》《我要去四川》是乡村地域叙事的代表。这些作品都是在河北和四川两个地域的乡村空间展开叙事的，展示了小人物的生存现状与乡村经济生活观念各方面的变迁。《乡村骑士》（《西湖》2018 年第 4 期）中主人公的母亲是四川人，在十八岁那年由于弄丢了钱担心遭父亲暴打而辗转来到河北，与男主人公的父亲——因有摩托车而成为村里第一代摩托车骑士的傻翔相遇。父亲的哮喘病使得主人公不得不辍学担起生活的重负。父亲的去世让母亲和主人公感到轻松，然而这种轻松感又在娶妻生子的重负中迅速消逝。《吉祥三傻》（《小说界》2017 年第 3 期）中的四川乡下姑娘傻兰杀害了强奸并导致她怀孕的村长后逃往河北，嫁给为报兄长之恩顶替兄长做了结扎手术的傻翔，傻兰的孩子傻康出生了，带有先天听力障碍，不久傻康生病死去。傻翔失去踪迹，傻兰揣测他大概是去了四川找强奸她的村长报仇，便回到四川寻找丈夫，幻想着与丈夫一起去竹林砍笋的情形。《我要去四川》（《青年文学》2015 年第 10 期）讲述了两个四川妇女被拐卖到河北农村，一个成为"我"大娘，另一个成为"我"娘的故事。她们曾经有过一次出逃，大娘最终选择又回到河北，而母亲因又有了身孕不便再回到河北的家庭中。"我"要去四川的愿望是同对母亲缺席的补偿相关的。无论是主动逃往还是被动贩卖，小说中的女人们将四川与河北这一南一北两个地域文化空间联结在一起，在主人公的叙事中展示了几十年乡村的生存、经济和政治状态，以及恒常存在于乡村生活空间的底层文化痼疾。

与之相反，《兔子》《夜路》《小丽的幸福花园》都是关乎作者对北京城市经验的抒写，是作者北漂经验的重构。《兔子》写"我"去北京找朋友大男和沈非，沈非养了两只兔子，心血来潮杀了其中一只做成菜招待我，另一只则在大男的提议下由三人坐大巴到郊区放生。如果将北京这座城市比作牢笼,那么涌向这座城市的青年就是工作和生活的重压下的兔子,兔子的两种命运,处刑和驱逐,也暗示着在一线城市底层挣扎的外地青年的生存境遇。《夜路》(《西湖》2013年第10期)中"我"与前女友小娜、现女友小丽产生了情感纠葛,但这种纠葛在城市经验赋予的阳痿症候中被化解,小丽和小娜达成和解,由情敌变成朋友,而"我"则游荡在深夜的北京,回到原先的住处。《小丽的幸福花园》(《西湖》2015年第6期)写"我"与同居女友小丽和平分手,小丽坐车去往廊坊找前男友,"我"回到住处,颓废间无意发现了一个地址——幸福花园3-3-503,某种意念驱使"我"前往廊坊寻找这个地址,最终找到后却被小丽拒之门外。"我"最终爆发,在廊坊发泄出了一切在北京所承受但又怯于宣泄的重压。"我们太弱了",这种"弱"是在快节奏城市压力下的处于社会底层的个体生命之弱。一线城市吸纳了太多的流动人口,其中不乏刚走上社会想要闯出一番事业的底层青年,他们怀揣知识和理想却又无法实现自身价值,生活潦倒困顿,在城市规章制度的挤压中不得不被边缘化甚至被驱逐出去。

《带我去戈壁》《食鬼猫》《童子》《烂肉》等作品同样属于城市叙事,它们在零度写作的基础上增添了一些鬼神传说的因素。《带我去戈壁》(《小说界》2015年第3期)原名为"杀死房东老太太",租户二人因忍受不了房东老太太的尖酸刻薄而以恶作剧的方式惩治老太太致其身亡,两人将老太太的尸体埋葬在了郊外的坟地,使得老太太在死后饱受"租坟"之苦。老太太的鬼魂一次次回到住处祈求二人带她一起去大戈壁,远离拥挤不堪的城市。冷峻的语言犹如手术刀般层层剥开了在城市中一切孤独个体的极端生存状态,城市是拥挤的,死人比活人更加拥挤,被日常生活包裹的生存的荒诞内核最终被作者揭开。合租的房子同样也是一个很有意思的空间,它不能称为一个完全意义上的家宅,甚至不能称为一个私人领域,生人的闯入,资源和空间的被侵占,都在消解家宅的内涵。由此生成的精神内核同样是碎片的、个体的、断裂的、零散的。《食鬼猫》(《作家》2015年第11期)中"我"杀人逃亡的故事传播开来,牛力因此拉揽了很多杀人的生意,警察的到来将"我"之前的叙事推翻——我没有杀人。作者将迷宫叙事运用到文本中,使各细节相互冲突,使叙事无法被证实也无法被证伪,以此证实了感觉的荒诞。作者抛下一个问题:"如果我死于今晚,我的魂魄能否找到故乡?"这种疑问在城市经验和乡村经验的碰撞下生成,是农村青年在传统生产方式和文化结构瓦解后,蚂蚁般自发或被动地被城市海绵吸纳腹中时不得不面临的自我精神的拷问。《童子》(《青春》2014年第7期)中"我"质疑算命先生,却又找神妈妈求助,求助过程中又对其进行质疑。这种理性经验和感性经验的分裂导致的行为的荒诞与陀思妥耶夫斯基的《群魔》切近:"假如斯塔夫罗钦信教,他不信他信教。假如他不信教,他不信他不信教。"① 最终神妈妈没有解救童子命的"我",作品以主人公跌落悬崖告终。《烂肉》中的"我"开网店卖巧克力的情节同样是依据作者真实的生活经历,因而作品在细节处理上极具真实性;而"我"的朋友大亮在西部被迫盗墓,被僵尸攻击的情节却极具事理的荒诞性。两个故事相互交织,最后身处现实空间的"我"与身处话语虚构空间的大亮都在荒诞现实中等待自己变成"烂肉"的命运。零度写实和鬼神虚构两种叙事方式相互交织,建构出情理和事理的双重荒诞。

《我的文武老师》《初见》《暗园》都是以校园生活为叙述对象的,它们分别对应着小学、初中、高中。《我的文武老师》(《西湖》2014年第1期)以戏拟武侠小说的模式,讲述了班主任秃朋和疯二狗之间的决斗,给读者抛出了"什么是野蛮人,到底谁是野蛮人"的问题。疯二狗年轻时追求厂里的姑娘被打,回来后发现岗位被自己的妹妹占据于是发了疯。为了预防疯二狗来,"我"被推举为体育委员,威风凛凛。后来二狗来学校闹了一遭,被秃朋打成脑震荡老实了许多。不需要预防疯二狗了,"我"的体育委员岗位便也形同虚设。后来在"我"的帮助下疯二狗恢复了他往日的气焰,又来找秃朋报仇。"疯二狗"可以视为一个假想的敌人,当拥有假想的敌人时,队伍才会空前凝聚、步调一致,"我"的"口哨"才会起作用,成为话语权的象征。这是荒诞的,却又是可以实实在在与时代历史相对接的。疯二狗是一个小学生班级的集体政治想象,这种想象又可以被无限放大。《初见》(《芙蓉》2014年第5期)写的是处于萌动的青春期中男性的隐秘心理空间,是丰满的李浩还是轻灵的周霞,"我"在最后手淫时想到的是李浩,手淫结束后想到的才是周霞,后来主人公得出结论:"李浩是具体生动的,周霞是模糊的",这是主

---

① [法]阿尔贝·加缪:《西西弗神话》,沈志明译,上海译文出版社2010年版,第63页。

人公对人类生理本能和审美理性的具象化思索。《暗园》描写了枯燥的高中校园，封闭的校园生活、沉寂的晚自习，最后"我"与大亮鼓动大家点燃政治书，填埋树叶意图烧死油滑世故的班主任和副县长的儿子的集体暴行，是一场隐秘的狂欢。

还有一类作品意在展示校园乌托邦和城市底层生存经验之间的对话。如作品《朋友睡吧》《小丽，好久不见》《毽客》《美丽都》。这类作品都存在一个校园乌托邦想象：《朋友睡吧》里面对大学生活的回忆，《小丽，好久不见》中的同学小丽，《毽客》中的大学生，《美丽都》中的女学生方方。《小丽，好久不见》中，"我"约见了学生时代的暗恋对象小丽，小丽作为一个客体，早已被主体"我"作为学生时代的重构，作者在小说末尾留下一句话："谁让我是饥饿的，而你是饱满的呢？"饱满的理想和饥饿的现实之间的巨大反差，使主人公难以再与过去的校园经验生成对话，小丽与主人公的约会最终也在主人公排泄的欲望中匆匆结束。校园乌托邦和城市底层生存经验是存在裂痕的。当学生的身份不复存在，农村青年重新跌落到社会底层中，随着身份—经验的平衡被打破、校园—社会的乌托邦想象被消解，这类校园形象出现，他们是文本中的城市底层青年召唤出来的，用来补偿校园和社会之间的地位与精神的断层。

张敦在2018年发表的小说《自行车司机》（《青年文学》2018年第4期）是一部较长的作品，其沿用作者在《我的文武老师》中的武侠小说叙事策略，讲述"我"（东子）买了一辆称心如意的自行车却不幸被一辆奥迪撞坏，同时东子同暧昧对象王丽的感情正因东子每天送她回家日益升温。不久因为家庭背景的差距，东子与暧昧对象王丽的关系疏离起来，为此恼火的东子在下班途中紧盯过往车辆伺机报仇。在一次夜晚的游荡中，东子用锁具制服了一个行窃的小偷，因而获得"铁锁侠"的称号，王丽同东子的关系再度升温。夜晚游荡的东子在"我要杀人"与"行侠仗义"的双重话语中摇摆不定。终于有一天东子发现了那辆奥迪并将它砸烂，此时东子同王丽也被仇家盯上，王丽被打住院。文章的最后，东子决心再买一辆自行车，替王丽报仇。将传统武侠模式引入现代生存方式本身就意味着武侠英雄的荒诞化。现代制度的理性精神是与武侠的抛头颅洒热血的感性精神背道而驰的，城市理性又不断地在侵蚀个体生命精神的感性基础。武侠形象的出现使整个城市为之热血沸腾——这是潜藏在民族集体无意识中武侠精神的一次唤醒。然而这种精神很快就会被现代制度所压抑、惩治,正如小说的末尾王丽的警察父亲用枪对准主人公。"锁具"是无法与"枪支"抗衡的。这种感性精神又不得不再次深藏于潜意识之中,直至被再次唤醒。

张敦的语言是尖利的,像一把解剖尸体的刀子,直接截取到底层生活最卑微琐屑的横截面:狭小的出租屋,肮脏的小饭馆,淡漠的人际关系,糜烂的性爱生活。然后像剖出毒瘤一样把本质性的问题抛给读者:已经趋近饱和臃肿的城市不断引诱青年劳动力,而一旦怀揣城市乌托邦想象的青年走向城市,城市又在现代化制度的运作中立即将其推挤至边缘。底层城市青年的精神家园在何处,是颓然接受这种痛苦,任由自我价值和生命尊严在城市的边缘处游荡,还是逃向人烟稀少的空间进行无法预知结果的精神重塑,这是作家笔下主人公的两种应对策略。

二 孟昭旺

孟昭旺(1981—),河北省南皮县人,2004年毕业于河北师范大学中文系,现任职于河北省作家协会。大学期间开始文学创作,并主编文学社刊物《子风》。2003年开始发表作品,先后在《青年文学》《长城》《青春》《雨花》《黄河文学》《十月》等刊物发表中短篇小说二十余万字。出版中短篇小说集《春风理发馆》,长篇小说《美人蛊》《青春凶猛》等。短篇小说《去上庄》入选"2013年河北小说排行榜"。

孟昭旺的小说从题材内容上看大致可以分为四类:第一类是少年乡土体验,少年时的乡村生活经历在他心底留下了深刻的印记,因而孟昭旺对乡村风土及人文场景的勾勒显得得心应手。作家借助少年这一特殊视角进入乡村,少年难懂的心事、成长的烦恼和带有保守意味的乡土环境交织在一起,向人们敞开的是农村少年自我意识觉醒后隐秘的情感和心理体验。比如《去上庄》《毒药》《寻羊记》《碧玉》等。第二类是试图从对乡土生活中的人物身上的怪异行径的描写入手,挖掘中国乡土生活经验中的荒诞、怪异、变形的深层生命体验,比如《姥爷的舞蹈》《会飞的父亲》。第三类是描绘城镇现实生活情状,表现小人物的卑微苟且又无可奈何的境况。比如《旧情事》《春风理发馆》《旅行》《小镇少年》等。第四类是致力于表现乡土和城镇文化的碰撞，揭示乡村和城镇文明之间矛盾的不可调和性，比如《狐仙》《午夜小酒馆》等。

《毒药》(《阳光》2012年第9期）是写青春期的少年内心深处对肉欲和情感关怀的双重渴望的故事。主人公孟毛由于性格腼腆所导致的尿裤子的情节以及由此事和李健成为朋友的过程，显示了青春期男孩身上所特有的腼腆、敏感、自尊、要强的心理。孟毛和李健两个男孩放学后牵手回家，这一细节在成人眼中多少有些不可思议，这里作家想要表现的是心灵敏感脆弱的少年们，潜藏在心底的一种无关性别的隐秘依恋。在小说中孟毛谈道："客观地说，虽然我并不喜欢王倩，但这并不妨碍我迷恋上她的身体。"王倩的身体只是男孩孟毛认识到自身性意识觉醒的工具。小说表现的是少年对情感和身体的朦胧渴望，而情感和肉体不能兼得的状况使小说中的成长叙事产生了巨大张力。小说结尾，成年后的孟毛知道是王倩告发了自己曾经喜欢的两个人时，丧失了对她的情欲。这里既显示了少年时期错失的纯真情感依然是中年的"我"心上挥之不去的伤痛，又体现了作家本人对已经逝去的少时纯粹爱恨的追思和感慨。

《去上庄》(《青年文学》2013年第11期）同样描述了乡土农庄中的人和事。这一次作者没有单纯地写"我"的成长和生命体验，而是将视野范围扩大到对周围形色各异的人的勾勒，洞悉人性的幽暗之处，描绘农村几代人的精神肖像。小说主人公"我"生活在粮食极度匮乏的农村，因为父亲的卑琐和软弱而受到牵连，遭到同村人的嘲笑，逐渐失去了与他人交往的勇气。母亲试图通过向他人诉说"我"不是一个听话和懦弱的孩子，以改变他人对"我"的看法，结果无济于事。出于无奈，"我"不得不逃离自己的村子，听从母亲的建议到上庄找巴斯舅舅。到上庄后又目睹了姥姥一家因粮食匮乏造成的成员之间关系的极度异化、人与人之间互相猜忌难以交流的尴尬境况。大家都想要借助体面的巴斯舅舅获得拯救。然而巴斯最终也没有出现，这样的结局暗示出人物试图借助他人改变孤独境况的愿望之幻灭。

《寻羊记》(《十月》2017年第4期）中讲述了忧郁少年孟毛在寻羊过程中发现了父亲和其他女人偷情的秘密，从而产生了一系列复杂的情绪和异常的举动的故事。作者致力于打开一个脆弱、敏感和对性充满幻想的少年躁动的内心世界。少年孟毛和村子里其他人不一样，身上带有类似于文艺少年的情调，喜欢独自思考远方的事物，孤寂忧郁、渴望关爱、希望被人了解和尊重。他对和自己父亲偷情的女人，有着复杂的情感。索要这个女人的吻，既体现孟毛性意识的觉醒，也体现了青春期对情感的渴求。

《碧玉》（《当代人》2017年第11期）讲述了女孩碧玉——一个和"我"没有血缘关系的亲戚，来到董村后，给少时的"我"和大哥带来的心理变化。"我"和大哥都对碧玉产生了朦胧的爱意，但三个人之间的情感受到了各种因素的阻挠，最终惨淡收场。碧玉是读者进入少年内心世界的隐秘渠道，作者极力地描写"我"和大哥与碧玉交往时的动作和心理状态，少年恋爱时的苦涩、躁郁、惆怅等心绪被和盘托出。

另一类同样是在乡土中国的时空中，作者把关注点放到一群举止行径反常的人物身上，以此来表现中国乡土生活体验的荒诞性。《姥爷的舞蹈》（《青年文学》2014年第6期）中姥爷曾是讲究体面的公社舞蹈队的队员，而年老以后，成为人们口中一个整日疯癫的傻子。尽管这样他仍然没有遗忘年轻时期所跳的忠字舞和所唱的歌曲，当他再次跳起当年的舞蹈时，当初的体面和意义在人们的嘲笑声中消解殆尽，生活的戏剧性在这种"看与被看"的舞蹈狂欢中展现得淋漓尽致。《会飞的父亲》（《青年文学》2016年第1期）写了一个举止怪异的父亲，终日沉浸在一些不切实际的事情中，受到家人的嘲笑。小说以孩童的视角介入父亲的世界，使作品带有明显的魔幻色彩，除此之外父亲这一形象的内涵更值得深究。他是村子里唯一的高中生，不愿下地干活，是孩子口中爱做白日梦的人。在时代浪潮下，父亲想要通过经商致富，但生活经验不足，屡试屡败，他被视为村子里的"多余人"。小说以父亲最终实现了愿望，长出翅膀飞走了为结局，暗示这样的人注定无法在现实世界存活，除了飞走别无他法。

在处理城乡关系时，对城市生活的戒备和审慎，使其小说中城市和乡村叙事出现了迥异的风貌。《旧情事》（《青春》2014年第2期）是对城市现代生活图景的描写，可以看出作家创作的一种新尝试。孟昭旺笔下的城市并不是现代文明高度发达的大都市，而是处于乡村和城市之间的过渡地带的小城镇。这里的人相比董村的人受现代文明的影响较多，但身上的暴力、冲动、欲望等人的原始本能也在滋生膨胀。《旧情事》中极力描绘的是城市中底层人物的生活样貌。主人公孟毛，一个城市中的无所事事者，除了要忍受自己牙痛的折磨、楼上一对夫妻无休止的争吵，还要面对风光的妻子出轨这一残酷的现实。显然孟毛对这一切已经失掉了反抗的力气，在毫无生气的生活中一点点萎靡下去。一个陌生女人的电话像一颗石子，抛到孟毛死水般的生活中，泛起些许涟漪后，不久又恢复了原貌。牙疼、妻子出轨等琐屑之事仍旧困扰着他，肉体和精神上的双重困境依旧存在。小说更加注重对西方现代主义的精神内核的借鉴，着力表现人的无依感以及生存困境。作品具有极强的隐喻色彩，小说中无休止的牙痛并不是最可怕的，更为惊心的是人物生命活力的消解。孟毛类似于卡夫卡笔下可怜懦弱的小职员格里高尔，在现代文明的金钱、权力面前，人的精神理想已经消失殆尽。而他妻子的出轨则暗示权力对人的异化，为了留住一份体面的工作，不得不和其他男人偷情，回家后还要面对一个卑弱委顿的丈夫。作者极力表现这些小人物生存的挣扎和艰难，以及精神思想上的无力救赎，表露出浮泛失意的人类精神境况，作者正是想借此唤起对现代文明发展现状的反思。

《春风理发馆》（《青年文学》2013年第2期）中描述了"我"在向阳镇理发店当学徒工的经历，以主人公的视野所及呈现了成人世界的残破和混乱。"我"在理发店当学徒结识了理发店的常客李卫国，他有身体缺陷，是一个侏儒，却极爱干净并有着自己的爱好。因写一手好字的绝活儿被公认为"向阳镇的公子"，但是却无法改变自己受嘲笑和歧视的境况。现实残酷地摆在他的面前，在追求爱情被骗后和严师傅大打出手，以及后来和邮电局工作的女人结婚的消息一拖再拖。在追求爱情失意后，他因为一本裸体画册被人们羞辱、被抓。这样的一个人却有着自己的原则和坚持，没有将书出自"我"手的事实给说出去，而是自己默默承担了一切。裸体画册在小说中有三种作用，一是显示"我"青春期性意识的萌动，是自我身份开始确立的标志；二是显示人的本能欲望的强大，肉体上的残缺丝毫不能遏制李卫国对爱情和情感的渴望；三是人性的镜子，借助它可以窥见李卫国周围人的看客本性和丑陋心理。作者把故事设定在一个小理发店中，以"我"的视角，去冷眼旁观可怜人李卫国身上发生的故事，和鲁迅小说笔下的《孔乙己》的叙事方式类似。小说揭示出边缘人生存的一种荒诞性，暗示被边缘化的人无论怎样努力都难以改变遭受歧视和侮辱的残酷现实。

《旅行》（《十月》2017年第4期）同样是描写一些小镇青年的故事。在这里作者着力描写了小镇和董村的区别，作者通过差异凸显小镇青年对物质的极大兴趣，甚至连精神内核一并被暴力和金钱侵蚀的事实。李东是一个由农村来到城镇的少年，在他的视野中给读者呈现出城镇居民对现代生活的狭隘理解，对于经济利益的盲目追求，导致精神上陷入了困境。姐姐李红有对乡村的眷恋，同时也舍不得放弃自己的男友，去云南旅行只不过是一个漂亮的幌子，实际上她对于乡村生活已经无法忍受。作者试图借助这样一类在乡镇中挣扎摇摆的形象，展现一代农村青年由农村走向城镇后所面对的巨大的身心痛楚，进而揭示出生活在其中的人们发现城镇并不是其理想的居所后，却无法回到精神原乡的一种无奈处境。

《狐仙》这篇小说展现了新旧两种文明之间的激烈冲突，表现对落后的乡土文化的一种审慎思考，从中亦可以看出作者的思想和写作风格的成熟。小说的主人公是一个由富裕的北乡来到贫困的董村的女人——水生嫂，她是一个曾受进步思想影响的妇女，但她并没有给她所处的农村带来多少影响，相反一个昔日有着诗性和理想的人，却被一种闭塞的乡土文化同化成一个庸人。小说中水生嫂的知音和精神向导——马远军，他是一个文采横溢且动手能力极强的人，是现代健全文明的象征，马远军被迫离去可以看出新旧文明的难容性。马远军离开董村以后，水生嫂开始一步步堕落，成为平庸生活中的一员。这里作者并没有单纯地控诉什么，而是以一种同情的目光打量着这片他所熟悉的乡村，结尾再次提到了马远军，重新带给人以希望。小说引发人们思考的是水生嫂所处乡村的落后、闭塞和愚昧的状况以及女性思想解放所面对的艰巨征程。

孟昭旺的小说风格也呈现一种变化，前期作品明显受先锋小说影响，注重语言选择和叙述策略。在《鲶鱼案》（《西湖》2015年第6期）这篇小说中，叙述者"我"自称"刘川"，但是在朋友那里被称为"马拉"，作为可以证实"我"身份的妻子，其记忆又出现了问题。故事到这里，"我"已经无法证明自己是谁，读者也无法判定"马拉"究竟去了哪里。这里明显受马原等人先锋小说的影响，作者在文本中刻意制造叙事圈套，这样"马拉"注定无法找到，小说中的人物只能陷入无尽的迷宫之中。《远方信函》(《雨花》2012年第6期)同样是一部具有先锋色彩的小说，主人公李矛想要知道米娜究竟是什么样子的，奇怪的是堂哥原本通过一张照片就可以让我了解清楚，但他只是尽情地描述她的样貌，却没有给我寄来照片。人物米娜在这里只是作者叙述所借用的一个符号，为叙事服务，并没有什么深刻的意义。《寻找雷刚》《马拉之死》同样是围绕"找人"展开的叙事，小说中的世界和现实有很大的不同，其间的秩序和规则都是混乱的，充斥着各种不确定因素。人物受作者的摆布，身份始终和所处的世界一样神秘难解。而从其后创作的小说来看，作品中先锋因素逐渐降解，写实成分明显增强，注重对现实的言说，表明作家开启了一种新的写作方式。

从孟昭旺先后创作的多部小说来看，可以得出这样的结论：作家少年时代的乡土记忆是其创作取之不尽的源泉，并且从中可以看出其尝试拓展自身小说创作维度的努力。将笔触延伸至广阔的现代社会，洞察隐藏在现代文明现象背后幽暗的生存经验。孟昭旺还注意到乡村和城市中的人身上的共通之处，即他们各个年龄阶段都会受到孤独的侵袭。但是个体生命的孤独感受并没有使作品导向更深的绝望，相反其中还闪现着一些光亮的东西，给敏感的少年和困窘的小人物送去一丝希望。

后 记

本书是河北省教育厅重大招标项目"河北现当代小说史论"（课题编号：ZD201527）的最终成果。河北师范大学文学院中国现当代文学教研室大部分同人共同参与了该成果的撰写。马云教授组织并督促完成了河北现代小说史部分的撰写，且多次修改审校；李建周教授在课题申报和论证中倾注了大量心血，并负责审校河北当代小说史部分；时任文学院院长的胡景敏教授指导并促成本课题的申报和立项；郭宝亮教授组织协调全书写作并与胡景敏教授通读审校全稿。

撰写分工如下：

张俊才、胡景敏（绪论）

上编 河北现代小说史部分：

马云（第一章、第二章、第四章第三节俞林）

司敬雪（第三章）

高艳芝（第四章第一节、第二节）

康鑫（第四章第四节、第六节）

田丰（第四章第五节）

李惠敏（第五章第一节、第二节）

王勇（第五章第三节）

中编 河北当代小说史（一）部分：

郑连保（第一章、第二章、第三章、第四章、第五章、第六章）

下编 河北当代小说史（二）部分：

郭宝亮（第一章、第二章第一节、第二节、第三节、第四节；第五章、

　　　　第六章；第七章第一节、第二节，第八章第二节的王霜）

郑连保（第三章）

司敬雪（第四章）

周雪花（第二章第五节、第七章第三节和第八章第二节的常聪慧，第
　　　　三节的夜子、左小词）

李静（第八章第二节的清寒、第三节的徐广慧）

李建周（第八章第一节的刘荣书）

李月芳（第八章第一节的杨守知）

李思尚（第八章第四节的张敦）

王红霞（第八章第四节的孟昭旺）

　　感谢教研室参与该项目的全体同人的共同努力，由于是集体撰写，尽管再三审校订正，其错讹遗漏之处在所难免，还望方家不吝指正。

2019 年 8 月 3 日于石家庄